Kirsch · Yoshiwara

Hans-Christian Kirsch

YOSHIWARA

oder
Die schwankende Welt

Roman

Diederichs

Die vordere Umschlagseite zeigt den Holzschnitt »Ein Liebespaar« von Kitagawa Utamaro, ca. 1788, das Vorsatzpapier den Holzschnitt mit einer Welle auf offener See bei Kanagawa aus der Serie »36 Ansichten des Berges Fuji« von Katsushika Hokusai, 1831–1834.

Die Deutsche Bibliothek – CIP-Einheitsaufnahme
Hetmann, Frederik:
Yoshiwara oder Die schwankende Welt : Roman / Hans-Christian Kirsch. – München : Diederichs, 1997
ISBN 3-424-01385-4

Umschlaggestaltung: Zembsch' Werkstatt, München
Produktion: Tillmann Roeder, München
Satz: SatzTeam Berger, Ellenberg
Druck und Bindung: Spiegel Buch, Ulm-Jungingen
Printed in Germany

ISBN 3-424-01385-4

Wir leben nur den einen Augenblick, in dem wir die Pracht des Mondlichtes, des Schnees, der Kirschblüten und bunten Ahornblätter bewundern. Wir genießen den Tag vom Wein erhitzt, ohne uns von der Armut, die uns ins Gesicht starrt, ernüchtern zu lassen. In diesem Dahintreiben – gleich einem Kürbis, den die Strömung des Flusses fortträgt – lassen wir uns keinen Augenblick entmutigen. Das ist es, was man die schwankende, die vergängliche Welt nennt.«

Asai Ryoi, »Erzählungen aus der flüchtigen Welt des Vergnügens«, Kyoto 1661

Ein stärkeres Wort für Liebe finden, ein Wort, das wie der Wind wäre, aber von unter der Erde, ein Wort, das nicht Berge braucht, aber ungeheure Höhlen, in denen es haust, aus denen es über Täler und Ebenen hervorstürzt, wie Gewässer, aber doch kein Wasser, wie Feuer, aber es brennt nicht, es leuchtet durch und durch, wie Kristall, aber es schneidet nicht, es ist durchsichtig, und es ist ganz Form, ein Wort wie die Stimme der Tiere, aber sie verstehen sich, ein Wort wie die Toten, aber sie sind alle wieder da.«

Elias Canetti

I

»Liebe entführte sie
geradewegs zum anderen Ufer.
Sie kreuzten durch die Strömung
wie eine Fähre.«

Den ganzen Tag über war leichter Regen gefallen, der wie ein Vorhang aus feinem Glasgespinst über der Landschaft hing. Die Straße kam aus der Ebene herauf und führte zum Paß über das Gebirge. Dort, wo das Dorf lag, rückten die Berge näher zusammen, aber es gab auf dem Talgrund noch Reisfelder, die jetzt abgeräumt waren. Unmittelbar über dem Dorf wuchs aus der Bergwand, drohend wie eine zerfetzte Faust, ein Fels, auf dem ein paar Pinien sich in geradezu abenteuerlicher Haltung festklammerten. Es sah aus, als werde der riesige Felsklotz im nächsten Augenblick auf das Dorf stürzen und es zermalmen, aber die Männer, die sich mit dem Gestein auskannten, behaupteten, bis zum Weltuntergang werde das gewiß nicht geschehen. Allerdings, wer wußte, ob der Weltuntergang nicht bald kommen sollte.

Die Einwohner des Dorfes, dessen Hütten sich rechts und links der Straßen aufreihten und dessen Baulichkeiten sich nur manchmal bis in die Felder hinein verschoben, hatten sich an diesem Nachmittag in einer langen Doppelreihe am Straßenrand aufgestellt, um dem Daimyo, der hier irgendwann mit seinem Reisezug vorbeikommen mußte, eine Bittschrift zu übergeben. Sie hatten sich nach langen Beratungen dazu entschlossen, bei ihm nachzusuchen, die jetzt fällige Steuer auf zehn Kogu Reis herabzusetzen oder sie bis in zwei Jahren zu stunden. Es war bereits das zweite Jahr, in dem es eine schlechte Ernte gegeben hatte. Im letzten Jahr hatten sie unbesehen der Mißernte die Reissteuer erlegt, doch in mehreren Familien waren Frauen an Entkräftung gestorben. Frauen trugen immer die Hauptlast bei solchen Katastrophen: Sie mußten gebären, ob es viel oder wenig zu essen gab, und die meisten stopften immer erst die Mäuler ihrer hungrigen Würmer, ehe sie an sich selbst dachten. In diesem Jahr hatte sich zunächst alles gut angelassen. Die Witterung beim Aussäen in die Beete für die Vorzucht war günstig gewesen. Auch bei der nächsten Klippe, dem Auspflanzen der Setzlinge auf die zuvor gepflügten Felder, war alles gutgegangen. Obwohl man keinen größeren Insektenflug um diese Zeit beobachtet hatte, waren die üblichen Rituale doch gewissenhaft vollzogen worden. Drei Tage und drei Nächte hatte die Prozession der Dorfbewohner mit Fackeln, Trommeln und Glokken die Felder umkreist. Hinter dem roten Holztor, das den heiligen Bezirk markierte, in dem der kleine Tempel lag, war eine Sanemori-Puppe verbrannt worden. Danach hatten die Felder in jener großen Ruhe dagelegen, die selbst dem ärmsten Häusler Freude ins Herz träufte und bei der man meinte, den Reis wachsen zu hören.

Wie schwarze Spiegel sahen die überfluteten Flächen aus, schwarze Spiegel, die das Wolkentheater am Himmel reflektierten und die sich allmählich mit dem hellen Grün der nun rasch wachsenden Reispflanzen und dem Netz der Unkräuter überzogen, während die auf den überfluteten Feldern laichenden Frösche die Luft mit ihrem Getriller erfüllten. Man hatte das Unkraut zwischen den Furchen eifrig gejätet. Man hatte darauf geachtet, daß die Ufereinfassungen nicht abbrachen, damit die Felder nichts von der nun nötigen Feuchtigkeit einbüßten. Man hatte Regenprozessionen unternommen, und Regen war zur rechten Zeit gefallen. Es war Ende Oktober geworden, und mit Erleichterung, aber ohne das Glück zu bereden, hatte man geerntet. Eine gute Ernte. Und eben da, als man damit fertig geworden war, die getrockneten Garben zu häckseln, und als die Körner schon in dem großen Speicher lagen, war der Wirbelsturm gekommen. Drei Tage und drei Nächte wütete der Taifun. Er hatte schließlich auch den Speicher verwüstet, in dem die schon in Ballen aus doppelten Lagen Stroh abgepackte Reismenge für die fällige Steuer bereitstand. Unter der Gewalt des Sturms war eine aus Bambusstangen bestehende Wand weggebrochen. Ehe jemand aus dem Dorf es bemerkt hatte, waren die Ballen von den Windgeistern aus dem Speicher herausgerollt worden, um dann einen kleinen Abhang herunterzustürzen, wo sie aufgerissen in einem Bachbett liegenblieben. Und das von den Regenfällen zu einem reißenden Strom angeschwollene Gewässer hatte den *genmai,* den schwarzen Reis, wie Sand mit sich fortgespült.

Als der Taifun abgezogen war, stellten die Dörfler fest, daß sie die gesamte Menge, die für die Abgaben bestimmt gewesen war, verloren hatten. Nur die Deputate der einzelnen Familien, die diese in ihren Hütten verwahrten, waren erhalten geblieben, aber es war unmöglich, das Steueraufkommen daraus zu ersetzen, wie dies der Dorfvorsteher zunächst vorgeschlagen hatte. Fast alle Familien, bei denen der Dorfpolizist deswegen vorsprach, hatten sich geweigert, etwas abzugeben. Die Schrecken des letzten Hungerwinters standen allen noch zu deutlich vor Augen. Auf einer Dorfversammlung war dann beschlossen worden, die Bittschrift zu verfassen. Nur wenn die Abgaben herabgesetzt oder die volle Menge für zwei, drei Jahre gestundet wurde, konnten sie über den Winter kommen.

Jetzt war allen, wie sie da standen, das unsichere, ängstliche Gefühl, das ihnen in den Knochen saß, anzumerken. Eigentlich war es unvorstellbar, daß der Daimyo auf seinen Reis verzichten werde. Das hatten ihnen auch die Mönche auf dem Berg Koya-san gesagt, von denen einer ihnen schließlich die Eingabe geschrieben hatte. Und doch war diese Bittschrift, die der Dorfälteste in einer Rolle unter seinem Umhang aus mit Pech überzogenen Stroh dicht an sein vor Aufregung laut pochendes Herz hielt, ihre einzige Hoffnung.

Der fünfzehnjährige Seami stand neben seiner um zwei Jahre älteren Schwester Toshua wie die meisten anderen Kinder und Jugendlichen in der zweiten Reihe. Einen Augenblick zuvor, als ihn die nasse Kälte geschüttelt hatte, hatte Toshua seine Hand ergriffen. Das hatte ihn glücklich gemacht. Es war nicht nur ein gutes Omen. Es bedeutete nicht nur einen Trost bei dem Hunger und der Kälte, die ihn quälten, er nahm es auch als einen sicheren Hinweis dafür, daß sie nicht mehr länger mit ihm böse war wegen jenes Zwischenfalls, der sich vor zwei Wochen zugetragen und dazu geführt hatte, daß jetzt noch auf ihrer linken Wange eine kleine dreieckige Narbe zu sehen war.

Seami hatte nackt in dem breiten Holzzuber im Waschhaus gestanden und seine wöchentliche große Wäsche vorgenommen. Er hatte gerade einen kleinen Holzeimer in der Hand gehabt, mit dem er aus einer zweiten Bütte heißes Wasser schöpfte, um es sich über den Kopf zu schütten, als sie hereingekommen war. Sie war an der Tür stehengeblieben und hatte ihn mit einem Blick angesehen, den man wohl bewundernd nennen mußte. Es geschah sonst nie, daß sie einander nackt sahen. In diesem Augenblick hatte es sich zufällig ergeben, und es wäre ohne Bedeutung geblieben, wenn sie geradewegs hereingekommen, einfach das geholt hätte, was sie brauchte, und danach wieder hinausgegangen wäre. Für einen Moment war er von dem über seine Augen herabstürzenden Wasser halb blind gewesen. Sie aber war sekundenlang auf der Türschwelle stehengeblieben und hatte seinen Körper angestaunt, als sähe sie da ein Wunder.

Seami hatte von jeher für seine Schwester eine starke Zuneigung empfunden, was vielleicht auch daran lag, daß er keine weiteren Geschwister hatte. Als Kind war sein Verhältnis zu ihr fast noch enger gewesen als das zu seiner Mutter, aber dieser Blick, mit dem sie seinen nackten Körper geradezu lustvoll gemustert hatte, hatte ihn zutiefst erschreckt.

Es hatte ihn noch mehr verwirrt, daß er spürte, wie unter diesem Blick sein Penis anschwoll und sich aufrichtete. Starr und staksig ragte das Ding zwischen seinen Beinen hervor, wovon er sich mit einem raschen Blick an sich herab überzeugen konnte, und gleichzeitig regte sich die Lust in ihm, Toshua zu umarmen. Er war in einen merkwürdigen Zwiespalt zwischen diesem Verlangen und dessen strikter moralischer Mißbilligung durch seinen Verstand geraten. Er fühlte, daß es gleich mit seiner Beherrschung vorbei sein werde, wenn Toshua nicht augenblicklich verschwinde, und dieses Wissen versetzte ihn nahezu in Panik. Weder kam sie herein, noch drehte sie sich um und ging wieder hinaus. Sie stand da wie angegossen, den Kopf trotzig etwas zurückgenommen, als habe sie ein Recht, zu bewundern, was sie sah. Ihre Brüste vorgestreckt, schien sie den Anblick, der sich ihr bot, mit dem Anflug eines kleinen spöttischen Lächelns zu genießen. »Verschwinde«, hatte er ihr zugerufen. Sie hatte sich nicht gerührt. »Mach, daß du fortkommst«, hatte er dem noch nachgeschickt. Doch sie hatte weiterhin kein Auge von ihm gelassen. Es war ihm wie eine Machtergreifung über sich vorgekommen, die er nicht dulden wollte. Da hatte seine Hand nach dem erstbesten Gegenstand getastet, den er finden konnte, hatte ihn ergriffen und nach ihr geworfen. Es war ein Kampffächer gewesen, und die scharfe Kante hatte ihre Wange gestreift. Obwohl sich sofort eine blutige Spur vom Wangenknochen bis zum Hals hinabzog, ein dünner roter Faden, hatte sie sich eher zögernd und mit einem fast wehmütigen Blick abgewandt und war hinausgegangen. Toshua hatte niemandem etwas davon gesagt, daß Seami ihr diese Verletzung zugefügt hatte. Dem Vater und der Mutter hatte sie erklärt, sie habe sich auf der Suche nach dem Zugochsen im Bambusdickicht verletzt. Die Wunde war nach drei, vier Tagen ohne Komplikationen geheilt, und jetzt erinnerte nur noch eine kleine dreieckige Vertiefung an den Zwischenfall. Toshua hatte der Szene auch sonst in keiner Weise Erwähnung getan, aber in ihrem Verhalten ihm gegenüber hatte sich etwas verändert, was Seami beunruhigte.

Ein Bauernjunge gleich dem Sohn eines Samurai, der Seami zu gern gewesen wäre und als der er sich auch bei dem Gedanken an seinen Urgroßvater empfand, wurde von klein auf an Härte gewöhnt. Es wurde ihm beigebracht, Schmerzen möglichst ohne erkenntliche Reaktion zu ertragen. Weinen oder Wehklagen galten als verächtlich. Seami war gemäß diesen Grundsätzen erzogen worden wie jeder andere Dorfjunge auch, und es war Toshuas Wesen, ihre bloße Anwesenheit, ihre Gestik, der Tonfall ihrer Stimme gewesen, was jene Härte, die Seami manchmal als unerträglich empfand, gemildert hatte. Nicht etwa, daß sie ihn, während er heranwuchs, mit Zärtlichkeiten bedacht, gehätschelt und verwöhnt hätte, eher das Gegenteil war der Fall gewesen. Sie hatte viel zu seiner Erziehung beigetragen. Dabei hatte sie vor ihm das Gebot der Abhärtung als durchaus unbestreitbar und selbstverständlich vertreten und ihm ihre Verachtung gezeigt, wenn er dagegen verstieß. Es war ihre entschiedene Verläßlichkeit, ihre Aura von Warmherzigkeit und Zärtlichkeit, die so selbstverständlich zu ihrem Naturell gehörte, die ihm die Schwester mit der Zeit unersetzlich werden ließ.

Desto mehr hatte es ihn erschreckt, als nach diesem Zwischenfall jene selbstverständliche Vertrautheit, die bis dahin zwischen ihnen bestanden hatte, plötzlich wie ausgelöscht gewesen war. Zuerst hatte er gemeint, sie wolle ihn so für seine Unbeherrschtheit, durch die er ihr Schmerz zugefügt hatte, bestrafen. Bald jedoch war ihm klargeworden, daß es gar nicht um Strafe oder Rache, sondern um etwas ganz anderes ging. Offenbar hatte sie Angst, ihn mit ihrer Körperlichkeit zu provozieren. Es mußte ihr an diesem Vorfall aufgegangen sein, daß sie nun beide zu sexuell reagierenden Wesen geworden waren und daß sie deswegen von nun an im Umgang mit ihm eine gewisse Vorsicht walten lassen müsse.

Er begriff schließlich die Überlegung, die ihrem Verhalten zugrunde lag, sehr wohl, und es war ihm klar, daß sie richtig und vernünftig handelte, aber wie sehr vermißte er das, was er dadurch verlor, und dieser Verlust war ihm fast unerträglich. Jene Hand, die ihn auf der Matte vor dem Einschlafen berührte, jene Arme, die seinen Körper so sicher umschlossen, wenn sie im Winter vor der Feuerstelle saßen und draußen die Wölfe heulten, jenes Kitzeln mit einem Strohhalm im Ohr, wenn er in der Mittagspause am Rand des Reisfeldes eingeschlafen war, und jenes ermunternde Lächeln danach. Wichtiger waren ihm vielleicht die Blicke und Gesten, von denen es so viele gab, ja sie waren ihm fast so wichtig geworden wie die Luft zum Atmen. Nun waren sie alle seit jenem Ereignis wie fortgewischt, und, was schlimmer schien, es kam Seami nun, da sie alle fehlten, so vor, als habe es sie nie gegeben.

Ein paar Tage lang hatte er ernsthaft, aber ohne mit jemandem darüber zu sprechen, überlegt, ob er angesichts der Verdunklung seines Lebens Selbstmord begehen solle. Durch einen Vorfahren, der bei der Belagerung von Osaka auf seiten der Verteidiger gekämpft hatte, war seiner Familie ein kleines Schwert vererbt worden. Es lag in der Hütte auf dem Hausaltar. Seami meinte zu wissen, wie man es sich fachgerecht in den Leib rennen und dann bewegen mußte, um sich tödlich zu verletzen. Die Tatsache, daß er keinen Gefolgsmann zur Verfügung hatte, der ihm mit dem großen Schwert im Moment darauf den Kopf hätte abschlagen können, war zwar bedauerlich und setzte die Würde des ganzen Rituals herab, hätte ihn aber nicht von seinem Vorhaben abgehalten, wenn ihn nicht eine Reihe von Erfahrungen zur Erkenntnis gebracht hätten, daß Toshua ihn doch wohl lieber lebendig als tot sähe.

Da niemand im Dorf schreiben konnte, hatte man sich entschlossen, den Sohn des Dorfvorstehers, der als Novize im Kloster lebte, aufzusuchen und ihn zu bitten, die Bittschrift zu verfassen. Zu der Gruppe von Pilgern, die nach Koya-san gegangen war, hatten auch Seamis Mutter, Narito, Toshua und er gehört. Es hatte zunächst so ausgesehen, als werde Seami bei seinem Vater zurückbleiben müssen, und er hatte schon alle Vorkehrungen getroffen, während der Abwesenheit von Mutter und Schwester seine Selbsttötung zu vollziehen. Dann war es plötzlich Toshua gewesen, die der Mutter in den Ohren gelegen hatte, ihn mitzunehmen. Ein Junge seines Alters könne auf einer solchen Pilgerfahrt viel lernen. Als ob Toshua geahnt hätte, was er im stillen plante. So rettete sie ihm, freilich ohne es zu wissen, das Leben.

Die Pilgerfahrt zum Kōya-san hatte drei Tage gedauert. Einen ganzen Tag lang waren sie in dem immer enger werdenden Tal aufwärts gezogen, an abgeernteten Reisfeldern vorbei, von denen ein jedes bei ihnen wieder den Gedanken an die Sturmkatastrophe wachrief. Immer seltener waren sie auf Weiler oder auch nur auf einzelne Hütten und Scheunen gestoßen. Immer weiter hatten sich die Wälder von den Abhängen gegen den Talboden vorgeschoben. Es war Seami vorgekommen, als liefen sie in das Herz der Wildnis hinein. Schließlich war da nur noch ein schmaler Pfad, der durch Wald mit dichtem Unterholz führte. Am Abend des ersten Tages hatten sie im Bergwald im Freien übernachtet. Nachts war es bitterkalt gewesen. Das Bild, das sich ihnen am nächsten Morgen bei Sonnenaufgang geboten hatte, würde er nie vergessen. Durch eine Schneise hatte er auf den Berghang auf der anderen Talseite hingesehen. Der Hang war mit verschiedenen Arten von Ahornbäumen bewachsen gewesen, und die Herbstfärbung des Laubes hatte schon eingesetzt. Die Blätter leuchteten in Farben von Zitronengelb über Rostrot bis hin zu einem aggressiven Karmesin. Aber nicht das war das eigentliche Wunder gewesen. Über Nacht hatte sich Rauhreif gebildet. Und so hatte sich nun unter die verschiedenen Schattierungen von Gelb, Rot und Braun noch eine weitere Farbe gemischt, ein unter den ersten Sonnenstrahlen kristallinisch funkelndes Weiß, das dem Wald vollends ein unwirkliches Aussehen verlieh. Es war Seami vorgekommen, als habe er in seinem Leben nie zuvor etwas so Schönes gesehen. Er hatte Toshua geweckt. Die Stunde, zu der sie hatten aufbrechen wollen, war ohnehin schon nahe. Aber sie waren als einzige aus der Gruppe der Pilger schon so zeitig auf den Beinen gewesen. Schweigend hatten sie miterlebt, wie die Sonne langsam hinter ihrem Rücken höher und höher gestiegen war und die Farben zum Leuchten gebracht hatte, so als belebe sich ein Teppich oder das Fell eines phantastischen Tieres immer weiter. Wie es früher in Situationen der Gefahr und denen des Glücks immer wieder geschehen war, hatte er plötzlich Toshuas Hand ergriffen, und sie hatte es geschehen lassen. Nicht mehr und nicht weniger hatte sich ereignet als diese Berührung. Kein Wort war gewechselt worden zwischen ihnen. Geblendet von der Schönheit, hatten sie dagestanden, vollkommen eins in ihren Gedanken und Gefühlen. Jedenfalls hatte er sich das eingebildet.

Er wußte nicht zu sagen, wie lange es gedauert haben mochte, bis die anderen Pilger munter geworden waren und Leben ins Lager gekommen war. Und auch das würde er nie vergessen: In diesem langen Augenblick, als dieses Stück Zeit in seiner Erinnerung erschien, hatte er eine ihm bis dahin unbekannte Erfahrung gemacht. Unwillkürlich war sonst immer dann, wenn er etwas Schönes, Freudiges erlebte, im Hintergrund seines Bewußtseins das Empfinden geblieben, daß, während er sich freute, während er glücklich war und Lust empfand, doch Zeit ablief und daß nach dem Verstreichen eines bestimmten Zeitmaßes das Glück, die Freude, die Lust vorbei sein würden. Dort aber, im Bergwald, vor dem Aufstieg zur Klosterstadt, war das Empfinden von Lust und Glück durch das, was seine Augen sahen, aber auch durch den Reiz, der sich bei der Berührung ihrer beider Hände ergab, so überschwenglich groß gewesen, daß er dieses Vergehen der Zeit nicht mehr spürte.

Danach waren sie noch fast zwei Stunden durch den Bergwald aufgestiegen, ehe sie die ersten Klosterbauten erreichten. Der Novize Nyoja im Arangakloster, den sie zuvor durch einen Boten von ihrer Pilgerfahrt und ihrer Bitte hatten benachrichtigen lassen, war fürs erste nicht zu sprechen gewesen, denn im Klosterhof stand gerade unmittelbar die Verteilung der glücksbringenden Reisküchlein bevor. Eine große Menschenmenge hatte sich, als sie ankamen, unter einer mit großen roten und gelben Stoffbahnen verhängten Galerie versammelt, hinter der sich die Mönche darauf vorbereiteten, das Gebäck zu verteilen. Ehe sie es wahllos und, wie

Buben, die einen Streich begehen, übermütig lachend unter die Menge warfen, war es erst unter dem Abbrennen von allerlei Räucherwerk durch den Abt eingesegnet worden.

Dann tauchte plötzlich der kahlgeschorene Schädel eines Mönchs am oberen Rand des Tuches auf, gleich darauf noch einer und noch einer, wobei das abrupte Erscheinen der glänzenden Glatzen jedesmal wieder von neuem komisch wirkte. Schließlich sah man für ein paar Minuten nur die lachenden Gesichter und die jeweils weit ausholenden Arme in den Ärmeln der gelben Kutten, die die weißen runden Küchlein nach unten warfen. Sofort geriet die wartende Menge in ein geradezu chaotisches Durcheinander, einer sprang hoch, ein anderer bückte sich, wieder andere fuchtelten mit den Händen, um auf sich aufmerksam zu machen, oder verrenkten sich, um einen Glücksbringer zu erhaschen.

Er, Seami, hatte nicht zu den Glücklichen gehört, wohl aber Toshua, die, unter dem verwunderten Kopfschütteln der Umstehenden über soviel ungerechte Verteilung des Glücks, gleich zwei Reisküchlein fing. Dabei hatte sie einfach nur den offenen Ärmel ihres Kimono hochgehalten, und die beiden Küchlein waren wie selbstverständlich hineingefallen.

Während Seami jetzt hier am Straßenrand stand, während der dünne Regen auf sie fiel, während er mit der einen Hand spürte, wie Toshuas Hand seine Hand ergriffen hatte, suchte er mit der anderen in seiner Hosentasche und stellte zufrieden fest, daß er das Reisküchlein, das sie ihm gegeben hatte, bei sich trug. Es war rund mit einer leichten Erhebung gegen die Mitte hin. Ein Stück war schon abgebröckelt. Das war nicht zu verhindern, wenn man, wie er es tat, es immer bei sich trug. Er konnte es sich genau vorstellen, obwohl es doch im Dunkel seiner Tasche steckte, grau-weiß war es und an der Oberfläche von einer Körnigkeit, die er, indem er mit seinem Daumen darüberfuhr, erspüren konnte. Und dieses so oft wiederholte Tasterlebnis beschwor auch jetzt wieder eine Flut von Bildern aus den Tagen der Pilgerfahrt in ihm herauf: Er sah die Gruppe der Dörfler im Refektorium des Klosters um den Novizen versammelt, der seine Schreibutensilien vor sich stehen hatte und die Bauern fragte, was er denn nun schreiben solle. Er sah wieder deren ratlose Gesichter, sah, wie sie dumm und verlegen glotzten, bestürzt, weil sie trotz aller Beratungen nicht daran gedacht hatten, sich einen Text zurechtzulegen. Er hatte erlebt, wie die drei angesehensten Männer im Dorf, der Gemeindevorsteher, der Zimmermann und der Schmied, einander die Schuld daran gaben, und dann hörte man in der Gruppe der Frauen, die ganz hinten standen, jemand etwas sagen. Es war seine Mutter, die höflich-leise, aber in entschiedenem Tonfall sagte: »Erlaubt einer Unwürdigen sich einzumischen ...« Er sah, wie sie langsam nach vorn ging, bis sie neben dem Novizen und dessen Schreibpult stand. Und dann begann sie mit Leichtigkeit, ohne an einer Stelle innezuhalten oder auch nur zu zögern, die Petition zu diktieren. Einige der Männer blickten verdrossen drein, doch der Novize schien nicht erstaunt. Schließlich war bekannt, daß Narito eine der tatkräftigsten und klügsten Personen im Dorf war. Viele kamen, sie um Rat zu fragen, und was der Vater im Gemeinderat vortrug, hatte ihm nicht selten seine Frau vorher eingesagt.

Seami hatte sich unterdessen umgedreht und war in die entgegengesetzte Richtung geschlendert, wo ein langes, grell buntes Wimmelbild der Belagerung von Osaka an der weißen Wand hing. Er hatte auf dem Bild eine Gestalt gesucht, die als sein Urgroßvater hätte gelten können. Merkwürdigerweise hatten alle Gestalten auf dem Bild, die er näher in Augenschein nahm, jenes Gesicht gehabt, das er sich als das seines Urgroßvaters vorstellte. So war er sich mit der Hand über die Augen gefahren, um diesen Spuk zu verscheuchen.

Nachdem der Gemeindevorsteher von dem Novizen die Rolle mit dem Schriftstück erhalten und dem jungen Mann drei Lagen Baumwolltuch übergeben hatte, hatte sich die Pilgergruppe bis zum Abend aufgelöst. Seami erinnerte sich, wie Toshua und er mit der Mutter im Park des Hauptklosters durch eine leere Allee gegangen waren, in der das Laub schon die leuchtende Herbstfärbung angenommen hatte. Vor ihm stieg wieder das Bild eines Zuges von zwanzig oder dreißig Mönchen auf, die im Eilschritt ihren Weg gekreuzt hatten, um dann vor einem Schrein halblaut im Chor eine Sutra zu rezitieren. Das Erscheinen der Mönche in ihren safranfarbenen Gewändern hatte ihn stark beeindruckt. Und er hatte seine Mutter gefragt, ob es nicht anging, daß auch er Novize werde wie Noyga. Fast schimpfend hatte sie geantwortet, das solle er sich nur aus dem Kopf schlagen, da er der einzige Sohn sei, werde er in der Familie für die Feldarbeit gebraucht.

Wenn es Seami danach verlangte, Mönch zu werden, so gewiß nicht, weil er einen besonderen Sinn für Heiligkeit oder weil er Neugier auf die Lehre Buddhas empfunden hätte, es waren der theatralische Aufzug und die Art ihres Auftretens, die er an diesen Männern bewunderte. Er beneidete geradezu diesen Kahlkopf mit dem eulenhaften Blick, der am Tor des Haupttempels saß und für Pilger, die eine Münze oder ein Maß Reis dafür gaben, in Schönschrift einen Satz aus den Sutras kopierte. Dererlei konnten sich seine Leute allerdings nicht leisten. Aber dort stehenzubleiben und dem Mann über die Schulter zu schauen, zu beobachten, wie er den Pinsel führte, das kostete nichts, und Seami schien es ein energievoller Zauber, der da praktiziert wurde.

Schließlich hatte Narito gedrängt, weiterzugehen, weil sie ihm und der Schwester unter den Bäumen des ausgedehnten Friedhofes noch die Grabstelle ihres Urgroßvaters zeigen wollte. Nicht seine sterblichen Reste lagen hier begraben. Wo sie in die Erde gekommen oder vom Wind verweht worden waren, wußte niemand mit Sicherheit zu sagen. Wie arm die Familie auch durch seinen frühen Tod geworden war, sie hatte es nicht unterlassen, diesen Stein aufstellen zu lassen, der seine Treue und Tapferkeit rühmte.

Nachdem ihnen die Mutter einmal mehr die Geschichte ihres Vorfahren erzählt und sie aufgefordert hatte, immer auf ihn stolz zu sein, selbst wenn er auf der Seite der Unterlegenen gekämpft hatte, waren sie zur Pilgerherberge gelaufen, die am anderen Ende des Ortes lag, der fast ausschließlich aus den Baulichkeiten mehrerer Klöster bestand. Man hatte ihnen in der Herberge ein einfaches aus verschiedenen Zen-Gemüsen zusammengestelltes Essen serviert und sie daraufhin in einen großen Saal geführt, in dem sie mit vierzig anderen Pilgern die Zeit bis zum Morgengottesdienst verbringen sollten. Die Matten waren ungefüttert: Der große Raum wurde nur von den Ausdünstungen der vielen Menschen erwärmt. Als Zudecke gab es nichts als ein dünnes Tuch aus Nesselstoff. Seami hatte gefroren, aber versucht, es sich nicht anmerken zu lassen. Die klappernden Zähne hatte er fest aufeinandergepreßt.

Als er schließlich das Reisküchlein berührte und ihm einfiel, wem er es verdankte, hatte ihn plötzlich trotz der Kälte ein Glücksgefühl überkommen. Nie hätte Toshua ihm das Gebäck geschenkt, wenn sie ihm noch zürnte. Vielleicht würde doch alles wieder so werden, wie es vor diesem Zwischenfall gewesen war. Nein, da war er sicher, genau so wie früher würde es nie mehr werden. Wie oft hatte er sich, als er noch klein war, im stillen gewünscht, rasch größer und erwachsen zu werden. So groß und stark, daß er ein Schwert oder eine Naginata führen konnte. Er sah sich in seinen Tagträumen häufig als der Samurai-Vorfahre, sein Urgroßvater. In dieser kalten Nacht in der Pilgerherberge, als er schlaflos dalag, war es ihm zum ersten Mal gelungen, die ganze komplizierte Geschichte zu rekapitulieren. Er hatte sich vorgestellt, er müsse sie Toshua erzählen, er müsse auch sie, die von den Berichten der Mutter nie so beeindruckt gewesen war wie er, für das Geschehen begeistern.

Und dies hatte sich damals zu Zeiten seines Urgroßvaters zugetragen: Bevor Hideyoshi Toyotomi, der mächtigste Mann im Reich, 1598 im Alter von zweiundsechzig Jahren starb, hatte er gehofft und gewünscht, daß sein Sohn Hideyori ihm als Shogun nachfolgen werde. Aber der Junge war erst fünf Jahre alt gewesen, als sein Vater von einer tödlichen Krankheit befallen wurde. Deshalb traf Hideyoshi umsichtig Vorkehrungen für die Vormundschaft, die das Reich bis zu dem Zeitpunkt verwalten sollte, da sein Sohn großjährig war.

Die Vormunde, die dem Hause Toyotomi Treue schworen, wurden unter den mächtigsten Baronen ausgewählt. Herausragend unter ihnen war Ieyasu Tokugawa, der Daimyo des Kauto-Gebietes. Sobald aber Hideyoshi tot war, wurde der Vormundschaftsrat uneins. Zwischen den einander skeptisch belauernden Gruppen tat sich eine immer tiefere Kluft auf. (Wenn Seami das Wort »Kluft« hörte, stellte er sich vor, in der Burg oder in dem Zelt, in dem die Männer zur Beratung zusammenkamen, habe sich plötzlich die Erde zwischen ihnen gespalten, vielleicht, weil es in der Nacht ein Erdbeben gegeben hatte.)

Ieyasu, den vor allem der Adel des östlichen Japan unterstützte, standen Ishida Mitsunori und eine Anzahl von Baronen aus dem Westen gegenüber. Die Streitigkeiten im Vormundschaftsrat entwickelten sich schließlich zum offenen Kampf. Im Oktober 1600 kam es in Zentraljapan, in Sakigahara in der Nähe von Gifu, zur entscheidenden Schlacht. Die Heere des Westens wurden vernichtend geschlagen, und das, obwohl ihre Position sehr günstig und die Zahl ihrer Soldaten und Samurai denen der Streitkräfte Ieyasus weit überlegen gewesen waren. Aber Ieyasu war ein schlauer Fuchs. Vor Beginn der Schlacht hatte er einen der führenden Generale des Feindes bestochen, und im entscheidenden Augenblick lief dieser mit seinen Truppen zu ihm über.

Bei der folgenden Flucht des Westheeres wurde Ishida, einer der Anführer, gefangengenommen. Frech, aber letztlich ehrlos, hatte Ishida gegenüber Ieyasus Offizieren erklärt, er ziehe es vor, seinen Feinden die Mühe aufzuladen, ihn umzubringen.

Ein anderer General, ein Mann, der sich bei der in der Regierungszeit Hideyoshis durchgeführten Invasion Koreas Verdienste erworben hatte, war Konishi Yukinga. Er war Christ und hatte es deshalb abgelehnt, Selbstmord zu begehen.

Zunächst hängte man Ishida und Konishi Schilder um den Hals, auf dem sie als gemeine Friedensbrecher bezeichnet wurden, und stellte sie so vor der Bevölkerung von Osaka und Sakai zur Schau. Dann wurden sie am Kamofluß in Kyoto enthauptet.

Nie vergaß Seamis Mutter, wenn sie ihrem Sohn von diesen Ereignissen erzählte, diese Episode zu erwähnen: Auf dem Weg zur Hinrichtung war Ishida plötzlich stehengeblieben und hatte nach einer Tasse Tee verlangt. Jemand bot ihm statt dessen Dattelpflaumen an. Er lehnte mit der Begründung ab, daß die Frucht seine Verdauung beeinträchtigen könne. Sein Mitgefangener, der Christ Konishi, warf ein, es sei doch wohl etwas übertrieben, sich unmittelbar vor seiner Hinrichtung noch groß Gedanken über seine Verdauung zu machen. »Wie wenig du doch verstehst«, hatte Ishida darauf geantwortet, »man kann nie wissen, welchen Verlauf die Dinge nehmen. Deshalb muß man stets, solange man noch lebt, darum bemüht sein, seine Würde zu wahren.«

Die Schlacht von Sekigahara war zu einem Wendepunkt in der Geschichte Japans geworden. Zunächst befand Ieyasu, es werde von nun an zwei Gruppen von Adligen geben. Einmal die Fudaidaimyo, das waren all jene, die ihm in der Entscheidungsschlacht von Anfang an beigestanden hatten. Zum anderen die Tozamadaimyo, die sich gegen ihn gestellt hatten oder erst, als sich der endgültige Sieg Ieyasus abzeichnete, zu ihm übergelaufen waren.

Ieyasu aber konnte sich seines Sieges noch nicht sicher sein. Viele der Tozama-daimyo hegten immer noch Sympathien für den toten Hideyoshi, und es gab ja auch immer noch dessen Sohn Hideyori, für dessen Sicherheit und Amtserlangung sie sich dem Vater durch Eide verbürgt hatten.

Nach drei Jahren erzwang Ieyasu Tokugawa, daß ihn der machtlose Kaiser in Kyoto zum Shogun, zum obersten Feldherrn, ausrief. In früheren Zeiten war dieses Amt traditionsgemäß Mitgliedern des Hauses Minamoto vorbehalten gewesen, dem Ieyasu angehörte. 1605 übergab er das Amt an seinen Sohn Hidetada. Viele vermuteten, daß dies ein schlauer Schachzug sei, um seine Gegner in Sicherheit zu wiegen. Ieyasu war zu diesem Zeitpunkt 65 Jahre alt. Die Abgabe des Amtes entband ihn von gewissen zeremoniellen Verpflichtungen. Aus dem Hintergrund die Fäden ziehend, würde er desto besser den Machtanspruch seiner Familie befestigen können.

Gefährlich blieb ihm jedoch Hideyori, Hideyoshis Sohn, der den Anspruch der anderen großen Familie, des Hauses Toyotomi, auf das höchste Amt im Staate verkörperte. Hideyori war – und auch dies hatte sein Vater sich zum Schutz seines Sohnes ausgedacht – schon als Knabe mit Ieyasus Enkelin verheiratet worden. Er besaß große Ländereien in der Provinz Osaka, und bei ihm lebte seine Mutter, die eine Nebenfrau Hideyoshis gewesen war, samt einer großen Anzahl von Vasallen, die ihm halfen, Osaka in eine als uneinnehmbar geltende Festung zu verwandeln.

Die Spannungen zwischen dem Hause Toyotomi und dem Tokugawa-Shogun nahmen zu. Eine Einladung Ieyasus, nach Edo zu kommen, lehnte Hideyori auf Anraten seiner Mutter ab. Sie machte ihm klar, daß er dort, wenn nicht anders, so durch Gift umgekommen würde.

Ieyasu suchte die Konfrontation. Den passenden Vorwand bot die Inschrift einer Tempelglocke. Hideyori hatte in Kyoto einen Tempel mit einer bronzenen Buddha-Statue und einer Glocke gestiftet. Die Einweihungszeremonie wurde von einem Boten Ieyasus unterbrochen, der den Abbruch der Feier verlangte. Tatsächlich war die Inschrift völlig harmlos, aber Ieyasu versteifte sich darauf, sie als Drohung auszulegen. Im Dezember 1614 zog er mit einem Heer von einhunderttausend Mann gegen die von Hideyori immer weiter ausgebaute Festung Osaka. Kurz zuvor hatte sich Ieyasu durch die Ostindische Kompanie der Engländer, die auf der südlichsten Insel des Archipels, auf Kyushu, einen Handelsposten unterhielt, Kanonen beschafft.

Osaka war hervorragend befestigt. Der äußere Graben hatte eine Breite von siebzig Metern und zog sich über eine Länge von vierzehn Kilometern hin. Dahinter lag ein zweiter Graben mit einer dreißig Meter hohen Mauer. Hinter dieser, umgeben von einem Netz von Wachtürmen, lag *hon-maru,* der innere Kreis, das eigentliche Zentrum der Festung: ein hoher weißer Hauptturm mit gelblichen Ziegeln und Dachrinnen, die eine Zisterne speisten. Die Festung verfügte im Innenraum über einen Tiefbrunnen und über fast unerschöpfliche Nahrungsvorräte. Zu ihrer Verteidigung und zum Schutz Hideyoris und seiner Mutter Yodogimi waren neunzigtausend Mann aufgeboten. Die Samurai waren mit Musketen ausgerüstet, und auf den Wällen der Festung standen Kanonen. Allerdings fehlte es an ausreichenden Mengen von Schießpulver, über das die Angreifer in reichem Maße verfügten.

Spätestens von diesem Zeitpunkt der Erzählung seiner Mutter an verkörperte sich für Seami die Geschichte Japans in einer Person – nicht etwa einem der beiden Kontrahenten Ieyasu und Hideyori galt seine Bewunderung, nein, entscheidend für alles, was von nun an geschah, war in seinen Augen sein Urgroßvater Ashikaga gewesen, ein Ronin, ein fahrender Ritter, der in jenem Dorf gelebt hatte, in dem Seamis Familie heute noch lebte. Ashikaga hatte seine beiden Schwerter hervorgeholt, um Yodogimi, der Tochter seines Daimyo, zu Hilfe zu eilen. Die Burgherrin und Mutter Hideyoris war in ihrer Jugend eine bekannte Schönheit gewesen, für die viele junge Krieger geschwärmt hatten, selbst solche, für die sie als unerreichbar gelten mußte. Auch Ashikaga hatte sie angehimmelt. Nun war sie siebenundvierzig Jahre alt und immer noch eine achtunggebietende Person, die in der Rüstung eines Mannes die Wachen auf den beiden Verteidigungsringen von Osaka inspizierte, was die Belagerer allerdings zu der höhnischen Bemerkung veranlaßt hatte, offenbar sei die Dame Yodogimi der einzig tapfere Mann in der Festung.

Ieyasu, der alte Haudegen, der in den siebzig Jahren seines Lebens an neunzig Schlachten teilgenommen hatte, vergaß seinerseits nicht das von ihm oft zitierte alte Rezept, ein General werde ein Gefecht nie gewinnen, wenn er sich damit zufriedengebe, nur den Nacken seiner Krieger zu betrachten. Er hielt sich fast ständig zusammen mit seinem Sohn, dem Shogun, in vorderster Frontlinie auf. Von Zeit zu Zeit zog er sich aber auch immer wieder in eine kleine schmucklose Hütte zurück und feierte dort unbeirrt vom Schlachtenlärm seine Teezeremonien.

Die strapaziösen Sturmläufe gegen die Festung bei dem eisigen Wetter der ersten Wintermonate brachten die Belagerer an den Rand einer Niederlage. Ieyasu hatte schließlich dreißigtausend Mann verloren. Dann gelang es einem Ninja Hideyoris, einem im geheimen kämpfenden Krieger, sich durch den Belagerungsring des Shoguns zu schleichen und aus einer nahe gelegenen Provinz eine Truppe von fünfhundert Ronin heranzuführen. Dieser Ninja aber war niemand anderes als Ashikaga, Seamis Urgroßvater mütterlicherseits, gewesen.

»Wäre Hideyori nicht ein solcher Tor gewesen, wohnten wir heute in einem Palast in Edo und besäßen eine Burg in Nagoya«, hatte Seami die Mutter häufig sagen hören. »Und«, setzte er diese Äußerung bei sich fort, »statt Reisbündel zum Trocknen aufzuhängen, besäße ich ein Tashi und ein Tango, ein Katana und ein Wakizashi – die Schwerterpaare für Friedens- und Kriegszeiten – und ein Schwertmeister unterwiese mich in ihrer Handhabung.« In Wirklichkeit folgte nun der traurigste Teil der Geschichte, der Teil, bei dem sich der Junge, wenn er über die Ereignisse nachdachte, immer ganz und gar in Ashikaga verwandelte, den Sieger auf verlorenem Posten.

Es war nun das eingetreten, was man später in den Reihen der Ronin *Guyu bo Ju* nannte, die Torheit, die der Starke immer dann begeht, wenn er der Versuchung erliegt, leichtfertig seinem Verlangen nach Frieden nachzugeben. Ieyasu, der am Rande der völligen Niederlage stand, machte ein Waffenstillstandsangebot, auf das Hideyori auf Anraten seiner Mutter einging. Ieyasu hatte zuvor seinen Kanonieren befohlen, den Beschuß auf den von der Dame Yodogimi bewohnten Palastflügel zu konzentrieren. Und er hatte die Parlamentäre, die aus der Festung in sein Lager kamen, durch die unterirdischen Stollen führen lassen, die seine Sappeure unter Graben und Mauern vorantrieben.

Hideyori ließ er versichern, er könne im Besitz all seiner Ländereien und der Festung bleiben. Auch solle keiner der Ronin, deren Eingreifen in Osaka dazu geführt hatte, daß die Belagerer fast aufgerieben worden waren, wegen ihrer Illoyalität gegenüber Ieyasu bestraft werden. Als einzige Bedingung verlangten Ieyasu Tokugawa und sein Sohn Hidetada, daß der äußere Graben der Festung von ihren Streitkräften zugeschüttet werden solle. Dem stimmte Hideyori zu und grub sich damit sein eigenes Grab.

Schon beim Abzug der fünfhundert Ronin in ihre Heimatprovinz kam es zu einem ersten Zwischenfall, der Hideyori die Augen hätte öffnen müssen. Eine Abteilung, in der sich auch Ashikaga befunden hatte, geriet in einen Hinterhalt und wurde fast völlig aufgerieben. Allein Ashikaga und fünf weitere Ronin konnten sich nach Osaka durchschlagen und dort die Kunde von dem Massaker überbringen. Als Hideyori bei Ieyasu protestierte, ließ der ihn wissen, bei den Erschlagenen habe es sich um eine Bande gesuchter Straßenräuber gehandelt. Man sei sich doch wohl einig, daß unbedingt der Landfriede wiederhergestellt werden müsse.

Unterdessen hatte Ieyasus Unterführer Honda Masazumi vor Osaka mit der Einebnung des äußeren Grabens beginnen lassen. Aber nicht nur der Graben wurde zugeschüttet, auch die äußere Festungsmauer wurde geschleift. Die Heerführer der Toyotomi protestierten. Und auch Hideyori selbst wollte sich beschweren. Doch auf geheimnisvolle Weise war Honda, dem auf der anderen Seite vom Shogun die Befehlsgewalt übertragen worden war, verschwunden. Er sei bei schlechter Gesundheit, hieß es.

Hideyori schickte nun Kuriere zu Ieyasu selbst. Während dieser scheinheilig anworten ließ, seine Befehle müßten wohl falsch verstanden worden sein, waren Pioniertruppen des Shogun nun damit beschäftigt, die innere Festungsmauer niederzulegen. Empört, schickte Hideyori abermals einen Protest nach Edo. Ieyasu ließ antworten, er habe nicht übel Lust gehabt, Honda wegen Überschreiten seiner Kompetenzen auf der Stelle hinrichten zu lassen, wenn nicht der eben so mühsam hergestellte Landfriede dadurch empfindlich gestört würde. »Glücklicherweise«, hatte es in Ieyasus Antwort wörtlich geheißen, »haben wir Frieden geschlossen. Warum dann noch über zugeschüttete Gräben und geschleifte Mauern streiten.«

Wie nicht anders zu erwarten, begannen die Feindseligkeiten erneut, kaum daß der Winter vorbei war. Die Kämpfe verliefen zunächst unentschieden, ja, die Truppen des Tokugawa-Shoguns wurden weit von der Stadt abgedrängt. Doch der Ausfall der Ronin kostete auch bei den Belagerten viele Menschenleben, und als sie von Ieyasus Heer danach gegen die Stadt hin zurückgeworfen wurden, gab es dort keine schützenden Befestigungsanlagen mehr. Das Ende kam durch Verrat. Während im inneren Kreis noch heftige Nahkämpfe tobten, brach plötzlich im Hauptturm der Burg ein Feuer aus. Der von Ieyasu bestochene Oberkoch Hideyoris hatte es gelegt.

Als sich die Niederlage des Toyotomi-Klans abzeichnete, sandte Hideyoris Hauptfrau, Ieyasus Enkelin, eine Botschaft in das Lager der Tokugawa, man möge doch die Leben ihres Ehemannes und ihrer Schwiegermutter schonen. Vergebens: Als die Burg von Osaka fiel, hatte Ieyasu schon Befehl gegeben, Hideyori auf der Stelle zu töten. Dazu kam es jedoch nicht, denn Hideyori beging ehrenvoll Selbstmord. Ieyasus Enkelin überlebte.

Die Opfer des Sommerfeldzuges gegen Osaka waren gewaltig. Der Fama nach hatte in der Schlacht von Sekigahara die Zahl der von den Truppen Ieyasus getöteten Feinde etwa fünfunddreißigtausend betragen. Und im Sommerfeldzug gegen Osaka waren es nicht weniger gewesen. Ieyasu war entschlossen, nun ein für allemal die Vorherrschaft seines Klans zu sichern. Eine der Straßen von Osaka nach Kyoto wurde zu einer Allee von abgeschlagenen Köpfen ausgestaltet. Man nagelte sie auf Bretter und stellte sie an beiden Straßenseiten auf. Ieyasu ließ sogar Hideyoris Sohn, den sechsjährigen Kunimatsu, ausfindig machen und befahl einem berufsmäßigen Henker in Kyoto, das Kind zu töten. Ein solcher Akt barbarischer Grausamkeit verstieß gegen die Gebräuche der Zeit. Aber Ieyasu erinnerte sich an Vorfälle aus der Geschichte des Mittelalters, da obsiegende Heerführer die Kinder ihrer Gegner geschont hatten, um später erleben zu müssen, daß diese, herangewachsen, sich entschlossen aufmachten, ihre Väter zu rächen.

Und hier begann nun der Teil der Familienlegende, der Seami am meisten faszinierte: Seinem Vorfahren Ashikaga, so hieß es, sei es gelungen, Kunimatsu gegen einen anderen Knaben auszutauschen. Der falsche Kunimatsu sei getötet worden, mit dem echten aber sei Ashikaga nach Kyushu in die Bergwildnis entkommen, wo der Ronin den Heranwachsenden zu einem ausgezeichneten Schwertkämpfer ausgebildet habe.

Kunimatsu lebte nicht mehr, wohl aber sein Sohn, der selbst wieder einen Sohn in diese schwankende Welt gestellt hatte. Und wenn je irgendwo das Banner der Toyotomi mit dem weißen Kürbis aufgerichtet werde, hatte die Mutter auf dem Friedhof ihren Bericht beendet, so erwarte sie von ihren Kindern, daß sie sich um jene, die dieses Zeichen trügen, scharten.

Während Seami in der Pilgerherberge wach lag und die Geschichte vom Kampf der Adelsdynastien bedachte, wuchsen in ihm Groll und Empörung über die Ungerechtigkeit des Schicksals und der Götter. Noch immer hatte der Tokugawa-Klan im Land das Sagen. Rache wollte er üben, das nahm er sich in dieser Nacht vor. Er hatte keine Ahnung, wie er das anstellen sollte, aber der Gedanke an Auflehnung hatte seinen Geist, seine Seele und seinen Körper durchdrungen.

Es hatte sich in ihm die feste Überzeugung gebildet, die Welt sei so lange nicht in Ordnung und werde auch nicht in Ordnung kommen, solange er nicht seinen Teil zu dieser großen Aufgabe beigetragen habe. Er war sich gewiß, das werde lange dauern, und noch sah er keinen bestimmten Weg, der zu diesem Ziel führte. Aber das schreckte ihn, jung, naiv und idealistisch, wie er war, nicht im geringsten. Es war eher umgekehrt: Gerade weil sich dieser Lebensplan als völlig undurchführbar ausnahm, wenn man ihn bei hellem Tageslicht bedachte und nicht nur in dem von fast grünlich wirkendem Mondlicht erleuchteten Schlafsaal der Pilger, gefiel er ihm und erzeugte in ihm eine Stimmung von freudigem Trotz. Toshua lieben, dachte er, und gegen die Tokugawa kämpfen. Es kam ihm seltsam vor. Er wußte nicht, warum. Und doch gehörte beides zusammen. Das Unmögliche wahr zu machen, sagte er dort, im Mondlicht vor Kälte zitternd, halblaut vor sich hin, als spreche er eine Parole oder als leiste er einen Schwur.

Am Morgen gegen vier Uhr fand dann im Tempel der Herberge der Gottesdienst für die Pilger statt. Auf der Schwelle des heiligen Raumes saß ein Mönch mit Schreibzeug. Man flüsterte ihm ins Ohr, welche Inschrift er auf das Wunschholz, das man mitgebracht hatte, pinseln solle. Nach der Rezitation einer Sutra und mehreren Gebeten begaben sich Priester, Ministranten und Gläubige gemeinsam zu einem Seitenaltar, auf dem unter einem Kaminschacht ein loderndes Feuer brannte, in das der Priester die Wunschhölzer hineinwarf. Der zum Himmel aufsteigende Rauch und die mitwirbelnde Holzasche teilten den Göttern die Wünsche der Menschen mit.

Die meisten der Dörfler, die mit auf Pilgerfahrt waren, ließen auf ihr Wunschholz schreiben, der Daimyo möge ihrer Bitte um Steueraufschub entsprechen. So taten es auch die Mutter und Toshua, die vor Seami in der Schlange der wartenden Pilger standen. Für Seami war leicht zu erkennen, daß der Schriftzug, den der Mönch auf die Oberfläche des Holzes pinselte, kein kalligraphisches Meisterwerk war. Durch die ständige Wiederholung flossen Gleichgültigkeit und Langeweile in den Schriftzug ein. Das war nicht in Ordnung, denn die Götter sollten auch durch die Schönheit der Schrift auf die Wünsche aufmerksam gemacht werden. Dann kam Seami an die Reihe, und er flüsterte dem Mönch zu, er möge auf sein Wunschholz pinseln: »Verzeih mir, daß ich dir Schmerzen zugefügt habe! Toshua, dir, meiner Schwester, Glück und langes Leben.«

»Was soll ich schreiben?« vergewisserte sich der Mönch, offenbar irritiert davon, daß plötzlich einer aus der Reihe tanzte. Seami wiederholte die Worte, die er sich ausgedacht hatte.

Auch wenn ihre Unterhaltung flüsternd vonstatten gegangen war, hatte doch Toshua, die unmittelbar vor ihnen stand, mit angehört, was Seami zu dem Mönch sagte. Sie hatte sich umgewandt und dem Bruder einen Blick zugeworfen, der Seami geradezu in einen Liebesrausch versetzte. In diesem Blick hatte Erstaunen gelegen, Stolz, Dankbarkeit, das alles auch, aber vor allem ein Ausdruck von erotischem Verlangen. Ganz anders als in dem Badehaus bewirkte jetzt dieser Blick kein Erschrecken in ihm, sondern eine gleich einer Flamme lodernde Freude.

Ihr Blickkontakt dauerte nur jenen Bruchteil einer Minute, die der Mönch noch brauchte, um den Schriftzug zu vollenden. Dann hatte Toshua sich wieder abgewandt. Nicht einmal die Mutter hatte bemerkt, was da zwischen ihnen geschehen war, und es war recht so, weil es ein Geheimnis war, das die Menschen nichts anging, nur die Götter. Und wenn ihm zuvor, schlaflos in der Nacht, in Erinnerung an das Schicksal seines Vorfahren, bewußt geworden war, daß er stark hassen konnte, so erfuhr er an jenem Morgen beim Beschriften seines Wunschholzes, in welch heftigem Maße er auch fähig war, Glück zu empfinden angesichts der Liebe eines anderen Menschen.

Die Ausrufe der Leute, die neben ihm standen, rissen Seami aus seinem Tagtraum hoch. »Sie kommen«, hörte er die Schwester neben sich hervorstoßen. Er spürte, wie sich in den Ausrufen und Gesten der Menschen seines Dorfes die lang angestaute Spannung entlud. Da der Zug des Daimyo von der Paßhöhe talabwärts herankam, sah es so aus, als bewege er sich über eine schräge Bühne.

Jahr für Jahr wiederholte sich um diese Zeit dieses Schauspiel. Immer hatte es etwas prickelnd Erregendes, aber in diesem Jahr, da so viel auf dem Spiel stand, im besonderen Maße.

An der Spitze des Zuges rannten im Laufschritt vier Männer, die unablässig ausriefen: »Verbeugt euch! Werft Euch auf den Boden! Erweist dem Herrn die gebührende Ehrfurcht.« Da jeder wußte, daß das Erdreich am Straßenrand vom Regen aufgeweicht, ja, an manchen Stellen ausgesprochen schlammig war, war vorherzusehen, daß man sich seine Kleidung vollkommen verdarb, wenn man diesem Befehl Folge leistete. Eine heiße Welle von Zorn über die Willkür des adligen Herrn und seiner Männer schoß Seami in den Kopf, als er die Rufe jetzt hörte, wenngleich niemand unter den Wartenden Anstalten machte, den Aufforderungen nachzukommen, was ein ungeheuerliches Sakrileg darstellte.

Hinter den Ausrufern folgten zwei kräftige Burschen von der Art, wie man ihnen als Türhüter vor den Häusern hoher Herren begegnet. Geschickt schwangen sie lange Stäbe, die an beiden Enden mit Bommeln und Federn verziert waren. Das Erstaunliche war – und Seami blieb darüber für einen Moment der Mund offenstehen – daß die Stangen, so lang und schwer, wie sie waren, nie den Boden berührten, sondern durch einen Drall aus dem Handgelenk heraus immer in einem torkelnden Tanz durch die Luft geführt wurden, eine Praktik, die etwas Wunderbares hatte, erzeugte sie doch die Illusion, die Gesetze der Schwerkraft seien aufgehoben.

Hinter den Stabschwingern trabte eine Abteilung einfacher Soldaten. Sie trugen Beinpanzer, die die Knie freiließen, und an den Füßen Sandalen. Über ihren Untergewändern aus grauem Tuch hatten sie ungemein farbenprächtige mit allerlei Stickereien und Quasten verzierte halblange Mäntel an. Darüber wiederum saßen Schulter- und Hüftpanzer. Um ihre Lebensmitte herum spannte sich ein schwerer breiter Gürtel, aus dem das kleine und das große Kampfschwert herausragten. Sie hatten eine merkwürdig ruckartige Art, sich zu bewegen, die Seami eher komisch denn bedrohlich vorkam. Was er nicht wissen konnte, war, daß diese exaltierte Art des Marschierens »die Luft schneiden« genannt wurde.

Jeder der Männer trug einen breiten runden Strohhut. Die Gesichter dieser Samurai waren ernst und hochmütig. Sie waren sich ihres grausigen Privilegs voll und ganz bewußt: Nach herrschendem Gesetz waren sie nämlich dazu berechtigt, jeden Angehörigen der unteren Stände, sei es nun ein Ausgestoßener, ein Handwerker, ein Kaufmann oder ein Bauer, auf der Stelle zu töten, sofern es der Betreffende an der nötigen Ehrfurcht gegen sie fehlen ließ, also beispielsweise sich nicht auf die Erde warf, wenn der Zug des Daimyo vorbeikam. Käme es zu einem solchen Totschlag, hätte kein Gericht im Reich gegen den Samurai Anklage erhoben. Das Recht des Niederstoßens war alt. Durch solche und ähnliche Gesetze, so hieß es, erhielten sich das Bewußtsein für Ehre und der kriegerische Sinn.

Hinter diesen gedrungenen, durch ihre Rüstungen um die Schultern und an den Hüften wie in Kisten eingesperrt wirkenden Rittern, die auch etwas von überdimensionalen Insekten hatten, folgten fünfzig Diener und Knechte. Einige trugen gewaltige Truhen mit dem Bettzeug des Daimyo, andere schleppten sich mit einem riesigen Schrein ab, wieder andere mit den zusammengelegten Zelten, denn es vergingen viele Tage, ehe der Daimyo, wenn er zur Steuererhebung durch sein Lehnsgebiet unterwegs war, wieder in die Hauptstadt des Reichs nach Edo, dem Regierungssitz des Shogun, zurückkehrte, wo jeder der Barone einen Stadtpalast unterhielt, in dem während seiner Abwesenheit seine Familienmitglieder als Geiseln zurückbleiben mußten.

Jede Kiste, jede Waffe im Zug trug das Wappen des Mannes, der eher unbequem zusammengekauert, die Knie bis am Kinn, in einer Sänfte saß, die von vier Mann getragen wurde. Hinter der Sänfte lief ein weiteres Dutzend Diener und Bewaffnete. Einige trugen mit zur Schau gestellter Bedeutsamkeit sehr große Piken, an die Wimpel geheftet waren. Andere führten die Packpferde, auf denen die Geschenke für den Shogun und die Familie des Daimyo, die von Verwandten in der Provinz kamen, aufgeladen waren. Die Nachhut bildeten noch einmal sechs Samurai, die wiederum durch diese merkwürdigen Bewegungen auffielen, mit der sie mal die eine, dann wieder die andere Schulter vorschnellen ließen, als stehe da in der Luft jemand, den sie durch einen Rempler vertreiben müßten.

Im Sommer war es für die Bauern unbedingt üblich, sich, sobald der erste Satz der Ausrufer an ihr Ohr drang, flach auf den Boden zu werfen und dann so abzuwarten, bis der Zug in seiner ganzen Länge vorbeigezogen war. Im Winter oder, wie jetzt, bei Regenwetter mochte es angehen, wenn man sich auf die Knie niederließ, und das taten aus bloßer Gewohnheit auch jetzt einige alte Leute unter den Dörflern. Die anderen aber blieben weiter aufrecht stehen, was sofort unter den Samurai im Zug Beunruhigung hervorrief.

Es war unter den Bauern vereinbart worden, daß der Dorfälteste an die Sänfte des Daimyo herantreten und, begleitet von einer mündlichen Erklärung, warum sich das Dorf in diesem Jahre nicht in der Lage sähe, die fällige Menge Reis aufzubringen, die Bittschrift überreichen sollte. Nun aber, da es soweit war, da aber die Stimmung durch den unterlassenen Kniefall der meisten Leute mit Gereiztheit aufgeladen war, zögerte der Mann. Es schien, als habe ihn angesichts der in ihren Rüstungen Ungeheuern nicht unähnlichen Samurai der Mut verlassen. Er stand da, die zusammengerollte Bittschrift in der Hand, den Arm halb erhoben, und im Gesicht malte sich ein Ausdruck, in dem sich Kleinmut, Unterwürfigkeit, Angst und zugleich das Wissen um die Notwendigkeit der Aufgabe, die er übernommen hatte, mischten. Er nahm sich aus wie eine Vogelscheuche, von den Samurai mit zunehmendem Mißtrauen betrachtet, die von dem zitternden Mann, wenn schon bei dem nassen, unfreundlichen Wetter hier an der Straße nicht den als Steuer zu zahlenden Reis selbst, so doch einen Hinweis darauf erwartet hatten, wo der Speicher sei, in dem man ihn abholen und aufladen könne.

Das Zögern des Dorfältesten wurde von den Bauern erst mit ungläubigen Blicken, dann mit immer zorniger klingenden Zurufen bedacht, was ihn nur noch unsicherer werden ließ. Schließlich hob er die Schultern, als wolle er andeuten, er bedauere, aber er könne dem übernommenen Auftrag einfach nicht nachkommen, und ließ mit einer Geste völliger Ratlosigkeit die Papierrolle auf den Weg fallen. Nun geschah etwas, was niemand erwartet hatte. Narito, die nahebei stand, hob die Rolle auf und ging entschlossen auf die Sänfte des Daimyo zu, der immer noch in seiner unbequem kauernden Haltung verharrte und mißbilligend dreinblickte.

Wann immer sich Seami später die Szene ins Bewußtsein drängte – und das geschah über Jahre hinweg häufig bei Tag und Nacht –, es blieb doch unklar, was die Samurai letztlich bewogen hatte, zu den Schwertern zu greifen. Jedenfalls war mit einem Hieb, den einer von ihnen mit beiden Händen geführt hatte, Narito der Kopf abgeschlagen worden, der sich plötzlich in ein schreckliches Ding verwandelte, am Boden lag und die Umstehenden mit verdrehten Augen ansah. Ein anderer Ritter war herbeigesprungen und hatte mit wütenden Schwerthieben den Körper der Mutter in mehrere Stücke zerhackt, aus denen Blut quoll.

Hatten sie ein Attentat auf ihren Herrn befürchtet? Sahen sie allein durch die Tatsache, daß es eine Frau war, die sich der Sänfte ihres Herrn näherte, dessen Ehre verletzt? War es bloße Willkür? Seami ergründete es nie.

Im Moment, in dem dies geschah, war das Entsetzen bei ihm so groß, daß es jedes klare Denken auslöschte, zumal auf die wahnwitzige Aktion gleich noch eine nicht weniger bestürzende folgte. Nachdem die beiden Samurai der Mutter den Kopf abgeschlagen und ihren Körper regelrecht zerstückelt hatten, war eine Gruppe von Bauern, darunter auch Seamis Vater, vorgesprungen. Sie kamen dem Jungen vor wie eine Meute kläffender Hunde. Die Samuraimannschaft hatte inzwischen vor der Sänfte eine Art Kampfformation gebildet, gegen die die Männer aus dem Dorf in ohnmächtiger Wut, ohne Waffen, die Fäuste zornig und wehklagend reckend, anrannten, nur um einer nach dem anderen niedergehauen zu werden.

Die Träger hatten die Sänfte unterdessen abgesetzt. Der Daimyo hatte sich aufgerichtet und gab Befehle. Offenbar hielt er die Vorgänge für den Beginn einer Hungerrevolte, wie sie schon nach der schlechten Ernte im vorigen Jahr landauf landab ausgebrochen war.

Waren bis dahin alle Dörfler unbewaffnet gewesen, so rannten nun Männer zu ihren Hütten, um Spaten, Sensen und Piken zu holen. Es war klar, daß die Mannschaft des Daimyo kein Pardon mehr kennen werde. Die Ritter würden das aufsässige Dorf auslöschen. Nicht wenige der Bauern hatten im Laufe ihres Lebens einmal als Fußsoldat im Dienste des Daimyo gestanden. Jetzt waren sie entschlossen, ihr Leben so teuer wie möglich zu verkaufen. Auf der Straße bildete sich tumultartig eine Menschenmenge, die mit dem Mut der Verzweiflung auf die schwertschwingenden Samurai losging, die zunächst durch die zahlenmäßige Überlegenheit der Bauern in Schwierigkeiten gerieten. Der Daimyo war aus seiner Sänfte gesprungen. Das Gesicht wutverzerrt wie ein Dämon, hielt er in jeder Hand ein Schwert und trieb die Diener und Knechte an, in den Kampf einzugreifen. Der bis dahin so gelassen und nicht ohne Würde dasitzende Mann war völlig in Hysterie verfallen. Er stieß Flüche aus und rief immer wieder, er verfluche das Dorf..., die Dorfbewohner sollten sterben..., alle.

Für Seami war es, als sei einer seiner Kriegsträume von den Zeiten seines Urgroßvaters bei der Belagerung von Osaka plötzlich Wirklichkeit geworden, und da diese Wirklichkeit so gar nichts ritterlich Edles an sich hatte, sondern sich grell gewalttätig und voller Todes- und Angstschreie darbot, stand er in seinem Erstaunen, seinem Schrecken und seiner Empörung über den Tod der Eltern wie gebannt, zu jedem Handeln unfähig, da.

Es war Toshua, die ihn aus dieser Starre hochrieß: »Nun komm schon«, schrie sie ihn an, »willst du hier warten, bis sie kommen und auch noch dich totschlagen!«

Ohne seine Hand loszulassen, sprang sie mit ihm über den Straßengraben hinter ihnen und lief über ein Reisfeld auf die Hütten des Dorfes zu. Sie kamen an dem roten Tempeltor vorbei, vor dem der Priester ratlos auf die vorbeihastenden Menschen blickte und versuchte, über seinen Ängsten seine Würde nicht preiszugeben. Aus den Hütten an der Hauptstraße kamen Frauen mit kleinen Kindern auf dem Arm gerannt. Sie standen im Begriff, sich ins Gebirge hinauf zu flüchten. Von der Straße her, wo nun ein Gefecht zwischen den ungleichen Parteien in Gang gekommen zu sein schien, hörte man katzenartige Kriegsschreie und die Schmerzenslaute der Sterbenden. Dann sah Seami, wie aus dem Schilfdach des Hauses, das der Landstraße am nächsten lag, dicker Rauch aufstieg.

»Bei Amida«, rief Toshua keuchend aus, »sie brennen tatsächlich das Dorf nieder! Hier entlang. Rasch. Lauf, so schnell du kannst.« Sie griff wieder nach seiner Hand, und im Augenblick fühlte er sich völlig geborgen. Auch das schreckliche Bild von dem auf der Straße liegenden Kopf seiner Mutter, das er die ganze Zeit nicht losgeworden war, war plötzlich ausgelöscht.

Sie erreichten jetzt einen kleinen Platz, schon außerhalb des Dorfes, an dem, ein Bambusgebüsch im Rücken des Gebäudes, das Backhaus lag. Toshua stieß den hölzernen Riegel zurück, und sie traten ein. Im Vorraum herrschte, nach den Lauten, die sie draußen beunruhigt hatten, eine stumpfe Stille. Der Ofen selbst war in eine weiß getünchte Wand eingelassen und mit einer breiten Klappe aus Eisen verschlossen. Erst jetzt begriff Seami, warum die Schwester mit ihm hierhergelaufen war. Das Haus mit dem Backofen war eines der wenigen Gebäude im Dorf, die aus Stein gemauert waren.

Toshua öffnete die Eisenklappe und deutete mit einer Kopfbewegung gegen das schwarze Loch hin. Seami zog sich hoch und stieß sich mit einer Bewegung seiner Unterarme ins Innere voran. Der Raum, in dem er sich nun befand, war immerhin groß und hoch genug, daß er sich, wenn er auf den Knien blieb, umdrehen konnte. Er streckte der Schwester die Hände hin und half ihr, ebenfalls in den Ofen zu kriechen. Keuchend hockten sie voreinander. Nachdem sie etwas verschnauft hatten, gelang es Toshua, von innen die Klappe zu verschließen. Außer dem Lichtschacht, der durch den Schornstein weiter hinten hereinfiel, war es völlig finster um sie herum. Gegen die Seite hin lagen mehrere Bündel Reisstroh. Der rückwärtige Raum war schon mit Reisigbündeln für das nächste Anfeuern belegt.

Dann lagen sie ausgestreckt nebeneinander auf dem Stroh, das sie auf dem harten Boden verteilt hatten, und horchten nach draußen. Die Schreie der Menschen und die Geräusche des Gefechts waren hier nicht zu hören. Aber gerade nun, da sie doch in Sicherheit waren, überkam Seami dumpfe Angst. »Alle töten«, sagte er in einer Mischung aus Empörung und Erstaunen. »Wer gibt ihnen das Recht dazu ..., wer?«

»Hier wird uns nichts passieren«, sagte Toshua beruhigend, »wir bleiben hier bis zum Morgen. Bis dahin sind sie bestimmt wieder abgezogen.«

Eine Weile war es still, und Seami hörte nur Toshuas Atmen nahe seinem Gesicht. »Ist es wahr, daß unsere Eltern tot sind?« fragte er verstört. Er konnte es in diesem Augenblick einfach nicht glauben.

»Es ist wahr, Seami. Du mußt dich damit abfinden.«

»Ich will nicht, daß es so ist«, sagte er wie ein trotziges Kind.

»Wir konnten nichts tun.«

»Ich möchte sie alle erschlagen. Die Samurai, diesen Daimyo ...«, murmelte Seami. »Ich gehe zurück in unsere Hütte und hole mir das Schwert vom Altar.«

»Das wirst du nicht tun.«

»Aber begreifst du denn nicht«, flüsterte er, »ich muß unseren Vater und unsere Mutter rächen.«

»Die Soldaten würden nur auch dich noch erschlagen.«

»Dann sterbe ich eben«, rief er jetzt laut und zornig.

»Und ich«, sagte Toshua, »Ich bin dir wohl völlig gleichgültig.«

»Nein ..., aber begreife doch, daß ich es tun muß«, flüsterte Seami.

»Ich will es nicht«, hörte er Toshua entschieden sagen, »und die Eltern würden es auch nicht wollen.«

Seami machte eine Bewegung, als wollte er wieder zur Ofenklappe rutschen und sie öffnen. Das Reisstroh raschelte.

»Bitte«, sagte Toshua, als sie merkte, daß er sich bewegte, »gib mir deine Hand, Seami.«

Er merkte, wie sie sich auf die Seite drehte. Irgendwo im Dunklen ganz nahe mußte ihr Gesicht ihm jetzt zugewandt sein.

Sie schob seine Hand durch eine Öffnung ihres Übergewandes, und er berührte nun ihre eine Brust. Er wollte seine Hand zurückziehen, aber für einen Augenblick hielten ihre Finger sie eisern fest. Er spürte, wie sich unter der Berührung die Brustwarze aufrichtete. Dann ergriff ihn die Erregung, und er begann mit der Handfläche die Rundung ihrer Brust nachzufahren. Er tastete zur anderen Brust hinüber, und es schien ihm, als strecke sich ihm dieses runde, weiche Fleisch entgegen. Seine Finger fuhren hinab in den Einschnitt zwischen den beiden Brüsten. Sie blieben wie magisch von der Haut, die er berührte, angezogen. Er spürte, wie sein Geschlecht sich stürmisch aufrichtete, während seine Finger die Vertiefung ihres Nabels berührten. Seine Schenkel drängten sich jetzt, ohne daß er es wollte, gegen Toshuas Körper. Seine Hand glitt über die Fläche ihres Bauches tiefer, bis sie das Wäldchen über ihrer Scham erreichte. Einen Augenblick lang verharrte er wie versteinert, doch dann, als er merkte, daß sie ihre Kleider abstreifte, tat er es ihr nach.

Zuerst war es so kühl, daß er Gänsehaut bekam, aber dann spürte er ihre Hand um seinen aufragenden Penis und vergaß, daß ihn fröstelte. Vielmehr rann jetzt ein Wärmestrom durch seine Beine. »Wie groß und fest er doch ist«, hörte er Toshua mit einem vergnügten Lachen wie zu sich selbst sagen.

Er machte ein paar ungeschickte Bewegungen, die ihn nur noch mehr erregten. Dann lag er auf ihr, und es gab einen Moment der Ruhe, in dem er ihren ganzen Körper zu spüren meinte. Sie öffnete die Schenkel. Sein Penis fand seinen Weg. Er stieß und drängte. Plötzlich gab etwas nach, zerriß. Toshua stieß einen kleinen, sofort wieder unterdrückten Schrei aus, und während sich sein Glied in ihr streckte, explodierte er auch schon. Die Spannung brach zusammen.

Es war Toshua nicht entgangen, daß er zum Höhepunkt gekommen war. Sie nahm seinen Kopf, legte ihre Arme um ihn und zog ihn herunter, so daß er nun zwischen ihren Brüsten ruhte. Der Augenblick, während dem er so dalag und den galoppierenden Schlag seines Herzens hörte, schien ihm endlos lang. Dann rückte er sich in eine andere Lage, verschränkte die Hände hinter dem Kopf. »Was denkst du?« fragte er Toshua.

»Nichts, gar nichts«, antwortete sie nach einer Weile »höchstens, daß es schön war, daß ich es wieder tun möchte.«

»Warum nicht«, sagte er, nun selbst auch lockerer.

Ihre Hand kam, tastete nach seinem Penis. Sein Geschlecht erhob sich wieder. Und dann spürte er, wie ihr Mund es berührte, wie vorsichtig ihre Zunge daran spielte, und als es wieder prall und groß war, kauerte sie sich auf ihn und begrub es in ihrem Spalt.

Als sie am Morgen aus dem Backofen krochen, schien alles anders. Die Luft war grau und kühl. Die Soldaten waren tatsächlich längst abgezogen. Die meisten der Hütten, auch jene, in der sie mit ihren Eltern gewohnt hatten, waren niedergebrannt. Hin und wieder stießen sie in den Höfen und in den Gassen zwischen den Hütten auf Tote. Sie kehrten zum Backofen zurück. Auf dem Steinboden sitzend, fröstelnd aneinandergelehnt, verbrachten sie die Zeit, bis es ganz hell geworden war.

Plötzlich stand Seami auf, und als er sich erhob, wußte er, daß er nun ein erwachsener Mensch war, der das, wogegen er sich in der letzten Stunde gewehrt hatte, weil es ihn ekelte, unbedingt tun mußte.

»Was hast du vor?«, fragte Toshua, die weiter am Boden hockte und zu ihm aufsah.

»Wir müssen den Eltern ein Grab schaufeln«, sagte er, »sonst werden uns ihre Geister verfolgen.«

Toshua begann zu weinen. Seami machte keine Anstalten, sie zu trösten, aber er wartete geduldig, bis sie sich beruhigt hatte. Dann gingen sie zu ihrem Gehöft, holten dort Hacke und Schaufel und machten sich an ihre traurige Arbeit.

Es wurde Mittag, bis sie die Leichen der Eltern beigesetzt und die Grube wieder mit Erdreich zugeschüttet hatten. Um diese Zeit sahen sie einzelne Familien, die sich während der Nacht ins Gebirge hinaufgeflüchtet hatten, an den Hängen wieder abwärts steigen.

Seami blickte auf die lockere Erde des Grabes. Er schüttelte den Kopf und sagte: »Ich bleibe nicht hier.«

»Ich auch nicht«, sagte Toshua, ohne ihn anzuschauen. »Aber wir gehen nicht zusammen.«

»Warum nicht?«, fragte Seami enttäuscht, »heute nacht hast du gesagt, daß du mich lieb hättest.«

»Das habe ich gesagt, und ich meine mehr noch«, erwiderte Toshua, »wir haben uns geliebt, wie Mann und Frau. Wir waren sehr glücklich dabei. Aber wenn ich jetzt bei dir bliebe, würde sehr bald Unglück über uns kommen.«

»Ich mag nicht, daß du gehst«, sagte Seami und wußte doch, daß er sie nicht würde überreden können.

»Meinst du etwa, ich sei nicht traurig darüber...« sagte Toshua.

»..dann geh schnell...« sagte Seami, »geh du nach Süden, und ich werde nach Norden gehen.«

»Gut«, sagte sie entschieden, »so werden wir es machen.«

»Warte noch einen Augenblick...«

»Warum?«

Er trat so nahe an sie heran, daß sich ihre Kleider berührten. Er legte beide Hände auf ihre Brüste. Sie ließ ein unterdrücktes Stöhnen hören. Dann wandte sie sich hastig um und ging, ohne noch einmal zurückzublicken, auf der Straße davon. Aus dem grauen Himmel taumelten einzelne Schneeflocken.

II

»Ich bitte dich,
blase mich an,
weck mich auf,
wenn ich einnicken sollte,
Wind von den Gebirgspinien her.«

Toshua saß, auf dem Boden kauernd, im Torweg des Südtors von Kyoto. Sie dachte: Wenn ich noch lange hier sitze, werde ich zu einer Kröte werden. Warum sollte eine solche Verwandlung nicht stattfinden? Im Torweg war es schattig, und es roch modrig. Wer hier saß, wurde nicht wahrgenommen. Eine Kröte, nein, überlegte sie weiter, wenn mir von der Kannon-Göttin nach diesem Leben die Verwandlung in ein Tier bestimmt ist, möchte ich eine Katze werden.

Der Torturm war baufällig und mehr ein Symbol dafür, daß hier die Stadt begann, als eine wirksame Befestigung. Die Stadtwachen hatten deshalb auch ihr Wachlokal nicht in diesem Turm, sondern seitwärts von der Schranke eingerichtet, an die man geriet, wenn man der Straße stadteinwärts folgte. Rechts neben der Schranke, die sich, wenn sie geschlossen war, quer über die Fahrbahn der Straße zog, standen vor ihrer Wachstube drei Soldaten aus dem Regiment des Shogun-Stellvertreters, der in der östlichen Burg seine Residenz hatte. Die Burg lag nicht weit vom Kaiserpalast entfernt. Von ihr hatte Toshua, als sie auf der Tokaido-Landstraße hergewandert war, Wunderdinge erzählen hören. Allein der breite Graben, der die Anlage umgab, und die aus großen Steinquadern jenseits des Wassers errichtete Mauer dünkte die Leute, die Arbeit von Riesen zu sein. Vom Kaiserpalast hörte man, er sei nur ein Schatten seiner früheren Pracht. Viele Dächer hätten Löcher, bei einigen Hallen faule das Holz, in manchen Sälen nisteten Vögel, kurz, die Schädigung sei so weit fortgeschritten, daß sie niemand mehr ohne einen gewaltigen Aufwand beheben könne. Vorübergehend habe der Kaiser seine Wohnräume im Palast verlassen und im Haus eines Adligen unterkriechen müssen. Nun wußte jeder, daß die eigentliche Macht im Reich nicht beim göttlichen Kaiser lag, sondern beim Shogun, der sich in Edo niedergelassen hatte und sich in Kyoto durch seinen Stellvertreter, den Prinzen Yashima Samarugo, vertreten ließ. So betrachtet hatte es mit der Pracht und Mächtigkeit der Burg Nijo und dem ruinösen Zustand des kaiserlichen Schlosses, die so nahe beieinander lagen, symbolisch seine Richtigkeit.

Die Windstöße, die durch den Torweg fuhren, kamen Toshua vor, als spieße jemand Hunderte von Stecknadeln in ihre Wangen. Die Luft trug den Geruch von Seetang und frisch gekochtem Reis mit heran. Sofort spürte sie ihren Magen wieder. Er krampfte sich zusammen. Er schmerzte vor Hunger. Die Essengerüche wehten von zwei kleinen Hütten gegenüber dem Wachgebäude an der Schranke herüber, in der sich Garküchen befanden, die von Reisenden aufgesucht wurden, nachdem sie die Paßkontrolle passiert hatten.

Es war Toshuas Ziel, in die Stadt zu kommen. Sie machte sich keine Illusionen darüber, wie schwierig das sein werde. Und was wollte sie überhaupt in der Stadt? Sie hatte nicht einmal soviel Geld, um sich die billigste Mahlzeit zu kaufen, geschweige denn genug für ein Zimmer in einer Herberge. Sie erwog, ob sie irgendwo als Dienerin unterkommen könne; aber dazu war ihre Kleidung zu schäbig und auch zu schmutzig. Sie trug eine Hose, die längst hätte gewaschen werden müssen, und eine an vielen Stellen zerrissene Jacke. Ihr Gesicht und ihre Hände waren sauber, aber ihr Haar war nicht so frisiert, wie man das bei einem adretten jungen Mädchen erwartete.

Toshua hatte schlechte Zeiten hinter sich. Über ein Jahr war vergangen, seitdem sie sich von ihrem Bruder getrennt hatte. Zuerst war sie bei zwei Bauernfamilien als Magd gewesen. Ein wie das andere Mal hatte der Mann nach einer Weile versucht, sie zu vergewaltigen. Jedesmal war es ihr gelungen, beißend, kratzend und Fußtritte austeilend, sich zu verteidigen. Stets war sie dann weitergezogen. Sie hatte sich gegen die Küste gewandt und bei einem alten Fischer gearbeitet. Sie war nicht mit hinausgefahren, hatte die Netze geflickt und die zerrissenen Segel genäht. Der Mann, bei dem sie gewohnt hatte, war Witwer und sehr alt gewesen und schien kein aktives Interesse mehr an Frauen zu haben. Jedenfalls hatte er sie nie belästigt wie die Männer in den anderen Familien, für die sie gearbeitet hatte. Er war krank geworden und zum Sterben gekommen. Auf dem Totenbett hatte er in Gegenwart eines Priesters Toshua sein Fischerboot und seine Hütte vermacht. Sie hatte sich sehr gefreut und sich vorgestellt, ein Leben als Fischerin zu führen. Dann war aber der Neffe des Alten aufgetaucht und hatte ihr einfach das Boot fortgenommen. Zwar hatte sie sich beim Bürgermeister des Fischerdorfes beschwert, und es war ein Schlichtungstermin zwischen den beiden Parteien angesetzt worden, doch noch ehe ein Richter ins Dorf gekommen war, um in dem Streit zwischen dem Neffen des Alten und ihr zu entscheiden, war eine Seuche ausgebrochen. Der Neffe hatte die Schuld daran auf Toshua zu lenken gewußt, so daß sie vor dem Steinhagel der aufgebrachten Dörfler flüchten mußte und so auch noch um das Dach über dem Kopf gebracht worden war.

Kurz darauf war sie unterwegs selbst krank geworden. Sie hatte sich unter einen Busch am Straßenrand gelegt und war darauf vorbereitet gewesen zu sterben. Ein Mönch, der ganz allein in einem Buddha-Tempel in der Nähe wohnte, hatte sie gefunden und gepflegt. Nachdem er ihre Geschichte gehört hatte und sie wieder auf den Beinen war, hatte er ihr erklärt, für eine Frau, die allein über die Straßen ziehe, sei es geradezu unerläßlich, Ji-jitsu zu lernen, eine Art der Selbstverteidigung mit esoterischen Geheimnissen, in die er von seinem Abt eingeführt worden war und die er früher mit großem Vergnügen praktiziert hatte. Bei der Verwaltung des Tempels gab es keine Möglichkeiten für ihn, diesen Sport auszuüben, aber jetzt hatte er in ihr eine Schülerin, die er ganz so behandelte, als sei es ein junger Mann. Das Grundprinzip war ihr sehr bald klar. Es ging darum, nicht Kraft mit Kraft zu überwältigen, sondern zu siegen, indem man der gegnerischen Kraft auswich und sie für eigene Zwecke nutzte. Bald hatte sie es verstanden, so geschickt die verschiedenen Griffe und Würfe auszuführen, daß sie bei den Übungskämpfen, die sie zweimal am Tag veranstalteten, ihrem Lehrmeister bald gleichwertig, wenn nicht sogar überlegen gewesen war.

Aber nicht dies war der Grund, daß sie ihn schließlich verließ. Er hatte sich in sie verliebt und nahm, bis auf das Ringkämpfen, sein Mönchsgelübde sehr ernst. Eines Tages hatte er sie gebeten weiterzuziehen, weil ihr schönes Gesicht und ihr zierlicher, knabenhafter Körper eine zu große Versuchung für ihn darstellen. Später ärgerte sie sich, daß sie nicht wenigstens eines der beiden Schwerter mitgenommen hatte, die er, wie sie einmal zufällig entdeckt hatte, zu welchem Zweck auch immer in der großen Buddha-Statue verbarg, denn von da an hatte sie sich gezwungen gesehen, das Leben einer Bettlerin zu führen. Mit einem Schwert hätte sie sich zugetraut, auf der großen Straße Reisende zu überfallen und ihnen jeweils soviel abzunehmen, wie sie brauchte, um sich Nahrung zu kaufen.

Wie sie da nun zusammengekauert in dem zugigen Torweg saß, begann sie wieder darüber nachzudenken, was sie eigentlich in der Stadt wollte und wie sie überhaupt hineinkommen sollte. An der Schranke würden die Wachsoldaten einen Paß verlangen, und den besaß sie nicht.

Plötzlich durchlief sie eine Woge tollkühner Gedanken. Ja, warum eigentlich nicht: Sie würde eine Diebin werden. Es hatte sich, ohne daß ihr das selbst recht bewußt geworden wäre, durch ihre Erlebnisse unterwegs eine radikale Gesinnung in ihr gebildet. Die Welt war feindlich, und ständig sah sie sich mit Ereignissen konfrontiert, die sie zu vernichten drohten. Es blieb ihr nichts anderes übrig, als rücksichtslos für ihr Überleben zu kämpfen. In einer Stadt würden sich gewiß Häuser finden, in die leicht einzubrechen war. Aus den Übungsstunden im Schwertkampf erinnerte sie sich an ein Gefühl, nach dem sie nun wieder verlangte: Nicht verachtet, elend zu sein, sondern durch die Geschicklichkeit des eigenen Körpers Macht über andere ausüben zu können. Sie sah sich, die Realität für einen Augenblick völlig vergessend, an der Spitze einer Räuberbande in jenes Fischerdorf, aus dem man sie vertrieben hatte, zurückkehren und ihre Widersacher bestrafen. Sie würde dem Neffen das Boot wegnehmen, Vorräte an Bord schaffen und mit ihren Kumpaninnen auf den Inlandsee hinausfahren.

Aber um in der Stadt eine Karriere als Diebin zu beginnen, mußte sie erst einmal hineinkommen. Nachdem sie eine Weile überlegt hatte, schienen ihr zwei Wege erfolgversprechend. Entweder konnte sie probieren, bei Nacht irgendwo die Stadtmauer zu überwinden, von der sie gehört hatte, daß sie an einigen Stellen

Risse und Lücken aufwies, oder sie würde versuchen, auf eines der vielen Gefährte aufzuspringen, die durch den Torweg in die Stadt rumpelten.

Ja, das war die Lösung. Warum war sie nicht schon eher darauf verfallen? Sie rechnete nach. Drei Tage war sie nun schon mit nichts außer ein paar Schluck Wasser aus einer Quelle am Straßenrand unterwegs. Etwas in ihr brachte ihr in Erinnerung, daß sie wahrscheinlich noch vor einer Woche nicht gewagt hätte, sich auf einen solch riskanten Versuch einzulassen. So unangenehm der Hunger auch war, so nahe sie sich der Grenze ihrer Kräfte fühlte: Dieses leicht schwebende Gefühl, in das man durch den Hunger geriet, förderte die Lust am Risiko.

Eben da kam eine geschlossene Sänfte vorbei, und dahinter ein großer zweirädriger geschlossener Karren, von zwei Pferden gezogen. Sie sah vor ihrem inneren Auge den Mönch, ihren Schwertmeister, sah ihn bei einem seiner zahlreichen Gebete, die er im Laufe des Tages verrichtete. Er, niemand anders als er, so sagte sie sich, hat dieses Gefährt in seiner uneigennützigen Liebe für dich erbeten und hierherbestellt.

Sie hatte nicht den geringsten Zweifel, daß dem so sei, und diese Überzeugung verlieh ihr Kraft. Geduckt sprang sie aus ihrer Schattennische hervor und erklomm den kleinen Vorsprung, der hinter der Abschlußtür am Karren hervorragte. Dann richtete sie sich auf und stand so natürlich da, als gehöre sie dorthin ..., eine unwürdige Person ..., dorthin und nicht hinein, nicht jenseits der Tür, sondern hier draußen hin. Nur dort und nirgendwo anders konnte der ihrer Bedeutungslosigkeit angemessene Platz sein. Mochte der Wagen bei dem Steinpflaster auch noch so holpern. Es zerriß sie fast. Aber sie hielt sich, stand da, als sei sie schon hundertmal dort oben mitgefahren.

Der Wagen erreichte die Schranke, die sich vor der Sänfte schon geöffnet hatte ..., ganz selbstverständlich geöffnet, offenbar ohne daß jemand von der Person, die in der Sänfte getragen wurde, eine Legitimation verlangt hatte. Man mußte diese Person kennen, jeder der Schrankenwärter schien sie zu kennen, und wie ging es an, daß sie diesen Mann nicht kannte?

Sie hat keine Zeit, darüber spitzfindige Überlegungen anzustellen: Wer ein Recht darauf hatte, so bekannt zu sein, und wie man ein solches Recht erwarb, durch welchen Verdienst oder Zufall. Da kamen die Räder zum Stillstand, und schon hatten die Wachsoldaten, die um den Wagen herumgegangen waren, sie entdeckt. Sie forderten sie nicht einmal auf abzuspringen, sondern zerrten sie am Hosenboden herunter. Glücklicherweise konnte sie springen und sich geschickt fallen lassen wie eine Katze. Da stand sie, ein Schatten, ein Häufchen Elend, ein Fraß für die Geier, eine Unwürdige. Um sie herum warteten drei, vier Soldaten; der Offizier war auch herbeigekommen. »Wer bist du?« fragte der Offizier. Sie antwortete nicht, noch nicht. Dann aber doch. »Die ergebene Dienerin meines Herren«, sagte sie nun laut und deutlich und im Tonfall etwas zu frech, aber der Satz war schon heraus. Die Soldaten schauten nicht drein, als ob sie ihr das abnähmen. Es ging in ihren Überlegungen eher darum, ob sie sie gleich wieder aus der Stadt hinauswerfen sollten oder wohin solches Gesindel ohne Papiere sonst gehöre. Vielleicht, daß sie sie für eine Weile in die Wachstube mitnehmen sollten, um dort ein paar rüde Späße mit ihr zu veranstalten. Sie quälen und demütigen. Das stand nur zu deutlich in ihren Gesichtern geschrieben.

Noch war nichts entschieden, als sich der Schlag an der Sänfte öffnete und ein vornehm gekleideter junger Mann ausstieg. Er trug zwei Schwerter, war also mindestens ein Samurai, und sein Haar war vom Hinterkopf über die sorgfältig rasierte Schädeldecke nach vorn gezogen. Seine Füße steckten in Holzschuhen, und nach dem transportablen Schreibzeug am Gürtel hätte man ihn für einen Kaufmann halten können, wären da nicht die zwei Schwerter gewesen. Und dann das wattierte Obergewand, das *shatagi*. Aus einem so edlen Stoff, nachtblau. Ein mit so reichen Verzierungen versehenes Kleidungsstück hatten sie überhaupt noch nie gesehen.

»Verzeihung, Herr«, sagte der Offizier, »die haben wir hinten aufgefunden.«

Natürlich hatte er nicht im mindesten in Erwägung gezogen, daß sie zum Haushalt des Herrn in der Sänfte gehören könnte. Seine Worte hatten vielmehr den Unterton, als ob er mit diesem Satz auch gleich fragen wolle: Soll ich dieses verdammte Weibsbild auspeitschen lassen?

Der Mann aus der Sänfte trat näher zu ihr hin. Er lächelte spöttisch. Er kam so nahe heran, daß jeder vom Gesicht des anderen nur noch die Augen sah. Seine Augen hatten jetzt den Ausdruck von Hochmut und Arroganz. Wenn sich keine Gefühlsbewegung in diesem Gesicht abspielte, würden diese Augen stolz, kühl und etwas verschlagen dreinblicken. Dann blitzte etwas in seinem Blick auf. Es war so etwas wie eine Einladung zur Komplizenschaft. Aber wobei sollte denn sie, die zerlumpte Landstreicherin, Komplizin dieses vornehmen Herrn werden? Was konnte so ein Mann anderes wollen, als mit ihr zu schlafen? Er ließ sich Zeit, ehe er wieder sprach. Er tastete mit Blicken ihre Gestalt ab, die sich in der bäuerlichen Kleidung ziemlich unförmig darstellte. Seine Blicke vermaßen ihre Schultern, sie suchten zu ergründen, wie kräftig ausgebildet ihr Busen sei, sie streiften über ihre Hüften, wollten herausfinden, ob die Beine gerade oder krumm, kräftig oder schmal waren. Sie empfand es als empörend, so vermessen zu werden. Aber sie spürte auch, da war eine Chance, und jedes Aufbegehren würde ihr ein Ende machen.

Dann verwandelten sich die Augen des Mannes wieder in das Sehorgan einer entrückten Gestalt, und diese Gestalt sagte nun zu dem Offizier in lockerem Tonfall: »Es ist gut, Offizier. Dieses Mädchen gehört zu meinem Haushalt. Es ist eigenwillig wie eine Katze. Es verblüfft uns immer wieder durch seine verrückten Einfälle. Heute sagte sie uns, sie wolle an der frischen Luft bleiben. Deswegen ist sie hintenauf.«

Die Bemerkung mit der Katze ließ sie aufhorchen. Woher wußte er, daß sie eine Katze sein wollte?

Der Offizier und die Soldaten salutierten und gingen zu ihrem Wachlokal. Der vornehme Herr wartete mit gesenktem Kopf einen Augenblick zu, so lange, bis sie außer Hörweite waren. Dann sagte er, nun wieder sehr spöttisch: »Würde die ehrwürdige Dame uns die Freude machen, den Platz in der Sänfte anzunehmen?«

Ehrwürdige Dame. Sie zögerte, ob sie der Aufforderung folgen oder nicht besser versuchen solle fortzurennen.

»Nun kommt schon«, sagte er, »uns streiten können wir später.«

Er hatte Macht über sie. Sie mußte vorsichtig sein. Es war nicht die äußere Macht des Standesunterschiedes. Es war jene Macht, die sich herstellt, wenn man einen Menschen bewundert. Warum nur? liefen ihre Gedanken weiter. Diese Arroganz in seinem Lächeln gefiel ihr ganz und gar nicht. Aber vielleicht war das töricht, denn es zeigte doch nur, daß er an äußerer Macht Gefallen fand und wohl auch Macht besaß. Nur solch ein Mann würde in der Lage sein, ihr Zuflucht zu gewähren und sie zu schützen.

Also ging sie langsam, ohne Hast und mit soviel Würde, wie sie allein durch die Art ihrer Bewegungen herzustellen vermochte, nach vorn zu der Sänfte und stieg ein. Er folgte ihr nicht, sondern kletterte auf den unförmigen zweirädrigen Wagen zum Kutscher auf den Bock.

Sie konnte sich die Mienen und die Bemerkungen des Offiziers und der Soldaten in der Wachstube vorstellen. Sie waren von der Erklärung, die man ihnen zu dem merkwürdigen Fahrgast gegeben hatte, überhaupt nicht überzeugt. Aber gut, wenn der vornehme Herr sich solch eine als neue Gespielin für sein Kissen aussuchte, so war das seine Sache. Da wollten sie ihm nicht im Weg sein.

Von jetzt an hatte für Toshua alles die Qualität eines Wunders. Sie saß in der Sänfte, und diese setzte sich auch tatsächlich in Bewegung. Immerhin bin ich jetzt in der Stadt, sagte sie sich vergnügt. Wenn die Sänfte anhält, werde ich davonrennen. Warum nicht? Das muß doch gehen, durch die Gassen, über die Dächer. Sie lehnte sich zurück, und ihre Wange berührte den hellgrauen Seidenüberzug, mit der die Bank in der Sänfte abgefüttert war. Für Momente bestaunte sie die Feinheit dieses Stoffes. Wie schon angesichts der Kleidung jenes vornehmen Herren von vorhin verlor sie sich nun wieder ganz und gar in Gedanken, was für eine wunderbare Welt das sein mochte, in der Menschen es sich leisten konnten, sich mit so schönen Dingen zu umgeben. Es überkam sie plötzlich die Sehnsucht, selbst dieser Welt anzugehören, aber ihr fielen keine Ideen ein, wie das möglich sein könnte. Eine Nacht oder zwei, dann sitzt du wieder auf der Straße, warnte sie etwas.

Sie war verwirrt, als die Sänfte ziemlich rasch wieder stehenblieb. Der seitliche Schlag wurde aufgerissen. Drei kichernde Frauen standen draußen vor einer Hausfassade, an der eine große gelbe Laterne hing. Es blieb ihr nichts anderes übrig, als auszusteigen. Sie trat auf eine der glattgeschliffenen Steinplatten. Rechts und links gab es eine Wagenspur. Der zweirädrige Wagen war nicht mehr hinter ihnen. Es wurde ihr nahezu schwindlig. Der Hunger. Dieses Gezirpe von Stimmen.

»Bitte eintreten zu wollen, werte Dame! Herzlich willkommen, werte Dame! Habt Nachsicht mit unserer bescheidenen Behausung!«

Sie mußte an sich halten, nicht zu lachen. Während sie über die Steinplatten auf den Eingang des Hauses zuging, bei dem es sich offenbar um einen vornehmen Ryokan handelte, fiel ihr ein, daß sie barfuß war. Anscheinend waren aber alle bereit, darüber hinwegzusehen. Sie hörte eine der Frauen etwas von einem rohen Diamanten sagen, der erst noch geschliffen werden müsse. Eine andere sagte in das Kichern hinein: »Und das ist nun schon die fünfte.«

Sie stand in dem Empfangsraum. Alles kam ihr so sauber und gediegen vor. In einer so vornehmen Herberge war sie noch nie gewesen. Es mußte auch noch andere Gäste geben, denn auf einer Stufe standen sechs oder sieben Paar Straßenschuhe.

Die Älteste der drei Frauen kam, musterte sie jetzt im Lichtschein, wie sie dastand, die Hände schützend vor der Brust erhoben.

»Werte Dame«, sagte sie freundlich, »seid Ihr nicht völlig durchgefroren? Es ist wieder kalt geworden. Darf ich mich nach Eurem geschätzten Namen erkundigen?«

»Toshua«, sagte sie in ihrer Unsicherheit viel zu laut.

»Loi und Moka, begleitet die werte Dame ins Bad und führt sie dann ins Gästezimmer«, sagte die Frau, »der werte Herr wird nachher gleich noch einmal hereinschauen.«

»Ich habe Hunger«, preßte Toshua verlegen hervor.

»Erst ein Bad, dann etwas zu essen«, sagte die ältere Frau zu den beiden jüngeren.

Eine halbe Stunde lang hatte Toshua gebadet und gegessen. Sie hatte zwei Schälchen angewärmten Sake getrunken, ihre Füße steckten in wattierten Sandalen. Sie war nach der neuesten Mode frisiert worden und saß in einem geräumigen Zimmer. Durch die Fensterwand sah man auf einen kleinen Garten. Der Raum war mit Strohmatten ausgelegt. Bis auf eine Gruppe mit Sitzkissen, ein Rollbild und ein Büschel Schilfrohr in einer Vase war er völlig leer.

Immerhin hatte Toshua herausbekommen, daß der vornehme Herr, der sie mitgenommen hatte, der Shogun-Stellvertreter war.

Rätselhaft blieb, was man hier mit ihr vorhatte. So freundlich Loi und Moka sonst mit ihr umgegangen waren, so waren sie doch auf alle Fragen, die hierauf zielten, verstummt.

Während im Wasserbecken die Hitze in ihre Haut eingesickert war und sie ein wohliges Gefühl überkommen hatte, war es Toshua eingefallen, daß sie ursprünglich vorgehabt hatte davonzulaufen, durch enge Gassen, über Dächer. Jetzt verspürte sie nicht mehr das geringste Verlangen, diesem Einfall zu folgen. Allein zu wissen, daß sie wahrscheinlich jederzeit in dieses Bad gehen konnte, schien ihr etwas unerhört Verlockendes.

Das Haus – jetzt am Abend herrschte auf den Fluren Dunkelheit, aber hinter den dünnen Wänden sah man den matten warmen Schimmer von Kerzen – war durchweht von der Atmosphäre luxuriöser Behaglichkeit, die sie glücklich und zufrieden stimmte. Sie fand plötzlich, sie habe eigentlich ein Anrecht darauf. Wäre ich eine Katze, ich würde jetzt meinen Rücken buckeln und anfangen zu schnurren, dachte sie. In ihrem Zimmer hatte man ihr einen schwarz-weiß gemusterten Kimono gegeben. Unterröcke lagen schon bereit, nach einem passenden Gürtelband wurde noch gesucht.

Sie hatte den Kimono gerade angelegt, als der vornehme Herr wieder erschien. Diesmal trug er nicht seine beiden Schwerter. Auch er hatte einen Kimono angelegt. Er schien gebadet zu haben, und als er eintrat, sagte er zu der älteren Frau lässig:

»Nun, Marakabui, wie geht es unserem Vögelchen?«

Diese ergriff Toshuas Hand und drehte sie, wie man jemanden beim Tanz dreht, so daß die Blicke des Mannes auf ihr Gesicht und den durch die Bewegung sich öffnenden Kimono fielen.

»Fort mit den Hüllen!«, rief der Mann, »komm, Marakabui, wir wollen gleich einmal in Augenschein nehmen, ob es diesmal die Richtige ist.«

Empörung kam in Toshua auf, aber irgendwie wirbelte der Kimono davon, und sie fand sich vor den drei Frauen und dem Mann nackt wieder. Der vornehme Herr ging um sie herum, musterte sie, offenbar kalten Sinnes. »Sie hat genau die rechte Statur«, sagte er frohlockend. »Ich habe es durch die Kleider hindurch gesehen«, fügte er nicht ohne Selbstgefälligkeit hinzu und meinte dann zu Marakabui:

»Wie siehst du es, meine Alte?«

Die Frau nickte:

»Gesund, ganz hübsch. Recht schlank...« Offenbar waren das Eigenschaften, die die betreffende Person haben mußte.

»Ist sie noch Jungfrau?« fragte der Mann.

»Wir hatten nicht Zeit, das herauszufinden«, sagte die Frau.

Sie wandte sich an Toshua und fragte:

»Nun, Liebchen. Hast du schon einmal mit einem Mann das Kissen geteilt?«

Toshua verzog das Gesicht zu einer wütenden Fratze.

»Ich würde wetten, ja«, stellte der Mann lachend fest. »Also diesmal scheinen wir Glück gehabt zu haben. Wo kommst du her, und wer sind deine Eltern?«

Toshua begann, vom Tod ihrer Eltern und von ihrer Wanderschaft zu berichten. Warum plappere ich das? Warum halte ich nicht einfach meinen Mund? dachte sie. Aber etwas in ihr erriet, daß der hohe Herr sie ohne diese Auskunft nicht hierbehalten werde.

»Großartig«, sagte er, als sie mit ihrem Bericht zu Ende war. »Waise ist sie auch noch. Gut, ich werde gleich morgen Soto verständigen. Er soll eine Ahnentafel entwerfen.«

»Was wollt ihr von mir?« stieß Toshua plötzlich gereizt hervor.

Sie bekam darauf keine Antwort. Statt dessen gab der Mann Anweisungen für ihre Frisur.

»Die Haare kürzer..., dann wird sie noch mehr wie ein Junge aussehen. Die Brüste sind schon ziemlich entwickelt.«

»Ach was..., die zwei Handvoll schnüren wir schon weg«, sagte Marakabui.

»Nun, dann versucht einmal eure Kunst«, sagte der Mann. »Ich muß fort..., in ein paar Tagen schaue ich mal wieder herein.«

Die Frauen verneigten sich über ihren aneinandergelegten Händen.

Als der Mann fort war, sah sich Toshua verwirrt um. Sie zog die drei Unterröcke an, schlüpfte in ihren Kimono und legte das Gürtelband um.

»Was ist nun?« fragte sie, immer noch aufgebracht.

»Nur ruhig, Schätzchen«, sagte Marakabui, »wie es scheint, hast du dein Glück gemacht.«

»Aber was hat das alles zu bedeuten?«

»Das wirst du noch zeitig genug erfahren.«

»Ich will es jetzt wissen…, auf der Stelle«, sagte Toshua.

»Aber, Liebe«, erwiderte Marakabui sanft. »Nur, weil dir nicht gleich die Zukunft auf einem silbernen Tablett serviert wird? Nicht doch. Um dich in einem Punkt zu beruhigen: Dies ist keines jener Teehäuser, in das arme Leute ihre hübschen Töchter verkaufen. Dieses Haus ist der Ryokan »Zum glückbringenden Goldfisch«, und wir alle gehören zum Haushalt des Shogun-Stellvertreters. Du kannst Loi und Moka fragen. Er ist ein großzügiger und angenehmer Herr. Uns hat es noch nie an etwas gemangelt, seit wir hier sind, und es sind an uns nie Anforderungen gestellt worden, die wir nicht freudig erfüllt hätten.«

»Mit dem Herrn das Kissen zu teilen«, sagte Toshua wütend.

Alle drei Frauen brachen in Gelächter aus. Toshua musterte ihre Mienen. Nach ihnen zu urteilen fanden sie es lächerlich, daß sie sich so zierte.

»Was ist dagegen einzuwenden?«, sagte Marakabui gelassen. »Mich beehrt er nur noch selten. Aber wenn er mich zu sich bittet, ist es für mich immer noch ein Vergnügen. Und du kannst dich bei Loi und Moka erkundigen: Er ist ein sehr zärtlicher und aufmerksamer Liebhaber.«

»Und deswegen hat er mich hierhergebracht?«

»Nun…, vielleicht wird er dich auch irgendwann einmal um diese Gunst bitten, aber mit dir hat er Größeres vor.«

»Größeres? Und was, bitte«, rief Toshua aufsässig.

»Du bist so ungeduldig, wie du jung bist«, sagte Marakabui, »genieße das Leben hier. Aus dem Straßenkot in dieses schöne Gemach. So ist die Schwankende Welt. Aber wie leicht stürzt man auch wieder hinab.«

Mit einer gewissen Verwunderung wurde Toshua gewahr, daß sie satt war, daß sie nicht fror, daß es ihr hier gefiel. Die Unterröcke, die sie angelegt hatte, der Kimono, das Gürtelband waren nicht weniger edel als das Gewand des Shogun-Stellvertreters. Ja, dachte sie, warum nimmst du es nicht, wie es eben kommt.

Es ging ihr nicht schlecht in der kommenden Zeit. Wochen vergingen, ehe etwas geschah, was das Geheimnis aufklärte. Der Tag verlief nach einem sich wiederholenden Stundenplan. Am Morgen, sobald sie von allein aufgewacht war, nahm sie ein Bad, und Moka und Loi leisteten ihr dabei Gesellschaft. Offenbar hatte der Shogun-Statthalter nur einen Teil des Ryokan für sich privat reserviert und beherbergte in den übrigen Zimmern seine offiziellen Gäste: Adlige, Äbte von Klöstern, Steuereinnehmer, Kuriere aus Edo kamen und gingen. Toshua erfuhr jeweils am Morgen in der Badestube der Frauen von den beiden Mädchen, was sich seit dem letzten Abend zugetragen hatte. Wer die Nacht mit wem verbracht, wer zuviel Sake getrunken hatte, von wem die beiden ein üppiges Trinkgeld erwarteten, mit welchem der Männer sie bereit gewesen wären, die Nacht zu verbringen, sofern man sie nur dazu aufgefordert hätte. Kam sie dann in ihr Zimmer zurück, lagen ausgewählt schöne neue Kleider bereit, lagen dort, als seien sie vom Himmel gefallen.

Am Vormittag kam eine Kalligraphielehrerin und danach eine Nonne, die ihr aus einem Geschichtsbuch vorlas. Es handelte sich um eine Chronik aus der Zeit der Wirren. Toshua hatte sich bisher nie für geschichtliche Ereignisse interessiert, und eine gewisse Zeit lang betrachtete sie das, was sie hörte, nur als eine Art Unterhaltung. Bis die Nonne einmal sagte: »Dies alles sind die Taten deiner Ahnen, und du solltest über sie in allen Einzelheiten Bescheid wissen.« Sie grübelte über diesen Satz nach, aber als sie der Nonne Fragen stellte, stieß sie auf Schweigen.

Am Nachmittag begleitete sie häufig Marakabui zum Einkaufen in die Stadt. Dabei lernte sie, sich auf den hohen Holzschuhen zu bewegen, auf denen man sich zunächst wie auf einem Koturn vorkommt. Man muß dabei kleine, stoßende Schritte machen und mehr gleiten als gehen. »Daran erkannt man die vornehme Dame«, belehrte Marakabui sie. »Die Kurtisanen laufen aber auch so«, wandte Toshua ein. »Na, und«, sagte Marakabui, »die sind auch vornehm. Eine Kurtisane des ersten Ranges kann sich weigern, mit einem Mann zu schlafen, der ihr Haus besucht. Welche Ehefrau könnte sich solchen Luxus leisten?«

Am Abend, nachdem den Gästen des Ryokan von Loi und Moka das Abendessen serviert worden war, kamen die vier Frauen meist noch einmal zusammen, um ein Brettspiel zu machen oder Fächer zu verfertigen. Marakabui erwähnte einmal, daß man die Erfindung des Fächers mit der Witwe des jugendlichen Helden

Atsumori in Zusammenhang bringe, die sich in Kyoto in den Tempel Mieido zurückgezogen hatte, um ihren Kummer unter einem Nonnengewand zu verbergen. Einmal habe der Abt des Klosters hohes Fieber bekommen und sei von der Nonne geheilt worden, indem sie ihm mit einem gefalteten Papier Kühlung zugefächert und dabei eine Beschwörungsformel gemurmelt habe. Loi schwärmte von den Schönheiten der Gärten dieses Klosters, die ein normaler Sterblicher nie zu sehen bekomme. Plötzlich rief Moka: »Nun, Toshua wird schon dafür sorgen, daß wir einmal hineinkommen.« Offenbar hatte sie sich verplappert, denn sie schlug sich sofort auf die Lippen und rief: »Wie töricht von mir, das zu erwähnen.« Marakabui ließ es bei einem strafenden Blick bewenden. Und Toshua, der Moka leid tat und die ihr spontanes Wesen gern mochte, fragte nicht weiter nach.

Zweimal in der Woche erschien ein Zenmönch mit einem Ziegenbart und unterrichtete Toshua in der Teezeremonie. An zwei anderen Tagen kam ein koreanischer Eunuch und lehrte sie Flötenspiel und Gesang. Dieses Leben gefiel ihr nicht übel. Sie lernte mit dem gleichen Eifer Schönschreiben wie Teeschlagen. Derselbe Lehrer unterwies sie auch darin, wie man Haiku dichtet, und die Verse, die sie ihm vorlegte, fanden bei ihm Anerkennung. Es war nur so, daß in diesem Dasein das Salz in der Suppe fehlte und sie immer noch rätselte, warum sie eigentlich hier war. Wie sehr sie auch den Komfort dieses Hauses genoß, es meldete sich in ihr ein anderer Zug ihres Wesens, das Verlangen nach Taten und ungewöhnlichen Ereignissen. Es kam ihr vor, als solle sie auf irgend etwas vorbereitet werden. Aber worauf? Über der Antwort auf diese Frage lag ein Nebel aus Schweigen und Abweisung.

Sie fiel aus der Zeit. Eine Woche war wie die andere. Wäre da nicht ihre Menstruation gewesen, sie hätte kaum gemerkt, daß wieder ein Monat vergangen war. Wenn sie hin und wieder die Dienerinnen oder Marakabui nach dem Shogun-Statthalter fragte, hieß es, er sei sehr beschäftigt. Wichtige Veränderungen bahnten sich an, aber niemand wollte ihr verraten, um was es dabei ging.

Einmal überbrachte ein Bote einen großen blühenden Kirschzweig als Geschenk des Herrn mit einem schönen Vers, und sie antwortete darauf mit einem Vers der Ki no Tomonori:

Wenn der Frühling kommt,
kehrt das Schwalbenvolk
sicherlich zurück.
Aber beim Menschenherz
kann man nie so sicher sein.

Anscheinend hatte ihre Botschaft den Herrn in einer sentimentalen Stimmung erreicht, denn er kam, machte ihr Komplimente zu ihrer Antwort auf sein Geschenk. Er schickte Marakabui aus dem Zimmer, nachdem sie die Tee-Utensilien gebracht hatte. Toshua bediente ihn. Er lobte ihre Gewandtheit und die Geschmacksrichtung des Tees, den sie ausgesucht hatte.

Als sie in den »Glückbringenden Goldfisch« gekommen war, hatte Toshua eine tiefsitzende Abneigung gegen Sex gehabt. Nur die Erinnerung an das erste Erlebnis mit ihrem Bruder war angenehm gewesen. Alles an Nötigungen, was ihr danach widerfahren war, hatte Abneigung und Ekel in ihr erzeugt. Aber während der letzten Wochen hatte sie immer häufiger ein Verlangen in sich aufflammen gespürt. Als sie jetzt mit dem Shogun-Stellvertreter allein war, wurde aus diesem Flämmchen, das in ihr zu tanzen schien, eine Flamme. Ja, warum es sich nicht eingestehen, warum nicht erproben, was dann geschah: Sie hatte Lust, mit diesem Mann zu schlafen. Wenn ich das Kissen mit ihm teile, sagte sie sich, wird es mir vielleicht gelingen, herauszufinden, was er mit mir vorhat. Und doch war diese Überlegung eigentlich nur Bemäntelung ihres Verlangens. Und wenn zunächst ein Teil ihrer Abneigung in der Furcht gegründet hatte, er könne derart Macht über sie gewinnen, so war es jetzt gerade umgekehrt. Vielleicht würde sie so Macht über ihn gewinnen.

Während sie für ihn die zweite Sorte Tee zubereitete und sie voreinander saßen, stellte sie ein Bein steil auf, was ihm einen verlockenden Ausblick auf die Grotte zwischen ihren Schenkeln verschaffte. Auf Lois Rat hatte sie ihr Schamhaar ausrasiert. Er reagierte rasch.

»Wie knabenhaft Eure Statur ist, Ihr seid doch eine begehrenswerte Frau«, stellte er fest und streckte sich neben ihr aus.

Sie berührte sein Kinn mit der linken Hand.

Ihre Gesichter entfernten sich wieder voneinander.

»Ich weiß nicht einmal Euren Namen«, sagte sie schmollend, nahm seine Hand und legte sie auf ihre linke Brust. Es konnte ihm nicht entgehen, daß ihre Brustwarzen sich unter seinem Handteller aufrichteten.

»Warum nennt Ihr den Mann, der neben Euch liegt, nicht einfach Yashima?«

»Nun, Yashima, ich weiß so wenig von Euch ..., und ich weiß nichts darüber, was Ihr als mein Schicksal bestimmt habt.«

»Die Zeit wird kommen, da Ihr es erfahrt.«

»Das macht mich nicht froh. Die Grotte voller Honigseim wird Euch keinen Einlaß gewähren, ohne daß Ihr mir vorher das Geheimnis verraten habt.«

Er bog seinen Kopf etwas zurück und musterte mit Wohlgefallen ihre Hüften. Sein Penis ragte schon wuchtig auf. Die Vorstellung, ihn in sich zu spüren, überwältigte sie fast. Aber sie hatte sich nun einmal dazu entschlossen, auf einem Handel zu bestehen.

»Ach, der da ...«, sagte sie spöttisch und betrachtete mit gespielter Sorge sein kampfbereites Organ, »jetzt hat er es so eilig, sich auf jene Schwelle zu zu bewegen, hinter der er Freude findet, aber ehe ich ihn einlasse, beweist der Fee, die in der Höhle wohnt, daß Ihr mir wirklich vertraut.«

»Vertraut ...? Aber selbstverständlich vertraue ich Euch.«

»Warum gibt es dann Geheimnisse zwischen uns? Ich weiß jemand, der das sehr mißbilligt.«

Sie strich scheinbar beiläufig mit der Hand vorsichtig über die Innenseite seiner Schenkel.

»Gut«, sagte er und hob die Schultern, als handele es sich um eine belanglose Kleinigkeit. »Wenn Euch das so wichtig ist. Ihr erfahrt das Geheimnis, wenn Ihr dem Winzling Einlaß gewährt.«

Sie spürte, wie erregt sie war, überließ sich aber noch immer nicht diesem Gefühl.

»Winzling!«, sagte sie spottend. »Nun gut, die Fee in der Honigtopf-Grotte heißt ihn willkommen, aber ich sage Euch, Ihr würdet sterben, wenn Ihr mein Vertrauen mißbrauchtet.«

»Sterben«, sagt er nachdenklich, »erinnert Ihr Euch noch, wie ich dem Offizier der Wache sagte, Ihr hättet etwas von einer Katze? Ich glaube, ich habe schon damals Euren Eigensinn ganz gut durchschaut.«

»Die Katze ist jenes Tier, zu dem ich mich am meisten hingezogen fühle. Vielleicht bin ich in meinem letzten Leben eine Katze gewesen, vielleicht werde ich es in meinem nächsten sein. Ihr habt mein Karma erraten, und dafür sollt Ihr belohnt werden ...«, sagte sie heiser.

Sie spürte, wie seine Hände von ihren Hüften abwärts glitten. Sie lehnte sich zurück, öffnete ihre Schenkel so weit, daß die Grotte sich ihm nun mit weit klaffendem Eingang darbot. Sein Penis zuckte vor, fuhr hinein, und sie konterte geschickt seine Bewegungen. Der Augenblick des Höhepunkts warf sie gegeneinander.

Ein paarmal drehten sie sich, als seien sie zu einer Lawine verschmolzen, die zu Tal stürzt. Dann löste er sich plötzlich von ihr, stand rasch auf, warf seinen Kimono über und verschwand in den Baderaum.

Als er zurückkam, hatte sie abermals Tee gekocht. Sie sah schön aus in dem Kimono mit dem Muster aus rötlichen Ahornblättern, den sie neu hervorgeholt hatte.

»Es ist schon Herbst geworden«, sagte er lächelnd.

Sie reichte ihm eine Schale mit Tee, und er trank.

»Die Farbe Eurer Wangen hat die der Ahornblätter nach den ersten Frösten im November«, flüsterte er.

»Lenkt jetzt nicht ab ... Das Geheimnis. Was habt Ihr mit mir vor?«

»Nun«, sagte er, darüber vergnügt schmunzelnd, daß er sie mit einem Kompliment hinhalten konnte, »das Vergnügen der verflossenen Stunde bedenkend: vor allem, noch möglichst häufig mit Euch das Kissen zu teilen.«

»Seid versichert, ich werde mich Euch nie mehr hingeben, wenn Ihr jetzt das Geheimnis nicht lüftet.«

»Das wäre eine Bestrafung, die ich nicht lange überleben würde«, antwortete er spöttisch.

Sie bog ihre Finger zu einer Klaue, als wollte sie ihm mit den Nägeln die Wange zerkratzen. Er hielt ihre Hand, die sie gegen ihn ausstreckte, einen Moment fest, ließ sie dann los und strich sanft mit den Fingerspitzen über ihre Nägel.

»Wißt Ihr«, sagte er, »wie ich die Frauen nenne, die sich einem Mann so hingeben können, wie Ihr es tut? Ich heiße sie die Frauen, die in die Liebe verliebt sind.«

»Das Geheimnis!«, beharrte sie, sich taub stellend gegen seine Schmeicheleien.

»Nun denn...«, sagte er. »Ich habe vor, Euch zur Kaiserin zu machen. Sofern ihr nur ein bißchen geschickt seid.«

»Zur Kaiserin? Habe ich richtig gehört? Wollt Ihr Euch über mich lustig machen?«

»Durchaus nicht«, sagte er, »oben in den Wäldern über dem Nanzenji lagert ein General namens Gankuji aus dem Haus der Toyotomi. Den regierenden Kaiser, der ohne Nachkommen ist, haben wir dazu gebracht, daß er ihn adoptieren wird. Gankuji hat dreitausend Männer unter Waffen um sich versammelt. Ich gebiete über viertausend. Ich werde mit den siebentausend Mann, über die ich verfüge, wenn er mit seinem Heer zu dem meinen stößt, nach Edo ziehen und den jetzt amtierenden Shogun absetzen. Danach werde ich Gankuji zum neuen Kaiser ausrufen und ihn im Kaiserpalast auf den Thron der Sonnengöttin setzen. Er wird mich zum Shogun ernennen. Der Klan der Toyotomi wird wieder über Japan herrschen.«

»Ihr seid sehr kühn«, sagte Toshua, »das gefällt mir an Euch.« Sie dachte einen Augenblick nach. »Nein«, sagte sie dann und schüttelte den Kopf, »Ihr müßt toll geworden sein.«

»Ohne ein Gran Tollheit lassen sich solche Pläne nie verwirklichen. Das Entscheidende sind die siebentausend Krieger...«

»Und welches ist meine Rolle in Eurem Spiel...?«

»Ihr werdet den neuen Kaiser heiraten und ihm einen Sohn oder eine Tochter schenken. Wir müssen eine neue Dynastie begründen.«

»Wie stellt Ihr Euch das vor...?«

»Ja..., es gibt da eine Schwierigkeit, um die Ihr wissen müßt. Gankuji schätzt in der Liebe Männer mehr als Frauen. Also muß die Frau, mit der er das Kissen teilt, viel von einem hübschen Knaben haben.«

»Und das, meint Ihr, hätte ich«, sagte Toshua zornig und straffte sich selbstbewußt.

»Es gibt da noch eine andere Klippe, die zuvor genommen werden muß. Der jetzige Kaiser muß Euch als seine Nichte anerkennen.«

»Und wie wollt Ihr das bewerkstelligen?«

»Er hat diese Nichte seit deren Geburt nicht mehr gesehen. Ihre Eltern sind tot. Das Mädchen auch, aber lebte sie noch, sie wäre jetzt in Eurem Alter. Sie hat bei den Priesterinnen im Heiligtum von Ise als Tänzerin gelebt. Der Kaiser ist alt und hat ein schwaches Gedächtnis. Man wird Euch als Tänzerin des Ise-Heiligtums verkleiden, Ihr werdet Euch die Familiengeschichte einprägen, und vor allem werdet Ihr ein originelles Haiku parat haben. Ihr müßt wissen, die Nichte schrieb sehr schöne Gedichte, und nicht zuletzt deswegen ist der Kaiser sehr stolz auf diese Verwandte. Sie hieß übrigens Kaga No, und unter diesem Namen werde ich Euch dem Kaiser vorstellen.«

Toshua machte eine heftige Bewegung mit dem Ärmel ihres Kimono.

»Ob ich mit alldem einverstanden bin, danach fragt Ihr wohl keinen Augenblick«, murrte sie. »Jetzt, da ich gerade angefangen habe, Euch liebzugewinnen, soll ich einen Mann heiraten, der nur Knaben mag...»

»Nun, diese Neigung haben heutzutage nicht wenige der vornehmen Herren«, sagte Yashima beschwichtigend, »und ich mag sie deshalb auch nicht tadeln, sofern ich der Art von Lust huldigen darf, die mir selbst gefällt. Man wird sich arrangieren. Gankuji wird Euch ein paarmal beiwohnen, und sobald Ihr schwanger seid, wird jede Intimität zwischen ihm und Euch vorbei sein. Und wenn er Euch überhaupt nicht anrührt, desto besser. Oder? Ich werde ihm Knaben beschaffen, soviel er will, und er wird unserem Glück keinen Augenblick im Wege stehen.«

»Und was wäre mein Rang in Eurem Haushalt?«

»Vergeßt nicht, daß Ihr die Kaiserin wäret.«

»Und was wäre, wenn ich von Euch empfinge?«

»Nun«, sagte er schmunzelnd, »dann hätten der zukünftige Kaiser oder die zukünftige Kaisergemahlin der nächsten Generation etwas von unserer Art.«

»Ich weiß nicht«, sagte Toshua, »ist das nicht ein sehr gewagtes Spiel? Selbst wenn man die Menschen täuscht: Die Götter lassen sich nicht betrügen.«

»Ganz im Gegenteil«, sagte Yashima, »die Götter brauchen Männer und Frauen wie mich und Euch, um in Ordnung zu bringen, was sie durch ihre Nachlässigkeit in Unordnung gebracht haben. Wißt Ihr unter welchen armseligen Verhältnissen der gegenwärtige Kaiser lebt? Der Sohn der Sonnengöttin! Habt Ihr noch nie davon reden hören, daß ihm weniger Achtung entgegengebracht wird als einem Bettler oder Lumpensammler? Ihm, einer Person göttlicher Herkunft. Wofür ich eintrete und was ich in diesem Leben durchsetzen möchte, ist, daß die Macht im Reich wieder vom Kaiser ausgeübt werden kann und nicht von seinem obersten Feldherrn, dem Shogun. Ich habe mir von einem chinesischen Weisen das Orakel stellen lassen. Die Gottheiten billigen nicht nur meine Pläne, sie ermutigen sie.«

»Aber warum trachtet Ihr nicht selbst nach dem Amt des Kaisers? Warum wollt Ihr nur derjenige sein, der aus dem Hintergrund die Fäden zieht?«

»Es ist jedem bekannt, aus welcher Familie ich stamme. Es wäre sehr schwierig, selbst für einen noch so geschickten Ahnenforscher, mir einen Stammbaum herzustellen, der meiner Herkunft genügend Ansehen verleiht.«

»Und dieser Gankuji?«

»Habt Ihr schon einmal vom Banner des weißen Kürbis reden hören? Ja? Nun, ich muß Euch loben. Gankuji stammt aus dem Haus Toyotomi. Insofern sind alle Gegner des Tokugawa-Klans auf seiner Seite.«

»Und er ist bereit, mich zu heiraten?«

»Warum nicht? Ein fähiger Daimyo heiratet die Nichte des Kaisers. Freilich muß dieser als Familienoberhaupt die Einwilligung dazu geben. Und die werden wir bei ihm einholen, sobald Ihr Euch hinreichend mit dem Lebenslauf jener Frau vertraut gemacht habt, für die wir Euch ausgeben werden.«

»Ihr meint, ich soll wirklich zum Kaiser?«In ihrem Ausruf vermischten sich Verwirrung und Faszination.

»Fürchtet Ihr Euch? Ich hatte Euch für furchtlos gehalten. Nun, ich begleite Euch. Wenn Ihr von Seiner Majestät etwas gefragt werdet, worauf es euch schwerfällt zu antworten, so lächelt Ihr geheimnisvoll und schweigt. Ihr verfügt über ein wunderbar geheimnisvolles Lächeln. Hat Euch das noch niemand gesagt?«

»Ihr macht Euch über mich lustig.«

»Wie könnte ich. Ihr seid mit der wichtigste Stein in meinem Spiel.«

»Ich kann mir nicht vorstellen, daß das alles gutgeht.«

»Wir haben lange an diesen Plänen gearbeitet. Mit Eurer Hilfe werden wir sie endlich verwirklichen..., wenn Ihr nur wollt und den Mut entdeckt, der in Euch steckt.«

Sie überlegte. Sie hatte sich nach Ereignissen, nach Abenteuern gesehnt. Nun, in einem größeren und gewagteren Spiel eine Rolle zu spielen war kaum vorstellbar. Aber sie hatte auch Furcht. Sie versenkte ihren Blick in Yashimas Augen. Immer noch gab es etwas darin, dem sie nicht vertraute und das ihr Angst machte. Aber sie erkannte auch, daß sich eine andere Rechnung aufmachen ließ. Sie war nicht sicher, ob es Liebe zu ihr war, was sie in seinen Augen entdeckte, aber sie war sich gewiß, daß sie eine starke sinnliche Anziehungskraft auf ihn ausübte. Da schloß sie eine merkwürdige Wette mit sich selbst. Sie wollte ein Zeichen, sie wollte sich vergewissern, daß sie ihn zumindest auf diesem Gebiet beherrschte. Wenn er jetzt auf ihre erotische Herausforderung reagierte, würde sie ihre Rolle im Spiel der Männer um die Macht übernehmen.

Es bedurfte nur einer fast unmerklichen Bewegung ihrer Hüften, um ihn wieder zu erregen. Er umarmte sie, und diesmal öffnete sich ihm die Grotte der Honigfee noch bereitwilliger. Während er abermals mit ihr schlief, dachte sie an ihre Neigung zu Katzen und ihren Wunsch, die Chefin einer Diebesbande zu werden. Das Abenteuer, Kaiserin zu werden, war doch wohl um ein Vielfaches verlockender. Ich bin im Glück, murmelte etwas in ihr. Irgendwo in ihr aber, weit hinten in ihrem Bewußtsein, saß immer noch Angst, und sie hoffte darauf, daß diese Angst im Feuer, das der geliebte Mann in ihrem Schoß entfachte, verbrennen werde.

Es war der Morgen der Visite beim Kaiser. Toshua fühlte sich unbehaglich. Jemand hatte sie geschminkt und ihrem Gesicht ein anderes Aussehen verliehen, was ihm sehr gut gelungen war. Sie hatte in den Spiegel geschaut, und das Bild, das sie sah, war ihr völlig fremd vorgekommen. Sie hatten ihr das Kostüm einer Tänzerin des Heiligen Schreins von Ise angelegt. Von jenem Mann, der ihren Familienstammbaum entworfen sowie die Adoptionsurkunde und die Heiratserlaubnis vorgeschrieben hatte – der kaiserliche Schreiber würde sie erneut schreiben müssen, da der Kaiser sie erst danach unterzeichnen und siegeln konnte –, war sie ausführlich über die Bedeutung und des Kults in Ise und der dort stattfindenden Zeremonien belehrt worden.

Sie war nie in Ise gewesen. Endlos hatte sie letzte Nacht in Gedanken die Beschreibung wiederholt. Der ganze heilige Bezirk lag also in einem Zedernhain, nahe dem Fluß Ui. Der äußere Schrein Geku ist der Gottheit Topyo-uke-Omikani geweiht. Diese war die Schutzgottheit der Landwirtschaft und der Natur. Auf dem Weg zum Schrein durchschreitet man zwei Tore. Hinter dem ersten befinden sich die Gebäude, die zum Aufenthalt des Kaisers und seines Gefolges beim Schreinbesuch bestimmt sind. Hinter dem zweiten Tor steht die *kaguraden,* die Bühne für die heiligen Tänze. Die Tänzerinnen halten Zweige des heiligen *saki*-Baumes in den Händen. Das Orchester, das die Mädchen begleitet, besteht aus einem Paar hölzerner Klappern, einer *koto,* einer Flöte, einem Flageolett und einer Trommel. Die Länge der Tänze hängt vom Wert der Opfergaben der Pilger ab. Der eigentliche Schrein ist von vier Zäunen umgeben; außer dem Kaiser und der Priesterin wird niemand weiter vorgelassen als bis zu dem mit einem weißen Vorhang verhängten Eingang. Nach Durchschreiten des ersten Tores geht man als Pilger hinunter zum Fluß, um sich rituell zu reinigen. Dann gelangt man über eine mit uralten Zedern gesäumte Allee wiederum zu einer Bühne für *kagura*-Tänze. Der eigentliche Schrein ist auch von dort nicht zu sehen. Er ist der Sonnengöttin Amaterasu-Omikami geweiht. Ihr Spiegel, Teil der Reichsinsignien, wird dort aufbewahrt. Mit ihm hat es folgende Bewandnis: Amaterasu-Omikami hat ihn Ninigi-no Mikoto, ihrem Enkel, überreicht, als dieser zur Erde hinabstieg, um dort die Herrschaft zu übernehmen. Er dient dazu, sich jederzeit über sich selbst klarwerden zu können. Von der Sonnengöttin und ihrem Enkel, dem ersten Kaiser, hatte Toshua ihre Mutter schon erzählen gehört.

Yashima hatte es abgelehnt, mit ihr hinüber nach Ise zu fahren und sie sich dort selbst alles ansehen zu lassen. Es sei zu riskant, hatte er erklärt. Gut, die Szenerie von Ise war ihr soweit klar. Aber was geschah, wenn der Kaiser sie aufforderte, vor ihm zu tanzen? Ein Tanz war nicht eingeübt worden. Noch während sie mit Yashima in einer Sänfte hinüber zum Palast getragen wurde, wäre sie am liebsten hinausgesprungen und davongerannt. Aber dann stellte sie sich vor, sie trete in einem Theaterstück auf, und diese Einbildung half ihr. Es war jetzt, als sehe sie sich selbst dabei zu, wie sie eine Rolle spiele. Und sie sprach sich selbst Lob und Tadel zu. Manchmal hörte sie in ihrem Bauch lauten Beifall, während in ihrem Kopf Schmerz zuckte. Sie gewann an Sicherheit, als sie das Gebäude betraten, in dem die Audienz stattfinden sollte.

Der Zustand des riesigen Thronsaales war erbärmlich. Es gab große Löcher im Dach, unter denen sich vom Regen, der in der letzten Nacht gefallen war, große Pfützen gebildet hatten; Vögel flatterten herein und wieder hinaus. Lediglich von den gewaltigen Stützbalken ging in Toshuas Augen eine gewisse Würde aus. Der Weg durch die weite Halle kam ihr endlos vor. Irgendwo in der Ferne, im Zwielicht, gegen das sie anschritten, brannte neben dem Thron eine einsame Kerze. Es roch scharf nach Katzenpisse. Überall sah man Katzen herumstreichen und in der Dunkelheit verschwinden.

Wie es die Sitte verlangte, waren Yashima und Toshua, nachdem sie die zwei Türwachen passiert hatten, auf die Knie niedergegangen und hatten mit den Stirn den Boden berührt. Dabei war Toshuas Gewand beschmutzt worden. Eine Fistelstimme war von weit her zu ihnen gedrungen. Man konnte nur ahnen, daß es die des Kaisers war, und mußte geradezu erraten, was er sagte. Es war die Stimme eines Greises, der kaum mehr Zähne hat.

»Steht auf und tretet ohne weitere Niederwerfungen auszuführen näher. Ihr verunreinigt Euch nur Eure Kleider.«

Das war schon geschehen. Und die Verunreinigung war eine Beleidigung für seine Augen. Wenn sie ein Höfling entdeckte, würde man sie wieder hinausweisen, ging es Toshua durch den Kopf. Sie hielt sich drei Schritt hinter Yashima. Der stampfte in das Halbdunkel hinein. Man hörte das knarrende Geräusch seiner Stiefel.

»Wer ist es, Kashi?« fragte der Kaiser.

Hinter dem Thron tauchte ein zwergenhafter Mann auf, und Toshua hörte ihn etwas flüstern.

»Ah«, rief das Wesen, das in unbequem wirkender Haltung auf einem Schemel saß und in Brokatdecken gehüllt war, deren Muster, wenn der Luftzug die Flamme der Kerze bewegte, manchmal aufblitzten.

»Ihr seid es, Yashima. Ihr seid UNS willkommen. Mit Euch unterhalten WIR UNS gerne. Erzählt mir, was in der Welt vor sich geht? Aber nur gute Nachrichten. Die schlechten fielen in der Nacht schon vom Himmel.«

Auch Toshua erinnerte sich daran. Sie hatte wach gelegen und die ganze Nacht über vor dem Fenster den Regen rauschen gehört.

»Ich bringe Euch die Adoptionsurkunde für Prinz Gankuji.«

»Gebt her«, sagte der Kaiser mürrisch, »ehe ich sie nicht unterzeichnet habe, kann ich nicht ins Kloster gehen. Ich hoffe, daß sie im Kloster einen Koch haben. Unserer ist gestern weggelaufen. Wahrscheinlich hat er gemeint, er werde anderswo besser bezahlt. Gebt die Urkunde nur Kashi. Er wird sie kopieren und sie mir morgen früh vorlegen. Früh am Morgen ist meine Schrift noch ganz ordentlich. Deswegen unterschreibe ich alle Papiere zu diesem Zeitpunkt. Und man sagt mir, WIR müßten selbst mit dem Siegellack sparsam umgehen. Ihr könntet morgen einen Boten herüberschicken und sie abholen lassen. Nun, wen habt ihr da mitgebracht. Ein Mädchen? Eine junge Frau? Wer ist sie? Soll ich auf meine alten Tage noch einmal heiraten? Nein. Die Zeremonie ist so langweilig. Und das Glück, das man manchmal in der ersten Nacht verspürt, verliert sich rasch. Neulich habe ich gezählt, wie viele Frauen ich in meinem Leben besessen habe. Bei achtundvierzig habe ich aufgehört zu zählen. Nun, das ist alles lange her. Jetzt habe ich nicht einmal eine Konkubine, die mir abends die Füße wärmt. So geht es zu in der Schwankenden Welt.«

»Koga No ist Eure Nichte, erkennt Ihr sie nicht mehr?«

Toshua fuhr zusammen, als sie Yashima den falschen Namen aussprechen hörte. Sie spürte, wie ihre Hände zitterten.

»Ist sie nicht tot?«, sagte der Kaiser. »Ach nein, ich muß sie wohl mit einer anderen Verwandten verwechseln. Koga No war jene, die so schöne Verse schrieb.»

»Immer noch, Majestät. Immer noch«, warf Yashima ein.

Diese Täuschung war gemein. Nichts schien leichter, als diesem hinfälligen alten Mann, der offenbar nur noch den Wunsch hatte, sich in ein Kloster zurückzuziehen, das Wort im Munde umzudrehen. Es war ein Verbrechen. Sie empfand plötzlich so etwas wie zärtliches Mitleid für den Kaiser.

»Sie kommt«, fuhr Yashima mit seiner donnernden Kriegerstimme fort, »um Eure Erlaubnis als Familienoberhaupt zu ihrer Vermählung mit dem General Gankuji zu erbitten. Ich habe auch das Dokument, das dies bestätigt, schon vorschreiben lassen: Eure Schreiber sollten es kopieren, und dann bitte ich Euch, Majestät, unterschreibt und siegelt es.«

»Ist auch der Hochzeitskontrakt mit seiner Familie vernünftig ausgehandelt worden? Ich kann der Kleinen kein Hochzeitsgut geben.«

»Ich habe mir erlaubt, dafür aufzukommen. Im übrigen fühlt sich die Familie Gankujis dadurch hinreichend ausgezeichnet, daß ihr Sohn Eure Nichte zur Gemahlin erhält.«

Als hätte er das Thema, von dem die Rede gewesen war, im selben Augenblick wieder vergessen, sagte der Kaiser:

»Koga No soll näher herantreten. Ich möchte sie sehen.«

Toshua lief mit kleinen trippelnden Schritten, wie Marakabui sie gelehrt hatte, auf den Thronschemel zu.

»Noch näher, mein Kind. Ich höre schlecht. Seit die Kaiserin tot ist, geschieht es sehr selten, daß ich eine Frau zu Gesicht bekomme. Du darfst mich ruhig berühren. Du riechst gut, und diese Bemalung ist die der Tänzerinnen von Ise. Habe ich recht?«

»Ja, Majestät.«

Mehr brachte sie nicht heraus. Noch hatte sie keine Lüge ausgesprochen. Aber, was zierte sie sich eigentlich, da doch alles Betrug war.

»Nun«, sagte der Kaiser, dessen Finger krallenhaft und kalt ihr Handgelenk umspannten, »da du in Ise Tänzerin warst, könntest du doch ein bißchen für mich tanzen. Damit würdest du dem Kaiser eine große Freude machen.«

Toshua sah mit einem Blick zur Seite, wie es in Yashimas Gesicht zuckte. Irgendwie empfand sie Genugtuung darüber, daß der Kaiser diesen Wunsch geäußert hatte und Yashima darüber erschrocken war. Es war klar, daß er befürchtete, sie würde versagen. Aber jetzt das Spiel durchzuhalten machte ihr tückischen Spaß. Sie tat so, als ob sie sich etwas verlegen ziere.

Der alte Mann auf dem Thronschemel sagte:

»Der Kaiser befiehlt es dir.«

Sie wartete noch einen Augenblick, ließ erst so etwas wie ein Summen hören, das in ein deutliches Singen überging, und begann, ihren Körper im Rhythmus der Melodie zu bewegen. Sie, die zuvor weder in Ise noch sonstwo getanzt hatte, tanzte gut, und sie wußte es. Es mußte daran liegen, daß sie sich seit den Liebesnächten mit Yashima der Macht, die sie mit ihrem Körper ausüben konnte, bewußt geworden war. Sie drehte und wiegte sich, aber es war nicht Yashima, für den sie jetzt tanzte, sondern wirklich dieser einsame alte Mann, der zufällig auch ein Kaiser war und für den sie eine kindliche Zuneigung empfand.

Dann sagte der Kaiser wie aus einem Traum heraus:

»Wie schön das ist. Es läßt einen spüren, daß man noch Blut in den Adern hat, daß man noch ein Mann ist. Komm jetzt ganz nahe heran. Ich beiße nicht. Vielleicht ist mein Geruch nicht sehr gut, weil sie auch finden, die alten Gewänder täten es immer noch.«

Sie kam seiner Aufforderung nach und trat neben den Schemel. Er legte seinen Arm um ihren Körper und bog einen Augenblick seinen Kopf seitwärts, bis er seine Stirn in die Mulde über ihrer Hüfte pressen konnte. Nur einen sehr kurzen Augenblick verharrte er in dieser Verrückung, dann richtete er sich wieder auf, ließ aber seine Hand an ihrer Schulter. Er sagte:

»Mir kommt gerade in den Sinn: Man hat mir irgendwann einmal erzählt, daß du schöne Gedichte schreibst. Würdest du mir den Gefallen tun, jetzt wenigstens eines davon zu rezitieren? Bleib nahe bei mir, ich spüre dann noch etwas länger deinen Duft; außerdem ist mein Gehör miserabel.«

Sie rezitierte mit ruhiger, wohlklingender Stimme und, trotz der wenigen Worte, mit einer Pause vor der letzten Zeile, die die Szene erst recht lebendig werden ließ.

Er hat den hohen Herrn
vom Pferd steigen lassen –
der Kirschblütenzweig.

»Ja, du bist begabt für Poesie«, murmelte der Greis, »wie oberflächlich, wenn man ein Gedicht nur einfach schön nennt. Dieses ist schlicht, vieldeutig, auf die Jahreszeit bezogen, streng ... Und man könnte noch viel mehr darüber sagen. Kashi, sorgt Ihr dafür, daß dieser Vers in die Sammlung der in meiner Regierungszeit entstandenen Haikus aufgenommen wird. Und dann denkt daran, daß ich morgen früh die beiden Schriftstücke unterschreibe.«

Der Diener trat vor Yashima hin und verneigte sich. Der händigte ihm die beiden Rollen aus. Er verbeugte sich wieder und schien sich in der Dunkelheit aufzulösen.

Yashimas Hand näherte sich Toshuas Hand und strich über ihre Fingernägel. Dann brachte er seinen Kopf nahe an ihr Ohr, und sie hörte ihn flüstern:

»Welche Belohnung erbittet sich die Priesterin im Schrein zu Ise für diese bewunderungswürdige Probe ihrer Kunst?«

Sie antwortete immerhin so laut, daß der schwerhörige Greis so etwas wie ein Geräusch wahrnahm und seinen Kopf bewegte:

»›Nichts, als glücklich regiert zu werden von jenem Szepter, das jedem einfachen Mann zu eigen ist.‹«

Es war dies ein Zitat aus dem Gedicht einer Hofdame der Genji-Zeit, das ihr aus einer der vielen Anthologien, in denen sie in den letzten Tagen geblättert hatte, in Erinnerung geblieben war.

»Ich bin jetzt sehr müde. Ihr seid entlassen«, murmelte der Greis. »Der Duft dieser jungen Frau hat mich nahezu betäubt. Ihr könnt gleich die Tür hier vorn nehmen. So müßt ihr nicht durch die großen Pfützen …«

Sie verließen den Thronsaal durch den Ausgang, den der Kaiser ihnen gewiesen hatte. Aus dem Zwielicht traten sie in die Fläche zwischen den Hallen des Kaiserpalastes, die grelles Sonnenlicht reflektierte und mit weißem Sand abgestreut war. Nach drei oder vier Schritten schien es Toshua, als ob sie die große Leere, die sich da auftat, verschlingen werde. Das Gefühl dauerte nur einen Augenblick, aber sie taumelte. Yashima sprang ihr sofort bei.

»Was war denn?«, fragte er, als sie wieder mit gleitenden Schritten neben ihm ging.

»Nichts«, sagte sie. »Vielleicht nur zuviel des Glücks.«

Am Tag vor dem nächsten Neumond setzte sich ein Zug mit zwei Wagen und zwei Sänften vom Ryokan »Zum glückbringenden Goldfisch« zum Nanzenji-Tempel in Bewegung, der in einem Kiefernwald am Stadtrand lag. Die eine Sänfte trug Toshua und Marakabui, die andere die beiden Mädchen.

In den beiden Reisewagen wurde Toshuas Brautschatz transportiert. Außer Wäsche, Kleidern, Stoffen und Schmuck befanden sich auch vier Barren Silber unter dem Heiratsgut. Yashima hatte in der letzten Nacht, die sie beide zusammen verbracht hatten, Toshua erklärt, er selbst werde der Hochzeitszeremonie nicht beiwohnen, um nicht die Mönche auf seine Rolle bei diesem Schachzug aufmerksam zu machen. Aber der Abt sei eingeweiht. Yashima hatte ihr ihren zukünftigen Gemahl als einen rauhen Krieger dargestellt, der sich im Feldlager am wohlsten fühle und wahrscheinlich die Zeremonie eher mürrisch über sich ergehen lassen werde. Ob er gleich die Ehe mit ihr zu vollziehen gedenke, sei hingegen fraglich. Wahrscheinlich werde er, um den Schein zu wahren, eine Nacht im selben Raum wie sie schlafen. Wenn er sich etwa rüpelhaft benehmen solle, was man bei einem so ungehobelten Klotz, wie Gankuji es sei, nie auschließen könne, habe sie ja Marakabui bei sich, eine erfahrene Frau, die ihr in diesem Fall mit Rat und Tat zur Seite stehen könne. Zwei Tage nach der Hochzeitszeremonie werde das Brautpaar nach Kyoto zurückkehren. Man werde es dort mit allem bei solcher Gelegenheit üblichen Pomp empfangen. Dabei werde er selbst hinter ihrer Sänfte zum Kaiserpalast reiten, um dort das Paar dem Kaiser vorzustellen, der es dann seinerseits in einem Privattempel seinen Ahnen vorstellen werde. Für den Abend sei ein Feuerwerk vorbereitet. Die Eheleute würden dann vorerst in der Nijo-Burg wohnen, bis Yashima von seinem Feldzug gegen den amtierenden Shogun zurückgekehrt sei, auf dem ihn Gankuji als Befehlshaber des von ihm aufgebrachten Truppenkontingents begleiten werde.

Bei Toshua war inzwischen genügend Ehrgeiz erwacht, um an den schönen Traum zu glauben, als den ihr Yashima das Kommende dargestellt hatte, und ihre Verliebtheit in den Prinzen tat ein übriges. Manchmal nur erschrak sie, wenn ihr einfiel, wie sie vor noch nicht allzu langer Zeit am Südtor gesessen hatte und sich wie eine Erdkröte vorgekommen war.

Der Zug der Wagen und der beiden Sänften erreichte das Sammon, das Haupttor des Nanzenji, ein ebenso einfaches wie eindrucksvolles Gebäude. Es bestand unten aus sechs gewaltigen Holzsäulen, zwischen denen die Durchgänge zum eigentlichen Tempelbezirk lagen. Darüber erhoben sich zwei sehr breite, an den Enden leicht nach oben gebogene Dächer, die mit Holzschindeln gedeckt waren. Zwischen diesen befand sich eine von einem einfachen Holzgitter abgeschlossene Terrasse.

Der Brautzug hielt am Fuß einer langen Treppenflucht, die zum Tor hinaufführte. In ihrem neu erwachten Bedürfnis nach Macht und Prachtentfaltung hatte sie sich vorgestellt, alle Mönche des Klosters würden sie am Tor empfangen oder Gankuji hätte dort seine Leibwache Aufstellung nehmen lassen. Als sie mit Marakabui und den beiden Dienerinnen ausstieg, war nichts dergleichen zu sehen. Statt dessen stand da oben das klotzige Torhaus wie ein Fabelwesen, das gleich zwei, drei Sprünge machen würde und sie zu verschlingen drohte. Für einen Moment verwandelte sich das Gebäude in die Gestalt ihres zukünftigen Ehemannes; eine Welle von Angst durchlief sie, und sie wünschte nichts mehr, als daß schon der morgige Tag sei.

Dann erkannte sie, daß oben, am Ende der Treppenflucht, ein einzelner Mensch stand: ein Mönch mit kahlgeschorenem Schädel in einer gelben Kutte, deren Säume der Frühlingswind leicht bewegte. Er breitete die Arme so aus, als wolle er fliegen, und kam mit erstaunlicher Wendigkeit die Stufen herab. Spontan ging Toshua zum Ausdruck ihrer Ehrbietigkeit vor ihm auf die Knie und verharrte so. Dann hörte sie Marakabui hinter sich fragen:

»Wir freuen uns, ehrwürdiger Abt, daß Ihr uns persönlich willkommen heißt. Aber, wo ist der Bräutigam?«

Der Abt bewies Takt genug, diese Frage zunächst zu überhören. Er sagte:

»Laßt uns doch zunächst einmal miteinander bekannt machen, edle Damen.«

Nachdem die Vorstellung vollzogen war, ließ sich die Erörterung der Frage nach dem Bräutigam nicht weiter hinauszögern.

»Nun«, sagte der Abt, »General Gankuji wird aufgehalten worden sein. So etwas kommt bei einem großen Kriegsherrn schon einmal vor. Darf ich den Damen derweilen die Tempelanlage zeigen?«

Er führte sie fast eine Stunde lang herum, ohne daß des Bräutigams noch einmal Erwähnung getan worden wäre.

»Also ist er immer noch nicht gekommen«, flüsterte Toshua Marakabui zu.

»Nur ruhig, mein Vögelchen. Es gibt noch viele andere Männer auf der Welt, die du heiraten kannst, wenn er nicht kommt.«

»Ich denke«, sagte der Abt, indem er sich zu den vier Frauen, die ihm folgten, umwandte und seinen Blick auf Toshua richtete, »die Damen beunruhigen sich über das Ausbleiben des Bräutigams. Ich bin auch der Meinung, daß es wenig höflich ist, uns hier so lange warten zu lassen. Ich habe keinen anderen Trost anzubieten als jenen, zu dem ich selbst Zuflucht nehme, wenn Erregung meine Seele trübt.«

Toshua fragte nicht, worin dieser Trost bestehen könnte. Sie war wütend über soviel Gesetztheit. Ein Zornesausbruch des Abtes hätte ihm bei ihr entschieden mehr Sympathie eingetragen. Er schien das zu spüren, denn als sie schließlich in einen überdachten Umgang vor einem Viereck einbogen, sagte er:

»Ich hoffe doch sehr, edle Dame, daß das geheimnisvolle Kunstwerk, daß der Meister Seami hier schuf, euch jenen Trost schenkt, den meine Worte nicht zu beschwören vermögen. Manchmal sind Schweigen und Stille mächtige Heilmittel.«

Auf zwei Seiten lagen Gebäude, offenbar Mönchszellen. Die anderen beiden Seiten wurden von einer einfachen weiß getünchten Mauer markiert. Dazwischen erstreckte sich ein Sandgarten, eine glattgerechte Fläche, die mit grauem Sand bedeckt war. Aus ihr ragten in unregelmäßigen Abständen drei Felsbrocken auf.

Der Abt machte eine einladende Handbewegung, aber es war nur Toshua, die bis an das Geländer vortrat. Man mußte schon mit völliger Unempfindlichkeit der Sinne geschlagen sein, um von der Ausstrahlung an Grazie, Kraft und Stille, die von der Fläche ausging, nicht angerührt zu werden. Sie hörte noch, wie der Abt hinter ihr zu Marakabui sagte, er überlasse die Damen jetzt für eine Weile der Kontemplation vor diesem Wunderwerk. Er werde bemüht sein – Toshua vermeinte, einen leisen kichernden Unterton in seiner Stimme zu vernehmen –, dem Bräutigam, wovon auch immer er aufgehalten worden sein könnte, mit Gebeten den Weg in den Tempelbezirk zu ebnen.

Es war seltsam, aber wie sie da auf die Sandfläche schaute, die manchmal gar nicht mehr wie Sand aussah, sondern das Aussehen eines Nebelmeers annahm, aus dem die drei Felsen wie die Spitzen eines gewaltigen Gebirges hervorragten, wurde sie tatsächlich vollkommen ruhig. Der Zorn über die Kränkung löste sich auf, entschwebte wie Rauch. Danach war es ihr, als werde sie in einen Bereich ihrer Seele hinabgezogen, zu dem sie sonst nur im Traum

Zutritt erlangte. Die reale Welt war plötzlich so weit fort, und alle Ereignisse, die sich in ihr vollzogen, schienen plötzlich völlig bedeutungslos. Es war ihr in diesem Zustand völlig gleichgültig, ob Gankuji noch erscheinen werde oder nicht. Wenn sich der Dunst vor ihr, vom Wind bewegt hin und wieder öffnete, sah sie auf Bilder, in denen sie Szenen aus den Jahren ihres bisherigen Lebens erkannte, Szenen, die in den zurückliegenden Lebensjahren für sie wichtig gewesen waren: der Tod ihrer Mutter, die Nacht mit Seami im Backofen, der Augenblick, in dem sie im Vorraum des Ryokan »Zum glückbringenden Goldfisch« gestanden hatte. Sie sah sich selbst in einer Umarmung mit Yashima, blickte auf sich herab, wie sie hier unter dem Vordach vor dem Geländer stand und den Sandgarten betrachtete.

Dann änderte sich etwas. Zuerst war es erschreckend, aber nur weil es so anders war. Sie spürte, wie etwas ihren Körper berührte, das nichts schien, aber von dem doch eine Wirkung ausging. Luft, ein von Sonne durchflutetes Zwielicht, das ihre Arme, ihre Brüste und ihre Schenkel umspülte und ihr wie eine sanfte Zärtlichkeit erschien. Sie wünschte sich sehr, dieser Zustand möge anhalten. Sie wollte nicht mehr in dieses andere Leben zurück, das ihr, wenn sie zurückdachte, wahnwitzig, sinnlos und anstrengend vorkam.

Jetzt zuckte etwas wie ein Blitz durch ihren Kopf. Sie blickte auf. Sie erkannte: Was ihr eben wie ein Blitz vorgekommen war und sie aus diesem Stupor geweckt hatte, war das Funkeln eines Sterns am Himmel gewesen. Es war inzwischen Nacht geworden. Sie mußte mehrere Stunden lang an dem Geländer gestanden haben, ehe es Marakabui für nötig befunden hatte, sie anzustoßen.

Auch der Abt war wieder da.

»Ich denke, Ihr habt erfahren, edle Dame, welch gewaltige Kraft Meister Soamis Garten innewohnt«, sagte er, als sei allein das wichtig. »Es sind viele Deutungen versucht worden über die Setzung der Steine. Meinem Verstand nach ist es die Einfachheit der Anordnung, die unergründliche Harmonie zwischen Sichtbarem und Unsichtbarem, die uns so sehr anrührt und uns jene große Ruhe schenkt. Ihr könnt jederzeit wieder zu uns kommen, wenn es Euch abermals nach einem solchen Erlebnis verlangt.«

Es war Marakabui, die Toshua wieder an die peinliche Situation erinnerte, in der sie sich befanden.

»Gankuji ist nicht gekommen«, sagte sie zornig, »jetzt ist es eine Beleidigung. Eine Verhöhnung. Ein Skandal.«

Toshua wollte sich wieder abwenden und ihren Blick auf der Sandfläche ruhen lassen, doch der Abt stieß einen Laut aus, der wie ein Befehl auf sie wirkte. Sie wandte sich um und sah ihn erstaunt an.

»Für eine weitere Meditation«, sagte er, »werdet Ihr ein andermal Zeit und Muße finden. Jetzt wird es nötig sein, sich den Anforderungen der Gegenwart zu stellen. Seid gewiß, die Kraft dazu besitzt Ihr.«

»Ja«, hörte sich Toshua immer noch wie aus einem Nebel heraus zu Marakabui sagen, »beschämend mag es sein. Aber viel wichtiger ist, daß Yashima möglichst bald davon erfährt. Wir wollen den Abt bitten, daß er unsere Sänften wieder kommen läßt. Die Wagen können vorläufig im Kloster zurückbleiben.«

»Damit tut Ihr recht«, sagte der Abt und schritt erstaunlich rasch aus. »Ihr Frauen solltet wissen, daß Euch das Kloster, sofern ihr in Gefahr geraten solltet, immer Zuflucht gewähren würde.«

Eine Stunde später hielt die Sänfte, in der Toshua und Marakabui saßen, vor dem Schilderhaus an der Zugbrücke der Nijo-Burg. Die beiden Mädchen hatten sie in den »Glückbringenden Goldfisch« zurückgeschickt. Es dauerte eine Weile, bis sie Einlaß erlangten und man den Prinzen gerufen hatte.

Toshua und Yashima begegneten einander in dem dunklen Audienzraum.

»Mein Freier hat mich sitzenlassen«, sagte sie grob, und die Worte hallten in dem leeren Saal wider.

»Was soll das heißen?«

»Der Herr Bräutigam ist zu unserer Vermählung nicht erschienen.«

Sie konnte in dem weiten dunklen Raum die Umrisse von Yashimas Gestalt kaum ausmachen.

»Das ist schlimm«, hörte sie ihn murmeln.

»Wäre es möglich, daß er aufgehalten worden ist? Der Abt schien so etwas in Betracht zu ziehen.«

»Das ist völlig ausgeschlossen«, sagte Yashima fast flüsternd. »Es kann nur bedeuten, daß er sich entschlossen hat, das Lager zu wechseln.«

»Das dachte ich mir, und deswegen bin ich noch heute nacht zurückgekommen, um Euch zu warnen. Wieviel wußte er?«

»Er war in alles eingeweiht. In den Staatsstreich. Ich hatte mich voll und ganz auf ihn verlassen. Offenbar war ihm das Kaiseramt zu wenig für seinen Ehrgeiz. Ich bin verloren.«

»Sagt mir eines«, fragte Toshua, nachdem es lange Zeit still gewesen war, »warum habt Ihr das alles versucht?«

»Ihr werdet es nicht verstehen«, sagte Yashima, »alte Rechnungen... Sie reichen schon drei Generationen zurück.«

»Und was werdet Ihr jetzt tun?«, fragte sie.

»Ich habe die Wahl, mich in dieser Stadt zu verteidigen. Die Befestigungsanlagen befinden sich in einem erbärmlichen Zustand. Ich rechne, daß wir uns vielleicht vierzehn Tage würden halten können... Oder wir müssen den ehrbaren Weg gehen.«

»Was heißt das?«

»Harakiri zu begehen.«

»Und wie werdet Ihr Euch entscheiden?«, fragte sie.

»Das ist keine Frage. Wer hoch spielt und verliert, hat immerhin die Genugtuung, daß er einmal hoch gespielt hat. Und wer mit dem Schwert lebt, soll durch das Schwert sterben.«

»Ich möchte, daß ich dabei bin, wenn es geschieht.«

»Nein«, sagte Yashima, »die Sitte verbietet, daß Frauen anwesend sind.«

»Dann brecht mit der Sitte.«

Zehn Tage, nachdem Prinz Yashima sich in Gegenwart seiner Konkubine mit einem Schwert den Leib aufgeschlitzt und ihm ein Offizier seiner Leibwache den Kopf vom Rumpf getrennt hatte, zogen die Truppen des Shogun in die Burg Nijo ein. Das Strafgericht war unerbittlich. Achtzig Männer und Frauen, darunter auch Prinz Yashimas Hauptfrau samt ihren Kindern, wurden gehängt, die Leichname danach in den Gärten für die Bevölkerung zur Besichtigung ausgestellt. Die Dienerinnen und Konkubinen ließ der Shogun in die Freudenhäuser der großen Städte des Landes verkaufen. Toshua hatte den Offizier, der den Abtransport der Frauen nach Edo überwachte, angefleht, sie ins Nanzenji-Kloster bringen zu lassen. Er hatte sie nicht einmal einer Antwort gewürdigt. Den Erlös aus dem Verkauf der Frauen und Mädchen verwendete der Shogun dazu, in seiner Sommerresidenz einen Park anlegen zu lassen. Im Volksmund hieß die Anlage, in der zu lustwandeln ausschließlich dem Generalissimus und seiner Familie vorbehalten war, »Park der weinenden Frauen«. Toshua wurde vom Besitzer des Hauses »Zum reifen Kürbis« in der Hauptgasse von Yoshiwara ersteigert. Sie weinte nicht. Sie hätte gern geweint, aber sie hatte keine Tränen.

III

»Ohren hören,
und Augen
sehen.
Aber was macht
das Bewußtsein?«

Es hätte ihn mißtrauisch machen müssen, daß die Tür zu der Hütte sperrangelweit offengestanden hatte. Aber Seami war in einem Zustand, in dem man alle Vorsicht vergißt. Eine schlimme Zeit lag hinter ihm. Arbeit hatte er auf seiner Wanderung keine gefunden. Er hatte sich daran gewöhnt zu stehlen. Er war nicht ungeschickt dabei. Einmal stahl er eine Ente, die er auf offenem Feld an einem Feuer briet. Ein andermal stopfte er auf dem Markt, als der Händler nicht hinsah, rasch einen Fisch unter sein Hemd. Als er einmal einen Bund Rettiche gestohlen hatte, war ihm ein halbes Dorf nachgerannt, doch er war seinen Verfolgern entkommen, indem er sich schließlich unter einem kieloben liegenden Boot auf dem Strand verborgen und in dieser hölzernen Höhle die Rettiche gekaut hatte, an denen noch Erde klebte.

Im Unterschied zum Betteln verletzte Stehlen seinen Stolz nicht. Er hatte sich eine Moral zurechtgelegt, derzufolge Stehlen, wenn man nirgends Arbeit fand, nichts Unehrenhaftes war. Mehr als dies machten ihm die Erinnerungen an Toshua zu schaffen. Er konnte ihre Zärtlichkeiten nicht vergessen, und es verlangte ihn sehr danach, sie wieder zu spüren. Ihr Bild tauchte ständig in seinen Tagträumen auf. Es beschäftigte ihn manchmal so vollständig, daß er nicht mehr auf den Weg achtete. So war er auch auf diesen bewaldeten Bergrücken hinaufgelangt. Wohin er ging, hatte er erst bemerkt, als er unter der Steigung des Geländes zu keuchen begann. Dann hatte er oben zwischen den Baumstämmen die Hütte gesehen. Weil er hungrig war, war er weitergelaufen. Nein, nicht nur deshalb. Er hatte gemeint, dort oben stehe Toshua: Sie lachte und winkte ihm zu. Als er die Hütte endlich erreicht hatte, war sie verschwunden gewesen. Er fluchte, aber da er in Gedanken mit ihr immer »Glück« verband, sagte ihm seine innere Stimme, er sei nicht zufällig hierhergelangt, sondern weil es hier etwas zu stehlen gebe.

Er trat in die Hütte ein. Neben dem Herd, auf dem ein kleines Feuer brannte, stand ein Tisch mit Schüsseln, einer Teekanne und Teeschalen. Die Schüsseln waren alle abgedeckt. Er hob bei einer den Deckel und sah, daß sie kalten Reis enthielt. Er griff mit der bloßen Hand hinein und stopfte sich, soviel er zu fassen bekam, in den Mund. Er schlang den großen Bissen herunter, würgte mit Hast und Gier daran, weil etwas in ihm befahl, er solle sich beeilen, und streckte dann die Hand ein weiteres Mal aus. In diesem Augenblick spürte er, wie etwas die Haut in seinem Nacken ritzte. Mit der Hand, die er frei hatte, machte er eine rasche Bewegung. Erst als seine tastenden Finger den Stahl berührten, merkte er, daß jemand hinter ihm stand, der ein Schwert hielt und in der Lage gewesen wäre, im nächsten Augenblick seinen Kopf vom Rumpf zu trennen. Er fuhr herum und erblickte einen Mann, dessen Kopf vor allem aus wildem Haar und wildem Bart und glühenden Augen zu bestehen schien. Der Mann machte mit dem Schwert eine rasche kreisende Bewegung und richtete es gegen seine Brust.

»Tötet mich doch«, sagte Seami trotzig. »Worauf wartet Ihr noch? Ich habe Euch bestohlen. Ihr habt mich beim Stehlen überrascht. Der Fall ist klar.«

Der Mann ließ einen schnaubenden Laut vernehmen, der Mißmut ausdrückte.

»Nimm die Schüssel«, forderte er den Jungen auf, »setz dich, und iß, soviel du magst.«

Ohne weiter nachzudenken, leistete Seami der Aufforderung Folge. Der Mann sah ihm zu, wie er krallte, stopfte und kaute.

»Die Gier«, murmelte der Mann, wie zu sich selbst, »diese unendliche Gier.«

Dann war die Schüssel leer, und Seami hob unsicher den Kopf und betrachtete den Mann nun genauer. Das Schwert war wie durch Zauber verschwunden. Es war das Eindrucksvollste an ihm gewesen. Es hatte ihm Macht verliehen. Ohne die Waffe sah er nur wüst und ungepflegt aus.

Seami griff sich in den Nacken. Als er seine Finger betrachtete, sah er, daß sie blutig waren. Er schaute den Mann vorwurfsvoll an. Wieder kam dieser merkwürdige schnaubende Laut. Und darauf:

»Nicht der Rede wert. Nur ein Kratzer.«

»Ist das Eure Hütte?« fragte Seami.

»Allerdings ...«

»Und wer seid Ihr?«

Der Mann lachte. Statt einen Namen zu nennen, sagte er:

»Die Leute hier in der Gegend nennen mich den Wilden Mann. Ich bin ein Ronin. Ein Samurai, der keinen Herrn mehr hat.«

»Kann ein Samurai ohne Herr leben?« wunderte sich Seami.

»Wenn er ein gutes Schwert hat ...«, sagte der Wilde Mann grinsend. »Zuerst habe ich in den Dörfern noch ab und an einen getötet. Jetzt geht es ohne das ab. Sie bringen mir, was ich zum Lebensunterhalt brauche, sogar bis hier herauf in den Wald und legen es an einem bestimmten Stein ab. Es ist eine Art Steuer. Wenn sie Hilfe mit dem Schwert brauchen, können sie sich auf mich verlassen.«

»Nun macht schon ein Ende mit mir«, sagte der Junge eigensinnig, »der Fall liegt doch klar.«

»Dich töten ..., das könnte dir so passen«, sagte der Wilde Mann und lachte.

»Habt Ihr etwa Mitleid mit mir?« fragte der Junge weiter.

»Mitleid ...«, nölte der Wilde Mann, »nein ..., es ist nur langweilig, immer wieder zu töten, weißt du.«

Der Junge blickte sich um und suchte die Behausung nach weiblichen Gegenständen ab. Er entdeckte jedoch weder Kleider noch Kämme oder dergleichen.

»Habt Ihr auch eine Frau?« fragte er neugierig.

»Nein«, sagte der Wilde Mann und schien nachzudenken und sich an etwas zu erinnern. »Nun«, fuhr er fort, »Frauen sind manchmal ein angenehmer Zeitvertreib, aber auch ein gefährlicher.«

»Wieso?«, fragte Seami, der sich zunehmend entspannte.

»Ich kannte mal eine«, erinnerte sich der Wilde Mann. »Sie war eine Christin. Es kam ein Mann mit dem Befehl, sie müsse auf das Kreuz treten, um abzuschwören. Das tat sie nicht. Darauf hat man sie getötet. Ich war mit meinem Herrn unterwegs. Als ich heimkam, war es geschehen. Ich habe darauf meinen Herrn verlassen.

Ich habe den Mann, der die Frau tötete, lange gesucht, sehr lange. Ich wollte ihn auch töten. Aber ich habe ihn nicht gefunden. Mit der Zeit wird man es überdrüssig, weiter zu suchen. An die Frau denke ich immer noch hin und wieder. Manchmal meine ich, ich hätte sie wiedergefunden. Und jedesmal handele ich mir dann Ärger ein. Aber was rede ich da. Du bist noch zu jung, um das zu verstehen.«

»Durchaus nicht«, sagte Seami. »Ich kenne das aus eigener Erfahrung.«

»Was kennst du?« Der Wilde Mann lachte höhnisch auf.

»Ich liebe meine Schwester«, sagte Seami. »Ich habe mit ihr geschlafen. Danach haben wir uns getrennt. Sie ist nach Süden gegangen, ich nach Norden.«

Der Wilde Mann sah ihn erstaunt an.

»... mit deiner Schwester geschlafen...?«, wiederholte er ungläubig und schüttelte den Kopf.

»Ja doch..., ich sagte Euch doch. Ich liebe sie«, fuhr Seami fort. »Sie ist sehr schön. Ich glaube, sie ist die schönste Frau, die es auf der Welt gibt.«

»Dummes Zeug«, fuhr ihn der Wilde Mann an. »Es gibt so viele Frauen und auch viele andere Beschäftigungen zur Zerstreuung außer der Liebe. An was denkst du, wenn du nicht an deine Schwester denkst?«

»Ich denke fast immer an sie.«

Der Wilde Mann stöhnte auf, als habe er Zahnschmerzen.

»Keine Frau ist es wert, daß man *soviel* an sie denkt.«

»Wie?« antwortete Seami, »habt Ihr denn jene Frau, die man zwingen wollte, auf das Kreuz zu treten, nicht geliebt? Die Schönste und Beste kann sie nicht gewesen sein, sonst würdet Ihr mich verstehen.«

»Man hält jene, die man jeweils liebt, immer für die Beste«, belehrte ihn der Wilde Mann, »aber ich sage dir: Am allerbesten fährt man, wenn man die Liebe in sich ausrottet.«

»Und wie soll das gehen?«

»Indem man sich etwas sehr Schwieriges vornimmt, etwas, wobei die Gedanken, die Aufmerksamkeit und die Phantasie vollkommen anderweitig beschäftigt sind.«

»Als da wäre?«

»Ein Schwertkämpfer zu werden.«

»Und wie wird man es?«

»Ich könnte es dich lehren, aber ich sage dir gleich, man muß sich schinden dabei. Und doch hat man am Ende nichts als töten gelernt.«

»Und wohl auch, seine Ehre zu verteidigen?« sagte Seami.

»Die Ehre wird überschätzt«, sagte der Wilde Mann. »Hier in der Einsamkeit löst sie sich in Luft auf.«

»Mein Urgroßvater Ashikaga«, erzählte Seami, »hat bei der Belagerung von Osaka mitgekämpft.«

»Hoffentlich auf der Seite der Sieger.«

»Auf der Seite des Toyotomi-Klans.«

»Also nur Ruhm, aber keine Beute«, stellte der Wilde Mann fest.

»Ihr wolltet mich lehren, das Schwert zu führen«, erinnerte ihn Seami.

Das Gesicht des Wilden Mannes wurde ernst.

»Du mußt wissen: Es wird dabei wenig geredet. Nur das Allernötigste. Solche langen Gespräche, wie wir sie jetzt miteinander führen, gibt es dann nicht. Das Schweigen fördert die Konzentration.«

»Wißt Ihr, daß ich seit zwei Wochen mit niemandem ein Wort gesprochen habe, außer mit dem Gespenst.«

»Wer ist das Gespenst?«

»Meine Schwester..., ich meine so, wie sie in meiner Erinnerung steht.«

Der Wilde Mann lachte wieder breit.

»Wir werden das Gespenst umbringen«, sagte er. »Wir werden dir deine verrückte Liebe exorzieren, mein Junge!«

Das Wort »exorzieren« hatte Seami noch nie gehört. Wenn der Wilde Mann damit meinte, es werde ihm gelingen, ihm seine Liebe zu Toshua auszutreiben, würde er sich getäuscht haben. Er war sich sicher, daß niemand seine Erinnerung an sie auslöschen konnte. Aber zu lernen, das Schwert zu führen, schien ihm verlockend.

»Wann fangen wir an?«

»Heute noch nicht«, sagte der Wilde Mann. »Erst mußt du ausgeschlafen sein.«

»Ich träume auch immer von ihr«, teilte Seami mit.

»Ich bereite uns einen Tee. Das wird dein Gemüt beruhigen«, sagte der Wilde Mann.

Kopfschüttelnd ging er zum Herd und murmelte immerhin so laut, daß es Seami verstehen konnte:

»Bei der Erleuchtung des Buddha, ein so merkwürdiger Vogel ist mir schon lange nicht mehr in meine Hütte geflattert.«

Am nächsten Morgen begann es dann.

Am Vormittag unterwies ihn der Wilde Mann in Schreiben und Lesen.

»Muß das sein?«, fragte der Junge.

Er erhielt keine Antwort. Ach ja, das Schweigen.

Am Nachmittag hieß der Ronin Seami, Holz zu hacken. Er hackte Holz. Endlos. Es fielen kaum Worte.

Der erste Monat ging vorüber, und Seami gehorchte unterwürfig. In Schreiben und Lesen machte er gute Fortschritte, ohne daß ihm dies ein Lob eingetragen hätte. Desto mehr Stolz empfand er, als der Wilde Mann einmal beiläufig laut werden ließ, die Axt sei jetzt immer gut geschärft. Seami hatte sie geschärft.

Er hatte immer noch viel Zeit, an Toshua zu denken, wenn er hackte. Ihr Bild erschien häufig, wenn er sein Werkzeug hob, aber es kam ihm nicht gerade fein vor, die Schneide seiner Axt auf ein schönes, geliebtes Gesicht herabsausen zu lassen. Also dachte er vorerst beim Holzspalten nicht mehr an sie. Wenn er schlief, kam sie häufig in seine Träume. Einmal fragte ihn der Wilde Mann unerwartet und ziemlich höhnisch, wie es nun um seine große Liebe stehe. Und Seami beschrieb ihm etwas zögernd, was er von Toshua geträumt hatte. Immer, wenn er zögerte, fragte der Wilde Mann nach und bestand darauf, daß er die Szene ganz genau beschreibe. Im übrigen sprachen sie weiterhin nur das Nötigste miteinander.

Dann befahl ihm der Wilde Mann, er habe dafür zu sorgen, daß das Feuer Tag und Nacht brenne. Tag und Nacht, das schien dem Jungen etwas übertrieben, aber wenn der Meister es nun einmal so wollte, gut und schön. Es kam sogar dahin, daß er es nahezu als eine Auszeichnung ansah, jede Stunde aufzuwachen, um Holz nachzulegen. Er träumte immer noch von Toshua, aber er mußte jetzt im Traum immer sehr weite Wege gehen und große Schwierigkeiten überwinden, um sie zu treffen oder zu ihr zu gelangen. Und gerade dann, wenn er die Hände nach ihr ausstreckte, um ihre Schenkel oder Brüste zu berühren, konnte er an dem Geräusch der Flammen, auf das er auch im Schlaf immer mit halbem Ohr hörte, erkennen, daß Holz nachgelegt werden mußte. Sich gerade dann aus dem Traumgeschehen loszureißen, bedeutete zwar, mit einem Gefühl der Enttäuschung zu erwachen, doch bereitete es ihm andererseits inzwischen große Genugtuung, genau zu wissen, wann er nachlegen mußte.

An den Abenden während der ersten zwei Monate runzelte er nur hin und wieder die Stirn und kratzte an seinen Schwielen. Dann redete er sich ein, morgen werde der Wilde Mann gewiß mit dem Unterricht beginnen und stellte sich vor, was dann geschehen werde. Aber es folgten Wochen, in denen er nichts tat, als Schriftzeichen zu pinseln, Holz zu hacken und sich um das Feuer zu kümmern. Die Träume von Toshua blieben, aber er fand nun im Traum ihr Bild seltsam blaß.

Er fühlte sich gut, was seine Arbeit anging. Aber er war sehr begierig nach dem größeren Kitzel, der kommen werde, wenn erst seine Ausbildung als Schwertkämpfer anfinge. Er begann, verächtlich kleine Spiele mit dem Holz zu spielen, das er hackte, und es aus den verrücktesten Körperhaltungen heraus zu zerkleinern. Es war ihm langweilig, bei Tag wie in der Nacht. Und nachts erschien ihm jenes Gespenst nun wieder öfter, aber es hatte sich wiederum etwas geändert. Die Lebendigkeit war aus den Erinnerungen an sie gewichen. Sie wirkte seltsam starr, duftete nicht mehr wie früher. Er sagte sich, es sei wohl ein Fehler gewesen, bei dem Wilden Mann zu bleiben. Ehe er hier alles begann, war er immerhin glücklich gewesen, wenn er an Toshua und gewisse Augenblicke im Backofen dachte. Jetzt verwandelten sich die Bilder von ihrem Gesicht und ihrem Körper in ein zerknittertes Blatt im Herbst, das vom Ast abgefallen ist, am Boden mehr und mehr vertrocknet und schließlich zu Staub werden wird.

Schließlich, am Ende des dritten Monats, gab er sich noch einen einzigen Tag voller Langweile, bevor er fortlaufen würde. Großzügig, wie er sich dünkte, wollte er zuvor dem alten Kerl, der in den letzten Wochen noch schweigsamer geworden war als zuvor, Gelegenheit geben, seine Sicht vom Stand der Dinge darzulegen.

Er hatte inzwischen schon so viele Schriftzeichen gelernt, daß er eine kurze, schroff gehaltene Aufforderung zu einem solchen Gespräch zu verfassen in der Lage war. Er malte sie und schob sie unter die Tür jenes Raumes hindurch, in dem der Wilde Mann schlief. Da lag sie noch am Morgen. Und auch noch am Abend. Sie lag dort noch am zweiten und am dritten Tag, obwohl der Wilde Mann die Tür zu dem Raum wiederholt geöffnet und geschlossen hatte und es unmöglich war, sie zu übersehen oder es so einzurichten, daß sie immer dort liegenblieb. Dann kam es Seami vor, als ob das Papier nicht mehr ganz fleckenlos aussähe. Seine Laune verschlechterte sich. Als ihm in dieser Nacht Toshua erschien, fuhr er sie gereizt an: »Laß mich jetzt bitte in Ruhe. Ich muß mich voll und ganz auf meine Auseinandersetzung mit diesem alten Narren konzentrieren. Es tobt ein Kampf zwischen uns. Ein Kampf auf Leben und Tod!« Danach legte er sich all die verletzenden Bemerkungen zurecht, die er dem Wilden Mann in ihrem Gespräch an den Kopf werfen würde.

Dann entschloß er sich, jene schriftliche Aufforderung an den Meister zu einem klärenden Gespräch zurückzuziehen. Als er das nächste Mal aufstand, um Holz nachzulegen, hob er das Stück Papier auf. Er hatte vor, es zu verbrennen. Er betrachtete es kurz und stellte fest, daß es auf eine ganz andere Art gefaltet war als jenes Papier, das er vor ein paar Tagen unter der Tür deponiert hatte. Und dann sah er, daß es leer war. Das verdoppelte seinen Zorn auf den Meister. Nicht nur, daß er eine höflich vorgebrachte Einladung einfach ignorierte, es machte ihm nichts aus, den eifrigsten Schüler, den er je haben würde, an der Nase herumzuführen.

Noch einen Tag, dann würde er bestimmt gehen. In dieser Nacht träumte er von dem großen Schwert des Meisters. Nicht der Wilde Mann, nein, er selbst hielt es in der Hand, aber niemand sah ihm dabei zu, als er geschickt damit hantierte. Er hatte erwartet, Toshua werde ihn bewundern. Dann fiel ihm ein, daß er sie bei ihrer letzten Begegnung angeknurrt und fortgeschickt hatte.

Seine Geschicklichkeit, im Traum mit dem Schwert umzugehen, und das Gefühl dabei, brachten ihn wieder von seinem Vorsatz ab, sich davonzuschleichen. In den nächsten Tagen plagte ihn der Meister mit allerlei Nadelstichen und Erniedrigungen. Als Trost blieb ihm nur der Satz, den er einmal im Zusammenhang mit der Geschichte seines Urgroßvaters gehört hatte: »Erst das zu ertragen, von dem du meinst, es lasse sich nicht ertragen, heißt wirklich etwas ertragen.« In der Nacht darauf erschien ihm Toshua im Traum und sagte zu ihm, sie werde einen anderen Mann heiraten. Er beklagte sich und nannte ihr Verhalten treulos. Dann fuhr er hoch, weil er Holz nachlegen mußte, und hörte so nicht mehr, was sie auf seine Vorwürfe erwiderte.

Am anderen Tag, voller Wut und davon überzeugt, Toshua tatsächlich an einen anderen verloren zu haben, sah er sich genötigt, eine mutige Tat zu begehen. Er stellte sich vor den Wilden Mann hin, verneigte sich und fragte höflich, wann nun endlich die erste Lektion im Schwertkampf erfolgen werde.

Der Meister erwiderte knurrend: »Hm, der Karpfen, den es nach dem Wurm verlangt, pflegt an Fliegen als Futter keinen Spaß zu haben!«

Seami grübelte mehrere Tage über die Bemerkung nach, bis er zu dem Ergebnis kam, daß sie durchaus keine tiefere Einsicht enthalte und überhaupt keine Antwort auf seine Frage darstelle. Er kniete sich also abermals vor dem Meister nieder und wiederholte seine Frage. Die Antwort war: »Sobald du dazu bereit bist.«

Seami sagte nichts und blieb sitzen. Der Meister schien ein Lachen zu unterdrücken.

»Offenbar hast du nicht genug zu tun«, sagte der Wilde Mann. »Übrigens, was macht die Liebe?«

Wieder schwieg Seami. Der Meister blickte ihm in die Augen. Es schien Seami, als könne er auf dem Grund seiner Seele die Botschaft von Toshuas Abschied lesen.

»Sagen wir«, warf ihm der Meister dann hin, »von nun an bist du auch noch für das Wasserholen zuständig.«

Es klang wie eine Beförderung.

Mehrmals am Tage mußte er zwei randvolle Eimer den steilen Gebirgspfad hinaufschleppen, damit der Wilde Mann in seiner Hütte baden konnte. Das bedeutete unter anderem auch, daß er nun das Holz rascher spalten mußte. Für die nun nötige Menge hatte er nur die halbe Zeit wie ehedem zur Verfügung.

Zudem verschärfte der Wilde Mann die Gangart bei seinen Schreib- und Lese-Lektionen. Er gab seinem Schüler längere Texte zum Auswendiglernen auf. Je länger dieser mit dem Lernen aufgehalten wurde, desto weniger Zeit blieb ihm für das Holzhakken und das Wasserholen.

Zuerst arbeitete er, um alles zu schaffen, bis spät in die Nacht. Sein Schlaf war dünn. Er wurde von einem Rippenstoß geweckt, weil er das Feuer hatte ausgehen lassen. Ablenkungen, wie er sie sich früher geleistet hatte, gab es nicht mehr. Es gab nur noch die konzentrierte Arbeit, die er so gewissenhaft ausführte, als werde er andernfalls davongejagt werden. Und diese Genugtuung wollte er dem Wilden Mann nicht zuteil werden lassen.

Mit der Zeit wurde ihm bewußt, daß jedes Interesse außer der Arbeit aus seinem Leben verschwunden war. Wenn er den Bergpfad mit den leeren Eimern hinabrannte, hoffte er, Toshua werde ihm erscheinen. Aber da war nur die leere Luft.

Als ein Jahr auf diese Weise vergangen war, hatten sich Toshuas Bild und jene hin und wieder aufkommende Zornesregung, dem Wilden Mann ins Gesicht zu spucken, verloren. Er war innerlich und äußerlich nichts als nur müde. Als ihm das letzte bißchen Glaube an einen Sinn bei dem, was er tat, vergangen war und er nur noch eine schreckliche Eintönigkeit empfand, durch die er zu wanken schien, entschloß er sich, beim nächsten Vollmond fortzugehen. Die Wahl der Mondnacht wies freilich darauf hin, daß sich immer noch der Sinn für Freuden in ihm erhalten hatte. Freude überkam ihn manchmal, wenn er Wasser trank und dessen Geschmack bewußt wahrnahm. Die Form eines Astes an einem Baum konnte plötzlich Freude in ihm hervorrufen. Auf das besondere Licht im Wald bei Vollmond, milchiges Licht um das Schwarz der Stämme, wartete er geradezu. Solche Wahrnehmungen besänftigten sein Unbehagen und seinen Mißmut.

Er floh schließlich doch nicht durch den vom Mondlicht erhellten Wald. Etwas war geschehen, das ihn diese Absicht vergessen machte: Er trug wieder einmal zwei randvolle Eimer den Gebirgspfad hinauf. Der Schlag kam von hinten und traf ihn quer über das rechte Ohr. Es war ein schrecklicher Schmerz. Er schüttelte sich und sah, daß er zu Boden gegangen war. Die Eimer rollten fröhlich den Hang hinab, und der Wilde Mann sah aus einiger Entfernung sehr zufrieden zu ihm hin, als habe er diese Demütigung schon lange Zeit im Sinn gehabt. Er stützte sich auf einen neuen Bambusstab, den er offenbar extra zu diesem Zweck geschnitten hatte.

Der Meister ließ sich sogar zu einer seiner seltenen Verlautbarungen herab.

»Grüß das Gespenst von mir...!«

Er war sich sicher, nicht an Toshua gedacht zu haben, nein, ganz sicher war er sich nicht.

Der Schmerz war schlimm, aber schlimmer war die Hilflosigkeit gegenüber diesen paar eigensinnigen Tränen. Er wischte sie fort, als handele es sich um Schmutz und ging auf die Knie, um dem Meister zu erklären, warum er so spät dran sei. Er hatte kaum zu reden begonnen, als der Wilde Mann ihn unterbrach und sagte:

»Was ist das schon..., Badewasser! Es wird schmutzig und dann schüttet man es fort.«

Dann wandte er sich ab und ließ Seami verdutzt stehen. Der zog die Augenbrauen hoch, stand auf und lief, den Eimer zu holen. Er hatte kaum drei Schritte getan, als der Bambus schon wieder zuschlug. Diesmal ging der Hieb auf seine Schultern nieder. Der Junge stieß ein Geheul aus und robbte, so rasch er konnte, auf Händen und Knien in die Büsche. Erst dann schaute er sich um. Der Wilde Mann sah ihn scharf an. Seami stöhnte, und es ging ihm durch den Kopf, der alte Bursche müsse nun wohl völlig verrückt geworden sein. Er wußte nicht, was er tun sollte, also blieb er zusammengekauert, wo er war, und schaute den Wilden Mann mißtrauisch an. Er verharrte in seinem Versteck, bis der Verrückte sich in die Hütte zurückgezogen und die Tür geschlossen hatte.

Während er sich eine neue Verhaltensweise zurechtlegte, stieg der Junge den Hügel hinunter, fand und füllte die Eimer und brachte sie wieder herauf. Er wollte sie gerade in das Badefaß schütten, als ihm instinktiv etwas riet, er solle sich ducken. Infolgedessen streife der dritte Hieb nur seine Schulter. Er floh um die Ecke der Hütte, blickte zurück und sah, daß die Luft rein war. Der Meister war fort. Er hörte hinter sich ein schwaches Geräusch. Ohne zu schauen, machte Seami einen Satz voran, aber nicht rasch genug, um dem wohlgezielten Schlag auf das Steißbein zu entgehen. Er hielt sich die schmerzende Stelle und floh ächzend in den Wald.

Es gab drei weitere Angriffe bis zum Abendessen. Unterdessen war der Junge so nervös, daß er darauf verzichtete, etwas zu sich zu nehmen. Er blieb im Freien. Erst als der Alte ihm befahl hereinzukommen, gehorchte er. Die Hände des Wilden Mannes streckten ihm zu seiner Überraschung seine volle Schale mit Essen entgegen. Er zuckte zurück, errötete und kam wieder heran.

Der Wilde Mann sagte:

»Dummkopf! Selbst ein verrückter alter Lehrer verschwendet nicht gute Lebensmittel.«

Sie aßen wie gewöhnlich schweigend.

Dann sagte der Wilde Mann durch das Zwielicht hindurch zu ihm: »Ein Tier reagiert auf das kleinste Geräusch, auf ein Blatt im Wind, auf einen Kiefernzapfen, der fällt. Ein Mensch mit Disziplin bewegt sich nur, wenn es nötig ist.« Er machte eine Pause und ergänzte dann: »Einen Moment, ehe es nötig ist.«

Diese Worte, die sich so kostbar gaben, trösteten den Jungen nicht im geringsten. Er musterte dieses Gesicht mit den glühenden Augen und ging, bis es Schlafenszeit war, vorsichtig um jede Ecke. Dann fand er sich dösend, aber auf der Hut, im Schein des Feuers wieder. Er zog seine Matte in eine dunkle Ecke und schlief dort, bis es Zeit war nachzulegen. Zweimal hörte er in dieser Nacht ein ungewöhnliches Geräusch und war sofort auf den Beinen.

Es dauerte wieder viele nervenzerfetzende Tage, bis der Junge wieder an seinen Entschluß dachte, bei Vollmond fortzugehen. Er dachte daran, wie langweilig ihm sein Leben damals erschienen war. Jetzt sehnte er sich nach ein paar Minuten solch bequemer Langeweile.

Er wandte nun niemals mehr dem Wilden Mann den Rücken zu. Ob er nun eine Ladung Holz schleppte, eine Sutra vorlas oder im Badefaß saß, ein Teil seiner selbst lag immer auf der Lauer. Wenn ein Schlag kam, ließ er alles stehen und liegen, womit er beschäftigt war, ging in Deckung und beseitigte erst dann das Durcheinander, wenn kein Hieb mehr drohte.

Mit der Zeit gelang es ihm auch, unvermittelt fortzutauchen und dabei das Holz, das Wasser oder die Sutra-Streifen nicht mehr fallen zu lassen. Es erstaunte ihn, daß es möglich war, sich vorsichtig zu bewegen und dennoch alle Arbeiten in der Zeit, die dafür zur Verfügung stand, zu verrichten.

Mit der Zeit wurden die blauen Flecken und schmerzenden Glieder seltener. Und er stellte fest, daß der Bambus in der Hand des Wilden Mannes nicht allmächtig war. Dies gab ihm einen gewissen Stolz, und ohne daß ihm dies gleich bewußt geworden wäre, verschwand damit Gran um Gran auch die Furcht.

Schließlich lernte er, einzusehen, welch großer Unterschied zwischen selbsterworbener Achtsamkeit und jener Nähe zur Panik besteht, in der wilde Tiere leben und sich verausgaben. Es wurde nun ein ernstes Spiel, bei dem er allmählich keinen Zorn mehr auf den Meister empfand. Wenn der Bambus zuschlug und ihn voll und fest traf, war sein erster Gedanke der von Bewunderung: *Ein Gegner, auf den man stolz sein kann.*

Nicht länger betrat er einen Raum durch die Tür, ohne eines Schlages gewärtig zu sein. Er näherte sich nie mehr ohne Vorsicht der Kuppe eines Hügels oder ging unaufmerksam an einem Baum vorbei. Träumerei wich geschärftester Aufmerksamkeit. Jede Handlung mußte in völliger Konzentration ausgeführt werden, wenn ihm Schmerz erspart bleiben sollte. Um dem Schmerz auszuweichen, lernte er alles wahrzunehmen, was ist.

Später gab es Zeiten, in denen er einen Zustand durchlebte, der für ihn nahezu unbegreiflich war: Er stand Minuten vor der dunklen Tür, gewiß, daß drinnen der erhobene Stock wartete. Er stand regungslos zwei, drei, fünf oder gar zehn Minuten da, bis er schließlich dachte, was für ein Narr bist du doch, die halbe Nacht hier draußen herumzustehen. Er trat ein, der Schlag traf ihn voll und gleich mehrmals, während die Stimme sagte: »Du hast es gewußt. Und dennoch bist du zu dieser Tür hereingekommen. Verdammt, versuche doch wenigstens dafür zu sorgen, daß auch dein Lehrer einmal ein Erfolgserlebnis hat.«

Also bewegte er sich geschmeidig, vermied Abkürzungen, sah sich vor, Unachtsamkeiten zu begehen. Er entwickelte einen Sinn für den Rat seiner Instinkte. Wenn der Stock an einer Biegung wartete, die er häufig passierte, änderte er die Route und nahm einen anderen, längeren Weg. Zeit war nicht wichtig. Und er lernte auch, nicht mehr zu summen, während er seiner Arbeit nachging. Schließlich bestand keine Notwendigkeit, es den Bäumen kundzutun, daß er guter Laune war. Ohne es zu merken, wurde der Junge immer stiller. Die Notwendigkeit, sich zu konzentrieren, ließ nicht jene Eitelkeiten, Debatten, diese Gedichte und Reden vor einem imaginären Publikum in sich selbst zu. Und auch das Gespenst war fort. Manchmal war er geneigt, sich danach umzusehen, aber dann fand er es Zeitverschwendung. Es beruhigte sich sein streitsüchtiges Bewußtsein so weit, daß er die Welt draußen vernehmen konnte, und die Geräusche der Dinge, die er nun hörte, gefielen ihm.

Das zweite Jahr seiner Lehrzeit endete mit einem Triumph, der ihm unglaublich vorkam. Eines Tages, als er leise daherkam, sah er sich plötzlich im Rücken des Wilden Mannes, der auf ihn lauerte. Er empfand in einem kurzen Augenblick Genugtuung, die sofort in eine Sorge um die Fähigkeiten seines Meisters umschlug. Wie hilflos der arme Mann doch lauerte. Wie komisch er dabei aussah. Und weiter dachte er: Wie fürchterlich erniedrigend müßte es für ihn sein, einen so schlechten Schüler zu haben, daß dieser ihn in einer solch peinlichen Situation überrascht. Schweigend wie ein Schatten, ging er den Weg zurück, den er gekommen war. Gerade noch rechtzeitig, ehe Seami aus seinem Blickfeld verschwand, wandte sich der Wilde Mann um. Er lächelte.

Am nächsten Tag saß er mitten auf einer Lichtung und rief den Jungen von seiner Arbeit weg zu sich. Der Schüler ging auf die Knie, verbeugte sich und setzte sich dann gerade aufgerichtet vor den Meister hin. Ihre Blicke trafen sich, hielten einander stand und tauschten schweigend viele Mitteilungen aus. Dann hielt ihm der Wilde Mann einen Bambusstock hin, einen neuen, den er für diese Gelegenheit geschnitten hatte. Verkrampft griff Seami danach. Er nahm den Stock, verneigte sich langsam und ging ebenso langsam über die Lichtung davon. Kein Herrscher hätte stolzer auf sein Zepter sein können – und wie leicht, wie selbstverständlich schlug ihn ihm der Meister aus der Hand!

Seami hob den Stab mit großer Entschlossenheit auf, er knirschte mit den Zähnen. Er griff so fest zu, daß seine Handknöchel weiß wurden. Der Meister schlug ihn ihm wieder aus der Hand. Es war gar nicht so, als sei es ein Schlag, den der Wilde Mann führte, die Ursache, vielmehr schien es, als habe der Bambus die Fähigkeit, sich durch die Luft zu bewegen. Seami bückte sich in der nächsten Zeit so häufig nach dem Stock, daß er sich endlich eingestehen mußte, er werde es nie zu einem guten Schwertkämpfer bringen. Die Geschicklichkeit, die dazu nötig war, lag offenbar jenseits seiner Möglichkeiten.

Die Frage war nur, wie er davonkam, ohne gänzlich das Gesicht zu verlieren. Da es keine festen Übungsstunden gab, trug der Junge den Stock immer bei sich und ließ stehen und liegen, was er gerade tat, wenn er angegriffen wurde. Jeder Kampf tobte so fürchterlich, daß beide glaubten, sie seien wieder einmal getötet worden. Die Frage war nicht nur, wann. Den Stock mit eisernem Griff umklammernd, stand Seami seinem Gegner gegenüber und wußte, daß der einzig mögliche Sieg darin bestand, die Waffe einen Augenblick länger als das letzte Mal in der Hand zu behalten. Er kämpfte gewissermaßen von Sekunde zu Sekunde und zählte diese wie Münzen, ehe er sich abends schlafenlegte. Aber zum tausendundzweiten Mal lag der Stock wieder am Boden. Es war zum Verrücktwerden. Es war unglaublich. Es schien Hexerei, und er wollte den Meister schon anbrüllen: »Verdammt, warum laßt Ihr mir nie eine Chance!« Doch dann fiel ihm die Geschichte von dem Königssohn ein, der hatte lernen wollen, das Schwert zu führen, und dem man zwölf höfliche Lehrer gab, die sich immer von ihm besiegen ließen, bis sein Hochmut und seine Verblendung so weit gewachsen waren, daß er in die Welt zog und sich mit einem Riesen einließ, der sein Haupt mit dem ersten Schlag vom Rumpf trennte.

Er kam soweit, zu bemerken, daß der Meister immer den Daumen leicht durchbog, ehe er zum Schlag ausholte. Seami achtete auf dieses Vorzeichen und konnte so in der Folge tatsächlich dem Hieb in zwei von zehn Fällen ausweichen. Er dachte: »Endlich lerne ich doch etwas.« Er war einen Atemzug vom Stolz entfernt, als der Wilde Mann seinen Blick suchte, die Stirn runzelte und den Daumen krümmte, ohne zu schlagen. Seami war bereits aus der Schlagrichtung gesprungen. Der Meister stieß diesen brummendnörgelnden Laut von Abscheu aus, brach den Kampf ab und ging weg.

Was er über sein Verhalten meinte, blieb Seami viele Tage ein Rätsel, und er hielt nach anderen solchen kleinen Anzeichen Ausschau. Dann hörte er seine eigene Stimme sagen: »Wie oft kämpft schon jemand gegen denselben Mann und erfährt dabei dessen kleine Eigenarten.«

Sehr langsam lernte er, daß es dennoch nicht nutzlos war, den Gegner zu studieren. Aber der Hinweis auf seine Aktionen lag in seinen Augen, nicht in den Bewegungen, die er machte. Man versenkte sich also in seine Augen. Alles andere ergab sich von selbst.

Es verging, wie es ihm vorkam, unendlich viel Zeit, ehe er sich nicht nur verteidigte, sondern selbst einmal angriff. Er verfehlte und wurde gleich darauf durch einen unerhört schmerzenden Hieb auf die Finger bestraft. Der Wilde Mann schaute ihn einen Augenblick an, nickte, wandte sich ab und ging fort. Offenbar schien das ein großer Fortschritt zu sein. Er konnte über die Vorstellung, Fortschritte zu machen, innerlich nur noch lachen.

Einen Monat später parierte Seami nicht nur einen Schlag, sondern brachte es auch fertig, mit seinem Stock den Meister mit Genauigkeit und aller Kraft auf die Schulter zu hauen. Seami ließ seine Waffe sofort fallen, ging auf die Knie und bat um Verzeihung. Zu seinem Erstaunen schloß ihn der Meister in die Arme. Die Stimme des Wilden Mannes flüsterte mit jener verlegen wirkenden Sentimentalität der Samurai: »Ich werde diesen Schlag nie vergessen.« Einen Augenblick später tastete Seami verzweifelt nach seinem Stock, während die Lichtung von einem Hagel von Schlägen widerhallte.

An diesem Abend sagte der Wilde Mann zu ihm:

»Es wird Zeit, daß du ein richtiges Schwert in die Hand bekommst. Wir werden zu Mu gehen. Er soll dir eines schmieden. Danach kannst du sagen: Meine Eltern erschufen mich als Mensch. Mein Meister erschuf mich als Mann. Viel mehr als das und dir ein Schwert zu verschaffen kann ich jetzt nicht mehr für dich tun.«

Es geschah, als sie auf dem Rückweg von der Werkstatt des Schwertschmieds waren. Der Wilde Mann hatte, um den Schwertschmied Mu bezahlen zu können, im Wald auf jener Lichtung, auf der sie immer wieder ihre Stockkämpfe ausgetragen hatten, eine Kassette aus Eisen ausgegraben und ihr den Preis des Schwertes in Silberbarren entnommen. Dann hatte er das Behältnis sorgfältig wieder verschlossen. Sie hatten an einem anderen Platz eine Grube gegraben und die Kassette dort wieder versenkt.

»Jetzt kennst du den Ort, an dem ich meinen Besitz für schlechte Zeiten und dein Erbe versteckt habe«, hatte der Wilde Mann gesagt. »Ich hatte einen sehr schlechten Traum in der letzten Nacht. Er betraf die Umstände, unter denen ich diese Güter erworben habe. Ich fürchte, ich habe nicht mehr lange zu leben. Sollte ich umkommen oder sterben, so gehört auch das übrige Silber dir. Ich habe mir immer einen Sohn gewünscht. Ich habe meinen Samen in alle Himmelsrichtungen verstreut, und wer weiß, vielleicht hat eine Frau irgendwo ein Kind geboren, dessen Vater ich bin. Aber ich weiß davon nichts. Deine Art zu kämpfen ist jetzt so, wie ich sie mir für meinen Sohn gewünscht habe. Also bist du mein Schwertsohn. Wenn alles so kommt, wie ich fürchte, so sei klug. Rühre das Silber nur an, wenn du in äußerster Not bist.«

Seami hatte es an höflichen Zusicherungen, der Wilde Mann werde gewiß noch lange leben, nicht fehlen lassen. Der aber war, ohne darauf zu antworten, dazu übergegangen, Seami zu erklären, wie er den Ort auch noch nach Jahren wiederfinden könne:

»Siehst du diese drei Kiefern dort am Rande der Lichtung, sie sind noch jung. Gut. Und nun dreh dich um. Erkennst du dort oben den großen weißen Fels. Du machst von der mittleren der Kiefern dreißig Schritt in Richtung auf den Felsen zu, und du stehst auf der Stelle, unter der der Schatz liegt.«

Danach waren sie zu dem Schwertschmied Mu gezogen. Zwei Tagesreisen. Über einen Fluß. In eine andere Gebirgseinsamkeit. Mu hatte ihnen ein Langschwert geschmiedet und darauf bestanden, daß Seami bei dem Schmiedevorgang ständig dabei war. »Von ihrer Geburt an muß sich die Waffe an dich gewöhnen«, hatte ihm der kleine magere Mann gesagt. Das Schwert entstand aus elastischem magnetischem Eisen und hartem Stahl. Die Härtung erfolgte in einem Holzkohle-Ofen. Der weiche Rücken und die Seiten wurden bis zu einem gewissen Punkt mit feuersicherer Tonerde umgeben, so daß nur die Schneide frei blieb. »Ein Schwert«, hatte der Waffenschmied weiter zu Seami gesagt, »ist kein toter Gegenstand. Im Lauf der Zeit nimmt es bei den Kämpfen die Kräfte und Ängste dessen auf, der es führt.«

Seami war sehr stolz gewesen, als er die Waffe zum ersten Mal in Händen hielt.

Auch der Wilde Mann hatte sein Langschwert bei sich. Der Schwertschmied gab ihnen Klingenschoner, und dann machten sie eine Art Schaukampf, bei dem es dabei ankommt, den Schlag im letzten Augenblick abzubremsen und den Punkt, auf den man mit der Klinge treffen wird, nur gerade so zu berühren, daß der Gegner es spürt.

Auf dem Rückweg mußten sie wieder mit der Fähre übersetzen. Die Luft war mild. Es roch nach Blüten und frischen Blättern. Am anderen Ufer kamen sie in ein größeres Dorf an einer Straßenkreuzung und ließen sich in einer Schenke im Freien nieder. Viele Leute waren unterwegs, um in der Nähe eine große Ansammlung von Kirschbäumen, die in Blüte standen, zu bewundern. Nicht weit von der Schenke waren Buden und Zelte errichtet worden. Es gab eine kleine Bühne, auf der eine chinesische Akrobatentruppe ihre Künste zeigte. Zwischen Flußufer und Schenke wurde noch an einem größeren Podium gehämmert, und ein Banner kündigte die Titel der Stücke an, die die Schauspieler demnächst aufführen würden.

Als sie auf dem Weg zur Schenke dort vorübergekommen waren, wäre Seami am liebsten stehengeblieben, um zu warten, bis die Vorstellung begann. Aber der Wilde Mann hatte vorzeiten einmal eine Bemerkung gemacht, er schätze Theater nicht besonders, und so hatte er diesen Wunsch unterdrückt.

Sie hatten sich in einem Teegarten niedergelassen. Es war eine eingezäunte Rasenfläche, auf der sich an die hundert Menschen eingefunden hatten. Alle schienen in heiterer, gelöster Stimmung. Die meisten waren wohl über den Fluß gekommen, um nach der Mahlzeit zu den Kirschbäumen zu pilgern. Dann geschah es. Seami fiel auf, daß die Gesichtshaut des Wilden Mannes ganz grün wurde, seine Augen aber einen aggressiven Glanz bekamen.

»Was ist Euch?« fragte er, nachdem er ihn eine Weile beobachtet hatte, um ganz sicher zu gehen, daß er sich das nicht bloß einbildete. »Ist Euch das Essen nicht gut bekommen?«

»Es geht mir ausgezeichnet«, sagte der Wilde Mann, und sarkastisch fügte er hinzu: »Ein schöner Tag, um zu sterben.«

»Wie meint Ihr das?«, fragte Seami erschrocken.

»Sieh einmal dort nach links hinüber.«

»In dieser Richtung sitzen mehrere Leute. Wen davon meint Ihr?«

»Den Samurai und die Frau, die den Schleier zurückgeschlagen hat.«

»Sie ist schön.«

»Nun«, sagte der Wilde Mann und lachte, »schön oder häßlich. Bald wird sie Witwe sein.«

»Woher wißt Ihr das?«

»Weil ich sie dazu machen werde.«
»Und warum?«
»Es geht um den Mann ... Er ist es.«
»Wer? ... Wer denn ›er‹?«
»Es gibt nur einen Mann ..., jenen, den ich all die Jahre suche«, sagte der Wilde Mann leise und langsam.
»Ihr meint jenen, der die Frau getötet hat, die Ihr geliebt habt?«
»Eben den.«
»Seid Ihr Euch auch wirklich sicher?«
»Es gibt nicht den geringsten Zweifel.«
»Und was wollt Ihr tun?«
»Da fragst du noch«, sagte der Wilde Mann, »ihn töten. Jetzt hier, ehe er sich wieder aus dem Staube macht.«
»Aber ...«, sagte Seami, und sein Blick ging über die Menschen hin, die friedlich dasaßen, aßen, tranken, sich unterhielten.
»Ja«, sagte der Wilde Mann, »es stinkt geradezu nach Frieden. Mein Schwert setzt schon Rost an. Ich werde ihm Blut zu trinken geben.« Er lachte heiser. »Und dir befehle ich, daß du dich heraushältst. Was immer auch geschieht. Du wirst Zeuge meines Strafgerichts sein. Und du wirst es den Leuten erzählen, daß ein feiger Mörder auch nach Jahren nicht davor sicher sein kann, daß ihn nicht doch noch die gerechte Strafe trifft.«
»Erlaubt mir wenigstens, wenn ihr in Gefahr geratet, daß ich Euch helfe davonzukommen.«
»Nichts da. Du wirst hier sitzen bleiben. Das Schwert auf den Knien, und was immer geschieht, du wirst es mit ansehen, aber nichts tun.«
»Warum verlangt Ihr so Wahnwitziges von mir?« protestierte Seami.
»Weil es nicht deine Rache ist, sondern allein meine. Ich würde mich schämen, wenn ein anderer mithelfen würde, sie zu vollziehen. Außerdem, warum willst du so viel schlechtes Karma auf dich häufen?«
»Ein Samurai schuldet seinem Herrn unbedingt Gefolgschaftstreue.«
»Ich bin nicht dein Herr.«
»Aber mein Schwertlehrer.«
»Als solcher befehle ich dir, hier sitzen zu bleiben und lediglich

zu beobachten, was geschieht. Wenn ich im Kampf fallen sollte, weißt du, wo deine Erbschaft liegt, aber hole sie nur hervor, wenn du wirklich nicht anders kannst.«

Ohne ein weiteres Wort von Seami abzuwarten, stand er auf, griff sein Schwert und trat auf den Mann und die Frau zu, die nur wenige Meter von dem Tisch entfernt saßen. Es erregte Aufsehen, daß ein Mann mit gezogenem Schwert vor das Paar hintrat.

»Ihr mögt die Christinnen nicht, guter Mann«, sagte der Wilde Mann recht laut und in einem Tonfall, der allein schon eine Provokation war.

»Was wollt Ihr von mir?«, sagte der andere. »Solltet Ihr mich etwa mit jemandem verwechseln? Wenn Ihr Streit sucht, legt Euch mit jemand anderem an, uns steht der Sinn nicht danach.«

»Gewiß seid Ihr gerade dabei, dieser Dame des leichten Gewerbes da einzureden, Ihr wäret ein großer Dichter.«

»Diese Dame da ist meine Ehefrau. Ich warne Euch. Ich verstehe es auch, ein Schwert zu führen.«

»Jenes, das Ihr im Gürtel tragt, sieht eher aus wie ein Zahnstocher.«

»Noch einmal ..., laßt uns zufrieden. Oder ich rufe die Polizei.«

»Diesen Handel werden nur Ihr und ich ausmachen. Falls Ihr Euch wirklich nicht mehr erinnert. Der Mensch ist ja gegenüber solchen Ereignissen von einer angenehmen Vergeßlichkeit: Es ist zehn Jahre her. Es war in einem Dorf in der Nähe von Nagasaki. Ihr wart eifrig damit beschäftigt, Christen aufzuspüren. Und wer nicht abschwor und auf das Kreuz trat, den habt ihr getötet.«

»Und wenn es nun so gewesen wäre ..., es war der Befehl meines Daimyo.«

Der andere war aufgesprungen und hatte sein Schwert gezogen.

Der Wilde Mann hielt sein Schwert gesenkt und redete weiter.

»Unter denen, die Ihr getötet habt, war eine junge Frau. Sie hieß Kesa.«

»Oh, es waren damals viele. Meint Ihr, ich könnte mich noch an alle erinnern?«

»Ihr werdet Euch erinnern. Ich liebte diese Frau.«

»Was geht mich das an ...?«

»Ihr habt sie getötet. Kämpft jetzt. Verteidigt Euch. Ich werde Euch töten.«

Er hieb mit seinem Schwert auf das des Mannes. Ein hoher Ton von vibrierendem Stahl fuhr durch die Luft. Im Nu bildete sich ein Kreis von Neugierigen um die beiden Männer. Die Rücken der Schaulustigen versperrten Seami die Aussicht auf die Kämpfer. Er hörte nur die Geräusche ihrer Waffen, die giftigen Beleidigungen, die sich die beiden zuriefen, die Kommentare der Gaffer. Schließlich hielt es ihn nicht mehr. Er legte sein Schwert auf den Tisch, an dem sie gesessen hatten und drängte sich zwischen die Zuschauer. Es wurde ihm sofort klar, daß der Kampf in die entscheidende Phase getreten war. Worauf es der Wilde Mann offenbar angelegt hatte, war, den anderen langsam, aber sicher mit seinen Hieben aller Kleidungsstücke zu berauben. Schon war der andere Mann nur ein Bündel um seinen Körper wehender Fetzen. Er blutete am Kopf und an der Hüfte. Weitere vier, fünf Schläge, und er würde nackt dastehen, und Seami war sich sicher, daß ihn der Wilde Mann dann töten würde. Er war in Schwerttechnik dem anderen weit überlegen. Da aber, als der Wilde Mann einen Hieb gegen das rechte Hosenbein führte, das nur noch an ein paar Fäden hing, war er für den Bruchteil einer Sekunde unaufmerksam und von seiner Rache so begeistert, daß er sich eine Blöße gab. Der andere hatte sein Schwert mit beiden Händen gefaßt, holte aus, traf den Wilden Mann auf dem Kopf und trennte den Schädel in zwei Teile. Der Wilde Mann wankte ein, zwei Schritte, doch was da taumelte, war nur noch das schaurige Wrack eines Menschen. Der Ronin brach tot zusammen.

Am Abend, ehe er weiterwanderte, ohne zu wissen, wohin, saß Seami irgendwo in der Nähe des Dorfes, aus dem immer noch die schrillen Schreie der Akrobaten herüberdrangen sowie das murmelnde Stimmengewirr der Frauen und kleinen Kinder, die in den Buden am Wegrand um Süßigkeiten spielten. Der Nachtwind wehte Kirschblüten an seinem Gesicht vorbei, die im Fluß vor ihm ertranken. Wenn er sich umgedreht hätte, wäre sein Blick auf die blutroten Laternen gefallen, die sie im Teegarten angezündet hatten. Der Abend war völlig friedlich. Kaum zu glauben, daß ein paar Stunden zuvor dieser Kampf auf Leben und Tod stattgefunden hatte. Das Schwert des Wilden Mannes hatte die Polizei beschlagnahmt. Die eigene Waffe lag in einem Lederfutteral neben ihm. Die Beerdigung des Wilden Mannes hatte er geregelt.

Immer wieder stiegen Bilder des Rachekampfes in ihm auf, und mit bedrückender Intensität wurden sie in ihm mit den Bildern der Todesszene seiner Mutter überblendet. Es kam Seami vor, als habe er zweimal fast das Gleiche erlebt. Es war, als ob die Bilder seinen Bauch ausfüllten und dort wieder lebendig würden. Er mußte sich erbrechen. Danach ging es ihm besser. Er blieb wach, und seine Glieder waren starr. Er dachte nach, bis es anfing hell zu werden. Der Wilde Mann hatte von Gerechtigkeit gesprochen. Wahrscheinlich kam der andere auch nicht mit dem Leben davon. Aber war das Gerechtigkeit? Und dieser Zwang, sich nach einem gewissen Ehrenkodex zu verhalten. Ein ganzes Leben lang würde er nicht dazu in der Lage sein. Er dachte daran, wie friedlich die Szene im Garten der Schenke gewesen war, ehe der Wilde Mann den anderen entdeckt hatte.

Es überkam ihn das Verlangen, eine solche Szene zeichnen zu können. Er hatte nie gezeichnet, aber er war sich sicher, daß er es können würde. Er nahm die Luft als Papier und zeichnete Linien. Weiße Linien in die graue Luft. Das Bild entstand. Wie viele würden es betrachten und sich daran erfreuen können. Jene heiter-lokkere Stimmung eines Tages, an dem man die Kirschblüte bewundern ging, würde sich auch all jenen mitteilen, die nicht selbst dabeigewesen waren. Er sah in grellem Rot und in Schwarz die beiden Kämpfenden. Die beiden Farben waren von der Art, daß sie den schrillen Schrecken wieder aufleben, ihn gerinnen ließen.

Er überdachte noch einmal, was ihm der Wilde Mann gesagt hatte, ehe er aufgestanden war, um seinen Gegner herauszufordern. Es kam ihm vor, als hätten seine Worte über den Augenblick hinaus Geltung. Als hätten sie ihn auf einen anderen Lebensweg als den des Schwertes gewiesen, nämlich Beobachter zu sein, in Bildern zu reden, festzuhalten, was war, und es in ein ständiges »ist« zu versetzen. Er hatte viele Träume und Illusionen umzubringen. Und deswegen dauerte es auch Stunden bis zum Sonnenaufgang, ehe er das Lederfutteral aufnahm, das Schwert hoch über seinen Kopf hob und es in den Fluß schleuderte. Er hatte keine Ahnung, wie er es anstellen sollte, ein Zeichner, ein Maler zu werden, aber er wies den Gedanken ab, er sei jetzt schon in solcher Not, daß er in den Wald zurückkehren und die Kiste öffnen dürfe. Er nahm die Straße unter seine Sohlen mit dem Gefühl, daß alles, was er bisher erlebt hatte, nur ein Vorspiel gewesen sei. Es war in ihm ein Optimismus, den er sich lange nicht erklären konnte. Es ging seiner Seele gut. Es lag daran, daß er dem Weg des Schwertes, auf den er durch die Bekanntschaft mit dem Wilden Mann und durch dessen Tradition geführt worden war, endgültig verlassen hatte. Er wußte, daß man, um ein Künstler zu werden, Talent haben muß, aber er war sich jetzt völlig sicher.

Plötzlich tauchte die Szene im Backofen wieder in ihm auf. Nicht nur, daß er jetzt Toshua wieder sah, er fühlte sie, nahm wieder den Geruch ihrer Haut wahr. Das wollte er zeichnen, das vor allem. Er begriff den Wert von Erinnerungen und deren Ambivalenz qualvoll schmerzend – und das Glück der Unvergänglichkeit, der Unverlierbarkeit. Er fing an, Szenen zu entwerfen, die er nicht verlieren wollte. Nicht auf Papier. Nur in seiner Phantasie.

IV

»Frauen: Lagerhaus des Dharma.
Leicht bringen sie hervor
Shakyamuni und Bodhidharma.«

Kannst du lesen?« fragte die unsympathische Person, die Frau Ente genannt wurde und offenbar die Aufseherin dieses Etablissements war.

»Selbstverständlich«, antwortete Toshua stolz und kassierte dafür einen Blick, der zu besagen schien: »Dir gewöhnen wir deinen Hochmut hier auch noch ab.«

»Nun gut«, fuhr Frau Ente fort, »dann schau dir diese Blätter hier genau an. Der ehrenwerte Herr Batogushi hat darauf niedergelegt, welches Verhalten wir von einer Frauensperson, die bei uns arbeitet, erwarten. In einer halben Stunde kommen die Gäste. Wir haben heute zu einem Fest geladen. Sperr die Augen dabei gut auf. Was hast du anzuziehen?«

Sie begannen, zusammen die Kiste durchzusehen, die Toshua mitgebracht hatte. Sie enthielt sechs oder sieben elegante Kleider, alles noch Geschenke Yashimas. Frau Ente prüfte alle Kleidungsstücke sorgfältig und legte die schönsten Kimonos und Obas auf die Seite. Als sie fertig waren, hatte sich der Inhalt der Kleiderkiste um die Hälfte reduziert.

»Und die hier?« fragte Toshua und wies auf jene Stücke, die Frau Ente zurückgelegt hatte.

»Die wirst du mir für die anderen Mädchen abtreten. Sie sind viel zu elegant für dich.«

»Ihr könnt sie mir doch nicht einfach wegnehmen«, sagte Toshua wütend.

»Ich glaube, du hast noch nicht ganz begriffen, wie es jetzt um dich steht. Hier befehle allein ich, und ihr Mädchen habt zu gehorchen.«

»Ich werde mich bei Herrn Batogushi beschweren.«

Die Antwort war eine Ohrfeige.

»Damit du gleich merkst, was ich alles kann. Du gehörst mit Haut und Haar uns..., einschließlich deiner viel zu eleganten Kleider. Hast du auch Schmuck?«

»Nein«, sagte Toshua. Das war die Wahrheit, denn ein Ring mit Mondstein und eine wertvolle Halskette aus Jade hatten ihr die Soldaten des Shogun auf dem Transport abgenommen. Sie erinnerte sich dabei auch an die scheußlichen Szenen in dem rumpelnden, von Ochsen gezogenen Reisewagen, in dem sie mit drei anderen Frauen aus dem Haushalt des Shogun-Stellvertreters von Kyoto nach Edo gebracht worden war. Derselbe Wagen, auf den sie damals hinten aufgesprungen war, um in die Stadt zu gelangen. Jede Nacht waren die Soldaten gekommen und hatten die Frauen vergewaltigt. Der Offizier hatte dabeigestanden und grinsend zugeschaut. »So schlimm wie in diesen Nächten wird es hier nicht werden«, hatte sie sich einzureden versucht, als ihre Wächter sie im Haus »Zum reifen Kürbis« ablieferten.

»Nun«, rief die Dame Ente, nachdem sie sie von Kopf bis Fuß gemustert hatte, »immerhin ist da noch dieser Haarpfeil.«

Sie zog ihn ihr einfach heraus, wobei Toshuas Frisur durcheinandergeriet, und wollte ihn an sich nehmen. Aber Toshua dachte nicht daran, sich das ohne weiteres gefallen zu lassen. Sie versuchte, der Dame Ente den Haarpfeil wieder zu entreißen. Es kam zu einem Handgemenge. Der Haarpfeil zerbrach. Aber Frau Ente hatte dabei einen Stich in die Hand davongetragen, was Toshua mit stiller Genugtuung erfüllte.

Nachdem Frau Ente sich ihre »fürchterliche« Wunde, die nichts war als ein winziger Kratzer, hatte verbinden lassen, wurde Toshua eröffnet, sie sei zur Strafe für ihre Aufsässigkeit von dem Abendvergnügen ausgeschlossen. Sie solle im Schlafraum der Tanzmädchen bleiben und sich mit der Hausordnung beschäftigen.

Die Tanzmädchen waren sechs junge Dinger im Alter zwischen zwölf und sechzehn Jahren. Im Schlafraum, in dem es nach Schweiß, Puder und billigen Räucherstäbchen roch, gab es nur sechs Matten. Daß eine zusätzliche gekauft werde, komme nicht in Frage, erklärte Frau Ente, Toshua solle als Nachtlager eine Matte mit der Jüngsten unter den Mädchen teilen.

Dies alles trug sich in der ersten Stunde zu, die Toshua im Haus »Zum reifen Kürbis« verbrachte.

Mit den Soldaten in dem Karren unterwegs, das war schlimm gewesen. Sie hatten sie an den Händen fesseln und halb bewußtlos schlagen müssen, ehe es ihnen gelungen war, sie zu vergewaltigen. Erst, als es öfters geschah, war sie in eine merkwürdige Apathie versunken, und sie hatte sich vorgenommen, sich auch in diesem Haus hier so zu verhalten. Aber Frau Entes Unverschämtheiten reizten sie. Sie hatte gemeint, dieses Gefühl von Aufsässigkeit in ihr sei ein für allemal untergegangen. Jetzt merkte sie, daß es wieder da war, und sie wußte nicht, ob sie darüber lachen oder weinen sollte.

Sie setzte sich in eine Ecke des Schlafraums und las, was ihr aufgetragen war zu lesen:

Es ist die Pflicht der respektvollen Frau, mit gesenktem Auge durch sanftmütig vorgebrachte Fragen herauszufinden, woran der Gast Vergnügen hat. Sie kann dabei auch durch Anspielungen und Gesten auf gewisse Körperteile hindeuten.

Nachdem dies im Begegnungsraum bei einem Krug Reisschnaps geschehen ist und sich eine gewisse Vertrautheit eingestellt hat, begibt sich unsere Angestellte mit dem verehrten Gast in eines der Gelasse im oberen Stockwerk. Dort legt sie unbekümmert alle Kleidungsstücke ab und hilft dem Kunden, bei dem vielleicht noch eine gewisse Schüchternheit vorhanden ist, sich ebenfalls vollständig zu entkleiden. Dann sollte sie seine Genitalien mit Anmut und Charme berühren und zuerst jene Manipulation mit dem Mund ausführen, die man die Seide erzittern lassen nennt. Wenn der Gast schon älter ist, sollte diese Praktik nicht bis zum Ausstoß der Lebenssäfte fortgeführt werden. Bei einem jungen Mann hingegen spricht nichts dagegen, es dazu kommen zu lassen. Ältere Kunden, die mit angesparter Potenz in diese Nacht gehen, sollte man streicheln, mit dem Mund liebkosen, aber nicht allzubald zu voller Entladung bringen, es sei denn, sie zeigten Vergnügen daran. Eine kluge Frau kitzelt die Lust des Kunden so lange wach, bis sein Baum festgewachsen aufragt. Dann erkundigt sie sich, wie es bis zum Bersten der Frucht weitergehen soll.

Angewidert ließ sie das Blatt sinken. Diese Beschreibung, wie in der Liebe zu verfahren sei, was man zu tun und zu unterlassen habe, machte sie zornig. Sie hatte sich keine Illusionen darüber gemacht, wohin sie verkauft wurden, aber daß in einem solchen Haus der Umgang mit den Kunden derartig genau festgelegt war, erstaunte sie. Körperliche Liebe war für sie bis dahin ohne eine gewisse spielerische Lustigkeit undenkbar gewesen. Sie dachte: Nie würde ich als Mann dafür zahlen, wenn ich nicht wenigstens die Illusion von Spontaneität dabei geboten bekäme.

Sie las weiter, aber nicht lange, denn nun war davon die Rede, daß man die Stöße des männlichen Gliedes in der Grotte zählen und nach einer gewissen Zahl in Stöhnen und endlich in lautes Geschrei auszubrechen hatte. Das war lächerlich. Sie starrte auf das Blatt, das vor ihr auf dem Kissen lag. Einen Augenblick kam sie sich nur elend und leer vor. Dann sagte sie laut zu sich selbst: »Ich gehe fort.« Sie erinnerte sich an ihre elende Lage damals am Stadttor von Kyoto; sie dachte an das angenehme Leben im Ryokan. Die Tatsache, daß sie beinahe die Gemahlin eines Kaisers geworden wäre, machte sie jetzt lachen. Die Schwankende Welt! Aber sie war es leid, sich auf den Wellen nur einmal hinauf- und einmal hinunterwerfen zu lassen wie ein Stück Holz, das in der Brandung trieb. Sie wollte selbst bestimmen, wohin es ging.

Von einem Augenblick zum anderen stand ihr Entschluß fest, einfach davonzulaufen. Die Chancen, daß sie nicht wieder eingefangen wurde, waren gering. Aber für ihre Selbstachtung schien es notwendig, die Flucht wenigstens einmal zu versuchen. Wenn man sie zurückbrachte, würde man sie bestimmt bestrafen. Sie stellte sich Essensentzug vor und Schläge. Sie stellte sich vor, wie es die Dame Ente wohl verblüffen werde, wenn sie sie plötzlich mit einem ihrer Jiu-jitsu-Griffe, die sie bei dem Mönch gelernt hatte, zu Boden werfen würde. Einen Moment mußte sie über diese Szenen, die in ihrer Phantasie auftauchten, lachen.

Die Tanzmädchen kamen herein und machten sich für ihren Auftritt fertig. Sie kicherten und tauschten Klatsch über die zu erwartenden Gäste aus. Als die anderen schon hinausgegangen waren, kam O-Roma, das jüngste der Mädchen, jenes, mit dem sie die Schlafmatte teilen sollte, noch einmal zurück und flüsterte ihr ins Ohr:

»Mit der Dame Ente würde ich mich an deiner Stelle besser nicht anlegen. Sie ist gierig und gemein. Aber falls du dich langweilst: Dort drüben hat jemand mit einer Nadel ein Loch in die Wand gebohrt. Wenn du dich dort hinkniest, kannst du alles mit ansehen, was nebenan vor sich geht.«

Es war vor allem, um den günstigsten Zeitpunkt für ihren Ausbruchsversuch bestimmen zu können, daß sie auf den Vorschlag der Kleinen einging. Als die Gäste eintrafen, zählte sie acht Männer, die in den Raum nebenan geführt wurden und an niedrigen Tischen Platz nahmen. Speisen wurden aufgetragen, Tee serviert und die weißen Sake-Krüge geöffnet. Die Gäste brachten Toasts aus, und bald wurde es laut.

Es schien warm zu sein in dem Raum, denn die Männer betupften sich mit Taschentüchern die Stirn und wischten sich am Hals den Schweiß ab. Hinter einem Vorhang schlug jemand eine Trommel. Die Gäste begannen zu singen. Eines der Tanzmädchen schlug ein *samisen* an. Die Musik war schrill, und es schwang ein Stich plumper Sinnlichkeit in ihr mit.

Die sechs Tanzmädchen erhoben sich. Sie waren in zeremonielle Gewänder gekleidet. Ihre Gesichter und Hälse hatten sie vorher mit flüssigem Porzellanpulver bestrichen. Ein Mädchen, das sich offenbar unwiderstehlich dünkte, wackelte mit dem Hintern, blieb aber, als ein Gast nach ihr grabschte, nicht stehen, sondern sprang fort und kreischte auf.

Die Tanzmädchen bewegten ihre Körper in langsamen Schwankungen, was lächerlich und ungeschickt aussah. Plötzlich hörte die Musik auf. Alle Mädchen gefroren in der Pose, in der sie sich gerade befanden. Nur ein Mädchen machte zu spät noch eine Bewegung. Alle lachten. Die Gäste riefen laut einen Namen. Der Betreffende stand auf, ging mit täppischen Schritten zu dem Tanzmädchen hin und begann ihr ihren Obi abzunehmen. Er fiel auf den Flur. Die Musik setzte wieder ein, und die Gäste lagen auf der Lauer. Die Musik brach ab. Wieder bekam ein Mädchen, das zu spät reagiert hatte, von einem anderen der Gäste seinen Obi abgenommen. Nein, dachte Toshua, was für ein blödes Spiel. Immer mehr Kleidungsstücke fielen bei den Mädchen.

Plötzlich sprang einer der Männer auf, rief »Viel zu heiß hier!« und rannte aus dem Zimmer. Es war offensichtlich, daß nicht die

Hitze der wahre Grund für seine Flucht war. Wie ich ekelt auch er sich, dachte Toshua und fand ihn sympathisch.

Es waren jetzt noch sieben Kunden anwesend, und gleich ging es weiter. Ein Mädchen legte ihren Kimono ab, beim nächsten Mal dann ihre Unterwäsche. Schließlich standen schon drei halbnackt vor den auf sie starrenden, johlenden Männern. Eine böse Wut senkte sich in Toshuas Herz. Die Gesichtsfarbe der Kunden war vom Sake-Genuß langsam grün geworden, und ihre Zurufe wurden immer anzüglicher. Der Dunst von erregtem Atem, verschüttetem Sake und schmelzendem Puder erfüllte den Raum. Jemand öffnete die Fensterwand um einen Spalt. Ein etwas zu kurz geratenes Mädchen zog ihre Unterhosen aus. Sie legte ihre eine Hand vor ihren Schoß, einen Finger der anderen Hand steckte sie in den Mund und lutschte daran.

Schließlich standen alle Tänzerinnen nackt da. Ihre gepuderten Körper waren gelb-braun gescheckt, die Schamhaare ausrasiert. Der Schweiß rann ihnen zwischen den Brüsten herunter. Toshuas Blicke suchten nach O-Roma. Sie hatte winzige, erst knospende Brüste. Zwei der Tänzerinnen waren ältere Frauen, und ihre Brüste hingen wie faltige Ledersäcke herab. Das Spiel ging weiter. Die Gäste schlugen über den Tisch hin ihre Handflächen gegeneinander. Sake-Schalen zerbrachen. Die Männer stießen gurgelnde Laute aus und zeigten, Grimassen schneidend, ihre Zähne.

Das Größte unter den Mädchen streckte mit komischen Bewegungen ihre dünnen Arme in die Luft. O-Roma klammerte sich krampfhaft und verlegen an die wenigen Fetzen, die sie eben noch auf dem Leib getragen hatte. Die Frauen glichen längst nicht mehr den adretten Puppen, als die sie zu Anfang gewirkt hatten. Sie schauten töricht und verkrampft drein. Die eine schien wie betrunken von der Musik. Sie gestikulierte wild und machte weit ausgreifende Schritte. Die ausladenden Hüften schwenkend und mit wackelnden Brüsten näherten sich die beiden Älteren einem der Männer.

Die Männer sprangen nun auf, um mitzutanzen. Als die Musik wieder abbrach, legten sie ihre Schwerter und Roben ab. Mit breiter Brust, kurzen Armen, die Gesichter erhitzt, stießen sie die Mädchen mehr umher, als daß sie mit ihnen tanzten. Der dumpfe Schlag der Trommel wurde rascher. Dann gingen einige der Lampen aus. Wieder wollte einer der Männer auf und davon, aber zwei der Tanzmädchen klammerten sich an seine Arme und Beine und riefen »Iya! Iya!«. Andere spien dem Flüchtenden aus ihren dicken Wangen Sake ins Gesicht. Einige Paare stürzten zu Boden und kamen zur Sache. Die Trommel schwieg. Ein Vorhang öffnete sich. Heraus spazierte nackt die Dame Ente, häßlich, dickbäuchig, aber von allen Männern mit Jubel begrüßt.

Nun schien Toshua der rechte Augenblick gekommen. Sie öffnete die Tür zum rückwärtigen Flur, der an allen Zimmern vorbeilief. Sie kam bis zum Treppenstock, als etwas geschah, womit sie nicht gerechnet hatte. Links vor ihr tat sich eine Tür auf und Matso, der Schlüsselwächter und Rausschmeißer, stand vor ihr.

»Wo willst du denn jetzt hin?« fragte er.

Geistesgegenwärtig sagte Toshua, sie hätten drinnen keinen Sake mehr, und Frau Ente habe sie losgeschickt, um einen Krug zu holen.

»Einen Augenblick, mein Schätzchen«, rief Matso. »Unsereiner will auch seinen Spaß haben, wenn eine *chonkina* stattfindet. Die sind beschäftigt. Ob du ihnen ihren Sake zehn Minuten früher oder später bringst, kümmert da keinen. Komm, zeig mir, wie du es anstellst, bei einem Mann die Frucht platzen zu lassen. Früher oder später habe ich noch jedem der Mädchen meinen Vogel in ihr Nest gesetzt. Warum versuchen wir beide es nicht gleich jetzt?«

Er duckte sich, um ihren Kimono hochzuheben und ihr über den Kopf zu ziehen. Sie erkannte die günstige Ausgangssituation für einen bestimmten Wurf-Griff, den sie dann auch an seiner Schulter und Hüfte ansetzte und der ihr auch gelang. Der Mann stürzte hintenüber, schlug mit dem Hinterkopf gegen die Kante des Türrahmens und sank auf der Schwelle jenes Raumes, aus dem er gekommen war, nieder. Er saß dort wie ein Schlafender, die Beine ausgestreckt, den Oberkörper schräg an den Pfosten gelehnt. Der Kopf war ihm auf die Brust gesackt.

Das große Zimmer, in dem gefeiert wurde, befand sich jetzt zu ihrer Rechten. Es war etwas ruhiger geworden dort drinnen. Man hörte nur manchmal spitze Schreie, Gekicher und die Rufe der Männer, die ihr Mädchen aufforderten, mit ihnen in eine zweite Runde zu gehen. Toshua erreichte die Haustür. Sie war verschlossen. Sie ging eilig zurück zu dem Gelaß, aus dem Matso herausgekommen war. Der Türwächter saß immer noch bewußtlos am Türpfosten auf dem Fußboden. Drinnen lag auf einem Tisch ein riesiger Schlüsselbund. Sie nahm ihn an sich und kehrte eilig wieder zur Haustür zurück. Es blieb ihr nichts anderes übrig, als Schlüssel um Schlüssel durchzuprobieren. Endlich hatte sie den richtigen gefunden. Sie ließ den Schlüsselbund im Schloß stecken und trat auf die Straße, unsicher, wohin sie gehen sollte. Ihr Instinkt sagte ihr, daß es zunächst einmal das Klügste sei, sich möglichst rasch und möglichst weit von ihrem Ausgangspunkt zu entfernen.

Das Vergnügungsviertel Yoshiwara umfaßte achtzehn Morgen sumpfigen Landes, die von einer hohen Mauer umschlossen wurden. Toshua befand sich auf der breiten Hauptstraße, in der es neben den massiven zweistöckigen Häusern der vornehmen Kurtisanen, Hunderte von Teestuben gab, in denen die Verabredungen mit Frauen aus den preiswerteren Etablissements geschlossen wurden.

Neben den Haustüren und Fenstern zu ebener Erde lehnten die hölzernen Läden, die, sobald der Betrieb nach Mitternacht aufhörte, von den Hausmeistern eingesetzt wurden. Von den Balustraden im ersten Stock der Häuserfront hingen Laternen herab. Es stand kein Mond am Himmel, auch die Sterne wirkten blaß.

Die Straße selbst schwirrte noch vor Geschäftigkeit. Schwaden von parfümiertem Rauch drangen aus den Häusern und mischten sich mit dem unangenehmen Geruch des Walfetts, das in den Lampen brannte. In ihrem Rücken lag das große Eingangstor, durch dessen kleine, in der Mitte befindliche Tür immer noch Männer hereinkamen. Andere waren schon im Begriff, Yoshiwara wieder zu verlassen.

Wie die meisten Menschen konnte sich auch Toshua dem Reiz der lockeren Atmosphäre der frühen Abendstunden auf der Straße nicht entziehen. Sie stand in so krassem Gegensatz zu der schmuddlig-dumpfen Innenwelt des Hauses »Zum reifen Kürbis« und jener primitiven Tollerei, die sich dort abgespielt hatte, und wirkte geradezu belebend auf sie. Die Luft war angenehm war. Die Gespräche, die die ankommenden und heimgehenden Männer untereinander führten, die Lockrufe der Türsteher der Teehäuser, das rasche Geschwätz der Schlepper, hier auch Ohrtrommler genannt, Gelächter, Lustschreie, miauende Katzen, das grillenhafte Gezirpe der Samisen – all diese Geräusche bildeten eine Klangwolke, die Toshua umgab und aus der ihr Energie und Zuversicht zuzuströmen schienen. Obwohl sie sich bewußt war, daß sie rasch hätte weitergehen sollen, blieb sie einen Augenblick stehen, schaute hierhin und dorthin und genoß es, bei aller Unsicherheit ihres Schicksals in Freiheit zu sein.

Sie warf auch einen Blick zurück zu der Haustür des Etablissements, aus dem sie geflohen war, und die Freude gerann ihr in den Adern, als sie sah, daß Matso, der Schlüsselwächter, dort auftauchte. Er sah sehr komisch aus, denn er hatte um seinen Kopf, der wahrscheinlich immer noch heftig schmerzte, ein nasses Handtuch gebunden. Die forschenden Blicke, mit denen er die Vorübergehenden musterte, ließen keinen Zweifel daran, daß er vorhatte, das entwichene Vögelchen wieder einzufangen.

Toshua duckte sich, aber es war schon zu spät. Er hatte sie erkannt und kam auf sie zu. Sie begann sofort zu laufen, ohne sich umzuwenden. Ihr Glück war, daß sich eben jetzt auf diesem Straßenstück ziemlich viele Menschen in beiden Richtungen bewegten. Sie hörte Geschrei und Schimpfen. Ihr Verfolger mußte mit Passanten in Streit geraten sein, was ihr einen gewissen Vorsprung verschaffte. Aber die vielen Menschen waren auch für sie hinderlich. Nach vielleicht hundert Schritten sah sie doch einmal über die Schulter nach hinten. Matso war näher gekommen. Er ruderte mit beiden Armen, stieß die Leute, die ihm entgegenkamen, rücksichtslos zur Seite. Sie hörte die Proteste der Passanten; einige wurden auch tätlich, aber er konnte sie immer wieder abschütteln. Wenn sie auf der Straße blieb, würde er sie irgendwann eingeholt haben. Und sie kannte sich im Viertel noch überhaupt nicht aus. Also, was konnte sie tun? Sie mußte sich rasch entscheiden. Matso holte auf. Sie traute sich zu, ihn noch einmal zu Boden gehen zu lassen. Aber wenn die Passanten erfuhren, daß sie aus einem der Häuser geflohen war, würde er bei seinen Geschlechtsgenossen wohl auf Beistand rechnen können.

Ja, sie mußte fort von der Straße. Entschlossen steuerte sie auf das nächstbeste Haus zu und riß die Tür auf. Auch hier kam ihr der Schlüsselwächter entgegen.

»Zu wem willst du?« fragte er mürrisch.

Es fiel ihr ein, daß sie mit völlig zerstörter Frisur davongerannt war.

»Vielleicht habe ich mich geirrt«, murmelte sie und schlug den Kopf nieder.

In diesem Augenblick hörte man von irgendwo aus der Tiefe des Hauses jemanden rufen:

»Du weißt, Asano, ich empfange heute keine Männer.«

»Es ist eine Frau«, antwortete der Schlüsselwächter etwas ratlos.

Toshua mußte fast lachen.

»Dann schick sie herauf. Ich denke, es wird die Schneiderin sein.«

»Seid Ihr die Schneiderin?« fragte der Schlüsselwächter nun einen Ton höflicher, aber immer noch mißtrauisch.

»Nein«, erwiderte Toshua, »aber ich muß zu Eurer Dame. Ich habe eine mündliche Botschaft für sie von einem Mann in der Stadt.«

Und damit war sie an ihm vorbei.

Wenn dieses Haus von außen dem Gebäude des »Reifen Kürbis« auch aufs Haar geglichen hatte, so war es innen völlig anders. Aus dem Flur hinter der Haustür führte eine Treppe in den ersten Stock, und als Toshua oben anlangte, schaute sie durch ein fast leeres Zimmer in einen Raum, in dem neben zwei breiten Schlafmatten ein Spiegel und eine Bodenlaterne standen. Auf den Schlafmatten lag eine große, nicht schöne, aber eindrucksvolle Frau, die Pfeife rauchte. Ein merkwürdiger Geruch erfüllte die ganze Etage, ein Geruch, wie ihn Toshua noch nie irgendwo wahrgenommen hatte.

Die Frau selbst schien benommen, so, als habe man sie geweckt, und Reste von Träumen zögen noch durch ihre Gedanken.

»Mein liebes Kind«, sagte sie in merkwürdig schleppendem Tonfall, »Wer bist du, und was hast du mir auszurichten?«

Für einen Augenblick fiel Toshua keine Antwort ein, dann stieß sie hervor:

»Ich wurde in den ›Reifen Kürbis‹ verkauft. Ich hielt es dort nicht aus. Ich bin fortgelaufen. Bitte, helft mir!«

»Komm näher, Kleines«, sagte die Frau auf der Schlafmatte. »Nein, so klein bist du gar nicht. Komm noch näher…, setz dich hier neben mich.«

Die Frau fuhr ihr mit der Handfläche besänftigend über die Wange. Sie zog die Lampe zu sich heran und musterte Toshua.

»Du hast ein gutes Gesicht«, sagte sie immer noch merkwürdig träumerisch. »Ich könnte mir vorstellen, daß ich so ausgesehen habe, als ich nach Yoshiwara kam.«

»Werdet Ihr mir helfen?« fragte Toshua, immer noch außer Atem.

»Psst«, sagte die Frau, als ob sie sich auf etwas anderes konzentrieren müsse. »Das regeln wir später. Willst du nicht auch ein wenig schön träumen? Hier...!«

Sie hielt Toshua die Pfeife hin. Toshua sog daran, stieß aber den Rauch gleich wieder aus.

»Du mußt ihn tief einatmen und ihn länger in deinen Lungen lassen«, sagte die Frau auf der Schlafmatte.

Toshua versuchte es. Opium, dachte sie mit einem leichten Erstaunen darüber, daß sie abermals an der Pfeife gesogen hatte. Natürlich, es ist Opium. Sie hatte darüber reden hören, und immer hatten die Leute erzählt, es sei etwas Gefährliches. Wie durch einen Schleier hindurch, der sich langsam über ihr Bewußtsein zu senken begann, hörte sie eine müde Stimme sagen: »Übrigens, ich heiße Rauchschwalbengespenst. Erzähl mir, wie bist du in dieses stinkende Rattenloch dort drüben gekommen?«

Es mußte an dem Rauch liegen, gegen den sie einen gewissen Widerwillen empfand und den sie doch immer wieder einatmete, wenn Rauchschwalbengespenst ihr die Pfeife hinhielt. Man wurde so sorglos davon. Sie dachte nicht daran, bei der Wahrheit zu bleiben. Sie erfand eine rührende Geschichte. Sie behauptete, sie heiße Orangenblüte und sei die von ihrer Verwandtschaft um ihr Erbe beneidete Witwe eines wohlhabenden Ladenbesitzers. Sie habe nach dreijähriger Trauerzeit heimlich mit einem jungen Mann eine Liebesaffäre begonnen. Eines Nachts nun, als ihr Liebhaber und sie wie gewöhnlich das Spiel des doppelköpfigen Phoenix miteinander gespielt hätten, sei plötzlich die Tür aufgegangen und die gesamte Verwandtschaft ihres Mannes habe ihr Liebeslager umstanden. Die Männer hätten ihren Liebhaber verprügelt und ihn dann davongejagt. Über sie aber sei Familiengericht gehalten worden. Die Verwandten, die längst hinter der Erbschaft des Verstorbenen hergewesen seien, hätten sich sehr rasch geeinigt, sie als Tanzmädchen nach Yoshiwara zu verkaufen.

»Nun«, sagte Rauchschwalbengespenst, als Toshua zu Ende gekommen und die Opiumpfeife erloschen war, »das hast du wirklich schön erzählt, mein Kleines. Nur, daß mir die Geschichte merkwürdig bekannt vorkommt. Wo war es doch gleich, daß ich sie gelesen habe? War es bei Kiseki, oder war es bei Saikaku?«

»Saikaku«, flüsterte Toshua. »Nun werdet Ihr mich gewiß fortschicken.«

»Nicht doch«, sagte Rauchschwalbengespenst, »du hast Glück, ich suche schon seit geraumer Zeit eine Gefährtin, die mir bei meinem Laster Gesellschaft leistet. Man ist so einsam mit diesem Rauch. Wenn die Kugel verbrannt ist und man erwacht, ist man traurig. Und immer diese Männer, du hast gewiß schon selbst erfahren, wie grob und gierig sie sind. Nur Frauen wissen etwas von Frauen und von Zärtlichkeit.«

Toshua spürte, wie eine Hand über ihren Nacken strich. Die Hand fuhr zu ihrer Schulter, zog sie herunter auf die Matte. Ihre Gesichter lagen nun dicht beieinander, und es war Toshua weder angenehm noch unangenehm, als Rauchschwalbengespenst sie küßte. Sie war noch nie von einer Frau geküßt worden, aber jetzt beschworen Rauchschwalbengespensts Liebkosungen merkwürdigerweise in ihr die Erinnerung an jene Liebesnacht mit Seami im Backofen herauf. Es war ihr klar, daß sie dem eigentlich hätte Einhalt gebieten müssen, als jene Finger, die nicht Seamis Finger waren, sich schließlich anschickten, das Saatkorn zu suchen. Aber sie war zu müde und zu erschöpft, und schließlich empfand sie es auch als wunderbar beruhigend, als sie aus der zunehmenden Erregung ins Nichts abstürzte.

Am anderen Morgen kam es Toshua so vor, als hätten die Ereignisse am zurückliegenden Abend nie stattgefunden. Erst erschien Matso und überbrachte die Aufforderung, Toshua habe umgehend in den »Reifen Kürbis « zurückzukehren. Man hatte ihm offenbar eingeschärft, er solle mit Rauchschwalbengespenst selbst reden. Die aber ließ ihn von ihrem Schlüsselwächter Asano abfertigen.

Als nächstes bemühte sich am späten Vormittag Herr Batogushi persönlich her. Rauchschwalbengespenst empfing ihn im unteren Stockwerk, wo die Geschäftsräume lagen. Die Unterredung dauerte nicht länger, als es braucht, um zwei Tassen Tee zu trinken.

Herr Batogushi schien zufrieden, als er ging. Rauchschwalbengespenst begleitete ihn bis zur Haustür.

Als sie zurückkam, fragte Toshua sie ängstlich:

»Muß ich zurück?«

»Aber, Kind«, sagte Rauchschwalbengespenst, »glaubst du, darin würde ich jemals einwilligen?«

»Aber wie habt Ihr das nur geschafft?«

»Geld regiert die Welt«, sagte Rauchschwalbengespenst leichthin. »Ich habe ihm einfach deinen Kaufpreis ersetzt und noch etwas draufgelegt. Aber nun komm, wir müssen uns noch einmal unterhalten.«

Sie hieß Toshua, wieder mit ihr nach oben zu kommen, holte zwei Sitzkissen und setzte sich mit ihr in den vorderen leeren Raum. Dann forderte sie sie auf, ihr nun ihre wahre Geschichte zu erzählen.

»Denn«, sagte sie, »müßig kannst du auch hier nicht bleiben, aber ehe ich mir überlege, wie ich dich beschäftige, muß ich wissen, was dir im Leben bisher alles zugestoßen ist.«

Toshua erzählte also ausführlich ihre bisherigen Abenteuer, und als sie geendet hatte, meinte Rauchschwalbengespenst, das klinge ja noch weit aufregender, als eine Geschichte von Saikaku.

»Nun«, fuhr sie dann fort, »wenn du erlaubst, so will ich dir, von Freundin zu Freundin gesprochen, erst einmal erklären, wie man unseren Beruf betreibt. Du kannst entweder dich abhärten, dich zu einem Stein werden lassen, oder du kannst versuchen, diesen Barbaren von Männern ein wenig Gesittung beizubringen.«

»Gesittung?«

»Ja. Schließlich kann man auch die Frucht barbarisch oder gesittet bersten lassen. Oder? Sieh mal, ich persönlich lebe von zwei Männern. Der eine ist Ninomiya, der berühmte Schauspieler von Frauenrollen. Ihm mußte ich keine Gesittung beibringen. Er besaß sie bereits, als wir uns kennenlernten, und zwar in hohem Maße. Natürlich wollte auch er mit mir schlafen, weil das eben so üblich ist, wenn ein Mann eine von uns aushält. Aber vor allem wollte er reden. Ein Theater ist unter anderem eine Schlangengrube, und Schauspieler sind noch eitler als die meisten anderen Männer. Es hat Nächte gegeben, in der er mit mir das Lager teilte, ohne auch nur einmal meine Schenkel zu berühren. Er redet dann, redet, redet sich alle gekränkte Eitelkeit, alle Wut über die Intrigen gegen ihn von der Seele. Er wird dir von seinen Geldsorgen erzählen und es so darstellen, als nage er am Hungertuch, dabei leistet er sich die beste Kleidung, die ich je bei einem Mann gesehen habe. Von Zeit zu Zeit wirst du von ihm zu hören bekommen, er habe vor, die Bühne für immer zu verlassen und ein Zen-Einsiedler zu werden.

Also, ihm muß man vor allem zuhören können. Geduldig..., ihn besänftigend, ihn bei Mißerfolgen tröstend. Das also ist Ninomiya. Ganz anders Bokuka... Er heißt nicht so, aber er hört es gern, wenn man ihn so nennt. Er ist einer der sechs großen Geldwechsler in Edo, und außerdem handelt er mit Reis. Ihm wirst du nie auch nur ein Wort über sein Geschäft entlocken können. Als er das erste Mal in dieses Haus kam, riß er mir vor lauter Gier fast die Kleider entzwei. Inzwischen weiß er, daß er gut daran tut, bei mir etwas behutsamer vorzugehen. Für sein Selbstbewußtsein ist es wichtig, daß er zwei-, dreimal in der Nacht die Frucht bersten läßt. Er ist immer noch ein roher Patron, aber ich habe ihm Manieren beigebracht, und neulich hat er mich sogar dazu aufgefordert, als wir den ersten Gang hinter uns hatten, ein Gedicht zu rezitieren. Ich habe scherzhaft gesagt, daß das den Preis erhöhe, und tatsächlich hat er am Monatsende mein Salär angehoben. Ich habe ihn dann gefragt, ob er denn nun jedesmal ein Gedicht zu hören wünsche. Er hat geantwortet: ›Nein, bei einer unglücklichen Wiedergeburt... nur das nicht!‹ Ein Freund habe ihm erzählt, daß er nur deswegen soviel Geld bei einer Kurtisane des ersten Ranges lasse, weil diese eine so schöne, ihn erregende Stimme habe. Da habe er gedacht, wir sollten es auch einmal versuchen. Aber bei ihm wirke es nicht. Wie ich dann die Erhöhung des Salärs zu verstehen hätte, habe ich ihn darauf gefragt, und er hat geantwortet, dazu habe er sich entschlossen, weil er mit mir so glücklich sei. Siehst du, so muß es sein.«

»Und warum erzählt Ihr mir das alles...?« fragte Toshua.

»Gebrauche doch die vertrauliche Anrede«, forderte Rauchschwalbengespenst sie auf. »Du mußt wissen, ich werde alt und müde. Zwei Männer..., das wird mir zuviel. Ich wäre dir dankbar, wenn du mir einen davon abnehmen könntest. Welcher würde dir besser liegen?«

»Ich denke, der Schauspieler«, sagte Toshua nach einigem Überlegen.

»Er gehört dir. Ich werde dich bei ihm einführen. Aber zuvor wird es gut sein, wenn ich mit dir einmal ins Theater gehe, damit du wenigstens ein paar Stücke kennst und ihn einmal auf der Bühne erlebt hast. Damit sind wir schon bei den angenehmen Seiten des Lebens. Aber vorerst mußt du dein Gewerbe von der Pike auf lernen. Auch wenn du angeblich beinahe Kaiserin geworden wärst, ehe du einen Mann als Kurtisane des zweiten Ranges bedienst, mußt du auch wissen, wie man mit der laufenden Kundschaft umgeht. Schon deswegen, weil du irgendwann dir deinen Rang beim Amt für Sittlichkeit und Ordnung bestätigen lassen mußt. Jede Nacht ein anderer, manchmal auch zwei, drei. Keiner darf sich beklagen. Alle müssen sie dein Lob singen. Und dann: Man weiß nie, was einmal wird. Da du ja offenbar Saikaku kennst, erinnerst du dich gewiß, wie es jener Dame in der Geschichte ›Die Frau, die die Liebe liebt‹ gegangen ist. Ein paar Jahre ist man oben. Dann geht es abwärts. Ich bin auf dem Weg hinab. Hinauf und hinab, so ist es das Gesetz der Schwankenden Welt. Und wer hoch hinaufgestiegen ist, der wird auch tief fallen.

Und dann sind da noch ein paar Dinge über mein Haus, die du wissen solltest: Zu mir kommen gewöhnlich drei Mädchen. Sie wohnen nicht unter meinem Dach. Sie suchen sich ihre Freier in einem Teehaus oder auf der Straße und kommen dann mit ihnen hierher. Ich vermiete den armen Dingern lediglich das Zimmer. Eine gute Nebeneinnahme. Das eine Mädchen ist gegenwärtig krank. Wer weiß, ob sie überhaupt wieder auftaucht. Sie hat sich die Chinesenkrankheit geholt. Die Behörden sind sehr streng bei der Kontrolle.

Die beiden anderen heißen ›die Zwillinge‹. Sie sind recht umgänglich, und du mußt versuchen, daß ihr ohne Streit miteinander auskommt. Merke dir: Sich um einen Kunden zu streiten lohnt sich nicht, selbst wenn man einmal eine leere Nacht hat. Vor den Männern lobt man immer die Kolleginnen. Wir wollen alle leben. Wenn du die Freier empfängst, die Asano von der Straße hereinkomplimentiert, kannst du das Zimmer der Kleinen benutzen, die krank ist. Wenn du einen Mann abfertigst, der für eine rasche Nummer kommt, wenn dich einer roh behandelt und du unglücklich dabei bist, wenn einer schlecht aus dem Mund riecht oder mit dem Trinkgeld spart, stell dir immer vor, daß du, sobald du Ninomiya für dich eingenommen hast, auf solche Burschen verzichten kannst. Du bist zu Höherem geboren, das habe ich dir gleich angesehen. Außerdem: Du bist meine Freundin.«

»Eure Freundin?« fragte Toshua mißtrauisch.«

»Magst du nicht? Erinnerst du dich nicht mehr an gestern Nacht? Ich habe mich in dich verliebt. Das ist dein Glück, denn sonst hätte ich dich wohl in den ›Reifen Kürbis‹ zurückgeschickt.«

Toshua senkte den Kopf.

»Ist etwas nicht in Ordnung? ... Habe ich dich gekränkt, Kleines?« fragte Rauchschwalbengespenst. »Mir ist sehr darum zu tun, daß du dich wohl fühlst unter meinem Dach und hier glücklich wirst.«

»Ich glaube«, sagte Toshua vorsichtig, »Ihr macht Euch falsche Vorstellungen über meine Gefühle zu Euch. Ich bin Euch wirklich sehr dankbar, daß Ihr mich hierbehalten habt, aber Eure Freundin, wie Ihr das nennt, bin ich nicht und werde es nicht werden.«

Erstaunlicherweise reagierte Rauchschwalbengespenst ohne Zorn.

»Weißt du«, meinte sie, »zu Anfang sind alle bestürzt, wenn sie von meiner Neigung erfahren, aber am Ende stellen doch viele fest, daß tatsächlich Frauen viel zärtlicher zu Frauen sind als Männer. Du kannst sicher sein..., auch wenn ich die vergangene Nacht sehr genossen habe und ich inzwischen heftig in dich verliebt bin, ich würde dich nie zwingen, mit mir das Kissen zu teilen. Wann immer du dich aber dazu entschließt, wird es mich glücklich machen. Magst du nicht, muß ich mich darein finden. Ich weiß, Liebe läßt sich nicht erzwingen. Aber wie auch immer unsere Beziehungen in Zukunft sein werden, hüte dich davor, dich an den Genuß der Pfeife zu gewöhnen. Es könnte sein, daß du mich irgendwann etwas ganz anderes zu dir sagen hörst. Kümmere dich nicht darum. Was im Rausch gesagt ist, ist nicht gesagt. Aber sei freundlich zu mir, wenn du mich im Rausch findest. Es ist ein Elend, sage ich dir. Für mich ist es zu spät. Ich komme nicht mehr davon los. Die Nacht läßt sich absehen, an der die Pfeife mich endgültig zerstört haben wird. So, und nun wollen wir ausgehen und neue Kleider für dich kaufen, denn daß Frau Ente auch deine Kleiderkiste wieder herausgibt, können wir schwerlich von ihr erwarten.«

Sie kamen zurück mit einem prächtigen Kimono aus nachtblauer Seide, einem kostbaren Haarpfeil und einem breiten Armreifen aus Messing. Es genierte Toshua, wieviel Geld Rauchschwalbengespenst für sie ausgegeben hatte.

»Du wirst es mir später hundertfach zurückzahlen«, beruhigte sie die Herrin, die immer gerade die prächtigsten Stücke ausgewählt hatte.

In Gedanken bei sich dachte Toshua nie als ihre Freundin an sie, sondern immer als Hausherrin. Sie überlegte sich, wie alt Rauchschwalbengespenst wohl sein mochte. Es war schwer zu schätzen, denn gewöhnlich zeigte sie sich geschminkt und in Perücke, und Toshuas Erinnerungen an ihr ungeschminktes Gesicht in der ersten Nacht waren eher undeutlich. Wenn sie daran dachte, schien es ihr seltsam aufgeschwemmt und bleich gewesen zu sein.

Für die nächste Nacht bezog Toshua jenes Zimmer, das im Erdgeschoß freistand. Wie die beiden anderen Räume auch bestand es aus einem größeren Raumteil mit Matten und einem breiten Futon mit hölzernen Kopfstützen, vor dem ein bemalter Wandschirm stand, und einem kleinen Verschlag mit einem Schminktisch und einer Feuerstelle, um Tee zu kochen oder einen kleinen Imbiß für den Kunden anzurichten.

Toshua steckte ein Räucherstäbchen an und las beim Schein einer Laterne bis zur Stunde des Hundes. Dann blies sie die Laterne aus und versuchte einzuschlafen. Aber sie war zu aufgeregt. Die Frage stieg in ihr auf, wie der Schauspieler wohl aussähe, den ihr Rauchschwalbengespenst als Liebhaber zugedacht hatte. Und was für einen Mann würde Asano auf der Straße für sie einfangen?

Aus den beiden anderen Zimmern hörte sie Geräusche. Die beiden Mädchen, denen sie am Nachmittag kurz vorgestellt worden war, hatten Freier bei sich. Sie nannten sich Yasuko und Kisuko und behaupteten kichernd, Zwillinge zu sein. Sie hörte Kisuko am Anfang der Nacht zu ihrem Freier sagen: »Dein nackter Körper ist schwerer, als ich erwartet hatte.« Etwas später vernahm sie aus Yasukos Zimmer kleine erhitzte Schreie, und irgendein Gegenstand, wahrscheinlich der Wandschirm, fiel um. Nach einer Weile war da ein Flüstern, und ein Mann sagte unter dem Rascheln von Papiertüchern: »O doch, es war großartig.« Dann wieder Kisukos Stimme: »Hast du nicht gesagt, zur Stunde der Ratte müßtest du gehen? Es ist bald soweit. Willst du mir nicht noch eine Erinnerung an diese Nacht hinterlassen?« Und wie halb aus dem Schlaf antwortete eine Männerstimme: »Entschuldige, aber noch einmal kann ich nicht.« Lachen. »Man fragt sich, ob jemand in der Nacht zuvor zuviel Sake getrunken hat«, sagte Kisuko neckend. Aber dann vernahm Toshua, wie das Schamtuch doch noch einmal aufgeknüpft wurde. Die Stunde der Ratte ging vorüber. Kisukos Freier brach auf. Er gab ein Trinkgeld. Er zahlte draußen beim Schlüsselwächter.

Eine halbe Stunde später kündigte Asano einen neuen Freier für Kisuko an. Der Mann bei Yasuko schnarchte. Toshua zählte sich durch die Zeit. Sie tat kein Auge zu in dieser Nacht. Diesmal war es Kisukos Stimme, die zu ihrem zweiten Freier enttäuscht sagte: »Was, wo gibt es denn so etwas? Kein Trinkgeld? Die Dämonen sollen dich jagen.«

So ging das drei Nächte. Dann erst hatte Toshua ihren ersten Freier. Die beiden Mädchen hatten drei Männer aus einem Teehaus abgeschleppt. Einer kam zu ihr. Sie ließ die Prozedur wortlos über sich ergehen.

»Bist du stumm?« fragte der Freier.

»Was soll ich noch für dich tun?« fragte Toshua sanft.

»Massier mir die Schulter, ich habe in den letzten Tagen häufig Schmerzen gehabt.«

Er drehte sich auf den Bauch, und sie begann vorsichtig seine Schulterblätter zu kneten.

»Sehr gut, aber fester.«

»Ist es so recht?«

»Jetzt hat es nicht mehr die Zärtlichkeit von vorhin«, beschwerte er sich.

»Zärtlichkeit ist in unseren Preisen nicht mit einbegriffen. Massage übrigens auch nicht. Ich hoffe, du sparst nicht am Trinkgeld.«

In den nächsten zwei Wochen lernte sie alle Wünsche kennen, die Freier bei einer Prostituierten äußern. Der eine wollte ihr Gesicht genauer sehen, ein anderer bestand darauf, sich mit seinem Kopf unter ihre gespreizten Beine zu legen. Wieder ein anderer zog sich zwar nackt aus, konnte sich aber zu keinen Taten entschließen. Einen Samurai, der mit der breiten Seite seines Schwertes ihren Po zu bearbeiten wünschte, schickte sie fort. Am anderen

Morgen hörte sie von Yasuko, die er nach ihr beehrt hatte, er habe von ihr genau dasselbe gewollt und den doppelten Preis bezahlt. In einer Nacht, als ein Kunde sie während des Aktes zu backpfeifen begann, wußte sie sich keinen anderen Rat, als in den oberen Stock zu fliehen, wo sie Rauchschwalbengespenst beim Rauchen antraf. Zwar ließ sie sich von ihr nicht zum Rauchen bewegen, wohl aber dazu, in dieser Nacht mit ihr das Kissen zu teilen.

Am nächsten Abend bot sie Toshua an, im oberen Stock zu bleiben, aber Yasuko riet ihr, in dieser Nacht die Tätigkeit unten wieder aufzunehmen.

»So vergißt du am raschesten die Erlebnisse mit solch einem sadistischen Miststück. Warum hast du nicht gerufen?« sagte Yasuko. »In solchen Fällen kommen wir einander zu Hilfe. Und ich sage dir, wir wissen ein paar höchst wirksame Methoden, um solche Kerle wieder zu Verstand zu bringen.«

»Und sie danach gehörig auszunehmen«, fügte Kisuko hinzu.

Toshua folgte Yasukos Rat und machte eine weitere merkwürdige Erfahrung. Offenbar handelte es sich um einen jungen Mann, der das Yoshiwara-Viertel zum allerersten Mal aufsuchte. Er legte sich neben Toshua auf die Schlafmatte und starrte zur Decke. Es ist auch eine Heimsuchung, dachte sie, neben einem Mann zu liegen, der die Hände an seine Beine gepreßt hält, sich nicht bewegt und kein Wort spricht. Eine Zeitlang grübelte sie, was mit ihm sei, und versuchte, ein Gespräch mit ihm zu beginnen. Er antwortete nicht. Dann schlief sie ein. Irgendwann rüttelte er sie wach. Er hatte seine Frisur geöffnet und raffte sie gleich darauf provisorisch wieder zusammen. Er öffnete auch seinen Gürtel und ließ ihn offen. Ehe er ging, zahlte er bei ihr, was nicht üblich war, und er zahlte reichlich.

Ein paar Mal geriet sie noch an gefährliche Verrückte und schämte sich nicht, die beiden Mädchen zu Hilfe zu rufen. Sie verbot es sich aber, sich zu Rauchschwalbengespenst hinauf zu flüchten. Am nächsten Morgen, als sie mit den Mädchen das Badehaus besuchte, sagte Kisuko beiläufig zu ihr:

»Eigentlich müßte ich wütend auf dich sein. Ich hatte einen Kunden, der zu mir sagte, heute abend gehe er lieber zu dir statt zu mir. Er habe jetzt zweimal auf der Straße flüchtig deinen Nacken gesehen und sei völlig verrückt nach dir. So einen Nacken gäbe es auf der Welt kein zweites Mal. Er wird heute abend kommen. Sei nett zu ihm. Er ist ein liebes Bürschchen und hat viel Geld. Und nimm ihm ruhig mehr ab als gewöhnlich... für den schönsten Nacken der Welt. Was er dir mehr gibt, teilen wir.«

»In Ordnung..., aber ich werde ihn auf etwas aufmerksam machen, was an *dir* besonders hübsch anzusehen ist.«

»Du meinst...?« fragte Kisuko.

Toshua klopfte sich auf ihre Hinterbacken. Beide kicherten.

»Genau das meine ich«, sagte Toshua. »Er hat diesem Körperteil bei dir womöglich noch gar nicht die nötige Beachtung geschenkt. Ich werde davon schwärmen, bis es ihn nicht nur in den Fingern zuckt, sich im Melonenfeld zu tummeln. Und wenn er es plündern will, verlangst du ein Extra-Trinkgeld. Daran will ich dann aber auch beteiligt sein.«

»Jetzt bist du richtig«, rief Kisuko. »Bei Amida, wir beide können es noch weit bringen, wenn wir damit anfangen, gemeinsam den Männern das Fell über die Ohren zu ziehen. Gehst du an unserem freien Tag mit zu den Sumo-Ringern? Ich sage dir, das sind Männer. Statt der Brust zwei Schinken und im Schamtuch Pimmel wie Elefanten. Um sie zu erregen, nützen dir weder deine Finger noch deine Lippen. Du hältst am besten ein Nudelholz bereit.«

»Klar komm ich mit«, sagte Toshua. »Hattest du schon mal einen als Kunden...?«

»Einen? Zehn. Und alle, die ich kennengelernt habe, hatten die Spendierhosen an. Aber, im übrigen: Für das, was sie bei uns wollen, sind sie zu stark, oder ich bin zu schwach. Es ist, als würde ein Vulkan über dich kommen. Ein- oder zweimal ist es ja ganz schön, aber wenn die Affäre länger dauert, sehnst du dich, während sie dich umarmen, nach einem spillrigen Kaufmannssöhnchen, der Gedichte schreibt und einen schwachen Magen hat.«

In diesem Augenblick empfand Toshua so etwas wie Stolz. Sie merkte, sie war in das Gewerbe von Yoshiwara aufgenommen worden. Bis dahin hatte sich Kisuko immer, wenn sie miteinander sprachen, befleißigt, zurückhaltend und gewählt zu reden. Jetzt sprach sie zum erstenmal zu ihr, wie ihr der Schnabel gewachsen war.

Wie verabredet ging Toshua mit Kisuko zu den Ringern, aber während die Kämpfe ihre Kollegin offenbar stark erregten, fand sie

sie eher langweilig. Ein Ringer, den Kisuko einmal als Kunden bedient hatte, gewann an diesem Tag, nachdem er endlos Salz gestreut hatte. Es gelang Kisuko auch, ihn abzupassen, als er aus seiner Garderobe kam, und er lud die beiden Mädchen zu einem Sake ein. In der Schenke erzählte er davon, er habe Schwierigkeiten, in die nächste Klasse aufzusteigen. Dieses Unglück betrübte ihn offenbar so sehr, daß er in beängstigender Weise dem Schnaps zusprach. Ehe sie ihn abschleppen konnten, sank er vom Sitzkissen auf die Matte unter dem Tisch und schlief laut schnarchend ein.

»Laßt ihn nur liegen, und kümmert euch nicht um ihn. Das geht nun schon seit Tagen so«, sagte der Mann, der sie bedient hatte. »Wie er sich dabei in Form hält, ist mir rätselhaft. Aber wenn ihr Mädchen eine halbe Stunde wartet: Wir schließen bald. Mein Bruder und ich würden Euch gern für den Rest der Nacht Gesellschaft leisten.«

Der Kellner erwies sich als ein anstrengender Kunde, und als er gegangen war, verfiel Toshua in einen traumlosen Schlaf, aus dem sie zu schroff geweckt wurde. Es war ihr, als lägen der Augenblick, in dem der Mann aufgebrochen war, und jener, in dem sie die Augen wieder aufschlug, unmittelbar hintereinander.

Aber dann erinnerte sie sich, heute war der Tag, an dem Rauchschwalbengespenst mit ihr ins Theater fahren wollte. Aus irgendeinem Grund hatte Toshua angenommen, die Vorstellungen fänden abends statt, doch nun stellte sich heraus, daß die Darbietungen schon zur Stunde der Schlange begannen. Rauchschwalbengespenst sagte ihr, heute gelte es, Ninomiya zu beeindrucken. Und deswegen wolle sie ihr zeigen, wie man für ein solches Ereignis die Kleider auswähle und sich schminke. Ninomiya lege auf die Garderobe seiner Frauen immer sehr großen Wert.

»Allein dein Anblick«, sagte Rauchschwalbengespenst lächelnd, »muß einem Mann die Seele stehlen.«

Sie hatte für Toshua ein weißes Unterhemd und einen weißen Seidenunterrock herausgelegt. Dazu weiße Socken. Sie legte ihr den Untergürtel und die untere Scherpe an. Sie ließ sich lange darüber aus, wie beide sitzen müssen und für welche flirtenden Spiele man sie benutzen könne. Dann half sie Toshua in die Robe aus reich besticktem Seidenbrokat und zeigte ihr, wie man den rechten Saum über den linken legt.

»Und du mußt stets darauf achten, daß das Tuch des Gewandes die Fersen knapp bedeckt«, sagte sie. »Solche Kleinigkeiten sind für den Gesamteindruck sehr wichtig. Eine kleine Nachlässigkeit, und das Auge des Mannes, der dich abschätzt, registriert es. Du verlierst vielleicht nur ein, zwei Punkte an Sympathie, aber es können die entscheidenden sein.«

Jetzt kam der Obi, der zweimal um die Hüfte geschlungen und aus dessen Gewebe auf dem Rücken ein kleines Päckchen geformt wird, ehe man die Enden des Stoffstreifens wieder vor dem Nabel verknotet.

Rauchschwalbengespenst rückte nun eine ganze Batterie Spiegel heran. Sie setzte sich neben Toshua und hieß sie, einfach alles nachzumachen, was sie tat. Die Zwillinge waren auch mit nach oben gebeten worden, um Hilfestellung zu leisten. Es wurde ein regelrechter Kosmetikunterricht, bei dem sich herausstellte, wie erfahren und geschmackssicher Rauchschwalbengespenst in solchen Dingen zu Werke ging. Zuerst wusch sie sich das Gesicht sorgfältig mit Wasser, und Toshua fiel wieder auf, wie fahl ihre Haut ohne Schminke wirkte. Dann rieb sie sich mit Kamelienöl ein und trug eine Halbmaske aus einer rosa Creme auf, über die sie eine zweite Schicht aus weißer Kosmetikfarbe legte.

»Dabei muß man sich beeilen«, erklärte sie Toshua, »denn die Farben trocknen rasch.«

»Ich weiß«, sagte Toshua, »aber in Kyoto haben wir erst das Rosa aufgetragen und dann das Weiß.«

Rauchschwalbengespenst hob die Schultern.

»Jede Stadt hat ihren eigenen Geschmack.«

Nun wurde die Kosmetikfarbe mit einer Bürste bearbeitet, bis sie wie Elfenbein schimmerte. Als nächstes legte Rauchschwalbengespenst mit einem Pinsel Rouge um die Augen und malte sich rötliche, fast fiebrig aussehende Wangen, die die Farbe feiner Blütenblätter annahmen. Nun traten die Zwillinge in Aktion und säuberten beiden Frauen Augenbrauen und Wimpern mit einem feuchten Tuch. Die Herrin betupfte ihr Gesicht mit weißem Puder und zog sich mit einem schwarzen Stift eine Andeutung von Koteletten. Danach wurden auch die Augenbrauen rot gemalt, und schließlich kam noch eine Lage Schwarz darüber, so daß am Ende nur noch ein Schimmer des Rot sichtbar blieb.

»Der Mund sollte schmal und ausdruckslos aussehen«, erklärte Rauchschwalbengespenst Toshua, während sie ihre Lippen mit einem hellen Zinnober nachfuhr.

Jetzt wurde jedes Fetzchen Haut, das die Kleidung noch frei ließ, vor allem aber das Nackendreieck, vorsichtig weiß gepudert und endlich die Perücken aufgesetzt. In ihr steckten Haarstäbe aus Schildpatt, die den Kopf wie eine flimmernde Aureole umgaben.

Toshua begriff nun, warum man sie an diesem Morgen so zeitig geweckt hatte. Die ganze Prozedur, die mit wesentlich mehr Aufwand und Sorgfalt ausgeführt worden war als damals vor ihrem Besuch beim alten Kaiser, hatte eine geschlagene Stunde in Anspruch genommen.

Endlich saß sie neben Rauchschwalbengespenst im Boot, und sie fuhren auf dem Sumida-Fluß bis zur Nohon-Brücke im Herzen von Edo. Von dort bis zum Theater waren es noch zehn Minuten zu Fuß. Da beide Frauen *geta*, also klotzartige Holzpantinen, trugen, die acht Zentimeter hoch waren, wurde selbst dieser kurze Weg für Toshua zu einer Strapaze. Sie versuchte, sich mit solchen Hüftschwüngen fortzubewegen, wie sie das in Kyoto gelernt hatte, aber offenbar wußte das hier niemand recht zu schätzen, denn wenn sie bestimmt auch allein durch ihre Jugendlichkeit hübscher wirkte als Rauchschwalbengespenst, so war es doch die Herrin, die die Aufmerksamkeit aller Männer, denen sie begegneten, auf sich zog, weil sie, während sie ausschritten, ihren *geta* die Geräusche eines Steptanzes zu entlocken wußte.

Der Raum, den sie betraten und in dem die Vorstellung bereits im Gange war, bestand aus einem Parkett mit fünfzig Reihen zu je fünfzig Zuschauern und aus einer Galerie, wo, wie Toshua von Rauchschwalbengespenst erfuhr, noch einmal zwölfhundert Menschen Platz hatten. Nach vorn wurde die große Holzhalle durch eine Bühne abgeschlossen, auf der die Schauspieler agierten und auf deren Seite vier Musiker saßen.

Die Plätze, die Rauchschwalbengespenst genommen hatte, lagen in der Mitte des Parketts. Von Anfang an kam Toshua das Geschehen auf der Bühne wie ein Wirklichkeit gewordener Traum vor, und es nahm ihre Aufmerksamkeit völlig in Anspruch. Sie verwünschte jede Störung oder Ablenkung. Die meisten Besucher waren aber durchaus nicht so konzentriert. Viele rauchten winzige

Pfeifen und klopften alle zwei Minuten die Asche aus; andere schwatzten oder versorgten sich an der Rückwand der Halle mit Getränken und mariniertem Fisch.

»Kann man sie nicht veranlassen, ruhig zu sein?« zischelte Toshua der Herrin unwillig zu.

»Mein liebes Kind«, sagte Rauchschwalbengespenst, »die meisten haben das Stück schon drei-, viermal gesehen und kennen es fast auswendig. Die wirklichen Kenner, die die Bewunderer dieses oder jenes Schauspielers sind, sitzen oben auf der Galerie, und es ist gar nicht so selten, daß sie sich mit ihren Kommentaren in den Verlauf der Handlung einmischen. Wenn diese witzig sind, bekommen sie sogar Beifall, wie die Schauspieler auf der Bühne.«

Von den vier Stücken, die sie im Verlauf der Vorstellung bis zum späten Nachmittag sahen, blieb Toshua jenes mit dem Titel ›Schwarze Grabhügel‹ noch lange als eine Geschichte in Erinnerung, die sie persönlich besonders anging, ohne daß sie gleich hätte sagen können, warum.

Das Stück handelte von einem Dämonenweib in der Adachi-Heide und von Yukei, dem Prior des Klosters Toboko, der als Yamabushi, also als Krankenheiler und wandernder Exorzist, in Begleitung von einem Bergführer und einem Träger auf einer Pilgerfahrt in der Bergwelt des Nordens unterwegs ist. Die Gegend ist dafür bekannt, daß dort nach Anbruch der Dunkelheit eine Dämonin den Reisenden auflauert und sie umbringt. Als die drei Männer, die über jenen langen Steg, den man den »Blumengang« nennt, zwischen dem Publikum daherkommen und sich auf der Bühne nach einem Nachtlager umschauen, entdecken sie eine verfallene Buschhütte, in der sie um Obdach bitten. Die Hütte wird von Iwate, einer älteren Frau bewohnt, die sich ihren Lebensunterhalt mit Arbeiten am Spinnrad verdient. Von der starken Persönlichkeit des Priors Yukei beeindruckt, gewährt sie den drei Männern Unterkunft. Diese zeigen Interesse an dem Spinnrad, an dem die Alte arbeitet: Sie bitten sie, es ihnen doch einmal vorzuführen. Die Frau setzt sich nach einigem Widerstreben an das Spinnrad und singt dabei ein trauriges Lied:

Bei Rauhreif am entlegensten Ort
auf der Heide
verbringe ich tagaus, tagein mein Leben.
Der Mond ist der einzige Gefährte in meiner Schlafkammer.
Was ich verspinne, ist Hanf,
möge dabei doch
die Vergangenheit noch einmal zur Gegenwart werden.

Der Abt erkennt an diesem Lied, daß Iwate von edler Herkunft sein muß. Die Männer hören schließlich ihre Lebensgeschichte. Als Iwates Vater einst aufgrund eines Vergehens aus der Hauptstadt verbannt wurde, folgte sie ihm in den öden Norden. Dort wurde sie an einen Mann verheiratet, der bald darauf verschwand und nie mehr gesehen ward. Enttäuscht und verbittert, verfluchte Iwate die Welt und steigerte sich so sehr in blindwütigen Haß und Groll, daß sie zu einer Dämonin wurde.

Yukei belehrt sie, daß, gemäß der Offenbarung des Dharma-Gesetzes in den buddhistischen Schriften, auch sie mit ihrem negativen Karma Buddhaschaft erlangen kann. Iwates versteinertes Herz wird von einem Strahl der Hoffnung berührt. Frieden und neuer Lebensmut kehren wieder in ihre Seele ein. In einem Gefühl dankbarer Fürsorge möchte sie den Männern den Aufenthalt in ihrer Hütte angenehm gestalten. Als es in der Nacht kalt wird, macht sie sich auf, um in den Bergen Brennholz zu sammeln. Zuvor aber ermahnt die alte Frau ihre Gäste, in ihrer Abwesenheit auf keinen Fall ihr Schlafgemach zu betreten. Erst nachdem alle drei Männer dies versprochen haben, bricht sie auf. Einer von ihnen, der Träger, kann seine Neugierde nicht bezähmen; er betritt die Kammer und findet zu seinem Entsetzen den Raum voller menschlicher Gebeine. Jetzt besteht für den Abt kein Zweifel mehr daran, daß sie sich in der Behausung der berüchtigten Dämonin von Kurozuka befinden.

Im zweiten Akt des Stückes sieht man Iwate in einer Heidelandschaft, die mit hohem Susuki-Gras bewachsen ist, umhergehen. Der Mond steht am Himmel. Iwate erinnert sich an die Worte des Priesters, daß es auch für sie einen Weg zur Erleuchtung gibt. Aufrichtig und reinen Herzens meditiert sie unter dem Nachtgestirn und beginnt dann zu tanzen, wobei sie mit ihrem eigenen Schatten spielt. Der Tanz wird von der Musik eines Koto und einer Bambusflöte begleitet.

Iwates euphorische Aufwallung verebbt wieder, als sie beobachtet, wie der Träger und der Bergführer auf der Heide nach ihr suchen. Nun ist ihr klar, daß die drei Männer sich nicht an ihre Warnung gehalten haben. Durch den verbotenen Blick in die Schlafkammer haben sie Iwates schuldbeladene Seele mutwillig entblößt. Zorn und Haß überkommen Iwate, und gleichzeitig nimmt sie nun auch äußerlich die Gestalt der rachsüchtigen Dämonin an.

Den Höhepunkt des Stückes bildet die dritte und letzte Szene. Sie wird eingeleitet von einem Erzählgesang des Nagauta-Sängers, der das Publikum anspricht:

Seht! Das im Michionoku-Land seit alters her
bekannte Schwarzgrab auf der Adachi-Heide,
selbst der Mond, der es bescheint, ist
mit einem Mal verschwunden.
Der Nachtsturm, der das abgefallene Laub durcheinanderwirbelt,
heult drohend auf, als wärs das Schnauben eines Ungeheuers.

Es kommt zu einer erbitterten Kampfszene, in der die Dämonin sich in immer heftigere Wut hineinsteigert und die drei Männer zu vernichten droht. Schließlich gelingt es diesen mit einem exorzistischen Ritual sie zu bannen und ihr den Weg zur Erlösung zu bereiten.

Wieder erzählt der Nagauta-Sänger dem Publikum, wie das turbulente Geschehen auf der Bühne zu verstehen ist:

Die Haare stehen der Dämonin zu Berge,
von Haß ist ihr Gesicht verzerrt.
Wie einst beim Feuer im Xianyang-Palast spuckt sie
mit ihrem Atem fauchend grelle Flammen aus,
Heidewind und Bergwind heulen entsetzlich dazu.
Von Donner und Blitzen ist die ganze Welt erfüllt.
Im Schutze der Nacht, da Regen den Himmel verfinstert,
kommt die Dämonin,
dröhnenden Schrittes immer näher auf sie zu,
um sie mit einem Bissen zu verschlingen.
Die Macht des Eisenstabes, den sie mit erhobener Hand schwingt,

schlägt ringsum alles nieder – o wie fürchterlich.
Yukei bleibt ruhig und gelassen und reibt seinen Rosenkranz.
»Wer meinen Körper anschaut, beginnt
Erleuchtung zu erstreben.
Wer meinen Namen hörte, entsagt dem Bösen,
vollendet das Gute.
Wer meine Lehre versteht, erlangt die große Weisheit.
Wer meinen Geist erfaßt, ist auf dem Weg zur Buddhaschaft!«
Und mit des Lichtkönigs Stricken
bindet er die Dämonin,
geht wieder und wieder mit seinen Gebeten gegen ihn an.
So verliert selbst ein so fürchterliches Wesen
allmählich seine Macht,
und in seinen Schritten wankend,
irrt es ziellos umher.
»Im Schwarzgrab eingeschlossen,
hab ich gehaust«, spricht es.
»Nun bin vor aller Augen ich bloßgestellt
– welch eine Schmach. Wie schäm' ich mich doch
meiner Gestalt!« So heult die Dämonin.
Ihre Stimme klingt immer noch furchteinflößend;
alles übertönend, brüllt der Nachtsturm dagegen
an, bis im Schutz der Dunkelheit
sie schließlich verschwunden ist.

Gegen Morgen des anderen Tages erwachte Toshua davon, daß Sonnenstrahlen sie im Gesicht kitzelten. Sie lag auf einer Matte neben dem Mann, der Ninomiya hieß. Der Mann war schon wach, stützte sich auf einen Arm auf und betrachtete ihr Gesicht. »Du bist tatsächlich hübsch«, sagte er, als erstaune ihn das, und drängte behutsam seine Beine zwischen die ihren. Als er mit ihr die Frucht brach, sank sie in einen merkwürdigen Zustand von Halbschlaf zurück.

Bilder jener Ereignisse, die sich zwischen dem Ende der Theatervorstellung und jetzt zugetragen hatten, zogen in schneller Folge an ihr vorbei. Durch das Drängen und Stoßen des sie umarmenden Mannes bekamen sie einen zuckenden Rhythmus.

Da ist Rauchschwalbengespenst, die sie nach der Vorstellung in einen Saal hinter der Bühne führt, in dem es nach Mastix und alten Kleidern riecht.

Da ist ein schwarzer tiefer Raum, in dem nur ein Baum angeleuchtet wird. Aus seinen Ästen, einen Strick um den Hals, läßt sich eine weibliche Gestalt fallen. So wirklich sieht das aus, daß Toshua vor Angst und Mitgefühl aufschreit. Die weibliche Gestalt befreit sich aus der Schlinge und verwandelt sich in einen Mann, der der Herrin und ihr erklärt, er übe gerade ein neues Stück, dessen Heldin sich am Ende selbst richte. Es ist Ninomiya, der ihnen zeigt, mit welchem Trick man beim Publikum die Illusion des tödlichen Erhängens erzeugt. Sie gehen in ein Zimmer hinter dem Übungssaal. Sie trinken Tee, und die Herrin hat es eilig, sich zu verabschieden.

Dann fehlte eine lange Zeitspanne in Toshuas Erinnerung. Es ist jene Zeit, in der sie dem Mann hundert Fragen gestellt hat, die er alle ruhig und geduldig beantwortete. Ihre Erinnerung zeigt die Szene, wie sie einander die Obi öffnen. Aber dann geschieht etwas Schlimmes. Als Ninomiya sie zum erstenmal ohne weiteres Vorspiel nimmt, als sein Glied zu einem Stößel wird, in dem Feuer pulsiert, verwandelt sich seine Körperlichkeit wieder in die Dämonin, die er auf der Bühne dargestellt hat. Toshua sieht sich wieder in die Szene der Vergewaltigungen auf dem Karren versetzt. Die Dämonin stößt auf sie herab, würgt sie. Gleich wird sie erstikken. Sie schreit auf. Der hallende Schrei nimmt kein Ende. Plötzlich hält sie den Rosenkranz des Abtes in den Händen. Die Dämonin weicht zurück. Jemand küßt die Innenseiten ihrer Schenkel. Ist Yashima wieder lebendig geworden? Sie kippt nach hinten über. Ihre Beine zappeln in der Luft. Ein Mund nähert sich der Honiggrotte und saugt an deren Lippen. Eine Zunge gräbt sich hinein und umspielt kitzelnd das Samenkorn. Weiter, nur weiter, denkt sie. Die Lust wird so groß, daß sie schreit. Gleich beißt sie sich auf die Lippen.Zwei Hände strecken sich ihr, die sie auf dem Rücken liegt, entgegen. Sie kann sich aufrichten. Sie sitzt auf den Schenkeln eines Mannes, und dieser Mann greift mit den Fingerspitzen nach ihren Brüsten. Er spricht davon, daß er dort Schmetterlinge fangen will. Es ist eine Zeile aus einem Theaterstück, die er rezitiert. Noch einmal, als sie wieder einen Höhepunkt erreichen, kommt die Dämonin zurück. Toshua sieht jetzt wieder, wie sie ihr

Feuer ins Gesicht gespien hat, aber dann ist die Dämonin selbst verbrannt, zerplatzt, hat sich in Licht aufgelöst, und Toshua weiß, nicht nur die Dämonin, auch sie ist erlöst. Sie starrt jetzt in das Gesicht dieses Mannes vor sich, dessen Atemzüge immer mehr zu einem Hecheln werden. Dann spürt sie, wie er sich in sie ausschüttet. Sie ist von ihm abgestiegen. Die Sonne umfängt ihren ganzen Körper.

»Haben wir die Dämonin vertrieben?« fragt der Mann ruhig nach einer Weile, wie sie da auf dem Rücken nackt nebeneinander liegen und sie die Sonne auf der Haut spürt.

»Ich weiß nicht«, sagt sie und versinkt in Schweigen.

»Was hast du eben gedacht?« fragt er.

»Ich habe mich gefragt«, sagt sie, »wie ein Mann so überzeugend eine Frau darstellen kann.«

Er lacht selbstzufrieden in sich hinein.

»Onnagata ist eben eine Kunst«, sagt er gespreizt.

Sie hat ihm schmeicheln wollen. Das ist ihr gelungen.

»Du verstehst«, sagte er, »man spricht nicht gern über seine Berufsgeheimnisse.«

»Warum spielen Männer Frauen?«

»Irgenwann wurde es verboten, daß Frauen auftreten. Ihr wart zu verführerisch. Nun werden die jungen Frauen von Knaben dargestellt. Aber auch sie sind verführerisch: für Frauen wie für Männer. Theater ist eine Verführung der Sinne. Davon lebt es. Töricht, das nicht einzusehen.«

»Meint Ihr, daß man Frauen eines Tages erlaubt, wieder auf die Bühne zurückzukehren?«

»Wer weiß«, sagte Ninomiya, »wenn es dem Shogun gefällt. Aber eine Rolle wie die der Iwate und ihrer Dämonin könnte heute von Frauen kaum noch gespielt werden. Die Kleidung und die Perücke sind einfach zu schwer. Genau darauf aber beruht ein wichtiger Teil der Täuschung.Mit Hilfe einer großen Perücke läßt sich das Gesicht verkleinern, indem man bestimmte Teile wie die Stirn betont. Und man verwendet überproportional großgeschnittene Gewänder samt Gürtel, in denen selbst eine stattliche Figur zierlich wirkt. Es gibt ein paar Tricks, die in jedem Schauspielerlehrbuch stehen. Beispielsweise: Man drückt die leicht eingeknickten Knie zusammen, setzt die Füße mit den Zehenspitzen nach innen, nimmt die Schulterblätter weit zurück und verlagert das Körpergewicht nach vorn. Diese erzwungene Körperhaltung macht es möglich, daß auch ein muskulöser Männerkörper wie ein schlanker, biegsamer Frauenkörper erscheint.«

»Ihr wart beeindruckend«, sagte Toshua schwärmerisch. »Ich war wie in einem Traum.«

»Danke. War es das erstemal, daß du ins Theater gekommen bist?«

»So ist es. Aber am liebsten würde ich Abend für Abend kommen.«

»An manchen Abenden wird Rauchschwalbengespenst dich brauchen«, sagte Ninomiya lachend.

»Nicht, wenn Ihr mich zu Eurer Geliebten macht.«

»Du meinst, statt Rauchschwalbengespenst würdest immer du mit mir das Kissen teilen, wenn ich komme?«

»Ich bin sicher, ihr wäre das sehr recht.«

»Mir auch«, sagte er und fuhr sich mit der Zunge über die Lippen. »Rauchschwalbengespenst ist alt geworden. Hat dir schon jemand gesagt, welch rasanten Nacken du hast? Gewiß wohl. Wie plump ich in meinen Komplimenten bin.«

»Sagt nur ruhig immer, was Euch durch den Kopf geht. Ich höre es gern«, erwiderte Toshua, »nur so brüllen und schreien wie in der Gestalt der Dämonin, das dürft Ihr nie wieder.«

»Hat es dich erschreckt?«

»Als wir zum erstenmal die Frucht platzen ließen, schien es mir plötzlich, als wäret Ihr wieder die Dämonin.«

»... du mußt viel Schlimmes erlebt haben.«

Sie erzählte von dem, was ihr auf dem Weg von Kyoto nach Edo zugestoßen war.

»Hunde!« sagte er wütend.

»Als wir uns liebten, ist das Schlimme in meiner Seele verbrannt.«

»Du übertreibst. Und merk dir: Ich bin kein Heiler für Seelenschmerzen.«

Es schien Toshua richtig, auf ein anderes Thema zu sprechen zu kommen.

»Wenn ich Euch jetzt betrachte«, sagte sie und strich mit dem Handrücken vorsichtig über seinen Arm, »begreife ich immer noch nicht, wie es angeht, daß Ihr Euch in diese Dämonin verwandelt.«

»Du nimmst großes Interesse an meinem Beruf«, stellte er fest. »Hat dir Rauchschwalbengespenst gesagt, du solltest mir solche Fragen stellen?«

»Nicht doch«, sagte sie, »es interessiert mich tatsächlich. Das Theater ist eine so wunderbare Sache. Es ist wie Zauber.«

»Nun, wenn es dir mit deinem Interesse ernst ist, hat Rauchschwalbengespenst wohl die rechte Frau für mich ausgesucht.«

Ein verrückter Gedanke kam ihr.

»Könnte ich einmal auf der Bühne spielen?«

»Ich sagte dir ja: Offiziell ist es verboten. Keine Frauen auf der Bühne! Aber wenn du solches Vergnügen daran hast..., sofern du nicht gerade auf der Rolle der Iwate bestehst, ließe sich das wohl einmal einrichten, wenn ich mit deiner Verschwiegenheit rechnen kann.«

»Oh, bitte«, rief sie, verfiel dann in Nachdenken und sagte: »Alle Frauen im Kabuki sind Männer. Verkehrte Welt. Nein, ich möchte keine Frau, ich möchte einmal einen Mann spielen. Ich begreife immer noch nicht, wie Ihr, der Ihr doch ein recht kräftiger Mann seid, so täuschend eine Frau darstellen konntet.«

»Wenn du wieder eine Vorstellung siehst, dann achte einmal darauf: Beim Blick nach vorn halte ich den Körper stets seitlich. Das läßt ihn schlanker erscheinen. Und um den Hals länger zu machen, senke ich die Schultern tief ab. Beim Sitzen auf dem Boden halte ich den abstützenden Arm möglichst weit entfernt vom Körper. Das bewirkt ebenfalls eine Streckung des Halses. All das ist nicht so einfach, wie es sich jetzt sagt. Man muß es lange üben. Denn die Illusion soll vollkommen sein. Nie darf das Publikum einen Augenblick sich daran erinnern, daß ich es täusche.«

»Trotzdem, es muß Zauber dabei sein.«

»Ein wenig ist es auch Zauber. Also gut, ich verrate dir noch das bestbewahrte Geheimnis meines Erfolges: Am meisten lerne ich über die Darstellung von Frauen in der Liebe.«

»Wie das?«

Er lachte wieder: »Ganz einfach: Weil man dabei einer Frau am nächsten kommt und am meisten über sie erfährt.«

»Ich denke, das sagt Ihr jeder, mit der Ihr schlaft.«

»Du hast recht, und es ist zugleich eine Warnung, keine Besitzansprüche auf mich zu erheben.«

». . . weil Ihr, um die Kunst Eurer Darstellung zu vervollständigen, bald wieder eine andere verführen müßt«, ergänzte sie spöttisch.

»Ich verführe nie«, behauptete er. »Ich verwandle mich zurück. Mein Beruf ist hart. Ich suche bei einer Frau Glück, Lebendigkeit, Erholung nach soviel Stilisierung.«

»Stilisierung?«

»Im Theater zwinge ich meinen Körper und meine Seele dazu, etwas zu sein, was sie nicht sind. Es war großzügig von Rauchschwalbengepenst, daß sie dich mir zugeführt hat. In letzter Zeit empfand ich keine Freude mehr dabei, mit ihr das Kissen zu teilen, und sie hat das gespürt. Wißt Ihr, daß sie sehr krank ist?«

»Sie raucht Opium.«

»Zu viel und schon zu lange, die arme Person. Wenn sie so weitermacht, wird sie die Verfärbung des Ahornlaubes nicht mehr erleben.«

»Ihr werdet sie doch nicht fallenlassen, oder?«

»Gewiß nicht. Wir waren lange sehr glücklich miteinander. Das verpflichtet mich zu Dankbarkeit. Es ist schade, daß es mit ihr zu Ende geht. Sie ist eine gebildete und sehr großzügige Person.«

»Meint Ihr wirklich, daß sie bald sterben wird?«

»Bald? Das weiß ich nicht. Ich bin kein Arzt, und man kann sie nicht dazu bewegen, einen Arzt aufzusuchen. Aber ihre Monde sind gezählt. Und sie weiß es.«

»Meint Ihr, daß sie mich deshalb bei sich aufgenommen hat?« fragte Toshua und erzählte Ninomiya die Geschichte ihrer Flucht aus dem »Reifen Kürbis«.

»Das könnte sein«, erwiderte der Schauspieler nach einigem Überlegen. »Du sagst, wir hätten deine Dämonen heute Nacht ausgetrieben. Jene, die sie plagen, die treibt wohl niemand mehr aus.«

»Erzählt mir davon.«

»Für wie alt hältst du Rauchschwalbengespenst?«

»Das kann ich schlecht schätzen. Vielleicht um die fünfzig?«

»Nein, sie ist knapp über vierzig. Weißt du, daß sie eine Tochter hatte?«

»Nein, bedenkt, daß ich noch nicht so lange bei ihr bin, und sie hat nie über ihr Leben gesprochen.«

»Ihre Tochter, Taka-o hieß sie, war eine Schönheit. Damals hatte Rauchschwalbengespenst noch sechs oder sieben Mädchen in ihrem Haus. Sie erzog ihre Tochter dazu, einmal ihre Nachfolgerin zu werden. Es kam häufig der Sohn eines Daimyo zu ihnen. Er war ein schüchterner und feinsinniger Junge. Rauchschwalbengespenst hätte es wohl gern gesehen, wenn er sich in Taka-o verliebt hätte. Nun, es spann sich da wohl auch etwas an, aber die Beziehung entwickelte sich nicht so stürmisch, wie die Mutter sich das wünschte. Also veranstaltete sie eine Abendgesellschaft, bei der auch Taka-o und ihr Verehrer anwesend waren. In fortgeschrittener Stunde forderte Rauchschwalbengespenst die Gäste dazu auf, das Spiel der nackten Inselbewohner zu spielen.

Taka-o wollte nicht mittun, sie lief aus dem Zimmer, aber ihre Mutter holte sie zurück, zwang sie, sich auszuziehen, und pries betrunken die Reize des Mädchens an. Zwei Tage später, ehe es zum nächsten Rendezvous mit dem jungen Mann kam, fand man Taka-o tot in ihrem Zimmer. Man stellte fest, daß sie *fugu* gegessen hatte. Du weißt, dieser Fisch ist ein Aphrodisiakum, aber falsch zubereitet wirkt er auch als ein starkes Gift. Es ließ sich nie klären, ob es ein Unfall war oder Selbstmord. Mir hat Rauchschwalbengespenst einmal gesagt, Taka-o sei aus Scham gestorben. So oder so: Sie gibt sich die Schuld an ihrem Tod. Chidori..., das war ursprünglich ihr Name, bekam ein anderes Gesicht. Die Veränderung war so auffällig, daß keine Schminkkünste sie zu verbergen vermochten. Also sagte sie allen, sie heiße nun Rauchschwalbengespenst.«

»Arme Taka-o«, sagte Toshua.

»Arme Herrin«, murmelte Ninomiya.

»Ich muß zurück nach Yoshiwara«, sagte Toshua.

»Ich habe mit Rauchschwalbengespenst gesprochen. Sie gibt dir drei Tage und drei Nächte frei. Und ich habe vorhin, als du noch schliefst, meinen Auftritt für heute und morgen abgesagt.«

»Ist das denn möglich?«

»Ich bin plötzlich erkrankt... an der Liebe. Das kommt öfter vor. Sehr zum Leidwesen des Theaterbesitzers und des Publikums. Es gibt eine zweite Besetzung. Hast du Hunger? Sollen wir ausgehen, oder soll ich uns etwas zu essen bestellen?«

Toshua stieß die wattierte Decke zurück.

»Ja«, sagte sie lachend, »ich habe Hunger auf Liebe.«

Als sie nach zwei Tagen in einer Sänfte nach Yoshiwara zurückkehrte, bestürmten sie die Zwillinge zu erzählen. Aber zuerst rief sie Rauchschwalbengespenst zu sich. Es war ihr anzusehen, daß sie geraucht hatte. Und es war an diesem Abend zum erstenmal, daß Toshua dieses nervöse Hüsteln an ihr auffiel. Die Herrin richtete sich von der Matte auf und musterte sie sorgfältig.

»Ja«, sagte sie zunächst zufrieden, »es sieht so aus, als würde einmal ein Plan von mir aufgehen. Er ist ein umgänglicher Mensch, nicht wahr?«

»Gewiß, Herrin.«

Ihr Blick wurde wacher und kritischer.

»Hat er dir etwas von mir erzählt?«

»Nur, daß er Euch sehr gern hat.«

»Ach ja? Der Lügner. Übrigens, ein guter Rat: Wenn du hinauf willst, wenn du eine von den ganz Großen werden willst, und ich wette, das willst du ..., solange du eine im zweiten Rang bist, darfst du dich nie in einen der Männer, mit denen du schläfst, verlieben. Hörst du ..., nie ... Wenn du das tust, hast du verspielt, und bei Ninomiya schon allemal. So, und jetzt geh, wir werden heute nacht wichtigen Besuch bekommen. Auch Bokuka hat sich angemeldet. Du wirst dich seiner annehmen müssen. Es geht mir nicht gut. Ich muß mich auf dem Boot erkältet haben.

Dieser Bokuka erwies sich, um es in der Sprache der Zwillinge zu sagen, als ein Kerl mit einem Hengstpimmel und einer Hundeseele. Als er kam und zu Toshua geführt wurde, hatte er an allem etwas auszusetzen. Er schlief erst mit ihr, stand sofort danach auf, ging zu Kisuko und von ihr zu Yasuko. All das wickelte er wie ein Schauprogramm ab. Seht her, drei Frauen in einer Nacht. Was für ein Kerl ich doch bin. Bei Kisuko machte er Toshua schlecht, bei Yasuko deren Zwillingsschwester. Bei jedem der Mädchen prahlte er mit seiner Potenz. Schließlich geriet er mit Asano, dem Türwächter, aneinander, weil er nach allem auch noch zu Rauchschwalbengespenst wollte. Inzwischen hatten die Mädchen die Köpfe zusammengesteckt und ihre Erfahrungen mit dem groben Patron ausgetauscht.

»Er ist verrückt. Es war schon bei mir nicht mehr viel los mit ihm«, erzählte Yasuko. »Aber bei dem Preis, den er mir bot, habe ich's ihm natürlich besorgt und ihn gelobt, wie kräftig er sei. Nun wollte er doch tatsächlich noch hinauf zu Rauchschwalbengespenst. Asano hat ihm brav den Weg verstellt. Da hat Bokuka gedroht, nicht mehr zu zahlen. Also hat schließlich die Herrin von oben heruntergerufen, man solle ihn zu ihr lassen.«

»Ich finde, wir sollten zu ihr«, sagte Toshua. »Sie ist krank. Sie kann in ihrem Zustand unmöglich mit einem Mann das Kissen teilen.«

»Gehen wir«, sagte Kisuko. »Ich hätte große Lust, dieser Hundeseele jenes Päckchen abzuschneiden, das ihm zwischen den Beinen baumelt.«

»Da solltest du gleich auch noch Hand an seine Mohrrübe legen«, meinte ihre Schwester böse. »Der würde auch noch vögeln, wenn er kein Päckchen mehr hat.«

Sie gingen nach oben, und was sie dort sahen, ließ sie erst einmal erstarren. Auf dem Futon lag Rauchschwalbengespenst mit geöffneten Schenkeln, als sei sie dabei zu gebären, aber völlig leblos. Vor ihr kniete der Reishändler und wischte sich mit einem Papiertaschentuch seinen Schwanz ab. Sein Oberkörper sah aus, als habe ihn jemand mit Blut übergossen.

»Sie hat gehustet. Verdammt, sie hat mich befleckt. Wie konnte ich wissen, daß sie Blut spuckt«, schimpfte er.

Kisuko backpfeifte ihn rechts und links.

»Nicht doch, nicht doch«, rief er nun kläglich und nahm die Arme um den Kopf, um sich zu schützen. »Das werdet ihr mir büßen. Ich lasse den Laden hier von der Polizei schließen. Und keinen *Momme* kriegt diese Person mehr von mir.«

Er mühte sich, rasch in seine Kleider zu kommen, und stolperte dann zur Treppe.

Inzwischen hatte Rauchschwalbengespenst die Augen aufgeschlagen.

»Nicht sprechen«, sagte Toshua zu ihr und zu den Zwillingen. »Wer von euch weiß, wo ein Arzt wohnt?«

»Bitte, bleibt bei mir. Ich habe solche Angst. Schickt Asano.«

»Warum habt Ihr diese Hundeseele zu Euch gelassen? Ihr wißt doch, was für ein Tier er ist.«

»Wir brauchen das Geld«, sagte die Herrin fast tonlos.

Da saßen sie nun um das Lager der Kranken. Toshua hielt Rauchschwalbengespenst die Hand. Irgendwann stand eine der Zwillinge lautlos auf und bereitete einen Sud aus Kräutern, den sie der Herrin einflößte. Die Stille, in der man jedes Geräusch von der Straße hörte, hatte etwas Gespenstisches.

Der Arzt kam erst am Vormittag. Er untersuchte Rauchschwalbengespenst, setzte ihr Akupunkturnadeln, nahm Toshua beiseite und sagte:

»Es sieht nicht gut aus. Sie sollte ins Gebirge. Vor allem aber sollte sie kein Opium mehr rauchen. Es ist nicht die Erkältung, die sie sich geholt hat. Die vielen Pfeifen mit Opium haben ihre Lungen zerstört. Wenn sie weiter raucht, geb ich ihr noch zwei, höchstens drei Monde. Ich habe es ihr gesagt, und das nicht zum ersten Mal. Seht darauf, daß sie meine Anweisungen besser befolgt.«

Am Abend kam Bokuka. Er war sehr kleinlaut, brachte koreanische Räucherstäbchen, murmelte beständig Entschuldigungen, und nachdem er zwei Stunden am Lager der Kranken verbracht hatte, fragte er Toshua, ob er für die Nacht zu ihr kommen dürfe. Toshua sah die flehentlichen Blicke der Herrin. Bokuka stand die Geilheit in den Augen geschrieben.

»Ich werde mit Euch schlafen, wenn Ihr wie bisher weiter zahlt und Euch höflich benehmt«, sagte Toshua.

»Da könnt Ihr gewiß sein«, erwiderte er kleinlaut. »Ich habe vieles wiedergutzumachen.«

Die ganze Zeit über in der Toshua mit ihm zusammen war, fürchtete sie, Ninomiya könnte kommen und eine Szene machen, wenn er herausfand, daß sie noch mit einem anderen Mann schlief. Aber er erschien erst zwei Tage später am Vormittag. Und noch ehe er zu der Kranken ans Lager ging, drängte er Toshua, die Frucht mit ihm platzen zu lassen.

»Jetzt am hellichten Tage...?« sagte sie zögerlich.

»Warum nicht«, meinte er mit einem Lächeln, in dem sich Scham mit Verlangen verband.

Diese Treffen wiederholten sich über Monate hinweg bis in den Herbst hinein ständig. Ninomiyas und Toshuas Liebe loderte heftig. Da Toshua das Haus nicht verlassen konnte, kam er jeden Tag aus dem Theater herüber, je nachdem, wann ihm Zeit blieb. Dann rissen sie sich die Kleider hastig vom Leibe und umarmten sich. Rauchschwalbengespenst aber dämmerte ihrem Tod entgegen. Um einen Mann zu empfangen, war sie viel zu schwach. Einmal bat sie Toshua, das Lager mit ihr zu teilen, und Toshua entsprach ihrer Bitte aus einem Gefühl von Mitleid und Dankbarkeit. In dieser Nacht erzählte ihr die Herrin die Geschichte der Tochter aus ihrer Sicht. Wie sie es darstellte, hatte sich Taka-o tatsächlich umgebracht, aber nur deswegen, weil sie ein Kind von ihrem Liebhaber, dem Daimyo-Bübchen, erwartete und weil bei dem Nackte-Insulaner-Spiel ihr geschwollener Bauch sichtbar geworden war und einige der Gäste Anspielungen darüber gemacht hatten.

Den ganzen Sommer hindurch schlief Toshua regelmäßig mit zwei Männern. Bokuka bezahlte weiter, wie versprochen, und sie ertrug seine Umarmungen in Versteinerung. Desto mehr freute sie sich, wenn Ninomiya auftauchte, eine halbe Stunde mit Rauchschwalbengespenst redete und dann herunterkam, um das Kissen mit ihr zu teilen. Jedesmal drängte sie der Schauspieler, wieder einmal ins Theater zu kommen und ein paar Tage bei ihm zu bleiben. Aber sie traute sich nicht, Rauchschwalbengespenst so lange allein zu lassen. Es gingen immer mehr Arbeiten, die bis dahin die Herrin erledigt hatte, auf sie über. Sie verwaltete die Haushaltskasse, tätigte die Einkäufe und verhandelte mit der Sittenpolizei, wenn die Beamten zu ihren Kontrollen kamen. Einmal dachte sie: »Du bist längst in allem an ihre Stelle getreten. Da liegt sie nun da oben, kann nicht leben und nicht sterben.« Dann heulte sie zehn Minuten haltlos, wischte sich die Tränen ab und ging Bokuka begrüßen.

Wochenlang führte Toshua mit Rauchschwalbengespenst einen zähen Kleinkrieg um das Rauchen. Wie alle Süchtigen war die Herrin außerordentlich erfindungsreich in der Beschaffung des Rauschgiftes. Sie konnte Stein und Bein schwören, sie rauche kein Opium mehr, und doch überführte Toshua sie immer wieder anhand des verräterischen Geruchs, der sich noch lange in den Räumen hält, auch wenn man lange lüftet. Schließlich riet ihr Ninomiya, man müsse die Bezugsquelle der Herrin verstopfen. Sie fand heraus, daß Asano ihr den Stoff besorgte. Sie stellte ihn zur Rede, und da sie ihn mit einem Verbot, den Aufträgen der Herrin weiter nachzukommen, gewiß um eine gute Einnahmequelle gebracht hätte, versprach sie ihm, seinen Lohn zu erhören.

Eine Zeitlang hatte sie auf diese Weise Erfolg, und während des letzten Sommermonats besserte sich Rauchschwalbengespensts Zustand immerhin so weit, daß sie einige Male zusammen ins Theater fahren konnten. So, als müsse sie sich beweisen, daß sie ganz und gar wiederhergestellt sei, empfing sie für eine Nacht Bokuka. Als Toshua in der Woche darauf wieder mit ihm schlief und er zu ihr in widerwärtiger Anbiederung sagte: »Mit der Alten ist wirklich nicht mehr viel los, die kratzt bald ab, man kommt sich jetzt schon vor, als schlafe man bei einem Leichnam«, bekam sie einen Wutanfall. »Wie taktlos Ihr seid«, schrie sie ihn an. »Redet nie mehr in meiner Gegenwart so von einer anderen Frau. Sonst habt Ihr zum letzten Mal das Kissen mit mir geteilt.« Sie stand auf, richtete sich ihr Haar, und hieß Bokuka, sich anzukleiden und zu verschwinden. Sie war erstaunt, daß er sich von ihr ein so respektloses Benehmen bieten ließ.

Als sich dann Rauchschwalbengespensts Gesundheit immer mehr verschlechterte und sie um Opium bettelte, gab Toshua nach und befahl Asano, wieder für die Herrin Stoff zu beschaffen.

»Du bist doch wie eine Tochter und wie eine Freundin«, sagte Rauchschwalbengespenst, als sie in Toshuas Gegenwart wieder eine Pfeife rauchte. »Nun habe ich eigentlich für dieses Leben nur noch einen Wunsch. Einmal noch möchte ich in Nikko das Herbstlaub sehen.«

Es bedurfte größerer Vorbereitungen, um die Reise zu organisieren, aber Toshua erledigte auch das mit einer Tatkraft, von der sie annahm, sie speise sich aus ihrer Verliebtheit. Ninomiya hatte zu dieser Zeit Ärger im Theater. Während er immer noch an der Rolle jenes Mädchens probte, das sich in einen jungen Priester verliebt und ihn als Schlangendämonin verfolgt, brachte die Konkurrenz dasselbe Stück schon heraus. Und was ärgerlicher war, ein bestochener Schauspielschüler hatte den Herren von nebenan einige von Ninomiyas über Wochen hin geprobten Tricks bei der Verwandlung des Mädchens in die Schlange und von dieser wieder zurück verraten. Die anderen Stücke seines Theaters liefen weiter, aber mit der Inszenierung des Stückes »Die Glocke im Dó jóji-Tempel« mußte er noch einmal beginnen, während einer seiner schärfsten Rivalen Triumphe feierte. Er war niedergeschlagen, und es war Yasuko, die Toshua den guten Rat gab, sich mehr um

Ninomiya zu kümmern, wenn sie ihn nicht verlieren wolle. »Immerhin«, sagte Yasuko, »ist er ein sehr prominenter Mann.« Dieser Satz ließ Toshua hellhörig werden. Bahnte sich da zwischen den beiden etwas an? Hatte der Schauspieler sie womöglich längst schon mit Yasuko betrogen? Sie wurde fast verrückt bei dem Gedanken.

»Haltet Ihr es für möglich«, fragte sie Rauchschwalbengespenst, »daß Yasuko Ambitionen hat, Ninomiya zu erobern?«

»Wenn sie ihm Avancen macht, wird er sich nicht lange bitten lassen«, meinte die Herrin. »Auf Treue mußt du bei ihm nicht rechnen. Er ist ein großer Schauspieler und ein charmanter Mensch. Aber treu war er nie und wird es nie sein.«

Danach fand Toshua keine Zeit mehr, sich länger mit dieser Sache zu beschäftigen. Sie reiste mit der Herrin nach Nikko. Sie sahen die wunderbaren Färbungen der neun Arten von Ahornbäumen. Sie brachten Opfer in dem von mächtigen Zedern beschatteten *Futarasan*-Talschrein und pilgerten in einer Sänfte zum mittleren Schrein am *Huzenji*-See. Die Reise hinauf in den Norden war anstrengend gewesen, aber in Nikko entschädigte sie die Pracht der Herbstfarben für alle Strapazen. Rauchschwalbengespenst schien es gut zu gehen. Sie war fast ausgelassen und hustete nicht, woraus sie die Berechtigung ableitete, fast jeden Abend zu rauchen. Toshua ließ sie gewähren.

Eines Morgens erzählte die Herrin, sie habe von ihrer Tochter geträumt. Am Nachmittag dieses Tages machten die beiden Frauen einen Spaziergang über die *Heilige Brucke*, eine aus Holz gezimmerte, rot lackierte, schön geschwungene Bogenbrücke, die den *Daiya*-Fluß überspannt. Mitten auf der Brücke blieb Rauchschwalbengespenst plötzlich stehen.

»Jetzt weiß ich es, was sie gesagt hat«, murmelte sie, »es sei angenehm im Reinen Land. Ja, das hat sie gesagt.«

»Wer hat das gesagt?« fragte Toshua.

»Meine Tochter«, antwortete Rauchschwalbengespenst. »Und sie hat auch gesagt, ich solle dir nicht länger zur Last fallen und zu ihr kommen.«

»Ihr fallt mir nicht zur Last«, sagte Toshua. Sie nahm ihren Arm, und sie gingen weiter.

Als sie sich am nächsten Morgen über die Schlafmatte der

Freundin beugte, um sie zu wecken, fand sie Rauchschwalbengespenst leblos vor. Der Arzt sagte ihr, sie sei wahrscheinlich erst gegen Morgen gestorben. Toshua betrachtete furchtlos das Gesicht der toten Frau und fand es verändert. Der Zug um die Lippen, der es alt und zwanghaft beherrscht hatte aussehen lassen, war verschwunden.

Sie ließ die Herrin in Edo verbrennen und die Urne unter einem Stein beisetzen. Sie betete drei Tage im Tempel der Nishi. Sie knüpfte einen kleinen Brief an die tote Freundin an die Schnur, die im Totenwinkel des Shinto-Schreins zu diesem Zweck aufgespannt ist, und kehrte dann nach Edo zurück. Dort erwartete sie eine gute und eine schlechte Nachricht. Ein Notar überbrachte ihr Rauchschwalbengespensts Testament. Die Herrin hatte ihr das Haus vererbt und ihr einen ansehnlichen Geldbetrag vermacht. Aus der Gerüchteküche der Teehäuser Yoshiwaras erfuhr sie, daß sich Ninomiya über ihre Abwesenheit mit Yasuko hinweggetröstet habe. Er besuchte Toshua, tat erfreut, sie wiederzusehen. Sie verbrachten die Nacht miteinander, als sei nichts gewesen. Nur, daß sie kaum erregt wurde, als er bei ihr lag. Aber das merkte er nicht. »Wenn ich klug bin«, dachte Toshua mehrmals im Laufe dieser Nacht, »mach ich ihm keine Szene.« Seine Inszenierung hatte inzwischen Premiere gehabt und war ein großer Erfolg.

»Wir könnten irgendwann damit beginnen«, schlug ihr Ninomiya vor, »eine kleine weibliche Rolle mit dir zu proben.« Es war etwas, was sie gern getan hätte. Sie hatte wiederholt daran gedacht.

»Einen Mann ...«, beharrte sie.

Plötzlich war ihr nun doch danach, ihm eine Szene zu machen. Sie blieb völlig kalt, sah sich gewissermaßen selbst dabei zu, als sie die Frage stellte, ob er in ihrer Abwesenheit mit Yasuko geschlafen habe.

»Aber wo denkst du hin«, log er und machte ein hochmütiges Gesicht. »Ausgerechnet mit Yasuko, diesem kleinen ordinären dummen Gänschen.«

»Es ist ein Adjektiv zu viel in diesem Satz«, dachte sie, sagte aber nur: »Vergiß nicht, wir sind gute Freundinnen.«

»Was soll das heißen?«, fragte er nun etwas gereizt.

»Es wird sich herausstellen«, sagte Toshua mit ihrem bezauberndsten Lächeln.

Als er drei Tage später seine Sänfte schickte und sie mit einem Briefchen einlud, seine Inszenierung ansehen zu kommen, kehrten die Sänftenträger mit einer Nachricht zurück, in der es hieß, die Dame Toshua, Kurtisane des zweiten Ranges, wünsche mit einem Mann, der lüge, keinen weiteren Umgang. Ninomiya wütete, kam und schwor, zu Unrecht beschuldige Toshua ihn der Untreue.

Die hatte inzwischen, als sie mit den Zwillingen und einigen anderen Mädchen die offizielle Bestätigung ihres Ranges feierte, mitten in ausgelassener Stimmung aller unerwartet Yasuko gefragt, ob die Nächte mit Ninomiya schön gewesen seien. Yasuko wurde starr und sagte entschuldigend:

»Was kann ein kleines Tanzmädchen tun, wenn ein großer Herr wie Ninomiya sie bittet.«

»Nein sagen«, erwiderte Toshua schnippisch.

Sie traf dann Ninomiya noch einmal, als sie sich eine Vorstellung, in der er auftrat, ansah, ohne von ihm eingeladen worden zu sein. Er mußte sie im Publikum entdeckt haben. Er wartete am Bootssteg vor ihrer Rückfahrt auf sie. Sie liefen ein paar Schritte durch die Nacht, und es belustigte sie, daß er seinen Gang ihren Trippelschritten anpassen mußte. Aber etwas schmerzte auch in ihr. Sie meinte zu spüren, daß sie Ninomiya immer noch liebte. Flehentlich warf sie einen Blick hinauf zu den Sternen.

»Sag mir nur eines«, begann er unvermittelt, »was, zur Hölle, veranlaßt dich, so kalt gegen mich zu sein?«

Sie gab keine Antwort. Ein paar Schritte gingen sie schweigend. Vom Fluß her rief der Bootsführer, gleich werde er ablegen.

»Diese zwei, drei Nächte mit diesem Gänschen, als du in Nikko warst?« verteidigte sich Ninomiya.

»Ihr hört mir nicht zu. Ich habe Euch schon einmal gesagt: Dieses Gänschen ist meine Freundin.«

»Was auch immer sie sein mag, verzeih mir.«

»Die Nächte…, ja«, sagte sie. »Ich hoffe, Ihr habt euren Spaß gehabt. Aber die Lüge, die kann und will ich Euch nicht verzeihen.«

Sie wandte sich um und ging zurück zum Boot. Sie dachte an die Worte von Rauchschwalbengespenst, eine Kurtisane des zweiten Ranges dürfe sich nicht verlieben.

Als sie heimkam, schrieb sie ein Gedicht. Es lautete:

Nacht um Nacht liege ich wach.
Ich höre das Rascheln der Bambusblätter.
Eine seltsame Trauer erfüllt mein Herz.

Sie hatte zunächst vor, es Ninomiya zu schicken. Statt dessen verbrannte sie es dann und sah belustigt auf die Asche, die davon übrigblieb.

Von da an war sie lange allein, mit wie vielen Männern sie auch das Kissen teilte.

V

»Jetzt, da ich älter geworden bin,
seh ich zurück auf die Brücke
dieser Schwankenden Welt.
Ach, wie habe ich nur geschafft,
sie zu überschreiten.«

Der Hof vor der Audienzhalle des Kaisers von China schien Seami endlos weit. Man sah das Gebäude hinter den beiden verzierten Rampen, über die man es erreichte, wie einen entrückten Palast in einem Traum auftauchen, losgelöst von der Erde, auf einem Gebirge aus Wolken. Auf dem Platz selbst warteten mehrere Gruppen von Beamten aus verschiedenen Teilen des Reiches auf eine Audienz beim Sohn des Himmels. Sie waren angetreten hinter den Standartenträgern, die auf einem kleinen Lederschild das Wappen der jeweiligen Provinz oder Präfektur trugen. Sie standen da, geordnet in Viererreihen, die sich nie auflösten. Sie warteten so seit Stunden. Die Art und Weise, wie sie da standen, hatte etwas Emblemhaftes. Sie waren nur noch Untertanen, keine Menschen mehr, unterwürfig und arrogant zugleich. Was Wunder, denn diese Palaststadt zu betreten war jedem normalen Sterblichen verboten, Das hier waren Auserwählte.

Hier war alles geordnet. Die Paläste, Häuser und Brücken hatten Namen, die auf einen großen geheimen Plan hinwiesen: Ihn zu ergründen, nahm sich Seami vor. Nur die japanische Delegation tanzte aus der Reihe. Die vier Nō-Schauspieler schienen den Platz als eine ideale Kulisse für ihre Kunst zu betrachten und vollführten manchmal gewisse Schritte und Gesten, die von den drei Musikern, die mitgekommen waren, mit beifälligen oder kritischen Bemerkungen bedacht wurden. Die beiden Ringer Taifun und Tigertatze deuteten Wurfgriffe an und lockerten ihre Schultern. Sie riefen sich manchmal die vor Beginn eines Kampfes üblichen Schmähworte zu, die nicht so ernst gemeint waren, die aber jedesmal von der chinesischen Gruppe, die den Japanern am nächsten stand, mit einem leisen, mehr gezischten als in Worte gekleideten Ausruf der Mißbilligung beantwortet wurde. Daraufhin gingen die beiden schweren Männer jeweils aufeinander zu, klatschten die Handflächen gegeneinander, machten eine Wendung und wandten den Chinesen ihre mächtigen Ärsche zu.

Seami fiel die Sache mit dem Zopf wieder ein. Mittels eines Dekrets zu befehlen, daß jeder in diesem Reich einen Zopf zu tragen habe, weil, so hatten ihm Chinesen in der Hafenstadt, in der sie gelandet waren, das erklärt, das ungebändigte Haar ein Teil der wildwuchernden Natur darstelle. Wenn Ordnung einziehen solle, müsse diese gebändigt werden. Das war noch wahnwitziger als dieses Zeremoniell hier, das jeder Audienz vorherging.

Seami war auf den Mann gespannt, der dererlei verfügte. Es schien ihm immer noch unwahrscheinlich, daß er in ein paar Minuten oder in einer Stunde vor ihm stehen würde. Vielleicht war diese Reise nach China ein Umweg in seiner Karriere als Künstler, aber gewiß war sie eine wichtige Erfahrung. Er dachte an die Sätze, die er irgendwann bei Lü Bu We gelesen hatte, in jenem merkwürdigen Haus der Ninja, in dem ihre Ausbildung stattgefunden hatte, in jenem Haus, wo alles chinesisch gewesen war: die Worte, das Essen, selbst die Bücher in der Bibliothek.

> Die wahre Bildung erwirbt der Edle nicht in der Studierstube, sondern unter fremden Menschen in fremden Ländern, auf staubigen Straßen, bei der Überquerung reißender Flüsse, der Besteigung sich hoch auftürmender schneebedeckter Berge und in der Konfrontation mit überraschend auftretenden Gefahren.

Er hatte zustimmend genickt, als er damals hierauf gestoßen war. Es hatte auf ihn gewirkt, als sei es ihm auf den Leib geschrieben worden. Er hatte sich immer Abenteuer gewünscht. Nun, hier war er mitten in einem Abenteuer, und er ahnte, daß neue folgen würden. »Das ganze Leben ist ein Abenteuer, aus dem niemand lebendig davonkommt«, hatte Taifun, der Sentenzen liebte, irgendwann einmal gesagt.

Seami griff nach der schweren Ledermappe, die er gegen sein linkes Bein gelehnt hatte und die wegzurutschen drohte. Sie enthielt an die dreißig Shunga und zwanzig andere Farbholzschnitte, das Geschenk des Shogun an den Kaiser. Alle Blätter stammten von Seami selbst. Ist es zu fassen, dachte er, ich bin in Beijing, ich stehe vor der Halle der Vollkommenen Harmonie, und ich werde, sofern man uns nicht schon zuvor des Landes verweist, was freilich bei den Aufträgen, die wir insgeheim haben, nicht auszuschließen ist, immerhin ein paar Monate in dieser Stadt bleiben.

So seltsam hier alles war, Beijing gefiel ihm. Die ersten beiden Tage nach ihrer Ankunft waren sie in einer Herberge untergebracht gewesen, die der japanische Gesandte am Kaiserhof für sie ausgesucht hatte. Auf der Fahrt dorthin waren sie in ihren Rikschas am Gebäude der Sternwarte vorbeigekommen. Er hatte sich vorgenommen, dort einmal hinzugehen und sich belehren zu lassen über das, was die Chinesen über Sterne wußten. Er hatte so gut wie keine Kenntnisse in Astronomie, aber immer, wenn er in einen klaren Nachthimmel sah, stieg ein Gefühl von Neugier in ihm auf.

Den Vormittag und Mittag des zweiten Tages hatte er hauptsächlich in Kunsthandlungen verbracht, um chinesische Gemälde und Holzschnitte zu betrachten: nie allein, immer in Begleitung eines »Dolmetschers«, wie es hieß, tatsächlich wohl eines Aufpassers, der freundlich und sachkundig war, hin und wieder auch einen Scherz machte, aber den Fremden keinen Moment aus den Augen ließ.

Seami fielen auch die Leute wieder ein, die er gleich nach ihrer Ankunft, in der Herberge am Fenster stehend, in dem Park hinter dem Gebäude beobachtet hatte. Wie aus dem Boden gewachsen waren da überall Männer und Frauen gestanden. Sie hatten Schattenboxen geübt. Für sie schien das die selbstverständlichste Sache von der Welt zu sein, die im Freien zu praktizieren sie sich nicht im geringsten genierten. Er hatte gebannt den graziösen Bewegungsabläufen zugeschaut, bei denen man sich einbilden konnte, es werde da speziell für den zufälligen Betrachter ein Tanz aufgeführt.

Dann hatte es an der Tür geklopft und eine Frau war erschienen, um ihn zu massieren. Sie hatte eine halbe Stunde seinen Körper durchgeknetet und dabei immer wieder über seine Schamhaftigkeit gekichert. Er hatte ein paar Sätze mit ihr gewechselt und dabei festgestellt, daß man auch in Beijing sein Chinesisch verstand. Danach war er in nach Eukalyptus riechende Tücher gepackt worden, und man hatte ihm die Schläfen, die Fußsohlen und die Schulterpartien mit einem wohlriechenden Balsam eingerieben. Tatsächlich hatte er sich darauf wie neugeboren gefühlt.

Abends waren sie von ihren Gastgebern in ein Theater geführt worden, in dem ihm allerdings eine völlig andere Art von Schauspielkunst begegnete als alles, was Seami aus seinem Heimatland gewohnt war. Es war eine Art Singspiel mit vielen akrobatischen Einlagen und handelte von einem Trommler und einer Konkubine des Kaisers, die sich ineinander verlieben. Die Geschichte endet, wie vorherzusehen gewesen war, tragisch. Der Trommler wurde geblendet. Die Konkubine beging Selbstmord. Die Zuschauer nahmen an dem Geschehen auf der Bühne regen Anteil, begleiteten es mit lautstarken Kommentaren.

Nach dem Theater war man zum Essen gegangen, in ein Etablissement am Osttor, das Seami zunächst für eine billige Garküche gehalten hatte. Tatsächlich mußte es sich um ein exklusives Lokal gehandelt haben. Die Gäste waren alle mit auffälliger Eleganz gekleidet. Man hatte ihnen erklärt, die Frauen seien zumeist Schauspielerinnen und Sängerinnen, die sich mit ihren Verehrern hier träfen. Es war heftig getrunken worden. Ein Schnaps, klebrig-süß, süffig, mit dem Geschmack von Aprikosen. Seami hatte sich strikt an die Anweisung gehalten, aufzupassen, daß man sie nicht betrunken mache. Die beiden Sumo-Ringer waren jedoch nicht so diszipliniert gewesen. Sie hatten schließlich den Chinesen sogar die Lieder vorgesungen, die ihre begeisterten Anhänger daheim bei den Kämpfen sangen. Spät in der Nacht waren sie von ihren Gastgebern gefragt worden, ob sie eine der Schauspielerinnen kennenzulernen wünschten. Sie hatten alle unter höflichem Gelächter abgelehnt.

Die Chinesen waren offensichtlich bemüht, die japanische Gesandtschaft mit Auszeichnung zu behandeln. Im übrigen, überlegte Seami, wissen sie wahrscheinlich längst, daß wir nicht allein hier sind, um ihnen die Künste unseres Landes zu präsentieren.

Auf Überraschungen mußte man hier immer gefaßt sein. Erst hatte man ihnen gesagt, mit der Audienz beim Kaiser könne es noch Wochen dauern. Heute beim Frühstück, war ihnen plötzlich mitgeteilt worden, der Himmelssohn werde sie noch am Vormittag empfangen und habe angeordnet, sie danach in der Verbotenen Stadt selbst unterzubringen. »Wahrscheinlich meinen sie, uns dort besser unter Kontrolle zu haben«, hatte Meia, der Regisseur der Nō-Schauspieler, gesagt und ihnen eingeschärft, sich in keinem Augenblick gehenzulassen. Dann waren die beiden Sumo-Ringer gerügt worden, die in der Nacht ausgiebig dem Reiswein zugesprochen hatten und nun ihre schweren Köpfe beklagten.

Noch wie jedesmal, wenn Seami daran dachte, wie er die ihm zugewiesene Aufgabe erfüllen solle, überkam ihn ein Gefühl von Unbehagen. Es war töricht, sich darüber Gedanken zu machen. Seine Loyalität gegenüber jenen, die ihn auf diese Reise geschickt hatten, hielt sich in Grenzen. Er war kein Geheimagent. In diese Rolle war er gepreßt worden. Er hatte eingesehen, daß sie die Macht hatten, ihn zu zwingen, auf diese Reise zu gehen. Er hatte zugestimmt, aber schon damals mit einem inneren Vorbehalt. Noch im Haus des Fürsten hatte er sich vorgenommen, sich ausschließlich von seinem Verlangen leiten zu lassen, als Künstler voranzukommen. Der Gedanke, daß er deshalb auf dieser Welt sei, um, wie er es nannte, das, was er sah, in schöne Dinge zu verwandeln, war schon damals auf der unruhigen Vagabondage nach dem Tod seines Meisters, des Wilden Mannes, und jener seinen Lebensweg bestimmenden Versenkung des Schwertes in ihm aufgestiegen. Zuerst hatte es bei ihm angesichts solcher Vorstellungen noch gewisse Selbstzweifel gegeben. Er hatte sich gesagt, er sei größenwahnsinnig. Mit der Zeit aber war diese Vorstellung immer stärker und bestimmender geworden. Heute war sie, beglaubigt durch das, was ihm seither zugestoßen war, für ihn so etwas wie eine letzte Gewißheit.

Nach China mitgefahren zu sein, hatte er bisher noch in keinem Augenblick bereut. Sein Verlangen nach neuen, ungewöhnlichen Bildern wurde tagtäglich reichlich befriedigt. Die Szenen auf See, die Fahrt von der Hafenstadt nach Beijing, die Bilder dieser Stadt, dieses Palastes: all dies hatte er mit gesteigerter Aufmerksamkeit wahrgenommen. Seine Skizzenhefte hatte er in Japan gelassen, um keinen Verdacht zu erwecken. Aber in Gedanken kritzelte er nicht nur, er soff sich voll mit Bildern, Farben, Gerüchen, Geräuschen. Er hatte gelernt, sich in dieser Beziehung auf sein Gedächtnis zu verlassen. Gerüche und Geräusche gehörten dazu. Sie setzten sich, dank eines geheimnisvollen Prozesses in seinem Hirn, irgendwann in Farben und Linien um.

Wer ihm vor fünf Jahren, als seine Lehrzeit bei dem Ronin zu Ende gegangen und sein Meister im Schwertkampf gefallen war, vorhergesagt hätte, daß er einmal vor der Halle der Vollkommenen Harmonie stehen werde, den hätte er ausgelacht. Wenn auch der Weg bis hierher alles andere als glatt verlaufen war – vielmehr konnte man ihn gut und gerne als steinig und streckenweise als schlammig bezeichnen –, so empfand er doch auch Stolz über all das, was er erlebt hatte. »Letztlich«, dachte er, »bist du ein Glückskind des Schicksals. Deine geheimsten Wünsche haben sich erfüllt.« Ohne Beziehungen und als Bettler beginnend, hatte er in den Jahren, die zurücklagen, sein künstlerisches Talent ausbilden können. Ein Zeichner und Holzschneider war er geworden, dessen Arbeiten Kenner in seiner Heimat schätzten. Jetzt, auf dem Hof der Verbotenen Stadt, da sie unbestimmte Zeit warten mußten, ehe er nachher, wie man ihm eingeschärft hatte, bei Beginn der Audienz zusammen mit den anderen seine Niederwerfung machen würde, vertrieb er sich die Zeit damit, im Buch seines Lebens der letzten Jahre zu lesen, und sich erinnernd staunte er, was ihm in diesem Zeitabschnitt alles zugestoßen war.

Nach dem Tod des Ronin gelangte Seami in das Dorf Otsu in der Nähe des berühmten Biwa-Sees. Der Zufall wollte es, daß er in die Reihe der Stände geriet, in denen die *Otsu-e*, die sogenannten Otsu-Bilder, für Pilger ausgelegt waren, die dort vorbeikommen. Die Otsu-e stellten eine Art primitive Volkskunst dar. Sie wurden nur an diesem Ort angefertigt, eben an den Ständen, an denen sie zumeist auch gleich ihre Käufer fanden, oft sogar nach Bestellung, vor deren Augen. Die Herstellungsmethode war einfach. Zwei, manchmal vier Blätter braunen Papiers wurden übereinandergeklebt und mit in Wasser aufgelöstem Ton als Grundierung eingestrichen. Dann skizzierte der Zeichner in heller Farbe den Umriß eines buddhistischen Heiligen. Der Kopf war vorerst oft nichts weiter als ein weißer Klumpen, und die Hand deutete ein Spritzer derselben Farbe an. Die Füße wurden als Rechtecke aufs Blatt gesetzt.

Die Schnelligkeit, mit der der Zeichner arbeitete, war verblüffend. Für ein Bild brauchte er weniger als acht Minuten, und es wäre wohl noch schneller gegangen, wenn nicht die Grundierung erst hätte trocknen müssen, ehe der nächste Arbeitsgang beginnen konnte. Daraufhin wurden mit einem feinen Pinsel und brauner oder schwarzer Farbe die Details der Zeichnung verfeinert.

Die Ursprünge dieser merkwürdigen Schnellmalerei waren unbekannt. Es gab ein Stück des Theaterdichters Chikamatsu Monzaemon, in dem ein Mann namens Matabi Mitsuki nach Otsu flieht und dort die heimische Jugend in klassischem Malstil unterrichtet. Da seine Schüler alles andere als große Künstler sind, werden die Otsu-e daraus.

Daß die Blätter mit der Zeit trotz ihrer Primitivität reißenden Absatz fanden, hatte mehrere Gründe. Die Leute, die durch das Dorf kamen und sie erwarben, um ihre armseligen Behausungen damit zu schmücken, glaubten an die magische Wirkung, die ihnen zugeschrieben wurde. Ein bestimmtes Blatt, verkehrt herum aufgehängt, sollte bewirken, daß der Säugling nachts ruhig durchschlief. Ein anderes Motiv sicherte angeblich Haus und Hof gegen Räuber.

Es gab allerdings noch einen weit wichtigeren Grund, der es nahelegte, eines dieser religiösen Kitschbilder zu erwerben. 1638 waren in Japan siebenunddreißigtausend Christen, die versucht hatten, sich in entlegenen Gegenden der Verfolgung durch die Regierung zu entziehen, zusammengetrieben und abgeschlachtet worden. Zwar lag dieses Massaker um die siebzig Jahre zurück, aber von da an war es vor allem auf dem Land üblich geworden, ein *Otsu-e* aufzuhängen, um so gegenüber den kontrollierenden Regierungsinspektoren seine Rechtgläubigkeit zur Schau zu stellen.

Als Seami sich in Otsu umsah, hatten in der Ikonographie schon Veränderungen stattgefunden. Es wurden nicht mehr ausschließlich Porträts des Buddha und der buddhistischen Heiligen hergestellt. Man war inzwischen dazu übergegangen, das Programm um weltliche Darstellungen zu erweitern.

Jenes Blatt nun, das Seamis Aufmerksamkeit erregte, als er sich die Auslagen an den Ständen betrachtete und den Malern bei ihrer Arbeit zusah, zeigte einen aufgeblasenen Standartenträger, der dem Zug eines Daimyo vorausschritt. Das Bild, dessen Anblick bei Seami sofort die Szenen des Massakers im Dorf seiner Eltern heraufbeschwor, stellte den Mann mit vorsichtiger Kritik dar, durchaus als eine unsympathische Gestalt, aber immer noch so, daß sich der Maler unter Umständen damit herausreden konnte, er habe lediglich die Wichtigkeit des Dargestellten betonen wollen.

An demselben Stand, an dem dieses Blatt auslag, arbeitete einer der Schnellmaler. Wenn sich Seami später an das, was dann geschah, erinnerte, verblüffte ihn seine Dreistigkeit. Er war geneigt, seinem Tun, das wie aus einem Reflex heraus erfolgte, eine gewisse Schicksalsträchtigkeit zuzuschreiben. Er hatte lange den Wunsch mit sich herumgetragen, selbst einmal ein Bild zu malen. Aber das war eben ein Wunsch gewesen, und zwar ein völlig irrealer. Und es war eine Sache, eine Flut von Bildern in sich zu sehen, die im Hirn wie bunte Schmetterlinge tanzten und von denen es immer mehr und mehr wurden, und eine andere Sache, dem Mann, der an dem Stand arbeitete, ein schon grundiertes Blatt, einen Pinsel und einen Napf Tusche zu entwenden und drauflos zumalen, aus jenem Impuls von Selbstvertrauen heraus, der sich in dem Satz »das kann ich auch« ausdrückt.

Was Seami da malte, war eine Gestalt, bekannt genug, um von jedem sogleich erkannt zu werden. Der Bursche hieß Benkai und war der Rüpel im Gefolge des mittelalterlichen Helden Yoshintsune. Acht Fuß groß und angeblich so stark wie hundert andere Männer, verspeiste er zu einer gewöhnlichen Mahlzeit zehn Kessel Suppe. Eine Zeitlang lebte er als Wanderprediger und kam von Kyoto aus über die Berge nach Otsu, wo er eine Glocke des Mi-Tempel am Berg Hoira stahl. Er schleppte sie zurück ins Lager jener Gruppe von Kriegermönchen, unter denen er lebte, aber die Glocke wollte nicht tönen, sondern zwitscherte, wenn man sie anschlug, immer nur: »Bring mich zurück nach Miidera!« Wütend geworden, nahm sie Benkai wie einen Wurfstein und schleuderte sie in Richtung des Klosters, aus dem er sie entführt hatte.

Die Zeichnung, die Seami rasch auf das Papier warf, stellte einen grimmig dreinschauenden Kraftprotz dar, einen Wicht mit rollenden Augen, die Glaskugeln glichen und ihm vor Wut fast aus dem Kopf fielen. Er trug Pluderhosen, die sich gewaltig bauschten, und ein Langschwert, von dem rechts und links von der Leibesmitte nur Griff und Spitze sichtbar waren. Die Glocke, fast größer als er selbst, hielt er über seinem kahlen Schädel, und man war sicher, im nächsten Augenblick würde er sie meilenweit über Berg und Tal schleudern.

Seami hatte nie zuvor etwas auf Papier gezeichnet oder in Holz geritzt, aber die Zeichnung war, gemessen an den Möglichkeiten des Genres, genial. Sie hatte Witz, bewies Konzentration auf das Wesentliche, einen Zug von grimmigem Humor und einen Schwung der Linien, die die Gestalt lebendig werden ließ.

Das erkannte auch einer der Pilger, ein, nach seiner Kleidung zu urteilen, wohlhabender Kaufmann, ein Kunstkenner offenbar, vielleicht auch ein ausgesprochener Liebhaber der *Otsu-e*, ein Sammler. Jedenfalls fragte er, noch während Seami malte, ihm über die Schulter zuschauend, um wie viele Momme er das Blatt erwerben könne. Dem Zeichner und Händler am Stand blieb einen Moment der Mund offenstehen. Gerade im Begriff, Seami zu beschimpfen, schluckte er und nannte dann im Tonfall geschmeidiger Höflichkeit einen Preis.

»Wenn der ehrenwerte Herr nur gestattet«, fügte er mit einem maliziösen Lächeln gegen Seami gewandt hinzu, »daß ich die Zeichnung erst noch vervollständige.«

»Aber sie *ist* vollständig«, beharrte der Kunde etwas unwillig.

Der Händler nahm Seami das Blatt fort, hielt es vor sich auf Augenhöhe, schüttelte verwundert den Kopf und sagte:

»Der ehrenwerte Herr hat völlig recht. Jeder weitere Strich wäre kein Schritt mehr auf dem Weg zur Vollkommenheit.«

Der Kaufmann zahlte und ging. Es war eine Summe, von der er, wie sich Seami ausrechnete, eine ganze Woche hätte leben können.

»Und nun zu dir, mein Junge«, sagte der Händler. »Wer hat dich so zeichnen gelehrt?«

Seami nannte auf gut Glück den Namen eines Malers, den er unterwegs einmal gehört hatte.

In den Blick des Händlers kam Bewunderung.

»Aber warum hat er dich gehenlassen?« fragte er mit einem Unterton von Mißtrauen.

»Er ist ein Ölmaler«, erwiderte Seami. »Ich möchte Holzschneiden lernen.«

»Das geschieht in unserer Werkstatt auch.«

»Könnte ich bei Euch bleiben?«

»Wir werden sehen. Zeichne mir erst noch ein paar Blätter«, forderte der Händler ihn auf.

»Sagt, was ich zeichnen soll.«

»Einen Buddha, einen Kampf von zwei Sumo-Ringern, das Geschäft eines Kleiderhändlers und eine schöne Frau.«

Seami ließ sich Zeit. Es gab Papier, soviel er wollte, es gab Tusche, es gab Pinsel in verschiedener Stärke. Der Händler schaute ab und zu auf das, was er gerade machte, und schüttelte den Kopf.

»Seid ihr nicht zufrieden? Ich bin lange gewandert. Da kommt man, was den Strich angeht, aus der Übung.«

»Du führst den Pinsel gewandter als ich, und ich betreibe dieses Gewerbe seit dreißig Jahren.«

»Mein Meister meinte auch, ich hätte Talent«, murmelte Seami im Tonfall hochmütigster Untertreibung.

Sein Gegenüber versprach sich offenbar von seinen Fähigkeiten Gewinn; jedenfalls wurden sie handelseinig. Gegen Kost und Logis wurde Seami als Lehrling in das Haus des Doshu aufgenommen. Die Werkstatt war ein Familienbetrieb zweier Brüder, von denen Mitsuyo Doshu Otsu-e entwarf und sich um den Verkauf kümmerte. Ihm war Seami am Straßenstand zu Anfang begegnet. Der andere Bruder hieß Fukai. Er war der Holzschneider und der Drucker der Werkstatt. Darüber hinaus spielten, während der Jahre, in denen Seami im Hause Doshu blieb, in seinem Leben noch zwei weitere Personen eine nicht unwichtige Rolle: Da gab es Gala, die Tochter Mitsuyos, ein bei Seamis Eintritt in die Firma fünfzehnjähriges Mädchen, und da war Masu, gleichaltrig mit Seami, ebenfalls als Lehrling angestellt, Sohn von Leuten, die in Otsu ebenfalls eine Werkstatt besaßen und wie die Doshu auf der Straße einen Verkaufsstand unterhielten.

Mitsuyo war, sobald er merkte, daß der Absatz stieg, wenn nicht er, sondern Seami zeichnete, darauf aus, ihn am Stand auf der Straße zu beschäftigen. Aber nach wenigen Wochen hatte dieser einen Vorrat an Otsu-e geschaffen, alles gut verkäufliche Blätter, und es war alles andere als Menschenfreundlichkeit, daß er Seami zu Fukai schickte. Fukai hatte seinem Bruder unter vier Augen zu verstehen gegeben, wenn er nicht riskieren wolle, daß sein Lehrling ihm wieder davonliefe, müsse er ihn das lernen lassen, wozu er gekommen sei, nämlich in Holz schneiden.

Bei Fukai lernte Seami zuerst einmal Zeichnen. Der Meister war unerbittlich. Er sah sofort Fehler und Schwächen, legte den

Finger darauf, lobte selten. Er ließ Seami, wie er es selbst als Lehrling auch getan hatte, endlos aus den üblichen Musterbüchern kopieren, ehe er damit anfing, ihm zu zeigen, wie man die Bilder auf den Druckstock aus Kirschbaumholz überträgt. Daneben ließ er ihn viel schreiben, denn er war der Meinung, daß man das rechte Empfinden für die Verteilung der darzustellenden Dinge auf dem Blatt am besten an Schriftzeichen erlerne.

Seami und Masu, der andere Lehrling, waren ein Herz und eine Seele, und dies in der Werkstatt wie auch in ihrer knapp bemessenen Freizeit. Sie liebten beide ihre Arbeit, waren ehrgeizig und im Unterschied zu den Prinzipalen experimentierfreudig und davon überzeugt, irgendwann durch ihre Blätter berühmt zu werden. Masu war der einzige Mensch, demgegenüber Seami eingestand, daß er sich in Gala verliebt hatte. Dem Mädchen gegenüber wagte er nicht einmal, es anzudeuten. Masu, der entschieden der vernünftigere der beiden jungen Männer war, sagte ihm, solche Gefühle solle er sich aus dem Kopf schlagen. Ein so schönes Mädchen wie Gala zu lieben bringe Unglück. Und überhaupt, erst müßten sie berühmt werden, dann würden sie sich schöne Frauen kaufen können und nicht darauf angewiesen sein, um Liebe zu betteln.

Wenn Seami später Zeichnungen betrachtete, die er zu dieser Zeit von Gala gemacht hatte, kam sie ihm weder schön noch faszinierend häßlich vor. Ein ziemlich durchschnittliches Geschöpf. Lediglich jene merkwürdige Zutat in ihrem Temperament, diese Neigung zu geheimem Vorbehalt, meinte er, in seinen Zeichnungen erahnt zu haben. Damals jedoch war sie für ihn eine Göttin gewesen. Es gab da keine Rivalität zwischen den beiden Freunden. Einerseits schien ihnen das Mädchen mit ihrer Aura von Eleganz und Verwöhntheit völlig entrückt, andererseits waren sie so etwas wie ihre Brüder. Wenn sie überhaupt einen Gedanken darauf verschwendeten, schien es ihnen ausgemacht, daß der Prinzipal seine Tochter irgendwann nach Kyoto verheiraten werde. Und sie würden von allen bewunderte Künstler sein, mit einer eigenen Werkstatt, und würden mit ihren Blättern so viel Geld verdienen, daß sie sich die schönsten Tanzmädchen in der Stadt leisten konnten.

Tatsächlich aber waren sie vor allem mit ihrer Arbeit beschäftigt, auch in ihren Träumen. Das große Problem, das es zu lösen galt, war die Frage, wie es gelingen konnte, farbige Holzschnitte zu drucken. Man war dazu übergegangen, die Schwarz-Weiß-Drucke zu kolorieren. Aber das war, wie jeder sah, der etwas davon verstand, nicht das Richtige. Fukai hatte recht, wenn er sagte, alles auf den Blättern werde sich verändern, sobald es gelinge, die Farben flächig zu drucken.

Wie häufig, gab es für das Große und Schwierige eine ganz einfache Lösung. Sie mußte einem nur einfallen. Wie oft hatte Seami mit Masu die denkbaren Möglichkeiten diskutiert. Sie hatten versucht, Gleichmäßigkeit und Tiefe der Farbflächen durch die Zusammensetzung der Tuschen und durch die Benutzung bestimmter Pinsel zu erreichen. Die Ergebnisse waren unbefriedigend. Sie hatten mit Stempeln experimentiert, mit Schablonen. Dann wachte Seami eines Nachts auf und wußte wie von selbst, was zu tun war. Er hatte es geträumt. Als er erwacht war, verharrte er einen Augenblick, weil er noch nicht sicher war, ob es vielleicht nicht doch nur ein Traumerlebnis sei. Nein, so mußte es zu machen sein. Er weckte Masu, der nur unwillig munter wurde.

»Ah, was ist denn? Schon Morgen?«

»Ich habe die Lösung.«

»Das glaube ich nicht. Laß mich weiterschlafen.«

»Nein, steh auf und hilf mir, es auszuprobieren.«

Sie schliefen in der Werkstatt, waren an Ort und Stelle.

Seami zeichnete das Bild mit Tusche zweimal auf durchsichtiges Papier.

»Warum zweimal?« fragte Masu verschlafen.

»Das wirst du gleich sehen.«

Auf beide Zeichnungen trug er rechts unten ein Kreuz ein. Er maß den Abstand zum Bildrand und übertrug das Kreuz auf die beiden Holzblöcke. Dann nahm er den Bogen Papier, auf den er die Zeichnung abziehen würde und versah auch ihn in entsprechendem Abstand von den Rändern mit dem Kreuz.

»Als Paßmarke, verstehst du«, sagte er. »Alles andere ist wie immer.«

Er bearbeitete beide Holzböcke mit Schnitzmesser und Stichel.

»Für jede Farbe einen«, erklärte er.

Nach ein paar Versuchen bekamen sie wunderbare Blätter.

»Das ist Gold, Gold, Gold!« jubelte Masu.

Sie druckten als zweite Farbe einmal rot, ein andermal blau. Es erwies sich, daß Fukai recht gehabt hatte. Die Flächigkeit der Farbe übertraf so jede Kolorierung mit dem Pinsel. Sie umarmten sich, ließen die farbigen Blätter auf der Druckpresse zurück und legten sich noch einmal schlafen.

Die Überraschung bei ihren Lehrherren war groß.

»Wehe, ihr verratet es jemandem, wie wir es machen«, sagte der Prinzipal.

»Seami hat es gemacht«, sagte Masu.

»Unsere Werkstatt«, betonte Fukai.

Mitsuyo legte ein paar zweifarbige Blätter versuchsweise am Stand aus. Sie wurden ihm aus der Hand gerissen. Er konnte nahezu jeden Preis dafür nehmen. Seami entdeckte Gier in seinem Gesicht. Fukai meinte, die Konkurrenz werde ihnen bald auf die Schliche kommen.

Vierzehn Tage später befand sich Seami mit einer Kiepe, in der vierzig farbige Blätter lagen, auf dem Weg nach Edo. Als er dort ankam, machte er eine ernüchternde Feststellung. Es waren schon zweifarbige Blätter auf dem Markt. Manche Holzschnitte hatten sogar vier Farben. Trotzdem verkaufte er alle Blätter, die er mitgebracht hatte, zu guten Preisen.

Er ging staunend in der Stadt umher. Er umwanderte den breiten Graben um die Burg des Shogun, sah die wachsenden Wohnviertel sowie Asakusa, das Paradies der einfachen Leute mit Läden, Tempeln und Schenken. Nach einem Streifzug durch die Läden der Kunsthändler wurde er sich darüber klar, daß sich noch mehr Geld machen ließ, wenn man erotische Szenen oder Porträts jener Kabuki-Schauspieler anzubieten hatte, die gerade in aller Munde waren.

Er wurde in wenigen Tagen zu einem passionierten Theatergänger, und er sah im Schlaf noch phantastischer, was er tagsüber in den Kabuki-Theatern erlebt hatte. Ein neuer Traum stieg in ihm auf. Er wollte Kabuki-Stücke schreiben und in einem der Stücke selbst als Schauspieler auftreten. Er stellte sich vor, eine Karriere in der Theaterwelt werde, wenn er sie anstrebe, bei ihm genau so erfolgreich verlaufen wie die als Holzschneider. Für Momente war er von grenzenlosem Selbstvertrauen, um sich Stunden später als Provinztölpel vorzukommen.

Um die nötigen erotischen Eindrücke für die Shunga zu gewinnen, suchte er außerhalb von Edo in Yoshiwara die einschlägigen Etablissements auf. Er verbrachte mehrere Nächte bei einer umgänglichen Dame namens Moka. Als sie hörte, daß er Holzschneider und Zeichner war, ging sie ins obere Stockwerk, um sich bei der Herrin des Hauses deren Sammlung an Shunga auszuleihen. Seami fand die Blätter, die sie ihm vorlegte, grob und komisch. Er dachte eine Weile nach, dann sagte er:

»Sie zeigen nur das, was ist; nicht, was man dabei fühlt und sich vorstellt.«

»Du kannst ja solche malen, bei denen auch noch die Gefühle sichtbar werden«, schlug ihm Moka vor.

»Weißt du«, antwortete er mit nachdenklicher Miene auf ihren eher spöttisch gemeinten Vorschlag reagierend, »genau dahin geht mein Ehrgeiz. Ja, so etwas möchte ich machen.«

Er kam nach Otsu zurück. Mitsuyo lobte ihn ob des vielen Geldes, das er heimbrachte.

»Wir können es gut gebrauchen«, sagte der Prinzipal. »Masu und Gala werden heiraten.«

Die Nachricht traf ihn wie ein Schlag. Gereizt stellte er Masu zur Rede. Der wollte nicht einsehen, daß sich Seami von ihm verraten vorkam. Er habe nichts unternommen, um auf die Eheschließung hinzuarbeiten, behauptete er. Seine Eltern hätten mit den Brüdern Doshu gesprochen. Es gäbe Pläne, die beiden Werkstätten zusammenzulegen, dafür sei diese Heirat die natürliche Voraussetzung.

»Du hättest dich widersetzen können«, schimpfte Seami.

»Den Eltern gehorcht man«, sagte Masu.

»Nun ja«, sagte Seami nachdenklich, »ich bin ohne Eltern groß geworden.«

In Galas Verhalten ihm gegenüber konnte Seami keine Veränderung feststellen. Er war zornig, traurig, aufbrausend, dann wieder stundenlang mürrisch und schweigsam.

Am Abend fand er eingerollt in seine Schlafmatte einen Zettel: »Ich erwarte dich heute unter der Weide im Garten.« Der Zettel trug keine Unterschrift. Er war sich sicher, daß ihn Gala geschrieben hatte.

Seami und Masu schliefen beide in der Werkstatt. Seami wartete, bis Masu, wie er meinte, eingeschlafen sei, dann schlich er sich hinaus. Tatsächlich war es Gala, die unter den herabhängenden Zweigen einer Weide stand.

»Also«, sagte er mürrisch, »was gibt es?«

Sie öffnete ihr Gewand. Sie war nackt. Sie lehnte sich zurück gegen den Stamm des Baumes. Er umarmte sie. Es war ein Vorgang von völliger Selbstverständlichkeit. Danach sagte sie:

»Ich wollte ihn nicht heiraten. Ich habe es ihm gesagt. Ich habe es meinen Eltern gesagt. Mein Vater hat nur gelacht. Meine Mutter hat geantwortet: Eine gute Tochter hat sich zu fügen.«

»Und du fügst dich«, stellte Seami fest.

»Gerade habe ich mich gerächt«, sagte sie und wischte sich das Blut ab, das über ihre Schenkel lief.

»Und was erklärst du Masu, wenn er dich in der Nacht nach eurer Hochzeit fragt, wie es kommt, daß du nicht mehr unberührt bist?«

»Ich werde meine Mutter fragen, was man in einem solchen Fall sagt«, erwiderte sie. »So wird sie es auch erfahren und sich ärgern. Aber sie wird mir etwas raten, weil sie keinen Skandal will. Bis zur Hochzeit ist es noch mehr als ein Mond. Ich werde bis dahin nachts in den Garten kommen, sooft du willst. Wir werden ein Zeichen vereinbaren.«

»Du weißt, daß sie dich und mich töten würden, wenn sie es entdecken?«

»Sei unbesorgt, selbst wenn sie es herausfinden, werden sie nicht laut davon reden. Die beiden Werkstätten haben, als du in Edo warst, einen Vertrag miteinander gemacht. Sie sind schon zusammengeschlossen. Das Haus Doshu stand vor dem Bankrott. Ich bin auf dem Altar der Firma geopfert worden, verstehst du?«

»Aber wieso ist die Firma in Schwierigkeiten? Ich habe in Edo glänzend verkauft.«

»Mein Onkel hat sehr teure Farben und teures Papier gekauft. Die Steuer für die Marktrechte wurde verdreifacht, seitdem wir die farbigen Drucke verkaufen. Während du in Edo warst, gingen die Verkäufe am Stand zurück. Der Reiz der Neuheit war vorbei. Es kam nicht genügend Geld herein. Ein Kredit meiner zukünftigen Schwiegereltern brachte die Rettung. Du weißt, daß sie sich immer auch als Geldwechsler betätigt haben.«

»Nein, das wußte ich nicht.«

»Ihr Sohn ist ganz Künstler und rümpft die Nase darüber. Es ist ihm peinlich, deswegen hat er dir wahrscheinlich nie etwas davon erzählt.«

»Warum laufen wir nicht dieser schachernden Bande gemeinsam davon?«

»Weißt du, um ganz ehrlich zu sein«, sagte Gala kokett, »meine große Liebe bist du nicht. Du bist ein netter und recht begabter Junge. Aber als ein bettelndes Paar über die Tokaido zu ziehen, das ist nicht meine Vorstellung von Glück. Sich so an ihnen zu rächen finde ich lustiger.« »Ich weiß nicht«, sagte Seami verlegen. Die Vorstellung, daß Gala sich ihm, ohne ihn zu lieben, hingegeben habe, stürzte sie als Göttin vom Thron. Dennoch traf er sich noch einige Male mit ihr nachts im Garten. Die Bitte, bei einer Mahlzeit dem anderen das Wasser herüberzureichen, war das verabredete Zeichen.

Eines Nachts kehrte Seami nach einem dieser Rendezvous in die Werkstatt zurück, als sich aus einem Versteck neben der Tür ein Arm vorschob und ihm jemand ein Messer an die Kehle setzte. Es war Masu.

»Verdammt«, sagte Seami, zog ein Knie an und stieß dem Angreifer in den Bauch, so daß dieser nach hinten taumelte. »Soweit ist es also nun gekommen, daß wir uns gegenseitig umbringen.«

»Du hast recht«, sagte Masu beschämt und legte das Messer neben sich auf die Matte. »Wir sollten miteinander reden.«

»Offenbar weißt du, daß Gala mit mir schläft«, stellte Seami fest.

»Ich weiß es vom ersten Tag an. Sie war seit eh und je in dich verliebt. Du entsprichst ihrer Vorstellung von einem Künstler. Ich bin in ihren Augen nur ein armseliger Handwerker ...«

»... und der Sohn eines Geldwechslers«, ergänzte Seami.

»Verdammt, ja, auch das. Ich werde verschwinden. Du kannst Gala heiraten. Wenn ich erst fort bin, werden die beiden Familien sich schon mit der veränderten Situation abfinden.«

»Nun einmal langsam«, sagte Seami heiser, dem vor Erregung immer noch die Knie schlotterten. »Wir sollten hier keinen Trümmerhaufen anrichten. Die Werkstatt, die zwei Familien. Mag Mitsuyo ein alter Gauner sein mit nichts als einem Rechenrahmen hinter der Stirn, aber zumindest Fukai schulden wir Dankbarkeit. Ich bin der Fremde. Mich wollen sie nicht. Du hingegen bist den

Doshus etwas wert. Wegen dir haben ihnen deine Eltern aus der Patsche geholfen. Weißt du, daß sie gegenüber deinen Eltern auch behauptet haben, du hättest das Paßzeichen erfunden. Gala hat es mir erzählt. Was meinst du, was ich zu hören bekäme, wenn du fortgingst und ich hierbliebe. Nein danke, mein Lieber. Nichts zu machen. Ich bin derjenige, der gehen muß. Seit ich in Edo gewesen bin, weiß ich, daß ich ein Stadtmensch werden möchte. Ich denke, trotz allem, was geschehen ist, wird Gala dir eine gute Ehefrau sein. Hast du mir nicht selbst einmal gesagt, Liebe brauche es in der Ehe nicht. Ist sie da eher hinderlich?«

»Es ist zum Kotzen«, sagte Masu. »Wir überbieten uns gegenseitig in Edelmut. Ich mache dir einen anderen Vorschlag. Wir würfeln. Wer gewinnt, kann bestimmen, was geschieht.«

Also würfelten sie. Seami gewann. Er sagte: »Ich gehe. Aber ihr werdet mich noch so lange ertragen müssen, bis ich ein paar gute Farbholzschnitte gedruckt habe. Von irgend etwas muß ich in Edo zu Anfang leben. Zwanzig gute Farbholzschnitte werden mein Kapital sein.«

Es waren alles Shunga, die sie druckten. Fukai sprach von »Schweinskram«. Masu erklärte ihm:

»Seami verläßt uns. Er wird sie mitnehmen.«

»Sie gehören der Werkstatt«, sagte Fukai streng. »Er wird sie stehlen müssen.«

Als sie mit den Shunga fertig waren, machte sich Seami an ein Tryptichon. Es war entschieden die anspruchsvollste Arbeit, die er bisher versucht hatte. Das erste Blatt zeigte Ushingawa, so der Knabenname des großen Helden Yoshitsune, wie er am Eingang zum Garten der Prinzessin Joruri Flöte spielt. Man sieht ihn in voller Größe in einem blauen Kimono, der die ganze untere Hälfte des Druckes füllt. In der Mitte des Druckes erhebt sich ein Tor mit gezackten Mustern, die zu den fließenden Linien des Mannes im Kimono einen wunderbaren Kontrast bilden. Im Garten selbst wartet die Zofe der Prinzessin. Sie hält eine Laterne, die den oberen Mittelteil des Druckes ausfüllt. Während sonst bei solchen Blättern das obere Drittel häufig frei blieb, zeigte Seami dort eine Tür mit Papierpanelen, hinter der die Gestalt der Prinzessin als Schatten auftaucht.

Das nächste Blatt zeigte Ushiwaka und die Prinzessin in dem

Augenblick, in dem sie sich auf der Schlafmatte niederlassen. Auf dem letzten Bild schließlich hatte er dargestellt, wie Ushingawa die militärischen Aufmarschpläne des Vaters der Prinzessin entwendet. Mit ihrer Hilfe wird er seinem Bruder Yoritomo zum Sieg verhelfen. Für Joruis Vater aber bedeutete ihr Verlust in der Zukunft Niederlage und Schande. Die Prinzessin wird Selbstmord begehen, aber ihr Name wandelt sich durch die vielen Lieder, durch Kabuki- und Puppenspiel, die dieses Thema aufgreifen, von einem bloßen Namen zum Synonym für Tragik und betrogene Liebe.

Seami machte nur zwei Abzüge von den drei Blättern. Einen davon schenkte er mit einer Widmung Gala und Masu. Den anderen verpackte er sorgfältig, um ihn mit nach Edo zu nehmen.

In der letzten Nacht traf Seami Gala noch einmal im Garten. Als er zurückkam, erklärte er Masu:

»Ich habe sie nicht berührt. Ich habe nur Abschied von ihr genommen. Ich bin immer noch nicht sicher, ob sie mich je geliebt hat.«

Masu holte eine Flasche Reisschnaps hervor, und sie tranken, bis der erste Schimmer des neuen Tages in den Fenstern zu sehen war. Ziemlich benebelt, suchten sie eine Weile nach den verpackten Holzschnitten. Vor der Tür der Werkstatt stand ein Binsenrucksack mit Proviant. Es war nicht schwer zu erraten, daß Gala ihn hingestellt hatte. So gingen sie alle in Frieden auseinander.

Aber es war, als wären die Glücksgötter mit Seami gewandert. In Edo angekommen, suchte er einen nach dem anderen jener Kunsthändler auf, bei denen er bei seinem ersten Besuch Blätter hatte verkaufen können. Der zweite Laden, in dem er vorsprach, gehörte einem gewissen Herrn Nokumora, der schon beim ersten Besuch seine Linien gelobt hatte. Während sie gerade das Triptychon betrachteten, erschien ein elegant gekleideter älterer Herr, den seine beiden Schwerter als Samurai auswiesen. Er mischte sich brüsk und hochfahrend in das Gespräch der beiden ein und sagte, er interessiere sich für die drei Blätter. Genau die seien ihm nicht feil, erwiderte Seami. Er hatte zwar vorgehabt, sie Nokumora anzubieten, weil er ihn schätzte und auf eine Summe hoffte, um für ein paar Wochen seinen Lebensunterhalt bestreiten zu können, aber die Miene des Mannes, der ihr Gespräch unterbrochen hatte, mißfiel ihm, und er war entschlossen, sich mit seiner Weigerung zu rächen und damit auch gleich dessen weitere Einmischung in ihre Unterhaltung zu unterbinden. Der andere aber begann in einem schnappenden Ton und immer noch ganz von oben herab Fragen zu stellen, woher Seami stamme, wie lange er sich schon in der Hauptstadt aufhalte, was seine Geschäfte hier seien, ob er Freunde und Bekannte in Edo habe. Seamis Zorn nahm zu. Was ging diesen Burschen das alles an. Er stellte eine verdrossen-abweisende Miene zur Schau, schüttelte zuerst nur den Kopf und sagte schließlich, als der Mann immer weiter fragte:

»Werde ich etwa steckbrieflich gesucht, und wollt Ihr Euch eine Belohnung verdienen?«

Der Samurai dachte gar nicht daran, dies als Abfuhr aufzufassen und Seami nicht weiter zu behelligen. Statt dessen machte er ihm Komplimente über seine Kunst, was Seami noch mehr reizte.

»Ich würde sagen«, stieß er hervor, »Ihr benehmt Euch ohne jede Kenntnis der Etikette. Man wundert sich, daß Ihr berechtigt seid, zwei Schwerter zu tragen.«

Er war auf eine heftige Reaktion des anderen gefaßt, aber der sagte: »Mit den beiden Schwertern hat es schon seine Richtigkeit, und glaubt mir, ich weiß sie auch zu führen, sofern ihre Benutzung vonnöten ist. Offenbar habt ihr schlechte Erfahrungen mit neureichen Laffen gemacht, die sich Holzschnitte nur kaufen, weil es derzeit Mode wird. Da ich Euch für einen ungewöhnlich begabten jungen Menschen halte, sehe ich Euch Eure Unfreundlichkeit nach. Wie Euch der ehrenwerte Herr Nokumora bestätigen wird, verstehe ich etwas von Kunstwerken und nenne eine sehenswerte Sammlung mein eigen. Wenn Ihr mir diese Blätter schon nicht verkaufen wollt, so macht mir wenigstens das Vergnügen, morgen abend mein Gast zu sein. Und habt die Güte, bringt die Blätter mit, damit ich sie dann wenigstens noch einmal für ein paar Augenblicke betrachten kann.«

»Ich weiß nicht«, brummte Seami mürrisch. »Ich kenne Euch nicht, Ihr kennt mich nicht. Ich sehe wirklich keinen Anlaß, Euch mit meiner Gegenwart zu behelligen.«

Da aber mischte sich der Händler ein und sagte: »Selbstverständlich wird Herr Seami es als eine Auszeichnung ansehen, Euer Exzellenz Gast zu sein.«

»Verdammt«, knurrte Seami zu Nokumora gewandt, als der Bewunderer seiner Kunst eine Viertelstunde später den Laden verlassen hatte, »was fällt Euch eigentlich ein, auf diese Weise über mich und meine Zeit zu verfügen?«

»Durfte ich ruhig mit ansehen, wie Ihr Euer Glück mit Füßen tretet? Habt Ihr eine Ahnung, wer das war? Fürst Rokoi ist einer der sechs geheimen Kämmerer des Shogun.«

»Und wenn schon«, schimpfte Seami, der wieder einmal an das Schicksal seiner Eltern erinnert wurde. »Ich bin nun einmal kein Freund dieser hohen Herren.«

»Er ist ein hoher Herr, aber er ist auch ein Connaisseur. Und er ist entschieden mein zahlungskräftigster Kunde. Also, was wollt Ihr? Weiter ein Hungerleben führen oder Muße haben, Euch Eurer Kunst zu widmen? Dieser Mann kann Euch jede Tür öffnen. Ich empfehle Euch, morgen pünktlich zur Stelle zu sein. Er wird Euch seine Sänfte schicken. Ich hatte auch schon einmal die Ehre. Euch bis morgen ein paar ordentliche Kleider zu besorgen wäre auch nicht verkehrt.«

»Dann gebt mir einen Vorschuß.«

»Was immer Ihr haben wollt«, sagte der Händler. »Verkauft mir die Shunga-Blätter. Nennt Euren Preis.«

Den Preis, den Seami für fünf der zehn Drucke verlangte, empfand er selbst als unverschämt. Der Händler zahlte, aber er machte eine Anspielung, daß der Preis ungewöhnlich hoch sei.

»Ihr werdet Käufer haben, bei denen Ihr den Betrag wieder hereinholt«, erwiderte Seami. »Daß Ihr die Summe zahlt, ist nur der Beweis für etwas, was mir bekannt ist, nämlich daß ich sehr gut bin.«

Er strich das Geld ein und wandte sich zum Gehen.

»Vergeßt Eure Einladung nicht. Ich meine es gut mit Euch«, rief ihm der Händler nach.

Gegen Abend des anderen Tages trug eine Sänfte Seami an einen Ort auf dem Land. In einem ausgedehnten Park lagen mehrere Gebäude. Fürst Rokoi besaß eine auserlesene Bibliothek und zwei, drei Wandschirme, bei deren Ansicht Seami der Atem stockte.

»Ihr werdet noch Zeit haben, Sie genau zu betrachten«, sagte Rokoi im Vorübergehen. »Heute würde man im Handel vergebens nach ihnen suchen. Sie stammen aus der Kano-Schule und sind über hundert Jahre alt. Der Künstler hat auf ihnen die Ankunft der Portugiesen dargestellt. Mein Urgroßvater hat sie damals erworben. Er hatte im Dienst des Kaisers mit der Überwachung der Fremden zu tun.«

Der Fürst führte Seami durch den Park, wies ihn auf diese und jene Baumgruppe hin, deutete auf Sträucher, die aus dem Ausland stammten, und ließ sich über jene Arbeiten im Park aus, die er nicht seinen Gärtnern überließ. Seami kam aus dem Staunen, an wen er da geraten war, nicht heraus. Über den Wandel der Jahreszeiten in dem Park, der sein Haus umgab, hatte der Fürst einen geistreichen Essay verfaßt. Er besaß eine eindrucksvolle Sammlung an Schwertstichen. Er beschäftigte eine Leibwache von zwanzig Mann und beherbergte auf seinem Anwesen einen Zen-Mönch, der seine Meditationsübungen überwachte, sowie einen Schwertmeister. In der Stadt war er über Mittelsmänner an einem der Ställe mit Sumo-Ringern der obersten Kategorie beteiligt.

Am Mittag des zweiten Tages, nachdem die beiden Männer eine leichte Mahlzeit eingenommen hatten, erschienen fünf Tanzmädchen und eine Koto-Spielerin, um sie zu unterhalten. Der Fürst sah und hörte sich ihre Darbietungen eher gelangweilt an. Dann fragte er Seami:

»Zieht Ihr es vor, mit Knaben oder mit jungen Mädchen das Kissen zu teilen?«

»Wenn Ihr mich so direkt fragt«, erwiderte Seami mit einer leichten Verbeugung, »sind mir Mädchen lieber.«

»Bei mir ist es gerade umgekehrt«, sagte der Fürst mit einem Lächeln. »Ich finde, es sollte sich in dieser Beziehung jeder von den Vorlieben leiten lassen, die die Natur in ihm angelegt hat. Ihr werdet sehen, ich habe Euch nicht zuviel versprochen, wenn ich sagte, daß Ihr Eurer Neigung entsprechend entzückt sein werdet.«

Er erhob sich und führte Seami wieder hinaus in den Park.

»Ich denke«, sagte der Fürst, als sie sich einem Pavillon näherten, der am Ufer eines kleinen Teiches lag, welcher jetzt zum Teil mit einer dünnen Eisschicht bedeckt war, »da Ihr in der Provinz gelebt habt, ist Euch vielleicht vieles an dem, was Ihr hier seht, neu. Darum gebe ich ein paar Erklärungen. Bitte, faßt dies nicht als Belehrung auf.«

»Oh, ich lasse mich gern belehren. Ich bin mir darüber im klaren, daß es auf der Welt für mich noch viel zu lernen gibt«, erwiderte Seami.

Der Fürst lächelte. »Nun denn«, sagte er dann. »Ihr müßt wissen: Jeder Teil eines Teehauses erfüllt einen bestimmten Zweck. Das vorstehende Dach soll an die Veränderlichkeit des Wetters und freilich auch an die des menschlichen Schicksals erinnern. Der Eingang ist so niedrig, damit auch noch die höchstgestellte Person sich bücken muß. Da, diese Trittsteine sollen an die Notwendigkeit der Achtsamkeit aufmerksam machen. Und dort das Wasser ist natürlich dazu da, sich den Schmutz der Welt von den Händen zu waschen.«

Sie traten ein, und Seami nahm den Duft von Räucherstäbchen wahr. Jemand mußte sie rechtzeitig in den kleinen mit Sand gefüllten Kasten gesteckt und angezündet haben. An der einen Längsseite des Raumes hing ein Sumi-e-Tryptichon, die beiden Brüder darstellend, die dem Leben der Reichen entsagt haben, um in Armut und Kontemplation zu leben. Der Fürst wies auf die weiße Wand gegenüber.

»Dort würde ich eure drei Szenen aus dem Leben des Ushingawa hinhängen, sofern Ihr bereit wäret, sie mir zu überlassen. Ich weiß, sie würden zu den Zen-Bildern einen krassen Gegensatz bilden. Aber ich glaube, man kann diese Spannung genießen. Ich sitze hier oft ganz allein, wenn ich nach meinen Amtsgeschäften aufs Land komme. Ihr seht gegenwärtig nur die stille Seite meines Lebens. Die andere ist anstrengend und voller Tücken.«

Fürst Rokoi war, so erfuhr Seami von dem Mädchen, mit dem er später das Kissen teilte, Mitglied des *Bakufu*, des herrschenden Militärrates. Es schien ihm dies eine gezielte Indiskretion, denn das war auch alles, was er vorerst über das Geheimnis, das über allem lag, in Erfahrung bringen konnte.

In den nächsten Tagen und Nächten kam er sich oft mehr wie ein Gefangener denn als ein Gast vor. Er konnte sich im Haus und im Park frei bewegen; er konnte in die Meditationshalle gehen, um Zazen zu praktizieren; er konnte die Bibliothek benutzen; ja, der Fürst hatte ihm sogar einen Arbeitsraum zur Verfügung gestellt. Aber immer, wenn Seami versuchte, das Areal des Besitztums zu verlassen, tauchte ein Mitglied der Leibwache auf und geleitete ihn höflich, aber entschieden zum Haus zurück. Im übrigen kam es ihm so vor, als werde er einer Art Prüfung unterworfen. Jedesmal, wenn er gegenüber dem Fürsten erklärte, er könne unmöglich dessen großzügige Gastfreundschaft noch länger in Anspruch nehmen, hieß es, wo er denn überhaupt hin wolle, er habe doch wohl in Edo noch gar keine Bleibe, ob es ihm denn hier draußen nicht gefalle?

Wenn der Fürst zu den Sumo-Ringern ging, nahm er Seami mit. Zweimal hatte Rokoi eine Gruppe von Nō-Schauspielern zu Gast. Immer noch grübelte Seami darüber nach, weshalb er hier festgehalten werde; stellte er Fragen, so erhielt er ausweichende Antworten. Es fehlte ihm an nichts, aber gerade das kam ihm unheimlich vor, und wenn er nachdachte, fand er keinen anderen Grund als den, daß sein Gastgeber so die Aushändigung des Tryptichons durchsetzen wollte, von dem er häufig mit schwärmerischen Worten sprach. Aber Seami dachte nicht daran anzudeuten, daß er, etwa durch die großzügige Gastfreundschaft genötigt, endlich bereit sei, die Blätter herzugeben. Es war eine Art Katz-und-Maus-Spiel, das sie miteinander trieben, aber Seami überlegte, daß es noch gar nicht ausgemacht sei, wer von ihnen dabei die Katze und wer die Maus war. Manchmal mußte er schmunzeln, wenn er sich vorstellte, daß er mit den Holzschnitten gewissermaßen für seinen Aufenthalt hier bezahlte.

Die Bibliothek des Fürsten war ausgezeichnet sortiert. Seami las einen historischen Roman aus dem 15. Jahrhundert, in dem beschrieben wurde, wie im Land Hungersnöte und Seuchen wüteten. Aus allen Himmelsrichtungen schleppten sich damals Sieche und Sterbende in die Hauptstadt, um vielleicht ein paar Krumen des sagenhaften Reichtums des Adels zu erhaschen. Ein buddhistischer Mönch hatte vor der Stadt ein Auffanglager aus Grashütten errichtet, in denen angeblich achtzigtausend Flüchtlinge gehaust hatten. An einem Tag trieben zwölftausend Leichen in den beiden Flüssen der Stadt. Der Kamakura-Fürst Yoshinmasa schien das allgemeine Elend kaum wahrzunehmen. Kaiser Go-Hanazono, der die Leiden seines Volkes sah, aber über keinerlei Geld zu deren Linderung verfügte, bediente sich eines traditionellen und altbewährten Mittels, um die Aufmerksamkeit des Shogun auf das Elend zu lenken. Er schickte ihm ein Gedicht:

Das leidende Volk kämpft um Gras auf dem Berg Shouyang.
Die Herde sind erloschen.
Die Bambustüren verschlossen.
Es ist Frühling, der zweite Monat.
Aber die Poesie schenkte keine Freude.
Für wen blühen die Farben im Land?

Die Antwort gab das nächste Kapitel. Es beschrieb Yoshinmasa bei den Vorbereitungen für jenes Frühlingsfest, auf das das Gedicht anspielte: Wie er im Kreise seiner Höflinge die neue Blumenpracht bewunderte und mit goldenen Eßstäbchen im Freien speiste.

Seami dachte an Tage, an denen er gehungert hatte, ehe er zu dem Ronin gekommen war, auf der Vagabundage danach. Er wußte, was Hunger hieß. Aber er empfand nicht das geringste schlechte Gewissen bei den kulinarischen Leckerbissen, die er unter dem Dach des Fürsten genoß. Er dachte vielmehr: Ich werde mir hier Fett anfressen, denn er kannte das Gesetz der Schwankenden Welt.

Auch sonst ließ er es sich wohl ergehen. Er machte Skizzen vom winterlichen Park, und er porträtierte den Zen-Mönch, der seine Sitzhaltung bei der Meditation korrigierte.

Endlich, an einem Nachmittag, an dem Schnee gefallen war, forderte ihn der Fürst wieder einmal zu einem Spaziergang durch den Park auf. Es war ein klarer sonniger Tag nach einer längeren Zeit mit Nieselregen und Nebel. Sie gingen eine Weile schweigend nebeneinander her. Seami war in Gedanken noch bei einer Bemerkung des Mönchs, der ihn aufgefordert hatte, zu versuchen, sich die Stille hinter der Stille vorzustellen, als der Fürst, der ziemlich klein von Gestalt war und immer etwas gebeugt ging, sich sichtbar straffte und sagte:

»Natürlich werdet Ihr Euch gewundert haben, wieso ich Euch so lange hier festhalte. Um ehrlich mit Euch zu sein, es geschah weder aus Großzügigkeit noch allein aus Bewunderung für Eure Kunst, derer ich Euch, unabhängig von meinen anderen Absichten, dennoch versichere. Alles, was Ihr von nun an erfahrt, unterliegt strengster Geheimhaltungspflicht. Nehmt diesen Hinweis ernst: Wenn Ihr zu jemandem plaudert, könnte das Euren Kopf kosten. Selbst meine Fürsprache würde Euch dann wenig helfen.

Der Shogun ist der Meinung, der Stand der Samurai verderbe durch Untätigkeit. Daß die Kaufmannschaft sich einem skandalös zu nennenden Luxus hingibt, ist ein offenes Geheimnis. Der Herrscher findet, der lange Friede führe zu Verweichlichung und Dekadenz. Er hat im Bakufu vorgeschlagen, die Voraussetzungen für eine neue Invasion auf dem westlichen Festland zu prüfen. Er träumt von der Unterwerfung Chinas und von einer Landverbindung zu den Barbaren im Westen. Ich gehöre zu jenen Leuten im Staatsrat, denen es darum zu tun ist, den Frieden zu erhalten. Ihr wißt um den unglücklichen Ausgang der beiden Unternehmungen vor über hundert Jahren unter Hideyoshi. Ob nun die eine oder andere Partei sich durchsetzt, ist völlig offen. Er wird nicht zuletzt von zuverlässigen Berichten über die Lage am Kaiserhof in Beijing und an der Westgrenze des chinesischen Reiches abhängen, um die wir verlegen sind. Natürlich haben wir Agenten im Reich der Mitte, die uns laufend mit Meldungen versorgen. Aber im Hinblick auf die Kaisernachfolge und die Lage an der Westgrenze sind unsere Informationen eher spärlich.

Wir haben deswegen beschlossen, wieder einmal eine Gesandtschaft an den Hof des Himmelssohns zu entsenden. Es werden ihr Schauspieler angehören, zwei Sumo-Ringer. Dann haben wir auch an einen Maler oder Zeichner gedacht. Alle sollten Könner auf ihrem Gebiet sein, zugleich aber werden wir sie als Agenten ausbilden lassen und einen jeden mit besonderen Aufgaben betrauen. Einer unserer fähigsten Leute des Geheimdienstes wird der Gesandtschaft in der Rolle des Regisseurs eines Nō-Theaters angehören.«

Der Fürst schwieg während einiger Schritte. Dann fuhr er fort: »Nun, ich bin ermächtigt, Euch zu fragen, Seami, ob Ihr bereit wäret, an dieser Mission teilzunehmen. Wir haben natürlich, ehe diese Aufforderung durch mich an Euch ergeht, Nachforschungen über Euch angestellt. Ihr habt in der Provinz gelebt, Ihr seid ein unbeschriebenes Blatt, Ihr seid ein begabter Künstler, Ihr habt keinen weiteren Bekanntenkreis in Edo. Ihr seid, erlaubt mir diese Feststellung, von einer natürlichen intellektuellen Neugier, die bei einem Maler keinen Verdacht erwecken wird. Kurzum, Ihr wäret in unseren Augen für die Gesandtschaft geradezu prädestiniert. Es liegt nun an Euch ›ja‹ oder ›nein‹ zu sagen.«

»Was würde geschehen, wenn ich ›nein‹ sagte?« fragte Seami nach einigem Nachdenken.

»Ich fürchte, wir müßten Euch, bis nach der Rückkehr der Gesandtschaft..., wie soll ich sagen?... aus dem Verkehr ziehen.«

»Und was habe ich darunter zu verstehen?«

»Wir müßten Euch in diesem Fall auf die Kurilen schicken und Euch mit einer Inventarisierung der dortigen Fauna und Flora beauftragen«, sagte der Fürst mit einem Lächeln, den Einfall genießend.

Die Art und Weise, in der da über ihn verfügt wurde, empörte Seami. Aber seine Neugier drängte ihn doch, in Erfahrung zu bringen, was sein Auftrag sein werde, wenn er sich für das chinesische Abenteuer entschloß. Er fragte, und was er hörte, erstaunte ihn nicht weniger als der Einfall des Fürsten, ihn unter Umständen in das barbarische Nordland zu schicken.

»Ich weiß nicht«, begann Rokoi, »ob Euch der Name Dung Huang etwas sagt.«

Seami schüttelte den Kopf. Er hatte das Wort nie gehört.

»Nun«, erklärte ihm der Fürst, »es ist dies der Sitz des Gouverneurs für den fernen Westen, dem eine ganze Reihe von Militärbefehlshabern unterstehen. Sein Machtbereich geht bis zum Yü-Men, der Befestigung am Jadepaßtor, die von jeher als chinesische Grenz- und Zollstelle nach Westen eine ganz besondere Bedeutung hatte. Hier waren und sind die chinesischen Einsatztruppen stationiert, die bei Nomadenüberfällen den Schutz der Stadt Dung Huang und damit die Sicherung der gesamten Provinz Gansu übernehmen. Ihnen obliegt auch die Kontrolle und in Zeit der Gefahr die Bewachung und der Schutz der Karawanen, die über die Seidenstraße nach Westen ziehen oder von dorther chinesische Gebiete erreichen.

Da die im Nordwesten stationierten Truppenkontingente zum großen Teil aus fernsten Provinzen stammen und mit deportierten Verbrechern aufgefüllt sind, haben es die Kommandeure schwer, sich durchzusetzen und im Ernstfall den vollen Einsatz ihrer Soldaten zu erzwingen. Darüber wollen wir mehr wissen. Ihr solltet auch in Erfahrung bringen, wie es in den halbautonomen Stadtstaaten des Tarimbeckens aussieht. Ob die Turkvölker zu einem konzertierten Angriff an der Westgrenze zu bewegen sind?«

»Aber welche Voraussetzungen bringe gerade ich mit, das zu erkunden? Ich bin kein Diplomat. Ich kann nicht einmal Chinesisch.«

»Die besten«, erwiderte der Fürst lachend. »Ihr müßt wissen, daß die Chinesen sich in dieser Gegend von niemandem gern in die Karten schauen lassen. Kein Ausländer, es sei denn, er komme mit den Karawanen aus Westen, erhält einen Paß für diese Gegend.«

»Dann werden sie doch wohl einem Japaner erst recht keinen geben, oder?« warf Seami ein.

Der Fürst nickte. »So klingt es logisch. Aber, was meint Ihr, warum ich vorgeschlagen habe, gerade einen Maler mitzuschikken? Gut, er wird eine Mappe mit Shunga für den Kaiser übergeben. Ein Geschenk unseres Herrschers. Aber Ihr werdet meine Überlegungen erst voll und ganz verstehen, wenn ich Euch noch etwas mehr über Dung Huang erzähle. An diesem Ort am Ende der Welt gibt es nicht weniger als 492 Höhlen. Alle sind ausgemalt. Nicht nur mit buddhistischen Themen, sondern auch mit Fresken, die nahezu alle Lebensbereiche im Reich der Mitte zwischen dem vierten und dem zwölften Jahrhundert abbilden. Ein Künstler hätte allen Grund, als Bewunderer der chinesischen Malerei zur T'ang-Zeit dort Studien treiben zu wollen. Vielleicht würde man Euch also die Erlaubnis zu einer solchen Reise erteilen, sofern Ihr bei Hofe nur genügend Enthusiasmus zur Schau stellt. Unterwegs könntet Ihr Informationen sammeln. Ich sagte Euch ja, wir wissen über die Zustände dort so gut wie nichts. Allein die Namen der Regierenden, die Machtverhältnisse, die Stimmung unter der Bevölkerung in bezug auf die Chinesen: all das wäre wichtig zu wissen hinsichtlich einer Invasion von Korea aus.«

Seami blieb stehen und sah dem Fürsten ins Gesicht.

»Ihr wollt die Invasion nicht, habt Ihr vorhin gesagt, oder? Stabile Verhältnisse an der Westgrenze wären also ein Argument zu Euren Gunsten.«

»Versteht mich nicht falsch«, antwortete der Fürst. »Gewiß, ich bin dafür, daß der Friede erhalten bleibt. Aber Kenntnisse über die Zustände in diesem Teil des chinesischen Reiches wären, auch wenn diese Invasion nicht stattfindet, für uns von großer Bedeutung. Selbst, wenn man Euch nicht nach Dung Huang reisen läßt, werdet Ihr am Hofe in Beijing das eine oder andere zu hören bekommen, was uns höchst wichtig ist.«

Der Fürst merkte wohl, daß Seami immer noch zögerte. Er fuhr fort:

»Glaubt mir: Die Fresken von Dung Huang sind großartig. Selbst mich würden sie locken, wenn ich hier fort könnte. Ein Bilderbuch der T'ang-Zeit. Jede Tätigkeit der Menschen von der Wiege bis zur Bahre ist abgebildet.«

»Und wie ist es zu diesen Fresken gekommen?«

»... Stiftungen von Kaufleuten, deren Karawane nach Westen unterwegs war. Ich stelle mir vor, sie beteten zum Buddha: Bringst du meine Waren durch, lasse ich dir einen Bodhisattva pinseln. Nun, also: Wollt Ihr noch Bedenkzeit? Bis morgen sollte ich Eure Antwort wissen.«

Drei Tage später reiste Seami zum Anwesen eines anderen vornehmen Herrn in der Nähe eines Hafens an der Westküste ab. Dort traf er mit den übrigen Angehörigen der Gesandtschaft zusammen. Es waren dies vier Nō-Schauspieler, drei Musiker, der Regisseur Meia, der einzige Ninja-Profi in der Gruppe, und die beiden Ringer Taifun und Tigerkralle. Hauptfächer bei der Ausbildung, und für alle Mitglieder der Gesandtschaft obligatorisch, waren »Chinesisch im Dialekt der Nordprovinz« und »Höfische Etikette«. Freiwillig konnte man »Landeskunde«, »chinesische Philosophie« und »Geschichte« belegen.

Es war im Fach »Geschichte«, daß ihnen ein über Korea nach Japan geflohenes Mitglied der Ritenkommission am Hof von Beijing die Lebensgeschichte des mächtigsten Mannes im chinesischen Reich schilderte. 1666 hatte ein Heer chinesischer Banditen Beijing gestürmt und den letzten Kaiser der Ming-Dynastie zum Selbstmord gezwungen. Der Urgroßvater und der Großvater des gegenwärtig regierenden Kaisers Kangxi hatten die mandschurischen Stämme im Norden vereint und auf der Grundlage einer seßhaften Bauernschaft eine zentralisierte Militärorganisation geschaffen. Sie hatten die benachbarten Mongolen unter ihre Herrschaft gebracht und sich die Loyalität jener Chinesen zu sichern gewußt, die nördlich der Großen Mauer lebten. Daraufhin waren sie mit einer Armee berittener Bogenschützen in Beijing eingefallen. Schon unter dem jungen Kaiser Shunzi, dem Vater Kangxis, gründeten sie das Herrscherhaus der Quing. In der Politik Kangxis hielten sich das Bestreben nach Konsolidierung und nach Expansion die Waage. Er war ein begeisterter Jäger. Auf seinen weiten Jagdausflügen nahm er Tausende von Soldaten mit, um mit ihnen im Verband Bogenschießen und Reiten zu trainieren. Er eroberte die Insel Taiwan, und er besiegte die Russen bei der Festung Albazin, die er nach der Einnahme schleifen ließ. In den neunziger Jahren führte er im Westen und Nordwesten langandauernde Feldzüge gegen die Dsungaren. Sein großer Widersacher war dabei der Kriegsfürst Galdan, den er jagte und verfolgte, und es hieß, er habe es als die glücklichste Stunde seines Lebens bezeichnet, als die Nachricht von Galdans Selbstmord in Beijing eingetroffen sei.

Kangxi hatte sein Reich, in dem bei seiner Amtsübernahme um die 150 Millionen Menschen lebten, mit einem durchorganisierten Verwaltungssystem überzogen. Die Provinzen waren in Präfekturen unterteilt. Eine Präfektur umfaßte mehrere Kreise mit etwa hunderttausend Menschen, denen als höchster Beamter ein Magistrat vorstand. Seine Hauptaufgabe bestand darin, eine Steuer auf die wirtschaftliche Nutzfläche zu erheben. Diese Steuer erbrachte den enormen Gegenwert von etwa 27 Millionen Unzen Silber. Zudem hatten die Magistrate in ihrem Kreis für Recht und Ordnung zu sorgen. Sie waren in ihr Amt über eine Stufenleiter von Examen gelangt, bei denen vor allem ihr Wissen in den Werken der konfuzianischen Klassiker geprüft wurde.

Als eine große Schuld des Kaisers, die nach eigenem Eingeständnis seine Seele belastete, galt der sogenannte Krieg gegen die Drei Fürsten. Als Belohnung für jene Truppen, die von den Fürsten beim Sturz der Ming-Dynastie zur Verfügung gestellt worden waren, hatte man sie mit großen Gebieten in Süd- und Westchina belehnt. Im Laufe der Zeit waren sie jedoch zu unabhängig und mächtig geworden. Der Kaiser hatte sich über den Rat seines Hofes hinweggesetzt und versucht, sie zum Verlassen ihrer Lehnsreiche und zur Übersiedlung in die Mandschurei zu bewegen. Dies hatte zu einem vierjährigen Bürgerkrieg geführt, in dessen Verlauf dem einfachen Volk, also vor allem den Bauern, schwere Lasten auferlegt worden waren.

Die im Land als Legaten des Papstes operierenden Jesuiten hatte Kangxi seit seiner Thronbesteigung mit vorsichtigem Wohlwollen behandelt, nicht zuletzt, weil deren physikalisches, medizinisches, astronomisches und kartographisches Wissen seine Neugier erweckt hatte.

Der Kaiser galt als tolerant und großzügig. Er ließ bei der Abfassung eines von ihm in Auftrag gegebenen Geschichtswerkes Gelehrte mitarbeiten, die der Ming-Dynastie weiter treu ergeben waren und die Mandschu als Usurpatoren betrachteten. Daß seine menschenfreundlichen Tugenden Grenzen kannten, bewies der Fall des brillanten Geschichtsschreibers Dai Ming Shin, der die Prinzipien der freien Forschung konsequent angewendet hatte. Er war wegen Landesverrats angeklagt und hingerichtet worden.

Im privaten Bereich war der Kaiser von einer, wie der Berichterstatter fand, übertriebenen Zuneigung gegenüber seiner Großmutter und seinem Sohn Yinreng, einem seiner insgesamt 56 Kinder. Yinreng wurde als Nachfolger auf dem chinesischen Kaiserthron erzogen. Alle Aufmerksamkeit richtete sich auf ihn, und so war es nicht weiter verwunderlich, daß er zum Zielpunkt verwikkelter höfischer Intrigen wurde. Noch nicht lang zurück lag eine Affäre, bei der der Prinz in den Verdacht der Homosexualität geraten war. Sein Vater hatte in diesem Zusammenhang einen Koch und zwei Diener hinrichten lassen und unter der Hand den Auftrag gegeben herauszufinden, wer der Anführer derer gewesen war, die in Südchina Knaben ihren Eltern abgekauft hatten.

Als ein Mandschu, der die chinesische Schrift erst als junger Mann gelernt hatte, war der Kaiser sehr stolz auf seine literarischen Hervorbringungen. Von vielen Enttäuschungen gebeutelt und von Gebrechen des zunehmenden Alters geplagt, war er ein pragmatisch handelnder, wissensdurstiger, aber auch mißtrauischer alter Mann geworden, der Erfolge bei Frauen, auch wenn sie nur durch seine Autorität als Himmelssohn zu erreichen waren, für sein Selbstvertrauen brauchte. Über seinen Gesundheitszustand war bekannt, daß er unter Kreislaufbeschwerden und Beinschmerzen litt und hin und wieder von Ohnmachtsanfällen heimgesucht wurde.

Neben dem Kaiser als Menschen war den Mitgliedern der Gesandtschaft auch der Kaiser als Würdenträger dargestellt worden. Die Thronbesteigung erhob Kangxi über die gewöhnlichen Sterblichen. Und der chinesische Gewährsmann hatte seinen Zuhörern dargelegt, wie alle chinesischen Geschichtsschreiber von jeher bestrebt gewesen waren, die menschlichen Züge des jeweiligen Kaisers im Sinn der durch die Überlieferung sanktionierten Muster kaiserlichen Verhaltens zu verklären. In seinem Amt war Kangxi symbolischer Mittler zwischen Himmel und Erde. Ein großer Teil seiner Zeit war damit ausgefüllt, rituelle Handlungen zu vollziehen. Er hielt in der Verbotenen Stadt Hofaudienzen ab, sprach am Himmelaltar Gebete, wohnte den Disputationen der Hofgelehrten über die konfuzianischen Klassiker bei und opferte in den schamanischen Heiligtümern seiner mandschurischen Ahnen. Fast jede Einzelheit im Leben des Kaisers wies auf seine Einzigartigkeit und Überlegenheit über die normalen Sterblichen hin. Er allein saß oder stand jeweils so, daß er nach Süden blickte. Alle Untertanen und Landesfremde mußten sich, wenn sie sich ihm näherten, im rituellen Kotau niederwerfen. Der Kaiser allein durfte das Wort *zhen* (Ich) gebrauchen, einzig der Kaiser schrieb mit roter, alle anderen mit schwarzer Tusche. Die beiden Schriftzeichen seines Jugendnamens waren im ganzen Reich tabu, während die Zeichen für »Kaiser« in jedem Schriftstück, in dem sie vorkamen, höher gestellt werden mußten als alle anderen Zeichen des Textes.

Es hatte Kaiser gegeben, die solche Privilegien dazu benutzt hatten, einen Schutzschirm zwischen sich, dem engsten Kreis ihrer Umgebung und der Welt der normalen Sterblichen aufzubauen. Kangxi aber schien, nach den Schilderungen zu urteilen, jemand zu sein, der zwar den Traditionen seines Amtes gerecht zu werden versuchte, der sich aber nicht scheute, neben den von ihm zu praktizierenden Riten und Reichsgeschäften auch recht offen seine privaten Gedanken und Gefühle kundzutun. Er sei aufgeschlossen für nützliche Errungenschaften aus dem Westen, ziehe aber dort strenge Grenzen, wo die Gefahr bestünde, daß dadurch chinesische Traditionen aufgeweicht würden. Seine Offenheit, seine Verbindlichkeit dürften nicht darüber hinwegtäuschen, daß er letztlich doch immer politisch entscheide.

Das Reich der Mitte hatte in seiner langen Regierungszeit eine Epoche der Konsolidierung und des relativen Wohlstandes erlebt. Unter ihm waren die Nachkommen der kriegerischen mandschurischen Eroberer zu kultivierten Chinesen geworden. Die große Frage, die China seinen Nachbarn aufgab, war, was nach dem absehbaren Ende der Lebenszeit des Kaisers geschehen, welche der Hofparteien, welcher seiner Söhne sich durchsetzen würde.

Nach all diesen Informationen hatte Seami gemeint, wohlpräpariert zu sein, als die Gesandtschaft nach Beijing aufbrach. Unter seinen Mitreisenden war es vor allem der Sumo-Ringer Taifun, mit dem sich eine nähere, fast freundschaftliche Beziehung ergeben hatte. Dieser Taifun, wie sein Sumo-Name lautete, war ein Mann aus dem Schneeland, der zunächst dadurch auffiel, daß er für jede Lebenslage einen Spruch bereit hatte, der aus einem strategischen Lehrbuch der Chinesen stammte. Man konnte ihn sagen hören, man solle die Akazie schelten, dabei aber auf den Maulbeerbaum zeigen, oder, nun bleibe beileibe nichts anderes übrig, als das Brennholz heimlich unter dem Kessel eines anderen wegzunehmen. Es gab insgesamt einen Katalog mit 36 solcher listenreichen Anweisungen; Taifun kannte sie alle auswendig, und sie wurden immer wieder treffend angewendet.

Andererseits gab es etwas Merkwürdiges: Obwohl Seami lebhaftes Interesse für das Theater aufbrachte, die Nō-Schauspieler und ihre Musiker gaben sich ihm gegenüber reserviert. Seine Neugier für ihre Kunst schien ihnen suspekt. Taifun hingegen empfand es wohl als eine Art von Auszeichnung, daß ein Maler sich mit seinesgleichen abgab, ihm Fragen zu seinem Sport stellte und ihn auf der Überfahrt auch mehrmals bei seinen Lockerungsübungen auf Deck gezeichnet hatte. Seither empfand sich dieses Gebirge aus Fleisch als Seamis Beschützer.

Einmal sprachen sie über das Ringen, und Seami, der mit dem Fürsten häufig die sogenannten Ställe der Ringer, aber auch Wettkämpfe besucht hatte, fragte ihn, weshalb er eigentlich Gefallen an diesem Sport gefunden habe. Abgesehen davon, daß er, Seami, wohl wisse, der Kampf gehe auf ein altes Ritual zurück, habe er seinen Sinn nie recht begriffen.

»Ihr seid ein eigenartiger Mann«, erwiderte der Ringer. »Diese Frage hat mir noch nie jemand gestellt. Laßt mich nachdenken, wie ich es Euch erkläre.«

Taifun nahm für eine Weile jene hockende Stellung ein, mit dem die Ringer den Beginn des Wettkampfes erwarten. Dann richtete er sich wieder auf und sagte:

»Es ist, weil sich alles im Augenblick entscheidet. Eine unerhörte Konzentration auf den Bruchteil eines Augenblicks. In diesem Moment müßt ihr Euch in eine absolute Lebendigkeit versetzen, sonst könnt Ihr nicht siegen. Aber wenn Ihr diesen Zustand erreicht, ist das eine Art von Glück, gleichgültig ob Ihr nun siegt oder verliert.«

Ein scharf ausgerufener Befehl riß Seami aus seinen Gedanken. »Zum Kaiser!« hörte er. Das konnte nicht ihm gelten. Er fühlte sich nicht betroffen. Vor ihnen warteten noch sechs oder sieben Gruppen.

»Die japanische Gesandtschaft?« fragte jemand. »Welcher ist der Maler?«

»Der bin ich!« brachte Seami eingeschüchtert heraus und sah sich hilfesuchend unter seinen Kollegen um.

Sie lachten auch. »Der Kaiser verlangt nach ihm!« echoten sie.

»Was hat das zu bedeuten?« murmelte Seami und sah Taifun an.

Es waren zwei kaiserliche Boten, die da keuchend standen, Männer mit roten Bändern um Kopf und Arme. Sie machten eine Handbewegung, die auf Eile drängte. Schon rannte Seami hinter ihnen drein, an den Gruppen der Wartenden entlang, die Rampe hinauf, durch die Säulen, in einen großen Raum, der dicht mit Menschen gefüllt war und im Halbdunkel lag. Im Hintergrund sah er ein paar glühende Punkte, wie Leuchtkäfer in der Nacht. Dann erkannte er, daß es verglimmendes Räucherwerk war. Er wurde vorangestoßen, an Menschen vorbei, die murmelnd zur Seite wichen.

Dann stand er vor einem Mann, den er auf etwa sechzig Jahre schätzte. Er trug eine flache rote Mütze und ein mit einem Glücksdrachen bemaltes Obergewand. Was Seami als erstes auffiel, waren die Augen, schmale Dreiecke, die belustigt dreinschauten. Am Kinn saß ein Spitzbart, und um den Hals trug der Mann eine Kette aus hölzernen Gebetsperlen. Dahinter, etwas verdeckt, stand ein Mann mit einem mehligen Gesicht, auf dem ein ständiges Feixen lag. Die Gestalt ließ Seami an einen Koch denken, vielleicht, weil sie ganz in Weiß gekleidet war, mit einer hohen weißen Mütze, die wie ein Haufen Eierschaum wirkte.

»Komm her«, sagte der Mann, der auf dem Thron saß, nicht unfreundlich. Erst in diesem Augenblick begriff Seami, daß es der Kaiser war. Er zögerte. Er hatte die Niederwerfung vergessen, holte sie aber sofort nach. Ein Diener sprang hinzu und griff nach der Ledermappe, die er dabei losgelassen hatte. Der Teppich, auf den er sein Gesicht preßte, roch nach Staub und Räucherwerk.

»Ah, laß das doch«, hörte er den Kaiser sagen. »Du bist Maler?«

»Holzschneider, Majestät.«

»Was hast du da in der Mappe?«

»Ein Geschenk des Shogun an den Sohn des Himmels.«

»Laß sehen.«

Der Diener öffnete die Mappe und reichte dem Kaiser eine Shunga nach der anderen hin. Dem Gesichtsausdruck des Kaisers war nicht zu entnehmen, ob ihm die Blätter gefielen oder nicht. Er betrachtete sie ruhig, gelassen, ohne Anzeichen von Erregung.

»Die Unordnung der Natur zähmen«, ging es Seami durch den Kopf. Das war also der Mann, der das Zopfedikt erlassen hatte. Er riskierte einen prüfenden Blick in dieses Gesicht. Ein pragmatischer Mensch, dachte Seami.

»Hast du das gemalt?« fragte der Kaiser und hielt das Blatt »Samurai mit einer Kurtisane« hoch. Das Tryptichon, auf das er so stolz gewesen war, hatte Seami damals zum Abschied dann doch dem Fürsten geschenkt. Nun ging auch dieses Blatt fort. Es gefiel ihm wie kein anderes seiner Werke. Hier war ihm genau das gelungen, was er sich damals bei der Prostituierten in Yoshiwara vorgenommen hatte. Er selbst hieß das Blatt still; es war ganz und gar unsensationell und besaß jene unaufdringliche Zärtlichkeit und Intimität, die er hatte erzielen wollen. Es war gar nichts Modisches daran. Es war ganz und gar er selbst. Aber immer verlor er seine besten Blätter an diese hohen Herren, die er in der Tiefe seiner Seele haßte; immer mußte er sie ihnen hinschenken. Er tröstete sich damit, daß es schlimmer hätte kommen können: die Blätter durch Feuer vernichtet, von Barbaren zerstört. Der Schmerz über den Verlust schien in ihm zu versickern. Er spürte, seine Aufregung war vergangen.

Abgesehen davon, daß einen dabei ein Dutzend und mehr Leute anstarrten, war es eigentlich gar nichts so Besonderes, vor dem Kaiser zu stehen. Erst jetzt, da sein Beobachtungsvermögen wieder voll einsetzte, bemerkte er, daß neben dem Stuhl des Kaisers zwei Langnasen standen. Beide trugen glatte schwarze Gewänder, die ein steifer weißer Kragen gegen den Hals hin abschloß. Es waren christliche Priester. Er erkannte sie nach den Bildern, die er in seiner Heimat bei dem Fürsten gesehen hatte.

Der Kaiser warf einen Blick auf ein weiteres Blatt, das ein Paar mit kompliziert ineinander verschlungenen Gliedmaßen zeigte. Seami meinte, in seinem Gesicht den Anflug eines Lächelns wahrzunehmen. Belustigung? Es wäre zu schön, dachte er, wenn er Sinn für eben die Komik hätte, auf die es mir ankam. Wortlos reichte der Kaiser das Blatt an den christlichen Priester neben sich, der es nach einem mißmutigen Blick darauf mit dem Ausdruck sichtlichen Widerwillens an seinen Nebenmann weitergab.

Lange verharrte der Kaiser bei einem Blatt, auf dem eine Frau zu sehen war, in die ihr Liebhaber von rückwärts eindrang. Als es der Priester in die Hand bekam, bekreuzigte er sich. Der Kaiser wandte dem Priester den Kopf zu und sagte mit einem Schmunzeln:

»Nun, was meint Ihr dazu?«

»Teufelszeug«, stieß der Priester hervor.

»Schändlich«, zischelte der Mann neben ihm.

Der Kaiser sah sich noch vier oder fünf weitere Blätter an. Und jedesmal kamen die beiden Priester nicht darum herum, sie wenigstens in die Hand zu nehmen. Dabei stellten sie nur zu deutlich ihre Abneigung und ihren Widerwillen zur Schau. Wenn ich ihre Hände zu zeichnen hätte, überlegte Seami weiter, wären es Zangen.

»Obwohl mich niemand nach meiner Meinung gefragt hat«, sagte der Kaiser, »will ich sie dennoch äußern. Mir gefallen diese Blätter. Sind wir nicht alle der Liebe so bedürftig wie des Essens und Trinkens? Nun denn, warum sollte man dann nicht zwei, die sich umarmen, mit derselben Genauigkeit darstellen wie einen Apfel, einen Fisch oder eine Blume? Wie in allem, muß Ordnung in solchen Darstellungen herrschen. Die finde ich vor. Im übrigen: Wessen Verlangen nach Liebe nicht befriedigt wird, der entwickelt leicht ein ungesundes Bedürfnis nach Macht. Das habe ich im Laufe meines Lebens immer wieder erfahren. Ob man diese Bilder nun als Ausdruck der Freuden der Liebe an sich sieht oder als Anweisung, wie diese Freuden zu erlangen sind: Sie sind meiner Meinung nach durchaus lobenswert. Aber...«, er wandte sich wieder Seami zu, »wir waren hier gerade in unserem Gespräch an einem Punkt angelangt, zu dem ich deine Meinung kennenlernen wollte. Deswegen habe ich dich rufen lassen, Japaner. Gerade diese Shunga, Monsignore, gedenke ich als Argument gegen Eure These zu benutzen. Aber würdet Ihr bitte noch einmal Eure Behauptung wiederholen, damit der Japaner weiß, über was wir reden!«

Der Priester sagte nur: »Gelobt sei Jesus Christ!«

Der Kaiser zuckte die Achseln und sagte dann:

»Unsere Meinungsverschiedenheiten betrafen...«, er gab den beiden Worten einen leicht spöttischen Beiklang, »nackte Leiber!«

Dem anderen Priester schien nun klar geworden zu sein, daß es mit der Anrufung des Namens seines Gottes nicht getan sei. Er trat etwas vor. Ein gewisser Zug von Blasiertheit fiel Seami an ihm auf, aber er sagte fast unterwürfig:

»Wenn ich mich einmischen darf. Wir haben versucht Ihrer Majestät darzulegen, daß seit der Vertreibung der ersten Menschen aus dem Paradies die Scham verhängt ist. Da sich Scham aber aus der Erbsünde ergibt, aus dem Ungehorsam gegenüber dem Gebot Gottes, hat der Künstler die Scham, die der Mensch ob seiner Geschlechtlichkeit empfindet, als gottgewollt zu achten und selbst zu üben.«

»Und genau da«, mischte sich der Kaiser ein, »vermag ich der Argumentation dieses heiligen und gelehrten Mannes, von dem ich im übrigen soviel Wissenswertes und Nützliches erfahren habe, nicht mehr zu folgen. Ich bin gespannt, Japaner, was du dazu zu sagen hast?«

Seami bemühte sich, einen klaren Kopf zu behalten. Da war er ja offenbar in einen regelrechten Disput geraten, der seine religiösen und ästhetischen Aspekte hatte. Theorie war nicht seine Stärke. Und doch hätte er gern den Kaiser recht haben sehen, allein weil ihm die beiden schwarzen Krähen, als die ihm die Priester erschienen, unsympathisch waren. Er sagte: »Was an den Shunga auffällt, wenn man eine ganze Reihe von ihnen betrachtet, ist, daß die Körper häufig in merkwürdigen Verrenkungen dargestellt werden, und zwar genau so, daß wir immer der Muschel und des Stößels ansichtig werden. Man hat hin und wieder die Zeichner solcher Blätter gescholten. Man hat auch in meinem Land die Shunga verboten. Man hat gesagt, wenn zwei Personen in dieser oder jener Stellung miteinander der Liebe pflegen, könne man ihre Geschlechtsorgane gar nicht so deutlich sehen. Diese Beobachtung ist richtig und doch auch wieder nicht. Denn es geht dem Künstler nicht darum, die Muschel und den Stößel so darzustellen, wie sie sich in der Natur bei der Umarmung eines Paares ausnehmen. Es geht entweder darum, Wirkung und Macht des Verlangens darzustellen, oder praktisch zu zeigen, wie uns diese Organe Lust spenden. Der Maler läßt also das Auge an der Schönheit und dem Glück der Liebe teilhaben. Oder es ist ihm darum zu tun, den Betrachter darüber zu belehren, wie ein Paar sich genußreich liebt.«

Der Kaiser erhob sich. Bei den Männern, die ihn umstanden, wurden Ausrufe des Erstaunens laut.

»Bravo, Japaner«, rief er, »das leuchtet mir ein! Wenn wir schon bis zu den ersten Menschen zurückgehen, wie das Padre Pereira zuvor tat, so können wir doch wohl annehmen, daß auch sie erfuhren, was das Glück bei dieser Sache ist. Und woher kommt dieses Glück, diese Lust? Es ist der Atem der kosmischen Kraft, der uns berührt und uns in dem Augenblick der Liebe, da wir uns zeugend betätigen, den Himmelswesen gleich macht. Ich hoffe, Monsignore, Ihr begreift nun besser, was ich an diesen Blättern schätze.«

In den Zügen jenes Mannes, der offensichtlich Padre Pereira hieß, malte sich helles Entsetzen. »Heidnische Irrlehren«, entfuhr es ihm.

»Etwas mehr Verständnis für die Ansichten anderer würden Euch gut anstehen. Ihr seid immer so absolut und aggressiv, Senhor Pereira. Das mißfällt mir an Euch. Ist es nicht verständlich, daß in Reichen, die so weit voneinander entfernt liegen, in Fragen der Kunst wie der Sitten verschiedene Auffassungen herrschen?«

»Majestät«, versuchte es der Monsignore, »es ist unser Auftrag, den Glauben an Jesus Christus zu verkünden.«

»Darüber ist entschieden, Monsignore«, fuhr der Kaiser dazwischen, »unter Achtung der im Reich der Mitte üblichen Sitten und Gebräuche.«

»Teufelszeug«, zischte Pereira immer noch aufgebracht.

»Wir bitten darum, uns empfehlen zu dürfen, Majestät«, fuhr der Monsignore fort. »Solch schändliche Machwerke sind mit unserer Vorstellung vom Menschen als dem Ebenbild Gottes unvereinbar.

Sie sind Aufreizung zur Sünde im Fleisch. Mit anhören zu müssen, daß dies schön sei, nenne ich, wie mein Ordensbruder, einem Triumph der Hölle beizuwohnen.«

»Nun«, sagte der Kaiser, »Ihr und Euer Ordensbruder seid entschuldigt. Ich entnehme diesem Streitgespräch, daß die Christen die Freuden der körperlichen Liebe nicht hoch schätzen.«

»In der Tat«, rief der Monsignore immer noch aufgebracht und deutete mit dem ausgestreckten Zeigefinger anklagend auf Seami, »diese Bilder sind eine Verhöhnung des Menschen als Krone der göttlichen Schöpfung und damit auch eine Verhöhnung Gottes selbst!«

Er machte eine herrische Handbewegung zu dem anderen Priester hin, die offenbar ausdrücken sollte, es sei nun höchste Zeit zu gehen. Sie führten beide noch eine Niederwerfung aus, bewegten sich dann, ganz wie es die Etikette vorschrieb, mit dem Blick noch dem Thron zugewandt, rückwärts und verschwanden in der Gruppe der Höflinge.

»Und doch«, rief ihnen der Kaiser lachend nach, »wäre keiner von uns auf der Welt, ohne daß sich unser Vater und unsere Mutter jener Beschäftigung, die Ihr teuflisch nennt, ausführlich hingegeben hätte. Daraus folgere ich, daß es keine geringe Aufgabe für einen Maler oder einen Zeichner ist, genau, schön und uns zur Lust anstiftend solche Szenen der körperlichen Liebe darzustellen.«

Er wandte sich wieder an Seami.

»Ich will«, sagte er, und Seami spürte, wie ihm während der Blick des Kaisers auf ihm ruhte, der Schweiß auf die Stirn trat, »meine Abneigung gegen dein Volk revidieren. Die Epoche, da einer Eurer Shogune Kaiser von China werden wollte, liegt zwar lange zurück. Dennoch: Diese Ereignisse sind bei uns nicht vergessen. Nun, offenbar seid Ihr diesmal in freundlicherer Absicht gekommen. Du hast mir durch deine Kunst und durch deine Fähigkeit, die Gedanken, denen sie entspringt, zu beschreiben, zu einem Sieg verholfen. Ich sehe diese Burschen gern etwas aufgebracht, muß ich gestehen. Ihr Hochmut verdient hin und wieder einen Dämpfer. Sie meinen, alles zu wissen, alles erfunden zu haben, und immer wähnen sie sich im Besitz der einzig gültigen Wahrheit. Ich habe in meinem Leben erfahren: Es gibt viele Wahrheiten. Das sich einzugestehen bedeutet Menschlichkeit; es zu leugnen ist ein

Indiz für die Gier nach Macht. Und es ist unter anderem die Aufgabe des Kaisers, dafür zu sorgen, daß die Anhänger dieser oder jener Lehre einander nicht die Köpfe einschlagen.«

Er schwieg und sah traumverloren gegen die Decke der Halle. Aus der Menge löste sich ein Mann des Hofstaates und sagte:

»Majestät, darf ich daran erinnern, daß draußen noch zehn weitere Gruppen auf ihre Audienz warten.«

»Mit den Jesuiten hat man immer am längsten zu tun«, sagte der Kaiser.

»Majestät lieben solche Streitgespräche.«

»Ja«, sagt der Kaiser lachend und rieb sich die Hände, »besonders, wenn ich dabei obsiege.« Er wandte sich noch einmal an Seami: »Dich möchte ich im Palast wissen.«

Jemand aus der Gruppe der Höflinge rief ihm zu, die japanische Gesandtschaft sei im Gästehaus der Kaiserstadt untergebracht.

»Gebt ihm das kleine Haus in der Nachbarschaft unserer Gemäldesammlung. Es ist mein Wille, daß man ihm jedes Werk aus unseren Sammlungen vorlegt, das er zu sehen wünscht. Und noch eines, Japaner: Es könnte sein, daß ich einen Auftrag für dich habe.«

»Es wäre mir eine große Ehre, Majestät.«

»Gut, genug für jetzt. Führt ihn zu dem Haus, von dem ich sprach, und sorgt dafür, daß es ihm an nichts mangelt. Wir sehen uns, Maler!«

Seami war entlassen. Als er jenes Haus betrat, war er noch wie betäubt. Er hatte mit dem Kaiser von China gesprochen.

Eine Stunde später suchte ihn Meia auf. Seami ließ den Diener, der ihm persönlich zugeteilt worden war, für den Landsmann und sich Tee und Reiskuchen holen. Als sie allein waren und nachdem Meia draußen noch einmal nachgesehen hatte, ob auch niemand ums Haus schleiche, sagte dieser zu ihm:

»Der Kaiser hat sehr freundlich über Euch gesprochen. Ihr müßt Euch gut bei ihm eingeführt haben. Über was habt ihr eigentlich miteinander geredet?«

»Ein Kunststreit mit den Jesuiten.«

»Der Kaiser sprach von einem Auftrag, den er für Euch hat?«

»Ja, er erwähnte das auch mir gegenüber, aber ich habe auch noch keine Ahnung, worum es geht.«

»Vergeßt nicht, ihn um Erlaubnis zu bitten, zu den Höhlen von Dung Huang zu reisen. Wenn er es Euch erlaubt, wird niemand zu widersprechen wagen.«

»Man sollte nicht gleich mit der Tür ins Haus fallen.«

»Gewiß doch«, sagte Meia, seine Stimme zu einem Flüstern gedämpft. »Ihr werdet es schon richtig machen.«

Zum ersten Mal regte sich in Seami so etwas wie ein Gefühl von Zuneigung für den Kaiser. Es würde ihm schwerfallen, zu lügen und zu betrügen, aber genau das wurde von ihm als selbstverständlich verlangt.

»Wer ist eigentlich dieser Bursche mit der weißen Kochmütze gewesen, der hinter dem Stuhl des Himmelssohns stand?« erkundigte er sich bei Meia.

»Das war der Obereunuch Liu Ping. Man sagt ihm enge Verbindungen zu den fremdenfeindlichen Geheimbünden nach – und daß er die Schlüsselfigur bei den Nachfolgekämpfen um den Thron ist. Vor ihm müssen wir uns besonders in acht nehmen. Ich halte ihn für einen verschlagenen und grausamen Burschen, aber er ist sehr einflußreich, und wir sollten ihn hofieren. Ich werde ihm morgen meine Aufwartung machen. Das Verhältnis zwischen dem Kaiser und ihm ist in letzter Zeit gespannt. Lange Jahre war der Obereunuch Kangxis engster Vertrauter, aber nun verdächtigt der Himmelssohn ihn, in die Affäre mit den aus dem Süden gekauften Knaben verwickelt zu sein. Jedoch gibt es wichtige Leute am Hofe, die ihm die Stange halten.«

»Er gefiel mir nicht«, sagte Seami.

»Die Machtverhältnisse im Hinblick auf die Thronfolge sind für die Entscheidungen unserer hohen Herren daheim von entscheidender Wichtigkeit.« Meia erhob sich. »Ich bitte Euch, begleitet mich noch bis zum Gästehaus«, sagte er. »Mir scheint gerade das Viertel der kaiserlichen Wohnungen besonders dazu geeignet, sich zu verlaufen.«

»Soll ich bitten, daß man mich auch bei den anderen im Gästehaus wohnen läßt?« fragte Seami, als sie auf schmalen Wegen an Gebäuden vorbei durch die Dunkelheit liefen.

»Nein, nein«, sagte Meia, »bleibt nur dort wohnen, wo der Kaiser Euch haben will. Vielleicht werden uns daraus Vorteile erwachsen, die wir jetzt noch nicht abzuschätzen vermögen.«

Plötzlich tauchte von rechts ein großer leuchtender Kasten auf. Wie eine Geistererscheinung schien sie aus der Dunkelheit vom Himmel herabzuschweben. Sie schraken beide zusammen. Es war Seamis persönlicher Diener, der eine große Laterne trug.

»Warum haben mich die ehrenwerten Herren nicht gerufen, damit ich ihnen leuchte?« sagte er mit leichtem Vorwurf. Er ging vor ihnen her bis zum Gästehaus und brachte Seami, ohne daß außer einem Gute-Nacht-Gruß noch ein Wort zwischen ihnen gefallen wäre, wieder zu dem kleinen Haus zurück, in dem man ihn einquartiert hatte.

Als Seami am nächsten Morgen ausging, um das Gebäude der Kaiserlichen Bibliothek aufzusuchen, regnete es leicht. Tatsächlich waren es nur ein paar Schritte. Er hatte das Empfinden, auf dem Palastareal in einer völlig entrückten Welt zu sein, und der Kaiserliche Wohnbereich erschien ihm wie die Nuß in einer Nuß, die Puppe in einer Puppe. In der Bibliothek fragte er nach bestimmten Bildrollen aus der T'ang-Zeit, die ihm auch sofort von einem Saaldiener gebracht wurden. Beim Blättern in den Kataloglisten stieß er auf das Werk eines gewissen Chang Yen-yüan, in der er sich in den folgenden Tagen vertiefte. Dieser Kunstkritiker aus der fernen Zeit verglich die Malerei mit dem I Ging. Wie dessen Hexagramm, so müsse auch die Malerei in ihrer Sprache von Pinsel, Form und Symbol die ewig wechselnden Abläufe der Natur und des Tao widerspiegeln. Seami las da:

> Durch die Darstellung einer Landschaft oder einzelner Pflanzen, Blumen und Tiere, Vögel und Insekten beschreibt die Malerei die Erscheinungen der Natur. Der Maler zeichnet die Formen, er stellt sie in Beziehungen zu anderen Formen im Bild, er wählt die Motive und den passenden äußeren Rahmen, wie Jahreszeit, Wetter, Tageszeit; dabei bedient er sich gleichzeitig einer Symbolik, die die Gegenwart des Tao beschreibt. So werden zum Beispiel bestimmte Blumen mit bestimmten Jahreszeiten assoziiert, die wiederum als Symbole für bestimmte menschliche Eigenschaften stehen.

Im Text war dann vom doppelten Gebrauch eines Symbols die Rede. Als Beispiel dafür führte Chang Yen-yüan an, daß ein Kreis mit einem Punkt in der Mitte benutzt werde, um die Nase eines

Drachen darzustellen. Ein Kreis mit einem Punkt sei die Originalform des Zeichens *jih* (Sonne), gleichzeitig aber auch das Symbol für das Tao. Der Drache sei das Geschöpf, das mit der Sonne und der Kraft des Himmels oder dem Geist verbunden werde. Durch die Nase werde der Atem eingezogen, der ein Teil des Lebensatems *ch'i* sei; die Nase werde aber auch oft verwendet, um den Anfang zu versinnbildlichen; so werde der erste Gipfel in einer Bergkette, der gemalt werden solle, ›die Nase‹ genannt. Die Nase sei der erste Teil des Körpers, der sich bei der Geburt eines Kindes zeige. Die Idee, die Nase des Drachen durch das Symbol für Sonne und Tao darzustellen, demonstriere mit ungewöhnlicher Deutlichkeit die Wahrnehmung des *ch'i* und die Manifestation des Geistes; nicht genug damit, sie bringe auch die Idee des Yin und Yang zum Ausdruck, das Einatmen und Ausatmen, den Fluß von Außen und Innen.

Seami war zwar ziemlich verwirrt, denn er hatte von den Begriffen, mit denen der Kunstkritiker operierte, noch nie etwas gehört. Aber die Möglichkeit, mit der Abbildung eines Gegenstandes gleich mehrere Vorstellungen zu erwecken, faszinierte ihn. An anderer Stelle in der Schrift las er den Satz:

> Der wesentliche Aspekt in der Idee von Yin und Yang, wie er für das Malen von Bedeutung ist und sehr lebendig durch die Hexagramme des I Ging wiedergegeben wird, ist die Vorstellung vom Tao als in ständiger Bewegung begriffen, mit anderen Worten, von der unablässigen Wechselbeziehung zwischen Yin und Yang.

Diese Vorstellung, stand da weiter, sei wesentlich für die Aufmerksamkeit, die man auf die Arbeit mit dem Pinsel richte, und für die zunehmende Konzentration auf die Striche des Pinsels; denn mithilfe der Linie drücke der Maler Bewegung aus. Außer durch den Rhythmus und die Vitalität der Pinselstriche könne die Bewegung auch durch die Art und Weise wiedergegeben werden, wie die Dinge natürlich wüchsen – durch die Neigung eines Blattes oder die Gestalt eines Berggipfels. Sie lasse sich schließlich auch durch die Anordnung innerhalb der Komposition ausdrücken; Bewegung lasse sich hervorheben durch den Kontrast mit großen Flächen ruhigen Himmels oder Wassers, die ihrerseits *wu wei* symbolisieren, äußere Passivität und intensive innere Aktivität. Der Satz aber, der Seami am meisten beschäftigte, lautete: »Nur dann kann ein Hauch von Bewegung als Ausdruck der Vitalität des Tao eine Malerei durchdringen, wenn der Maler selbst *ch'i* hat, die schöpferische Kraft des Himmels im Individuum. Da das *Ch'i* geistiger Natur ist, kann man es schwer definieren und schwer beschreiben, genau wie das Tao, seine Quelle. Doch wenn *ch'i* fehlt, drückt die Malerei das Tao nicht aus.«

Seamis Irritation nahm von Satz zu Satz immer mehr zu. Er war bisher kaum mit ästhetischen Theorien konfrontiert worden; desto mehr versprach er sich jetzt von ihrem Verständnis Hinweise für seinen Fortschritt als Künstler. Wenn er als Zeichner und Holzschneider vorankommen wollte, hing also alles davon ab, zunächst einmal zu wissen, was *Ch'i* war, und davon, wie man es in das, was man schaffte, einfließen lassen konnte.

Bei der nächsten Zusammenkunft der Gesandtschaft sprach er mit einem der Nō-Schauspieler darüber, den er für sehr gebildet hielt. Aber das, was der zu sagen wußte, diente offensichtlich zu nichts anderem als zur Verschleierung seiner völligen Unkenntnis. Es war klar, er mußte einen Chinesen fragen. Mutig geworden durch das Gespräch bei ihrer ersten Audienz, dachte er an den Kaiser.

So machte er Bekanntschaft mit dem Hofamt und der Prozedur, einen Audienztermin zu bekommen. In etwa drei Monden, hieß es, könne er vielleicht darauf hoffen, vorgelassen zu werden. Er wies darauf hin, daß die Gesandtschaft dann voraussichtlich kurz vor ihrer Abreise stehen werde. Das sei nicht richtig, widersprach man ihm, nach den Unterlagen des Hofamtes sei das Schiff erst in fünf Monaten bestellt. Seami verzog keine Miene, aber innerlich stöhnte er. Seine zweite Frage galt der Erlaubnis für eine Reise nach Dung Huang. Eine solche Reise möge er sich aus dem Kopf schlagen, hieß es. Dung Huang sei militärisches Sperrgebiet.

Seami erinnerte sich des Hofbeamten, mit dem er bei dem Begrüßungsessen am Tag nach ihrer Ankunft ein paar Worte gewechselt hatte, und fragte sich zu diesem Mann durch. Die Reise nach Dung Huang erwähnte er gar nicht erst. Aber auch hinter seiner Lust, mehr über die Bedeutung des Begriffes Ch'i in Erfahrung zu bringen, schien der Hofbeamte den Versuch zu wittern, ein Staatsgeheimnis auszuspionieren. Er erklärte ihm, für dererlei Auskünfte sei der Obereunuch zuständig.

Zu ihm drang Seami nach zwei Tagen durch. Auch der Obereunuch zeigte sich erstaunt.

»Ach, jetzt verstehe ich erst«, sagte er, als Seami seine Bitte vorgebracht hatte, »Ihr habt vor, Euch des Kaiserlichen Orakels zu bedienen.«

Dann begann er Seami über Zweck und Absicht der japanischen Gesandtschaft auszufragen. Seami erwiderte, was man ihnen eingeschärft hatte. Das Lächeln des Obereunuchen, dieser See aus falscher Freundlichkeit in einem mehligen Gesicht, schien noch mehr in die Breite zu fließen. Was das Orakel anging, verwies er ihn an das Amt der Riten.

Dort erkundigte man sich, welcher Art die Frage sei, die Seami dem Orakel vorzulegen gedenke.

»Die Philosophie und die Malerei betreffend«, antwortete er.

Der Beamte, mit dem er sprach, sah ihn an, als hege er immer noch die größten Zweifel.

»Ist etwas nicht in Ordnung?« wagte Seami, sich zu erkundigen. Nein, es sei nur recht ungewöhnlich, sich mit derlei Fragen an das Orakel zu wenden. Dann schrieb man ihm eine Art Empfehlungsbrief und schickte ihn zu einem gewissen Schen-lung.

Wie Seami von Taifun hörte, war dies ein Mann, der im Ruf stand, so etwas wie ein Zauberer zu sein. Er stammte aus Südchina, hatte eine Zeitlang auf einem Berggipfel verbracht und war, nachdem sein Ruf, Orakel auszulegen, bis in die Hauptstadt gedrungen war, mit Gewalt von dort an den Kaiserhof geholt worden. Er erwies sich, als Seami ihn aufsuchte und seinen Brief präsentierte, als ein grauhaariger Greis mit wüsten, vom Kopf abstehenden eisgrauen Haaren, gekleidet in etwas, das Seami für einen Sack zu halten geneigt war, und das über und über mit Vogelfedern besetzt war, zwischen denen Spiegelscherben klimperten. Der Alte las das Schreiben, musterte Seami und brach in ein hohes Kichern aus.

»Wollt Ihr Wahrsager werden?« fragte er dann.

»Warum nicht?« erwiderte Seami leichthin.

»Darum«, sagte Schen-lung. »Hier steht: ›Der Fremde ist ein Gast des Kaisers und kommt aus Nippon. Man sollte ihn deshalb mit Mißtrauen und angebrachter Höflichkeit behandeln. Offenbar ist es seine Absicht, sich mit der Art und Weise vertraut zu machen, mit der wir uns der Schafgarbenstengel bedienen.«

Eigentlich, antwortete Seami, sei es ihm um etwas ganz anderes gegangen, aber da ja letztlich alles mit allem in Zusammenhang stehe, werde ihn vielleicht auch eine Belehrung über das Orakel zu einem Wissen um das Ch'i führen. Er sei Maler und habe in einer alten Schrift gelesen, daß jeder den Geist des Ch'i in seine Werke einfließen lassen müsse, wenn sie etwas taugen sollten. Dazu aber sei es schließlich wichtig, daß er wisse, was das Ch'i überhaupt sei. Was das Orakel des I Ging angehe, so bestehe da offenbar zu dieser Kraft ein Zusammenhang.

Schen-lung wiegte mit einem pfiffigen Lächeln den Kopf.

»Ihr seid ein komischer Bursche«, sagte er. »Der Beamte auf dem Amt für ausländische Gäste, der Euch dieses Schriftstück mitgegeben hat, war offenbar der Ansicht, ihr Japaner wolltet uns unser Orakel stehlen. Dies jedenfalls lese ich zwischen den Zeilen heraus. Mir will aber scheinen, daß Euch tatsächlich Wißbegierde treibt. Wißbegierde, so ist es der Wille der Himmelsmächte, sollte, wenn sie aus ehrlichem Verlangen entspringt, von den Eingeweihten stets angemessen befriedigt werden. Ich sehe mich also genötigt, Euch zu belehren. Ich bin viel beschäftigt. Ihr glaubt ja gar nicht, mit welcher Häufigkeit die Damen des kaiserlichen Harems das Orakel in Anspruch nehmen. Aber ich bin dennoch bereit, Euch drei Lektionen zu geben. Danach müßt Ihr sehen, wie Ihr allein weiter vorankommt.«

Nach einer kurzen Pause fuhr er unvermittelt fort: »Fangen wir gleich an. Zunächst scheint es mir den besonderen Umständen angemessen, das Orakel über Euch selbst zu befragen. Paßt gut auf, wie ich dabei vorgehe. Wenn Ihr in die Weisheit des I Ging eindringen wollt, ist dies gewissermaßen die Voraussetzung. Fragt mich jetzt nicht nach dem ›Warum‹, darüber werden wir später reden. Konzentriert Euch jetzt allein darauf, Euch zu merken, wie ich vorgehe.«

Er trug ein Bündel aus etwa einem Fuß langen Stengeln herbei.

»Schafgarben«, sagte er und hielt das Bündel hoch, »fünfzig Stengel. Einen tut Ihr fort. Er kommt für das Orakel nicht weiter in Betracht. Nun teilt Ihr die übrigen Stengel in zwei Haufen, nehmt von dem rechten Haufen einen Stengel und steckt ihn zwischen Ringfinger und kleinen Finger der linken Hand. Darauf ergreift Ihr den linken Haufen mit der linken Hand und nehmt mit der Rechten jeweils vier Stengel weg, und zwar so lange, bis vier oder weniger Stengel übrigbleiben. Diesen Rest steckt Ihr zwischen Ring- und Mittelfinger der linken Hand. Darauf verfahrt Ihr mit dem rechten Haufen in gleicher Weise und bewahrt den Rest zwischen Mittel- und Zeigefinger der linken Hand.«

Er führte ihm die ganze komplizierte Prozedur vor, die sechsmal wiederholt wird, bis ein Hexagramm aus sechs übereinanderliegenden Linien entstanden ist. Er wies Seami auf den Unterschied zwischen den entstandenen sogenannten »ruhenden Linien« hin, für die das Urteil des Königs Wen über die Gesamtidee des Zeichens in Frage kommt. Er zeigte ihm, wie die bewegten Linien in ein zweites Zeichen verändert werden und wie deren Lage auf die Art und Weise des Veränderungsprozesses zwischen dem ersten und dem zweiten Hexagramm hindeutet. Er erklärte ihm auch, wie man die umständliche Prozedur mit Schafgarbenstengeln durch die Benutzung von drei Bronzemünzen vereinfachen kann. Und dann stellte er mit den Schafgarbenstengeln das Orakel für Seami.

»Diese Art des Vorgehens«, bemerkte er dazu, »verstärkt die Konzentration auf die gestellte Frage.«

Er erhielt die Hexagramme: »Der Durchbruch (die Entschlossenheit)« und »Die Umwälzung (die Mauserung)«. Er deutete ersteres dahingehend, daß Seami ernsthaft gewillt sei, sich von den Gesetzen des Ch'i in seiner künstlerischen Arbeit beeinflussen zu lassen, daß es also mit der Belehrung ihre Richtigkeit habe. Was aber das Hexagramm »Die Umwälzung« betreffe, sagte er, so müsse Seami sich für die nahe Zukunft auf Erschütterungen gefaßt machen, die sein Leben stark verändern würden.

»Kommt also morgen gegen Abend zur zweiten Lektion, dann werde ich Euch erzählen, was es mit dem Zusammenhang von Himmel und Erde auf sich hat.« Mit diesen Worten entließ er seinen Schüler.

Als Seami in Gedanken versunken die Hütte des Alten verließ, tauchte, wie aus dem Boden gewachsen, ein schmaler kleiner Mann vor ihm auf. Es war derselbe, der ihn am ersten Tag in die »Halle der größten Harmonie« gerufen hatte. Er trug rote Binden um Kopf und Arme, und Seami wußte inzwischen, daß dies die Kennzeichen der kaiserlichen Boten waren, die überall durchgelassen und überall unterstützt werden mußten, wo immer sie sich zeigen. Der Bote sagte:

»Folgt mir, der Kaiser befiehlt Euch zu sich!«

Sie gingen keine zwanzig Schritte, aber Seami war sich sicher, daß er noch nie in diesen Teil der Palaststadt gekommen war. Sie liefen durch einen kleinen Garten, in dem es stark nach Blüten duftete. Dann wies der Bote auf eine Tür und nickte Seami auffordernd zu.

Seami war so aufgeregt, daß er keine Mühe darauf verwandte, sich die Fassade des Gebäudes genauer einzuprägen. Er betrat einen Raum, dessen Wände ganz und gar mit Mahagoni getäfelt waren. Fast über die gesamte Decke hin wand sich ein riesiger grüner Drache, mit Messingbändern befestigt und mit funkelnden Glasbrocken als Augen – oder waren es Diamanten? Die Fenster und die Fensterläden waren geschlossen. Ein merkwürdiges Halbdunkel erfüllte den Raum, in dem Schwaden von Räucherwerk schwebten. Links, zwischen zwei Fenstern, stand ein Strauß Schwertlilien in einer Bodenvase. Im übrigen wurde das Zimmer von einem ausladenden Ruhebett in seiner Mitte beherrscht, auf dem der Kaiser lag, den Kopf auf eine Hand gestützt, wenig Würde, aber um so mehr Behaglichkeit ausstrahlend. Neben dem Hauptraum des Hauses, der Salon und Schlafgemach zugleich zu sein schien, gab es ein kleines Küchengelaß mit einem Wasserbekken und einem Herd, in dem ein offenes Feuer brannte, dessen Rauch durch eine kupferne Abzughaube nach draußen geleitet wurde. Dort hantierte eine junge Frau, die dabei war, ein offenbar eben zubereitetes Getränk in merkwürdige Gefäße zu gießen. Die Gefäße sahen aus wie Teeschalen, hatten aber an ihrer Wandung einen Henkel. Es war dieser Gegenstand, an dem Seamis Blick hängenblieb, während er sich nach vorn beugte, um seine Niederwerfung auszuführen.

»Erspar dir das. Hier sind wir unter uns«, sagte der Kaiser. Er wandte sich an die junge Frau, die Schalen mit dem Henkel auf einem Messingtablett herantrug, und sagte: »Das ist der japanische Maler«, und zu Seami gewandt: »Das ist die Schöne Shin, die Tochter eines meiner tapferen Generäle.«

Die junge Frau kam mit dem Tablett heran. Sie trug ein einfaches grünes Gewand aus Seide. Sie schien Seami ungewöhnlich groß, hatte mit Sommersprossen übersäte Haut und kupferfarbenes Haar, das ihren Kopf wie eine sich auftürmende Gewitterwolke umstand. Ein starker Geruch, der Seami an frisch gemähtes Gras erinnerte, ging von ihr aus. Sie mußte aus dem Fernen Westen stammen, denn ihren Augen fehlte die Mongolenfalte.

Als sie Seami von dem Getränk anbot, sah sie ihn prüfend an, und er hatte für einen Moment Zeit, ihre Augen näher zu studieren. Sie wirkten auf ihn hart und entschieden, doch während er seinen Blick auf sie richtete, schienen sie für den Bruchteil einer Sekunde zärtlich und verlangend, um dann gleich wieder zu dieser Schärfe zu gerinnen, die er mit den Eigenschaften Mut und Entschlossenheit in Verbindung brachte. Sie gab erst dem Gast, dann dem Kaiser eine der Schalen, nahm die dritte selbst und nippte daran.

»Hast du das je getrunken?« fragte der Kaiser Seami, ohne zu verraten, was da serviert wurde. »Dort, wo das Getränk herkommt, mag man keinen Tee.«

Seami verbeugte sich höflich, erst gegen den Kaiser, dann gegen die junge Frau und kostete dann. Er hatte Mühe, die Flüssigkeit im Mund zu behalten. Sie schmeckte bitter und unangenehm.

»Die Mutter der Schönen Shin«, fuhr der Kaiser fort, »stammte aus einem Ort im Fernen Westen, der Venedig heißt. Sie kam mit einer der Karawanen. Sie war die Sklavin eines persischen Kaufmanns, und der Vater der Schönen Shin kaufte sie diesem Mann ab.«

Er schien sich seiner Besitzrechte recht sicher. Die Frau war aber von der Art, die sich stets weigern würde, als Besitz betrachtet zu werden. Seami nahm einen zweiten Schluck von der schwarzbraunen Flüssigkeit. Jetzt schmeckte sie ihm schon besser. Er spürte, wie die Bewegungen und die Mimik der Frau ihn immer stärker faszinierten.

»Möchtet Ihr noch mehr?« fragte die Frau. »Man nennt das Getränk ›Kaffee‹.«

»Da Ihr es trinkt«, sagte Seami, »wird es kein Gift sein, aber es wäre ein schöner Tod, mit einem Blick in Eure Augen zu sterben.«

Die Frau lächelte. In dem Lächeln lag kein Geschmeicheltsein, eher schien es die Einladung zu einer gewissen Kameradie auszudrücken.

Der Kaiser sagte: »Hoho, der Maler macht Komplimente. Nehmt Euch in acht, Japaner. Was diese Frau angeht, so ist mit mir nicht zu spaßen. Ich liebe sie. Ich liebe sie sehr. Sie ist jung. Ich bin kurz vor dem Grab. Also ist es nur natürlich, daß ich auf jeden Mann eifersüchtig bin, der jünger ist als ich. Glücklicherweise gibt es niemanden in diesem Land außer mir, der in der Lage wäre, ihr jeden, aber auch wirklich jeden Wunsch von den Augen abzulesen und zu erfüllen. Komm her, meine Schöne!«

Die Frau stellte ihre Schale auf das Tablett, nahm dem Kaiser die seine ab und kniete sich dann neben ihn auf das Ruhebett. Er legte seinen Arm um ihre Schultern und zog sie an sich. Seami fiel die Geschmeidigkeit auf, mit der die Frau sich bewegte, aber da war bei allem Nachgeben auch ein Widerstand oder ein Vorbehalt.

»Nun«, fuhr der Kaiser fort, offenbar ganz und gar in eine Stimmung von Zufriedenheit eingesponnen, »als wir uns bei der Audienz sprachen, erwähnte ich, daß ich einen Auftrag für dich hätte...« Er ließ die Frau los und stand auf. »Es ist ein Auftrag von einer gewissen Delikatesse, ein Auftrag, den du als eine besondere Auszeichnung und Gnade betrachten solltest, der dir, wenn du ihn zu meiner Zufriedenheit ausführst, für immer meine Huld und Gnade sichern wird. Ich habe deine Bilder der Kurtisanen mit viel Genuß betrachtet. Du hast ein Art, die Liebe zu malen, die mir gefällt.«

Er faßte Seami beim Arm und tat mit ihm ein paar Schritte von dem Ruhesofa fort. Mit gedämpfter Stimme sagte er:

»Ich wünsche, daß du die Schöne Shin malst, wie sie die Himmelsgötter geschaffen haben.«

Eine Pause entstand. Nach einem Augenblick der Verblüffung sagte Seami ungläubig:

»... Ihr meint, ohne Kleider? ... nackt?«

Der Kaiser legte eine Hand auf Seamis Schulter. »Genau das meine ich.« Er zwinkerte ihm zu und flüsterte: »Sie hat sich lange geweigert. Aber ich habe ihr von dir erzählt. Ich habe ihr deine Bilder gezeigt. Sie ist einverstanden. Aber wage es nicht, sie dabei zu berühren! Am liebsten wäre es mir, wenn ich dabeisein könnte.«

Für eine Sekunde sah Seami den Kaiser und die Frau im Liebesakt vor sich. Er schloß die Augen, um das Bild in sich auszulöschen.

»Der Auftrag scheint dir zu gefallen«, sagte der Kaiser.

»Ich habe noch nicht ja gesagt«, murmelte Seami und spürte, wie ein Gefühl von Lähmung sich von seinem Unterleib aus gegen die Beine hin ausbreitete.

»Es ist ein Befehl, Japaner«, sagte der Kaiser leise in einem Tonfall, in dem sich Spott und Grausamkeit mischten.

»Ich weiß nicht«, sagte Seami zögernd und wandte sich ab.

Der Kaiser packte ihn bei den Schultern und drehte ihn wieder so, daß sie einander ins Gesicht sahen.

»Wie man mir gesagt hat, hast du Pinsel und Schnitzmesser im Gepäck.«

Verdammt, durchfuhr es Seami, sie müssen mein Gepäck durchwühlt haben, sonst wüßte er das nicht.

Der Kaiser redete weiter: »Natürlich brauchst du eine Werkstatt. Man wird sie dir einrichten. In deinem Haus. Ich setze dir eine Frist. Die Zeit bis zum Sommerfest. Wir werden es mit einem Feuerwerk im Sommerpalast feiern. Bis dahin sollten die Holzschnitte fertig sein.«

Seami machte eine Bewegung, als müsse er sich selbst davon überzeugen abzulehnen.

»Majestät, so ehrenvoll dieser Auftrag ist, aber ich sehe mich ihm nicht gewachsen.«

»Nenne mich nicht Majestät. Sag Kangxi zu mir.«

»Herr Kangxi«, begann Seami wieder, »man kann …«

»Vorsicht, Japaner. Dies ist keine Bitte, sondern ein Befehl. Es steht in meiner Macht, dich jederzeit hinrichten zu lassen … wegen Spionage, denn, machen wir uns nichts vor, deswegen seid ihr doch hier. Aber dann müßte ich einen von diesen verdammten Burschen aus Europa befehlen, die Schöne Shin zu malen. Und er …, ha, er würde sich genieren. Und wenn er den Auftrag ausführte, würde es ein Bild geben, bei dem ich mich genieren muß.«

»Herr Kangxi, man kann einen Künstler nicht zwingen, man kann ihm auch nicht drohen. Jedenfalls mir nicht.«

Seami sah einen Anflug von Einverständnis in der Mimik der Schönen Shin, der sofort wieder verschwand.

»Dann bitte ich dich jetzt, und du hast dafür einen Wunsch frei«, sagte der Kaiser.

Seami reagierte blitzschnell.

»Ich hätte einen Wunsch …«.

»Also du malst?«

»Ich werde es versuchen.«

»Und der Wunsch wäre?«

»Ich möchte in die Provinz Gansu reisen.«

»Nach Gansu?« fragte der Kaiser mißtrauisch. »Was willst du dort? Spionieren? Unruhe stiften? Verbündete anwerben?«

»Ich möchte die Fresken in den Höhlen von Dung Huang betrachten.«

»Ah«, sagte der Kaiser, »ja, das leuchtet mir ein. Nun, ich will sehen, was sich tun läßt. Aber erst, wenn du diesen Auftrag erledigt hast. Male die Schöne Shin …, wenn du das kannst, noch schöner, als du sie in Wirklichkeit siehst. Zeige ihren Stolz und ihre Zärtlichkeit. Du wirst ihre Haut sehen, das braune Muster, das darauf liegt. Zeig uns das alles.«

»Majestät, ich werde mich bemühen, aber ich muß bei den Sitzungen mit ihr allein sein.«

»Hast du gehört«, meinte der Kaiser lachend zu der Schönen Shin. »Sitzungen nennt man das.« Und zu Seami sagte er: »Wieder redest du mich mit ›Majestät‹ an. Ich befehle dir, daß du Kangxi zu mir sagst. Mit wem könnte man vertrauter sein als mit dem, den man zu seinem Auge macht? Wir sind uns also einig. Du kannst morgen beginnen. Jetzt geh und triff deine Vorbereitungen.«

Seami verneigte sich knapp gegen die Frau hin. Sie lächelte.

»Wann seh ich Euch, Meister Seami?«

»Wann würde es Euch passen?«

»Kommt gegen Abend. Morgen abend ist Staatsrat. Dann kann ich nicht darauf hoffen, daß der Kaiser mich besucht. Die Nacht wird er, wenn mein Kalender nicht trügt, bei seiner vierten Gemahlin verbringen.«

»Ich wünschte«, sagte der Kaiser, »alle meine Frauen fügten sich so ohne Murren in den Plan, auf den wir uns geeinigt haben.«

»Ich empfehle mich«, sagte Seami, verbeugte sich und trat hinaus in die Nacht.

In der zweiten Lektion bei Schen-Lung hörte Seami etwa dies: Es gibt Himmel und Erde. Der Himmel manifestiert sich in den Gestalten auf der Erde. Himmel und Erde bedingen sich gegenseitig. »Wendet man sich hinauf«, heiße es im ›Großen Kommentar zum I Ging‹, »so schaut man auf die Muster des Himmels. Wendet man sich herab, so schaut man es in den Gesetzmäßigkeiten der Erde.« Immer habe es Menschen gegeben, deren besondere Fähigkeit darin bestand, zwischen Himmel und Erde zu vermitteln. Sie seien zwischen Himmel und Erde hin- und hergeflogen, weshalb man sie auch geflügelte Wesen genannt habe. Aber dann sei vom Himmelkaiser die Trennung von Himmel und Erde verfügt worden. Den Niedergang des alten Himmel-und-Erde-Glaubens habe der berühmte Philosoph Konfuzius (Kungfutse) durchgesetzt. Ihn hätten seine Schüler, wie man im »Buch der Gespräche« nachlesen könne, nie über den »Weg des Himmels« sprechen hören. Konfuzius und den Konfuzianern sei es zuzuschreiben, daß die alten Überlieferungen zu einer praktischen Staats- und Moralphilosophie umgedeutet worden seien. Dies sei unter der Parole *zennming*, also »Richtigstellung der Namen« geschehen.

Nach Konfuzius' Lehre trat an die Stelle des direkten Kontakts der Erde mit dem Himmel, des Himmels mit der Erde und des Menschen mit dem Kosmos nun der Meister, der erleuchtete heilige Mensch, an die Stelle der Schamanin und des Schamanen der Intellektuelle, an die Stelle der Intuition mehr und mehr der Intellekt, an die Stelle der Naturreligion das Buchwissen.

Nachdem Schen-Lung einige Beispiele für Konfuzius' Umdeutungen gegeben hatte, vor allem was das »Buch der Lieder« anbelangte, wurde Seami entlassen, und als er sagte, er könne immer noch nicht den Zusammenhang zwischen dem, was er da gehört habe, und dem I Ging erkennen, und es sei ihm auch immer noch nicht klar, was nun eigentlich mit Ch'i gemeint sei, hieß es leicht spöttisch, über seinen Wissensdurst könne es wahrlich keinen Zweifel geben, Ch'i, so lasse sich grob gesprochen definieren, sei die Anwesenheit der kosmischen Einflüsse, des Himmels, und die von ihnen ausgehenden Veränderungen der Welt der Menschen und all ihrer Dinge und Wesenheiten.

Beim ersten Rendezvous mit der Schönen Shin war entgegen der Absprache der Kaiser zunächst zugegen, aber Seami schickte ihn fort. Und tatsächlich ließ er sich fortschicken. Seami hatte weder Kohle noch Papier mitgebracht, und als der Kaiser fragte, womit er denn malen wolle, gab er mürrisch zur Antwort: »Überhaupt nicht!«

Während der ersten Sitzungen bat er die Schöne Shin lediglich, ihm ihr Leben zu erzählen. Er erfuhr, daß sie aus einer Festung im Westen, an der befriedeten Grenze, stammte. Sie war das einzige Kind ihres Vaters mit der besagten Konkubine, und da sich ihr Vater gewünscht hatte, daß ihm ein Sohn geboren würde, war sie die ersten vier Jahre ihres Lebens als Junge erzogen worden. Als sie fünfzehn Jahre alt war, hatte sie der Kaiser während einer seiner Jagdreisen auf einer Festung nahe der Westgrenze, die ihr Vater befehligte, gesehen und Tochter samt Vater, ohne sich weiter um deren Wunsch und Willen zu kümmern, in die Hauptstadt beordert. General Tung-she, ein aufrichtiger Mann, war wegen seiner Korrektheit beim Kaiser beliebt und bei der Partei der Obereunuchen verhaßt. Die Schöne Shin liebte alte höfische Musik, Gedichte, Blumen, schöne Stoffe und die Liebe. Der Kaiser überschüttete sie mit Geschenken, und ihr Vater ermahnte sie bei jeder Gelegenheit, es als den Sinn ihres Lebens zu betrachten, dem Kaiser sein Alter zu verschönen. Bei den Frauen des kaiserlichen Harems war man auf sie wütend, weil der Kaiser es ihr gestattet hatte, allein in einem eigenen Pavillon zu wohnen. Auch hatte es sich herumgesprochen, daß sie durchgesetzt hatte, Unterricht bei einem Schwertkämpfer zu nehmen. So etwas hatte es, solange man zurückdenken konnte, nicht gegeben. Die Schöne Shin schien in einer merkwürdigen Spannung zwischen Resignation und Auflehnung gegen ihr Schicksal dahinzuleben.

Erst nachdem Seami all dies von ihr gehört hatte, begann er mit den ersten Skizzen. Als er sie bat, ihre Gewänder abzulegen, gehorchte sie, aber mit einer merkwürdigen Scheu. Während sie sich entkleidete, mußte er sich umdrehen. Erst angesichts ihrer Nacktheit begriff er, weshalb sie die »Schöne Shin« genannt wurde. Ihre Haut war am ganzen Körper mit Sommersprossen gesprenkelt, was wie ein natürliches Kleid wirkte. Sie hatte Brüste, die Seami an Mondhörner erinnerten, lange Schenkel, und auf dem flachen Bauch saß der Nabel wie ein Schmuckstück. Seine Blicke verharrten lange auf ihren Hüften. Das Wäldchen der Schamhaare war nicht, wie häufig bei chinesischen Frauen, ausrasiert, sondern kam ihm wie ein kleines Gesträuch aus goldenen Zweiglein vor.

Er bat sie, gewisse Posen einzunehmen. Dabei war es unvermeidlich, daß er ihren Körper berührte. Auch jetzt ging von ihm wieder dieser absonderliche Geruch von frischem Gras aus. Manchmal, wenn er einen Arm oder ihren Kopf in eine bestimmte Haltung rückte, die er zeichnen wollte, überfiel ihn wilde Gier, sie zu umarmen.

Er zeichnete bei den nächsten Begegnungen zwanzig Blätter mit Kohle von ihrem Körper in verschiedenen Haltungen. Es fiel ihm schwer, sich auf die Arbeit zu konzentrieren. Er spürte, wie das Gift des Begehrens langsam in jede Pore seines Körpers einsikkerte. Als der Kaiser bei einem Besuch die Skizzen sah, gefielen sie ihm so gut, daß er sie sogleich in seine privaten Gemächer bringen und dort aufhängen ließ.

Langsam wurden der Maler und die Schöne Shin miteinander vertraut. Dann kam eine Phase, in der Seami, angeregt durch das, was er in den Schriften der chinesischen Kunsttheoretiker über das Ch'i gelesen hatte, begann, aus Teilen des Körpers Dinge der Natur zu entwickeln. Die Schenkel der Schönen Shin wurden zu Stränden eines bewegten Meeres; ihre Schultern verwandelten sich in Hügelkuppen, ihre Brüste zu Strudeln in der See; aus ihrem Rükken stieg eine Parklandschaft auf, in der ein Jäger Tieren nachsetzte, in jenem Gebüsch vor ihrer Scham saßen plötzlich zwei Hasen.

Die Ausarbeitung dieser Einfälle belustigte ihn. Auch diese Blätter sah der Kaiser. Er sagte, es sei ihm auch schon immer so vorgekommen, daß gewisse Landschaften den Körperpartien einer schönen Frau ähnlich sähen. Seami aber spürte, wie die Lust, diese Frau zu umarmen, immer mehr in ihm wuchs. Es war ihm, als versuche er, indem er sich der Bilder ihres Körpers entäußerte, gegen diese Lust anzukämpfen. Er hatte Angst. Er sah sich in grausamen Szenen der Kastration in einer Folterkammer mit Schergen des Kaisers. Er kam sich vor wie ein Schwimmer auf einem Ozean, über dem Wellenberge brechen.

Unterdessen war es bei dem Alten in seiner Orakelhütte längst nicht bei den drei Lektionen geblieben. Es waren sechs, neun, zehn geworden, und schließlich hörte Seami auf, sie zu zählen. Dennoch waren sie immer noch bei den Erörterungen über das I Ging. Seami hatte von den Geisterschriften gehört, von der Himmelsschrift *tianwen*. Der Alte hatte ihm erzählt, wie die früheste Form des Orakels mit Zeichen praktiziert worden war, die sich beim Erhitzen auf Rinderknochen und Schildkrötenpanzern ergeben. In ihnen tat sich der Wille der Himmelsgottheiten kund. Er hörte, wie das Schriftzeichen *yue* ursprünglich das Bild eines Schriftträgers, also eines beschrifteten Täfelchens aus Holz oder Bambus, dargestellt habe. Auf diesen Täfelchen seien die Botschaften oder Fragen an den Himmel eingezeichnet worden. Das Schriftzeichen *shin* für »Schreiber« habe ursprünglich eine Hand dargestellt, die den an einer Stange befestigten Schriftträger emporhält, um die darauf verzeichnete Botschaft dem Himmel darzubieten. Der Himmel ließ darauf seine Zeichnungen oder Bilder *(xioang)* herabhängen.

Das I Ging nun sei nichts anderes als ein System zur Fixierung der kosmischen Veränderungen, wie sie der Mond am Himmel vollziehe. *Yin* sei die Schattenseite des Mondes, *Yang* seine Tag- oder Lichtseite. Durch die Synthese aus zwei gegensinnigen Bildreihen würden die sogenannten Acht Trigramme, dreiteilige Linienkombinationen, erzeugt, als da seien: Kiën, das Schöpferische; Kun, das Empfangende; Dschen, das Erregende; Kan, das Abgründige; Gen, das Stillehalten; Sun, das Sanfte; Li, das Haftende; Dui, das Heitere. Kreisförmig zu einem Trigrammzyklus zusammengeschlossen, hänge jedes der acht Trigramme mit seinen beiden Nachbarn zusammen. Somit stelle sich die ambivalente Struktur des Mondwandels als Zusammenhang zwischen seinen zwei gegensinnigen Aspekten dar. Die 64 Hexagramme entstünden in Kombination aller acht Trigramme untereinander (achtmal acht). Die Formel 8^2 beruhe aber auch auf den zwei Erscheinungsformen des Mondwandels im Monat und im Jahr, womit für jeden Augenblick die Verbindung zum Kosmos, aber auch der ständige Wandel aller Zustände gegeben sei. Das Entscheidende liege somit im Prinzip des Wandels, der Veränderung, bei dem jeder Zustand eben schon den Keim eines anderen in sich trage. So betrachtet, werde das I Ging zum Spiegel des Kosmos. Dessen alles durchdringende Kraft aber sei eben das Ch'i.

Seami befragte das I Ging mit Münzen. Er erschrak nicht wenig, als sich das Zeichen »Die natürliche Antwort« ergab. In einem der Kommentare, die ihm der Meister ausgeliehen hatte, las er:

> Die Empfänglichkeit der Natur steht nun im Mittelpunkt. Die Natur vermag sich in die Jahreszeiten einzufühlen und folgt ihren Erfordernissen ... das Entscheidende dieser Zeit liegt darin, die NATÜRLICHE ANTWORT auf die unzähligen Dinge rundum zu finden, eine Antwort, die den Naturgesetzen gemäß ist. Sie haben es nun mehr mit Tatsachen als mit Möglichkeiten zu tun ...

Und was für Tatsachen da gemeint waren, stellte sich bald heraus. Es war bei einer der Nachmittagssitzungen mit der Schönen Shin. Er spürte, daß eine Entscheidung in ihrem Verhältnis zueinander unausweichlich geworden war. Er war jetzt dazu übergegangen, die Zeichnung für die Holzschnittserie »Der Kaiser und die Schöne Shin«, wie sie auf ausdrücklichen Wunsch des Kaisers heißen sollte, vorzubereiten. Er machte Skizzen von zwei Personen, Personen, die keine Gesichter hatten. Er wiederholte die Komposition »Der Samurai und die Kurtisane«.

Es fiel ihm auf, daß er dem Paar unbeabsichtlich seine Züge und die der Shin gegeben hatte. Er zerriß die Skizzen. Er verharrte einen Augenblick, zu Boden blickend, um sich zu überlegen, was er nun anfangen solle. Er hörte die Schöne Shin sagen: »Würdet Ihr mir die Decke da geben? Es wird mir kalt.«

Er nahm die Decke, ging zu ihr hinüber und deckte sie zu. Plötzlich waren ihre Arme um seinen Hals, und er fand sich in einem Kuß wieder.

Er beugte sich zurück, und sie sagte:

»Könntet Ihr nicht unserer Liebe ein wenig Wärme spenden?«

»Wartet«, sagte er, »laßt uns noch für einen Augenblick einen klaren Kopf behalten. Ihr wißt, welches Schicksal uns droht, wenn unsere Beziehung entdeckt wird. Ihr seid das Eigentum des Kaisers. Wollt Ihr wirklich, daß wir unser beider Leben aufs Spiel setzen?«

»Ihr irrt«, sagte sie mit einem melancholischen Lächeln, »ich bin niemands Eigentum. Ich liebe den Kaiser nicht. Mag sein, daß ich ihm Dankbarkeit schulde. Ich liebe Euch. Ob Ihr mich liebt, müßt Ihr selbst entscheiden. Wir könnten dem Kaiser sagen, was geschehen ist, und auf seine Großmut hoffen. Aber ich halte ihn nicht für sehr großmütig. Er hat mich zu seiner Gefangenen gemacht. Nun, ich bin entschlossen, mich aus dieser Gefangenschaft zu befreien.«

»Dann bin ich der Helfer für Eure Flucht?« fragte Seami.

Sie machte eine Gebärde zorniger Verneinung.

»Nein«, sagte sie, »ich sollte nicht von Gefangenschaft und Flucht sprechen. Vielleicht sollte ich es ein Spiel nennen, ein großes, schönes Spiel. Ich bin bereit, jeden Einsatz zu zahlen, und sei es den meines Lebens.«

Er wurde sich wieder im Hintergrund seines Bewußtseins dieser Härte bewußt, die er gleich bei ihrer ersten Begegnung an ihr wahrgenommen hatte. Ja, das ist es: diese Überblendung von Härte und Zärtlichkeit, dachte er, als er versuchte, sich über die Anziehungskraft, die sie auf andere ausübte, klar zu werden.

Er sagte nichts mehr. Er kam sich wie ein Schlafwandler vor, als er sich entkleidete und sich neben ihr auf dem Ruhebett ausstreckte.

Nachdem sie sich aus ihrer Umarmung gelöst hatten, fuhren seine Finger über die Linien ihres Körpers hin, als könne er sie auf diese Weise auswendig lernen.

»Ich habe sagen hören«, hörte er sie murmeln, »daß die Gefahr den Geschmack der Liebe süßer werden läßt?«

Er fuhr hastig hoch, weil er sich daran erinnerte, daß sie nicht einmal die Tür verriegelt hatten und der Kaiser um diese Zeit manchmal hereinzuschauen pflegte.

»Was hast du?« fragte sie.

»Furcht.«

»Vor was?«

»Vor was wohl?«

»Wenn du an den Kaiser denkst oder an die kaiserlichen Boten, so kannst du völlig unbesorgt sein. Der Kaiser opfert irgendwo in der Mandschurei seinen Ahnen. Vor drei, vier Tagen wird er nicht zurück sein. Es wäre sehr unfreundlich, wenn du jetzt gingst, ohne daß du mich noch einmal spüren ließest, daß du mich liebst.«

Es war gegen Morgen, als er in seine Wohnung zurückkehrte. Dort traf er Taifun an. Er hatte ein Gefäß mit Reiswein besorgt, aber nichts davon getrunken und mußte dann eingeschlafen sein. Es sah komisch aus, wie der Fleischberg, behängt mit den bunten

Fetzen seiner Kleidung, da am Boden saß, und wenn Seami Ton zur Hand gehabt hätte, hätte er sofort begonnen, diese Gestalt zu modellieren. Dann erwachte der Fleischkloß zum Leben.

»Bei *Amida*«, sagte er und reckte sich schlaftrunken, »laßt Ihr Eure Freunde immer so lange warten, damit sie Eure Freundschaft auch recht zu schätzen wissen?«

Die Gesandtschaft hatte für den Vormittag ein Treffen angesetzt und den Ringer geschickt, um ihn zu verständigen. Seami weihte den Ringer in seine Affäre mit der Schönen Shin ein. Der meinte, daß man gegen solche Überfälle der Leidenschaft keinen Widerstand leisten solle, und was die Gefahren betreffe, so wisse Seami ja, daß er in ihm einen ergebenen Freund habe. Er werde sich erlauben, in Zukunft immer ein wachsames Auge auf ihn zu haben.

Sie waren schon leicht angetrunken, als es hell wurde. Sie tranken weiter und gingen später ins Dampfbad. Als sie zur Zusammenkunft der Gesandtschaft erschienen, waren sie wieder völlig nüchtern. Seami, dem ein Ruch des Duftes der Räucherstäbchen, die bei der Schönen Shin gebrannt hatten, aus dem Ärmel seines Unterhemdes zuwehte, schienen die Farben und Formen der Kaiserstadt heute noch glänzender, wie Blüten, die sich zu Ehren seiner Liebe geöffnet hatten.

Der Kaiser fragte nach den Drucken. Seami erklärte ihm, sie würden nicht vor dem Sommerfest fertig. Der Kaiser schien ungeduldig, gereizt. Seami witterte Mißtrauen. Kangxi kam jetzt nie mehr, wenn Seami die Schöne Shin zeichnete. Er kündigte seine Besuche an, und wenn er eintrat, erkundigte er sich immer höflich, ob er Seami nicht bei der Arbeit störe, er wolle mit ihm plaudern.

Einmal, als Seami mit ihr allein war, fragte er die Frau, ob sie nach wie vor mit dem Kaiser das Kissen teile.

»Was bleibt mir anderes übrig«, sagte sie. »Er hätte sonst gewiß Verdacht geschöpft.«

Seami verspürte Eifersucht. Er stellte sich vor, wie der Kaiser auch auf ihn eifersüchtig war. Die Schöne Shin erzählte Seami, der Kaiser wünsche, daß sie von ihm ein Kind empfange. Bisher habe sie Mittel und Wege gewußt, dies zu verhindern.

»Außerdem«, sagte sie, »glaube ich nicht, daß sein Samen noch zeugt.«

»Wie wäre es«, sagte Seami, »wenn du von mir empfingst?«

»Du errätst meine Wünsche.«

Sie hatte sogar schon ein Datum errechnet, das für eine Empfängnis günstig war. Der Gedanke daran stachelte Seami auf.

Sie wußten es einzurichten, daß sie in dieser Nacht zusammenlagen. Angeblich war der Kaiser wieder einmal nicht in der Stadt, aber manchmal dachte sich Seami, er könnte heimlich zurückkommen oder sie überwachen lassen. Dann wieder kam es ihm so vor, als wisse der Kaiser längst um ihr Verhältnis, und dulde es... Aber warum? Etwa, weil er der Schönen Shin einen stürmischeren Liebhaber wünschte, als er selbst es war? Die Situation war kompliziert, und wenn er ins Grübeln geriet, spürte er, daß ihn sein Magen schmerzte.

In dieser Nacht – Seami war erst nach Mitternacht in den Pavillon der Schönen Shin gekommen – waren ihre Umarmungen so überschwenglich, daß er nie ins Nachdenken verfiel. Es schien ihm, als biete die Frau angesichts des besonderen Datums all ihre erotischen Künste auf, ihren Umarmungen eine Intensität zu geben, bei der der Zustand des absoluten Vergessens der Welt draußen nicht nur im Augenblick des Orgasmus zustande kam.

Sie waren bereits längere Zeit zusammen. Er wäre nicht in der Lage gewesen, zu sagen, wie viele Stunden der Nacht schon verstrichen waren, hätte nicht neben dem Lager der Schönen Shin eine Uhrenkerze gebrannt. Es war ihr immer wieder gelungen, das Feuer bei ihm anzufachen. Jetzt saß sie auf seinen Schenkeln, und sein Glied stieß immer wieder in ihre Grotte vor. Es war eine jener Umarmungen, bei denen es lange dauert, bis der Moment der höchsten Lust erreicht ist. Er streckte, einem Impulse folgend, den Kopf vor, um mit den Lippen ihre Brüste zu berühren. Dabei fiel sein Blick auf die Augen des Drachen an der Decke. Im ersten Moment hielt er seinen Verdacht für lächerlich, für eine Ausgeburt seines wachsenden Mißtrauens und seines schlechten Gewissens. Aber dann war er sich ganz sicher. Er erstarrte, schrie etwas, wand sich unter ihren Schenkeln hervor und war im Nu in seinen Kleidern.

»Was hast du?« fragte sie.

»Die Drachenaugen!« murmelte er, wie zu sich selbst.

»Was ist damit?« fragte sie.

»Es kam mir vor, als beobachte uns jemand von dort oben aus.«

»Du träumst«, sagte sie. »Komm doch, laß uns lieber versuchen, ob die Wolke nicht noch einmal birst.«

Sein Glied war schlaff. Sie kniete sich hin, berührte es mit ihren langen Fingern und küßte es.

»Du wolltest, daß ich empfange«, erinnerte sie ihn.

»Ich werde die Vorstellung nicht los, daß uns jemand beobachtet und belauscht, und das nicht erst seit heute nacht!« sagte er.

Er kleidete sich an und ging nach draußen. An der Rückseite des Pavillons gab es eine Wendeltreppe, die in den ersten Stock führte. Er betrat einen düsteren Raum und tastete sich zu der Stelle vor, an der sich unter dem Boden der Drache befinden mußte. In den Boden war eine Vertiefung eingelassen, die die Form einer Gesichtsmaske hatte. Er streckte sich auf dem Boden aus und starrte durch die beiden Augen des Drachen. Er sah die Schöne Shin, verzerrt, aber zugleich auch vergrößert, wie sie mit angezogenen Beinen unten auf dem Ruhebett saß. Er ging wieder zu ihr hinunter.

Als er das Zimmer betrat, sah sie ihn erwartungsvoll an.

»Es ist so, wie ich befürchtet habe«, sagte er.

»Dann sind wir verloren«, antwortete sie leise.

Eine merkwürdige Art von Kaltblütigkeit überkam ihn.

»Ach was«, erwiderte er ruhig und begann, sich wieder auszukleiden. »Überlege einmal«, er lachte leise in sich hinein, »wer immer dort hinaufsteigt, er ist ein Voyeur. Er wird sich nicht so ohne weiteres um den Gegenstand seiner Lust bringen.«

Um sich zu beruhigen, ging Seami den ganzen nächsten Tag über in der Palaststadt spazieren. Die Vorstellung trieb ihn um, daß er vielleicht bald werde fort müssen. Es war da eine Ahnung, die in ihm aufstieg. Er überlegte Fluchtmöglichkeiten. Nach Westen, dachte er, ins Unbekannte. Es war ihm plötzlich, als ob gerade das Unbekannte ihnen Schutz bieten würde. Einen ganzen Monat später, bei einer der Zusammenkünfte der japanischen Gesandtschaft, hörte er davon, daß der Vater der Schönen Shin die Anklage gegen zwei korrupte Generäle vorbereite. Er sprach davon zu ihr. Sie ging darauf nicht ein. Statt dessen flüsterte sie:

»Ich habe dem Kaiser gesagt, ich müsse mich schonen, ich hätte von ihm empfangen.«

»Ist das wahr?«

»Nicht von ihm: von dir.«

»Bist du sicher?«

»Ja. Ich glaube nicht, daß der Kaiser von unserem Verhältnis etwas ahnt. Aber ich bin sicher, daß der Platz dort oben auch heute wieder besetzt ist«, fügte sie laut sprechend hinzu.

»Und von wem?«

Sie zog die Decke über ihre Köpfe: »Vom Obereunuchen.«

»Warum beschwerst du dich nicht beim Kaiser?«

»Nicht jetzt. Sobald mein Vater seinen Streich geführt hat, führen wir den nächsten.«

Dann kam das Fest im Park des Sommerpalastes. Der Kaiser zog mit zweihundert Auserwählten für mehrere Tage dort hinauf. Nicht eingeladen zu sein galt als ein Zeichen von Ungnade. Seami hatte von den fünf Holzschnitten, die das Liebespaar in verschiedenen Posen zeigte, jeweils drei Abzüge gemacht. Einen hatte er der Schönen Shin geschenkt, einen selbst behalten, und den ersten Abzug legte er dem Kaiser an einem sonnigen Augusttag in dessen Privatgemächern vor.

Das Wagnis der Darstellung bestand darin, daß auf keinem der Bilder das Gesicht des Mannes zu sehen war. Er würde erklären, er habe gefürchtet, der Würde des Himmelssohns nicht gerecht zu werden. In Wahrheit hatte er es einfach nicht fertiggebracht, den Kaiser bei der Umarmung mit einer Frau abzubilden, die er selbst liebte, mit der er so viele Male lustvoll das Kissen geteilt hatte.

Die Frage war, wie der Kaiser es aufnehmen würde. Fiel es ihm überhaupt auf? War er von dem großen Reiz, der von der Darstellung der Frau ausging, hinreichend geblendet? Der Kaiser betrachtete die Drucke lange und sagte dann:

»Sie sind hervorragend. Du verdienst höchstes Lob, und dein Wunsch, den ich nicht vergessen habe, soll dir erfüllt werden. Aber nun leugne nicht, Japaner. Du hast dich während der Arbeit in sie verliebt. Warum es abstreiten? Es geht jedem so, der längere Zeit mit ihr zusammen ist. Zwei Diener, die zudringlich wurden, habe ich schon hinrichten lassen müssen. Die armen Burschen!«

Seami zog sich der Magen zusammen, es wurde ihm weich in den Knien, aber mit dem besonderen Lächeln, das er an anderen Höflingen abgeschaut hatte, erwiderte er:

»Mit allem Eurer Majestät gebührenden Respekt in Erfüllung meines Auftrages.«

»Nun«, sagte der Kaiser, »wir hatten die Schöne Shin heute hier erwartet. Sie ließ ausrichten, sie sei unpäßlich. Ich vermute, dahinter steckt eine Intrige der Frauen meines Harems. Die Schöne Shin hat nämlich von mir empfangen. Vielleicht werde ich noch einen Sohn bekommen, Japaner.«

»Ich gratuliere, Majestät. Die Schöne Shin hat mich gestern abend noch in meiner Werkstatt aufgesucht, um einen Blick auf die Ausdrucke zu werfen. Sie sprach sehr liebevoll von Eurer Majestät.«

Seami lobte sich insgeheim selbst, so sicher waren ihm seine Heucheleien über die Lippen gegangen. Dennoch war er erleichtert, als eben da ein Bote kam und den Kaiser zum Aussichtspunkt bat, von wo aus der Hofstaat das Feuerwerk ansehen wollte.

Von den nächsten Tagen blieben Seami später nur noch Fetzen von Bildern in Erinnerung. Die Lichtquallen des Feuerwerks. Die Kämpfe der beiden japanischen Sumo-Ringer, bei denen Taifun siegte. Die Kämpfe gegen die chinesischen Ringer, bei denen Taifun klug genug war, sich zweimal besiegen zu lassen. Das Nō-Spiel, in dem der Geist der Ono Komatschi erschien, auf einer Terrasse bei Nacht über dem See. Das Festmahl der Prominenz am letzten Tag, das sich eine ganze Nacht hinzog. Zum ersten Mal in seinem Leben aß Seami Kamelfüße. Die vielen Toasts mit diesem süßen, süffigen Reiswein. Eine Gruppe von Tänzerinnen aus der Mandschurei. All das sah er. Er redete, lachte, antwortete mit Witz und höfischer Gewandtheit und war doch nie ganz bei der Sache, vielmehr ständig in Gedanken bei der Schönen Shin. Er spürte, daß etwas geschah, daß sie an ihn dachte, und mißbilligte diese Vorstellung als sentimentale Einbildung. Er erwog Fluchtpläne; es fiel ihm ein, daß er nach Dung Huang sollte. Hatte der Kaiser nicht geäußert, er erinnere sich an seinen Wunsch und billige ihn? Er mußte nachfassen, nach Möglichkeit noch auf dem Fest. Dazu kam es nicht. Er geriet in einen Wortwechsel mit dem kaiserlichen Kammerherrn. Er hatte dem Mann in einer belanglosen Sache widersprochen. Er war scharf geworden. Wie töricht. Später tranken sie Versöhnung. Zuviel Reiswein. Wie töricht abermals. Der schwankende Rhythmus, in dem sich die Sänfte zur Verbotenen

Stadt zurückbewegte, gab ihm den Rest. Er spie, spie, bis er nur noch Galle aus dem Hals hervorwürgte.

Er hatte sich vorgenommen, noch in dieser Nacht die Schöne Shin aufzusuchen. Statt dessen wankte er in einen dunklen Raum, in dem wenigstens schon die Schlafmatte ausgelegt war. Er träumte von einem Kampf gegen den Drachen. Er fuchtelte herum, ein Schwert in jeder Hand. Er sah eines der Blätter, die er dem Kaiser übergeben hatte. Nun trug der Mann sein Gesicht. Er erschrak, sah sich des Todes. Der Kaiser sagte: »Es ist doch gleichgültig, von wem sie empfangen hat. Mein Sohn oder dein Sohn. Wenn ein gesundes Kind zur Welt kommt, schenke ich ihm ein Königreich auf dem Mond.«

Im Traum sah er sich als Werkzeug des Kaisers zur Zeugung eines Kindes. Wieder kam das Würgen. Es klopfte. Seami rappelte sich auf und stakste mit verklebten Augen zur Tür und öffnete. Es war Taifun.

»Was willst du?« fragte Seami, immer noch unsicher, ob er sich in der Wirklichkeit bewege oder immer noch im Traum.

»Beeilt Euch«, sagte Taifun, »Ihr müßt zum Kaiser.«

»Jetzt, mitten in der Nacht?«

Seami suchte nach seinen Kleidern. Taifun sagte:

»Während wir fort waren, ist etwas vorgefallen. Der Kaiser will Euch deswegen sprechen. Meia läßt Euch sagen, wenn Ihr Euch bedroht fühlt, sollt Ihr Euch nicht scheuen, statt dessen hinüber ins Gästehaus zu kommen. Wir haben alle unsere Waffen hervorgeholt. Aber mein Rat ist: Geht zum Kaiser.«

»Wenn du mir das rätst...«, brummte Seami, immer noch schlaftrunken.

Sie machten sich auf den Weg. In der Nacht wirkten die Gebäude, Pfade, die Mauern, Plätze und kleinen Parks des Kaiserpalasts auf Seami immer wie eine Geisterstadt. Sätze flossen ihm durch den Kopf, Sätze, die nicht zu ihm zu gehören schienen: Das Sommerfest ist längst zu Ende. Ich muß aufwachen. Ich muß Entscheidungen treffen. Warum wird in meinem Kopf ständig dieser große Gong geschlagen? Das soll aufhören. Nie mehr in meinem Leben trinke ich Reiswein.

Taifun watschelte vor ihm her. Nach ein paar Minuten betraten sie einen völlig leeren Raum, der mit Bodenmatten ausgelegt war.

An der einen Seite befanden sich die Schiebetüren, hinter denen die kaiserliche Leibwache saß. Sie wurden von einem Diener geschlossen, als Taifun und Seami eingetreten waren. Der Kaiser saß in der Mitte des leeren Zimmers am Boden. Neben ihm standen sein Schwert und seine Rüstung.

»Keine Formalitäten«, sagte er, »wir haben es eilig. Hör zu, Japaner. Ich möchte dich gebrauchen. Während wir auf dem Fest waren, hat hier eine Art Revolte stattgefunden. Jemand hat den General Tung-she zu Tode foltern lassen. Seine Tochter, die Schöne Shin, die wir beide so sehr verehren...«

Seami wollte widersprechen, aber der Kaiser gebot, mit einer Handbewegung, ihn nicht zu unterbrechen.

»... Unsere gemeinsame Freundin ist verschwunden und mit ihr die Generäle Wu und Hau. Ich gehe davon aus, daß es ihnen darum zu tun war, die Schöne Shin in Sicherheit zu bringen. Und im Lichte der jüngsten Ereignisse taten sie recht damit.

Es ist mein Wille, daß du der Schönen Shin und den Generälen nachreist. Sag ihnen, die Verschwörung des Hauptmann Ren sei zerschlagen worden, die Mörder des Generals Tung-she würden ihrer Bestrafung zugeführt, aber dazu sei es nötig, daß sie alle drei umgehend nach Beijing zurückkehren. Taifun wird dich begleiten. Ihr seid doch Freunde, nicht wahr? Er ist stark und schlau, und es ist eine lange gefährliche Reise.«

»Aber, Majestät...«

»Waren wir uns nicht darüber einig geworden, daß du mich Kangxi nennen darfst?«

»Sehr wohl..., bitte bedenkt, Herr Kangxi: Ich habe Verpflichtungen der Gesandtschaft gegenüber.«

»Darüber werde ich mit Meia sprechen. Ich werde ihm sagen, daß du mir durch deine Reise einen großen Dienst erweist. Ich denke mir, es ist auch in deinem Interesse, daß der Schönen Shin nichts zustößt.«

Er gab diesem Satz eine merkwürdige Betonung, und Seami spürte, wie der Kaiser seinen Blick suchte. Der Ausdruck seiner Augen schien ihm jetzt voller unverborgenem Haß. Oder bildete er sich das nur ein?

»Ich habe vor«, fuhr der Kaiser fort, »sobald die Schöne Shin zurückgekehrt ist, sie in den Rang einer kaiserlichen Konkubine zu erheben. Sag ihr das. Wenn du meinen Auftrag zur Zufriedenheit ausführst, wirst du wählen können, ob du an meinem Hofe bleiben oder in deine Heimat zurückkehren willst. Gleich wird man euch Reisegeld, Pässe und Empfehlungen an die Behörden der Provinzen, durch die ihr reist, aushändigen. Es soll euch an nichts fehlen. Ihr tragt ein kaiserliches Siegel bei euch, und ihr werdet die roten Bänder der kaiserlichen Boten anlegen. Das sollte vieles erleichtern. Bisher habe ich dir befohlen, nun füge ich meinem Befehl eine Bitte an dich hinzu: Sorge dafür, daß die Schöne Shin an unseren Hof zurückkehrt!«

Damit waren sie entlassen. Als sie durch das nächtliche Palastareal zu Seamis kleinem Haus zurückgingen, sprachen beide zuerst kein Wort. Seami grübelte wieder darüber nach, ob der Mann, der die Schöne Shin und ihn belauscht und beobachtet hatte, der Kaiser gewesen sein mochte. Sein Urteil in dieser Frage hatte in den letzten Tagen immer wieder geschwankt. Da war diese zweideutige Bemerkung bei dem Feuerwerk im Sommerpalast. *»Nun gib es schon zu, Japaner ...«* Aber dann gerade ihn der Frau hinterdrein zu schicken, paßte das zu einem mißtrauischen und eifersüchtig Verliebten, der herausgefunden hatte, daß er zum Hahnrei gemacht worden war? Immerhin bestand so Hoffnung, daß er die Schöne Shin wiedersah. Sofern sie noch lebte. Und womöglich war das ein Befehl, der ihn fern der Hauptstadt in den Tod schickte. Er kam zu keinem Entschluß, was er von alldem halten sollte. Er kam sich vor, wie jemand, der taumelt. Es tat ihm gut, zu wissen, daß Taifun neben ihm ging.

»Was machen wir jetzt, alter Freund?«

»Die Feuersbrunst für einen Raub ausnutzen.«

»Häufig sind deine Sätze rätselhaft.«

»Wir müssen in die Grenzfeste Za-mong. Weißt du, wie weit es von dort aus nach Dung Huang ist?«

»Nein?«

»Mit einer Karawane fünf oder sechs Tagesreisen.«

»Und wieso gerade nach Za-mong?«

»Weil der Obereunuch dorthin eine Abteilung schneller Reiter entsandt hat. Vor zwei Tagen.«

»Und was hat das mit dem Verschwinden der Schönen Shin zu tun?«

»Nun, am Abend nach dem Wettkampf, als Ihr im Sommerpalast ward, vertrieb ich mir die Zeit in Gesellschaft mit einem der chinesischen Ringer. Ihr erinnert Euch ..., jener Bursche, den ich nach dem Motto ›Dürre Bäume mit künstlichen Blüten schmükken‹ gewinnen ließ. Wir hatten uns schon zuvor angefreundet und verabredet, uns nicht allzu weh zu tun. Nun, eben an diesem Abend sagte er zu mir, für eine Weile würden wir nun wohl nicht mehr miteinander Go spielen und dem Mond zutrinken können. Man schicke ihn morgen in eine gottverlassene Gegend im Westen, in die Grenzfeste Za-mong. Es sei eine Verschwörung aufgedeckt worden. Den General Tung-she habe es schon den Kopf gekostet, die Herren Wu und Hau seien geflohen. Man vermute sie in ihrem alten Hauptquartier. Ein Eliteregiment werde vom Obereunuchen aufgeboten, um ihnen den Garaus zu machen.«

»Vom Obereunuchen? Hat der Kaiser nicht gesagt, der Anführer der Verschwörer sei der Hauptmann Ren, der Kommandeur der Palastgarde?«

»Deswegen kann trotzdem der Obereunuch dahinterstecken. Habe ich Euch nie den schönen Spruch gesagt: ›Mit dem Messer eines anderen töten?‹ Wer weiß, welches Amt er Ren nach dem Tod des Kaisers versprochen hat, wenn er Tung-she und die beiden anderen Generäle aus dem Weg räumt.«

Sie erreichten Za-mong nach vierwöchiger, strapaziöser Reise. Sie fragten beim Bürgermeister nach einer Frau und zwei Männern. Der Bürgermeister musterte sie von Kopf bis Fuß.

»Ihr seid Fremde?« Offenbar überlegte er, wie er sich verhalten solle.

»Freunde der Schönen Shin«, sagte Seami rasch. »Und hier, erkennt Ihr das Siegel des Kaisers?«

»Das kann auch ein Spitzbube an sich bringen«, meinte der Bürgermeister. »Ihr müßt wissen, in der Alten Festung vor dem Ort hat erst vor kurzem ein wütender Kampf stattgefunden. Die schöne Frau trefft Ihr hier nicht mehr, wohl aber die beiden Männer. Seht Euch nach ihnen dort draußen um. Aber seid vorsichtig, daß sie Euch nicht auch für Parteigänger des Obereunuchen halten und Euch umbringen.«

Die Alte Festung war ein Gebäude, das früher als Kaserne für

Grenztruppen benutzt worden war. Dann, als sich die Grenze weiter nach Westen vorgeschoben hatte, war es aufgegeben worden und verfiel nun langsam: Ruinen, von kleinen Bäumen, Büschen und Gras überwuchert. Einige der Bauten hatten noch Dächer.

Seami und Taifun tappten dort herum, immer darauf gefaßt, daß sich unter ihren Füßen eine Falltür auftun oder sie in eine Wolfsangel treten würden. Dann kam ihnen einer der Gesuchten auf einem Weg entgegen. Es war der General Wu. Er entschuldigte sich, daß man sie habe hier herumirren lassen.

»Wir mußten uns erst darüber klarwerden, wer ihr seid.«

In einem großen Saal trafen sie den anderen Mann.»Der ehemalige Marstall«, erklärte Wu. Im Hintergrund wieherten Pferde. Man sah die Tiere nicht.

»Setzt Euch dort auf die Sättel. Der Steinboden ist kalt. Tee können wir Euch anbieten«, sagte der andere Mann, der sich noch nicht vorgestellt hatte, aber wohl General Hau sein mußte.

Bei dem Schweigen, das eintrat, merkte Seami, wie ausgelaugt er von den Strapazen der Reise war. Sie hatten sich nicht geschont, weil sie dem Aufgebot des Obereunuchen hatten zuvorkommen wollen. Offenbar hatte das Gefecht aber schon vor einigen Nächten stattgefunden.

»Ihr seid Japaner?« fragte Hau. »Wieso schickt man Fremde?«

»Ich heiße Seami und bin Holzschneider. Und dies ist der Sumo-Ringer Taifun. Vielleicht hatte der Kaiser bei der schwierigen Lage bei Hofe niemand anderen, dem er diesen Auftrag anvertrauen wollte.«

»Seltsam dennoch, aber seid willkommen!«

Sie tranken Tee. Nach der ersten Schale sagte Seami:

»Wir freuen uns, die beiden Herren Wu und Hau hier wohlbehalten anzutreffen.«

Er spürte, wie bei dem Gedanken an die Schöne Shin seine Hände zu zittern begannen, und verbarg sie in den Ärmeln seiner Bluse. Auf dem Steinboden brannte ein Feuer.

»Wohlbehalten ist gut«, meinte Wu und wies mit einem Kopfnicken auf den rechten Arm, den er in der Schlinge trug.

»Ich habe Euch den Befehl des Kaisers zu übermitteln, in die Hauptstadt des Reiches zurückzukehren.«

»Wie vergewissern wir uns, daß dies keine Falle ist?«

Seami zog das Blatt mit dem Kaiserlichen Siegel hervor. Wu las und reichte das Schreiben an Hau weiter. Der überflog es, hob die Brauen und sagte:

»Nach den Erzählungen der Schönen Shin hat sich bei uns eine günstige Meinung über Euch gebildet, Herr Seami. Steht Ihr denn beim Kaiser noch in Gunst?«

»Wie meint Ihr das?«

»Ihr wart Ihr Geliebter, und der Kaiser...«

»Still«, raunte Hau ihm zu, »was hat uns das alles zu kümmern.«

»Nun, ich fürchte doch, einiges. Habt ihr nicht gelesen, daß es den Kaiser nicht nur danach verlangt, uns wiederzusehen, sondern auch die Frau?«

»Es ist seine dringliche Bitte«, sagte Seami. »Er würde gewiß sehr ungnädig aufgenommen werden, wenn wir sie nicht mitbrächten.«

»Die Schöne Shin hat sich allen Männern der Welt entzogen«, sagte Hau schroff.

»Wie sollen wir das verstehen?« warf Taifun ein, der bisher schweigend dabeigesessen hatte und plötzlich lebendig geworden zu sein schien.

»Nun«, sagte Hau, »Ihr müßt wissen, daß hier ein arges Gemetzel stattgefunden hat. Wir waren vier gegen ein ganzes Eliteregiment. Es gab da noch einen jungen Rechtsgelehrten aus dem Ort, der sich auf unsere Seite schlug. Wir überlegten, ob wir angesichts solcher Übermacht überhaupt die geringste Chance haben würden. Dann kam dieser junge Mann aus dem Ort auf den Einfall, sie das Nichts sehen zu lassen.«

Seami hob fragend die Schultern.

»Das Wasser trüben, um die Fische zu ergreifen«, warf der Sumo-Ringer ein.

»Ganz recht«, fuhr Hau fort. »Wir verwandelten die Alte Festung in das Schloß eines Geisterkönigs. Wir narrten die Soldaten, die man ausgeschickt hatte, uns zu töten. Sie hatten es eilig nach ihrem Gewaltritt. Um mit uns rasch fertig zu werden, griffen sie noch bei Nacht an. Das war der erste Fehler. In einer sehr dunklen Nacht. Und diese Wildnis da draußen war präpariert. Es gab Fallgruben und automatische Eisenpfeilschleudern. Sie stürzten ins Nichts. Wir brauchten sie schließlich nur noch hinzuschlachten, soweit sie das nicht sogar schon gegenseitig getan hatten. Aber dabei gerieten wir in eine Art Blutrausch. Wir kämpften nicht mehr, wir wüteten. Unsere animalischen Gelüste waren plötzlich freigesetzt. Auch bei dem Mädchen. Wir waren keine Menschen mehr in dieser Nacht. Wir waren Kriegshyänen. Stellt Euch vor: Sie waren mit hundertzwanzig Mann gekommen. Alles erfahrene Soldaten. Keiner der Offiziere entkam. Auf dem Gelände der Festung zählten wir am Morgen an die siebzig Tote. Vermögt Ihr Euch vorzustellen, was es bedeutet zu viert siebzig gut ausgebildete Soldaten getötet zu haben! Einige wurden enthauptet, aber nicht allein mit dem Schwert, auch mit Wurfmessern, mit Kampffächern, selbst mit Tüchern haben wir sie getötet.

Als wir uns am Morgen umsahen und die Götter priesen, daß wir überlebt hatten, war die Schöne Shin nicht mehr da.«

»Was heißt ›nicht mehr da‹?« fragte Seami bestürzt.

»Ihr habt schon recht verstanden«, sagte Hau gedämpft. »Sie war nicht mehr da. Wir forschten überall im Ort nach ihr. Sie blieb verschwunden.«

»Wollt Ihr behaupten, sie habe sich in Luft aufgelöst? Das wird der Kaiser Euch nicht abnehmen.«

»Langsam«, sagte Wu leiser, »auch er wird sich darein fügen müssen. Erzählen wir Herrn Seami alles. Wir überlegten lange hin und her. Wir sprachen mit dem jungen Mann, der uns beigestanden hatte. Wir fanden keine Spur und keinen Hinweis auf ihren Verbleib. Dann erinnerten wir uns an ein Ereignis, das sich auf dem Weg hierher zugetragen hatte. Es war bei der Überquerung der Berge, nahe einem heiligen Ort, einer Höhle. Wir rasteten und wurden von der Vorhut des Obereunuchen überrascht. Wir sahen uns schon verloren, als eine Gruppe von Mönchen auftauchte, die in der Höhle beten wollte. Sie schoben sich zwischen uns und die Soldaten, und als diese Anstalten machten, uns anzugreifen, warfen sie sie mit nichts als ihren Händen und mit den Seilen, die sie bei sich trugen, nieder. Am schlimmsten erging es dem Anführer der Gruppe, einem Leutnant. Der Abt des Klosters, der mit unter den Mönchen war, wehrte seinen Schwerthieb ab und zerbrach seine Waffe mit den bloßen Händen. Stellt Euch diese Schande vor für den armen Kerl. Ich habe schon viel gesehen in meinem Leben. Aber so etwas noch nicht. Nachdem wir den Mönchen unsere Geschichte erzählt hatten, luden sie uns ein, in ihrem Kloster Rast zu machen, aber wir zogen es vor, uns in der Alten Festung zu verbergen.

Mehr eine Ahnung trieb uns nach dem Kampf und dem Verschwinden der Schönen Shin ins Kloster. Es liegt nur eine halbe Tagesreise von hier. Wir hatten den Abt seinerzeit als einen klugen und in der Kunst der Selbstverteidigung erfahrenen Mann kennengelernt. Auch wir Krieger fühlten uns beschmutzt und unrein nach dem Massaker.

Wir verlangten den Abt zu sprechen und sagten ihm, was uns beunruhigte. Die Blutlachen überall in unseren Träumen. Er ließ eine Sutra für uns lesen und riet uns zu einer bestimmten Meditation. Als wir uns dieser Aufgabe unterzogen hatten, fragten wir ihn: ›Und was ist mit der Schönen Shin?‹ ›Sie ist hier‹, antwortete er, als sei es die selbstverständlichste Sache der Welt. ›Sie wird hier bleiben, bis sie das Kind zur Welt gebracht hat. Und sie hat schon jetzt das Zufluchtsgelübde ausgesprochen!‹«

»Und Ihr seid, ohne daß sie mit Euch gekommen wäre, wieder abgezogen?« rief Seami ungläubig.

»Das Zufluchtsgelübde«, wiederholte der General.

»Wir haben wirklich alles versucht«, mischte sich Hau ein. »Wir haben schließlich sogar mit ihr selbst gesprochen. Sie schien uns völlig verändert. Sie sagte, sie habe nicht gewußt, zu was Menschen fähig seien . . ., auch sie selbst. Es bleibe ihr nur die Wahl zwischen einem Gefängnis und einem Kloster. Sie bleibe bei den Mönchen, und sie wünsche, daß ihr Kind in einem buddhistischen Kloster aufwachse, damit es im Zeichen der Gewaltlosigkeit erzogen werde.«

»Ich werde zu ihr gehen«, sagte Seami.

»Auch Ihr werdet nichts ausrichten.«

»Wahrscheinlich habt Ihr recht, aber ich muß es versuchen. Kehrt Ihr nach Beijing zurück?«

Die beiden Generäle nickten zur Zustimmung.

»Und Ihr, Herr Seami?« fragte Wu.

»Ich bin verwirrt. Ich bin ratlos.«

»Ihr würdet auch gut daran tun, im Kloster ein Sutra für Euch lesen zu lassen und dort um Ruhe und Gelassenheit beten«, riet ihm Wu. »Es ist heilsam für die Seele.«

»Der Kummer ist lang, aber am Ende kommt einmal das Vergessen«, sagte der Sumo-Ringer. »Laß uns nach Beijing zurückreiten, Herr Seami. Und dann laßt uns heimkehren nach Japan.«

»Ich stehe beim Kaiser im Wort, und es ist unser Kind«, murmelte Seami.

»Bei völliger Aussichtslosigkeit ist Weglaufen das beste«, behauptete Taifun.

Danach verfiel Seami in Schweigen. Er nahm wahr, wie die anderen Vorkehrungen zur Abreise trafen. Er saß und schwieg und versuchte Kräfte zu sammeln.

»Verrücktheit mimen, ohne das Gleichgewicht zu verlieren, ist eine schwierige Taktik«, murmelte Taifun spöttisch, als er einmal an ihm vorbeiging.

Irgendwann redeten sie alle auf ihn ein, dann brachen sie tatsächlich auf und sagten ein letztes Mal, er solle doch mitkommen. Er schwieg. Sie beschrieben ihm den Weg, den sie einschlagen würden, falls er es sich später doch noch anders überlegen sollte. Er schwieg und saß in den Trümmern der Alten Festung. Eine Zeitlang meinte er, den Schweiß und das Blut der toten Saldaten riechen zu können, aber auch das ging vorbei. Mitleidige Leute brachten ihm zweimal am Tag zu essen und zu trinken. Es regnete auf ihn, die Sonne brannte auf ihn nieder, Sterne kamen und gingen. Er sah immer noch die Schöne Shin, in dem Augenblick, da er bei der Entdeckung des Gucklochs an der Zimmerdecke des Lagers, auf dem sie sich liebten, aufgesprungen war. Das Bild war wie mit Säure in sein Bewußtsein eingeätzt. Er hatte nicht darauf geachtet, wie viele Tage und Nächte vergangen waren.

Eines Tages, es war grelle Sonne, saß der Abt vor ihm. Er las eine Sutra, und tatsächlich beruhigte der Singsang Seamis Gemüt.

»Gebt sie heraus«, sagte er zu dem Abt.

»Ich bin nur gekommen«, sagte der Abt, »um Euch zu erklären, daß sie nicht mehr bei uns ist.«

»Und wo ist sie dann?«

»In einem Nonnenkloster.«

»Wo liegt es?«

»Ich habe ihr versprechen müssen, es Euch nicht zu sagen.«

»Sie liebt mich. Warum weigert sie sich, mit mir zu sprechen?«

»Was wissen wir«, sagte der Abt.

»Ich habe sie hundert Mal in Gedanken gemalt«, murmelte Seami, »aber die Bilder verlieren immer mehr an Lebendigkeit.«

»So ist es, wenn die Erinnerung nachläßt«, sagte der Abt.

»Ich werde stärker sein als die Kraft des Vergessens.«

»Wenn ihr meint.« Der Abt las noch einmal ein Sutra, dann ging er davon.

Es dauerte noch eine Woche, dann brach Seami zusammen. Ein Fieber überfiel ihn. Er saß nicht mehr aufrecht, er war auf die Seite gefallen. Die Leute aus dem Ort holten die Mönche, die den Kranken mit ins Kloster nahmen.

In seinen Fieberhalluzinationen sah Seami statt der Schönen Shin Toshua beim Liebesspiel auf seinen Schenkeln hocken. Sie beugte sich nach vorn, bis sich ihre Gesichter nahezu berührten. Sie küßte ihn. Dann veränderte sie die Lage ihres Kopfes, so daß ihre Lippen an seinem linken Ohr lagen. »Vergiß sie!« flüsterte Toshua.

Nach dieser Halluzination ging es ihm besser. Als er wieder auf den Beinen war, fragte er den Abt, ob er die Nonne Shin, wie dieser sie zu nennen beliebte, manchmal sehe.

»Ja.«

»So richtet ihr aus, ich hätte sie vergessen. Ich hätte es nicht für möglich gehalten, aber es sei geschehen.«

Der Abt versprach, diese Nachricht zu übermitteln. Daraufhin ließ Seami sich von ihm die Route nach Dung Huang beschreiben. Der Abt fragte ihn, ob er Geld brauche. Seami schüttelte den Kopf. Das Reisegeld des Kaisers war reichlich bemessen gewesen. Ehe er aufbrach, porträtierte er noch einige Mönche, die er im Kloster näher kennengelernt hatte. Und er malte eine Folge von sechs großen Tafeln, pralle, knallrote Hagebuttenfrüchte, alle nur unmerklich voneinander verschieden.

Zehn Tage später bestieg Seami in einer Mondnacht die große Düne Dung Huang und sah auf den kleinen See hinab. Am Tag darauf gelang es ihm, westlich des Hexi in drei der Grotten im Berghang über dem Fluß einzudringen. Er kopierte eine Woche lang Fresken aus der T'ang-Zeit. Er skizzierte von der gegenüberliegenden Talseite ein Panorama der Höhleneingänge und Galeriebauten, die sich von dort aus ausnahmen wie ein geheimnisvolles Skelett.

Am stärksten aber beeindruckte ihn der Gesichtsausdruck des toten *Shakyamuni*, umstanden von seinen Jüngern: Menschen aus den verschiedenen Völkerschaften, durch deren Länder die Seidenstraße verläuft. Es lag auf diesem Gesicht ein völlig entspanntes, freundliche Gelassenheit ausstrahlendes Lächeln. Angesichts dieser riesigen Statue begriff Seami zum ersten Mal, daß es außer Schönheit und Liebe noch einen anderen höchsten Wert gibt: das Nichts.

Die politische Situation in der Stadt interessierte ihn nicht. Er war jetzt frei, an keine Aufträge mehr gebunden, außer an jene, die er als Künstler sich selbst gab.

Er verschaffte sich durch Porträtieren und das Anfertigen von Heiligenbildern genügend Geld, um sich in eine Karawane einzukaufen, die nach Urumtschi und von dort nach Kaschgar abging. Unterwegs eignete er sich ein beträchtliches Wissen über die Qualitäten von Seide an. Er zog weiter über die Pässe des Karakorum und wurde im oberen Industal von einem vorzeitigen Kälteeinbruch überrascht. Mit Frostbeulen an Händen und Füßen erreichte er das Hunschatal. Eine ältere Frau, die an ihm Gefallen fand, pflegte ihn gesund. Er war entschlossen, bei ihr zu bleiben, weil er Dankbarkeit ihr gegenüber empfand. Aber ihre erwachsenen Kinder machten wegen des Altersunterschieds und der im Fall einer Heirat zu erwartenden Verminderung ihres Erbes Schwierigkeiten. Im Spätsommer des folgenden Jahres erreichte er Madras; zwei Monate später, traf er mit einigen Kisten Tee und Gewürzen an Bord eines holländischen Schiffes von Madras kommend in Batavia ein. Er lernte relativ rasch die Sprache der Fremden aus dem Westen und wußte sich einer Gruppe von Kaufleuten unentbehrlich zu machen. Er hörte von ihnen, daß in Japan der Gehalt der Goldmünzen, noch einmal um dreißig Prozent gesunken war.

Seami besaß immer noch einige Shunga und stellte fest, daß die »kunstsinnigen« Holländer nahezu jeden Preis für sie zu zahlen bereit waren. An Metallen war Kupfer gefragt, und er versprach in Batavia einem der Minheern in Japan eine Ladung Kupfer zu beschaffen, ohne zu wissen, wie er dieses Versprechen halten solle, ja, er legte sich sogar auf den Preis dafür fest. Sein Angebot war so günstig, sein Auftreten so gewandt, daß eine holländische Bank ihm einen Kredit einräumte. Sein Kapital steckte er in Bengali-

Seide und in Chinin. Er kam nach Nagasaki. Er war entsetzt über die Enge, in der die Holländer auf Dejima, der künstlichen Halbinsel, leben mußten, und über die Schikanen, denen sie ausgesetzt waren. Es gelang ihm tatsächlich, seinem Geschäftspartner die vereinbarte Menge an Kupfer zu beschaffen.

Danach machte er sich auf in jenen Wald des Ronin, um den dort deponierten Schatz auszugraben. Die Kiste enthielt 600 ryo Gold und sieben kamme Silber. Er kehrte nach Nagasaki zurück und eröffnete eine kleine Druckerei und eine Holzschneiderwerkstatt.

Die Technik bei der Herstellung von Farbholzschnitten war während seiner Abwesenheit entscheidend weiterentwickelt worden. Die Kreuzmarkierung auf der Vorlage war vom *Kento* ersetzt worden. Darunter verstand man einen erhabenen rechten Winkel und einen geraden Steg links und rechts am oberen Rand der die jeweilige Farbe druckenden Holzblöcke zum Anlegen des Druckblattes. Auch eine andere Schwierigkeit, mit der er vor seiner Abreise nach China immer zu kämpfen gehabt hatte, war inzwischen behoben. Damit das Papier bei mehrfarbigen Drucken die Strapazen der verschiedenen Druckgänge aushielt und die Farben gut annahm, wurde es mit einer Mischung von Leimwasser und Alaun bestrichen. Darüber hinaus waren verschiedene raffinierte Methoden der Verfeinerung und Bereicherung der Farbskala entwickelt worden. Das Übereinanderdrucken verschiedener Farben ließ neue Farbnuancen und vollere Töne entstehen; das Verwischen, Verdünnen oder Verlaufenlassen der Farben auf dem Holzstock und das Abpassen des richtigen Augenblicks für das Auflegen des Papierbogens zauberten malerische Effekte hervor. Das Polieren von schwarzen Flächen mit Eberzahn oder die Beimischung von Leimlösung zur Tusche bewirkten eine glänzende Oberfläche. Blinddruck oder Prägung schufen reizvolle Reliefs. Diese kostspieligen Techniken wurden vor allem bei der Herstellung von kleinen Auflagen von Kalender- oder Glückwunschblättern, den *surimono*, angewandt, die man für private Zwecke drucken ließ und verschenkte.

Seami druckte wieder Shunga, was verboten war. Diese gelangten über die *Oranda yuki*, die aus dem Bordellviertel Maruyama abgestellten Prostituierten, nach Dejima. Wenn die Mädchen zurückkamen, schmuggelten sie für ihn Fernrohre, für die unter seinen Landsleuten große Nachfrage bestand. Es gab aber auch einen unter seinen Holzschnitten, der bei japanischen Sammlern besonders beliebt war. Er zeigte eine Prostituierte beim Liebesdienst mit einem der ungeschlachten Fremden. Sie reckt ihr linkes Bein, das bis zum Oberschenkel sichtbar ist, in die Luft, während der Holländer seine Hand unter ihre Kniebeuge schiebt. Gleichzeitig wird neben ihrem Gesicht, das einen bedrängt-überwältigten Ausdruck angenommen hat, sein Gesicht von vorn wiedergegeben. Hinter dem Kopf der Frau brennt Räucherwerk, und der Rauch kräuselt sich, aufwärts steigend, bis zu ihrem Haarpfeil. Weder Penis noch Honiggrotte sind auf dem Blatt zu sehen, aber der Ausschnitt, wahrgenommen durch ein Fenster, ist so raffiniert gewählt, daß das geile Auge des Betrachters beides gewissermaßen mitsieht. Ein Bildtext gibt die Unterhaltung des Paares wieder. Während die dem Holländer in den Mund gelegten Worte lautmalerisch das Gestammel eines Ausländers nachahmen, gibt die Frau unmißverständlich einer akuten Befürchtung Ausdruck, in dem sie murmelt: »Er ist zu lang und zu dick. Ich hoffe, es wird nicht zu eng!«

Seami hatte nur zehn Abzüge gemacht. Für die letzten der Blätter wurden ihm von Sammlern so schwindelerregende Summen geboten, daß er sich entschloß, noch ein zweites Blatt zu zeichnen. Es zeigte wieder den Holländer, nur daß diesmal die Frau mit gespreizten Schenkeln auf ihm reitet, was dem Zeichner die erwünschte Möglichkeit gab, ihr von der Männerwelt als besonders erotisch bewundertes Nackendreieck genau wiederzugeben.

Seamis Druckwerkstatt florierte. Er begann, die Schriften von Saikaku zu illustrieren und die Texte ins Holländische zu übersetzen, was ebenfalls verboten war. Inzwischen war er durch seine guten Beziehungen zum Gouverneur und dank seiner Sprachkenntnisse zu einem der offiziellen Dolmetscher der japanischen Behörden ernannt worden.

Trotz des Entschlusses des japanischen Gouverneurs vor schon über dreißig Jahren, es müsse etwas geschehen, um die Sprachschwierigkeiten zwischen den Barbaren und den Japanern zu überwinden, ging die Verständigung immer noch holprig vonstatten. Die jungen Japaner, die man nach Dejima geschickt hatte, um Holländisch zu lernen, waren ganz und gar auf ihr Gehör und das mündliche Üben angewiesen gewesen, denn es gab weder Wörterbücher noch eine Grammatik. Später dann hatten die Holländer um die Erlaubnis nachgesucht, Japanisch zu lernen. Das war ihnen glattweg abgeschlagen worden. Inzwischen gab es zwar in Nagasaki eine Anzahl japanischer Dolmetscher für Holländisch, Portugiesisch und die drei chinesischen Sprachen, aber alle diese Leute sprachen ein grausiges Kauderwelsch. Die Holländer hatten versucht, gewisse für die Handelsbeziehungen wichtigen holländischen Texte ins Chinesische übersetzen zu lassen, doch das Chinesisch war so schlecht, daß man die Schriftstücke ohne Kenntnis der holländischen Texte nicht verstehen konnte. Somit war Seamis Stellung, der neben seiner Muttersprache fließend Chinesisch und Holländisch sprach und schrieb, nahezu konkurrenzlos.

Der Schmuggel blühte um diese Zeit. Ein gewisser holländischer Kapitän hatte geradezu einen Mythos als Oberschmuggler erworben. Er zog einen blauen Seidenmantel mit silbernen Borten an, der besonders groß und weit geschnitten war. Vorn steckte er sich noch ein Kissen hinein und transportierte so fast jede bei den Japanern rare Ware. Die Kapitäne, der holländische Prinzipal und die den Holländern zugeteilten Prostituierten waren die einzigen Personen, die nicht mit einer Leibesvisitation rechnen mußten. Merkwürdigerweise merkten die Japaner bei dem Kapitän mit dem weiten Seidenmantel selbst dann nichts, als dieser durch das Schmuggelgut so unbeweglich geworden war, daß ihm zwei Hafenbeamte helfend unter die Arme greifen mußten, wenn er von einem Boot aus an Land stieg. Seit sie es mit diesem Menschen zu tun hatten, waren alle holländischen Kapitäne in den Augen von Seamis Landsleuten fette und untersetzte Burschen. Und waren sie es nicht, weil sie ausnahmeweise einmal nicht schmuggelten, so betrachtete man sie als krank.

Seami druckte eine Ausgabe von Saikaku in holländischer Sprache und hatte keine Schwierigkeiten, wenn er in offiziellem Auftrag unterwegs war, die Exemplare mit nach Dejima zu nehmen und sie dort an die Ausländer, die sich darum rissen, zu verkaufen.

Einmal allerdings wurde er vom Gouverneur höchstpersönlich zu einem Ereignis eingeladen, bei dem er meinte, das Blut in den Adern werde ihm zu Eis gefrieren. Das Geschehen fand auf einer freien Fläche in Dejima statt; von einem Platz zu reden, wäre eine

Übertreibung gewesen. Als Seami hinkam und sich unter die übrigen geladenen Zuschauer mischte, sah er auf zwei Männer, die hintereinander knieten. Ihre Schultern waren nackt, die Hände waren ihnen auf dem Rücken zusammengebunden. Hinter jedem stand, wie ihm ein Nachbar erklärte, ein Gerber, der hier als Scharfrichter fungierte. Ungefähr zwanzig Schritte von den Delinquenten entfernt saßen die beiden Kommissäre auf einer Bank und ihre Schreiber auf einer weiteren. Die dritte Bank war für den holländischen Direktor freigelassen worden, der erst im letzten Augenblick erschien. Die übrigen Zuschauer standen bunt gemischt, wie es ihnen gerade gefiel.

Seami hatte sich, leichtsinnigerweise seiner Neugier folgend, bis ganz nach vorn durchgedrängt und kam deshalb nicht umhin, das Gespräch zwischen den beiden armen Teufeln mit anzuhören. Der ältere Mann murmelte ein kurzes Gebet an Kwannon, die Göttin der Gnade. Der andere aber, dem Seami am nächsten stand, schalt ihn mit den Worten: »Schämst du dich nicht, solche Angst zu haben?«

»Was willst du denn?« antwortete der erste. »Ich habe doch nur ein paar Worte gebetet.«

Darauf wieder der jüngere: »Du hast in deinem Leben wahrlich genug Zeit gehabt, um zu beten. Jetzt hilft es dir ohnehin nichts mehr, und die Fremden, die unser Ende mit ansehen, hören nur, was für ein Feigling du bist.«

Kaum war er mit seinem Tadel zu Ende gekommen, als ein Signal gegeben wurde. Sofort schlugen die Scharfrichter den beiden mit ihren kurzen Krummschwertern die Köpfe ab mit einer Selbstverständlichkeit, die Seami schaudern machte, der aber eine gewisse Leichtigkeit nicht abzusprechen war.

Die Leichen wurden in eine Schilfmatte eingeschlagen und, wie Seami hörte, von Dejima auf die gewöhnlich an Land benutzte Richtstätte gebracht. Es war dies ein Feld bei Mangome, einem kleinen Dorf nicht weit von Nagasaki entfernt. Dort, so erzählte man ihm weiter, würden junge Leute ihre Kraft und die Schärfe ihrer Schwerter damit erproben, daß sie die Rümpfe in kleine Stücke hackten. Die Köpfe würden auf Stangen gespießt und blieben so sieben Tage lang ausgestellt.

Der holländische Direktor lud, als alles vorbei war, die beiden

Kommissäre und Seami in sein Haus ein und bot ihnen eine Pfeife Tabak an. Immer noch hinreichend verschreckt, sagte Seami von sich aus die ganze Zeit über kein Wort. Auch von den beiden Kommissären bekam der Holländer keinen Dank; statt dessen hielten sie ihm vor, er möge doch sorgfältiger darauf achten, daß nicht so viel geschmuggelt werde. Seami durfte übersetzen.

Danach unterließ er eingeschüchtert für einige Zeit jeden Austausch mit den Fremden, weil er meinte, bei der Einladung habe es sich vielleicht um eine Art Warnung gehandelt, bis ihm durch eine beiläufige Bemerkung des Gouverneurs klar wurde, daß sie vielmehr eine Auszeichnung hätte darstellen sollen.

Über einen seiner japanischen Kunden gelangte eine Einladung zu den Zusammenkünften der sogenannten »Schwarzen Kapitäne« an ihn, die er aus purer Neugier annahm. Es stellte sich heraus, daß es sich um eine Geheimgesellschaft handelte, die auf den Sturz des Regierungssystems der Tokugawa-Shogune hinarbeitete. Diese Männer fanden, nicht zu Unrecht, wie Seami zuzugeben bereit war, die Kaufmannschaft müsse an der Regierung des Landes angemessen beteiligt werden. Man verlangte mehr Macht für den Kaiser und die Abschaffung der Handelsbeschränkungen.

Seami war nicht an Politik interessiert. Nachdem er an einigen wenigen Zusammenkünften teilgenommen hatte, wollte er sich zurückziehen, aber da war es zu spät. Es stellte sich heraus, daß sie ihn vor allem wegen der guten Geschäfte, die er machte, eingeladen hatten. Offenbar war es ihnen auch um Kontakte zu den Holländern zu tun. Er zahlte folgsam in ihre Kampfkasse, und er zahlte andererseits jedoch auch an den Gouverneur. Als nächster Schritt stand an, daß er sich zum Zeichen seiner Zugehörigkeit zur Bruderschaft würde tätowieren lassen müssen. Wenn er sich seine Kontobücher ansah, fielen die Bestechungsgelder, die er hierhin und dorthin entrichtete, beträchtlich ins Gewicht.

Dann wurde er plötzlich unvermutet verhaftet und ins Gefängnis geworfen. Er nahm zunächst an, der Grund sei in seinen Besuchen bei den »Schwarzen Kapitänen« zu suchen. Tatsächlich aber waren dem Gouverneur einige Exemplare seiner holländischen Übersetzungen in die Hände gefallen. Diese trugen gefälschte Zensurstempel. Offenbar mutmaßte man, Seami habe den Holländern nicht nur Pornographie, sondern Staatsgeheimnisse verkauft.

Man verhörte ihn. Er schwieg. Man folterte ihn und brach ihm dabei zwei Finger der rechten Hand. Bei den gräßlichen Schmerzen wurde ihm bewußt, daß er nie mehr ein Schnitzmesser würde führen können. Er war bei der Folter ohnmächtig geworden.

Der einzige Mensch, der sich in den Tagen und Nächten, in denen er danach im Delirium dalag, um ihn kümmerte, war ein buddhistischer Wandermönch, den man mit einer Satire in Zusammenhang brachte, die auf die Geldgier des Gouverneurs anspielte. Soto, dessen Gedichte in der Gesellschaft von Nagasaki hoch geschätzt wurden, besaß einflußreiche Gönner, die für ihn intervenierten. Der Mönch kam frei. Er schmuggelte einen Brief Seamis an den Fürsten Rokoi mit aus dem Gefängnis. Und tatsächlich war dem Fürsten der Fall des Holzschneiders, der als Mitglied der China-Gesandtschaft als verschollen galt, wichtig genug, um persönlich nach Nagasaki zu kommen und dort Seamis Entlassung aus dem Kerker durchzusetzen.

Seami staunte. Vielleicht war es so etwas wie der Dank dafür, daß er ihm damals doch noch die drei Bilder überlassen hatte.

Um dem Gouverneur die Möglichkeit zu geben, sein Gesicht zu wahren, wurde Seami von einem Gericht wegen Verstoßes gegen das Zensurgesetz zu einer Geldstrafe verurteilt, die er zähneknirschend zahlte.

Wieder in Freiheit, führte er mit dem Fürsten ein langes Gespräch, in dem er diesen über seine Eindrücke bei der Reise durch den Westen Chinas und über den Klatsch unter der holländischen Kaufmannsschaft in Batavia und auf der »künstlichen Insel« berichtete. Fürst Rokoi wiederum erzählte ihm vom Ausgang der China-Mission und dem weiteren Schicksal der an ihr Beteiligten. Taifun war ins Schneeland zurückgekehrt, sein Kollege Tigertatze gerade in die erste Divison der Sumo-Ringer aufgestiegen. Meia war nun Direktor einer Nō-Truppe in Edo, die häufig in den Stadtwohnungen der Daimyos auftrat. Politisch gesehen, war der Plan einer Invasion auf dem Festland im Staatsrat fallengelassen worden.

Rokoi riet Seami, Nagasaki so bald wie möglich zu verlassen. Seami hatte seinem Gönner nichts von seinen Kontakten zu den »Schwarzen Kapitänen« erzählt. Kaum daß der Fürst abgereist war, luden diese ihn wieder zu einer ihrer Zusammenkünfte ein. Widerstrebend ging er hin. Sie fragten ihn über den Charakter gewisser Beamter in der Geheimpolizei aus, die er bei seinen Verhören kennengelernt hatte. Außerdem verlangten sie von ihm, einen Plan des Kerkers zu zeichnen, in dem er gefangengehalten worden war. Das lehnte er ab, denn er sah sich schon zum zweiten Mal im Kerker, und diesmal würde ihn kein Fürst Rokoi mehr herausholen. Wenn er an diese Möglichkeit dachte, überkam ihn geradezu hysterische Angst.

Während der ganzen Zeit wohnte Soto bei ihm. Sie waren übereingekommen, gemeinsam nach Norden zu reisen. Seami übte derweilen mit der linken Hand Zeichnen und Schreiben und machte darin gute Fortschritte. Nur mit den Sticheln und Messern für die Holzblöcke kam er schlecht zurecht.

Abermals wurde ihm eine Einladung der Schwarzen Kapitäne zugestellt. Die Tätowierung stand an. Diesmal ging er nicht hin.

Kurz darauf verkaufte er Haus und Werkstatt an einen Mann, von dem er sich einbildete, ihn bei den Zusammenkünften der »Schwarzen Kapitäne« gesehen zu haben. Er schloß den Handel zu einem skandalös niedrigen Preis ab, nur um endlich die Stadt verlassen zu können. Er hoffte, in der Hauptstadt werde es keine »Schwarzen Kapitäne« geben. Schließlich brach er mit Soto, der hoch hinauf in den Norden wollte, in Richtung Edo auf. Er war sich im klaren, daß ein neuer Abschnitt seines Lebens begann.

VI

»Ich wollte den Schmetterling
nach den Träumen der Blumen fragen.
Aber, ach, er hat keine Stimme.«

Toshua saß allein in dem düsteren Warteraum neben dem Verhandlungszimmer der Behörde für Sittlichkeit und Ordnung. Der erste Teil der Verhandlungen über ihre Aufnahme in den ersten Rang der Kurtisanen war vorüber. Sie war am Vormittag von einem Arzt untersucht worden, ob sie an der Krankheit der Chinesen leide, eine unangenehme Untersuchung, doch unvermeidlich, da vom Gesetz vorgeschrieben, wie der Arzt, ehe er sie ausführte, höflich bemerkt hatte. Auch die sogenannte Kleiderschau, die Vorführung von mindestens drei Prachtgewändern, hatte sie offenbar bestanden. Auf den Sitzkissen hinter der jetzt geschlossenen Schiebetür hatten sie der Polizeipräfekt des Yoshiwara-Viertels, der Direktor eines Tanztheaters, der Arzt und ein reicher Kaufmann begutachtet. Zur Vorführung einer Teezeremonie hatte sich dann noch ein Zen-Mönch zu der Kommission gesellt. Tatsächlich hatten sie draußen in dem kleinen Garten eine Teehütte aufgebaut, in der sie für den Direktor des Tanztheaters und den Vertreter der Kaufmannsgilde die Zeremonie ausgeführt hatte. Auch der für sie heikelste Teil der Prüfung – ein Vortrag mit der Koto-Musik war nicht ihre Stärke – und das Erkennen der Familienwappen lagen schon hinter ihr.

Zum Schminken hatte Toshua zwei ihrer Mädchen mitgebracht. Jetzt, am frühen Nachmittag, hatte sie die beiden mit den Tee-Utensilien heimgeschickt. Auf den zweiten Teil der Prüfung war sie gut vorbereitet. Man wollt sich dabei von ihren literarischen Kenntnissen überzeugen. Die Namen bestimmter Dichterinnen und Dichter würden genannt werden. Sie hatte dann einiges über deren Leben und Werk zu erzählen und jeweils drei ihrer

Gedichte zu rezitieren. Im letzten Teil der heutigen Prüfung galt es dann, die Ingredenzien von Räucherstäbchen zu erraten und die Situation zu beschreiben, in der man sie jeweils verwenden könnte. Die allerletzte Hürde war schließlich eine Finanzprüfung, die aber in ihrem Haus vorgenommen werden würde. Man mußte seine Vermögensverhältnisse und die Einnahmen der letzten drei Jahre offenlegen. In dieser Hinsicht mußte sich Toshua keine Sorgen machen. Seitdem sie nach dem Tod von Rauchschwalbengespenst das Etablissement übernommen hatte, waren fünf Jahre vergangen, und es waren fünf fette Jahre gewesen. Sie besaß so viel Kapital, daß sie sich mit dem Gedanken trug, noch ein zweites Haus zu erwerben. Dort sollten dann die sechs Mädchen, die gegenwärtig bei ihr im Haus wohnten und arbeiteten, untergebracht werden.

Sie war jetzt allein im Zimmer. Die Mädchen waren gegangen. Die Kommission hatte sich in eine Teestube verzogen. Sie memorierte Gedichte. Manchmal, so hatte sie gehört, fragte ein Mitglied der Kommission den Prüfling nach seinem Lieblingsvers.

Sie sagte gerade, dem Klang der Worte nachhorchend:

> Wir kleideten einander an,
> beeilten uns mit dem Abschied
> tief in der Nacht.
> Unsere schlaftauben Hüften berührten sich.
> Und dann blieben wir im Bett bis zum Morgengrauen.

War der Vers zu anzüglich? War es klüger, etwas Dezenteres zu wählen, etwa jenes Gedicht, das Izumi Shikibu beim Aussingen der Sutra im Gedenken an ihre tote Tochter geschrieben hatte:

> In verlangender Liebe
> horche ich auf die Mondglocken.
> Ich werde dich nie vergessen,
> nicht einmal in der Pause
> zwischen zwei Glockentönen.

Es klopfte, während sie den Vers vorsprach, und jener so mächtige, aber kleinwüchsige Mann trat ein: Goto Minura, der Polizeipräfekt von Yoshiwara. Er saß mit in der Kommission, und jedesmal, wenn sie zu ihm hingeschaut hatte, war sie zusammengezuckt, weil seine an den Wangen eingesunkene Gesichtshaut und die tiefliegenden Augen sie an den Anblick eines Totenschädels erinnert hatten. Der Mann schloß die Tür und nahm die Hände auf den Rücken, was ihm die Pose einer Person verlieh, die etwas beaufsichtigt. Allerdings dachte Toshua in diesem Moment an die Aufsicht über einen Hühnerhof, und das ließ sie in ein kurzes Lachen ausbrechen, das sie gleich wieder unterdrückte.

Der Mann wandte sich plötzlich mit einer hastigen Bewegung nochmal um, so, als sei er von etwas erschreckt worden, und stieß den Riegel zu. Das war insofern völlig überflüssig, jedenfalls schien es Toshua so, da der Raum, in dem sie sich befanden, von dem Prüfungszimmer nur durch eine Schiebetür getrennt war, deren Paneelen aus Reisstrohpapier bestanden. Der Mann stieß einen heiseren Kehllaut aus, klatschte in die Hände und sagte:

»Endlich allein!«

»Darf ich mich bei dem edlen Herrn erkundigen, wie er das meint«, fragte Toshua.

»Ich meine, daß es mir jetzt gefällt, mit Euch zu schlafen.«

Sie sah ihn erstaunt an. Es kam ihr wie ein schlechter Spaß vor. Aber an seinem gierigen Blick erkannte sie, daß es ihm ernst war.

»Das werdet Ihr Euch aus dem Kopf schlagen«, sagte sie ruhig.

»Stellt Euch nicht so an. Ihr wollt doch wohl in den Rang einer Ersten aufsteigen. Da solltet Ihr auch wissen, daß dies ein altes Gewohnheitsrecht des Präfekten ist.«

Sie warf ihm einen wütenden Blick zu. Es gab kein solches Gewohnheitsrecht. Da war sie sicher. Sie hatte gelernt, ihre Gefühle von einem Augenblick zum anderen zu beherrschen. Ihre Stimme wurde plötzlich ganz freundlich:

»Warum kommt Ihr nicht an einem der nächsten Abende in mein Haus? Ich will Euch dort gern zu Diensten sein.«

Im Moment war ihr klargeworden, wie dieser Dienst dort aussehen würde. Er würde sich außer ihr noch drei weiteren Frauen gegenübersehen. Entweder würde er nach einem Gespräch, das lediglich dazu angetan war, sein Gesicht zu wahren, von allein gehen, natürlich nicht ohne bezahlt zu haben, oder sie würden zu dritt durchaus in der Lage sein, ihn mit Gewalt auf die Straße zu setzen. Es wäre nicht das erstemal gewesen, daß sie so hätte vorgehen müssen.

»Es gefällt mir«, sagte er mit einem schmierigen Grinsen, »von diesem Recht hier und jetzt Gebrauch zu machen. Nicht zuletzt, um mich davon zu überzeugen, ob ihr des Ranges einer Ersten auch in dieser Beziehung würdig seid.«

Ihre Augen verengten sich, ihr Blick war jetzt voll schneidender Verachtung.

»Seht Ihr ein Kissen hier? Ich sehe keines. Wie kann ich dann mit Euch das Kissen teilen? Geduldet Euch also. Wenn Ihr Euch nicht zufriedengebt, werde ich um Hilfe schreien.«

»Das würde Euch nicht viel nutzen. Die anderen sind noch im Teehaus. So schnell werden sie nicht zurück sein. Nun seid schon vernünftig und fügt Euch. Nach all den Männern, mit denen ihr schon das Kissen geteilt habt, werdet ihr doch nicht gerade bei mir Eure Keuschheit wiederentdecken wollen.«

Wenn sie bisher immerhin noch in Erwägung gezogen hatte, seiner Aufforderung nachzukommen und es wie ein lästiges Übel, das man eben hinter sich bringen muß, zu erledigen, so hatte der letzte Satz sie in ihrem Stolz getroffen, und jetzt war sie entschlossen, den Mann zu demütigen.

»Gut«, sagte sie, »nehmt mich. Ich versichere Euch, ich werde es so einzurichten wissen, daß Ihr nicht das geringste Vergnügen dabei empfindet. Ihr werdet es bereuen. Und ich versichere Euch, dies ist keine leere Drohung.«

»Dann seid Ihr vielleicht eine Fuchsfee?« sagte er höhnisch. Es gab die Vorstellung, daß sich weibliche Füchse in Frauen und diese sich später wieder in Füchse zurückverwandeln könnten.

»Hat man Euch nie gesagt, daß eine Frau, die Widerstand leistet, einen Mann in besonderem Maße erregt?« sagte er.

»Schert Euch zur Hölle«, sagte sie schrill und erschrak darüber, wie grob ihre Stimme klang.

In dem Augenblick trat er auf sie zu, griff nach dem Saum ihres Oberkimonos und riß ihr das Gewand vom Leib. Von ihrer Vorführung der Garderobe her trug sie noch mehrere Unterkleider. Sie versetzte ihm einen Fußtritt, so daß er zurücktaumelte. Aber er kam sofort wieder auf sie zu, packte sie an den Schultern und warf sie zu Boden.

Sie war erstaunt über seine Körperkräfte. Seine Hände hielten ihre Schultern nieder. Durch die Matten spürte sie schmerzhaft die

Bretter des Fußbodens. Mit zwei Handbewegungen zerriß er ihre Unterkleider, während ihre linke Hand mit den langen Fingernägeln ihm quer durchs Gesicht fuhr. Ihre Knie schnellten hoch, und sie traf ihn damit am Kinn, während er vor ihr kniete und versuchte, ihre Schenkel auseinanderzureißen. Für einen Moment ließ er wie erstaunt von ihr ab, dann überkam ihn die Wut, und er schlug ihr rechts und links ins Gesicht.

Sie geriet in einen Zustand von Angst und Verwirrung. An Körperkräften und Gewandtheit war er ihr klar überlegen. Vor allem hatte sie keine Lust, sich weiter von ihm schlagen zu lassen, und eben da besann sie sich auf eine andere Taktik, die ihr Rauchschwalbengespenst beigebracht und die sie einige Male bei unliebsamen Kunden angewandt hatte.

»Wenn Ihr aufhört, mich zu schlagen, und nicht länger grob zu mir seid, sollt Ihr Euren Willen haben«, sagte sie mit einem Timbre, als sei sie eingeschüchtert.

»Sieh da«, rief er. »Ich wußte doch, daß wir einig werden.«

Sie entspannte sich, streckte die Arme nach hinten und öffnete ihre Schenkel. Dann zog sie den Eingang ihrer Muschel zusammen. Sie verspürte ein Gefühl der Genugtuung, als sie merkte, daß sie in diesem Augenblick dazu in der Lage war. Sein Stößel stand starr vor, näherte sich dem Eingang und wollte eindringen. Sie konzentrierte all ihre Willenskraft auf den Wunsch, ihn zu lähmen.

Der Mann rief: »Was ist das? Was tut ihr da?«

»Voran«, murmelte sie, »nur voran. Oder ist alles schon zu Ende?«

Er versuchte es mit einem kräftigen Stoß. Die Muschel öffnete sich nicht. Er versuchte es abermals, ohne jedoch eindringen zu können.

In diesem Augenblick waren aus dem Nebenzimmer Geräusche und Stimmen zu hören. Der Mann sprang auf, richtete hastig seine Kleider, stieß an der Tür den Riegel zurück und stürzte auf den Flur. Toshua saß mit zerrissenen Kleidern auf dem Fußboden und lachte und lachte. Erst war es ein Lachen der Erleichterung, aber dann ging dieses Lachen in ein Lachen der Haltlosigkeit über, und als nach zwei oder drei Minuten der Gerichtsdiener erschien und sie ins Nebenzimmer bat, schüttete sie sich immer noch vor Lachen aus.

Sie ordnete ihre Kleider nur notdürftig. Bei der Auseinandersetzung war ihre Frisur zerstört worden. Sie sah wüst aus, als sie drüben eintrat, wie eine Erscheinung in einem Alptraum, und sie wußte es. Die Mitglieder der Kommission blieben einen Augenblick vor Erstaunen stumm. Schließlich war es der Arzt, der als erster die Sprache wiederfand und fragte:

»Sagt, ist Euch etwas zugestoßen, edle Dame?«

Toshua fuhr sich durchs Haar, um festzustellen, ob ihr Lieblingshaarpfeil herausgefallen war. Nein, er steckte noch dort, hatte sich nur verschoben. Sie zog ihn heraus und deutete damit auf den Polizeipräfekten.

»Dieser Mann da«, sagte sie, jedes Wort betonend, »hat eben nebenan versucht, mich zu vergewaltigen.«

Danach erzählte sie ruhig, was sich, während sie wartete, abgespielt hatte. Als sie mit ihrem Bericht zu Ende gekommen war, herrschte erst einmal betretenes Schweigen. Es war diesmal der Vertreter der Kaufmannsgilde, der das Wort ergriff. Er wandte sich an den Polizeipräfekten und sagte:

»Die Worte der ehrenwerten Dame stellen eine schwerwiegende Anschuldigung dar. Nun wollen wir erst einmal Euch dazu hören, Herr Minura. Ist es richtig, was diese Frau da behauptet?«

Die Spur, die Toshuas Nagel auf der Wange und am Kinn des Mannes hinterlassen hatte, war nicht zu übersehen, aber der Präfekt dachte nicht daran, sich schon geschlagen zu geben. Er rief mit gut geheuchelter Empörung:

»Diese Frau da... Sie hat mich erst angelockt. Sie hat sich in schamloser Weise vor mir entblößt und dann... Als ich auf ihre Reize nicht reagierte, ist sie über mich hergefallen. Sie hat mich mit Gewalt dazu zwingen wollen, das mit ihr zu tun, was sie im Umgang mit ihren Kunden zu tun gewohnt ist. Im übrigen ist mir der Verdacht gekommen, daß sie gar keine Sterbliche, sondern ein Fuchsgeist ist.«

Es war schwer auszumachen, wem die Mitglieder der Kommission mehr Glauben schenkten. An ihren Mienen war aber abzulesen, daß alle diese Szene, der beizuwohnen sie gezwungen waren, als außerordentlich peinlich empfanden und daß es ihr gemeinsamer Wunsch war, alldem möglichst rasch ein Ende zu machen.

»Ich denke«, sagte der Arzt, »es ist nicht die Aufgabe der Kommission, in einem solch ungewöhnlichen Fall Recht zu sprechen. Ich glaube aber auch Zustimmung zu finden, wenn ich sage, daß keiner von uns in der Lage ist, nach diesem Zwischenfall die Prüfung fortzusetzen. Ich beantrage deshalb, den weiteren Verlauf der Prüfung bis auf weiteres zu vertagen.«

Das fand das Einverständnis der anderen Mitglieder, und so wurde die Entscheidung, ob die verehrte Dame Toshua in den Rang einer Ersten aufgenommen werden solle oder nicht, vorerst ausgesetzt.

Toshua schlich in ihr Haus zurück. Wenn sie auch Genugtuung darüber empfand, sich erfolgreich gegen diesen Unhold zur Wehr gesetzt zu haben, so war ihr doch auch klar, daß ihr Sieg sich rasch in eine Niederlage verwandeln konnte, wenn es zu einer Gerichtsverhandlung kommen sollte. Zwar hatte die Darstellung des Präfekten, sie habe versucht, ihn zum Beischlaf zu verleiten, alles andere als überzeugend geklungen, aber sie war sich auch sicher, daß ein Gericht, dem ein Mann vorsaß, einem Mann, noch dazu, wenn es der Polizeipräfekt war, mehr Glauben schenken werde als der Frau, die als Kurtisane arbeitete. Sie erzählte vorerst niemandem davon, was vorgefallen war. Natürlich wollten die Mädchen wissen, ob sie die Prüfung bestanden habe. Ja, gab sie ihnen ausweichend zur Antwort, es sei alles soweit gutgegangen.

Zwei Tage blieb Toshua in den privaten Räumen ihres Hauses: Sie schlief viel und einmal hielt sie sich einen ganzen Vormittag im Badehaus des Viertels auf. Diese Stimmung von Ekel und Demütigung verschwand nur langsam. Sie ließ sich zu Hause eine aufwendige Frisur machen. Sie wartete, daß sie eine Vorladung bekommen werde. Es geschah nichts.

Am vierten Tag nach der Prüfung, immer noch voller Unlust und Ekel, fuhr sie ins Theater. Gegeben wurde das Stück *»Yoshidari Teehaus«*. Es ist dies die Geschichte eines gewissen Izaemon, Sohn eines reichen Kaufmanns aus Osaka, der sein Vermögen mit der Kurtisane Jugiri durchbringt. Mittellos und von seinem Vater enterbt, erscheint er eines Tages vor dem Eingang des Etablissements, schäbig, in einen Papierkimono gekleidet und sein Gesicht mit einem großen Hut verdeckt. Da aber Jugiri gerade mit einem anderen Kunden beschäftigt ist, muß ihr Geliebter warten. Seinen Mißmut bringt er dadurch zum Ausdruck, daß er auf der Bühne allerlei Verrücktheiten anstellt, einmal sogar auf einen Tisch springt. Als Jugiri dann endlich erscheint, ignoriert Izaemon sie zunächst, indem er vortäuscht zu schlafen. Aber Jugiris Freude, ihn wiederzusehen, überzeugt ihn schließlich doch von ihrer tiefen Zuneigung. Es kommt zu einer zärtlichen Wiedervereinigung. Unterdessen hat Izaemons Mutter den alten Herrn dazu gebracht, den Sohn wieder als Erben einzusetzen. Sie sendet einen größeren Geldbetrag, der es Izaemon erlaubt, Jugiri aus dem Teehaus freizukaufen.

Ninomiya gab die Rolle der Jurigi, und Toshua war einmal mehr beeindruckt von der Veränderung, zu der er fähig war. Zuerst war er die Liebeskranke, dann die glückliche Liebende, die sich über das Wiedersehen freut, schließlich die übermütige Losgekaufte.

Für einige Augenblicke war Toshua während der Vorstellung versucht, in der Pause hinter die Bühne zu gehen und Ninomiya Komplimente zu machen. Vielleicht, daß sie sich ausgesöhnt hätten. Es war ihr weniger darum zu tun, mit ihm das Kissen zu teilen. Aber sie wußte, daß er ein lebenskluger Mann war, und sie verspürte das Bedürfnis, jemanden um Rat zu fragen, wie sie sich verhalten sollte, wenn es zu einer gerichtlichen Auseinandersetzung mit dem Präfekten kam.

Aber dann unterdrückte sie dieses Verlangen. Ihre Affäre lag nun schon sechs Jahre zurück. Ninomiyas Popularität als Frauendarsteller hatte in diesen Jahren eher noch zugenommen, und es war für sie ausgemacht, daß er eine oder mehrere Geliebte hatte. Noch eine Enttäuschung zu erleben, hätte sie gegenwärtig schwer ertragen.

Als sie das Theater verlassen hatte, schlenderte sie in ziemlich düsterer Stimmung an den sogenannten Aalhütten, den schmalen Häusern an den Ufern des Sumida-Flusses, entlang. Viele Läden hatten schon geschlossen, aber von ihren Fassaden her wehte zusammen mit den Geräuschen der Grillen, der vielen Stimmen und dem Gelächter der Nachtschwärmer auch der Geruch von Nudelsuppe, von Reisbällchen in Soja und von gebratenen Fischen zu ihr heran.

Toshua fiel ein, daß der leichte Kopfschmerz, den sie verspürte, vielleicht auch davon herrühren mochte, daß sie den ganzen Tag über nichts gegessen hatte. Ohne lange zu suchen, betrat sie die nächstbeste Garküche, die sich im Souterrain eines dieser schmalen Häuser befand. Auf dem gestampften Lehmboden saß eine alte Frau vor einem Rost, auf dem Krevetten gebraten wurden. Es gab einen großen Topf mit Reis und eine Pfanne mit Resten von geröstetem Tang. Toshua verlangte Reis, Tang und Sojasauce: das einfachste Essen, das man sich denken kann. Die Alte wollte ihr unbedingt auch noch eine Portion Krevetten aufdrängen, konnte aber Toshua nicht dazu überreden.

»Sie sehen lecker aus, doch mein Magen ist mißgestimmt«, sagte sie.

Während Toshua ihren Reis mit Seetang aß, sah die Alte nachdenklich-ausforschend zu ihr hin. Toshua wurden die Blicke unbehaglich. Sie erinnerten sie an ihre schwierige Situation. Nervosität überkam sie, und sie sagte unwillig zu der Frau:

»Warum starrt Ihr mich so an?«

»Ihr habt Euch überhaupt nicht verändert«, sagte die Alte.

Ihre Stimme schien Toshua jetzt anders zu klingen.

»Sollte ich Euch kennen?« fragte sie.

»Vielleicht. Es ist alles so lange her. Wißt Ihr noch, wie wir in diesem Kloster in Kyoto auf Euren Bräutigam warteten?«

»Bei Amida!«, rief Toshua, »Ihr seid Marakabui! Wie kommt Ihr in diese Garküche?«

»Sagt nichts gegen mein Geschäft«, erwiderte die alte Frau. »Es ernährt mich immerhin.«

Toshua hatte aufgehört, ihren Reis zu verspeisen, und ging auf und ab. Ein verrückter Gedanke war ihr gekommen. Aber wenn sie ihn jetzt nicht gleich aussprach, würde sie ihn vielleicht wieder verwerfen. Ja, eine Frau wie Marakabui an ihrer Seite zu wissen, wäre sehr beruhigend. Vielleicht war das alles eine Fügung des Schicksals. Frage sie doch, sagte eine innere Stimme, jene Stimme, der sie immer folgte, wohl wissend, daß es eigentlich nur ihr eigenes Wünschen und Wollen war, das sich so ausdrückte.

»Was würdet Ihr sagen, wenn ich Euch vorschlüge, die Garküche hier aufzugeben und zu mir zu kommen? Ich hätte Euch den Posten einer alten Dame in einem Haus mit sechs Mädchen in Yoshiwara anzubieten.«

»Gehört dieses Haus etwa Euch?« fragte die Alte.

»Ja, seit einigen Jahren. Ob Ihr es glaubt oder nicht, ich habe es geerbt.«

»Ich habe immer gewußt, daß Ihr ein besseres Schicksal verdient habt, als die Gemahlin eines Generals zu werden, der, wenn er das Kissen mit jemandem teilt, die Knaben den Frauen vorzieht.«

»Ich habe Glück gehabt. Aber wie seid Ihr hierhergekommen?«

»Das ist eine lange Geschichte.«

»Wir haben Zeit bis zum Morgen, sofern Ihr nur hier schließt und mit mir kommt«, sagte Toshua.

»Da muß ich nicht lange überlegen«, sagte Marakabui. »Ich habe immer schon eine starke Zuneigung für Euch empfunden und, seit wir getrennt wurden, mehr als einmal darüber nachgedacht, was aus Euch wohl geworden sein mag.«

Sie räumte den Laden auf und verschloß das Gelaß. Als sie im Boot saßen, in dem sie nach Yoshiwara hinausfuhren, sagte Marakabui plötzlich:

»Was meint Ihr? Ich könnte doch die Garküche verkaufen und den Erlös Euch dann in Verwahrung geben.«

»So würdest du Teilhaberin an meinem Etablissement«, sagte Toshua. »Mir wäre das recht. Weißt du, ich habe meine Mutter früh verloren. Mit dir hätte ich somit eine Art Mutter an meiner Seite.«

»Nun gut«, sagte Marakabui lachend, »ich verspreche, dir eine strenge Mutter zu sein. Aber vor den Leuten und den Mädchen wäre es vielleicht besser, wenn du mich ›Tantchen‹ nenntest.«

»Das ist eine gute Regelung«, sagte Toshua und reichte Marakabui ihr seidenes Umlegetuch.

»Nimm das«, sagte sie. »Die Nachtluft von den Sümpfen her hat ihre Tücken.«

Später, als sie im Haus in Yoshiwara angelangt waren, erzählte Marakabui ihre Erlebnisse. Man hatte sie, nachdem sie von Kyoto nach Edo gebracht worden war, als Küchenmagd einem der Daimyos gegeben. Die Gebietsfürsten mußten in der Hauptstadt einen Haushalt unterhalten und dort ihre Familie zurücklassen, wenn sie in ihr Herrschaftsgebiet zogen, um sich dort um ihre Steuereinnahmen zu kümmern.

Im Haus des Daimyo hatte man ihre Fähigkeiten und ihre Gewandtheit bald entdeckt. Man teilte sie der Tochter des Hauses als

Zofe zu. Diese heiratete einen hohen Hofbeamten, und so gelangte Marakabui in den inneren Kreis der Chiyoda-Burg von Edo. Ihre Herrin war durch ihre ungewöhnliche Schönheit dem Shogun ins Auge geraten, der sie zu einer seiner Gefährtinnen erwählte. Ihre Ehe mit dem Hofbeamten bestand formal weiter, auch rückte sie nie in den Rang einer Konkubine auf, aber der Shogun geruhte, hin und wieder eine Nacht bei ihr zu verbringen. Der Herr des Reiches erwies ihr zudem die große Gnade, ihr ein wichtiges Amt zu übergeben, nämlich den Verkehr mit jenen Kaufleuten in der Stadt, die den Hofstaat des Shogun mit Lebensmitteln, Kleidern und Möbeln versorgten. Tatsächlich aber war es Marakabui, die unbedeutende Person hinter der Gefährtin des Shogun, die es übernommen hatte, diese Geschäfte abzuwickeln, und die darauf achtete, daß die gelieferten Waren von guter Qualität waren und daß das Hofamt bei den Preisen nicht übers Ohr gehauen wurde.

Während die Ehefrauen, die Konkubinen und die Gefährtinnen gewöhnlich die Burg des Shogun nicht verlassen durften, war es bei den Aufgaben, die Malira, die Herrin Marakabuis, wahrnahm, unumgänglich, daß sie hin und wieder in die Stadt ging, immer begleitet von ihrer Zofe. Die Kaufleute, mit denen sie bei solchen Ausflügen zu verhandeln hatte, wußten, welches ereignislose Leben die Damen im Haushalt des Shogun führten. Sie wußten natürlich auch, welchen Einfluß manche von ihnen auf die politischen Entscheidungen des Bakufu hatten. Infolge dessen ließen sie es sich angelegen sein, den Damen zu schmeicheln und sie durch kleine Geschenke sich gewogen zu stimmen. Marakabui betonte bei ihrer Erzählung gegenüber Toshua, sie und ihre Herrin hätten derartige Geschenke nie angenommen.

Dann aber war ein Kaufmann, der den Tee für die Burg lieferte, auf eine andere Art der Gunsterweisung verfallen. Er hatte die Damen ins Kabuki-Theater mitgenommen. Er hatte ihnen eine Vorstellung des berühmten Schauspielers Tajaru geboten, der an diesem Tag gerade in einem Stück auftrat, in dem der tragische Doppelselbstmord eines Liebespaares auf der Bühne dargestellt wurde. Der Kaufmann hatte es zudem einzurichten gewußt, daß Malira in einer Pause dem Schauspieler vorgestellt wurde, und die beiden hatten sich, angestachelt durch die Vorgänge auf der Bühne, ineinander verliebt. Die aussichtslose Situation des Paares trug viel dazu bei, die Flammen des Verlangens erst recht hochlodern zu lassen.

Es dauerte immerhin zwei Monate, bis Malira wieder einmal den Palast verlassen konnte und sich Gelegenheit bot, abermals ins Theater zu kommen. Allerdings hatte das Paar es einzurichten gewußt, Briefe zu wechseln und sich gegenseitig Gedichte zu schikken. Auch bei der zweiten Begegnung war Marakabui wieder zugegen. Sie hatte versucht, ihre Herrin zu warnen. Jeder hätte vorhersagen können, wie die Affäre enden werde. Bei diesem zweiten Besuch hatte sich Malira Tajaru hingegeben – in einer Pause zwischen zwei Akten, in der Garderobe des Schauspielers. Dabei war es die Aufgabe der unbedeutenden Person gewesen, vor der Tür Wache zu halten und unliebsame Störungen abzuwehren.

Zu solchen Treffen sei es dann in Abständen von vier bis sechs Wochen gekommen, erzählte Marakabui. Die beiden Liebenden seien von einer Gier gewesen, die bestürzend gewirkt habe. Man stelle sich vor: Malira habe jeweils die Garderobe betreten, in der der Schauspieler schon wartete. Dort hätten sie sich, ohne ein Wort des Grußes zu verlieren, die Kleider vom Leibe gerissen und gevögelt, gevögelt, gevögelt. Anders als mit der trivialsten Bezeichnung für den Beischlaf lasse sich die Art und Weise, in der die beiden ihrer Leidenschaft gefrönt hätten, nicht beschreiben. Sie, Marakabui, habe meist vor der Tür Wache gestanden; hin und wieder sei sie allerdings auch in der Garderobe anwesend gewesen, wenn das Walken des Schauspielers ihrer Herrin kleine, schroffe Schreie der Wollust entlockt habe, Laute, die gewiß auch den Akteuren in den anliegenden Garderoben nicht entgangen sein konnten.

Einmal nun, als sie wieder Schmiere gestanden habe, hätten die Liebenden in ihrer Ekstase wohl nicht wahrgenommen, daß die Vorstellung bereits wieder begonnen hatte. Es sei der Theaterbote herbeigestürzt, um Tajaru auf die Bühne zu holen. Natürlich habe sie ihr Möglichstes getan, den Boten davon abzuhalten, die Garderobe zu betreten, dieser aber habe sie einfach beiseite gestoßen. Er sei aber sofort wieder herausgestürzt gekommen und habe erzählt, er habe nur die beiden Pobacken Tajarus zu Gesicht bekommen. Sie habe er bestürzt gefragt, wer denn die Dame sei, mit der der Schauspieler es treibe.

Danach sei das Liebespaar immer leichtsinniger geworden. Mehrmals sei der Schauspieler verkleidet und in einer Sänfte in die Burg gelangt, ein Unternehmen, das bei den dort praktizierten Vorsichtsmaßnahmen nicht denkbar gewesen sei, ohne daß größere Summen an Bestechungsgeldern geflossen wären, was Malira, die sich die Beträge bei einem der Hoflieferanten habe leihen müssen, in immer ärgere Bedrängnis gebracht habe.

Einmal sei bei einem der Besuche Tajarus, der mit einem übereilten Aufbruch geendet habe, ein Lendentuch liegengeblieben und von einer anderen Zofe gefunden worden. Wahrscheinlich hätte so das Gerede seinen Anfang genommen, das schließlich zur Aufdeckung der geheimen Beziehung führte.

Toshua müsse sich vorstellen, daß die Mißgunst unter den Frauen im sogenannten großen Inneren der Chiyoda-Burg vieles bewege. Im Laufe der Nachforschungen war zunächst Malira von ihrem Posten als *chuso,* einer Art Hauswirtschafterin, abgesetzt worden. Die genauen Untersuchungen hätten sich über mehrere Monate hingezogen und unter anderem dem Kommandeur der Wachmannschaft sein Amt gekostet. Der Schauspieler hätte von Glück sagen können, daß er mit dem Leben davongekommen sei. Er sei in den hohen Norden verbannt und das Theater, ein Familienunternehmen, geschlossen worden.

Malira habe man schließlich zu ihrer Familie zurückgeschickt, und Marakabui sei mit ihr gegangen. Im Haus von Maliras Eltern habe man sich der Mitwisserin um die Schande entledigen wollen. Man habe Marakabui eine geringfügige Abfindung gezahlt und sie vor die Tür gesetzt. Die Summe habe gerade dazu gereicht, sich die Einrichtungsgegenstände für eine Garküche zu kaufen.

Am nächsten Morgen stellte Toshua Marakabui den sechs Mädchen als das neue Faktotum vor. Die beiden Älteren zeigten sich etwas pikiert, weil sie sich selbst Hoffnungen auf diesen Posten gemacht hatten, aber es erwies sich im weiteren, daß Marakabui geschickt genug war, die Vorurteile und Animositäten einfach zu übergehen.

Es fanden sich Leute, die sich für die Garküche interessierten. Toshua trat bei den Verhandlungen selbstbewußt und gewandt auf und erzielte für »Tantchen« einen guten Preis. Marakabui machte ihr Komplimente, wie geschickt sie mit den Käufern verhandelt habe. Toshua aber war glücklich, in der heiklen Lage, in der sie sich seit dem Zwischenfall bei der Prüfung befand, einen Menschen an ihrer Seite zu haben, dem sie vertrauen konnte. Denn, wenn sie auch seit dem Vorfall nichts mehr gehört hatte, hieß das ja nicht, daß nicht doch noch eine Lawine zu Tal und auf sie niedergehen konnte.

In den Teehäusern, Garküchen und Bädern von Yoshiwara wurden beide Versionen des Geschehens genußvoll durchgehechelt. Nach der einen hatte Toshua, um ihren Aufstieg in den Rang einer Ersten durchzusetzen, den Präfekten zu verführen versucht. Dieser aber hatte sich standhaft gezeigt und sie zurückgewiesen, worauf sie in derangierten Kleidern und aufgelöster Frisur vor der Kommission erschienen und ihn der Vergewaltigung beschuldigt habe.

Die andere Version kam dem, was tatsächlich geschehen war, ziemlich nahe. Wer den Präfekten kannte, war davon überzeugt, daß sich die Sache so abgespielt hatte, wie sie von Toshua dargestellt wurde. Aber solche Gerüchte waren so oder so keine Empfehlung, und Toshua sah keine Möglichkeit, sie aus der Welt zu schaffen.

Eine Woche nachdem Marakabui bei Toshua eingezogen war, erschien ein Rechtsanwalt, der den Präfekten vertrat, um Toshua ein Angebot seines Mandanten zu unterbreiten. Minura versprach, eine Ehrenerklärung für sie abzugeben, sofern sie nur kundtat, daß er sie nicht zum Beischlaf genötigt habe.

»Wenn ich es recht verstehe«, sagte Toshua spöttisch zu dem Anwalt, »erklären beide Teile, es sei nichts geschehen.«

Der Mann verneigte sich leicht und sagte: »So kann man es ausdrücken.«

Sie bat um zwei Tage Bedenkzeit.

Am Abend desselben Tages, an dem sie der Rechtsanwalt aufgesucht hatte, erschien Nagasaka, der Sohn des Kaufmanns Takotoshi Shenzu, der in der Kommission gesessen hatte. Jeder in Yoshiwara wußte, daß die Shenzus eine der großen Firmen im Reishandel hatten und daneben auch noch ein erfolgreiches Bankhaus betrieben. Gerade weil der nicht mehr ganz junge Nagasaka Toshua gefiel, nahm sie sich vor, besonders auf der Hut zu sein.

Der alte Shenzu ließ Toshua durch seinen Sohn ausrichten, er sei bereit, ihr einen Rechtsanwalt zu bezahlen, sofern sie gegen den Präfekten Klage wegen Vergewaltigung erheben wolle. Dies sei nicht der erste Fall, in dem der Präfekt seine Amtsgewalt zur Nötigung von Frauen mißbraucht habe. Der Anwalt werde all diese Personen als Zeuginnen bei der Verhandlung aufmarschieren lassen. Daß der Präfekt vom Gericht verurteilt werde, sei damit so gut wie sicher.

Toshua ließ ihren Blick über die Gestalt des Mannes schweifen, der da vor ihr saß. Er gefiel ihr ausnehmend gut. Sie hatte in letzter Zeit mit keinem Mann mehr geschlafen, bei dem es ihr Freude gemacht hatte. Sie schob diesen Gedanken beiseite und fragte:

»Warum will Euer Vater den Präfekt verurteilt sehen?«

Nagasaki verzog keine Miene.

Jetzt war es an ihm, sie mit einem raschen Blick begehrlich zu betrachten.

»Ihr gefallt mir«, sagte er, nicht ohne Schüchternheit in der Stimme.

»Wenn Ihr meine Dienste in Anspruch nehmen wollt, ich meine jene, die wir in unserem Haus Männern bieten, so kennt Ihr gewiß unsere Preise, und wir stehen zu Eurer Verfügung. Ich fragte Euch aber zuvor, warum Euer Vater den Präfekt ruinieren will?«

»Sehr einfach: Meine Familie beabsichtigt, eine Filiale ihres Bankhauses in Yoshiwara zu eröffnen. Dazu bedarf es der Genehmigung des Präfekten. Offenbar war die Summe des Handgeldes, die mein Vater als hinreichend fand, nicht hoch genug. Der Präfekt zögert mit der Erteilung der Genehmigung. Wahrscheinlich erwartet er, daß noch ein gewisser Betrag nachgeschoben wird. Dazu ist mein Vater jedoch nicht bereit.«

»Und was ratet Ihr mir, Ihr ganz persönlich?«

Toshua warf Nagasaka einen Blick zu, von dem sie hoffte, er werde ihn bis ins Rückenmark spüren.

»Ihr begreift wohl«, erwiderte er, »daß ich meinen Sohnespflichten zu entsprechen habe.«

»Und wenn Ihr diese einmal außer acht ließet?«

»Das kann ich nicht.«

»Ich soll also auf Eurer Seite in den Krieg ziehen?«

»Ja, doch.«

»Die Sache ist etwas heikel. Ich habe wenig Lust, vor einem Richter darzustellen, wie ich von diesem Mann gedemütigt worden bin.«

»Seid Ihr dann etwa doch der schuldige Teil?«

»Wie könnt Ihr so etwas überhaupt in Erwägung ziehen. Nein, aber es war eine recht intime Begegnung und auch eine peinliche für den Präfekten. Ich habe mich der Nötigung durch ihn erfolgreich widersetzt. Vielleicht sollte ihn jemand daran erinnern.«

Nagasaka zupfte am Ärmel seines Kimonos.

»Wie wäre es«, sagte er, »wenn ich zu ihm ginge und ihm genau das vorhielte?«

»Und zu was soll das führen?« fragte Toshua.

»Nun, man könnte ihm vielleicht dabei nahelegen, daß er aus Gesundheitsgründen von seinem Amt zurücktritt. So würde er sein Gesicht wahren können. Über die Verbindungen meines Vaters in der Burg würde man ihm seinen Abgang noch mit einem einträglichen Posten in der Provinz schmackhaft machen.«

»Meint Ihr, daß er sich darauf einlassen würde?«

»Ihr müßtet mir natürlich erlauben, bei dem Gespräch mit ihm von dem, was Ihr mir da eben erzählt habt, Gebrauch zu machen. Gewiß würde es genügen, anzudeuten, daß bei einer Gerichtsverhandlung von Euch der genaue Verlauf der Notzüchtigung beschrieben würde.«

»Ist Euch klar«, sagte Toshua, »daß wir hier den Plan zu einer ziemlich perfiden Kabale entwickeln?«

»Darf ich ganz offen sein?« erwiderte Nagasaka. »Ich begreife nicht, wie man einer schönen und liebenswerten Frau, wie Ihr es seid, etwas derartig Widerwärtiges antun konnte.«

Gewöhnlich wäre Toshua gegenüber solchen Schmeicheleien unempfindlich gewesen, aber aus Nagasakas Mund gefielen sie ihr. Sie wiegte den Kopf.

»Nun gut…, aber wie wollt Ihr nach dem noch recht oberflächlichen Augenschein über meine Schönheit ein Urteil abgeben?«

»Ich möchte dennoch mein Urteil noch durch ein weiteres Wort ergänzen. Sagen wir: eine so *begehrenswerte* Frau.«

»Brächte nicht gerade das für den Präfekten vor einem Gericht, in dem ausschließlich Männer sitzen, mildernde Umstände?«

»Ihr wollt mich nicht verstehen«, klagte Nagasaka.

»Verstehe ich Euch falsch, wenn es mir so vorkommt, als wünschtet auch Ihr, mit mir das Kissen zu teilen? Dafür ist ein bestimmter Preis zu entrichten, den ich Euch nennen kann. Aber ich bitte Euch, die Dienste dieses Hauses und das Vorgehen gegen den Präfekten auseinanderzuhalten.«

»Ich wollte wirklich nichts anderes zum Ausdruck bringen«, sagte Nagasaka, »als daß ich das Verhalten des Präfekten als verabscheuungswürdig betrachte.«

»Wir wollen uns doch jetzt nicht in eine Erörterung über das Wesen des Menschen verlieren«, sagte Toshua. »Ich nehme Euren Vorschlag an. Ich bin lieber bei Euch in der Schuld, als bei der Firma Eures Vaters.«

»Ich bin sehr glücklich über das Vertrauen, das Ihr mir entgegenbringt. Seid gewiß, die Angelegenheit ist bei mir in den besten Händen.«

Es vergingen darauf nicht mehr als drei Tage, ehe sich im Viertel die Nachricht verbreitete, der Präfekt habe aus Gesundheitsgründen den Rücktritt von seinem Posten erklärt. Er habe schon einen Erholungsurlaub in den Bädern angetreten, nach dessen Ende ihn der Bakufu auf einen Posten in der Provinz zu berufen gedenke.

Als abermals drei Tage später eines der Mädchen Toshua den Besuch Nagasakas meldete, spürte sie eine gewisse Erregung.

»Ihr kommt gewiß«, sagte sie in etwas herablassendem Ton, »um Euch Euren Dank abzuholen. Ich muß sagen, Ihr habt das Problem klug gelöst. Euer Vater war gewiß auch zufrieden mit Euch, und daß ich es bin, könnt Ihr Euch denken. Ihr habt Euch eine Belohnung verdient. Was würdet Ihr dazu sagen, wenn ich Euch auf eine Nacht zu uns einladen würde. Ich sagte ›einladen‹ . . .!«

»Ihr seid sehr freundlich«, antwortete er, »aber meine Gefühle für Euch sind nicht derart, daß ich damit wirklich belohnt würde.«

»Wie soll ich denn das verstehen? Zieht Ihr uns Frauen etwa Knaben vor?«

»Es ist schwierig auszudrücken. Nein, nein, ich bin durchaus jemand, der weibliche Umarmungen schätzt, aber ich könnte es nicht ertragen, Euch als Kunde einer Kurtisane zu begegnen.«

»Ihr habt merkwürdige Empfindungen«, sagte sie leicht beleidigt, aber schon im nächsten Augenblick tat es ihr leid, nicht anders reagiert zu haben. »Dann muß ich mich wohl oder übel damit abfinden, daß Euch an einem Rendezvous mit mir nicht viel gelegen ist. Denn, wer weiß: Was als eine solche Einladung begann, hätte sich doch zu einer zärtlichen persönlichen Beziehung entwickeln können!«

»Und wenn ich meine gewiß als lächerlich zu tadelnden Empfindungen überwände?« fragte er.

»Das will ich Euch nicht zumuten. Sind diese doch, außer daß Ihr eine schöne Gestalt habt, vielleicht Eure beste Eigenschaft.«

»Bitte . . .!« sagte er geradezu flehentlich.

Nun empfand sie doch Genugtuung darüber, so vorgegangen zu sein.

»Nun gut!«, sagte sie, ohne sich anmerken zu lassen, daß sie sich freute. »Dann kommt am zweiten Abend, von heute an gerechnet. Ich werde dann Zeit finden, mich die ganze Nacht Euch zu widmen.«

Die Nacht wurde ein Mißerfolg, oder genauer: Es war eine angenehme Liebesnacht, aber Nagasakas Umarmungen lösten bei Toshua nicht jene Begeisterung aus, die sie sich erwartet hatte. Sie erfuhr dabei eher zufällig, daß Nagaska eine Ehefrau hatte, daß diese Verbindung aber bisher kinderlos geblieben war.

Toshua besprach sich mit Marakabui. Sie fragte sie:

»Kennst du Fälle, in denen ein Kaufmann eine Kurtisane als Nebenfrau aufgenommen hat?«

»Was hast du vor, meine kleine Löwin?«

»Ich würde gern Nagasakas Nebenfrau werden.«

»Es hat solche Fälle gegeben, aber sie sind selten. Und du bist dir klar, was für eine Familie die Shenzus sind?«

»Ein Reishändler mit einem Bankhaus.«

»Sie würden eine Kurtisane kaum tolerieren. Warum sollten sie auch. Dein Märchenprinz kann dich doch jederzeit hier besuchen. Schlag ihm vor, er solle dich aushalten. Das wäre dem Status einer Ersten angemessen.«

»Noch bin ich keine Erste.«

»Wer gibt etwas auf die offizielle Beglaubigung. Du hast doch nicht etwa vor, dich diesen Barbaren noch einmal zu einer Prüfung zu stellen?«

»Ich will es offiziell haben.«

»Aber warum?«

»Das kann ich dir nicht erklären. Ich will es einfach so. Wie ich auch Nagasakas Konkubine und nicht nur seine ausgehaltene Geliebte werden will.«

»Das schlägst du dir besser aus dem Kopf.«

»Ich weiß nicht, ob ich auf diesen Wunsch verzichten kann.«

»Was sind das für Torheiten? Du bist eine Geschäftsfrau. Dann mußt du auch wie eine solche denken und handeln.«

»Aber einmal eine kleine Ausnahme: Wäre das nicht möglich?«

»Die Ausnahme, die du verlangst, wäre so klein nicht.«

»Na, gut«, sagte sie wie ein reumütiges Kind, »ich will ja brav sein und meine Pflicht erfüllen, damit Reis in den Schalen ist.«

Einige Monate vergingen. Der Herbst kam. In all der Zeit hatte Toshua von Nagasaka nichts gehört, und ihr Stolz hatte es nicht zugelassen, ihm von sich aus eine Nachricht zu schicken.

Ihre Kunden, unter denen nicht wenige Kaufleute und Söhne von Kaufleuten waren, wunderten sich bei ihren Besuchen, daß Toshua neuerdings ein auffallendes Interesse für die Zusammenhänge der Wirtschaft zeigte. Manche der Männer erkundigten sich, wenn sie sie mit Fragen geradezu löcherte: »Wollt Ihr etwa in den Reishandel einsteigen? Wollt Ihr ein Bankhaus gründen?« Dann lachte sie nur und sagte: »Warum nicht? Kann sein.« Was ihr tatsächlich vorschwebte, war dies: Von ihren Kunden wußte sie, daß es viele Männer frustrierend fanden, nie mit ihren Frauen über Geschäfte reden zu können. Wenn Nagasaka sie zu seiner Konkubine machte, wollte sie auch bei den Transaktionen des Hauses Shenzu mitreden können.

Toshua war in den letzten Jahren wohlhabend geworden, aber sie hatte sich die Mechanismen der Wirtschaft jenseits ihres eigenen Geschäftsbetriebes nie genau klargemacht. Sie beschloß, dies nun nachzuholen. Sie warb einen Studenten an und ließ sich von ihm regelrecht in Wirtschaftskunde unterrichten. Sie verwandelte sich in eine außerordentlich aufmerksame und wißbegierige Schülerin und erfuhr höchst interessante Tatsachen, die offenbar alle Welt wußte, nur sie bislang nicht.

Wenn durch Geldwechsel zu dieser Zeit viel Geld zu verdienen war, so lag das vor allem daran, daß im Land Münzen aus vier verschiedenen Metallen, nämlich aus Gold, Silber, Kupfer und aus

Eisen, im Umlauf waren. Bei drei verschiedenen Münzsorten im Land war es nötig geworden, eine Möglichkeit zum raschen Umwechseln zu schaffen. Die meisten Einzelhandelsgeschäfte tätigten ihre Geschäfte in Kupfer, aber die Inhaber großer Firmen waren genötigt, die Kupfermünzen in Gold oder Silber zu wechseln, wenn sie ihre Schulden beglichen. Der umgekehrte Vorgang ergab sich, wenn Kaufleute ihre Aufkäufer in die Provinz schickten und diese dann Kleingeldbeträge brauchten. Bei einer Geldüberweisung von Edo nach Osaka und umgekehrt mußte Gold in Silber oder Silber in Gold gewechselt werden.

Geldwechseln war somit ein bei Handelsgeschäften unumgänglicher Vorgang, und er wurde nicht selten zum Grundstein für die Vermögen der großen Familien. Wenn man davon ausging, daß die Wechsler zehn *bu* oder zehn *zeni* für jeden *ryo* Gold nahmen, erscheint das geringfügig, aber bei den zahlreichen Wechselvorgängen kamen rasch beträchtliche Beträge zusammen.

Das Gewerbe der Wechsler spielte sich nun auf verschiedenen Ebenen ab. Ganz unten standen die kleinen Händler, die, außer Wechselgeschäfte zu betreiben, auch noch Öl und Sake verkauften. Sie wechselten Kupfermünzen und kleine Mengen Silber und hießen die *zeni*-Geschäfte. Auf der nächsthöheren Ebene standen jene Wechsler, die bei Geldtransaktionen zwischen Städten zum Zuge kamen, bei denen man Sparkonten einrichten und Kredite aufnehmen konnte.

Die höchste Klasse unter den Wechslern bildeten die sogenannten zehn Familien, die die Behörden als eine Art von Bankaufsicht eingesetzt hatten. Sie waren die Bankiers und Geldwechsler der Zentralregierung und wachten über die Geschäftsgebräuche im Bankgewerbe. Für ihre guten Dienste war es ihnen erlaubt worden, die beiden Schwerter der Samurai zu tragen.

Das Zeichen für das Geschäftslokal eines Geldwechslers bestand meist in einem Holzschild, auf dem ein *zeni* zu sehen war. Die beiden unentbehrlichen Gegenstände eines Geldwechslers waren das Hauptbuch, in das jede Transaktion eingetragen wurde, und der Habakus. Das Hauptbuch, das jedes Neujahr neu begonnen wurde, durfte nur vom Inhaber der Firma oder von seinem Geschäftsführer geöffnet werden, weil es vertrauliche Information enthielt. Der Rechenrahmen bestand aus dreizehn Reihen Perlen, mit denen auch komplizierteste Rechenoperationen durchgeführt werden konnten.

Die Verbindung von Geldwechselgewerbe und Reishandel hatte sich dadurch ergeben, daß lange Zeit Reismengen die eigentliche Währung im Land gewesen waren. Die großen erfolgreichen Firmen dieser Ära begannen zumeist als Wechsler für einen Daimyo, der über sie seine Geschäfte mit den örtlichen Kaufleuten und Handwerkern tätigte und über die Wechsler den Verkauf der ihm als Naturalabgaben zufließenden landwirtschaftlichen Produkte abwickeln ließ. Solche Wechsler gaben ihrerseits dem adligen Großgrundbesitzer Geld als Vorschuß für den Ernteertrag. Von jeder dieser Transaktionen blieb eine Kommission in der Geldkiste des Wechslers, und wenn dieser geschickt, sparsam und regsam war, so kam rasch der Grundstock eines Vermögens zusammen.

Aus einem dieser Geschäftsunternehmen stammte Nagasaka. Seine Vorfahren kamen aus einem Dorf in der Nähe von Osaka und hatten als Sake-Brenner begonnen. Die erste Generation, von der etwas bekannt war, versorgte mit diesem Getränk die wachsende Schar von Kriegern und Fürsten, die sich in der aufblühenden Hauptstadt Edo um den Shogun sammelte. Zuerst ging der Transport über Land. Als die Mengen zunahmen, begann man die Fässer mit Schiffen zu versenden.

Die nächste Generation besaß schon drei Sake-Läden in Osaka und verlieh Geld an den Provinzfürsten. Dieser Vorfahre hatte acht Söhne und zwei Töchter gehabt. Dem jüngsten Sohn gehörte schließlich die größte Spirituosenfirma in Osaka. Der Versand von Sake in Fässern ging noch einige Jahre weiter, kam aber um 1670 fast völlig zum Erliegen, weil die Behörden ein Gesetz gegen den Alkoholkonsum erlassen hatten. Nun verlagerte die Firma den Schwerpunkt ihrer Geschäfte auf den Reishandel. Sie kaufte Reis auf den großen Gütern in der Provinz auf und charterte Reisschiffe von Reedereien.

Gegen Ende des 17. Jahrhunderts eröffnete das Familienunternehmen Shenzu eine Filiale in Nagasaki und spielte dort bald eine bedeutende Rolle im einträglichen Handel mit Produkten, die aus der Fernwelt nach Japan kamen. Hauptsächlich waren das um diese Zeit Medikamente, Rohseide und Zucker. Bald wurde die Firma auch im Geldwechselgeschäft tätig. Man verdiente vor allem an den Kreditgeschäften zwischen Edo und Osaka im Zusammenhang mit Sake-Käufen. Fünf Jahre, nachdem die Firma in die Gruppe der zehn Familien aufgestiegen war, standen nicht weniger als 122 Daimyos auf ihrer Kundenliste.

Nagasaka entstammte einer Seitenlinie der Dynastie. Sein Großvater war nach Edo gekommen. Er hatte sich geweigert, als Kommis in der dortigen Filiale anzufangen, und hatte statt dessen selbständig ein kleines Geschäft aufgemacht. Von seiner Mutter, die aus einer Familie aus der Provinz nördlich von Edo stammte und durch Holzhandel wohlhabend geworden war, bekam er 10 ryo, die er in Baumwollstoff anlegte. Innerhalb von zehn Jahren besaß er ein Firmenkapital von 167 ryo Gold.

Bis er das Geschäft seinem Sohn, Nagasakas Vater, übergab, hatte er sein Kapital noch einmal verdoppelt. Diese Linie der Shenzu besaß nun ein warenhausähnliches Stoffgeschäft im Stadtzentrum und drei Filialen. Während der Alte immer noch unermüdlich und mit berüchtigter Schläue über alle Geschäfte wachte, war sein Sohn Takotoshi als Reisaufkäufer und Wechsler tätig geworden. Nagasaka hatte eine Lehre bei einem Verwandten in Nagasaki absolviert und dort Kenntnisse über den Seidenimport erworben, hatte aber keinen Ehrgeiz als Kaufmann. Er interessierte sich für Mode und Lyrik. Das allein hätten ihm Großvater und Vater noch nachgesehen. Das Vermögen der Familie war groß genug, um sich einen Sohn leisten zu können, der ein Schöngeist war. Niemand erhob Einwände, daß sich Nagasaka, der Mitte dreißig war, in Yoshiwara tummelte. Zudem, Kurtisanen waren in den Stoffgeschäften der Shenzu zahlungskräftige Kundinnen, und es war nützlich, zu wissen, was dort gefiel, um die Einkäufe entsprechend zu tätigen und modische Muster parat zu haben. Daß die Ehe des einzigen Sohnes mit Uemura kinderlos blieb, stand seit einigen Jahren als düstere Wolke über dem Haus Shenzu. Es war eine jener üblichen Vermittlungsehen gewesen. Denn die Ehefrau Uemura kam aus einer Familie, die eine gewisse Anzahl Reisschiffe besaß.

Natürlich hätte Nagasaka nach einigen Jahre ihr jene dreieinhalb Zeilen schicken können, die ausreichten, um eine Scheidung herbeizuführen, und dies war auch im Familienrat erwogen worden. Aber in diesem Fall hätte das Handelshaus auch die beträchtliche Mitgift an die Eltern der Geschiedenen zurückzahlen müssen; zudem wäre eine Scheidung von der Reederei als ein unfreundlicher Akt aufgefaßt worden. Man hatte Nagasaka schließlich geraten, sich eine Konkubine zu nehmen. Das war geschehen. Aber auch diese Frau hatte lediglich zwei Mädchen zur Welt gebracht.

All diese Mitteilungen gelangten an Toshua durch jenen armen Studenten, der sie über das Finanzwesen unterrichtete, der sich aber auch über die finanziellen wie über die erotischen Bilanzen des Shenzu-Klans als bestens informiert erwies.

Allein solches Wissen trug nun keineswegs dazu bei, die romantischen Phantasien in ihrem Hirn zu tilgen. Im Gegenteil, da Nagasaka unerreichbar war und sie wahrscheinlich längst vergessen hatte, war er als ein männliches Wesen, an das sie ihre geheimen Wünsche hängen konnte, desto besser geeignet. Von Zeit zu Zeit sprach sie mit Marakabui darüber, die auf ihre Träume und Wünsche mit Spott reagierte. Nie hörte sie von der Freundin in diesem Punkt ein Wort des Trostes oder eine Bekundung von Verständnis, immer hieß es nur, sie möge sich doch endlich einmal diesen Mann aus dem Kopf schlagen.

»Ich bin auf dein Wohlergehen bedacht«, sagte Marakabui.

Was sich Toshua immer noch erträumte, war dies: Nagasaka werde sie zu seiner zweiten Konkubine nehmen. Sie würde ihm einen Sohn gebären und damit die beiden anderen Frauen des Haushalts glatt ausstechen. In ihren Träumen sah sie sich auch schon im Geschäftsimperium der Shenzu eine Rolle spielen. Sie verstand etwas von Mode. Sie hatte einen sicheren Geschmack hinsichtlich Stoffmustern, wie ihr nicht nur ihre Kunden, sondern auch ihre Mädchen immer wieder bestätigten. Sie traute sich durchaus zu, das große Stoffgeschäft der Familie zu leiten. Sie wußte sehr wohl, daß eine Frau in einer solchen Stellung keineswegs den üblichen Sitten und Gepflogenheiten entsprach. Aber ihr Selbstbewußtsein war ausgeprägt genug, um sich einzubilden, sie könne das erste weibliche Wesen sein, das in eine solche Stellung gelange. Warum denn nicht? Sie hatte nicht wenig dafür ausgegeben, sich genau über die Vorgänge in der Finanzwelt zu unterrichten. Sie fühlte sich für die Aufgabe, die ihr die Tagträume nahelegten, bestens gewappnet.

Es wurde November. Eine Wolke, vollgesogen mit Traurigkeit darüber, daß Nagasaka kein Interesse für sie bekundete, hing jeden Morgen, wenn sie aus dem Tiefschlaf auftauchte und im Zustand zwischen Schlafen und Wachen dalag, über ihr. Tagsüber erinnerte sie Marakabui mindestens zweimal daran, sie sei unleidlich und unkonzentriert. Schließlich beschloß Toshua, für ein paar Tage zur Blattfärbung der Ahornwälder nach Nikko zu fahren, um dort die Gedächtnisriten für Rauchschwalbengespenst zu vollziehen.

Dieser Verpflichtung unterzog sie sich gleich am Tag nach ihrer Ankunft. Das kleine Gasthaus, in dem sie in jenem Herbst damals zusammen gewohnt hatten, war voll belegt, weil außer der Attraktion der Herbstfärbung der Ahornbäume, die viele Besucher anzog, auch noch ein Chrysanthemen-Wettbewerb stattfand. Es blieb ihr nichts anderes übrig, als in einen ziemlich teuren Ryokan zu ziehen.

Während im Tempel das Räucherwerk verbrannte und der Priester den Zettel mit ihrem Erinnerungsgebet an das Seil knüpfte, sah sie nach links, wo ein Mann mit derselben Tätigkeit beschäftigt war. Sie mußte einen Schrei unterdrücken, und es kam ihr so vor, als nehme ihre Gesichtshaut für einen Augenblick eine grünliche Färbung an. Glücklicherweise hatte sie sich für den Besuch im Ahnentempel sehr feierlich gekleidet und bot, wie sie sich gleich darauf überlegte, einen angenehmen Anblick.

Nachdem sie diese Gedanken als eitel und als unpassend für ein Ahnenopfer gerügt hatte, konzentrierte sie sich ganz und gar auf die Zeremonie und ging danach, ohne sich umzusehen, an den Schalter, an dem man seine Spende einzahlte. Langsam schlenderte sie danach durch das große Tor am Eingang des Tempelbezirks und blieb an der langen Reihe der Stände stehen, an denen Devotionalien und Geschenke verkauft werden, um für Marakabui und die Mädchen ein paar Süßigkeiten zu erstehen. Diese wurden soeben verpackt, nachdem sie bereits gezahlt hatte, als jemand hinter sie trat und leicht mit dem Fächer berührte. Sie mußte sich nicht umschauen, um zu wissen, daß es Nagasaka war.

Sie wechselten ein paar Höflichkeitsfloskeln und stellten fest, daß sie im selben Ryokan abgestiegen waren. Sie gingen gemeinsam die Rotfärbung der verschiedenen Ahornarten betrachten. Sie standen am Wasserfall. Nagasaka schien ihr hier unbefangener als in Edo. Toshua erfuhr, daß er die Riten für eine Großmutter verrichtet hatte, die als Erzahnin des Handelshauses galt und aus einem Dorf in der Nähe stammte.

Als sie am Wasserfall standen, schien ihr das herabstürzende, wild schäumende Element eine gute Metapher ihrer Empfindungen zu sein. In ihr war eine Mischung von Verlangen und zorniger Empörung. Nagasakas Verhalten entsprach so ganz und gar nicht dem des Liebhabers, den sie sich gewünscht hatte. Was ist nur, überlegte sie, habe ich ihn nicht hinreichend ermutigt, oder empfindet er vielleicht überhaupt nichts für mich? Ich werde mich ihm nicht aufdrängen. Es wäre mir recht, wenn er die Nacht mit mir verbrächte, aber die Initiative sollte doch von ihm ausgehen, das bin ich meinem Stolz schuldig.

Abends saßen sie noch zusammen und redeten belangloses Zeug. Sie spürte, wie er sie mit Blicken verschlang. Jetzt fand sie es etwas lächerlich. Sie trennten sich, gingen auf ihre Zimmer. Sie lag auf ihrem Futon und dachte, ehe sie einschlief: Jetzt werde ich ihn vergessen; er ist der Intensität meiner Liebe nicht wert. Sie schlief nicht ein. Es ärgerte sie. Sie sollte sich erholen, statt dessen lag sie hier die ganze Nacht, ohne ein Auge zuzutun. Es war töricht, es war nutzlos, dieser Mann war merkwürdig wie eine Schildkröte. Warum nur liebte sie ihn dennoch? Vielleicht sollte sie auf den Vorschlag des fünfzigjährigen Reishändlers eingehen, der angeboten hatte, sie auszuhalten. Vielleicht sollte sie das Haus verkaufen, die Mädchen freigeben und als wohlhabende Frau, die im Reishandel spekulierte, in ein anderes Viertel ziehen. Vielleicht sollte sie das Kloster in Kyoto aufsuchen, in dem sie beinahe geheiratet hatte. Warum das Verlangen, vor dem Sandgarten zu sitzen und die Setzung der Steine zu betrachten? Warum? Weshalb fiel ihr dieses Bild gerade jetzt ein?

Es ging schon gegen Morgen, denn man hörte, obwohl es noch dunkel war, schon vereinzelte Vogelrufe, als plötzlich die Schiebetür, die hinaus in den Garten führte, sehr langsam geöffnet wurde. Der mit Reisstrohpapier bespannte Rahmen bewegte sich unerhört langsam. Es war eine Wahrnehmung wie unter Trance. Es war merkwürdig: All die Monate hatte sie diesen Augenblick herbeigesehnt. Jetzt, da er gekommen war, mußte sie sich beherrschen, nicht zu zittern, und ganz hinten in ihrem Bewußtsein war ein kleiner lästiger Zweifel, ob überhaupt ein Mensch jene so wahnwitzig hochgespannten Erwartungen, die sich in ihr aufgebaut hatten, werde erfüllen können.

Der Mann, der das Zimmer betrat, war nur mit einem Lendentuch bekleidet. Sie verhielt sich völlig still. Er legte das Lendentuch ab. Sein Penis stand vor, als gehöre er nicht zu seinem Körper. Der Mann kniete sich vor sie auf den Futon, öffnete die Schleife ihres Schlafkimonos und beugte sich vor. Sie spürte, wie seine Stirn ihre Brust berührte. Er richtete sich auf und schob eine Hand unter ihren Nacken. Sie hatte, ohne daß es ihr bewußt geworden wäre, ihre Schenkel weit geöffnet, und als er in sie eindrang, war es ihr für einen Augenblick, als schwänden ihr die Sinne. Aber dann reagierte sie auf die Bewegungen seines Gliedes in ihr. All ihre Aufmerksamkeit schien in jenem Organ in ihrem Unterleib versammelt, und mit dem wiegenden Rhythmus versanken langsam erst die Gedanken und endlich auch die Vorstellung von Zeit.

Erst jetzt, als sie den Kopf etwas zur Seite legte, nahm sie wahr, daß er die Hand immer noch unter ihrem Nacken hatte. Er saß jetzt vor ihr, zog sie zu sich heran. Sein Glied stand immer noch störrisch aufrecht. Er faßte sie um die Hüften und hob ihren Körper leicht an, bis ihre Mitte über seinem Penis stand und ließ dann ihre Hüften los. Sie sah auf ihn herab, sie sah die Lust in seinen Augen stehen, und schon begann sich sein Stößel in ihr zu bewegen. Langsam kam dieses weiche, angenehme Gefühl wieder. Es dauerte lange. Es war ihr, als bewege sie sich träge balancierend am Kraterrand eines Vulkans, nicht weit von der brodelnden Lava entfernt.

Plötzlich, als komme so etwas wie Zorn über ihn, verstärkte er seine Anstrengungen. Sie gerieten beide außer Atem, und sie nahm wahr, daß sie kleine Schreie ausstieß, die ihn anzufeuern schienen. Die Lust steigerte sich nicht mehr, und das provozierte seinen Zorn weiter. Er versetzte ihr mit beiden Händen einen Stoß gegen die Schultern, so daß sie nach hinten kippte. Es muß, dachte sie, doch ein komischer Anblick sein, wenn einem jemand dabei zuschauen würde.

Sie empfand diese Komik so stark, daß sie tatsächlich lachen mußte. Aber schon war er über ihr, in ihr. Seine Stöße hatten geradezu etwas Verzweifeltes. Plötzlich, während sie nicht mehr zu unterscheiden vermochte, was er und was sie war, kam sie zum Höhepunkt, aber diesmal war es ein ganz und gar anderes Empfinden als bei den Malen zuvor. Es war, als dehne sich die Zeit aus, als sei sie ein straff gespannter Stoff, der die Spannung nicht erträgt und durchscheuert, und plötzlich reißt der Stoff, und die dabei frei werdende Kraft schleudert einen ins Nichts.

Als sie ihre Umgebung wieder wahrnahm, lag sie auf die Seite gerollt, die Arme vor das Gesicht geschlagen, und ihr Liebhaber drängte sich an ihren Rücken. Es mußte viel Zeit vergangen sein, denn es war heller Tag draußen. Sie fuhr erschreckt zusammen und murmelte, er müsse gehen. Er legte die Hand auf ihre Lippen.

»Mach dir keine Sorgen«, sagte er.

Wie durch Zauber war Tee da, zwei Schalen, und Reiskuchen. Er reichte ihr eine Schale, und sie trank gierig. Es war herrlich, diesen fürchterlichen Durst vergehen zu spüren.

Sie blieben in diesem Zimmer drei Tage und drei Nächte. Manchmal stand er auf, zog einen Tageskimono über, verschwand und kam mit einem Tragekorb wieder, in dem sich die Schälchen für eine Mahlzeit befanden.

Einmal, in der zweiten Nacht, badete sie in dem kleinen Bekken, das es im Zimmer gab. Das Wasser schien ihr schrecklich kalt, und es brauchte eine ganze Zeit, bis sie sich danach in seinen Armen wieder erwärmte.

Das Merkwürdigste an dieser Zeit war wohl, daß es ihr so vorkam, als werde er nie eine Person, als bleibe er ein anonymes Wesen, das lediglich eine sexuelle Beziehung mit ihr eingegangen sei, als wären dabei alle anderen Regungen völlig ausgeschaltet. Es gab Augenblicke, in denen sie darüber erschrak, aber, als wenn er dies erahnt hätte, begann er gerade dann sie erneut zu erregen. Sie war erstaunt, wie Menschen eine so lange Folge intensiver Umarmungen aushalten konnten, denn sie liebten sich in dieser langen Zeit tatsächlich fast ständig.

Es war auch seltsam und verlieh den Vorgängen etwas Unwirkliches, daß bei alldem oft für Stunden kein einziges Wort fiel. Nur einmal, während sie in einer langen Sequenz der Erregung dahintrieb, ohne in der Lage zu sein, sie abzuschließen, hörte sie ihn flüstern:

»Unternimmst du etwas, um nicht zu empfangen?«

Sie empfand diese Frage so unpassend, ja empörend, daß sie nach ihm schlug.

Jegliches Einreden ihrer Vernunft verhöhnend, murmelte sie eigensinnig: »Ich will empfangen. Ich will!«

Tatsächlich schien es ihr, daß, als sie danach den Höhepunkt erreichte, auch er sich wieder ausschüttete, nur, um dann aufzuspringen, etwas zu sagen, was sie nicht verstand, vielleicht auch gar nicht verstehen sollte, um sein Lendentuch anzulegen und ohne Gruß hinaus in den Garten zu verschwinden.

Für einen Augenblick tauchte aus ihrem Gedächtnis jener Holzschnitt mit dem Bild des Oktopus auf, der eine Perlentaucherin leerzutrinken scheint. So merkwürdig dies scheinen mag, so war ihr doch augenblicklich klar, daß der Mann, mit dem sie die letzten drei Tage und Nächte verbracht hatte, nie mehr wiederkommen werde. Schließlich war es überhaupt zu bezweifeln, ob es diese Tage und Nächte überhaupt gegeben hatte.

Als sie sich klarmachte, was dieser Gedanke bedeutete, daß sie, ihm zufolge, von all ihren Illusionen und Tagträumen Abschied nehmen mußte, überkam sie ein schrecklicher Katzenjammer. Sie blieb noch drei weitere Tage in Nikko, ging spazieren, schlief viel und saß oft stundenlang an der offenen Schiebetür und schaute hinaus auf den kleinen Garten. Sie kam sich gesättigt vor. Sie hatte keinen Appetit mehr auf Liebe. Es war nicht weiter schlimm, daß Nagasaka sich nicht mehr sehen ließ. Das heißt, natürlich war sie deswegen in ihrer Eitelkeit verletzt, aber ihren Körper hatte eine merkwürdige Ruhe überkommen.

Als sie nach Edo zurückkehrte, fand Marakabui, sie sähe gut erholt aus. Toshua erzählte ihr nichts von ihrem Abenteuer. Gleich waren Entscheidungen zu treffen, die sie von ihren Tagträumen ablenkten. In ihrer Abwesenheit war ein Bauer dagewesen und hatte versucht, von Teehaus zu Teehaus vorsprechend, seine Tochter zu verkaufen. Marakabui hatte das arme Ding aufgenommen und dem Vater erklärt, sie könne nicht entscheiden, ob man sie endgültig anwerben werde und für welche Summe. Aber bis ihre Herrin heimkomme, könne das Mädchen bei ihnen wohnen.

Jetzt rückte der Tag näher, an dem der Vater kommen und sich Antwort holen würde und an dem somit eine endgültige Entscheidung getroffen werden mußte. Die Kleine hieß Eiko, und Toshua nahm sie sich vor. Offenbar hatte sie große Furcht davor, mit einem Mann zu schlafen. Toshua kam schließlich mit Marakabui überein, Eiko als Hausgehilfin und nicht als *maiko* einzustellen. Marakabui runzelte die Stirn, als Toshua ihr diesen Entschluß mitteilte.

»Ich stelle mir vor«, sagte Toshua, »daß ich sie als eine Art Adoptivtochter erziehe, daß wir ihr Lesen und Schreiben beibringen und sie irgendwann an einen freundlichen Mann verheiraten.«

»Sie hat auf dem Dorf, aus dem sie kommt, einen Freund gehabt. Hat sie dir das nicht erzählt?«

»Na, und wenn schon. Sie ist zwölf. In diesem Alter vergißt sich das.«

»Du bist plötzlich so großzügig und menschenfreundlich«, stellte Marakabui fest. »Hast du dich neuerdings verliebt?«

Darauf gab sie keine Antwort, wie inquisitorisch Marakabui sie auch ansehen mochte. Wenn sie jetzt an die drei Tage und drei Nächte mit Nagasaka zurückdachte, kamen sie ihr unwirklich vor.

Aber dann geschah etwas, das diese Vorstellung gründlich zerstörte und die Realität zurückbrachte. Ihre Periode blieb aus, und als sie auch beim zweiten Mal nicht kam, machte sie sich klar, daß eine Entscheidung getroffen werden mußte. Sie dachte an all die Statuen mit den roten Mützchen an der Straße, die zum Großen Buddha von Kamakura führte, und erzählte Marakabui, daß sie schwanger sei.

»Und von wem, bitte?« fragte ihre Freundin.

»Von Nagasaka.«

»Bist du sicher?«

»Ja, doch.«

»Wo seid ihr zusammengewesen?« Sie schien nachzudenken. »Ach so, in Nikko, nicht wahr?«

»Ja, in Nikko.«

»Willst du immer noch seine Konkubine werden? Hat er dir für den Fall, daß du von ihm empfängst, Versprechungen gemacht?«

»Nein. Aber das Kind will ich. Ich will es für mich.«

»Wie stellst du dir das vor?«

»Ich werde für die Zeit der Schwangerschaft ausfallen. Ich traue dir zu, daß du das Haus auch ohne mich führst.«

»Darum geht es nicht. Wegen etwas anderem will ich eine klare Antwort. Der Kindsvater soll nichts davon erfahren, wie?«

»Nein.«

»Wie bequem für ihn.«

»Denke daran, daß es meine Entscheidung ist, das Kind zur Welt zu bringen.«

»Wie romantisch«, fuhr Marakabui fort zu schimpfen. »Vielleicht denkst du auch einmal an das Kind. Es sollte einen Vater haben.«

»Wir besitzen genug, um auf den Vater pfeifen zu können…, genug für Eiko und für das Wurm in meinem Bauch.«

»Was soll ich reden? Du bist alt genug, um zu wissen, was du tust. Und bitte, wo willst du niederkommen?«

»Ich denke, daß ich an den Abt des Klosters in Kyoto schreibe und ihn frage, ob er mir bis zur Niederkunft Zuflucht gewährt.«

»Das ist ein Männerkloster der Shingo-Schule«, hielt ihr Marakabui vor.

»Erinnerst du dich, daß der Abt damals gesagt hat, er würde mich gern wiedersehen und mich aufnehmen, wenn es irgendwelche Schwierigkeiten gäbe.«

»Er kann längst tot sein.«

»Ich werde ihm schreiben. So wie ich ihn einschätze, wird er mich nicht abweisen. Oder es gibt dort einen Nachfolger. Wir werden ja sehen. Denk daran, es geht um die Erhaltung eines Lebewesens!«

»Du solltest besser mit Nagasaka reden und von ihm Unterhalt für das Kind verlangen. Seine Sippe ist wohlhabend genug.«

»Wir haben es auch«, sagte Toshua stolz. »Es ist doch sehr angenehm, nicht jeden Momme umdrehen zu müssen.«

Tatsächlich schrieb der Abt zurück, wenn Toshua mit einer einfachen Hütte auf dem Klosterareal vorlieb nehmen wolle, sei sie ihm willkommen. Toshua war im siebenten Monat, als sie, begleitet von Marakabui und Eiko, nach Kyoto reiste.

Die Hütte lag in dem parkähnlichen Wald hinter dem eigentlichen Klostergrundstück und entpuppte sich als durchaus bequem: zwei Räume und eine Küche. Der Abt stellte ihnen eine Hebamme vor, die Toshua entbinden würde. Marakabui schien beruhigt, als sie wieder abreiste. Stolz trug Toshua die drei Streifen roten Stoffes um ihren geschwollenen Leib. Die Mönche, die vom Abt eingeweiht worden waren, gingen ihr aus dem Weg. Eine schwangere Frau, so kurz vor der Geburt, galt als unrein. Der Abt kannte solche Scheu nicht. Wenn Toshua manchmal stundenlang auf der Mauer am Sandgarten saß, kam er und unterhielt sich mit ihr. Vormittags war sie damit beschäftigt, für Eiko und sich zu kochen und ihre Pflegetochter in Lesen und Schreiben zu unterrichten.

Toshua kam an einem heißen Julitag nieder. Der Abt war hinter einem Wandschirm zugegen, als die Hebamme die Nabelschnur des Kindes mit einem Bambusmesser durchschnitt. Er sprach davon, daß der Knabe wohlgeformt sei, als er ihn segnete.

Toshua war glücklich mit dem Kind. Sie stillte es selbst, und einmal sagte Eiko, sie wolle bald heiraten und selbst solch einen kleinen Wurm haben.

Eine Woche nach der Geburt, als Toshua Marakabui erwartete, die sie nach Edo zurückbringen wollte, ließ sich plötzlich Nagasaka bei ihr melden. Das heißt, ein Mönch kam, um ihr mitzuteilen, daß sie Besuch habe, und schon trat dieser ein.

Er schien nervös und befangen und bat, Toshua unter vier Augen sprechen zu dürfen. Sie führte ihn zu dem Steingarten, an dessen Brüstung sie, auf ihre Niederkunft wartend, häufig gesessen hatte. Es verwunderte sie, daß er kein Auge für die Schönheit der Anlage besaß. Schließlich sagte er:

»Ich bin gekommen, um Euch einen Vorschlag zu machen.«

Ihr Gesicht erstarrte. Nachdem sie ihm einen Sohn geboren hatte, erwartete sie, er werde sie fragen, ob sie als zweite Konkubine in seinen Haushalt kommen wolle. Nun kam doch noch die Stunde ihres Triumphes. Statt dessen sagte er:

»Ich denke, bei Eurem Beruf seid Ihr kaum in der Lage, einem Kind die nötige Zuwendung zu geben.«

»Ich weiß nicht, was Ihr wollt«, antwortete sie kühl. »Ich habe mich entschlossen, dieses Kind in diese Welt zu bringen. Seid versichert, ich werde es auch ohne Eure Hilfe *durch* diese Welt bringen.«

»Nun, ich bin gekommen, um meinen Sohn mitzunehmen. Meine Ehefrau und ich werden ihn adoptieren. Ihr müßt zugeben, das ist die beste Lösung.«

Für einen Augenblick verschlug es ihr die Sprache. Der linke Fels im Steingarten schien sich zu bewegen. Dann war er Teil ihres Körpers, er füllte ihren Bauch, ihre Schenkel, ihre Oberarme aus. Es war wie eine erneute Schwangerschaft, nur daß sie nun einen Fels in sich trug. Es wurde ihr schwer zu sprechen; auch ihre Zunge und ihre Lippen schienen versteinert.

»Wagt es nicht!« stieß sie hervor.

»Beruhigt Euch«, sagte Nagasaka tonlos.

»Ich denke nicht daran, Euch meinen Sohn auszuhändigen. Ich habe ihn geboren. Ihr habt Euch in keinem Augenblick der Schwangerschaft um mich gekümmert. Das Kind gehört nicht zu Euresgleichen. Es ist mein Kind.«

»Wir werden Euch eine großzügige Abfindung zahlen. Ihr werdet bis zum Ende Eures Lebens nicht mehr...«

»Schweigt«, fiel sie ihm ins Wort. »Nie bekommt Ihr dieses Kind.«

Er wandte sich ab und ging, ohne auch nur noch ein Wort zu sagen. Sie blieb noch eine halbe Stunde, um sich zu beruhigen. Ein ungeheurer Zorn kam in ihr auf. Sie dachte immer wieder nur diesen einen Satz: Nie gebe ich das Kind her. Nie und nimmer. Sie mußte alle Zärtlichkeit, die sie für ihren Sohn empfand, aufbieten, um die Wut, die in ihr tobte, zu besänftigen. Immer wenn sie wieder daran dachte, kam ihr Nagasakas Vorschlag ungeheuerlich vor; unbegreiflich war es ihr, daß sie den Mann, der es wagte, ihr solches anzutun, einmal umarmt haben sollte.

Nachdem sie sich etwas beruhigt hatte, nachdem die Versteinerung in ihr endlich nicht mehr weiter zu wachsen schien, ging sie zurück zu ihrer Hütte. Eiko kam ihr entgegen. Sie schien bedrückt.

»Was ist mit dir?« fragte sie Toshua.

»Sie haben das Kind mit fortgenommen.«

»Was haben sie getan?«

»Euer Kind, unser Kind...!« jammerte Eiko.

Toshua erfuhr, daß Nagasaka mit einer Amme in die Hütte eingedrungen war und das Kind fortgetragen hatte. Er ließ ihr durch Eiko ausrichten, sie brauche sich keine Sorgen zu machen, die Amme sei eine zuverlässige und erfahrene Person. Toshua werde noch einmal einsehen, daß es so das Beste sei.

Ihre erste Reaktion war ein völliges Verstummen. Dann war Marakabui da und zwang sie, sich aus der Höhle des Schweigens herauszutasten, indem sie ein Zauberwort aussprach.

»Wir werden kämpfen!« hieß es.

»Versuche«, sagte die Freundin auf dem Heimweg nach Edo, »versuche deine Verzweiflung in Energie zu verwandeln. Wir werden deinen Sohn zurückbekommen.«

Und so begann der Kampf. Toshua suchte Nagasakas Vater auf. Der empfing sie aalglatt freundlich, erwähnte die Höhe der Entschädigungssumme, versicherte, er wolle dafür sorgen, daß ihr das Patent als »Erste« ausgestellt werde, lehnte es aber ab, sie ihren Sohn auch nur sehen zu lassen. Sie machte ihm eine Szene, und er ließ sie von zwei Dienern aus dem Haus geleiten. Sie ging zu einem Anwalt, nur um zu erfahren, daß sie unter den gegebenen Umständen völlig rechtlos sei. Jedes Gericht werde dem Argument des Vaters zustimmen, daß sein Kind nicht in Yoshiwara aufwachsen könne. Damit müsse sie sich abfinden. Er könne höchstens versuchen, mit der Familie Nagasakas zu vereinbaren, ihren Sohn von Zeit zu Zeit zu sehen. Darauf verzichte sie, sagte sie dem Anwalt.

Sie überlegte in Marakabuis Gegenwart laut, das Kind entführen zu lassen.

»Und wo willst du es verstecken?« fragte Marakabui, die immer praktisch dachte.

Toshua schloß ihr Haus, und als man sie fragte, wie sie das begründen wolle, sagte sie:

»Wir haben Trauer!«

Der Shenzu-Klan ließ ihr eine beträchtliche Geldsumme überweisen. Da war die Veränderung in ihr allerdings schon vor sich gegangen. Sie spendete das Geld nicht, wie sie ursprünglich vorgehabt hatte, um damit die Erziehung von ausgesetzten Kindern zu fördern. Sie kaufte zu einem überhöhten Preis das Haus »Zum reifen Kürbis«. Sie war persönlich zugegen, als Frau Ente das Feld räumen mußte. Sie behandelte ihre alte Feindin mit eisiger Korrektheit. Sie hieß ihre Mädchen in den »Reifen Kürbis« umziehen. Sie sagte mehrmals am Tag zu Marakabui:

»Ich werde mich an den Männern rächen. An allen Männern. Bist du an meiner Seite?«

»Ja, ja«, sagte Marakabui, aber es kam Toshua vor, als ob sie sie für verrückt halte.

»Ich meine es ernst«, beteuerte Toshua.

»Das weiß ich«, sagte Marakabui, geradezu ausgelassen. »Wenn deine Stimme diesen Tonfall hat, ist mit dir nicht zu spaßen. Und sei gewiß, ich bin an deiner Seite!«

Dann wurde Toshua die Urkunde über ihre Ernennung in den Rang einer »Ersten« zugestellt.

»Das kommt mir recht«, sagte sie zu Marakabui. »Jetzt beginnt der Krieg gegen die Männer.«

Aber dann geschah etwas, wovon Toshua schon lange nicht mehr geträumt hatte.

VII

»Schande über euch,
schamlose Menschen.
Jene, die sich schämen,
haben es oft nicht nötig.«

Es war ein schöner Sommerabend. Die Dunkelheit brach langsam herein. Seami saß in einer Teestube im dritten Haus hinter dem großen Tor zum Yoshiwara-Viertel. Er beobachtete das Kommen und Gehen von Prostituierten des zweiten und dritten Ranges, die hier mit Kunden über einer Schale Tee den Preis aushandelten und, sobald man sich einig war, mit ihnen in einem der hinteren Gelasse verschwanden. Es war jener Zeitraum zwischen Tag und Nacht, da Yoshiwara eben zum Leben erwacht, die halbe Stunde, in der das letzte Tageslicht langsam in ein melancholisches Blau übergeht, die Laternen angezündet werden und die Nachtschwärmer in immer größeren Gruppen einfallen. Ganz anders als gegen Mitternacht, wenn alles mit Müdigkeit, Vergänglichkeit und Ernüchterung geschminkt ist, ist dies die Stunde der Erwartungen und Versprechungen. Alles scheint noch möglich. Die Menschen sind aufgeregt wie vor einem Feuerwerk.

Vier Jahre waren vergangen, seit Seamis letztem Aufenthalt in Edo, und doch hätte er immer noch eine Wette eingehen können, daß er jedem, der da draußen vorbeiging, ansah, woher er oder sie kamen und welchen Beruf sie ausübten. Da waren die Männer, die nur ab und an Yoshiwara besuchten, und denen ihre Schüchternheit und Unsicherheit anzusehen waren. Da waren die reichen Kaufleute, die sich mit einer Sänfte herbringen ließen, an denen die Familienwappen abgenommen worden waren. Eigentlich waren Sänften hinter dem Tor verboten, aber es war nur eine Frage eines entsprechend hohen Trinkgeldes. Offenbar war es üblich geworden, mit der Sänfte hereinzukommen, um zu zeigen, daß man nicht zu sparen brauchte. Junge Männer, die ein sorglos-herausforderndes Gesicht machten, schlenderten vorbei, Stutzer, etwas zu elegant gekleidet. Söhne wohlhabender Väter, deren hochmütige Mienen verrieten, daß ihnen das Geld locker saß und daß sie jeden Preis zu zahlen bereit waren, um ihre ausgefallenen Gelüste befriedigt zu sehen ... Mißmutig knorzige Alte, die, wieviel sie auch anboten, froh sein mußten, wenn sich eines der Mädchen vom Straßenstrich mit ihnen in einem schattigen, nach Pisse stinkenden Durchgang zwischen zwei Häusern abgab ... Handwerksmeister, die stolz und selbstbewußt auftraten ... Flinke Bürschchen, die das Billet eines reichen Kaufmanns zu einer teuren Kurtisane trugen, spillerige Jüngelchen, die Nüsse und Gebäck und vielleicht auch sich selbst verkauften. Da waren Dienerinnen oder weibliche Lehrlinge, die es eilig hatten, zum Haus ihrer Herrin zu kommen, der sie helfen mußten, sich für die Nacht herauszuputzen. Da schwankten Sänften, an denen der eine Seitenvorhang zurückgeschlagen war, weil die Abendbrise der Dame, die von ihren Einkäufen zurückkam, angenehm schien, und man sah ihr weißgepudertes Gesicht im Profil, ihre Haare, aus dem der Friseur so etwas wie eine Welle geformt hatte, und auf deren Kamm ein rotes Pompon wie eine von der Flut mitgerissene Mohnblüte tanzte.

Die junge Frau, die vorn am Geländer zur Veranda hin saß, das Gesicht und der Körper etwas zu mager, und die mit dem geschlossenen Fächer von Zeit zu Zeit mißmutig auf das Holz hieb, weil es immer später wurde und noch kein Freier angebissen hatte, zog Seamis Blick von der Straße fort. Er dachte über das Mädchen nach. Wenn er nicht so knapp bei Kasse gewesen wäre, hätte er sie angesprochen. Gewiß wäre es weniger der erotische Reiz gewesen, der ihn dazu bewogen hätte. Er rechnete nach, daß es nun etwa ein Jahr her sein mochte, seit er das letzte Mal mit Freude und Befriedigung mit einer Frau geschlafen hatte. Diese merkwürdige Stumpfheit seiner Empfindungen hatte schon vor seiner Inhaftierung begonnen. Sie war durch die Zeit im Gefängnis nicht besser geworden. Er wußte keine Erklärung dafür. Ja, diese Magere dort interessierte ihn mehr wegen der Geschichte, die in ihr Gesicht geschrieben stand, als wegen der Anziehungskraft, die von ihrem Körper ausging.

Davon abgesehen: Obwohl seine Lage alles andere als hoffnungsträchtig war, fühlte er sich wohl. Vor den Toren der Stadt hatte er sich von Soto, dem Wandermönch, getrennt, der in das Schneeland nach Norden wollte. Er versprach sich dort Inspiration für neue Gedichte, und Soto lebte für Gedichte. Seami war in die Stadt hineingegangen, ohne Ziel, ohne Absichten, nur in einem ungewissen Vertrauen, daß er hier Glück haben werde.

Edo hatte sich sehr verändert während seiner Abwesenheit. Nicht nur, daß die Stadt um neue Viertel gewachsen war, in denen er sich nicht auskannte; ihre Menschen hatten ein neues Lebensgefühl entwickelt, fiel ihm auf. Ihre Sprache war anders geworden, provokanter, ein wenig ordinär, sachlich, aber nicht ohne die Würze eines deftigen Mutterwitzes. Ein starker Zug von Selbstvertrauen war auch bei den einfachen Leuten zu beobachten. Verglichen mit Nagasaki, kam ihm das Leben hier hektisch vor. Wenig Muße im Alltag.

Immer wieder schlug man ihm, den die Einheimischen als Fremden erkannten, Geschäfte vor, und die Leute waren erstaunt, ja geradezu ungläubig, wenn er vorgab, kein Geld zu besitzen. Es gehörte sich einfach, Geld zu haben. Er fühlte sich nicht als Samurai, aber wenn er sah, wie dick aufgetragen wurde und wie plump manche Kaufleute ihren Reichtum zur Schau stellten, fand er, eine Zwangsenteignung hie und da wegen übertriebenen Luxus könne nichts schaden. Was da blühte, war ein Luxus ohne Geschmack. Das störte ihn vor allem. Also war er hinausgegangen nach Yoshiwara, und sein altes Viertel hatte ihn nicht enttäuscht. Zwar waren auch hier viele der alten Häuser, die er gern gesehen hatte, abgerissen und durch neue, geräumigere ersetzt worden, aber die typische Atmosphäre, zu der etwas Talmi ebenso gehörte wie ein gewisses Maß an Melancholie, etwas offenkundig Ordinäres ebenso wie das Theatralisch-Naive, hatte er wiedergefunden.

Spielerisch, und ohne es selbst recht wahrzunehmen, holte Seami das Schnitzmesser hervor, das einzige Werkzeug, das er sich beim Verkauf seiner Werkstatt in Nagasaki mitzunehmen ausbedungen hatte. Dabei überlegte er, was wohl aus Gala geworden sein mochte: eine gerissene Geschäftsfrau mit vier Kindern, zuviel Schmuck, früh gealtert? Es war eine Sehnsucht in ihm, aber er hätte nicht sagen können, wonach. Er ließ die Innenfläche seines Daumens über die Schneide des Schnitzmessers gleiten. Er berechnete im Kopf seine Barschaft, überlegte, wie er sie gewinnbringend anlegen könne, und erwog, ob er mit der mageren Ziege an der Balustrade nicht doch anbandeln solle.

Plötzlich kam ein Mann, der in einer dunklen Ecke gesessen hatte herüber und setzte sich mit einem Gruß an seinen Tisch. Er war elegant gekleidet und wirkte natürlich und selbstsicher.

»Versteht Ihr etwas von Holzschneiden?«, begann er unvermittelt die Unterhaltung.

»Wer weiß?« sagte Seami lachend. »Heute jedenfalls. Das ist eine Nacht, zu schön, um sie mit Arbeit zu vertun, oder?«

»Die Arbeit bei Tage und bei Nacht das Vergnügen«, sagte der Unbekannte zustimmend.

»Bei mir wird es damit nicht viel werden«, sagte Seami, einem Anflug von Melancholie Ausdruck verleihend.

»Mangelt es an Kleingeld?«, fragte der Fremde mit einem spöttischen Unterton.

»Nicht unbedingt«, erwiderte Seami unbestimmt, »aber mit Sparsamkeit fährt man immer gut.«

»Ihr habt geschickte Finger und versteht Euch offensichtlich aufs Schnitzen«, stellte der andere fest.

»Ein wenig.«

»Und Ihr lest gern.«

»Woher wollt Ihr das wissen?«

Der Fremde wies auf Seamis Bündel, das offen neben einem freien Sitzkissen stand und in dem obenauf ein Band mit Gedichten des Basho lag.

»Wäre Euch diese Ausgabe feil?«

»Ganz bestimmt nicht. Soweit, mein Herr, daß ich meine Lieblingsbücher verkaufen muß, ist es nun doch noch nicht mit mir gekommen.«

»Nun gut«, sagte der Mann, »ich hätte vielleicht eine Anstellung für Euch.«

»Ihr seid hartnäckig«, stellte Seami fest.

»Nicht immer«, sagte der Fremde unverdrossen, »aber etwas an Euch gefällt mir.«

Ja, erwiderte Seami, an einer Anstellung, vorzugsweise in Yoshiwara, sei ihm unter Umständen gelegen. Dann könnten sie vielleicht zusammenkommen, sagte der Mann. Ein Holzschneider,

der genau arbeite und mit Kirschholz umzugehen wisse, sei ihm ein gutes Gehalt wert. Darauf nannte er seinen Namen. Er nenne sich Karamasu. Er betreibe eine Buchhandlung, die dank der Vorliebe der Damenwelt für die Taten des Prinzen Genji und der Ergüsse schöner Seelen wie der Dame Ono Komachi floriere, am beliebtesten seien rasch zurechtgeschusterte Ritterromane aus der Zeit der Wirren. Als Nächstes plane er mehrere fliegende Leihbibliotheken. Damit sei noch Geld zu verdienen. Demnächst gedenke er eine Folge schöner Holzschnitte, betitelt »Frauen und Blumen«, zu verlegen. Von einem besonders anspruchsvollen Künstler, der den Handwerkern vom ersten bis zum letzten Arbeitsgang genau auf die Finger schaue.

Als Holzschneider sei er leider nicht mehr zu gebrauchen, erklärte ihm Seami und erzählte mit unangenehmer Genauigkeit die Geschichte, wie man ihm die zwei Finger der rechten Hand bei den Verhören gebrochen hatte. Karamasu gab keinen Kommentar zu Seamis Beschreibung der Grausamkeiten der politischen Polizei. Er schien ein vorsichtiger Mann zu sein.

»Schade«, sagte er, »aber vielleicht habe ich noch etwas anderes für Euch. Sagt mir doch erst, warum Ihr ausgerechnet nach Edo gekommen seid?«

»Wißt Ihr«, antwortete Seami, »ich liebe Yoshiwara. Aber kann man erklären, warum man Yoshiwara liebt?«

»Vielleicht könnte man es«, erwiderte Karamasu, »wenn man ein solcher Dichter wäre wie Basho . . ., wenn man die Vielzahl der Erscheinungen auf ein paar wenige Worte reduzieren könnte, die dennoch alles enthalten.«

»Ein Gedicht für den Querbalken des Großen Tores«, sagte Seami, halb träumerisch, halb spöttisch.

Er möge nicht lachen, fuhr Karamasu fort, aber er wolle ihm noch einen anderen Vorschlag machen.

»Und der wäre?«

»Euch geht es offenbar um einen neuen Anfang. Ich brauche Kapital. Um eine Auflage von Holzschnitten zu finanzieren. Warum nicht dieses Geld zusammen verdienen?«

»Nur wie?« sagte der Seami lachend.

Ihm schwebe vor, erklärte ihm Karamasu, einen Führer durch Yoshiwara schreiben zu lassen. Ja, freilich, etwas ähnliches gäbe es schon, wenn man beispielsweise an Fujimoto Kizans *»Großen Spiegel der Liebeskunst«* denke oder an jenes kleine Buch, das Kizan über die Freudenmädchen von Osaka geschrieben habe. Das Buch, das er im Sinn habe, solle aber ganz anders aussehen als jene Führer, die bisher in Umlauf seien. Alle Straßen, alle Häuser klar und deutlich beschrieben, die Öffnungszeiten und die Verkehrsverbindungen, die Kategorien, denen die Damen zuzuordnen sind, deren besondere Vorlieben und Abneigungen, die Beschreibung ihrer Festgewänder, ihrer Frisuren, etwas Klatsch über die Friseure, die Schneider, und Angaben über die Preise der Damen dürften nicht fehlen. Auch wer die Favoritinnen gewisser berühmter Schauspieler seien, wolle das Theaterpublikum wissen, das könne man indirekt ausdrücken bzw. es andeuten, indem man die Lieblingsstücke der jeweiligen Kurtisanen nenne ... Ein paar Szenen des Straßenstrichs ... Natürlich auch eine Warnung gegen die Chinesenkrankheit, Angaben, wie man sich gegen sie schützt. Ein paar erotische Blätter, die erst eingelegt werden, wenn das Buch die Zensur schon passiert hat ... Vielleicht eine Sonderausgabe zu einem saftigen Preis. Um Unannehmlichkeiten zu vermeiden, könne man einen Satz dem Zensor schenken. Der Bursche, der gegenwärtig das Amt versähe, sei für eine Bestechung solcher Art durchaus zu haben.

Seami bedachte, was er gehört hatte.

»Gar keine so schlechte Idee«, sagte er nach einer Weile und überlegte, daß er im Begriff stand, sich abermals auf etwas Riskantes einzulassen. Aber Karamasus Plan gefiel ihm und der Mann auch.

»Ihr habt nichts vergessen«, stellte er anerkennend fest.

»Gut«, sagte der Buchhändler, ob er ihn dann als angeworben betrachten dürfe. »Wir sollten bald beginnen«, fuhr er lebhaft fort. »Ich zahle Euch einen gewissen Vorschuß jetzt. Wenn das Buch erscheint, ein Honorar.«

Die Summe, die er nannte, erstaunte Seami. Er nickte, im stillen immer noch verblüfft über dieses ungewöhnliche Angebot. Aber so ging es zu in der Schwankenden Welt: Eben noch ein aus dem Kerker entlassener Vagabund und jetzt Geschäftspartner eines auf jeden Fall wohlhabenden Mannes.

Sie tranken ein paar Schalen Sake auf ihre Abmachungen, dann ließ sich Seami seinen Vorschuß in Silberstücken auszahlen. Er erwarte ihn morgen gegen elf in seinem Geschäftslokal. Dort könnten sie die Einzelheiten besprechen. Jetzt möge Seami ihn entschuldigen, sagte Karamasu, er müsse noch einmal in einer Druckerwerkstatt vorbeischauen.

Als der Buchhändler hinausgegangen war, stand Seami auf und ging zu dem mageren Mädchen hinüber, das jetzt völlig resigniert und die Beine ordinär weit von sich gestreckt dasaß. Er bezahlte sie für die ganze Nacht. Die Geschichte, die er von ihr erfuhr, war nicht sehr aufregend. Vielleicht war sie auch erfunden: Eine Bauerstochter aus einem Dorf an der Inlandsee an ein Haus in Edo verkauft, das nach Spielschulden der Besitzer pleite gemacht hatte. Die anderen Mädchen waren von einem neuen Patron übernommen worden. Sie nicht. Seither ging sie auf den Straßenstrich. Einen Zuhälter habe sie nicht. Sie habe sich um einen bemüht, aber keiner wolle sie.

Er mietete für die Nacht ein Zimmer, das sie luxuriös nannte. Es schien ihm, als begreife sie den tatsächlichen Sinn des Wortes gar nicht und benutze es nur, weil es ihr ausgefallen vorkam. Der Beischlaf mit ihr war tatsächlich eine Enttäuschung. Mechanisch und kalt, ohne Raffinement. Ihre Bewegungen hatten auch auf dem Kissen etwas Starres. Es war ihm, als hingen seine Augen unter der Decke über der Matte, und als sehe er ihr und sich dabei zu.

Am Vormittag des nächsten Tages ging Seami zu Karamasu. Der Vertrag wurde aufgesetzt. Sie tranken Tee zusammen. Und als er wieder auf der Straße stand, fand sich Seami gedrängt, mit der Arbeit an dem Katalog der schönen Damen von Yoshiwara umgehend zu beginnen. Man hatte sich darüber verständigt, daß das fertige Buch spätestens zur Zeit der Kirschblüte im nächsten Jahr vorliegen sollte, weil dann jeweils besonders viele Besucher nach Yoshiwara kamen.

Der erste Schritt, den Seami unternahm, bestand darin, sich in Yoshiwara selbst ein Quartier zu suchen. Er besaß noch das Geld vom Verkauf seiner Werkstatt in Nagasaki, dennoch beschloß er, vorerst sparsam zu leben. Er fand einen kleinen Schuppen am Ende einer Passage mit Garküchen und Teehäusern. Von einem Laden, der Räucherstäbchen feilbot, hing ständig ein Geruch von Zimt in der Luft. Von irgendwoher ertönte von Zeit zu Zeit ein

Glockenspiel. Die Baulichkeit selbst war heruntergekommen. Sie bestand innen aus zwei Räumen und einer Küche, war aber umgeben von einem verwilderten Garten. Da Seami wußte, daß er selbst in den nächsten Monaten wenig Zeit finden würde, sich um den Garten zu kümmern, mietete er sich einen Burschen, dem er diese Arbeit übertrug.

Seami gewann diesen Garten lieb. Er hieß jenen Burschen, den er beschäftigte, es mit dem Jäten und Mähen des Grases nicht zu weit zu treiben, damit eine gewisse natürliche Wildheit erhalten bleibe. Wenn ihm die linke Hand von der langen Arbeit mit dem Pinsel schmerzte, setzte er sich ins Gras in den Schatten eines kleinen Bambushains, blickte zu den Kolonien der Malven hin und versuchte, sich genaue Worte zu den verschiedenen Farbtönen zwischen Rot und Gelb einfallen zu lassen, die er da sah.

In der Phantasie brachte er die Malvenblüten mit den Gewändern der Damen in Yoshiwara in Verbindung, mit denen er sich in seinem Führer beschäftigen wollte. Er hatte sich für sein Vorhaben in Karamasus Werkstatt eine Ankündigung drucken lassen, die lautete:

> Der Künstler Seami Sochimitu beabsichtigt, einen zuverlässigen Führer durch die Etablissements der Schwankenden Welt zu verfassen, in welchem einheimische und auswärtige Besucher die Fähigkeiten, Künste und Besonderheiten der hochverehrten Damen aufgezeichnet finden. Zu diesem Zweck bittet er die Kurtisanen des ersten und zweiten Ranges, ihn zu einer Unterredung zu empfangen. Autor und Verleger legen Wert darauf, die Damen, ihre Frisuren und Kleidung auf eine Art und Weise vorzustellen, die von den geschätzten Damen gebilligt wird.

Tatsächlich waren die meisten der Kurtisanen daraufhin bereit, sich mit ihm zu unterhalten. Sie führten ihm ihre Gewänder vor; er skizzierte ihre Frisuren. Sie tanzten für ihn, sie rezitierten ihre Lieblingsgedichte. Mehr als einmal bot ihm eine der Kurtisanen auch an, sich von ihren erotischen Qualitäten auf dem Kissen überzeugen zu können. Es war eine duftige Wolke von Sinnlichkeit, die ihn umgab. Er gewann mit vielen Frauen eine Vertrautheit, die ihn selbst erstaunte. Es gab Kurtisanen, die mit ihm plauderten, während sie badeten. Er hörte viel Klatsch, wurde um Rat gefragt, wenn die Damen Stoffe für einen neuen Kimono kauften oder Fächer bestellten.

Seine Besuche machte er zumeist am frühen Nachmittag, wenn die Frauen aus dem Bade kamen und sich für den Abend schminkten und frisierten. Aber manchmal war er auch während der Nacht zugegen. Er wurde nach Urteilen über diesen oder jenen Besucher gefragt. Er bewegte sich ungehindert zwischen den Räumen, in denen die Frauen und Mädchen mit ihren Freiern das Kissen teilten. Er lernte die Schlepper, Anpreiser und Kuppler kennen und prägte sich die Gesichter der Teehausbesitzer ein, studierte die Gesten und Körperhaltung der Kunden wie die der Mädchen. Neben vielen Skizzen waren die Vorlagen für zehn Blätter der großen Kurtisanen entstanden. Seami schwelgte in den schwingenden Linien der *yuzen*-Kimonos mit ihren großflächigen Blumenmustern auf den Rücken und den weit fallenden Ärmeln. Er hatte auf durchsichtiges Reisstrohpapier gezeichnet. Als er die Blätter Karamasu zeigte, sagte der Buchhändler sofort, er wolle sie in Holz schneiden lassen und sie zu einem Aufpreis dem Führer beigeben.

Bei dieser Unterhaltung mit Karamasu erwähnte Seami beiläufig, daß es eine Kurtisane des ersten Ranges gäbe, die sich strikt weigere, ihn zu empfangen.

»Und wer ist das?« fragte Karamasu verwundert.

»Sie nennt sich die Kaiserbaum-Dame.«

»Sieh an«, sagte Karamasu, »ich habe ihr Haus hin und wieder selbst besucht, als sie noch nicht den Rang einer Ersten hatte. Damals hieß sie noch Toshua.«

Seami fuhr der Schreck durch alle Glieder.

»Wie war doch der Name noch?«

Er meinte, seine Phantasie habe ihm einen Streich gespielt.

»Toshua«, wiederholte Karamasu. »Es gab bei ihrer Prüfung für den Rang der Ersten einen Skandal. Der damalige Polizeipräfekt von Yoshiwara soll versucht haben, sie zu vergewaltigen.«

Von diesem Augenblick an wußte Seami in einer fernen Ecke seines Bewußtseins sehr genau, daß die Kaiserbaum-Dame seine Schwester war. Er wußte es und weigerte sich zugleich, es zu wissen. Die Szenen der Liebesnacht damals, ehe sie beide aus dem Dorf fortgegangen waren, traten immer wieder aus seiner Erinnerung mit einer Lebendigkeit hervor, als sei es gestern gewesen.

Dann aber versuchte eine Stimme, ihn davon zu überzeugen, es liege lediglich eine zufällige Übereinstimmung der Namen vor, und das andere seien Wunschträume.

Herbst und Winter vergingen. Das Manuskript ging seiner Vollendung entgegen. Er hatte unterdessen keinen Versuch mehr unternommen, doch noch von der Kaiserbaum-Dame empfangen zu werden.

Ehe er das Manuskript abschloß, kam ein Wintertag, an dem der verwilderte Garten verschneit dalag und Seami beim Blick auf den Schnee sich an die Farbe der Malven erinnerte. Es war, als ob sie jetzt da draußen unter dem Schnee hervorwüchsen. Er ging hinaus in den Garten, und es gab noch ein paar Rosenblüten, die gefroren waren. Die Formen der Blüten und Knospen hatten sich erhalten, aber es sah aus, als seien sie in Wachs gegossen worden. Ihre natürlichen Farben hatten im Absterben einen sanften, gedämpften Ton angenommen, der ihm ungemein gut gefiel.

Wieder im Haus, brachte seine Phantasie den Schnee und die Pflanzen – jene, die die Kraft seiner Erinnerung hatte aufblühen lassen sowie die vom Frost konservierten – mit der Kaiserbaum-Dame in Zusammenhang. Er entwarf, mit der linken Hand zeichnend, Skizzen von der Frau, zu der er nie vorgedrungen war. Sie saß vor einem Spiegel, in einem Kimono, dessen Rückenteil mit blauen, blaß-rosa und gelben Malven bedeckt war. Die Person, die er zeichnete, stand gerade im Begriff, ihre Frisur zu richten und sich einen Haarpfeil einzustecken. Auf ihrem Gesicht lag ein Bodhisattva-Lächeln, ein Ausdruck, der sich in Seamis Erinnerung in jenem Augenblick eingeprägt hatte, als Toshua und er sich am Morgen vor dem Backofen gegenübergestanden hatten. Er war zuerst aus dem Gewölbe des Ofens herausgeklettert. Die Luft war ihm auf wunderbare Weise frisch und neu vorgekommen, und als er sich umgewandt hatte, hatte Toshua sich hinter ihm schon aufgerichtet und ihn mit eben jenem unirdischen Lächeln betrachtet, das er nun zeichnend wiedergefunden hatte.

Nachdem er zu dem Holzschneider gelaufen und ihn gebeten hatte, die Zeichnung sogleich in Kirschholz zu schneiden und anzudrucken, nachdem er also ein fertiges Blatt davon besaß, legte er es auf seinen Arbeitstisch und erfand danach die Notiz über die Kaiserbaum-Dame.

»Das Musterbuch über die Großen Damen von Yoshiwara«, wie der Titel von Seamis Werk schließlich lautete, war fertig, und zu Ehren seiner Veröffentlichung gab Karamasu in seinem Landhaus vor den Toren der Stadt ein Fest. Alle in dem Werk porträtierten Damen waren gekommen, neugierig zu erfahren, was Seami über sie geschrieben haben mochte. Viele bekannte Schauspieler des Kabuki waren unter den Gästen. Kaufleute, Reishändler und Geldwechsler, alles Leute, die eine Hand auf einen wohlgefüllten Beutel legen konnten. Es wurden an diesem Abend an die siebzig Exemplare der Sonderausgabe verkauft, also jener Bände, denen die zehn Farbholzschnitte beilagen. Man aß, trank, plauderte, erging sich in einem schönen Garten, in dem eben die Pflaumenbäume blühten. Zu vorgerückter Stunde versammelte man sich in einem Pavillon, um aus dem Stegreif Gedichte zu verfassen. Es wurde eine Jury gebildet, die die schönsten Verse auszuwählen hatte. Seami erinnerte sich später, daß sein Gedicht in Erinnerung an das Erlebnis mit den vereisten Rosen gelautet hatte:

Jeder bewundert
die schönen Blumen, wenn sie in Blüte stehen.
Aber der Kenner
wird kommen
die gefrorenen Blüten zu besuchen.

Er vergaß nicht Toshuas Vers, der vielleicht der originellste von allen gewesen war:

Das Kissen zu teilen
mit dem Mond –
in vollkommenem Frieden.
Welche Freude!

Später hatte ihm Karamasu einen Herrn Shunku vorgestellt, Sohn des Besitzers mehrerer Kupferminen in der Provinz, der eben im Begriff stand, in Yoshiwara ein neues Theater zu eröffnen. Shunku war pausbäckig und hatte einen Überbiß. Deswegen taufte ihn Seami bei sich »das Meerschweinchen«. In der Unterhaltung mit ihm erwähnte Seami, daß er selbst vor seiner Reise nach China einmal von einer großen Leidenschaft für das Kabuki gepackt worden sei und daß er damals doch tatsächlich insgeheim mit dem Gedanken gespielt habe, selbst ein Stück zu schreiben und darin aufzutreten.

»Ich würde mich glücklich schätzen«, sagte Herr Shunku höflich, »wenn Ihr diesen Einfall für mein Theater in die Tat umsetzen würdet.«

Gerade weil er keine Erfahrung mit dem Kabuki hatte, weil es bedeutete, sich in einer anderen Kunstform zu versuchen, schien Seami plötzlich dererlei durchaus verlockend. Aber was Herrn Shunkus Aufforderung anging, so handelte es sich dabei wohl um eine bloße Höflichkeitsfloskel.

»Nun, Herr Shunku«, erwiderte er lachend, »was würdet Ihr sagen, wenn ich auf Euer Angebot wirklich zurückkommen würde?«

»Glaubt mir«, antwortete Shunku, »das war nicht nur so dahergesagt, um Euch zu schmeicheln. Ob Euch das nun klar ist oder nicht, mit Eurem Buch werdet Ihr viel Geld verdienen und ein bekannter Mann werden. Da ist es nur klug, wenn ich mich um ein Stück von Euch bemühe.«

Es war merkwürdig: Schon häufig war es Seami früher bei Aufträgen zu Holzschnitten so ergangen. Wenn jemand ihm einen Vorschlag machte, tauchte überraschend auch ein Einfall in ihm auf, mit der er die Nachfrage bedienen konnte. Es war, als ob es solcher Herausforderung bedürfe, um seine Inspiration in Gang zu setzen. Er dachte an all die Satzfetzen, Beichten, Klagen, Lächerlichkeiten, die sich bei der Arbeit an dem Buch in ihm gespeichert hatten. Daraus ein Stück zu machen, das wie die Schwankende Welt komisch und todtraurig, voller Lebensfreude und Melancholie zugleich war, schien ihm eine Beschäftigung, die ihn geradezu lustvoll dünkte.

Eben da trat Karamasu auf sie zu. Er berührte ihn leicht am Arm und flüsterte:

»Die Kaiserbaum-Dame hat den Wunsch geäußert, Euch kennenzulernen.«

Seami erstarrte. Die im Frost konservierten Rosen und ihr besonderer Farbton fielen ihm wieder ein. Es bedurfte eines Moments, der ihm lang vorkam, um seiner Erregung völlig Herr zu werden. Dann wandte er sich der Frau zu, die hinter dem Rücken des Buchhändlers hervortrat und verneigte sich leicht. Nachdem er im ersten Augenblick, in dem sie einander ansahen, keinen Zweifel gehegt hatte, seine Schwester vor sich zu haben, war er sich danach wieder ganz und gar nicht sicher. Es fiel schwer, sich den Kimono fortzudenken, der übrigens dasselbe Muster wie auf seiner Zeichnung hatte, und sich diese Frau um Jahre jünger in der Kleidung eines Bauernmädchens vorzustellen.

Sie nahm mit den Fingerspitzen einen Ärmel des Kimono und zog ihn straff, damit man das Muster – Malven in verschiedenen Farben – noch deutlicher erkennen konnte, und sagte dann:

»Ihr seht, niemand kann an Eurem Werk vorbeigehen, Herr Sochimito. Ich hoffe, Ihr werdet mir es glauben, daß ich mir diesen Stoff erst habe anfertigen lassen, nachdem ich gesehen hatte, in was für einem Gewand ihr mich dargestellt habt. Nun kann ich Eurer Beschreibung, die ich übrigens recht schmeichelhaft fand, durchaus entsprechen.«

»Und warum habt Ihr mich nicht empfangen?«

»Ich habe mir sagen lassen, Ihr wäret ein Mann, der Frauenherzen gefährlich werden kann.«

»Doch nicht jemandem mit Eurer Erfahrung!«

»Wißt Ihr, Meister Seami, es gibt in den Befestigungen, mit denen es in unserem Gewerbe nötig ist, sein Herz zu umgeben, immer hier und da doch noch ein Törchen, das wir vergessen haben zu verschließen.«

»Ich stelle mir das wie bei einer Teezeremonie vor«, sagte Seami. »Man muß sich erst bücken und beugen, um den schönen Raum zu betreten, in dem sie stattfindet. Aber ich würde mich dieser Unbequemlichkeit nur zu gern unterziehen.«

»Ich schulde Euch Dank«, sagte sie. »Es war sehr großzügig von Euch, mich in die Reihe der Darzustellenden aufzunehmen in Euer Buch, obwohl ich Euch nie empfangen habe.«

»Ich bin gewiß, ohne die Erwähnung Eurer Vorzüge wäre das Buch unvollkommen.«

»Ihr seid übrigens bei der Beschreibung meiner Biographie der Wahrheit erstaunlich nahegekommen.«

»Ich war bemüht, kein Märchen zu dichten. Wenn ich Euch zuvor tatsächlich gesehen hätte, wäre es aber vielleicht doch eines geworden.«

Sie schlug ihm mit dem Fächer leicht auf den Arm.

»Wie artig Ihr Eure Komplimente zu drechseln wißt. Ihr seid unterhaltsam«, sagte sie. »Hättet Ihr nicht Lust, mir für einen Augenblick in den Garten zu folgen?«

»Mit Vergnügen . . .!«

Sie gingen hinaus, und sie schien zu frösteln. Sie nahm ein Tuch, das sie über dem Arm getragen hatte, und legte es sich um die Schultern. Dann blickte sie hinauf in den Himmel, öffnete ihren Fächer, fächerte und schloß ihn wieder.

»Und du weißt wirklich nicht, warum ich mich weigerte, dich zu empfangen?« sagte sie.

»Du siehst«, antwortete er, »deine Weigerung hat nichts geholfen.«

»Ich wollte es dem Schicksal nicht zu leicht machen.«

»Man kommt auch nicht mit Versen dagegen an, in denen behauptet wird, daß man glücklich sei, wenn man mit dem Mond das Kissen teilt«, stellte er fest.

»Die Erwähnung des Muttermals eine Handbreit unter der linken Hüfte in deiner Darstellung zu meiner Person hätte vielleicht unterbleiben können«, sagte sie.

»Es geschah nur, um dich wissen zu lassen, daß ich sehr wohl wußte, wer es war, die sich da von mir fortsperrte.«

Zwischen ihren Sätzen lagen immer lange Pausen.

»Wann ist dir klargeworden, daß die Kaiserbaum-Dame einmal eine Bauerstochter gewesen ist?«

»Ich sah dich einmal, als du über die Straße gingst. Es gibt Menschen, deren Gang sich lebenslang nicht ändert.«

»Ich verstehe«, sagte sie mit einem entspannten Lachen, ». . . das, was andere meinen Schaukel-Schritt nennen, statt des stoßenden Ganges, mit dem sich eine Kurtisane des ersten Ranges bewegen sollte. Wenn ich mich nicht konzentriere, kommt die alte Gangart immer wieder durch. Das sollte sie aber nicht.«

»Ich entdeckte sie gern wieder«, sagte Seami.

Sie gingen eine Weile schweigend nebeneinander her.

»Was soll nun werden?« fragte er etwas mürrisch.

»Ich habe dir diesen Spaziergang durch den Garten vorgeschlagen, damit es nicht gleich alle Welt hört, wenn ich dich für heute nacht in mein Haus einlade. In mein privates Haus, in das Rauchschwalbengespenst-Haus, nicht in das Haus ›Zum reifen Kürbis‹.«

»Du bist sehr freundlich mit einem Vagabunden, wie ich einer bin«, sagte er heiser.

»Ach was«, erwiderte sie, »es ist leichtsinnig, aber nicht, weil du ein Vagabund bist.«

»Du fürchtest, daß es böse enden wird?«

»Spürst du nicht, daß wir gar keine Wahl haben, daß es zwecklos ist, daran zu denken. Wir werden vielmehr gut daran tun, unsere Liebe wie Zen zu praktizieren: nämlich jeden Augenblick in konzentrierter Aufmerksamkeit zu genießen.«

»Wohin bist du gegangen, als wir uns damals trennten?« fragte sie. »Wie bist du ein Künstler geworden?«

»Lange Geschichten. Geschichten für viele Nächte...!«

»Dann komm«, sagte sie. »Laß uns fortgehen, ehe all die Schwatzhaften und Neugierigen Zeugen unserer Torheit werden.«

Er blieb stehen und schüttelte eigensinnig den Kopf.

»Ich weiß nicht, ob es recht ist, das, wofür wir uns entschieden haben, ›Torheit‹ zu nennen.«

»Als was würdest du es bezeichnen?«

»Ich nenne es ein verrücktes, gefährliches Glück«, sagte Seami.

Fünf Jahre waren seit jenem Abend vergangen. Seami war ein bekannter Regisseur und Stückeschreiber für das neue Kabuki-Theater des Herrn Shunku geworden. Manchmal erstaunte ihn diese zweite Karriere selbst. Aber sie war plausibel.

Über einige Monate hin war er fast jeden Tag ins Theater gegangen. Shunku hatte dafür gesorgt, daß er auch hinter der Bühne Zutritt hatte. Karamasu hatte ihn mit aller Literatur über das Kabuki versorgt, derer er habhaft werden konnte. Eine zweite und eine dritte Auflage des *»Musterbuches«* hatte ihm die materielle Unabhängigkeit verschafft, um sich nach Herzenslust seinen neuen Interessen widmen zu können.

Zunächst hatte er systematisch die Geschichte des Kabuki studiert. Je mehr er sich in seine Entwicklung vertiefte, desto besser gefiel ihm diese Form des Theaters, und wenn er sich fragte, was ihn daran so begeisterte, kam er zu dem Schluß, daß es immer die offiziell unterdrückten und tabuisierten Leidenschaften gewesen waren, die darin ihre Ausdrucksform gefunden hatten. Ja doch, sagte er sich einmal, das Kabuki ist immer subversiv gewesen.

Früher hatte Seami seine Leidenschaften in seinen Holzschnitten spiegeln können, jetzt gab das Kabuki ihm dazu den Rahmen. Holzschnitte: Das waren geronnene, stillstehende Bilder von Leidenschaften. Im Kabuki aber wurden diese Bilder lebendig; in ihm hatten Stückeschreiber, Regisseur und Schauspieler die Möglichkeit, sie mit dem Feuer ihrer Temperamente zu erfüllen.

Entstanden war das Kabuki, nach allem, was man wußte, aus populären Tänzen die eine Frau namens O-Kumi aus Izumo in den frühen Jahren des 17. Jahrhunderts in Kyoto aufgeführt hatte. Wohl nach ihr bezeichnete man diese frühe Phase als das *Onnakabuki (Frauen-Kabuki)*.

Seinen schlechten Ruf hatte das Kabuki rasch weg, und es wurde ihn in all seinen späteren Epochen nie mehr so ganz los. In zeitgenössischen Berichten las Seami:

> Nach den Vorstellungen in Gion, Reizan und Maruyama, dem Freudenhausviertel von Kyoto, wurden Kurtisanen engagiert, und es wurde die ganze Nacht durchgefeiert. Oft besuchten auch hochgestellte Persönlichkeiten verkleidet diese Verlustigungen.

Konfuzianische Kritiker des Kabuki behaupteten bald, die Weiber auf der Bühne hätten alle *rokkon wo naymashi*, d.h. die sechs Wurzeln des Bösen (Augen, Ohren, Nase, Zunge, Leib und Herz), in Erregung gebracht. Viele Leute seien so veranlaßt worden, ihr gesamtes Vermögen zu verschwenden, und wären nicht mehr ihren Pflichten gegenüber den Eltern, der Ehefrau und den Kindern nachgekommen. Deshalb war das Frauen-Kabuki als *kuni no samatage* (Störung der ganzen Nation) und als Ursache vieler Tragödien kritisiert worden.

Fast wie der Vorwurf zu einem Kabuki-Stück selbst kam Seami die Anekdote um die berühmte Schauspielerin Osho Sadoshima Shokichi vor, die während der Reise nach Edo in Mishima in der Provinz Izu Rast gemacht hatte. Dort warf der Ölverkäufer Heitaro nur einen kurzen Blick auf ihre Schönheit und verliebte sich bis über beide Ohren in sie. Er konnte aber nicht einmal hoffen, mit ihr reden zu dürfen, und deshalb erkrankte er. Die Freunde versuchten vergebens, ihn zu trösten. Schließlich sagten sie ihm, er könne die Frau treffen, wenn er eine beträchtliche Summe bezahle. Heitaro opferte seine Ersparnisse aus mehreren Jahren und konnte endlich einen Abend lang mit der geliebten Frau reden. Am folgenden Tag aber mußte sie ihre Reise fortsetzen. Heitaro war verzweifelt. Er meinte, die Trennung nicht aushalten zu können. Er bettelte und flehte und erreichte endlich, sie als Sänftenträger begleiten zu dürfen. Drei Jahre lang sollte der verliebte Heitaro seiner Geliebten so gedient haben.

Monat für Monat waren damals Tausende von Zuschauern in jede Kabuki-Vorstellung geströmt. Es war üblich gewesen, vor allem die weiblichen Darsteller mit *tanzaku, kashiori* und *heishi* zu beschenken. Das Jahr 1629 hatte dann das Ende des Frauen-Kabuki gebracht. Die Zentralregierung verbot unter diesem Datum das Erscheinen von Frauen auf der Bühne.

Nach der Verbannung der Schauspielerinnen hatte die Periode des *wakashu kabuki* begonnen. Wakashu waren Knaben, die nun die Frauenrollen übernahmen. Ein großer Teil der Attraktion bestand darin, daß sie mehr um ihrer Schönheit willen als wegen ihres Talents ausgewählt wurden, und so ging mit dieser Periode das Schauspiel mit einer Verherrlichung der jungen männlichen Prostituierten Hand in Hand. Gleichzeitig aber wurde die Dramaturgie verbessert, nicht zuletzt auch, weil Schauspieler aus den Nō-Kompanien zum Kabuki übertraten.

Das Wort »Wakashu« bezeichnet genaugenommen einen Knaben zwischen elf und fünfzehn Jahren, also vor der Zeremonie des Eboshi-Festes, mit der er für mündig erklärt wird. Der Reiz der Jünglinge unter fünfzehn lag im *maegami*, den in die Stirn gekämmten Haaren, die beim Eboshi fallen.

1652 war *shudo*, Homosexualität, die zunächst vor allem unter Priestern und Samurai praktiziert worden war, inzwischen auch unter den anderen Ständen soweit verbreitet, daß die Regierung meinte, etwas dagegen unternehmen zu müssen. Sie sprach ein Verbot des *Wakashu-Kabuki* aus. Nun durften also keine Knaben mehr auftreten, sondern nur noch männliche Personen, deren Maegami schon gefallen war. Der Ausweg bestand drin, daß die Knaben ihren rasierten Kopf mit einem Tuch verbargen und damit noch charmanter aussahen als früher. Langsam setzte sich die Gewohnheit durch, daß die Frauenrollen, die *onnagata*, von erwachsenen Männern gespielt und zu einem speziellen Fach ausgebildet wurden.

Seami las voller Faszination die Texte eines gewissen Yoshizawa Ayame, selbst ein berühmter Onnagata-Darsteller und Stückeschreiber, der in einem Abschnitt seines Lehrbuches der Schauspielkunst praktische Hinweise für die Frauenrollen gab. Ayame riet beispielsweise, das Gefühl des Weiblichen selbst noch in der Garderobe aufrechtzuerhalten. Es hieß dort:

> Sollte ein Onnagata die Tatsache, daß er im Alltag verheiratet ist, geheimhalten und die Leute sprechen über seine Frau, so tut er gut daran zu erröten. Gelingt ihm das nicht, so sollte er keine Onnagata-Rolle spielen. Er wird es in diesem Fach zu nichts bringen. Aber ein Schauspieler, der sich ungeachtet der Zahl der Kinder, die er gezeugt hat, ein kindliches Herz bewahrt hat, ist das geborene Genie.

Seami erfuhr aus den »*Gesammelten Aufsätzen für Schauspieler*« auch, daß Ayame sich als Onnagata geweigert hatte, *tororo* zu essen, eine geleeartige Substanz aus Süßkartoffeln, die geräuschvoll in den Mund gesaugt wird. Sie galt als Erkennungszeichen unter Homosexuellen. Für eine Dame hingegen war es nicht schicklich, sie zu verzehren.

Er begeisterte sich an Ayames Ausführungen, die auch regelrechte Lehrgeschichten enthielten:

> Kürzlich ging ich nach Tennoji, um mir dort eine Schau für Blumenarrangements anzusehen. Es waren wirklich höchst ungewöhnliche Blumenarten ausgestellt. Doch war es auch eben die Jahreszeit, in der die Pflaumenbäume in voller Blüte stehen. Die Leute, die zur Blumenschau gekommen waren, fanden an den Pflaumenblüten nichts Besonderes, aber bei den seltenen Blüten klatschten sie in die Hände, beeindruckt von deren Neuartigkeit.
>
> Für mich hingegen waren die ausgezeichneten Arrangements der Pflaumenblüten gerade die Attraktion. Ich empfand Bewunderung für den Sinn für Ästhetik, mit der diese alltäglichen Blüten vorgestellt wurden. Beim onnagata-Spielen ist es genauso. Die Grundlage der Kunst besteht darin, sich nie vom Empfinden und von der Ästhetik einer Frau zu entfernen. Sollte der Schauspieler das Gewöhnliche verlassen, auf das Unge-

> wöhnliche abzielen oder das Fundamentale der Darstellung zu stark betonen, so wird seine Darstellungskunst, so ungewöhnlich sie auch sein mag, den Betrachter letztlich nicht dazu hinreißen, zu denken oder auszurufen: Ach, ist das schön!

So schwelgte Seami im Luxus, sich in die Lehrbücher des Kabuki zu versenken, zu flanieren, ins Theater zu gehen, mit den Schauspielern zu reden. Seinen Mitmenschen bot er das Bild eines Müßiggängers, während er in Gedanken eifrig damit beschäftigt war, über die Handlung eigener Stücke nachzudenken.

Der erste Text, der aus seinem Pinsel floß und dem Publikum zu Gehör gebracht wurde, war ein Lied für einen clownhaften Schauspieler in goldener Mütze und einem bunten Kimono, bei dem der Gürtel viel zu tief unten gebunden war.

> Ich gehe gern nach Yoshiwara. Schon unterwegs sind all meine Gedanken in Yoshiwara. Wenn ich heimgehe, bleibt mein Herz in Yoshiwara. Die Nacht, die ich in Yoshiwara mit der Kurtisane verbrachte, ist mir unvergeßlich. Doch nach jener Nacht eignete sich die Kurtisane meinen Rosenkranz an. Der Hausbesitzer verlangte schließlich auch noch mein Hemd. Meinen Regenschirm ließ ich vor lauter Aufregung unterwegs in einem Teehaus stehen. Irgendwo auf der Straße habe ich auch noch meinen Fächer verloren. Als es zu regnen begann, wollte ich mir einen Strohmantel und einen Strohhut ausborgen. Aber ich habe niemanden gefunden, der mir damit ausgeholfen hätte. Da beschloß ich, in einem kleinen Teich ein Lotosblatt zu pflücken. Aber es kam ein Frosch aus dem Wasser und hielt das Blatt fest.

Als dann ganze Stücke von ihm auf der Bühne erschienen, stellte sich sehr bald heraus, daß er im Begriff stand, im Kabuki einen neuen Stil einzuführen. Seine Themen wie auch die Art, in der er Regie führte, erhitzten die Gemüter. Bis dahin waren vor allem Stücke über historische Ereignisse aus der Zeit des frühen Mittelalters im Schwange gewesen. Seamis Stücke hingegen handelten alle von Vorfällen aus der Gegenwart, aus dem Milieu der Schwankenden Welt: Die Frau eines Ladenbesitzers läuft ihrem Ehemann mit dem Kommis davon; ein Liebespaar geht in der Fremde trotz großer Liebe elend zugrunde; der Sohn eines Kaufmanns ruiniert sich mit einer Kurtisane in Yoshiwara und wird von seinem Vater enterbt; ein reicher Bankier vergafft sich in eine Sechzehnjährige und erliegt den sich ergebenden erotischen Anstrengungen.

Den größten Erfolg hatte das Stück mit dem Titel »Gengobei, das Gebirge der Liebe«, mit dem der pausbackige Herr Shunku sein neues Haus eröffnete. Der Held, Gengobei, ist ein junger Mann aus Kagoshima in der Provinz Satsuma, den mit dem schönen Jüngling Nakamura Hachijuro eine leidenschaftliche Liebe verbindet. Aber, ach, ein Geisterwesen hegt ebenfalls Bewunderung für den hübschen Burschen, und so stirbt Nakamura eines Nachts, nachdem er zuvor noch die sinnträchtige Zeile gemurmelt hat: »Nur zu vergänglich ist die Schwankende Welt und ungewiß das Schicksal des Menschen!« Gengobei beklagt den Tod seines Geliebten hinreichend lang und laut, und nachdem er, an dessen Grab sitzend, sich den Topknoten seiner Frisur abgeschnitten hat, begibt er sich zum Saien-Tempel, wo er beim Prior vorspricht, ihm seine Lage schildert und dann mit ernsthafter Absicht die Priesterweihen nimmt.

Im zweiten Teil des Stücks prangte über der eigentlichen Bühne am Ende des *hamanichi*, jenes breiten Stegs, der quer durch den Zuschauerraum führt, ein Banner mit der Inschrift »Fragwürdig wie das Leben der Vögel ist das Leben des Vogelfängers!« Auf einer Pilgerfahrt zum Berg Koya trifft Gengobei beim Vogelfang abermals einen Jüngling von ungewöhnlicher Schönheit, der dem gestorbenen Nakamura aufs Haar gleicht. Er verbringt eine Liebesnacht mit ihm, setzt dann aber seine Reise fort. Als er sich am Morgen aus dem Haus des schönen Knaben schleicht, erfährt er vom Gärtner, daß sein Geliebter der Sohn des Gouverneurs ist.

Am Ziel seiner Pilgerfahrt angelangt, hält sich der von Sehnsucht geplagte Gengobei nur einen Tag lang in einer Pilgerherberge im südlichen Tal des Klosterberges auf und stattet nicht einmal dem Grab des Heiligen einen Besuch ab. Seine wild auflodernde Leidenschaft bestimmt ihn, so rasch wie nur irgend möglich, wieder zu seinem Geliebten zurückzukehren. Dieser empfängt ihn freudig, und sie verbringen eine lustvolle Nacht miteinander. Gegen Morgen erscheint plötzlich der Vater des Knaben im Zimmer. Er wundert sich, dort einen Priester anzutreffen, und stellt ihn zur Rede. Der Geliebte ist plötzlich verschwunden.

Gengobei sieht sich genötigt, dem Herrn des Hauses seine Leidenschaft für dessen Sohn zu gestehen. Darauf der Gouverneur: »Wenngleich einem sittsamen Vater Bescheidenheit gut ansteht, bin ich doch stolz, daß Ihr die Schönheit meines Sohnes so rühmt. Nur leider ist er vor genau zwanzig Tagen ganz unerwartet verschieden. In seinen letzten Minuten murmelte er: ›Der Priester, der Priester!‹ Damals hielt ich das für Fieberphantasien. Nun aber weiß ich, daß er nach Euch gerufen hat.«

Dem Zuschauer stellte sich die Frage: Hat Gengobei die Nacht mit einem Geistwesen verbracht? Durch die Art und Weise, in der Seami diesen Akt inszenierte, wurde noch eine weitere Frage suggeriert: Beruhen all unsere Leidenschaften, unsere Begierden vielleicht nur auf Illusionen?

Den zweiten Akt beschließt ein Erzähler mit der moralischen Sentenz: »Gengobei spürte mehr als je zuvor, daß das Leben in dieser Welt völlig wertlos ist. Warum sollte er nicht diese nichtige Existenz fortwerfen?«

Nun aber stellt sich heraus, daß es gar nicht so einfach ist, sich auf angenehme und ästhetisch geschmackvolle Weise des Lebens zu entledigen. Derart lernt Gengobei auf erbarmungswürdige Weise, vom Schicksal innerhalb kürzester Zeit zweier Freunde beraubt, das Gesetz der Schwankenden Welt kennen.

Im dritten Akt liest man auf dem Bühnenbanner: »Einer, der die Menschen liebt, erfährt, daß über ihn aus vollen Händen Blüten ausgeschüttet werden.«

Oman, die fünfzehnjährige Tochter aus gutem Hause, von deren Schönheit dem Publikum mitgeteilt wird, daß selbst der Vollmond sie stets mit Neid betrachte, hat sich in Gengobei verliebt. Sie berät sich mit einer Dienerin, einer älteren, lebenserfahrenen Frau, wie sie Gengobei erobern könne. Die Komik ergibt sich daraus, daß ein junger Mann, der sich geschworen hat, nur noch Männer zu lieben, zum Ziel überschwenglichsten weiblichen Verlangens wird.

Als das Mädchen nicht zum Ziel kommt, rät ihr die Alte, sich durch Veränderung ihrer Frisur und Kleidung in ein männliches Wesen zu verwandeln, ohne daß die naive Oman recht weiß, was das helfen soll. Als Jüngling verkleidet, pilgert sie zu Gengobeis Eremitage. Als Oman dort ankommt, ist die Hütte, in die sich der

Lebensmüde zurückgezogen hat, leer. Drinnen aber findet sie einen Band mit dem Titel »Seine beiden Ärmel waren naß von Tränen, die er vergoß, als er auf seinen Geliebten wartete.«

Erst dieses Buch macht das junge Ding mit den Praktiken der Liebe unter Männern vertraut. Dann kommt Gengobei heim. Er hält das Mädchen tatsächlich für einen schönen Knaben. Er schickt sich an, mit ihr das Kissen zu teilen, was durchaus auch in ihrem Sinn ist. Die Preisgabe von Omans wahrem Geschlecht wird solange herausgezögert, bis auch die letzte Hülle fällt. Als Gengobei sich daraufhin ernüchtert davonmachen will, nennt ihm das Mädchen ihren Namen und ruft aus: »Seit dem letzten Jahr habe ich dir ständig Briefe geschrieben und dir darin immer wieder meine Liebe beteuert; du aber hast mich nie einer Antwort gewürdigt. Bitter, in der Tat, war für mich deine Gleichgültigkeit, aber ich bin unabänderlich auf die Liebe zu dir fixiert. So habe ich mich also als Jüngling verkleidet und bin dich hier besuchen gekommen. Gewiß kannst du mich ob meines Kummers nicht hassen!«

Und Gengobei läßt sich von ihrem Flehen erweichen. Nun fällt aus seinem Mund der für die Schwankende Welt und die sich in ihr bewegenden, blasierten jungen Stutzer so bezeichnende Satz: »Was für einen Unterschied macht es schon, ob wir nun Männer oder Frauen lieben!«

Von Vorstellung zu Vorstellung wurde diese Sentenz mit immer stürmischerem Szenenapplaus, mit Johlen, Pfeifen und Zurufen bedacht. Schließlich konnte man sicher sein, daß das Publikum, während sich die Handlung des Stücks auf den Punkt zubewegte, da der Satz fallen würde, ihn schon auf den Lippen hatte, und nicht selten geschah es, daß der ganze Saal ihn im Chor laut mitsprach.

Danach wurde es dunkel auf der Bühne, man erkannte keine Einzelheiten mehr. Man hörte nur noch die Ausrufe und Laute eines sich den Freuden der Liebe hingebenden Paares, die von einer allmählich immer lauter werdenden Musik begleitet wurden, bis der durch Mark und Bein gehende Klangdonner eines großen Gongs andeutete, daß der Liebesrausch seinen Höhepunkt erreicht hatte.

Den Stoff des Stückes hatte Seami nicht erfunden. Es war eine jener Geschichten von Ihara Saikaku, die er in Nagasaki für die Holländer übersetzt hatte. Wenn er damit, zu einem Kabuki-Stück umgeschrieben, einen solch sensationellen Erfolg erzielte, so hatte das eine ganze Anzahl von Gründen. Jeder im Publikum wußte, daß es in der nahen Vergangenheit Shogune gegeben hatte, die Knaben weit mehr zugetan gewesen waren als Mädchen oder Frauen, und daß Liebesbeziehungen zwischen Männern unter dem Bakufu eher die Regel denn die Ausnahme waren. Der Zensor, dem das Stück wie alle Texte, die in den Theatern gespielt wurden, vorgelegt werden mußte, tat so, als merkte er die Anspielung nicht. Neidische Konkurrenten führten das darauf zurück, daß Herr Shunku mit einer Handsalbe kräftig nachgeholfen habe.

Vor allem begeisterte die Zuschauer die Ironie, mit der hier Leidenschaften dargestellt wurden. Zudem verlangten die verfänglichen Situationen den Schauspielern Bravourleistungen ab. Dabei war es nicht unwichtig, daß die beiden weiblichen Rollen mit Männern besetzt waren. Das gab der Schlußpointe noch eine zusätzliche ironische Brechung. Ganz auf dem Grund aber schimmerte die boshaft präsentierte Botschaft, daß selbst noch die leidenschaftlichste Liebe nie vor Täuschungen und Enttäuschungen sicher sein kann. Und das war eine Erfahrung, die jeder, ob Schauspieler oder Zuschauer, schon einmal in seinem Leben gemacht hatte oder von der er doch ahnte, daß er sie noch einmal machen würde.

Von der Premiere an war das Stück ein durchschlagender Publikumserfolg. Mochten die Puristen des Kabuki auch geifern und mit Schmähungen gegen den Neuling nicht sparen, mochten die Kritiker nicht müde werden, dem Publikum vorzuhalten, hier weiche einer von geheiligten Pfaden der Tradition ab und überhaupt könne da von Kunst keine Rede sein: Wer Theater liebte, dachte anders. Die Zuschauer strömten. Ein Jahr blieb das Stück bei vollem Haus auf dem Spielplan. Es war *das* Theaterereignis dieser Saison.

Gedrängt von Herrn Shunku, schob Seami bald andere Stücke nach, alles Stoffe, die Ereignisse aus der Schwankenden Welt behandelten. Auch mit ihnen hatte das Theater Erfolg, nicht zuletzt, weil Seami Sätze hineinschrieb, die auf eine nur ihm eigene Art und Weise zwischen Poesie, Ironie und einem drastischen Realismus wechselten. Das Publikum begriff, hier waren all jene Beobachtungen eingeflossen, die er bei der Recherche zu seinem Buchführer durch Yoshiwara in sich aufgesogen hatte. Doch das Stück, mit dem er berühmt wurde, mit dem für immer sein Name verbunden sein würde, war die Bearbeitung der Geschichte von Gengobei.

Dann gab es jene einmalige Sondervorstellung vor einem speziellen Publikum, in dem die beiden weiblichen Rollen tatsächlich mit Frauen besetzt waren. Das stellte eine ziemliche dreiste Provokation der offiziellen Moral dar. Es blieb Seamis Geheimnis, wer die beiden Darstellerinnen waren, und keinem der Zuschauer gelang es je, es zu lüften, obwohl es natürlich Mutmaßungen gab. Fraglos blieb, daß man Frauen gesehen hatte: zwei Frauen, eine ältere und eine jüngere. Daran konnte bei aller Raffinesse, zu der auch männliche Darsteller in Frauenrollen fähig waren, kein Zweifel bestehen. Und so wurde diese Aufführung weit mehr als nur ein unkonventionelles Theaterereignis. Sie zeigte, und das vergaß keiner, der sie als Schauspieler, Musiker oder Zuschauer miterlebt hatte, wie die Welt aussieht, wenn man die Konventionen, die über sie verhängt sind, damit eine Ordnung besteht, beiseite läßt.

Es gab viele Angebote an Seami, das Stück in dieser Besetzung bei dieser oder jener Privatperson noch einmal aufzuführen. Er weigerte sich strikt. Shunku lag ihm in den Ohren.

»Warum nicht? Denkt nur an all das Geld, das man uns bietet.«

»Ist Euch klar«, sagte Seami zu Shunku, »wir spielen Ball mit Kanonenkugeln!«

»Ich begreife wirklich nicht, wie Ihr das meint«, antwortete Shunku.

Zu Toshua sagte Seami:

»Mir ist angst und bange geworden, als ich sah, was ich mir da ausgedacht hatte. Dieses Stück ist ein Skandal, der großartigste Skandal, den man sich vorstellen kann. Es ist schön und schrecklich, grausam und zärtlich, wild und sanft, kompliziert und einfach in einem…, und genau davon, meine Liebe, habe ich lange geträumt. Aber wenn sich Träume erfüllen, tut man gut, auf der Stelle wieder in die Wirklichkeit zurückzukehren. Die Träume erwürgen einen sonst.«

Leuchtete Seami als Literat und Regisseur bei den Liebhabern des Kabuki, so strahlte sein Stern als Liebhaber der Kaiserbaum-Dame womöglich noch heller. Toshua und er waren *das* Liebespaar dieser Jahre. Sie schienen unzertrennlich, ewig glücklich, bewundert in den Einfällen ihres Amüsements, nachahmenswert in ihrer Garderobe, und wenn sie sich getrennt hätten, hätten viele Leute in Edo an eine Mondfinsternis geglaubt, denn sie waren ein Gestirn, das die Nacht erleuchtet, ein Exempel für das Glück in der Liebe und den Überschwang, der aus solchem Glück erwächst.

Seami selbst fielen andere Dinge ein, wenn er über seine Liebe zu Toshua oder, wie sie nun in der Öffentlichkeit allgemein genannt wurde, zur Kaiserbaum-Dame nachdachte. Er sah sich wiederholt, wenn er am Morgen die Augen aufschlug und sich der Riten der Vergnügungen und der Freuden ihrer Liebe in der zurückliegenden Nacht erinnerte, in einen sonnendurchfluteten Sommertag versetzt, an dem man, hin und wieder skeptisch blinzelnd, zum Himmel blickt und feststellt: Nein, es stimmt, er ist immer noch makellos blau und ohne das kleinste Wölkchen.

Obwohl Seami zur Kaiserbaum-Dame ins Rauchschwalbengespenst-Haus eingezogen war und als Theaterautor längst genug verdiente, um sich eine komfortable Behausung leisten zu können, behielt er den Schuppen am Ende der Ladenpassage weiter bei. Er schätzte immer noch sehr den wilden Garten und hatte seiner Geliebten im Sommer stolz die Malvenkolonien vorgeführt. Im Winter hatte er sie damit überrascht, eigens für einen Kimono ein Muster in den Farben gefrorener Rosen drucken zu lassen.

Er nannte den Schuppen und den Garten sein »Schattenversteck«. Dorthin zog er sich zurück, wenn er Stücke schrieb. Außerdem hatte Karamasu einen Katalog mit den Porträts der großen Schauspieler des Kabuki bei ihm bestellt. Damit kam er nur langsam voran, weil er eigensinnig darauf bestand, auch die Übertragung der Zeichnungen auf die Holzstöcke selbst auszuführen.

Nach der Behandlung durch einen chinesischen Chiropraktiker und Akupunkteur gelang es ihm, unter krampfhafter Anstrengung und ständigen Schmerzen die rechte Hand trotz der gebrochenen Finger wieder zum Schneiden zu benutzen, aber wenn er längere Zeit arbeitete, wurden die Schmerzen unerträglich, und er mußte mehrere Tage verstreichen lassen, ehe er die Arbeit fortsetzen konnte.

Manchmal, wenn er im »Schattenversteck« arbeitete, kam die Kaiserbaum-Dame herüber, um ihn zu stören. Es war ein Spiel zwischen ihnen, daß er vorgab, er wolle sich nicht stören lassen, während sie ihre Verführungskünste einsetzte, mit denen sie noch jedesmal den Sieg davongetragen hatte. Es wurde ihm etwas unheimlich, als er sich einmal bewußt machte, daß sich die erotische Anziehung zwischen ihnen nicht abnutzte. Einmal muß es doch so kommen, überlegte er immer wieder, wenn sie sich in dem wilden Garten stundenlang verspielten Zärtlichkeiten hingaben.

Wie merkwürdig, ging es ihm durch den Kopf, daß ich mich mit Toshua nie langweile, daß ich immer, wenn ich zu wählen habe zwischen Lust und Arbeit, gute Ausreden erfinde, weshalb die Arbeit warten könne. Zugleich spürte er, wie seine erotische Gefräßigkeit ihm beim Schreiben seiner Stücke eine Leichtigkeit verlieh, die ihn stets von neuem selbst verblüffte.

In einem bestimmten Augenblick im Frühjahr des fünften Jahres ihres Glücks, als die Pflaumenbäume wieder anfingen zu blühen, sagte er zu Toshua:

»Einmal muß doch der Überdruß an der Liebe kommen.«

Er hörte von ihr keinen Protest wie sonst, wenn er solche Gedanken laut werden ließ. Es dauerte lange, ehe sie sagte:

»Vielleicht werden wir vorher umkommen.«

Er blickte sie an und sah, daß sie Tränen in den Augen hatte.

»Was ist mit dir?« fragte er und strich mit der Hand vorsichtig über ihre Brauen.

»Du hast recht. Unser Glück ist zu groß«, sagte sie. »Es muß ein großes Unglück gebären.«

»Ach was«, sagte er.

Aber er begriff solche Ängste recht gut. Sie waren auch die seinen. Wenn er über ihr Verhältnis zueinander nachdachte, vermochte er den Gedanken daran, daß sie seine Schwester war, nie mehr ganz zu verdrängen. Vielleicht aber ist es genau dies, überlegte er, was unser Glück ein besonderes sein läßt. Toshua erschien ihm als die vollständigste Ergänzung seiner selbst.

Und wie viele Vergnügen und Facetten des Glücks teilten sie nicht miteinander über jene intimen bei ihren Umarmungen hinaus. Da waren die langen Gespräche, in denen sie sich in philosophische Spekulationen verstiegen; da war die Freude am Schönen, wenn sie es in der Kalligraphie oder in anmutigen Bewegungen der Tanzenden entdeckten; da war die Bewunderung für die Natur, für die Gewänder der Jahreszeiten; und da war immer wieder die Freude über die Lust ihrer Körper in der Liebe.

Es kam eine Zeit im Sommer, da Seami vorschlug, einander eine Woche lang nicht zu sehen, um die Sehnsucht nach dem anderen zu erleben. Nach zwei Tagen wurden sie ihren Vorsätzen untreu und trafen sich wieder, umarmten sich erst stürmisch, dann das Liebesspiel stundenlang hinziehend. Sie waren einander jeweils auf dem Weg zum anderen begegnet.

»Ziemlich genau auf halbem Weg«, hörte Seami Toshua murmeln, während sein Herz immer rasender zu schlagen begann.

Eines Tages saß Seami im Kulissensaal und grübelte über einem Satz, der bei der Probe von einem Schauspieler gesprochen worden war und der ihm nicht gefiel. Ein Mann kam herein und starrte ihn stumm an. Der Blick des Mannes hatte etwas Unterwürfiges. Seami hatte nur einmal hingeschaut und sich dann wieder auf die richtige Melodie des Satzes zu konzentrieren versucht, die noch nicht gefunden war. Der Mann räusperte sich nicht einmal, noch stellte er eine Frage. Er stand nur da. Seami sah nicht zu ihm hin. Als er den Satz endlich gefunden hatte und der Mann immer noch nicht weggegangen war, begann dessen stumme, unterwürfige Anwesenheit ihn zu beunruhigen.

Immer häufiger hatte sich in den letzten Wochen die Vorstellung in seine Gedanken gedrängt, daß das Glück mit Toshua einmal enden müsse. Jetzt kam ihm dieser Mann, der da stumm stand, wie ein Bote des Schicksals vor. Schließlich legte Seami die Blätter weg, räumte Pinsel und Tusche fort, stand auf und fuhr sich mit der Hand über die Augen. Nein, der Mann verschwand nicht. Der Mann war kein Gespenst. Seami ging auf ihn zu.

»Was wollt Ihr von mir?«

»Erlaubt, daß ich Euch erst einmal erkläre, wer ich bin. Ich heiße Potui. Ich verkaufe die Theaterzettel. Es tut mir leid, daß ich Euch behelligen muß, Meister Seami. Aber es handelt sich um eine Angelegenheit von größter Wichtigkeit.«

Seamis erster Gedanke war, Toshua könnte etwas zugestoßen sein. Ein eifersüchtiger Besucher des Hauses »Zum reifen Kürbis«

hatte sie vielleicht erwürgt. Was für ein Unsinn – diese Katastrophenphantasien. Wie gut, daß andere nicht unsere Ängste und Halluzinationen kennen, ging es ihm durch den Kopf.

»Von was redet Ihr?«

»Ich habe den Auftrag erhalten, Euch zu einer Versammlung ehrenwerter Personen zu bringen.«

»Wer soll das sein?«

Der Mann hob die Schultern. Für einen Augenblick war Seami geneigt, alles für einen schlechten Scherz zu halten. Der Mann, der da vor ihm stand, war eine elende Erscheinung. Er schien völlig unbedeutend, machtlos. Gleichzeitig aber überkam ihn eine neue Schreckensvorstellung. Dieser Mann verkörperte die Macht des Unglücks, das aus seinem Glück, aus der Zeit der langen glücklichen Liebe zu Toshua, entstanden war. Er war sich durchaus bewußt, daß es sich bei seinem Gegenüber um eine Chimäre handelte, aber die Einbildung hatte so große Gewalt über ihn, daß er es als zwingend empfand, alles zu tun, was der Theaterzettelverkäufer ihm auftrug.

»Kommt«, sagte der. »Es handelt sich um eine Angelegenheit, bei der es keinen Zweck hat, sich zu widersetzen.«

Zuerst war es mehr Neugier, die Seami trieb ihm zu folgen. Sie verließen das Theater. Draußen war es dunkel, und es regnete. Sie gingen an den Fluß und bestiegen ein Boot. Während Seami auf dem Wasser ein Gefühl von Hilflosigkeit lähmte, überkam ihn, nachdem sie in der Nähe der Nishon-Brücke ausgestiegen waren, Verärgerung, daß er dem Mann überhaupt gefolgt war. Es hätte nur ein wenig Willenskraft bedurft, überlegte er, und ich wäre jetzt noch im Theater. Statt dessen renne ich diesem armseligen Narren nach, der mich vielleicht in eine finstere Gasse führen wird, in der neidische Kollegen mich dann verprügeln lassen.

Der Mann führte ihn von der Hauptstraße fort. Und immer noch folgte er ihm. Sie kamen in engere und finstere Gassen, bewegten sich schließlich nur noch in schmalen Durchgängen mit schäbigen Schenken, Garküchen und Hütten auf beiden Seiten. Dann gelangten sie an ein großes Gebäude, aus dessen Innerem ein klatschendes Geräusch zu ihnen hindrang. Im Vorraum brannte eine trübe Öllampe. Sie betraten eine große Halle, in der Frauen mit langen Messern Fische aufschlitzten, sie dann mit einem Holz beklopften, um sie schließlich mit einer Schnur zu versehen und unter der Decke zum Trocknen aufzuhängen.

Sie gingen zwischen zwei Reihen von Arbeiterinnen entlang, die ihnen bei ihrer Beschäftigung den Rücken zukehrten. Die Frauen nahmen keine Notiz von ihnen. Es war, als seien sie für sie unsichtbar. Schließlich erreichten sie das Ende der Halle und gelangten dort an eine Tür, von der sich nur Ritzen in der Wand abzeichneten. Seamis Begleiter klopfte drei-, viermal, und als sich die Tür nach innen öffnete, ließ er Seami mit einer Handbewegung den Vortritt. Drinnen befanden sie sich in einer anderen Welt. Rings um die Wände gab es eine Stufe, auf der zwanzig Männer kauerten. Alle trugen Kapuzen über dem Kopf. Für Augen, Mund, Nase und Ohren waren Schlitze hineingeschnitten.

»Tretet näher«, sagte einer der Kapuzenmänner, ohne daß Seami genau hätte ausmachen können, wer da aus der Versammlung gesprochen hatte.

Seami machte ein paar Schritte in das offene Dreieck hinein. Wieder kam die Stimme. Sie sagte:

»Seami, Ihr seid hier unter aufrechten Patrioten. Ich denke, wir dürfen Euch auch für einen solchen halten.«

Seine Erlebnisse mit der Organisation in Nagasaki fielen ihm wieder ein. Die Männer dort hatten bei ihren Versammlungen auch schwarze Kapuzen getragen. Die *Schwarzen Kapitäne*. Er hatte sie nahezu vergessen. Was wollten sie jetzt von ihm? Er hatte nicht die geringste Lust, sich in ein politisches Abenteuer zu stürzen. Er wollte kehrtmachen, den Saal wieder verlassen.

»Nicht so eilig, Meister Seami«, sagte die Stimme. »Ihr seid Holzschneider gewesen, und jetzt schreibt Ihr für das Theater. Ist das richtig?«

Seami blieb stehen und bejahte.

»Wir wollen uns Eurer bedienen.«

Seami hielt den Atem an, gespannt, was die Stimme weiter sagen werde.

»Es gilt, die alte Ordnung im Land wiederherzustellen, den Kaiser wieder in seine alten Rechte einzusetzen, die unheilvolle Absperrung des Landes aufzuheben.«

Politisches Blabla. Was ging ihn das an. Diese ganze lächerliche Atmosphäre von Verschwörung ließ ihn wütend werden.

»Damit will ich nichts zu tun haben«, rief er.

»Es wird Euch keine Wahl bleiben, als das zu tun, was wir von Euch verlangen. Vergeßt nicht, Ihr habt in Nagasaki einmal einen Eid geleistet.«

»An einen Eid erinnere ich mich nicht. Was wollt ihr von mir?«

Seami kam sich mehr und mehr wie in einem Traum vor, aus dem es galt, rasch zu erwachen.

»Nicht viel. Eine kleine Gefälligkeit. Wir möchten, daß Ihr im Theater den ersten Akt des Stückes ›Kanadehon Cūshingura‹ einstudiert und aufführt, und zwar an einem bestimmten Tag und ohne die Einleitung, die die Handlung ins elfte Jahrhundert zurückverlegt.«

Natürlich war sich Seami darüber im klaren, um was für ein Stück es sich handelte. Es war die Geschichte von den 47 Ronin. Jedes Kind in Nippon kannte die Geschichte: Im Jahr 1702 war Asano Naganori, der Provinzfürst von Ake, dazu ausersehen worden, die kaiserlichen Abgesandten am Hof des Shogun in Edo zu empfangen. Asano mußte sich dazu von Kira Kozukenosuke, dem Haushofmeister des Shogun, in den dabei üblichen Riten und Gepflogenheiten unterweisen lassen. Er unterließ es, Kozukenosuke das bei solchen Anlässen übliche »Dankesgeld« zu zahlen. Darüber aufgebracht, beleidigte dieser ihn mutwillig bei einer Audienz auf der Burg von Edo. Asano zog sein Schwert, was bei Hofe einem Sakrileg gleichkam.

Der Shogun befahl Asano, sich noch am selben Tag zu entleiben. Seine Güter wurden eingezogen. Eine Gruppe seiner Lehnsleute aber schwor, den Tod ihres Herrn zu rächen. Sie ließen Zeit verstreichen, warteten, bis Kira Kozukenosuke keinen Verdacht mehr hegte. Dann überfielen sie eines Nachts sein Haus und töteten ihn.

Die Tat war in der Öffentlichkeit zwiespältig beurteilt worden. Einerseits stand außer Zweifel, daß es sich um einen Racheakt handelte, andererseits war es eine Handlungsweise, die für die Pflicht zu unverbrüchlicher Treue gegenüber einem Lehnsherrn Zeugnis ablegte. Alle 47 Ronin stellten sich nach dem Mord den

Behörden. Sie starben schließlich nach einer Anordnung des Obersten Gerichts durch Harakiri, aber man setzte ihnen später ein Denkmal.

Geschehen war all dies zwischen den Jahren 1701 und 1703. Unmittelbar nach den Ereignissen hatte es ein Kabuki-Stück gegeben. Es war verboten worden. Unbeanstandet von der Zensur wurde jedoch seither eine Version gespielt, die die Vendetta in die Zeit des Mittelalters verlegte. Theaterdirektoren, denen an einem guten Verhältnis zur Zensurbehörde gelegen war, setzten selbst diese entschärfte Version des Stücks gar nicht erst auf den Spielplan. Warum, in aller Welt, überlegte Seami, wollten diese Männer, daß der erste Akt der Originalversion an einem bestimmten Tag im Programm erschien?

Er fragte, und die Stimme aus den Reihen der Vermummten antwortete, das gehe ihn nichts an. Dies sei ein Befehl, er möge ihn befolgen.

»Und wenn ich mich weigere?«

» … wird man Mittel und Wege finden, das Stück in einem anderen Theater aufzuführen. Aber vielleicht erinnert ihr Euch noch daran, welche Strafen die Satzung bei Befehlsverweigerung androht.«

Nein, sagte Seami, das sei ihm nie bekannt gemacht worden. Er habe schon einmal darauf hingewiesen: Die Satzung kenne er nicht.

»Nun, dann hört Ihr es jetzt durch mich«, sagte die Stimme. »Für einen solchen Fall von Ungehorsam wird die Todesstrafe angedroht.«

»Ihr solltet bedenken, daß es überhaupt nicht in meiner Macht steht, ein Stück auf den Spielplan zu setzen. Das entscheidet Herr Shunku, der Theaterdirektor«, wandte Seami ein.

»Ihr werdet es ihm nahelegen.«

»Das wird wenig nützen.«

»Ihr seid ein bekannter Regisseur. Ihr könntet Herrn Shunku erklären, es sei der Wunsch des Shogun, daß das Stück aufgeführt werde. Konfuzianische Tugenden stehen gegenwärtig beim Bakufu hoch im Kurs.«

Seami schwieg. Sie hatten offensichtlich nicht die geringste Ahnung davon, wie im Kabuki ein Spielplan gemacht wurde.

»Sind wir uns einig?« fragte die Stimme.

»Ich weiß nicht«, sagte Seami unsicher. »Ich werde sehen, was sich tun läßt.«

»Wir werden Euch demnächst wieder vorladen, um zu hören, was Ihr bei Herrn Shunku erreicht habt.«

Dann war er entlassen. Er suchte Toshua auf.

»Bist du sicher, daß du all das nicht nur geträumt hast?« fragte sie ihn, als er ihr erzählt hatte, was ihm zugestoßen war.

»Dann wäre ja noch Hoffnung«, sagte er.

»Was willst du tun?«

»Ich weiß es nicht. Natürlich kann ich mit Shunku sprechen, aber er wird sich weigern.«

»Was hat es überhaupt zu bedeuten, daß das Stück gespielt werden soll?«

»Eben. Das ist die große Frage.«

»Warte ab«, sagte Toshua. »Wenn sie dich weiter unter Druck setzen, geh zur Polizei.«

»Ich spiele nicht den Denunzianten.«

»Dann sag ihnen, du inszeniertest das Stück, aber sie müßten dir sagen, warum es gespielt werden soll.«

»Ich vermute, sie versprechen sich eine propagandistische Wirkung davon. Vielleicht ist es auch das Signal für eine Revolte.«

»Was hört man eigentlich über den neuen Shogun?«

»Yoshimune? Er stammt aus dem Kii-Zweig des Hauses Tokugawa. Er hat offenbar die Zügel im Bakufu wieder selbst in die Hand genommen. Er erließ einen allgemeinen Aufruf zur Sparsamkeit; für die Regierung wie für das private Leben. Außerdem kommen von ihm Ermahnungen an die Samurai, sich wieder einer kriegerischen Gesinnung und der Integrität im Amt zu befleißigen. Das hat man schon oft zu Beginn einer neuen Amtszeit gehört. Offenbar hat er auch vor, den mächtigen Kaufleuten genauer auf die Finger zu schauen. Um den Reispreis zu stabilisieren, will er eine Überwachung des Ankaufs und des Verkaufs einführen. Die Daimyo wollte er dadurch für sich einnehmen, daß er die Abstände zwischen den Zeiten, zu denen sie sich in Edo aufhalten müssen, vergrößert hat.«

»Wem nützt und wem schadet das?«

»Groll könnten die großen Reishändler und die Bankiers gegen ihn hegen.«

»Könnte es nicht sein, daß sie sich hinter die schwarzen Kapitäne gesteckt haben? Vielleicht hat Yoshimune eine besondere Vorliebe für die Geschichte der 47 Ronin. Sie locken ihn damit ins Theater, und dort kommt er bei einem Attentat um?«

»Nie ginge ein Shogun ins Kabuki!«

»Bist du dessen so sicher?«

»Die Kanzler, hohe Beamte aus dem Bakufu, Frauen aus der Burg – vielleicht. Aber doch nicht der Shogun.«

»Die Sache ist tatsächlich ziemlich rätselhaft. Ich weiß dir auch keinen guten Rat, aber komm«, sagte Toshua und berührte mit dem Handrücken behutsam seine Wange. »Ich will dich spüren lassen, daß unser Glück immer noch anwesend ist.«

Drei Tage später wurde Seami im »Schattenversteck« verhaftet. Sein Verschwinden wirkte in Yoshiwara wie die Vorzeichen eines Erdbebens. In den Etablissements, den Teestuben, bei den Friseuren, in den Bädern sprach man von nichts anderem. An die »Schwarzen Kapitäne« dachte niemand. Die wenigsten wußten, daß es einen solchen Geheimbund gab. Allgemein hatte man das Spinnennetz im Verdacht. So nannte man die Geheimpolizei des Bakufu. Als Herr Shunku von den Schauspielern seines Theaters auf die Rollenbücher angesprochen wurde, die zu diesem Zeitpunkt von Seami hätten geliefert werden sollen, bekam er einen Tobsuchtsanfall.

VIII

»Der Wunsch
in den Himmel zu gelangen
ist der Anfang der Niederfahrt zur Hölle.«

Als Toshua von Seamis Verhaftung erfuhr, war sie zunächst wie gelähmt. Sie erinnerte sich an Seamis Bericht über das merkwürdige Gespräch mit den Kapuzenmännern im Hinterzimmer der Fischtrocknerei. Aber sie sah keinen Zusammenhang zwischen der Aufforderung, den ersten Akt eines von der Zensur nun schon vor langer Zeit beanstandeten Stückes zu spielen, und seiner Festnahme.

Wie jeder in Edo, so wußte auch sie, daß das Shogunat die Stadt, ja das ganze Land mit einem dichten Spitzelnetz überzogen hatte. Man war daran gewöhnt, mit politischen Äußerungen und allem, was auch nur im Entferntesten dahingehend ausgelegt werden konnte, sehr zurückhaltend zu sein. Hin und wieder kassierte die Obrigkeit das gesamte Vermögen eines Kaufmanns, der durch die Zurschaustellung von Luxus Aufsehen erregte. Die Kassation war als Einschüchterung zu verstehen, als Warnung an die gesamte Kaufmannsschaft, weil man keine anderen Mittel und Wege sah, den Genügsamkeits-Edikten Geltung zu verschaffen. Die wohlhabenden Kaufleute waren dem Shogunat ständig ein Dorn im Auge. Sie gehörten nach der offiziellen Rangordnung einer niedereren Kaste als die Samurai an, aber viele dieser tatenlos dahinlebenden Krieger waren bei ihnen verschuldet.

Was konnte der Shogun, was konnte der Bakufu Seami vorwerfen? Daß er als Regisseur und Stückeschreiber für das Kabuki erfolgreich war? Daß er ein Stück inszeniert hatte, das sich über die Männerliebe lustig machte? All das schien Toshua nicht gravierend genug, um damit seine Verhaftung zu erklären. Vielleicht, daß die Gründe weiter zurück in der Vergangenheit zu suchen waren?

Über jene Zeit, die er in Nagasaki verbracht hatte, war er ihr gegenüber immer sehr zurückhaltend gewesen. Nie hatte sie beispielsweise von ihm in Erfahrung bringen können, warum er im Gefängnis gesessen hatte. Sie wußte, daß er zuvor mit einer Delegation in Beijing gewesen war, aber auch darüber hatte er ihr nie Einzelheiten erzählt.

Einige Tage lang hoffte sie noch, es könnte sich womöglich nur um ein Verhör handeln, und danach würden sie ihn wieder freilassen. Aber das geschah nicht. Ihre Stimmung schlug plötzlich um. Dieser Mann war ihr Glück und ihre Freude. Wer wagte es, ihn ihr zu stehlen?

Eines Morgens sagte sie zu sich selbst: »Ich werde kämpfen!« Sie spürte, wie sich ihre Katzennatur wieder meldete. Am Vormittag suchte sie nacheinander ihren alten Freund, den Schauspieler Ninomiya, sowie den Buchhändler Karamasu und schließlich Shunku, den Theaterdirektor, den Seami das Meerschweinchen getauft hatte, auf.

Ninomiya war erstaunt, sie nach so langen Jahren wiederzusehen. Er hatte von Seamis Verhaftung gehört. Auch unter den Schauspielern vermochte sich niemand vorzustellen, weshalb man Seami eingesperrt hatte. Ninomiya fand Seamis Stücke unmöglich, eine unzulässige Abweichung von der Tradition des Kabuki. Er hatte nie einen Hehl aus seiner Ablehnung gemacht. Aber das waren Fehden unter Theaterleuten, in die der Staat nur dann eingriff, wenn irgendwo ein Hauch von Subversivität zu erschnüffeln war.

Ninomiya sah die Dinge nüchtern:

»Das Spinnennetz läßt keinen mehr los, der sich in ihm verfangen hat«, sagte er düster.

»Aber es muß doch jemanden geben, der einen solchen Befehl erteilt und ihn dann auch widerrufen kann.«

»Die Spinne, die dieses Netz webt, hat keinen Namen, aber eine rege Verdauung«, stellte Ninomiya fest.

Diese Bemerkung zog einen von Toshuas Temperamentsausbrüchen nach sich.

»Aus dir wäre wirklich eine gute Schauspielerin geworden. Schade, daß Frauen im Kabuki nicht auftreten dürfen«, sagte Ninomiya belustigt.

»Ich nehme es einfach nicht hin, daß die Spinne diesen Mann verzehrt«, rief die Kaiserbaum-Dame erbittert. »Dieser Mann gehört mir!«

»Immer noch die alte Unbedingtheit«, sagte Ninomiya. Dann zwang er sich dazu, Verständnis zu zeigen: »Ihr seid wirklich ein aufsehenerregendes Paar. Vielleicht hat es der Spinne nur mißfallen, daß ihr so permanent vergnügt und so auffällig gekleidet gewesen seid, daß die Leute euch bewunderten und es euch nachzutun versuchten. Und dann: Du kennst doch das Wort, das das Gesetz der Schwankenden Welt umschreibt! Heute noch strahlende Freude, morgen schon Kummer am Rand der Grube. Wenn du meinen Rat hören willst: Vergiß Seami. Such dir einen anderen schönen Mann. Ich will dir nicht verhehlen: Ich habe angenehme Erinnerungen an die Zeit, als wir zusammen waren. Und ich hätte nichts dagegen, wieder einmal das Kissen mit dir zu teilen.Ich hatte ein lange Phase, in der mich nur Knaben interessierten, aber nun glaube ich, ist es an der Zeit, sich wieder einmal in eine Frau zu verlieben.«

»Du kennst die Adresse unseres Hauses. Deine alte Freundin ist allerdings nicht mehr bei uns«, sagte sie, ohne ihren Zorn zu unterdrücken, und verabschiedete sich.

Shunku, das Meerschweinchen, gab sich untröstlich, jammerte darüber, daß nun die Arbeit an dem neuen Stück, zu dem Seami längst das Rollenbuch hätte abgeben sollen, ins Stocken gerate.

»Ich will wissen, was man tun kann, zu wem man gehen muß, um ihn frei zu kriegen«, insistierte Toshua.

»Was für eine wunderbare Frau Ihr doch seid«, quiekte Shunku. »Tausendmal habe ich Seami sagen hören, wie glücklich er mit Euch war. Kaiserbaum-Dame, Ihr seid die Quelle seiner Inspiration gewesen! Wenn Ihr doch nur unter den Männern, denen Ihr gestattet, das Kissen mit Euch zu teilen, auch mich einmal in Erwägung ziehen würdet.«

Toshua grauste es allein bei dem Gedanken daran.

»Hört doch auf mit diesen lächerlichen Schmeicheleien«, sagte sie.»Ich sehe schon, von Euch kann ich keine Hilfe erwarten.«

Am meisten enttäuschte sie das Gespräch mit Karamasu. Es sei möglich, daß es gar keinen Grund für Seamis Verhaftung gegeben habe, meinte der Buchhändler.

»Vielleicht hat ihnen Seamis Nase nicht gefallen. Willkür wäre da nichts Neues. Oder er hatte einen Feind bei der Spinne. Vielleicht wollte ihn ein Kollege loswerden und hat ihn denunziert. Es gibt viele Möglichkeiten und letztlich nichts als Ungewißheiten«, erklärte er ihr achselzuckend und scheinbar unbeeindruckt.

»Ja, doch«, sagte Toshua, »aber wie geht man vor, wenn man zur Spinne gelangen will?«

Karamasu wiegte den Schädel. Er hatte kurze graue Haare, die wie Stacheln wirkten. Er saß da vor einem schönen Rollbild, ernsthaft, kultiviert, welterfahren.

»Ihr könntet«, sagte er, »den Zensor aufsuchen. Er heißt Ikado Miroguzi.«

»Würdet Ihr mir ein paar Zeilen an ihn schreiben?«

Der Buchhändler schüttelte den Kopf.

»Und warum nicht?«

»Weil es mein Prinzip ist, mich dem Spinnennetz nie in Erinnerung zu bringen. Es sei denn, wenn eine Bestechung nötig wird. Aber das ist gewissermaßen eine stillschweigende Berührung. Ihr versteht, wie ich das meine!«

»Ihr habt durch Seami viel Geld verdient. Ich denke, Ihr schuldet ihm etwas. Ich empfinde Eure Weigerung, mir zu helfen, als ungehörig.«

»Es so zu sehen steht Euch frei. Ich würde meine Haltung eher vorsichtig heißen. Ich glaube, Ihr habt Euch nie groß Gedanken darüber gemacht, wie die Schwankende Welt, in der wir leben, tatsächlich funktioniert.«

»Dann bitte ich Euch, sie mir zu erklären!«

»Nun, das, was folgt, ist natürlich meine höchstpersönliche Interpretation.«

»Freilich, und in ein paar Minuten würdet Ihr auch glatt bestreiten, sie je geäußert zu haben«, sagte Toshua spöttisch.

»Ganz recht. Wie, wenn jemand Euch beauftragt hätte, mich auszuhorchen?«

»Und womit kann ich Euer Sicherheitsbedürfnis befriedigen?«

»Wißt Ihr, daß ich Euch seit langem bewundere?« sagte er. »Ich habe Seami immer um Eure Gunst beneidet. Also leiste ich es mir, einmal leichtsinnig zu sein. Ich sehe den Stand der Dinge so: Seit an die hundert Jahre herrscht Frieden im Land. Eure und meine

Generation haben keine Vorstellung mehr davon, was die Bürgerkriege damals bedeuteten. Der Friede der Tokugawa. Die Leute schätzen diesen Frieden, selbst wenn er mit einigen Unzulänglichkeiten verbunden ist: Beispielsweise daß der Shogun, der Bakufu und jene anderen, die bei uns herrschen, ohne das Spinnennetz nicht auskommen zu können, wenn sie ihre Macht und damit den Frieden aufrechterhalten wollen. Und wir nehmen das zur Kenntnis, ob wir ihre Ansichten teilen oder nicht. Wir fügen uns drein, umgeben uns mit schönen Dingen, stellen schöne Dinge her, suchen die Erfahrung von Schönheit und Harmonie in der Liebe und in der Natur – und vermeiden es, mit dem Spinnennetz in Berührung zu kommen. Seht Ihr, so einfach ist das. Man muß nicht Tokugawa-Friede dazu sagen. Man könnte es auch den Frieden mit dem Spinnennetz nennen.«

»Und wenn die Spinne Euren besten Freund einfängt, schaut Ihr weg?«

»Ja«, sagte der Buchhändler. »Fast jeder weiß, daß Euer Geliebter eine ... wie soll ich sagen? ... etwas dubiose Vergangenheit hat. Und dann: Wer vermag etwas gegen die Spinne zu unternehmen? Weder gehöre ich zu den Leuten, die meinen, sie seien zu Märtyrern geboren, noch leide ich an Selbstüberschätzung.«

»... Nennt mir wenigstens die Adresse des Zensors.«

»Nur, wenn Ihr mir versprecht, nicht zu erwähnen, daß Ihr sie von mir erhalten habt.«

Der Zensor, den sie danach aufsuchte, versicherte ihr, bei ihm lägen keine Beschwerden oder Beanstandungen von höherer Stelle an Seamis Stücken und seiner Regieführung vor. Es müsse sich um eine ganz andere Angelegenheit handeln.

»Was könnte das sein?«

»Ich bin nur für die Bücher, die Drucke und das Kabuki zuständig. Ich kann es mir nicht leisten, darüber Spekulationen anzustellen.«

»Und was ratet Ihr mir in einem solchen Fall?«

»Versucht, eine Audienz bei Hagiwara Okibu zu bekommen. Er ist *Sobu yonin*.

»Was bedeutet dieser Titel?«

»Daß er Großkämmerer ist und damit einer der mächtigsten Männer im Land nach dem Shogun.«

»Und wie soll ich es anstellen, daß man mir eine Audienz gewährt?«

»Ihr seid wohlhabend. Und Ihr seid eine schöne Frau«, sagte der Zensor. »Der Großkämmerer hegt eine große Vorliebe für schöne Frauen und für das Geräusch des Geldes. Mehr kann ich Euch dazu auch nicht sagen, und eigentlich ist das schon zuviel.«

Daheim besprach sich Toshua mit Marakabui.

»Und wenn ich durch den Graben schwimmen müßte, der die Burg von Chiyoda umgibt«, schwor sie, »ich werde zu diesem Okibu kommen.«

»Das Wasser im Graben ist kalt und schmutzig. Glaub mir, ich bin oft dort spazierengegangen«, stellte Marakabui fest. »Nein, man muß anders vorgehen.«

Dann fiel ihr ein, daß der Daimyo, bei dessen Tochter sie im Dienst gestanden hatte, neuerdings beim Shogun wieder in Gnaden war. Es verging eine Woche, ehe es ihr gelang, bis zu ihrer alten Herrschaft vorzudringen. Aber darauf dauerte es dann nur noch drei Tage, bis ein Bote im »Reifen Kürbis« vorsprach, der den Auftrag hatte, die Dame Kaiserbaum zu einer Audienz beim Großkämmerer abzuholen.

Die Mehrzahl der Befestigungen und Gebäude der Burg Chiyoda, des Zentrums der Staatsmacht des Tokugawa-Clans und Schauplatz der politischen Auseinandersetzung innerhalb des Bakufu, war in Etappen zwischen 1590 und 1636 entstanden. Die letzte größere Bautätigkeit, abgesehen von den Instandsetzungsarbeiten nach den immer wieder ausbrechenden Bränden, war die Errichtung der Westlichen Umwallung *(nishimaru)* im Jahr 1710 gewesen. Man hatte die Burg auf einer Halbinsel mit Blick auf die Bucht von Edo errichtet. Mit den Yotsuya-Ichgaya-Höhen war sie durch eine schmale Landenge verbunden, die sich zwischen den Mündungen von zwei schlammigen Bächen erstreckte. Der erste Tokugawa-Shogun, Ieyasu, ließ diese beiden verbreitern und umleiten, so daß sie schließlich den zehn Meilen umspannenden äußeren Burggraben bildeten, der die Burg und die Wohngebäude im Burgbereich umschloß. Im Mittelpunkt davon befand sich die Burg selbst, auf erhöhtem Gelände, umgeben von jenen Villen und kleinen Palästen, die der Bakufu dem Daimyo und anderen Lehnsherren zugeteilt hatte. Ganz früher war das Wohnviertel streng von den Ansiedlungen der Kaufleute in der Küstenniederung getrennt gewesen, aber die Stadt hatte sich ausgedehnt, und die Brände hatten den Adel gezwungen umzuziehen, so daß die Viertel der Daimyos und der Kaufleute sich bald mehr und mehr ineinanderschoben.

Das Zentrum des gesamten sich rasch ausbreitenden Stadtgebiets von Edo stellte also die von dem inneren Graben umgebene Burg dar. Sie war, gemessen an den technischen Möglichkeiten dieser Zeit, eine gewaltige und imposante Anlage, die aus Stein und Holz ausgeführt war. Die großen Verteidigungswälle und Vorwerke innerhalb der verschiedenen Gräben und die Fundamente des Hauptturms waren aus Stein, die Burgbrücken, Tore und Torhäuser, die Ecktürme, Schanzwerke und der Hauptturm lediglich aus Holz. Die Burg von Chiyoda bestand aus vier verschiedenen Bereichen. Fukiage, das größte Areal, lag innerhalb des westlichen Grabens. Ursprünglich hatten hier die Villen verschiedener miteinander verwandter Daimyos eine Art Schutzwall nach Westen hin gebildet; später waren sie umgesiedelt worden. Nach dem großen Feuer des Jahres 1657 dann wurde Fukiage zu einem ausgedehnten Park mit Spazierwegen, kleinen Gehölzen und Gemüsebeeten umgestaltet.

Unmittelbar angrenzend lag Momijiyama, jener Bezirk, der der Ahnenverehrung derTokugawa-Clans vorbehalten war. Hier standen die Schreine, an denen die verstorbenen Shogune verehrt wurden. Hier fanden regelmäßig Zeremonien statt, an denen der regierende Shogun sowie dessen Familie und Diener teilnahmen. Hier wurden auch Relikte wie Rüstungen, Kleider und Schriften der verstorbenen Shogune aufbewahrt.

In den östlichen Niederungen, abgeschirmt durch die Westliche Umfassung, befanden sich die Amtsgebäude der zahlreichen Beamten des Bakufu.

Jener Daimyo, der zum Großkanzler ernannt wurde, zog gewöhnlich mit seinen Vasallen aus der Familienvilla in jenes Gebäude um, das der abtretende Kanzler hatte räumen müssen. Dort wohnte er dann, solange er sein Amt inne hatte. Auch die Daimyos der niederen Ränge hatten hier ihre Amtsräume, oder aber sie bekamen Amtssitze in der Nähe bestimmter Burgtore zugewiesen.

Nördlich der Westumfassung lag die Hauptumfassung, ihrerseits von Burggräben umgeben. In ihr befand sich eine unübersichtliche Ansammlung miteinander verbundener einstöckiger Gebäude und zwar auf einem Areal, das sich deutlich in zwei Teile gliederte, nämlich in das sogenannte Äußere *(omote)* samt dem Mittleren Inneren *(nakaoku)* und in das Große Innere *(ōoku)*. Die beiden Bereiche waren wiederum durch eine Mauer getrennt, die nur von zwei Türen durchbrochen wurde. An der nordwestlichen Ecke des Großen Inneren erhob sich ein Burgturm mit fünf Stockwerken, auf dessen Dach zwei Fische angebracht waren. Dieser Turm, Wahrzeichen der Tokugawa-Herrschaft, der selbst das große Feuer des Jahres 1657 unbeschadet überstanden hatte, wirkte zierlich im Vergleich mit dem sich immer weiter ausdehnenden Komplex einstöckiger Gebäude in seiner Umgebung und spielte als Schauplatz der alltäglichen politischen Vorgänge keine Rolle.

Das Große Innere war etwas größer als das Äußere und das Mittlere Innere zusammen. Es gab da an die vierhundert Zimmer und Korridore, meist Frauenkammern in einer Größe von zwölf auf zwölf Fuß. Es gliederte sich seinerseits wieder in drei Bereiche. Der eine stand ausschließlich der Ehefrau des Shogun mit ihrem Hofstaat zur Verfügung. Es gab hier Empfangs- und Wohnzimmer, wo sie der Shogun besuchen kam. Daran anschließend gelangte man in jenen Trakt, in dem die Geschäfte des Großen Inneren abgewickelt wurden. In ihm befanden sich, von Wachen gesichert, die Räume der zahlreichen weiblichen Personen, die in der Burg oder im Haushalt des Shogun eine offizielle Funktion ausübten. Männer hatten nur dann Zutritt, wenn Geschäfte zu besprechen waren. Den dritten und größten Bereich stellten die Privatgemächer der vielen Damen des Großen Inneren dar.

Das Äußere und das Mittlere Innere enthielten insgesamt über dreihundertfünfzig Zimmer und Korridore, teils kleine Büros, teils große Empfangsräume. Das Mittlere Innere war der Privatbereich des Shogun, in dem sich außer ihm selbst nur seine persönlichen Diener und die Wachen aufhalten durften. Hier lagen seine privaten und die offiziellen Gemächer, wobei er je nach Lust und Laune mal in diesen oder in jenen die Nacht verbrachte. Seine Frau war nur im Privatgemach zugelassen.

Um den Amtsraum des Shogun gruppierten sich die Archive für Staatsakten und die Büros seiner engsten Mitarbeiter. In diesem

Gebäude hielt sich der Shogun in Friedenszeiten fast ständig auf, es sei denn, er hatte zeremoniellen Pflichten nachzugehen. Von hier aus konnte er durch den Haupteingang das Große Innere erreichen, oder er gelangte in genau umgekehrter Richtung in das Äußere, wo er in Audienz empfing.

Im Äußeren war die Vielzahl der Büros der Bakufu-Beamten untergebracht zudem die Wachstuben und Amtszimmer der Kommandeure. Hohe Beamte wie die Kanzler verfügten über individuelle Amtszimmer, während sich in den unteren Rängen mehrere Beamte einen Raum teilen mußten.

Ebenfalls im Äußeren befanden sich die Ehrengemächer der Daimyos. Sie waren so angeordnet, daß sich an ihrer Lage ablesen ließ, wie hoch der Betreffende in der Gunst des Shogun stand und wie groß sein politischer Einfluß war. Den Räumen des Shogun, dem Konferenzsaal und den Beratungsräumen am nächsten lag das sogenannte Vorzimmer. Hier saßen jene Daimyos, die im Bakufu eine ständige Beraterrolle innehatten. Dahinter gelangte man in zwei Räume für niedere Adlige und in die Halle des Kaisers, in der sich einflußreiche Daimyos aufhielten, die es noch zu keinem Sitz im Vorzimmer gebracht hatten. Dem Zentrum der Macht noch weiter entrückt befanden sich jene Adligen, die ihren Platz in der sogenannten Weidenhalle hatten. An die Halle der Kaiser wiederum grenzte der Versammlungssaal, in der der Shogun in regelmäßigen Abständen die Daimyos und die Spitzen der Beamtenschaft empfing.

Von diesen Gebäuden, die selbst für die Hofleute, die sich ständig in der Burg aufhielten von verwirrender Vielfalt waren und die dennoch für jemanden, der sie überschaute, ein genau geordnetes und funktional praktisches Zentrum von Macht und Repräsentanz im Land darstellten, sah Toshua letztlich nur zwei oder drei Tore und Höfe und schließlich einen langen Gang, auf dem im geringen Abstand voneinander aus Lack geformte Statuen regungslose Wache standen. Es kam ihr dabei vor, als bewege sie sich durch ein nie enden wollendes Labyrinth, eine Geheimniswelt, die anderen Gesetzen unterlag als den ihr bekannten, undurchschaubar für jeden, der von außen kam: darauf ausgerichtet, ihn zu verwirren und ihn von der bedingungslosen Autorität des Shogun und des Bakufu zu überzeugen.

Tatsächlich war Toshua auf ihrem Weg, auf dem sie dem Boten folgte, der an den Toren immer wieder von Wachen genötigt wurde, sich auszuweisen, in den Komplex des Äußeren gelangt, wo sich die Amtszimmer der Kanzler, der Bakufu-Beamten, der Wachoffiziere und Kommandanten befanden. Die Amtssuite von Hagiwara Okibu, des Soba yonin, bestand aus zwei Zimmern, von denen das vordere bis auf mehrere Sitzgelegenheiten völlig leer war. Der daran angrenzende Raum, in den man, an einem halbgezogenen roten Seidenvorhang vorbei, aus dem vorderen hineinblickte, war eine Kombination von Arbeits- und Wohnzimmer sowie Bibliothek.

Toshua wurde in den vorderen Raum geführt und aufgefordert, Platz zu nehmen. Dann ließ man sie allein. Es schien ihr, daß viel Zeit verging, ehe sich die Tür in ihrem Rücken wieder öffnete und mit stürmischen Schritten drei Männer eintraten. Der Mann, von dem Toshua nur ahnen konnte, daß es der Großkämmerer war, setzte sich, flankiert von zwei Soldaten, die stehenblieben, ihr gegenüber, so daß sie einander ins Gesicht schauten. Er war groß, ziemlich kräftig, mit völlig kahlem, einem riesigen gepellten Ei gleichendem Schädel. Als Toshua sein Gesicht über längere Zeit hin beobachtet hatte, war sie davon überzeugt, einen Menschen vor sich zu haben, der völlig eins geworden war mit dem Amt, das er ausübte. Eine gewisse Haltung von drohendem Hochmut war ihm in die Haut eingewachsen. Sein ganzer Habitus zeigte, daß er die Macht, die er besaß, genoß.

Nachdem sie sich verneigt und einen Gruß gemurmelt hatte, auf den er eher mürrisch dankte, begann er ohne lange Vorrede mit der Frage:

»Ihr kommt also wegen dieses Mannes, Seami Sochimito?«

»So ist es.«

Er sah auf und musterte sie mit einem Blick, der ihr unangenehm war.

»Und Ihr selbst seid eine Kurtisane des ersten Ranges?«

»Ihr sagt es.«

»In welcher Beziehung steht Ihr zu diesem Mann?«

»Er ist mein Bruder.«

Es war das erste Mal, daß sie sich laut zu dieser Tatsache bekannte.

»Ich möchte wissen, was man ihm vorwirft.«

Der Kanzler nahm eine Schriftrolle auf, zog sie auseinander und warf einen Blick darauf. Dann gab er den beiden Wachen durch einen Wink zu verstehen, sie sollten sich entfernen. Er wartete, bis sie hinausgegangen waren, und sagte dann:

»Wir reden jetzt unter Freunden. Es ist nichts Bestimmtes. Eher die Häufung von Ärgernissen, was gewisse Leute gegen ihn aufgebracht hat.«

Sie war erstaunt. Sie hatte erwartet, die »Schwarzen Kapitäne« würden erwähnt werden. Aber »eine Häufung von Ärgernissen«, was sollte das heißen?

»Verzeiht, aber der Sinn Eurer Worte entgeht mir...!«

»Es läßt sich auch schwer erklären«, sagte der Großkämmerer ausweichend. »Vielleicht begreift Ihr besser, was ich meine, wenn ich Euch sage: Euer Bruder hat einen subversiven Charakter.«

»Ich muß Euch bitten, noch genauer zu werden, wenn ich nicht annehmen soll, daß bei seiner Verhaftung nur Neid, Mißgunst, Verleugnung oder Willkür gewaltet haben.«

»Nun, solche Männer wie Euer Bruder säen mit dem, was sie schreiben, Aufsässigkeit aus, während es doch darauf ankäme, daß dem Volk auch im Kabuki die Moral nahegebracht wird.«

Jetzt brauchte sie Mut und Glück. Sie mußte ihm widersprechen, aber sie durfte ihn nicht gegen sich aufbringen.

»Wenn Ihr auf die ›Geschichte des Gingobei‹ anspielt: Ich habe das immer als ein höchst moralisches Stück aufgefaßt. Am Ende siegt die Liebe zwischen Mann und Frau.«

»Es gab Leute, die es als frivol und zynisch empfanden.«

»Ach...!«

»Hat man je gesehen, daß auf der Bühne ein Mann einer Frau den Obi öffnet, sich entkleidet und mit ihr vor aller Augen den Beischlaf vollzieht?«

»Es war dunkel auf der Bühne, als es geschah. Man ahnte mehr, was da vor sich ging, als daß man etwas sah.«

»Uns wurde von wollüstiger Musik, von Ausrufen der Lust und von heftigen Atembewegungen, die Erregung andeuteten, berichtet.«

»Ich glaube, Eurem Spitzel ist bei seinem Bericht die Phantasie durchgegangen.«

»Die Rollen des Mädchens und der sie beratenden Alten sollen von Frauen gegeben worden sein.«

»Sagt Euer Bericht auch, wer bei der Sondervorstellung die beiden Frauen gespielt hat?«

»Nein, das konnte unser Mann nicht in Erfahrung bringen.«

»Wie will er dann sicher sein, daß es nicht doch Onnagata-Schauspieler waren?«

»Hhm. Ich hoffte, gerade von Euch darüber Auskunft zu erhalten. Ihr wohntet doch gewiß jener Vorstellung für ein ausgewähltes Publikum auch bei, oder?«

»Ihr werdet nicht von mir erwarten, daß ich etwas aussage, was Seami belastet, oder? Außerdem wißt Ihr wohl, daß der Text des Stückes der Zensur vorlag und von dieser nicht beanstandet worden ist.«

»Schlimm genug. Es ist da unter dem vorangegangenen Shogun, der ein Kind war, eine Laxheit in Dingen der Moral eingerissen, die unserem neuen Herrn mißfällt. Er sagte im Staatsrat, man könne unmöglich die Samurai dazu aufrufen, strikter den Kodex des Bushido zu beachten, wenn man im Kabuki Frivolitäten zuließe.«

»Hat denn der Shogun das Stück selbst gesehen?«

»Oh, gewiß doch, meine Liebe . . ., damals, als es in aller Munde war. Als es so laut bejubelt wurde, war er noch nicht Shogun. Er empfindet eine große Wertschätzung für das Kabuki. Und auch als Shogun wird er sich hin und wieder die Freiheit nehmen, Stücke, die Aufsehen erregen, selbst anzusehen. Inkognito, versteht sich, und in Begleitung seiner Leibwächter . . . Allerdings ist dies nicht der entscheidende Punkt, der bei dem Entschluß eine Rolle spielte, Euren Bruder aus dem Verkehr zu ziehen, wenn ich mich einmal so salopp ausdrücken darf.«

Toshua hob die Brauen und sah ihn fragend an.

»Es ist mir ein wenig peinlich . . ., aber der andere Grund seid Ihr oder sagen wir: Eure Liebe zu ihm.«

»Wie das?«

»Es ist nicht gerade alltäglich, daß die Schwester die Geliebte ihres Bruders ist.«

»Wen geht denn das etwas an?«

»Oh, in der Schwankenden Welt mag man darüber hinwegsehen, aber uns erreichte eine Beschwerde des Kaiserlichen Ritenamtes.«

»Warum? ... Worüber?«

»Wie Euch vielleicht bekannt ist, gibt es in unserer Mythologie Hinweise auf die Tatsache, daß jenes Götterpaar, dem dieses Land seine Existenz verdankt, Bruder und Schwester gewesen sind. Nicht ich, nicht der Shogun, sehr wohl aber das Ritenamt war der Ansicht, daß Seami und Ihr durch Euer Betragen das Ansehen der kaiserlichen Ahnen beleidigt habt. Übrigens, besondere Erwähnung in der Beschwerde, die uns von dieser Seite zuging, fand die Tatsache, daß Ihr unter freiem Himmel jene sonst nur von den Barbaren praktizierte Art erotischer Berührung vollzogen habt.«

»Das Kaiserliche Ritenamt hat eine etwas umständliche Ausdrucksweise, findet Ihr nicht auch? Es meinte gewiß das Küssen?«

»Das meinte es!«

»Dann werdet Ihr wohl auch mich nun bald verhaften lassen?«

Der Kanzler lächelte.

»Wenn es um ein Paar geht, langt der eine Teil. Das Aufsehen, daß die Verhaftung Eures Bruders und Geliebten gemacht hat, war ärgerlich genug. Es haben sich einflußreiche Persönlichkeiten für ihn verwendet. Und Ihr seid, wenn ich recht unterrichtet bin, eine in Eurem Gewerbe sehr geschätzte Person.«

»Und was wird nun mit Seami geschehen?«

»Unglücklicherweise werden wir ihn hinrichten müssen.«

»Aber warum? Er hat nichts verbrochen. Er ist so unschuldig wie ich. Außer dieser erotischen Berührung, wie sie die Barbaren praktizieren ...«

»Verehrte Dame, ich habe versucht, Euch anzudeuten, wie prekär dieser Fall ist. Wenn meine Andeutungen sich Euch nicht erschließen, will ich Euch an etwas anderes erinnern, wovon selbst Ihr gewiß schon gehört habt. Jeder Lehnsmann schuldet seinem Herrn unbedingte Loyalität, ja vielleicht sogar seinen Tod. Und müssen wir uns nicht alle als Lehnsleute des Kaisers betrachten?«

»Männerphilosophie!« stieß Toshua zornig hervor.

Der Großkämmerer schüttelte den Kopf und lächelte süffisant, und Toshua biß sich ob ihrer Unbeherrschtheit auf die Unterlippe. Von dem gepellten Ei her, auf dem sich durch die Bewegung das Licht spiegelte, drang es zu ihr:

»Allein für dieses Wort hättet Ihr den Tod verdient, denn Ihr stellt damit die gesamte Gesellschaftsordnung in Frage..., von Männern errichtet, mit vielen Toten bezahlt, mit viel Treue und Tapferkeit. Aber wir sind großmütig. Wir können es uns leisten..., gegenüber Frauen Eures Standes, die so viel zum Wohlbefinden der Männer und damit zum Frieden in unserem Land beitragen.«

Der Hohn im Tonfall dieser Sätze war nicht zu überhören gewesen. Toshua sah den Mann scharf an.

»Was müßte geschehen, damit Seami gerettet wird?«

Der Großkämmerer zeigte keinerlei Gemütsbewegung. Er sagte fast gleichgültig:

»Es gibt keine Rettung für ihn.«

»Und wenn man eine Buße zahlte, wenn er eine Erklärung unterschriebe, wenn er seine Stücke von der Bühne zurückzöge, wenn ich mich, um der Kaiserlichen Ritenkommission Genüge zu tun, von ihm trennte?« bot Toshua an.

Eine knappe Handbewegung wischte ihre Vorschläge aus.

»So verfahren wir nicht.«

In seiner Stimme lag jetzt etwas Lauerndes.

»Ich habe gehört, daß Ihr nach dem Kaiser und dem Shogun einer der mächtigsten Männer im Reich seid«, sagte Toshua.

»Das ist übertrieben. Es gibt noch weitere Personen, die durchaus mit ähnlichen Machtbefugnissen ausgestattet sind wie ich.«

Es entstand eine Stille. Toshua meinte zu spüren, wie der Mann jede Falte ihres Kimonos musterte.

»Vorhin, als ich hereinkam, schien es mir, als hättet Ihr einen ungewöhnlich schönen Nacken«, sagte er. »Würdet ihr mir den Gefallen tun, Euch einen Augenblick zu erheben und Euch so hinzustellen, daß ich ihn recht bewundern kann?«

Das war eine Unverschämtheit und eine Demütigung, wie sie sich nur ein Mann dieses Ranges erlauben konnte. Es war entschieden die Probe, wieviel Selbstherrlichkeit sie sich von ihm gefallen lassen würde. Gut, dachte sie, soll er diese lächerliche Freude haben, er demütigt sich damit doch auch selbst.

Sie stand auf und wandte ihm den Rücken zu.

»Erstaunlich..., wirklich exquisit«, hörte sie ihn sagen. »Ihr könnt Euch wieder setzen. Nun, alles auf der Welt ist ein Handel, oder seht Ihr das anders?«

Sie verstand genau, was er meinte. Natürlich hätte es in seiner Macht gestanden, sie mit Gewalt zu nehmen. Aber offenbar schmeichelte es seiner Eitelkeit, keine Gewalt anwenden zu müssen.

»Ich bin bereit, für das Leben meines Bruders jeden Preis zu zahlen.«

»Er war tatsächlich auch Euer Geliebter, nicht wahr?«

Jetzt war es die reinste Verhöhnung.

»Ja«, sagte sie laut und deutlich, »das war er.«

»Ihr seid eine sehr schöne Frau. Euer Bruder kann sich glücklich schätzen. Vielleicht habt Ihr recht, wenn Ihr annehmt, daß Neid in diesem Fall eine nicht unwesentliche Rolle gespielt haben mag.«

»Ich schätze mich *auch* glücklich.«

»Ihr begreift gewiß, daß es auch andere Männer verlangt, solchen Glücks teilhaftig zu werden oder wenigstens eines Widerscheins davon?«

»Sie würden es nicht genießen können.«

»Das käme auf einen Versuch an«, sagte er heiser.

»Gut«, sagte sie, »ich willige ein. Aber laßt uns die Bedingungen unseres Vertrags klar und deutlich aussprechen.«

»Klar und deutlich«, sagte er lächelnd. »Ich verspreche Euch, daß Euer Bruder am Leben bleibt, und Ihr erweist mir die Gunst jenes Widerscheins.«

»Wann? Wo?«

Die Nonchalance, mit der sie die beiden Worte hervorbrachte, sollte verletzend klingen.

»Oh, ich bin ungeduldig. Möglichst bald. Heute nacht«, sagte er, nun doch mit einem Anflug von Erregung in der Stimme: »Hier!«

Sie zögerte einen Moment. Vom ersten Augenblick an, da sie sich gegenübergesessen hatten, war ihr klar gewesen, daß es darauf hinauslaufen werde.

»Ich bin einverstanden.«

»Dann darf ich Euch bitten, für die Stunden, bis wir uns wiedersehen, Gast in meinen Privatgemächern zu sein.«

Er schlug eine kleine, überhell klingende Glocke an. Die Wachen erschienen wieder.

»Wie war doch noch gleich Euer Name?« fragte er Toshua.

Sie nannte ihn.

»Führt die Kaiserbaum-Dame in mein Privatquartier«, befahl er den Soldaten. »Und sorgt dafür, daß ihr jede Aufmerksamkeit zuteil wird, die wir einem Gast erweisen, der uns wert und teuer ist.«

Es war gegen Morgen, als sie mit der Sänfte, die Okibu ihr gestellt hatte, wieder Yoshiwara erreichte. Sogar das große Tor öffnete sich zu dieser Stunde für ein Fortbewegungsmittel, das das Wappen des Großkämmerers trug.

Im Rauchschwalbengespenst-Haus, im Salon im ersten Stock, saß Marakabui noch wach.

»Wir dachten schon«, sagte sie, »auch du wärest der Spinne ins Netz gegangen.«

»Seami wird freikommen. Er wird für einige Zeit Edo verlassen müssen. Aber was ist das schon.«

»Du klingst, als müßtest du dir selbst Mut machen«, stellte Marakabui eisig fest.

Darauf entgegnete Toshua nichts. Marakabui begann, eine Weile schweigend im Zimmer hin- und herzulaufen.

»Ich kann mir vorstellen, welchen Preis du gezahlt hast«, sagte sie.

»Es war nicht einmal sehr abstoßend. Dieser Mann ist ein guter Liebhaber.«

»Ich hoffe nur, daß du den Handel unter Zeugen vereinbart hast. Sonst könntest du leicht die Betrogene sein.«

»Ich halte den Oberkämmerer in dieser Beziehung für einen Ehrenmann.«

»Ich hoffe, du hast recht. Du mußt Seami sehr lieben.«

»Habe ich dir je erzählt, daß wir Bruder und Schwester sind?«

»Du hast es nie erwähnt. Aber es gab das Gerücht. Also ist es wahr.«

»Ja. Was sagst du dazu?«

»Was kann man tun gegen Liebe und Haß?« sagte Marakabui und hob die Achseln.

»Sie ausleben«, sagte Toshua. Sie zögerte einen Augenblick, dann fuhr sie fort. »Aber es ist noch etwas anderes, eine Vorstellung, die ich schon als junges Mädchen hatte, als alles begann: Er ist der einzige Mann, der meiner würdig, der mir ebenbürtig ist.«

»Männer und würdig«, sagte Marakabui verächtlich.

»Seami und ich ..., wir ergänzen uns wie die zwei Hälften eines Pfirsichs.«

»In der Mitte ist ein harter Stein«, erinnerte sie Marakabui.

»Ich weiß«, sagte Toshua, »den haben wir gesprengt und den Kern zusammen verzehrt.«

»Ich wünsche dir, daß dein Glück zurückkehrt«, sagte Marakabui.

»Hören wir auf, davon zu reden«, sagte Toshua. »Ich weiß auch nicht, warum, aber plötzlich habe ich Angst.«

Drei Tage später erreichte Toshua über Shunku, den Theaterdirektor, und Karamasu, den Buchhändler, die Nachricht, daß Seami auf dem Richtplatz des Shogun am Morgen nach ihrer Liebesnacht mit dem Kanzler hingerichtet worden sei.

Sie schrie und tobte im Salon des Rauchschwalbengespenst-Hauses. Alle Versuche der Mädchen, die aus dem Haus »Zum reifen Kürbis« herübergekommen waren, um sie zu trösten, waren vergebens. Schließlich holte Marakabui einen Arzt, der ihr ein starkes Beruhigungsmittel gab. Toshua lag auf einer Matte mit zur Zimmerdecke gerichteten Augen da, stumm und starr.

Nachdem sie eine Nacht und einen Tag fast regungslos so zugebracht hatte, ohne zu sprechen, stand sie auf, ließ ihren Friseur kommen, zog ihren schönsten Kimono an, und als sie in vollem Glanz ihrer Schönheit dastand, sagte sie zu Marakabui:

»Nun werden wir Rache nehmen!«

»Was hast du vor?« fragte Marakabui.

»Ich will, daß auch Okibu stirbt«, sagte sie mit einem Tonfall in ihrer Stimme, den die alte Gefährtin noch nie bei ihr gehört hatte.

»Gut«, antwortete Marakabui mit einem hexenhaften Lachen, das Toshua, als sie später Ursache hatte, sich daran zu erinnern, ebenso unheimlich wie lustvoll vorkam, »so laß uns die Frauen von ihm erlösen!«

IX

»Himmel und Hölle
sind in dir.
Teufel oder Buddhas sind
nichts als dein Herz.«

Was hast du über seine Karriere in Erfahrung gebracht?« fragte Marakabui.

Die beiden Frauen saßen in Toshuas großem Zimmer im Rauchschwalbengespenst-Haus zusammen. Ohne gleich zu antworten, verharrte Toshua eine lange Weile dabei, das Gesicht ihrer Freundin forschend zu betrachten. Ihre Gedanken schweiften ab. Wie häufig in letzter Zeit schien es ihr, Marakabui sei stark gealtert. Sie zwang sich wieder zur Aufmerksamkeit für die Unterhaltung, die sie gerade führten.

»Vasall des Shogun. Stammt aus einem Dorf an der Küste«, zählte sie auf. »Führte die Aufsicht auf einem der Güter der Tokugawa. Für den Reisverkauf zuständig. Transaktionen mit Grundstücken. Wurde noch zu Ienobus Regierungszeit in den Bakufu berufen und stieg rasch auf. Gerüchte, daß ihm bei der Auftragsvergabe für die Renovierung der bei dem Brand verwüsteten Gebäude in der Chiyoda-Burg Bestechungsgelder in beträchtlicher Höhe versprochen worden sein sollen. Der Bakufu hat eine Untersuchung angeordnet. Da die Shogun-Mutter wahrscheinlich selbst von der Sache profitiert, ist nicht zu erwarten, daß ihm viel passiert.«

Marakabui hob die Brauen, was ihrem Gesicht einen Ausdruck von Härte und Arroganz gab.

»Das kann man jedem zutrauen, der so hoch hinaufgelangt ist. Wer übrigens war der Mann, der gestern vormittag, als du im Bad warst, dich zu sprechen verlangte, und wo warst du gestern nacht?«

»Spannst du jetzt auch ein Spinnennetz, Marakabui?«

»Ich mache mir nur Sorgen um dich.«

»Also gut. Das war eine verrückte Geschichte. Dieser Bote lud mich zu einer Sitzung der Schwarzen Kapitäne ein... auf einem Reisschiff auf dem Fluß. Sie müssen in der Burg eine Menge Spitzel haben. Sie wußten alles. Den Inhalt meines Gesprächs mit dem Kanzler, unseren Vertrag, die Einzelheiten von Seamis Hinrichtung. Er ist durch den Strang hingerichtet worden. Sie sagten, ich hätte doch wohl Grund, Rache zu nehmen. Sie auch. Dann entwickelten sie einen verrückten Plan. Wie durch Zauber tauchte plötzlich Herr Shunku auf.«

»Sieh an, das Meerschweinchen! Und was wollten sie von euch beiden?«

»Sie müssen davon gehört haben, daß ich einmal den Wunsch habe laut werden lassen, im Theater in einer Männerrolle aufzutreten. Sie hatten sich ausgedacht, ein Stück in Auftrag zu geben, das Seamis Schicksal zum Inhalt hat. Ich sollte Seami spielen. Ein solches Ereignis würde sich in der Stadt bald herumsprechen. Der Oberkämmerer würde neugierig werden und gewiß kommen, um sich das Stück anzuschauen. Er würde mich in der Garderobe aufsuchen. Entweder würde er dort sein Leben lassen... durch meine Hand, oder er würde fallen durch ihre Leute, sobald er das Theater verläßt. Die Leiche zu beseitigen, so, daß sie nie gefunden werde, sei kein Problem, behaupteten sie.«

»Kein übler Plan. Bist du auf ihren Vorschlag eingegangen?«

»Ich habe ihnen klarzumachen versucht, daß ich nicht vorhätte, Seami in den Tod zu folgen. Etwas schwieriger war es, ihnen auszureden, daß sie von mir nicht befürchten müßten, verraten zu werden. Ich hoffe, es ist mir gelungen. Übrigens wußten sie auch, wer die beiden Frauen in der »Geschichte von Gengobei« gespielt hat. Mich erstaunt das nicht. Wahrscheinlich erfuhren sie das von dem Burschen, der die Theaterzettel verkauft und der Seami zu ihnen geführt hat. Erinnerst du dich, daß wir den Eindruck nicht los wurden, jemand habe uns durch ein Loch in der Wand beobachtet, als wir uns schminkten und umzogen?«

»Was meinst du?« überlegte Marakabui. »Vielleicht sollten wir selbst gar nichts unternehmen und es den Schwarzen Kapitänen überlassen, unseren Mann zu bestrafen?«

»... oder seinen anderen Feinden. Ich sagte dir ja, daß der Bakufu die Bestechungsaffäre untersuchen will, und der neue Shogun wird neue Leute seiner Wahl für die Ämter des Bakufu ernennen, aber solche Machtkämpfe spielen sich wahrscheinlich in der Burg ständig ab. Und man sagt, der Shogun werde ihn gewiß dekken, weil er große Stücke auf ihn hält. Nein, nein, wir haben die Sache bis hierher vorangetrieben. Jetzt bringen wir sie auch zu Ende. Was mir noch letzte Nacht, nachdem ich zurückgekommen war und wach lag, durch den Kopf ging: Ist der Priester da draußen auch wirklich zuverlässig?«

»Die Summe, die wir ihm für seinen Schrein versprochen haben, macht ihn dazu.«

»Sieh dir den Brief an, den ich mir ausgedacht habe.«

»Lies mir vor. Meine Augen sind schwach geworden in letzter Zeit.«

Toshua stand auf und holte das Blatt. Dann begann sie laut zu lesen:

»›Hochverehrter Herr Oberkämmerer!

Es mag bei all den Amtsgeschäften, um die Ihr Euch kümmern müßt, Eurer Aufmerksamkeit entgangen sein, daß sich demnächst der Todestag Eurer verehrten Ahnen jährt. Wir wollen daher, um ihr Wohlwollen für Eure Arbeit zu erringen, einen Opfergottesdienst veranstalten. Wir würden uns geehrt fühlen, wenn Ihr in unserem Schrein persönlich Eure Opfergaben darbringen würdet. Wir haben uns erlaubt, die Zeremonie für den Zeitpunkt der Vollmondnacht in der Stunde des Schweins anzusetzen, und erbitten durch Boten Nachricht, ob Ihr Zeit finden werdet, Euren Ahnen und Urahnen die Ehre Eurer Anwesenheit zu erweisen.

Sehr verehrter Herr Kanzler, erlaubt den Ausdruck unserer ausgezeichneten Hochachtung und Wertschätzung…‹ Der Priester braucht nur noch seine Unterschrift darunter zu setzen.«

»Gut, aber was ist, wenn unser Mann nicht kommt?«

»Dann müssen wir uns etwas anderes einfallen lassen. Wir könnten das Porträt eines schönen Mädchens malen lassen und es ihm mit ein paar einladenden Zeilen schicken. Er soll ein großer Frauenheld sein. Wenn er erscheint, um das Kissen mit ihr zu teilen, hetzen wir ihm die Schwarzen Kapitäne auf den Hals. Sie behaupten ja, daß es ihnen keine Probleme bereiten würde, die Leiche für immer verschwinden zu lassen.«

»Du meinst, er käme nach Yoshiwara?«

»Er ist hin und wieder in Yoshiwara gewesen. Ich habe mich umgehört. Es gibt Frauen, die behaupten, er habe sie hier besucht.«

»Eiko erblüht gerade zu einer schönen jungen Frau. Sie wäre der rechte Köder.«

»Aber sie würde es nie fertig bringen, ihn zu töten.«

»Darum mußt du dir keine Sorgen machen. Ist er erst einmal hier, stirbt er.«

»Wie willst du das bewerkstelligen?«

»Darüber rede ich nicht. Was du nicht weißt, dafür kann dich niemand zur Verantwortung ziehen.«

»Wenn er in Yoshiwara stirbt, würden sie auf der Burg allemal auf mich verfallen«, gab Toshua zu bedenken.

»Nun«, meinte Marakabui, »vielleicht verlockt es ihn doch zu sehr, in einer Vollmondnacht auszureiten. Und wir werden seinen Wünschen mit Magie nachhelfen. Die Göttin ist auf unserer Seite. Er nimmt ein erbärmliches, schmerzvolles Ende, so oder so. Das verspreche ich dir!«

Ungefähr zwei Meilen von Edo entfernt, und doch schon abseits der großen Stadt, liegt das Dorf Gumuro. Auf der Straße dorthin sieht man zunächst auf beiden Seiten Wälder, die hin und wieder von kleinen Weilern und Dörfern unterbrochen werden. Weiter auf Gumuro zu wird die Landschaft lieblicher. Von Hecken eingefaßte Feldwege laufen durch Ackerflächen, auf denen Reis angebaut wird. Zur Rechten erheben sich einige Hügel mit phantastischen Formen, auf denen kleine Wäldchen von Pinien und Fichten stehen. Gegen Osten hin zieht sich ein Streifen blauen Meeres vor den Horizont. Am Rande des Dorfes, schon nahe den offenen Feldern, stehen zwei Bauten, selbst im Schutz eines kleinen Wäldchen gelegen, beides Tempel, mit denen sich ein bestimmter Aberglaube verbindet, den man in der Sprache des Landes *ushi no toki mairi* nennt und der von Frauen praktiziert wird, die sich an einem treulosen Mann rächen wollen.

Nach Mitternacht, wenn die meisten Menschen schlafen, kommt die Frau, die dem Mann Schaden zufügen will, zu diesem Schrein, um an einem treulosen Liebhaber Rache zu nehmen. Sie legt ein weißes Gewand an und zieht Holzschuhe mit hohen Hakken an. Sie entzündet einen Dreifuß mit drei Kerzen. Um den Hals trägt sie einen Spiegel, der auf ihrem Busen aufliegt. In der linken Hand hat sie eine kleine Strohpuppe: die Effigies des Mannes, der sie verraten hat. In der rechten Hand hält sie Hammer und Nägel. Dann schlägt sie die Nägel in die Rinde der heiligen Bäume, die den Tempel umgeben, um durch deren Beschädigung die Göttin gegen den treulosen Mann aufzubringen.

Dieses Ritual vollzogen zwei Frauen in der Nacht vor Vollmond. In der darauffolgenden Nacht betraten zu der Stunde des Schweins eben dieselben zwei Personen einen anderen Schrein, der ebenfalls in einem kleinen Wäldchen, aber noch näher zur Küste hin, gelegen ist. Die beiden Gestalten trugen Samurai-Rüstungen. Sie glichen darin mehr übergroßen Hirschkäfern denn Menschen.

Die Person, die sich rechts neben den Opferaltar ins Dunkel stellte, hatte einen Helm mit lederner Gesichtsmaske und langsträhnigem Yak-Haar auf dem Kopf. Der Helm erinnerte an den Schädel eines verendeten Wildschweins. Die andere Gestalt, die links neben dem Altar Aufstellung nahm, trug einen Helm, der einem Bärenschädel nachgebildet war und an dem seitlich die Ohren steil in die Höhe ragten. Die Gestalt rechts hielt ein großes schweres Schwert mit beiden Händen. Die andere hatte nichts als einen langen, sehr dünnen metallenen Haarpfeil bei sich.

»Und wenn er nun nicht kommt!« sagte die eine Person nervös.

»Er kann nicht anders. Er wird kommen. Das Ritual wird ihn dazu zwingen.«

»Aber wenn er nun Leibwächter oder Soldaten mitbringt?«

»Mit denen werden wir auch noch fertig. Sei nur ruhig, meine Liebe.«

Es trat wieder Stille ein. In dem kleinen Raum brannten auf dem Altartisch zwei Kerzen, und aus einer Schale mit Räucherwerk stieg ein angenehmer Geruch auf. Die Stunde des Schweins war schon angebrochen. Im Vorraum kniete betend der Priester. Im Inneren verbarg die Dunkelheit die beiden Gestalten, die sich in die Ecken neben dem Altar zurückgezogen hatten, fast völlig. Nach einer Weile hörte man Hufschläge und das Schnauben eines Pferdes. Jemand betrat den Vorraum. Der Priester erhob sich, murmelte einen Gruß und verneigte sich tief. Der Mann, der gekommen war, sagte zu ihm:

»Es war sehr aufmerksam von Euch, daß Ihr mich an meine Ahnen erinnert habt. Ohne Eure Nachricht hätte ich tatsächlich vergessen, daß das fällige Ahnenopfer vollzogen werden muß. Was soll ich jetzt tun? Ich muß Euch gestehen, ich habe hier draußen schon lange nicht mehr geopfert.«

»Wie ich sehe, habt Ihr Räucherwerk mitgebracht. Mehr als das braucht es nicht für die Zeremonie. Wenn ihr drinnen vor dem Schrein ein Gebet verrichtet habt, stellt das Gefäß mit dem Räucherwerk auf den Altartisch. Ich werde mich darum kümmern, daß auch in den kommenden Nächten ein paar Handvoll verbrennen.«

»Und was erscheint Euch ein angemessener Betrag, um den Schrein zu unterhalten?«

»Das ist Euch anheimgestellt, Exzellenz. Jeder gibt nach seinem Vermögen«, sagte der Priester. Der Mann, der gekommen war, händigte ihm einen Beutel aus und sagte:

»Ich denke, so ist es reichlich bemessen.«

Dann betrat er, das Gefäß mit dem Räucherwerk mit beiden Händen haltend, den Innenraum. Man sah, daß er, den Kopf gesenkt und die Augen geschlossen, ein Gebet murmelte. Aus ihrer Ecke heraus erkannte die Person mit dem Wildschweinhelm, daß der Ankömmling unbewaffnet war. Er wird die Waffen draußen bei seinem Pferd gelassen haben, überlegte sie. Sie machte ein paar Schritte voran und gelangte in den Lichtkreis der Kerzen. Sie hielt das große Schwert mit der Spitze nach oben vor ihren Körper.

Der Mann fuhr herum und bemerkte im gleichen Moment ein neues Geräusch neben seiner linken Schulter. Von dort trat die Person mit dem Bärenhelm und den steil in die Luft ragenden Ohren aus der Dunkelheit hervor. Sie hielt in der Hand etwas, das wie ein überlanger Haarpfeil aussah.

Für einen Augenblick schien den Mann seine Phantasie tatsächlich davon zu überzeugen, daß er die Geister seiner so lange von ihm vernachlässigten Ahnen vor sich habe, und sein Erstaunen war so groß, daß er diesem spitzen Gegenstand nur beiläufig Beachtung schenkte. Dann stieß er einen Fluch aus. Schon war er nicht mehr bereit, an Gespenster zu glauben, sondern dachte an eine Falle seiner Feinde, von denen er viele hatte.

»Wer seid Ihr? Was wollt ihr? Wartet wenigstens, bis ich eine Waffe in der Hand habe«, stieß er hervor.

Die Antwort war Gelächter. Er wandte sich unwillkürlich dorthin, wo er zuerst ein Geräusch gehört hatte. Diesen Augenblick nutzte die Gestalt mit dem Bärenhelm aus, um noch etwas näher an den Mann heranzutreten und ihm mit der Nadel einen Stich in den Hals beizubringen. Seine linke Hand fuhr zu der Stelle, an der die Nadel seine Haut geritzt hatte. Er konnte kaum mehr gespürt haben als bei einem Mückenstich. Die Person mit dem Bärenhelm ließ ein triumphierendes Kreischen hören.

Der Mann wich langsam, die beiden Personen im Blick behaltend, in den Vorraum des Schreins zurück. Bis dahin kam er noch. Aber bei den nächsten Schritten, mit denen er hinaus zu seinem Pferd und den Waffen steuerte, überfiel seinen großen, kräftigen Körper ein merkwürdiges Zucken und Schwanken. Er gelangte noch bis zur Eingangstür, die niedrig war. Er mußte sich ducken. Dabei stürzte er, als habe ihn ein Blitzschlag getroffen, schlug mit dem Gesicht auf den Boden und blieb dort regungslos liegen.

Der Priester tauchte plötzlich aus der Dunkelheit auf.

»Was ist geschehen?« fragte er angstvoll, als er den Mann regungslos auf der Erde hingestreckt sah.

Die beiden Personen entledigten sich der Helme.

»Erlaubt«, sagte Toshua, »daß wir sie auf dem Altar zurücklassen. Sie sind alt und sehr wertvoll.«

»Ihr habt ihn getötet..., den Kanzler getötet«, flüsterte der Priester aufgeregt. »Davon war keine Rede bei unserer Abmachung.«

»Getötet?« fragte Marakabui mit gespielter Verwunderung. »Seht Ihr irgendwo an seinem Körper eine Verletzung? Ich nicht. Er muß uns für Geister gehalten haben, und der Schreck hat sein Herz stillstehen lassen. Man könnte auch sagen, sein schlechtes Gewissen hat ihn getötet.«

»Bringt ihn fort. Rasch. Mit einem Todesfall will ich nichts zu schaffen haben«, rief der Priester sehr laut. »Ein Toter in meinem Schrein, unglaublich!«

»Seid unbesorgt«, versicherte Marakabui ihm. »Wenn Ihr es nicht selbst an die große Glocke hängt, wird niemand etwas davon erfahren. Es wird hier nicht die geringste Spur von seinem Ableben bleiben. Los, helft uns, die Leiche auf das Pferd zu laden, mit dem er gekommen ist.«

»Und wo bringt Ihr ihn hin?«

»Das laßt nur unsere Sorge sein. Wenn sich in den nächsten Tagen jemand bei Euch nach ihm erkundigt, so gebt ruhig zu, er sei hiergewesen, habe sein Ahnenopfer vollzogen und sei dann weitergeritten.«

»In welche Richtung?«

»Nun, sagen wir, in Richtung auf die Küste. Aber jetzt helft uns endlich, die Leiche auf das Pferd zu hieven.«

»Und was soll mit seinen beiden Schwertern werden, die er hier draußen abgelegt hat, ehe er den Schrein betrat?« fragte der Priester.

»Die würde ich an Eurer Stelle vergraben«, sagte Marakabui zu ihm. »Wenn Ihr sie verkauft, würde das wahrscheinlich die Polizei zu Euch führen. Das Schwert, das meine Freundin getragen hat, könnt Ihr verkaufen. Es ist einiges wert..., und Ihr werdet sehen: Es klebt kein Blut daran!«

»Ach«, jammerte der Priester, »hätte ich mich nur auf diese schreckliche Geschichte nicht eingelassen!«

»Ihr seid gut bezahlt worden. Von uns und von dem Toten«, erinnerte ihn Marakabui.

Mit gemeinsamer Kraftanstrengung gelang es ihnen, die Leiche auf das Pferd zu heben und sie dort festzubinden. Dann stellten die beiden Frauen die Helme mit den Tiermasken auf den Altartisch und legten das große Schwert, das Toshua gehalten hatte, dazu.

»Wem wollen wir danken, daß bisher alles so gut gegangen ist?« fragte Toshua mit etwas unsicher klingender Stimme.

Zu ihrem Erstaunen sagte Marakabui: »Danken wir der Sonnengöttin Amaterasu, und bitten wir sie um Verzeihung dafür, daß wir ein Heiligtum benutzt haben, um Rache zu nehmen. Da sie alles sieht, wird sie gewiß erkennen, daß uns nichts anderes übrigblieb. Und bitten wir zudem ihren Bruder, den Sturmgott Susanō, daß er heute nacht sich nicht nur damit vergnügt, Reisfelder zu verwüsten, sondern auch das Meer aufwühlt.«

Als sie danach ins Freie traten, überkam Toshua ein Schauder. Wochenlang hatte sie sich Rache gewünscht, und nun, da sie vollzogen war, schien alles wie ein Stück des Kabuki, das keine Empfindungen in ihr hervorrief.

Sie spürte, daß sie zitterte. Es erstaunte sie, mit welcher Kaltblütigkeit Marakabui alles geplant und ausgeführt hate. Sie überlegte, mit was dieser überlange stählerne Haarpfeil wohl präpariert gewesen sein mochte. Irgendein rasch wirkendes Gift, das in die Blutbahn des Mannes gelangt war.

Durch Marakabuis Worte am Altar erinnerte sie sich plötzlich wieder daran, daß Izanagi und Izanmi, deren Umarmung die Inseln Japans ihre Existenz verdankten, auch Geschwister gewesen waren. Vielleicht war die Liebe zwischen Geschwistern eine der frühesten Formen der Liebe zwischen Menschen überhaupt gewesen. Vielleicht, überlegte sie, während sie im Mondlicht schon über den Strand ritten, vielleicht wohnt der Liebe zwischen Bruder und Schwester eine so übermächtige Kraft inne, daß sie unter den gewöhnlichen Sterblichen tabuisiert werden mußte. Immerhin, fügte sie in Gedanken hinzu, Seami und ich haben diese Liebe genossen. Und vom Glück dieses Erlebens her und dem Verlust des geliebten Mannes erschien ihr die Rache an dem Großkämmerer völlig gerechtfertigt.

Irgendwann hörte sie Marakabui, die neben ihr ritt, sagen: »Weiter hinaus sollten wir nicht.«

Sie befanden sich schon weit von den Küstenlinien entfernt im Watt. Es war Ebbe, und das Meer hatte sich weit zurückgezogen. Sie lösten die Stricke, mit denen der leblose Körper des Kanzlers auf dem Pferd festgebunden war. Die Leiche stürzte zu Boden und sank in dem feuchten Schlick ein.

»Hoffen wir, daß die Flut und der Sturmgott den Rest besorgen«, sagte Marakabui und schaute herausfordernd in den wolkenlosen Himmel.

Sie führte das leergehende Pferd mit sich, bis sie wieder festen Boden unter den Hufen hatten. Dann ließen sie es frei und ritten, von seinem erstaunten Blick verfolgt, landeinwärts davon.

Das Verschwinden des Oberkämmerers Hagiwara Okibu erregte in Hofkreisen und beim Bakufu beträchtliches Aufsehen. Der Shogun ließ nichts unversucht, den Verschwundenen aufspüren zu lassen. Soldaten suchten die Strecke ab, über die er im Areal der Burg gewöhnlich auszureiten pflegte. Das Spinnennetz unterzog seine Feinde einer besonders genauen Beobachtung. Man verhörte seine Diener, überprüfte die Personen, die bei ihm um Audienz nachgesucht hatten und stieß bei Durchsicht der Eintragungen in die Wachbücher auch auf Toshuas Anwesenheit in der Burg. Doch die Soldaten und Diener erklärten, es habe sich dabei um eine jener Frauenaffären gehandelt, die bei dem Verschwundenen so zahlreich gewesen waren, daß man unmöglich allen nachgehen könnte.

Nach einigen Tagen brachten Fischer ein herrenloses Pferd, von dem sich herausstellte, daß es dem Großkämmerer gehört hatte, zu einem Polizeiposten. Es wurde eine Abteilung der Palastgarde aufgeboten, um im Umkreis des betreffenden Dorfes nach dem Vermißten zu fahnden. Erfolglos.

Übrigens gab es einige Leute, denen das Verschwinden des Großkämmerers so ungelegen nicht kam. Da war der Schatzkanzler, der sich vom Verschwinden seines Amtskollegen Machtzuwachs versprach. Da war einer der Juniorräte, der sich nun Hoffnung auf vorzeitige Beförderung machen konnte. Des weiteren gingen die Vermutungen der Polizei dahin, es handele sich um einen politischen Racheakt.

Da Okibu die Machtbefugnisse des Polizeipräsidenten der Stadt kürzlich drastisch eingeschränkt hatte, war auch bei seiner Behörde der Eifer, den Fall aufzuklären, nicht übermäßig groß.

Von alledem erhielten die Frauen durch die Kunden ihres Hauses Kenntnis. Eine eher lässig durchgeführte Razzia in Yoshiwara blieb erfolglos.

Dann, nach einer stürmischen Nacht, gab das Meer die Leiche des Großkämmerers frei. Sie war durch die lange Zeit, während der sie im Wasser gelegen hatte, ziemlich entstellt. Und nirgends fanden die Polizeiärzte an ihr Wunden oder Verletzungen. Den Shogun beruhigte man schließlich mit der Erklärung, der Großkämmerer müsse wohl bei einem nächtlichen Ausritt an der Küste vom Pferd gestürzt und bei hereinströmender Flut ertrunken sein.

»Sie haben nichts, aber auch gar nichts herausgekriegt!« frohlockte Marakabui.

Dann war wieder Herbst, und mit Marakabui ging eine merkwürdige Veränderung vor sich. Eines Abends, kurz vor der Stunde, da die Kunden im Haus »Zum reifen Kürbis« einzufallen begannen, erschien Eiko bei Toshua, die sich im Rauchschwalbengespenst-Haus aufhielt, und bat sie, sofort herüberzukommen. In letzter Zeit hatte die Kleine begonnen, Männer zu empfangen, und sie war unter der Kundschaft sehr beliebt. Toshua, die eigentlich vorgehabt hatte, sie als ihre persönliche Dienerin zu behalten, ein Personal, das ihr als Erste durchaus zukam, sah mit Vergnügen, wie Eiko mehr und mehr in jene andere Rolle hineinwuchs. Einmal hatte sie zu Marakabui gesagt:

»Wenn sie sich weiter so gut macht, noch drei, vier Jahre, wollen wir sie zu einer Prüfung als Zweite schicken, und ich denke, auf lange Sicht kann ich ihr einmal die beiden Häuser übergeben.«

»Bis dahin muß sie aber noch vieles lernen«, hatte Marakabui schroff geantwortet.

Wie Eiko da jetzt vor ihr stand, für den Abend herausgeputzt, unter der Schminke etwas echauffiert von dem Weg herüber, sah sie ganz reizend aus. Und Toshua empfand in dem Augenblick, da sie sie betrachtete, eine geradezu zärtliche Bewunderung für sie. Ein gewisser Neid auch auf die Männer, die sie in der kommenden Nacht besitzen würden, stieg in ihr auf. Sie unterdrückte diese Empfindung und fragte:

»Was ist denn so Weltbewegendes geschehen?«

»Marakabui benimmt sich so merkwürdig.«

»Was soll das heißen?«

»Die anderen Mädchen meinen, Geister suchten sie heim.«

»Geister«, lachte Toshua, »glaubst du an Geister, Eiko?«

»In unserem Dorf glaubte man an Fuchsgeister. Frauen, die sich in Füchsinnen verwandeln können und so die Männer verführen.«

»Ob du daran glaubst, habe ich dich gefragt?« beharrte Toshua.

»Ich weiß nicht«, erwiderte Eiko unsicher.

»Wesen, die mal Tiere und mal Menschen sind«, sagte Toshua mit einem spöttischen Unterton, »unmöglich. Mich interessiert lediglich, wie es zu diesem Aberglauben gekommen ist. Beispielsweise, warum gerade Füchse? Ist es die Heimlichkeit, in der diese Tiere leben?«

Eiko sah sie mit großen verwunderten Augen an und sagte nichts.

»Na komm«, sagte Toshua zu ihr, »gehen wir nach Marakabui sehen.«

»Es muß da etwas geschehen«, sagte Eiko. »Sie hält den ganzen Betrieb auf. Die Männer, die hereinschauen, bekommen Angst und gehen wieder«, sagte Eiko auf dem Weg.

»Wie merkwürdig«, sagte Toshua nachdenklich.

Sie kamen drüben an, und Eiko führte sie in den großen Raum im ersten Stock, der als Empfangsalon diente. Er war leer bis auf einen niedrigen Tisch an der einen Wand, auf dem ein Gefäß mit Sake und Gläser standen. Für einen Moment empfand Toshua angesichts der großen Leere das Bedürfnis zu tanzen. Aber dann sah sie in einer Ecke in verkrümmter Haltung Marakabui kauern, die offenbar ihr Eintreten gar nicht bemerkt hatte. Toshua mußte sie dreimal anrufen, ehe sie reagierte. Sie ging zu ihr hin, kniete vor ihr nieder und berührte vorsichtig ihre Schulter.

»Marakabui«, sagte sie, »was ist mit dir?«

»Ist das Toshua?«

»Ja«, sagte sie, »ich bin es.«

»Du hättest anklopfen sollen. So gehört es sich doch. Er kommt einfach so herein. Das ist doch keine Art.«

»Wer kommt einfach so herein?«

Marakabui dämpfte ihre Stimme noch mehr.

»Der Großkämmerer!«

»Nicht doch, Marakabui. Das bildest du dir nur ein.«

»Nein. Erst war es nur ein schmaler Schatten, der Teil eines Körpers. Aber er ist gewachsen. Erst war es einer, jetzt sind es schon vier. Wir können doch nicht vier umbringen, oder?«

»Was redest du da?« sagte Toshua in besänftigendem Ton. »Wir brauchen niemanden mehr umzubringen.«

»Es macht mir angst, wie es immer mehr werden. Alles Männer. All diese Männer wider uns Frauen.«

»Nicht doch. Du bildest dir das alles nur ein«, sagte Toshua sanft.

Marakabui verfiel in ein kaum verständiges Gekreisch.

»Doch, doch. Wir müssen einen Krieg gegen sie führen. Wir müssen sie alle umbringen, oder sie werden uns vernichten. Sie oder wir. Erinnere dich an jenen Satz: ›Am Anfang war die Frau die Sonne. Sie war ein vollwertiger Mensch. Doch jetzt ist sie ein Mond. Sie lebt in Abhängigkeit von anderen, und ihr Leuchten ist nur ein Abglanz vom Licht anderer: Ihr Gesicht ist krankhaft bleich.‹ Wir müssen die verborgene Sonne wiedererobern.«

Toshua nahm Marakabui mit hinüber ins Haus Rauchschwalbengespenst; es gelang ihr, ihr ein Schlafmittel einzuflößen, und sie schlief bis in den Nachmittag des nächsten Tages.

Danach schien Toshua Marakabuis Verhalten wieder völlig normal. Toshua bot ihr an, im Haus Rauchschwalbengespenst zu bleiben und statt ihrer die Geschäfte drüben im »Reifen Kürbis« zu führen, aber davon wollte Marakabui nichts wissen.

»Und was ist das mit jener Vorstellung, der Kämmerer sei wieder zum Leben erwacht?« fragte sie Toshua.

»Was meinst du?« fragte Marakabui.

»Du hast gesagt, als ich gestern hinüberkam, der Großkämmerer sei dir erschienen.«

»Dummes Zeug, das habe ich nie gesagt. Vielleicht bin ich betrunken gewesen. Ja, ich erinnere mich. Ich habe an diesem Nachmittag einige Gläser Sake getrunken.«

»Sei bitte vorsichtig«, sagte Toshua. »Stell dir vor, du plapperst etwas aus. Das kann uns beide Kopf und Kragen kosten.«

»Gewiß doch«, sagte Marakabui. »Es wird nicht wieder vorkommen.«

Schnee fiel. Eiszapfen wuchsen. Scheinbar lief der Betrieb im Haus »Zum reifen Kürbis« reibungslos. Plötzlich, in einer Nacht nach Neujahr, wurde Toshua gegen Morgen hinübergerufen. Es lag da ein toter Mann, zu einer Zeit, da die Gäste schon alle gegangen waren. Toshua ließ alle Frauen in den Salon in den ersten Stock rufen und befragte sie. Es war leicht festzustellen, wessen Kunde der Mann gewesen war. Er hatte mit dem Mädchen die Zeit zwischen elf und zwei Uhr morgens verbracht. Er war aufgestanden, um sich anzukleiden und zu gehen. Das Mädchen hatte das Zimmer verlassen, um ihre Notdurft zu verrichten. Als es zurückkam, hatte es ihn, der erst halb angekleidet gewesen war, tot gefunden. Es gab keinen Hinweis auf die Todesursache. Toshua warf Marakabui einen fragenden Blick zu. Marakabui blickte unschuldig drein.

»Was willst du?« sagte sie etwas grob. »Es geschieht nicht zum ersten Mal, daß ein Mann, während er sich leidenschaftlich betätigt, stirbt.«

»Er war dabei, sich anzukleiden«, erinnerte sie Toshua.

»Er war ein Dreckskerl. Er hat von dem Mädchen Dinge verlangt, die bei uns nicht üblich sind.«

»Hast du ihm seine Wünsche erfüllt?« fragte Toshua das Mädchen.

»Er hat mir schon vorher viel Geld dafür gegeben.«

»Hast du getan, was er von dir verlangt hat?« wiederholte Toshua ihre Frage.

»Er hatte doch dafür gezahlt!«

»Großartig«, stieß Toshua wütend hervor. »Wer sagt mir, daß du ihn nicht dabei getötet hast?«

»Aber nicht doch. Glaubt mir, es war ihm pudelwohl, als er aufstand. Er versprach sogar, mir noch einmal etwas Geld zu geben, so gut fühlte er sich von mir bedient.«

»Wie seltsam. Ich lasse jetzt einen Arzt rufen.«

Der Arzt kam, stellte Herzversagen fest und veranlaßte, daß der Tote in die städtische Leichenhalle gebracht wurde. Danach sagte Marakabui, sie müsse mit Toshua sprechen. Sie gingen wieder hinauf in den Salon. Marakabuis Augen hatten einen merkwürdigen Glanz.

»Also, was hast du mir zu sagen?« eröffnete Toshua die Unterhaltung.

»Ich habe mich nur gewehrt«, murmelte Marakabui.

»Gewehrt…, wieso?«

Marakabui schob ihren Kopf vor, bis er ganz nahe bei Toshuas Gesicht war. Dann flüsterte sie:

»Der Tote war nicht der, für den ihr ihn haltet.«

»Was soll das heißen?«

»Er war einer der Ahnen des Kämmerers. Er ist gekommen, um den Kämmerer zu rächen.«

Grausen überfiel Toshua. Sie packte Marakabui bei den Armen und rüttelte sie.

»Marakabui, was redest du da? Wach auf. Es gibt keine Ahnen, die zurückkommen.«

»Doch«, beharrte sie, »der Oberkämmerer selbst hat es für möglich gehalten.«

»Aber dort draußen: Das waren wir…, du und ich. Du mußt wieder lernen, die Wirklichkeit und deine schlechten Träume zu unterscheiden, sonst enden wir mit einer Schlinge um den Hals.«

»Ja, ja. Ich werde es versuchen. Aber ich werde mich wehren!«

»Willst du bei mir im Rauchschwalbengespenst-Haus schlafen? Soll ich mich um den Betrieb im ›Reifen Kürbis‹ kümmern?«

»Nein, nein, ich komme schon zurecht.«

Am Nachmittag des übernächsten Tages ließ sich der Arzt bei Toshua melden.

»Es it mir peinlich«, begann er, »aber die Todesursache ist nicht so eindeutig, wie mir das in der Nacht erschien.«

»Bitte, erklärt mir das genauer.«

»Der Mann ist wahrscheinlich durch ein Gift gestorben.«

Toshua ließ sich ihren Schreck nicht anmerken.

»Wir trachten unseren Kunden zwar nach dem Geld, aber nicht nach dem Leben«, sagte sie leichthin.

Der Arzt machte eine besänftigende Bewegung.

»Werden in Eurem Haus den Kunden Speisen angeboten?«

»Nur Getränke; für Speisen haben wir keine Lizenz. Wir haben uns auch nie darum beworben. Mahlzeiten zuzubereiten war uns immer zu umständlich.«

»Ich frage nur deshalb, weil uns in letzter Zeit wieder häufiger Todesfälle durch *fugu* gemeldet wurden. Ich glaube, wir können den Fall als erledigt betrachten. Es dürfte sich wohl um eine Lebensmittelvergiftung gehandelt haben. Der Mann hat das schädliche Nahrungsmittel wohl schon zu sich genommen, ehe er Euer Haus besuchte.«

Toshua atmete auf. Am anderen Tag ging sie in einen Tempel und stiftete den Mönchen einen beträchtlichen Geldbetrag.

Drei, vier Monate vergingen ohne besondere Vorfälle. Nur wurde Marakabuis Zustand immer bedenklicher. Sie schloß sich immer mehr von Toshua und auch von den anderen Frauen ab. Die Bemerkungen, die sie zu Menschen oder Ereignissen machte, klangen wirr und resignierend.

Dann gab es abermals einen Todesfall. Diesmal war der Tote ein Kaufmann, der regelmäßig in den »Reifen Kürbis« kam. Kein Mann mit besonderen Wünschen, weder besonders reich noch prominent. Ein älterer Mann mit Bauchansatz, ordentlich, aber nicht übermäßig prächtig gekleidet.

Toshua sprach mit Marakabui unter vier Augen.

»War das wieder einer der Ahnen?« fragte sie.

»Ich weiß nicht, was du willst«, antwortete Marakabui. »Ich habe mit dem Tod dieses Menschen nichts zu tun.«

»Marakabui, wir sind beide verloren, wenn du nicht wenigstens mir die Wahrheit sagst.«

»Sie haben eben alle schwache Herzen.«

Marakabui kicherte schadenfroh. Toshua sah ihr unverwandt in die Augen. Ihr Gesicht hatte sich schon wieder zu maskenhafter Gleichgültigkeit verändert.

»Oder wieder giftiger Kugelfisch«, sagte Marakabui und zuckte mit den Achseln.

Diesmal weigerte sich der Arzt, einen Totenschein auszustellen, und sprach davon, die Polizei zu verständigen. Noch einmal redete Toshua Marakabui ins Gewissen. Die gab sich stoisch und sagte nur:

»Mach dir keine Sorgen. Sie werden auch diesmal nichts finden. Wie dumm doch diese Männer alle sind. Wichtigtuer und im Grunde maßlos töricht. Geil, betrügerisch. Tapfer nur mit einem Schwert in der Hand. Und daß es nun drei weniger von ihnen auf der Welt gibt, darüber empfindest du doch wohl kein Bedauern?«

Toshua trat der kalte Schweiß auf die Stirn.

»Marakabui, ich begreife dich nicht mehr«, sagte sie und wandte sich ab. »Ich überlege mir, ob ich der Polizei sagen soll, was ich weiß und was ich vermute.«

»Das wirst du nicht tun. Es gibt da einen Fall, bei dem wir gemeinsam tätig waren.«

»Wenn du meinst, du könntest mich damit erpressen, hast du dich getäuscht.«

»Du wirst den Mund halten«, sagte Marakabui scharf. »Und weißt du, warum: Es gibt nämlich einen Unterschied zwischen uns beiden. Du hängst noch am Leben, und ich habe es satt.«

Die Polizei kam. Der junge Mann, der die Untersuchung führte, hieß Ikeda, Leutnant Ikeda. Ehe er sich im »Reifen Kürbis« umsah, sprach er bei Toshua vor.

»Nach allem, was ich bisher weiß«, sagte er zu ihr, »kommt es mir eher unwahrscheinlich vor, daß es sich bei dem Todesfall um einen Mord handelt. Ich habe auch keinen Haussuchungsbefehl, dennoch würde ich Euch bitten, mir zu erlauben, mich drüben einmal umzusehen. Ihr werdet verstehen, daß wir den Fall aufklären müssen.«

»Gewiß doch«, sagte Toshua, »das ist auch in meinem Interesse. Es wird im Viertel Gerede geben. Außerdem, wir haben nichts zu verbergen.«

Innerlich zitterte sie. Sie hatte ein merkwürdiges Empfinden. Es schien ihr, als würde Marakabui von irgendeinem bösen Geist geschützt. Bei dem ersten Todesfall war der Verdacht zerstoben. Es würde sie nicht erstaunen, wenn es diesmal auch wieder so ging. Warum auch nicht, sagte sie sich, diese Welt funktioniert nicht nach dem Prinzip von Schuld und Sühne. Karma bedeutete nicht, daß die Konsequenz aus drei Morden deren Aufklärung und die Hinrichtung der Mörder ist. Wahrscheinlich wirkt das unumstößliche Gesetz des Karma auf viel fürchterlichere Art.

Sie beobachtete Ikedas Miene und war überzeugt, daß er sehr wohl einen Verdacht hatte, sie aber in Sicherheit zu wiegen versuchte. Eiko war bei dem Gespräch mit Ikeda zugegen gewesen. Und es war Eiko, der Toshua den Auftrag gegeben hatte, den Polizisten hinüber zu begleiten und ihm alle Zimmer im »Reifen Kürbis« zu zeigen. Ikeda logierte sich drüben ein. Nach einer Woche war der Leutnant immer noch da. Als Toshua einmal beiläufig gegenüber Eiko ihre Verwunderung kundtat, daß der Polizist weiter bei ihnen herumschnüffele, nahm Eiko ihn auffällig engagiert in Schutz.

»Er muß jeder Möglichkeit nachgehen. Er sagt, jedes der Mädchen, ich, sogar Marakabui, könne die Morde begangen haben.«

»Glaubst du das auch?«

»Der Leutnant ist eben sehr gewissenhaft«, erwiderte Eiko.

Aus dem Tonfall, in dem sie das sagte, meinte Toshua mehr als nur Bewunderung für den Polizisten herauszuhören. Sie sah Eiko scharf an.

»Wieso ist er plötzlich davon überzeugt, daß es Mord war? Erinnerst du dich: Als er sich mir vorstellen kam, war er noch anderer Meinung.«

»Das verrät er mir auch nicht. Er sieht es eben so und will jeder Spur nachgehen.«

Toshua sah nachdenklich drein. Eiko war in letzter Zeit zu einer begehrenswerten jungen Frau herangewachsen. Sie hatte einen Kundenstamm: Männer, die sie regelmäßig besuchten, die geduldig warteten, wenn sie nicht frei war. Wenn man davon ausging, daß die Anwesenheit von Polizei im Haus »Zum reifen Kürbis« Unruhe brachte und den Betrieb behinderte, war es merkwürdig, wie häufig Eiko den Leutnant in den letzten drei Tagen rühmend erwähnt und mit welch offensichtlicher Bewunderung sie von ihm gesprochen hatte.

»Schläfst du mit dem Leutnant?« fragte sie. »Ich meine, ohne daß er zahlt?«

Das Mädchen fuhr zusammen.

»Wäret Ihr mir gram deswegen?«

»Ach was«, sagte Toshua leichthin. »Er ist ein gutaussehender junger Mann. Er macht einen ausgezeichneten Eindruck auf mich. Das einzige, was ich an ihm auszusetzen habe, ist, daß er ein Polizist ist. Aber paß auf, daß du nicht von ihm schwanger wirst.«

»Darum hat sich Marakabui auch gesorgt.« »Du hast ja damals miterlebt, wie das bei einer Frau unseres Standes ausgeht. Wie kommst du denn zur Zeit mit Marakabui aus?«

»Gut, ausgezeichnet!«

»Hat sie wieder einmal solche Absenzen gehabt wie neulich, als du mich holen kamst?«

»Nicht daß ich wüßte, nein. Sie scheint wieder ganz in Ordnung. Sie hat mir gesagt, sie finde den Leutnant reizend ... Er habe Charme und sei so höflich, wie man das heute bei jungen Männern nur noch selten finde.«

»Oh«, sagte Toshua spöttisch. »Wenn er gleich zwei Frauen hat, die ihm dort drüben um den Bart streichen, werden wir ihn wohl nicht so rasch loswerden.«

»Er sagt, er sei sich nun bald über alles klar. Ihr habt doch nichts dagegen, wenn er mich auch später hin und wieder besucht?«

»Ich dachte, du hättest einen Schatz aus dem Dorf, aus dem du stammst?«

»Ich habe ihm geschrieben. Er weiß, daß er sich keine Hoffnungen mehr machen darf.«

»Das ist aber rasch gegangen. Kannst du denn überhaupt schreiben?«

»Ich habe Marakabui den Brief diktiert.«

»Sieh an«, sagte Toshua. Dann ist ja alles in bester Ordnung.«

»Ach«, sagte Eiko, »ich bin so froh, daß Ihr es nun wißt. Der Leutnant hat auch gesagt, er wolle mich freikaufen.«

»Hast du das Marakabui auch erzählt?«

»Ja. Wie urteilt Ihr? Meint der Leutnant es ehrlich?«

»Das mußt du wissen. Du teilst mit ihm das Kissen, nicht ich.«

»Marakabui hat gesagt, ich sei viel zu jung für ihn.«

Zwei Nächte später erwachte Toshua davon, daß ein ungewohntes Licht zu ihr hereindrang. Sie erinnerte sich daran, von einem Rinnstein geträumt zu haben, durch den Wasser floß, das eine rötliche Färbung hatte. Als ob Blut damit fortgespült worden sei. So bedrückend dieser Traum gewesen war, es bedurfte einer gewissen Anstrengung, sich aus ihm loszureißen.

Als sie wach war, wurde ihr klar, daß es irgendwo in der Nähe brannte. Brände waren in Edo häufig. Da die meisten Häuser in großen Teilen aus Holz und Papier bestanden, breitete sich ein Feuer gewöhnlich sehr rasch aus, und häufig fiel ihm ein ganzes Viertel zum Opfer. Zwar gab es überall in der Stadt Türme mit Feuerwachen, und wer umsichtig war, hatte auf dem Hinterhof Fässer mit Löschwasser stehen. Aber auch damit kam man, sofern nicht gerade Windstille herrschte, bei der Bekämpfung der Flammen nicht sehr weit.

Toshua kleidete sich rasch an und lief hinaus auf die Straße. Dort sah sie, daß das Haus »Zum reifen Kürbis« in Flammen stand. Die Feuerwehr war gekommen und spritzte von einem Wagen einen lächerlich dünnen Strahl gegen die lodernden Brände hin, die eben das Dach erreicht hatten und sich dort wie ein von einem Windstoß erfaßtes Fahnentuch aufblähten. Dann stürzte das Dach mit einem wilden Funkenregen ein. Für Augenblicke stand Toshua wie gebannt da. Eine Folge von Szenen, die sich in ihrer Erinnerung mit dem »Reifen Kürbis« verbanden, liefen in ihrem Kopf ab. Wie sie dort drüben fortgelaufen war, wie sie das Haus gekauft, wie sie dort Marakabui den Mädchen vorgestellt hatte, die Gesichter bestimmter Männer, mit denen sie dort geschlafen hatte, erschienen und versanken wieder. Die Bilder der beiden Toten.

Sie war sich wohl bewußt, daß sie jetzt auf der Straße stand und auf ihr untergehendes Besitztum hinsah, aber gleichzeitig kam es ihr vor, als befinde sie sich noch immer im Schlaf, in einem Angsttraum. Erst mit dem Funkenflug, der die Schönheit bestimmter Feuerwerkskörper hatte und von den vielen Leuten, die auf die Straße gekommen waren, von Ausrufen des Staunens und Schrekkens begleitet wurden, fiel ihr ein, daß sich die Mädchen, Marakabui, Eiko und Leutnant Ikeda in dem Haus befunden haben mußten.

Schrecken überkam sie. Sie versuchte, sich darüber klarzuwerden, ob er von der Furcht um das Leben ihrer Lieben und Freunde herrühre oder von der schlimmen Hoffnung, sie könnten umgekommen sein, womit sich all ihre Probleme mit einem Schlag gelöst hätten. Die Aufforderung des Brandmeisters drang zu ihr heran, die Feuerwehrleute sollten nun die Spritze auf die umliegenden Häuser richten, denn am Haus »Zum reifen Kürbis« sei ohnehin nichts mehr zu retten. Eine Nachbarin schrie auf, nun verliere auch sie gewiß noch ihr Heim. Dann kamen Toshuas Mädchen dürftig bekleidet und unfrisiert angelaufen. Das eine fiel ihr um den Hals und kreischte:

»Ach, es war so fürchterlich. Plötzlich schienen überall Flammen.«

Toshua war klar, daß die Mädchen viel zu aufgeregt waren, um Einzelheiten zu erzählen. Sie schickte sie also ins Rauchschwalbengespenst-Haus und ging weiter in Richtung auf die Brandstelle, als plötzlich Leutnant Ikeda vor ihr auftauchte, eine Frau auf dem Arm. Sie erkannte, daß es Eiko war. Ein Gefühl der Erleichterung durchrieselte Toshua.

Die Uniform des Leutnants wies Brandspuren auf. Sein Gesicht war rauchgeschwärzt. Als er näher herangekommen war, rief er geradezu triumphierend:

»Macht Euch keine Sorgen, Madame! Eiko ist wohlauf. Es ist nur der Schock, der ihr noch etwas zu schaffen macht.«

Veraschtes Papier wirbelte durch die Luft. Das Mädchen auf den Armen des Polizeileutnants überkam ein Hustenanfall. Dann, als schäme sie sich über irgend etwas, preßte sie ihr Gesicht an Ikedas Brust.

»Wo ist Marakabui?« fragte Toshua.

Ikeda schüttelte stumm den Kopf, und sein Blick ließ nichts Gutes ahnen. Zusammen gingen sie schweigend zum Rauchschwalbengespenst-Haus zurück und stiegen in Toshuas Zimmer im ersten Stock hinauf.

Eiko wirkte immer noch mitgenommen. Toshua schien dieses leise Wimmern, das sie von sich gab, ein Ausdruck von Scham und Ratlosigkeit zu sein. Sie wandte sich an den Leutnant.

»Würdet Ihr mir nun bitte genau erzählen, was geschehen ist?«

Ikeda fuhr mit dem Finger über das entzündete Lid seines linken

Auges. Toshua sah, daß das Feuer ihm die Wimpern weggesengt hatte. Dann straffte sich sein Rücken, wie es auch geschehen mochte, wenn er zu einem Vorgesetzten zum Rapport gerufen wurde, und er sagte mit heiserer Stimme:

»Marakabui ist tot. Eiko habe ich aus dem schon brennenden Haus getragen. Alle Mädchen und ihre Freier sind herausgekommen und...« Er stockte.

»Und?« sagte Toshua und sah ihn fragend an.

»Es ist mir heute nacht endlich gelungen, die beiden Todesfälle aufzuklären. Es war in beiden Fällen Mord. Kaltblütiger, heimtükkischer Mord.«

Bei Toshua krampfte sich der Magen zusammen.

»Das müßt Ihr mir genauer erklären, Leutnant«, sagte sie, um Fassung bemüht.

Ikeda holte tief Atem. Fast klang es wie ein Seufzer. Es war, als scheue er sich, indem er davon erzählte, noch einmal mit den Ereignissen konfrontiert zu werden.

»Es wird Euch nicht entgangen sein«, begann er schließlich, »daß ich eine Zuneigung zu Eiko gefaßt habe. Heute nacht teilten wir das Kissen miteinander...«

»... was nicht zum ersten Mal geschah«, sagte Toshua ein wenig boshaft.

»Marakabui war von Anfang an unsere Vertraute. Sie sorgte dafür, daß wir jeweils eine Kammer bekamen, in der wir die Nacht ungestört verbringen konnten. Es muß schon in der Stunde der Ratte gewesen sein. Ich lag bei Eiko, sie mit dem Gesicht an meinem Rücken, als ich plötzlich ein sehr leises Geräusch hörte, nicht lauter als das Zirpen einer Grille vielleicht. Ich schmeichle mir, wenn ich sage, daß es mir durch meinen Beruf gelungen ist, mein Wahrnehmungsvermögen zu schärfen. Ich lag also im Halbschlaf da, hörte das Geräusch und fuhr hoch. Ich glaubte zu träumen. Jemand hatte die Wand zwischen unserem Raum und dem Nebenzimmer mit einem spitzen Gegenstand durchstoßen. Der Gegenstand war eine lange Nadel, wie sie Frauen als Haarpfeil benutzen. Langsam, aber mit großer Zielstrebigkeit kam sie auf mein Gesicht zu. Ich war drauf und dran, einen Schrei auszustoßen. Aber ich beherrschte mich.

Damit Ihr das Weitere versteht, muß ich zurückgreifen. Als ich in den Fall eingeschaltet wurde, lag bei der Polizei schon eine Anzeige vor, aufgegeben von den Angehörigen des ersten Toten. Sie hatten sich mit der Angabe des Arztes nicht zufriedengegeben und weiter nachgeforscht. Eine Lebensmittelvergiftung kam als Todesursache nicht in Frage. Das also war eindeutig geklärt worden. Aber wie war der arme Teufel dann umgekommen? Die Leiche, die die Angehörigen vor der Beisetzung noch von einem zweiten Arzt hatten untersuchen lassen, wies nicht die geringsten Spuren von Gewalteinwirkung auf.

Bei dem zweiten Toten war es ähnlich. Im Obduktionsbefund wurde Gewalteinwirkung ausdrücklich ausgeschlossen, aber wieder war von Gift als Möglichkeit für das Herzversagen die Rede. Diesmal ließ ich nicht locker. Ich hatte im Kabuki einmal eine Szene gesehen, in der ein Scheusal von einem Daimyo von Frauen, die er erniedrigt und gequält hatte, im Schlaf mit einer Nadel getötet wird, deren Einstichstelle man nie findet: der perfekte Mord. Ich bat die Ärzte, die die Autopsie durchgeführt hatten, diese Möglichkeit vor der Beisetzung noch einmal zu überprüfen. Sie lachten mich aus über dieses Ansinnen. Aber dann ..., was soll ich Euch sagen: Sie wurden fündig! Jemand hatte den zweiten Toten mit einer Nadel, die eine nahezu unsichtbare Einstichstelle hinterläßt, in die Halsschlagader gestochen.

Ich war also gewarnt, und wenn ich mich die ganze Zeit im Haus »Zum reifen Kürbis« aufhielt, so, um herauszufinden, wer mit diesem Gift und mit einem solchen Instrument gemordet hatte. Ich will es nicht leugnen, und Eiko wird es mir verzeihen, daß ich nur vorgab, eine Liebelei mit ihr anzufangen. Damit konnte ich meine nächtliche Anwesenheit begründen. Ich rechnete mir zudem aus, den Täter so in Sicherheit zu wiegen. Vielleicht würde er dann einen Fehler begehen. Nun aber wäre ich selbst beinahe eines der Opfer geworden.

Als ich die Nadel durch die Wand dringen sah, sprang ich auf, zog Eiko auf der Matte, auf der wir lagen, von der Wand fort, griff eines meiner beiden Schwerter, warf mich gegen die Trennwand aus Papier und stand im Zimmer nebenan, wo ich auf Marakabui stieß. Was mich übrigens nicht übermäßig erstaunte, denn ich hatte sie längst im Verdacht, aber keine Beweise gehabt. Sie kniete an der Wand, hielt das Mordinstrument in der einen Hand und in der anderen das Fläschchen mit dem Gift. Ich mußte sie erst gar nicht bedrohen, um ein Geständnis von ihr zu bekommen. Sie wirkte erstaunlich gelassen.

›Bemüht Euch nicht weiter, Leutnant‹, sagte sie. ›Ich weiß, das Spiel ist aus. Ich gebe alles zu.‹

Ich stand da mit gezogenem Schwert und sah auf sie hinab. Obwohl sie ganz offensichtlich mir nach dem Leben getrachtet hatte, konnte ich in diesem Augenblick ein gewisses Gefühl der Bewunderung für sie nicht unterdrücken. Vielleicht waren es der wilde Mut und die Kaltblütigkeit, die mir imponierten.

Sie sagte weiter zu mir: ›Ich habe versucht, Euch zu töten. Ich gestehe die beiden Morde. Ich weiß, ich habe mein Leben verwirkt. Es ist mir ohnehin längst eine Last. Tötet mich! Ich bitte Euch darum.‹

›Nicht doch‹, erwiderte ich, ›ich sehe da drüben ein Schreibbrett. Ihr werdet Euch jetzt dort hinsetzen, ein Geständnis niederschreiben und es mit Eurer Unterschrift und Eurem Siegel versehen.‹

›Gut‹, sagte sie, ziemlich von oben herab. ›Ihr sollt nicht um den Verdienst gebracht werden, die beiden Morde aufgeklärt zu haben. Man wird Euch dann gewiß befördern.‹

Ich geriet über die Kälte und Arroganz, mit der sie reagierte, so sehr in Zorn, daß ich mich fast hätte dazu hinreißen lassen, ihrem Tötungswunsch auf der Stelle zu entsprechen. Ich half ihr aufzustehen und folgte ihr bis zum Schreibpult. Sie nahm es auf ihre Schenkel, rieb Tusche darin. Ich stand neben ihr mit gezogenem Schwert. Sie begann zu schreiben.

›Entschuldigt‹, sagte ich zu ihr. ›Ihr müßt das in dem geschriebenen Geständnis nicht unbedingt erwähnen, aber vielleicht hättet Ihr die Gefälligkeit, mir zu sagen, warum ihr die beiden Morde begangen habt?‹

›Ha‹, rief sie, ›es waren nicht nur zwei ..., es waren zehn, fünfzehn, zwanzig. Meist waren es Geister. Vielleicht gelingt es Euch auch noch herauszufinden, wessen Geister es waren.‹ Sie verhöhnte mich regelrecht. ›Sie stürzten in der Nacht aus den Ecken meines Zimmers hervor, sie ließen sich von der Decke herab‹, fuhr sie fort. Und ich dachte immerzu: Laß dich nur nicht provozieren. Darauf will sie ja nur hinaus. ›Es waren Ninjas oder Geister von

Ninjas‹, schrie sie, ›aber ich war mit meiner Nadel immer schlauer und schneller als sie.‹

Ich sagte: ›Ich begreife immer noch nicht so recht, warum Ihr gemordet habt?‹

Sie hob den Kopf, schnitt eine Fratze und spie mir ins Gesicht. Dann rief sie:

›Weil ich alle Männer hasse. Auch Euch! Weil die Kleine nebenan viel zu schade ist, um mit einem Polizisten das Kissen zu teilen.‹

Ich schüttelte den Kopf, wischte mir den Speichel von der Wange ab und sagte:

›Schreibt jetzt!‹

Dann hörte ich, wie Eiko in dem anderen Raum nach mir rief.

›Wenn ich zurückkomme‹, sagte ich zu Marakabui, ›erwarte ich, daß Ihr mit Eurem Geständnis fertig seid. Es sind nur ein paar Zeilen nötig.‹

›Versprecht Ihr mir, mich dann zu töten, oder wenigstens mir beizustehen, *seppuku* zu begehen?‹ fragte sie.

Ich weiß nicht mehr, was ich geantwortet habe. Wahrscheinlich etwas Unwilliges, denn ihr Ansinnen, ich solle sie töten, ärgerte mich, weil ich damit sozusagen zu ihrem Verbündeten geworden wäre. Hinzu kam, daß Eiko aus dem anderen Zimmer verängstigt nach mir rief. Ich ging also hinüber und erklärte Eiko, was vorgefallen war. Natürlich war sie bestürzt. Wenn ich mich recht erinnere, fragte sie mich noch, welche Strafe Marakabui erwarte.

›Ich denke, man wird sie hängen‹, antwortete ich ihr.

Und Eiko sagte:

›Dann verhilf ihr dazu, daß sie ehrenvoll sterben kann. Einen so schandbaren Tod hat sie nicht verdient. Ihr Geist ist verwirrt. Schon lange. Das hast du doch gesagt, nicht wahr, Eiko?‹«

Das Mädchen nickte, und der Leutnant erzählte weiter:

»Ich hörte ein Geräusch hinter mir, und Eiko rief aus: ›Was ist das? Schau! Feuer!‹

Ich wandte mich um und sah, daß es im anderen Zimmer brannte. Ich muß dann noch einmal durch die schon zerfetzte Trennwand gestiegen sein. Drüben stand Marakabui. Sie kam mir nicht mehr vor wie ein Mensch. Im ersten Moment, als ich hinsah, schien sie mir wie ein Baum, der über und über in Flammen steht.

Die Bodenmatten brannten und auch schon die Wände. Ihr wißt, wie rasch das geht. Später haben mir die Feuerwehrleute erklärt, daß der Brand von Marakabui wahrscheinlich nicht mit Absicht gelegt worden ist, wie ich zunächst, nach allem, was vorangegangen war, angenommen hatte. Vielmehr muß das Feuer wohl entstanden sein, als sie ihr Geständnis siegelte und dabei mit einer Kerze hantierte, die zu Boden stürzte. Marakabui war nicht mehr zu helfen. Ich machte also kehrt, nahm Eiko auf und trug sie aus dem Haus.«

»Er ist danach noch zweimal in das brennende Haus zurückgegangen und hat den Mädchen und ihren Freiern geholfen, auf die Straße zu kommen«, sagte Eiko. »Aber wenn Ihr mich fragt, so glaube ich doch, daß Marakabui sich selbst angezündet hat.«

»Das hätte bedeutet, sie hätte Euer aller Tod mit in Kauf genommen«, sagte Toshua. »Sie hätte den Tod der ganzen Welt mit in Kauf genommen«, sagte Eiko, »so deprimiert war sie in letzter Zeit.«

»Warum hast du mir davon nicht eher etwas gesagt?« fragte Toshua.

»Ich weiß nicht«, antwortete Eiko zögernd und nachdenklich. »Man hatte den Eindruck, ihr sei nicht zu helfen. Ich erinnere mich, daß sie beispielsweise einmal sagte: ›Erst muß meine Welt des Hasses zu Asche werden, dann wird daraus neue Liebe erwachsen.‹ Ehrlich gesagt, wir haben solche Sätze nicht begriffen. Sie klangen wie aus einem Traum. Und es war so eine vollkommene Verzweiflung um die alte Frau, aber zugleich hatte sie eine diamantene Härte und Willenskraft.«

Irgendwann am Nachmittag, nachdem sich das Rauchschwalbengespenst-Haus von den Leuten, die dort untergekommen waren, wieder geleert hatte, erschien noch einmal die Polizei, diesmal in Gestalt des Leutnants, seines Vorgesetzten, des Präfekten und eines Schreibers. Man las Toshua und Eiko vor, was der Leutnant auf seiner Dienststelle zu Protokoll gegeben hatte, und die beiden Frauen bestätigten diese Angaben. Der Präfekt, der das Wort führte, war ein höflicher und sanfter Mann, eine Persönlichkeit, wie man sie in einem solchen Amt nicht ohne weiteres vermutet. Am Ende meinte er, was ihn immer noch beschäftige, sei Marakabuis Motiv. Was der Leutnant zu diesem Punkt anführe, komme ihm doch recht überspannt vor. Habe die Kaiserbaum-Dame Marakabui für geistesgestört gehalten?

»Verrückt gewiß«, sagte Toshua, »aber wenn man so will, hatte sie auch gute Gründe, verrückt zu werden.« Und dann begann sie, dem Präfekten Marakabuis Leben in jenen Jahren zu schildern, die sie zusammen verbracht hatten.

Als sie zu Ende gekommen war, schüttelte der Präfekt den Kopf und sagte:

»Ich denke, viele Frauen erleben dergleichen, ohne daß sie deswegen gleich zu Mörderinnen werden. Nehmt Euch selbst. Nach allem, was Ihr im Zusammenhang mit dieser Frau von Eurem Leben berichtet habt, hättet Ihr doch kaum weniger Grund gehabt, einen mörderischen Haß auf Männer zu entwickeln.«

Was Toshua in diesem Augenblick dachte, behielt sie für sich. Sie überstand die Schrecksekunde, ohne daß die anderen ihr das Geringste anmerkten.

Als sie am Nachmittag meditierte, zogen die Gedanken wie vom Wind getriebene Wolken vorbei. Sie sah Marakabui höchst lebendig vor sich. Sie empfand eine Art von Zuneigung, die sich jenseits von Gut und Böse herstellte, eine Liebe, die Marakabui und Seami ebenso mit einschloß wie den toten Oberkämmerer.

Sie war erstaunt, ja bestürzt über dieses Gefühl. Sie erklärte es sich schließlich damit, daß wir alle in unserem Wünschen und Trachten, in was für Taten es auch immer seinen Ausdruck findet, von unseren Leidenschaften regiert werden und daß dies selbst noch eine Verbundenheit zu unseren Feinden herstellt, weil wir, wenn wir nur aufrichtig sind, ein Teil von dem, was sie getrieben haben, auch als Möglichkeit in uns selbst entdecken können.

Es war eine tiefe Beruhigung, die sich mit diesen Gedanken einstellte. Als sei sie in einen Strudel hinabgezogen worden, als wohne diese Vorstellung dort und nur dort und werde auch wieder vergehen oder ihr doch als überspannt erscheinen, sobald die Konzentration nachlasse. Aber sie fand auch, als sie da still saß und ihre Atemzüge zählte, daß sie unmöglich nach all dem, was geschehen war, so weiterleben konnte, wie bisher. Sie erwog über einige Zeit hin die verschiedenen Möglichkeiten, was sie in Zukunft tun wolle. Sie spürte ein Verlangen in sich wachsen, von sich selbst abzusehen und anderen zu helfen.

Für zwanzig Tage hielt Toshua Trauer, für dreißig Tage nahm sie keine animalische Nahrung zu sich. Danach reiste sie nach Nikko und ließ dort neben dem Grab von Rauchschwalbengespenst eine Gedenkstelle für Marakabui errichten. Sie besaß genügend Kapital, um den Wiederaufbau des Hauses »Zum reifen Kürbis« zu bezahlen. Als alles wieder hergerichtet war, ließ sie die Räume von einem buddhistischen und einem shintoistischen Priester räuchern und Versöhnungsgebete für die Toten sprechen. Danach wurde das Etablissement wieder eröffnet. Dank Toshuas Eleganz und ihrem Charme gewann es bald seine Anziehungskraft auf die Männerwelt von Edo zurück. Es gab genug Kunden, die sie bewunderten und bereit gewesen wären, ihr ein sorgenfreies Leben zu bescheren. Mit manchen schlief sie. Aber alle Beziehungen zu Männern geschahen nun mit einem inneren Vorbehalt. Sie vermochte sich nicht vorzustellen, daß sie je für jemand wieder jene Art von Liebe würde empfinden können wie für Seami.

Eines Tages raffte sie sich auf und schrieb an den Abt, der ihr während ihrer Schwangerschaft Zuflucht gewährt hatte. Er lud sie nach Kyoto ein, und sie erzählte ihm all das, was sich seit ihrer letzten Begegnung zugetragen hatte. Das Gespräch dauerte mehrere Stunden. Während sie erzählte, stellte der Abt hin und wieder Zwischenfragen. Einmal, nach etwa einer Stunde, war ihr eingefallen, daß draußen die Sänftenträger, die sie vom Ryokan zum Kloster heraufgebracht hatten, immer noch warteten. Sie erwähnte ihr Unbehagen darüber, die Männer nicht davon verständigt zu haben, daß sich das Gespräch länger als vermutet hinziehe.

Der Abt sagte: »Kümmert Euch jetzt nicht um sie. Eines Sänftenträgers Arbeit ist es, Kunden zu befördern oder auf sie zu warten. Unsere Arbeit ist es, danach zu forschen, wie Ihr in Zukunft Euer Leben einrichten sollt. Glaubt nicht, das eine sei wichtiger als das andere. Wenn jeder die Arbeit konzentriert verrichtet, die ihm das Schicksal aufträgt, ist die Welt in Ordnung.«

Am Ende – er wußte nun auch um die zwei Morde im »Reifen Kürbis« und daß sie am Mord des Großkämmerers beteiligt gewesen war – riet er ihr, das Zufluchtsgelübde abzulegen und in das Frauenkloster auf dem Kōya-san einzutreten. Nachdem er diese Empfehlung ausgesprochen hatte, ließ sie einen leisen Laut des Erstaunens hören, und als er fragte, was ihr eingefallen sei, erzählte sie ihm, daß sie als junges Mädchen einmal auf einer Pilgerfahrt eben dorthin gekommen sei.

Toshua kehrte am Tag darauf nach Edo zurück und ging nun daran, ihren Hausstand aufzulösen. Sie entließ die Mädchen, ohne die übliche Austrittssumme zu verlangen. Sie verkaufte die beiden Häuser, zu denen sie es in Yoshiwara gebracht hatte. Sie versah Eiko, die sich von Leutnant Ikeda getrennt hatte, mit einer Mitgift und schickte sie in ihr Dorf zurück. Sie besuchte noch einmal eine Vorstellung des Kabuki-Theaters, in der Ninomiya auftrat, allerdings ohne zu ihm in die Garderobe zu gehen. Mit nichts als einem Beutel voller Habseligkeiten kam sie auf den Kōya-san. Das, wovor sie sich am meisten gefürchtet hatte, empfand sie nun als ganz leicht: das Scheren des Haars zum äußeren Zeichen, daß sie nun eine Nonne war.

X

»Shakyamuni-Spieler
Kam in diese Welt
und richtete Unordnung an,
ging wieder fort
und hinterließ so viele Rätsel.«

In der Präfektur Wakayama, auf der Höhe eines Gebirgsmassivs in etwa tausend Meter, umgeben von dichten Wäldern, stößt man auf eine ausgedehnte Tempelstadt. Im Jahr 816 gründete dort ein gewisser Kōbō Daishi auf der Suche nach einem von der Welt abgeschiedenen Ort ein erstes Kloster, das zum Zentrum der buddhistischen Shingon-Schule werden sollte.

Der Tempel des Diamantenen Gebirges, um den sich zahlreiche andere Tempel scharen, und die Statue des Fudo Myōo, eines erleuchteten Königs, die der Gründer aus China mitgebracht haben soll, stellen den Mittelpunkt der eindrucksvollen Anlage dar. Auf dem Weg zum Haupttempel kommt man am Garten des Fumon-In vorbei, durch den als lebendige Wahrzeichen der Hoffnung zwei Kraniche spazieren.

Das Grabmal des Sektengründers wurde zu einem beliebten Pilgerort für seine Anhänger. In der Nähe seines Grabes die letzte Ruhe zu finden, war der Wunsch von Zehntausenden, wodurch sich in den Wäldern rund um das Mausoleum eine riesige Totenstadt ausbreitete. In ihr finden sich unter anderem die Grabmäler des Dichters Basho und des Shoghun Hideyoshi Toyotomi.

Der Kōya-san selbst besteht aus acht Bergspitzen, die die acht Buddhas verkörpern. Man sagt, daß beim Aufstieg zum Gebirgsplateau die Brise, die über die Gipfel hinstreicht, die Seelen der Menschen, die sich dort hinauf begeben, von allem Kummer reinige.

Der Hauptgrund, weshalb sich Kōbō Daishi zur Gründung einer neuen spirituellen Gemeinschaft entschlossen hatte, deren Wurzeln in Indien und China zu suchen sind, war sein dringlicher

Wunsch, Menschen aller Stände und Schichten den kürzesten Weg zur Erlangung der Buddhaschaft zu vermitteln. In einer seiner Schriften ist nachzulesen, daß jeder Mensch, der gewissenhaft die Weisheit Buddhas zu erlangen trachtet, sofort mit seinem sterblichen Körper, den er von seinen Eltern erhielt, zum Thron der vollkommenen Erleuchtung aufsteigen kann.

Shingon, »das wahre Wort«, will einen Weg zeigen, sich der Weisheit Buddhas in uns zu öffnen. Erleuchtung manifestiert sich in unserem irdischen Körper und irdischen Bewußtsein. Im Unterschied zum Hinayana lehrt Shingon, daß diese Welt und das menschliche Leben einen Wert besitzen, daß es eine Welt der Mandala ist und sich in ihr die Tugenden des *Mahavairochana* manifestieren.

Die Konstruktion der Lehre geht davon aus, daß Shakyamūni, der historische Buddha, eine Manifestation des Vairochana, eines der fünf transzendenten oder absoluten Buddhas, darstelle. Er ist das Universum selbst, gleich diesem ohne Anfang und ohne Ende. Man kann Vairochana, sofern in diesem Bereich Definitionen überhaupt weiterhelfen, auch als die vollkommene Harmonie der sechs Elemente Erde, Wasser, Feuer, Luft, Raum und Bewußtsein erklären. Nicht nur alle Menschen, auch anorganische Stoffe, Tiere und Pflanzen sind nach Shingon die wahren Kinder Buddhas, denn sie sind in ihrer Natur eins mit ihm. Mystische Tätigkeit entspricht der Bewegung des Universums.

Wer sich, wie Toshua dies tat, ehe sie auf den Kōya-Berg reiste, für die Praktiken der Shingon-Schule interessierte, erfuhr dies: Die Schule des »wahren Wortes« mißt den »Drei Geheimnissen«, nämlich »Körper«, »Rede« und »Geist« besondere Bedeutung bei. Durch diese drei Bereiche sind in jedem Menschen die Möglichkeiten angelegt, die zur Erlangung der Buddhaschaft nötig sind.

Der zentrale Begriff der Lehre von Vairochana, dem kosmischen Buddha, der sich als absolute Wahrheit darstellt, kann nur mündlich vom Meister an den Schüler weitergegeben werden oder ist in einer künstlerischen Darstellung erfaßbar. Dies erklärt die Bedeutung der Mandalas im Shingon.

Die Äbtissin *Nyoin-dō,* der Frauenhalle, fand, nachdem sie Toshuas Lebenslauf kennengelernt hatte, daß Toshua vor allem Demut lernen müsse, weshalb man sie zunächst in einer der Pilgerherbergen in der Küche beschäftigte.

Sie war dort über drei Jahre tätig. Sie bildete sich in dieser Zeit zu einer ausgezeichneten Köchin für Zen-Gerichte aus. Es entstand das Gerücht, daß sie bei der morgendlichen Andacht, bei der die Sutra gelesen und die Wunschhölzer verbrannt werden, auf das ihre stets geschrieben habe: »Wohlschmeckende Speisen für die Pilger.« Das führte schließlich zu einem zweiten Gespräch mit der Äbtissin, bei der Toshua ihren Wunsch nach schmackhafter Nahrung unter großem scholastischen Geschick mit dem Hinweis verteidigte, daß die Lehre der *Shingon*-Schule trotz ihres grundsätzlich esoterischen Charakters die Wichtigkeit unserer Welt und des Glücks im diesseitigen Leben nicht leugne.

Ausgangspunkt war dabei ein Wort des Kōbō Daishi, das lautet: »Ein köstliches Mahl enthält nicht nur einen Geschmack, Musik kann auch nicht nur mit einem halben oder einem einzelnen Ton erzeugt werden.«

Nach diesem Gespräch empfahl die Äbtissin Toshua für eine weitere Ausbildung an der theologischen Hochschule. Sie erfuhr nun, wie das Geheimnis des Körpers sich in den *Mudra,* jenen verschiedenen Handhaltungen, findet, die mit dem jeweils invozierten Buddha oder Bodhisattva in Übereinstimmung stehen.

Sie lernte, wie gewisse Rituale, die in den Drei Geheimnissen wurzeln, eine Verbindung zwischen dem Buddha und dem Übenden herstellen sollen, wodurch der Zustand des »Buddha in mir, ich im Buddha« verwirklicht wird. Sie hörte von der *Garbhadhatū-Mandala,* der Mandala des Mutterschoßes, der Matrix aller Dinge, dem statischen Aspekt des Kosmos, der mit einer roten Lotosblüte dargestellt wird, auf deren acht Blütenblättern die vier anderen transzendenten Buddhas und vier Bodhisattvas sitzen.

Ihr polar entgegengesetzt ist die *Vajradhātu,* die Mandala des diamantenen Bereichs, die den aktiven Aspekt des Kosmos repräsentiert. In ihr sitzt Vairochana auf einer weißen Lotosblüte, um ihn herum die vier transzendenten Buddhas. Sie vollzog die Zeremonie, bei der man eine Blume auf die Mandalas wirft. Jenen Buddha, auf den die Blume fällt, soll man hinfort besonders verehren. Eine Eigenschaft jenes Buddha, auf den Toshuas Blume fiel, war die des Beistands durch Zuhören.

Sie stieß während ihres Studiums bei ihren ausschließlich männlichen Lehrern immer wieder auf das Vorurteil, Frauen hätten in den Vorlesungen nichts zu suchen. Aber ihre außergewöhnlichen Fähigkeiten und auch die Unterstützung durch die Äbtissin, die mehr und mehr zu ihrer mütterlichen Freundin wurde und erwog, sie später als ihre Nachfolgerin vorzuschlagen, führten schließlich dazu, daß man ihr sogar die Habilitation gestattete.

Sie hielt danach vormittags Vorlesungen, während sie sich am Nachmittag in eine etwas abseits gelegene Klause zurückzog. Es kam schließlich dahin, daß Pilger, aber auch Studenten sie dort aufsuchten und um Rat und Hilfe baten. Ihre Art zu helfen war ungewöhnlich. Sie hörte jenen, die zu ihr kamen, aufmerksam zu, und ohne das, was ihr da erzählt worden war, in irgendeiner Weise zu kommentieren, entließ sie die Besucher mit dem Hinweis, sie wüßten ja nun, was zu tun sei.

Mit der Zeit war diese provozierende Schlußformel allgemein bekannt geworden, ohne daß sich dadurch etwa die Zahl derer, die kamen, vermindert hätte. Im Gegenteil, sie mußte nun eine Novizin bitten, ihr bei der Organisation ihrer Sprechstunden für die Pilger zu helfen.

Einmal rebellierte eine Besucherin gegen ihre Methode.

»Das ist wahrlich enttäuschend«, murrte sie. »Da legt man die lange beschwerliche Reise hier herauf zurück, stiftet einen beachtlichen Betrag für das Kloster, und einen Rat oder wenigstens eine Beurteilung der Situation gibt es nicht.«

Toshua erwiderte: »Hört in Euch hinein. Nun, da Ihr die Bilder und Gedanken so geordnet habt, daß sie Worte geworden sind, wißt Ihr, sofern Ihr die Lehre des Karma Euch ins Gedächtnis ruft, selbst am allerbesten, was zu tun ist.«

Die gute Frau, der sie das sagte, meinte damit gewissermaßen eine Formel überantwortet bekommen zu haben, mit der sich leicht ein problemloses Leben herbeizaubern lasse. Das mißfiel Toshua, die diese verunglückte Wirkung ihres Rates in den Augen des Gegenübers ablesen konnte, und sie fügte noch hinzu:

»Erst, wenn Ihr erkannt habt, daß weder das Recht im Vergleich mit dem Unrecht wesentlich ist, wenn Ihr heiß oder kalt, Liebe oder Haß empfindet, und wißt, daß ihnen kein grundsätzlicher Unterschied innewohnt, dann bewegt Ihr Euch fort vom Leid.«

Jedes Jahr im November, zur Zeit der Blattfärbung, fand auf dem Klosterberg das Eboshi-Fest, die Feier für Knaben, statt, die keine Kinder mehr sind und die als äußeres Zeichen für ihre Mannbarkeit ihre Frisur verändern. Man schnitt ihnen das Maegami, die in die Stirn hängende Haarsträhne, ab und rasierte ihnen den Scheitel des Kopfes. Vom »Vater des Eboshi«, ihrem Paten, empfingen sie den Eboshi-Hut, den sie von nun an als Zeichen ihrer Mündigkeit tragen durften.

Es war unter den wohlhabenden Familien in Edo und Kyoto zur Gewohnheit geworden, dieses Fest als eine Familienfeier auf dem Kōya-san zu begehen.

Es war ein kühler, aber sonniger Novembertag, als die Äbtissin Toshua nach der Vorlesung zu sich rufen ließ. Als sie einander gegenübersaßen, fragte sie:

»Du bist die Mutter eines Kindes, Toshua?«

»Eines Sohnes. Aber woher wißt Ihr das?«

»Der Wind, die Neugier, das Geschwätz.«

»Wie ich höre, hast du ihn nach seiner Geburt nie mehr zu Gesicht bekommen. Wir sind der Meinung, daß dies ein grausames Schicksal ist.«

»Es ist grausam.«

»Nun, die Familie, in der dein Sohn aufwächst, feiert heute mit ihm das Mannbarkeitsfest. Geh nach der Stunde des Pferdes unter die Bäume der Vorderen Hauptallee. Dort wird die Prozession der jungen Männer von den Mönchen zur Sutra-Verlesung in den Kleinen Tempel geführt, ohne daß die Angehörigen dabei sind.«

»Ich danke Euch ...«

»Ich denke, du bist gefestigt genug, um dich dieser Erfahrung auszusetzen.«

»Ich hoffe es.«

Es waren mehrere Knaben, die hinter den Glocken schwenkenden Mönchen mit den safrangelben Roben zum kleinen Tempel rannten. Wer von den Jungen, die nun schon stolz die männliche Haartracht trugen, ihr Sohn war, würde sie nie erfahren. So prägte sie sich alle Gesichter sorgfältig ein und spielte angesichts dieser Knabengesichter in ihrem Kopf ein Ratespiel, das ohne Entscheidung endete. Sie sprach einen Segen in Richtung der Gruppe und zog sich dann aus der Vorderen Hauptallee zurück.

Sie ging langsam unter den mächtigen Bäumen dahin, und nach einer Weile trug der Wind mit der Luft, die nach Schnee roch, Bruchstücke der Sutra-Rezitation heran. Sie schlug nun endgültig den Weg zu ihrer Klause ein.

Sie lächelte.

Im Laufe des Nachmittags empfing sie drei Besucher, zunächst ein junges Mädchen aus einem Dorf, das mit seinen Abgaben im Rückstand war; das Mädchen erzählte davon, daß in der Gegend, in der sie wohnte, eine Bauernrevolte geplant werde. Dann setzte sich ein junger Mann vor die Schranke, die Toshua von den Besuchern trennte; seine Familie drängte ihn, seine Frau zu verstoßen, weil sie ihm keine Kinder gebar. Eine ältere Frau erschien und berichtete stockend, daß sie über lange Jahre hin von ihrem Mann immer wieder gedemütigt und geschlagen worden sei; seit einiger Zeit überkomme sie, wann immer sie in der Küche ein Messer in die Hand nehme, das Verlangen, ihn zu töten.

Als Toshua wieder allein war, beschloß sie noch einen Spaziergang zu unternehmen. Sie lief zum Friedhof. Ein leichter Nebel war aufgekommen. Es roch nach faulenden Blättern. Sie schritt durch die Hintere Hauptallee zwischen den Grabdenkmälern und den mächtigen alten Bäumen. Bald begegnete sie keiner Menschenseele mehr. Es war fast dunkel. Manchmal trat sie vor einen Stein hin, vor eine Säule oder eine Buddha-Statue, die einen Grabplatz bezeichnenten, und versuchte, die Menschenschicksale, die ihr nur ein paar Stunden zuvor anvertraut worden waren, in Gedanken in die Erde zu versenken.

Sie ging weiter und weiter. Das Gräberfeld schien kein Ende zu nehmen. Sie dachte: Es müßte angenehm sein, so zu gehen und zu gehen – immer weiter, bis man die Grenze überschritten hat. Sie erwartete nicht, jenseits der Grenze in ein Paradies zu gelangen, in dem sie Amida empfing. Sie hoffte, sie werde dort das Nichts finden. Sie stellte sich vor, plötzlich den Boden unter den Füßen zu verlieren und hinabzustürzen. Es würde dunkel sein und leer; die Wahrnehmung würde aufhören. Sie glaubte nicht daran, daß es dort noch Ängste gab, wie sie Seami die Helden seiner Stücke hatte ausdrücken lassen. Wie kann man in etwas stürzen, was nicht ist? fragte etwas in ihren Gedanken. Genau hier ist der Sprung, der getan werden muß, antwortete eine andere Stimme. Alles ist eins, nicht zwei. Sie war so gewiß, daß dieses Gelände mit den Bäumen und Denkmälern, mit den schwarzen Wegen und Nebelfetzen zwischen den Ästen nie enden werde, gewiß, daß es ihr erlaubt sein müsse, sich sanft, in Achtsamkeit gehend, aus dem Leben zu verabschieden. Aber so war es nicht. Noch war es nicht die Zeit. Sie erinnerte sich daran, daß das Nonnengelübde des Shingon auch das Versprechen enthielt, etwas für andere zu tun.

Das große Gräberfeld endete. Es gab da einen Waldrand und einen in der Dunkelheit nur noch undeutlich sichtbaren Pfad, über den sie auf die Fahrstraße gelangte. Nach einer Weile kam hinter ihr ein Bauer mit einem Ochsengespann die Straße herauf und lud sie ein aufzusteigen. Sie dankte freundlich.

Zeittafel zu Yoshiwara

In dieser Zeittafel sind die Familiennamen der erwähnten Personen den Vornamen vorangestellt worden, wie es in Japan üblich ist. Im Roman wurde hingegen von der korrekten japanischen Schreibweise abgewichen, so daß dort nach dem Vorbild der deutschen Sprache zuerst der Vorname und dann der Familienname steht.

1542: Tokugawa Ieaysu wird im Matsudaira Clan und als Erbe des kleinen Besitztums Mikawa geboren, das zu beiden Seiten der großen Landstraße, des Tokaido, liegt und die kleine Stadt Okazaki zum Mittelpunkt hat. Es ist die Zeit eines blutigen Bürgerkrieges, eine Zeit der wechselnden Allianzen, in der Familie gegen Familie, Lehnsmann gegen Lehnsherren, Vater gegen Sohn stehen, da die unabhängigen Daimyo um die Ausdehnung ihrer Ländereien kämpften. Es ist auch eine Zeit, in der man Allianzen durch den Austausch von Geiseln absichert und durch Hinrichtungen und erzwungene Selbstmorde ganze Familien auslöschte.

Mit fünf Jahren wird Ieyasu von seinem Vater den mächtigeren Nachbarn des Imagawa-Clans als Geisel übergeben. Auf dem Weg dahin wird er von einem anderen Daimyo geraubt, der ihn zunächst zu töten droht, ihn dann aber gegen seinen als Geisel bei den Imagawas lebenden Sohn austauscht. Als junger Mann erhält Ieyasu eine gute Ausbildung in den zivilen und kriegerischen Künsten durch einen Zen-Mönch. Mit zehn Jahren wird er Befehlshaber der Leibgarde des Mikawa-Klans. Mit fünfzehn führt er erfolgreich seine Männer in die Schlacht und zerstört ein kleineres Fort, das von dem damals mächtigsten Daimyo, Oda Nobunaga (1533–1582), kontrolliert wird, der eben dabei ist, die Gegend um Kyoto unter seine Herrschaft zu bringen.

Es war Oda Nobunagas Vater gewesen, der den fünfjährigen Ieyasu entführt hatte. Nun erkennt Ieyasu, daß Oda Nobunaga durchaus die Chance besitzt, wenigstens ein Drittel Japans unter seiner Herrschaft zu vereinigen. Ieyasu wird sein Parteigänger, der seine Loyalität unter anderem dadurch unter Beweis stellt, daß er seinen erstgeborenen Sohn zwingt, Selbstmord zu begehen, als dieser bezichtigt wird – zu Unrecht, wie sich später herausstellte – eine Verschwörung gegen Nobunaga geplant zu haben.

Als Nobunaga bei einem Attentat umkommt, verbündet sich Ieyasu mit dessen mächtigsten Unterführer Toyotomi Hideyoshi. Bis 1590 hatte dieser Mann, der aus einfachen Verhältnissen stammt, fast ganz Japan unter seine Herrschaft gebracht.

1549: Der Jesuit Francis Xavier (1506–1552) landet in Kagoshima im südlichen Kyushu. Damit beginnt die Ausbreitung des Christentums über Japan.

Ieyasu hat es, wo immer möglich, in den Kriegen Nobunagas und Hideyoshis unterlassen, militärisch einzugreifen. Auch an Hideyoshis beiden Invasionsversuchen in Korea wird er sich nicht beteiligen, sondern statt dessen seine Besitzungen entlang dem Tokaido vergrößern. Dann schlagen und unterwerfen Hideyoshi und Ieyasu gemeinsam ihre Feinde im Osten. Als Belohnung für seine Dienste bietet Hideyoshi Ieyasu die acht Provinzen der Kanto-Ebene an, in der es in der kleinen Stadt Edo eine heruntergekommene Burg gibt. In einem berühmten Augenblick der japanischen Geschichte besiegelten die beiden Eroberer ihr Bündnis, indem sie Seite an Seite ihr Wasser abschlagen. Hideyoshis Angebot ist wohldurchdacht. Indem Ieyasu die Kanto-Ländereien annimmt, gibt er seine strategische Position an der Tokaido auf, während Hideyoshi, der sich über die Brüchigkeit von Allianzen in Japan keine Illusionen macht, räumliche Distanz und das Hakone-Gebirge zwischen sich und seinen möglichen Rivalen setzt.

Ruhelos und neugierig, ein Autodidakt, zeigte Ieyasu erstaunliches Interesse an der Welt jenseits von Japan. Während seiner Herrschaft entstanden japanische Gemeinden in China. Eine japanische Delegation besucht den Papst in Rom, ein Kaufmann aus Kyoto reist bis nach Mexiko.

1589: Erstes lizensiertes Freudenhaus-Viertel *(yuri)* im Rokujo-Distrikt in Kyoto.

1592: Der japanische Invasionsversuch in Korea unter Hideyoshi scheitert.

Eine Druckpresse mit beweglichen Lettern gelangt nach Japan.

1596: Aufkommen des Kabuki als typischer Erscheinung der Nachkriegszeit, um dem müden, verarmten Volk eine neue sensationelle Unterhaltung zu geben.

1597: Zweite japanische Invasion in Korea.

Hideyoshi läßt Franziskaner in Nagasaki kreuzigen, die 26 Märtyrer vom Nishizaka-Hügel.

1598: Tod Hideyoshis.

1600: Schlacht von Sekigahara.

April: Das holländische Schiff »De Liefde« unter dem holländischen Kapitän Jacob Quaeckernack und dem englischen Lotsen William Adams erreicht Japan.

1603: **Ieyasu** wird Shogun. Der Titel lautete ursprünglich *sei-i-taishogun,* wörtlich übersetzt »Barbaren vertreibender Generalissimo«.

1604: Ieyasu erklärt Nō zur offiziellen Theaterform.

1605: In Nagasaki gibt es 20000, in ganz Japan 400000 bekennende Christen.

1608: Die »Nossa Senhora da Graca«-Affäre. Die Japaner wollen im Hafen von Nagasaki Rache dafür nehmen, daß eine japanische Schiffsmannschaft, die in Macao wegen schlechten Benehmens auffällig geworden war, von den Portugiesen angegriffen und getötet wurde. 1200 Samurai stürmen die mit Seide und Silber beladene portugisische Karracke. Der Kapitän Pessoa sprengt sein Schiff schließlich selbst in die Luft. Seine Leiche wird nie gefunden.

Um **1608:** Erste Berichte über das Onna-(Frauen-)Kabuki

1609: Erste offizielle Delegation der Holländisch-Ostindischen-Company in Japan. Lizenz durch Ieyasu, einen Handelsposten in Hirado zu errichten.

1612: Der italienische Jesuit Carlo Spinola berechnet bei einer Mondfinsternis die geographische Länge von Nagasaki.
Verbot des Christentums durch Ieyasu.

1613: Eine englische Handelsdelegation unter John Saris kommt nach Hirado.

1614 Dezember: Belagerung der Festung Osaka. 63 Missionare und 53 japanische Christen verlassen mit einem portugiesischen Schiff Nagasaki.

1616: Ieyasu, der 1. Tokugawa-Shogun, stirbt. Sein Nachfolger und 2. Tokugawa-Shogun, wird sein Sohn **Hidetada** (1616–22).

1619: Holländer machen Batavia zur Hauptstadt ihres indonesischen Kolonialreiches.

1622: 5 Christen werden in Nagasaki auf dem Scheiterhaufen verbrannt, 30 geköpft.

1624: Edo hat 150000 Einwohner.

1623: 3. Tokugawa-Shogun wird **Iemitsu** (bis 1651). Unter ihm wird das Land völlig nach außen hin abgeschlossen. Verbot, japanische Schiffe ins Ausland zu schicken. Todesstrafe für Japaner, die dem zuwiderhandelten. Der Shogun hatte das Monopol für den Außenhandel inne, der nur über Nagasaki abgewickelt werden durfte. Alle ausländischen Nationen außer den Holländern und den Chinesen waren ausgeschlossen.

1627/28: Nach Schlägereien Verbot des Onna-Kabuki in Edo.

1630: Verbot der Einfuhr westlicher Bücher.

1633/1635: Verbot für Japaner, das Land zu verlassen.

1636: Gesetze gegen den Luxus der Kaufleute.

1637: Aufstand christlicher Bauern in Kyushu (Shimabara-Revolte). Niederwerfung unter holländischer Mithilfe. Beschießung durch das Schiff »De Ryp«. Die chinesische Kolonie von Nagasaki liefert Sprengstoff. Hinrichtung von 30000 Christen.

1640: Enthauptung der meisten Mitglieder einer portugiesischen Delegation, die eine Änderung der Isolationspolitik hatten erreichen wollen und sich weigerten, dem christlichen Glauben abzuschwören.

1641: Die Holländer auf Dejima in Nagasaki.

1642: Saikaku Ihara wird in Osaka geboren.

1644: Basho (Haiku-Dichter) wird geboren.

1651: Iemitsu, der 3. Tokugawa-Shogun, stirbt.

1651: Ietsuna wird 4. Tokugawa-Shogun.

1652: Verbot des Wakashu-kabuki, des Kabuki mit Knaben zwischen 11 und 15 Jahren.

1653: Kabuki mit Schauspielern mit ausrasiertem Stirnhaar und ohne erotische Szenen, Gesänge oder Tänze (Yaro, »Kerle«, Männer im Gegensatz zum Knaben). Das Verbot der erotischen Szenen zwingt die Schauspieler, sich weniger auf die Wirkung eines billigen Sex-Appeals als vielmehr auf einer echten Darstellungskunst zu stützen.

1654: Shengzu oder Kangxi, der spätere Kaiser von China, wird geboren.

1657–58: Nach dem großen Feuer wird Yoshiwara (»schilfige Ebene«) verlegt. Von sieben größeren Kabuki-Theatern werden vier wieder aufgebaut.

1661: Ein Text des buddhistischen Priesters Asai Ryoi aus dem »Tokaido-meishoki« (Reise über die berühmte große Heerstraße zwischen Kyoto und Edo) kritisiert die unerfreulichen Folgen der Begeisterung für das Wakashu-kabuki. Bei Samurai und Wakashu hatte sich der Brauch des Nenja verbreitet; er bestand darin, sich beim Saugen des Blutes des Partners Bruderschaft zu schwören, wobei viele Kinder durch den Schnitt in den Oberschenkel für ihr ganzes Leben gelähmt blieben.

Homosexuelle Beziehungen sollen vor allem innerhalb der Tempelbezirke verbreitet gewesen sein. Die Bonzen kauften die Theaterkarten und bezahlten die Wakashu aus dem Einkommen des Tempels. Begeistert schenkten sie den Knaben teure künstliche Blumen, die auf dem Shimaibashira (Holzsäule zur Ablage von Geschenken) deponiert wurden. Um sich Geld für die Knaben zu beschaffen, verpfändete ein buddhistischer Priester die heiligen Gewänder, die Brokate des Tempels, die kostbaren Lanzen des Buddha, die Schwerter des Amida.

1662: Kangxi wird Kaiser von China.

1678: Fujimoto Kizan (1626–1704) veröffentlicht »Der große Spiegel der Liebeskunst« (Shikido Okagami).

1680: Tsunayoshi wird 5. Tokugawa-Shogun (bis 1709), genannt der »Hunde-Shogun«. Gegen Ende seines Lebens erläßt er vom Buddhismus inspirierte Verordnungen gegen das Töten von Tieren. Er hatte keine Kinder und war davon überzeugt, daß er sich durch gute Behandlung von Hunden Verdienste erwerben könne. Selbst im Jahr des Hundes geboren, befahl er, alle Hunde besonders zu schützen.

Es erscheint der »Führer durch die Quartiere des Vergnügens in den verschiedenen Provinzen« (Shokoku Iorzato Annai).

1681: Maruyama, das Vergnügungsviertel von Nagasaki, hat 74 Teehäuser und 776 offiziell registrierte Freudenmädchen.

1682: Saikakus Schrift »Leben eines Mannes, der die Liebe liebte« (Koshoku Ichidai Otoko) erscheint.

1684: Saikakus Schrift »Großer Spiegel der Schönheiten« (Shoen Okagami) erscheint.

Nach Ermordung des Ältesten Staatsrates Hotta Masayoshi in den Ratsräumen bleibt Tsunayoshi den Zusammenkünften der Räte fern und hält Verbindung zum Bakufu hauptsächlich durch seinen Großkämmerer, einen kleineren Vasallen, der als Günstling des Shogun zu einem Daimyo mit 150000 koku Reis aufsteigt.

1686: Saikakus »Fünf Frauen, die die Liebe wählten« (Koshoku Onna) wird veröffentlicht.

1688–1703: Zeitraum der sogenannten Genroku-Periode.

1691: Der 5. Tokugawa-Shogun Tsunayoshi ruft Kämpfer, einen Deutschen, der als Arzt in den Diensten der Holländisch-Ostindischen Kompanie steht, nach Edo und erkundigt sich nach einem Lebenselixier.

1693: Edo hat 350 000 Einwohner.

1693: Saikaku stirbt.

1694: Basho stirbt.

1695: Großes Feuer in Edo.

1700: Edo hat 500 000 Einwohner.

1701/02: Die »47 Ronin«-Affäre.

1703: Großes Erdbeben. 150 000 Menschen kommen um.

1707: Ausbruch des Fuji-san. Tsunayoshi läßt mitteilen, daß er abtreten wird, und bestimmt seinen Neffen Ienobu, den Herrn von Kufu, zu seinem Nachfolger. Er hat nicht mehr lange zu leben. Bei dem Neujahrsempfang, den Ienobu noch als sein Stellvertreter gibt, ist Tsunayoshi schon schwer krank und stirbt einige Tage später.

1709: Ienobu wird 6. Tokugawa-Shogun (bis 1712). Er hat in Arai Hakuseki (1657–1725) einen hochintelligenten Beamten konfuzianischer Prägung an seiner Seite, der sein Bestes tut, um auf die Notwendigkeit von Reformen aufmerksam zu machen.

Die Grundzüge der Politik wurden nun von den obersten Beamten, den Großkanzlern *(taio)* festgelegt. Besonders Manabe Akifusa, ein ehemaliger Nō-Schauspieler, der zuvor wichtige Posten auf den Besitzungen Ienobus bekleidet hatte, besitzt dabei starken Einfluß.

1712: Ietsugu, der erst vierjährige Sohn Ienobus, wird 7. Tokugawa-Shogun. Manabe, Herr von Owari, wird sein Vormund. Er unterhält enge Beziehungen zu der Mutter seines Schützlings, der 1716 stirbt. In den Jahren, in denen Manabe den Bakufu praktisch allein beherrscht, erbringt er den Beweis, daß die Regierung durch einen Großkanzler, der sich an ethische Gesichtspunkte gebunden fühlt, durchaus wohltuend für das Land sein kann.

1716: Yoshimune wird 8. Tokugawa-Shogun. Er entstammt dem Kii-Zweig des Hauses Tokugawa. Bei seiner Ernennung übergeht man einen Bruder Ienobus, und unter starkem Druck der Frauen im Großen Inneren geht das Amt auf Yoshimune über. Er übernimmt wieder persönlich die Leitung des Bakufu. Er bringt seine Vasallen in die Regierung und ernennt sie zu Kanzlern und Pagen. Er beginnt eine Reihe drastischer Reformen, die der Ära Kyoho den Namen gab.

1717: Yoshimune ernennt Mizuno Tadayuki, bis dahin sein Vertreter in Kyoto, zum Kanzler.

1722: Kaiser Kangxi stirbt.

Glossar

Bakufu: Japanische Bezeichnung für die Verwaltung des Landes unter den Tokugawa-Shogunen; in heutige Vorstellungen übertragen: auf eine Militärjunta. Der Begriff stammt aus dem China der T'ang-Zeit und bezeichnete dort das Hauptquartier der kaiserlichen Palastwache. *Baku*, eine Abkürzung für Bakufu, wurde ursprünglich benutzt für die zivile Verwaltungsstruktur des Hauses Tokugawa, dessen Landbesitz ein Viertel Japans ausmachte. Nachdem der Tokugawa-Clan die Shogune stellte, bezeichnete Bakufu den Machtaparat.

Bushido: Der »Weg des Kriegers«; eine Ethik des Kriegers, die sich in Japan schon im Mittelalter entwickelte und als wichtigstes Prinzip die unbedingte Loyalität des Vasallen (*hoko*) gegenüber seinem Herrn (*goon*) vorsah.

Bodhisattva: Indischer Begriff, japanisch *bosatsu*, »erleuchtetes Wesen«.

Ch'i: Chinesisch, »Lebensatem«, »Lebensenergie«.

Chonin: Wörtlich »Stadtleute«, verächtlicher Ausdruck für die Handwerker, Kaufleute und übrigen Bürger, die Neureichen der Tokugawa-Zeit.

Daimyo: Fürst, Territorialherr, häufig auch mit »Baron« übersetzt, stand in einem gewissen Abhängigkeitsverhältnis zum Shogun. Nach der neuen Landverteilung im 17. Jahrhundert gab es rund 260 solcher Fürsten in Japan.

Geldwesen und Münzen: Die Münzen Ende des 17., Anfang des 18. Jahrhunderts hatten verschiedene Formen und Größen und wurden an verschiedenen Orten Japans aus Kupfer, Silber oder Gold hergestellt. Ieyasu Tokugawa führte 1601 nach der Schlacht von Sekigahara ein nationales System der Gold- und Silbermünzen ein. Unter Iemitsu, dem dritten der Tokugawa-Shogune, kamen 1636 die Kupfermünzen hinzu.

Dieses sogenannte Drei-Münzen-System (*sanka-seido*) führte dazu, daß Kupfermünzen im ganzen Land umliefen, Goldmünzen hauptsächlich in Edo und Silberprägungen vorwiegend in Kyoto-Osaka-Sakai benutzt wurden. Gold- und Silberprägungen unterlagen der Kontrolle durch die Regierung. Diese Situation machte das Wechselgeschäft zu einem einträglichen und unabdingbaren Gewerbezweig.

Die Goldmünze hieß *Ryo* (18 Gramm). Vier *Bu* Gold waren zehn *ryo* oder eine *Koban*, die gebräuchlichste unter den Goldmünzen. Sie bestand in einem elliptischen dünnen Stück Gold. Die nächstgrößere Goldmünze, die *Oban*, wog theoretisch 12 Ryo, tatsächlich aber meist nur zwischen 8 und 9 Ryo. Die größte Silber-Münze in Kyoto und Osaka war die *Chogin*, eine elliptische Münze, die etwa 161 Gramm wog. Die Einheit für Silber hieß *Momme*. Eine *Chogin* wog 43 Momme. Eine kleinere Münze *mame-ita*, war nicht viel mehr als ein runder Klumpen Silber von undefiniertem Gewicht, aber mit einem Stempel, der die Qualität des Silbers angab.

Um größere Summen zu transportieren, wurden die Silbermünzen in Paketen von 100 und 500 *Momme* abgepackt, während die Goldmünzen in 25er, 50er und 100er Packungen, eingeschlagen in widerstandsfähiges Papier und versehen mit einem Regierungssiegel, im Umlauf waren. Für den Transport und für die Aufbewahrung großer Summen gab es besondere Holzkisten, die jeweils 1000 *Rio* enthielten. Eine Privatperson trug gewöhnlich seine *Zeni*, die kleinste Münzeinheit in Kupfer, in einer Börse, die im Kimono verwahrt wurde, bei sich. Für einen Zeni konnte man eine Tasse Tee kaufen.

Der tatsächliche Wert der einzelnen Münzsorten veränderte sich ständig. 1609 war der Wechselkurs für einen Ryo Gold 50 Momme in Silber oder vier Schnüre Zeni gewesen; zwanzig Jahre später hatte man dafür 100 Momme zahlen müssen.

1681 zahlte man für 1 *Koku* Reis 77 Momme in Silber.

Als annähernde Umrechnung in heutige Währung gibt Ivan Morris an: 1 Gold Ryo = Yen 16.35 = $ 45.75; 1 Silber Momme = 272.50 = $ 0.75 (Kurs Yen zu Dollar auf dem Stand von 1963).

Geta: Holzschuhe; traditionelle Fußbekleidung außer Haus.

Hakama: Weite Hose der Männerkleidung.

Hanagami: Papiertaschentuch.

Harakiri: Ritueller Selbstmord, obligatorisch bei einem Verbrechen eines Angehörigen der Samurai-Klasse, freiwillig vollzogen aus Anhänglichkeit an einen Verstorbenen oder aus Protest gegen das kritisierte Verhalten eines noch lebenden Vorgesetzten. Eine andere Bezeichnung für rituellen Selbstmord ist *Seppuku*.

Heishi: Blumenvasen.

Ji-jitsu, Jujutsu: Siehe Ringkampf.

Kabuki: Ursprünglich ein farbenprächtiges, bizarres oder erotisches Tanzdrama, aus dem sich im 17. und frühen 18. Jahrhundert ein Volkstheater für die bürgerliche Stadtbevölkerung entwickelte. Die Stücke des Kabuki werden heute in zwei Hauptgruppen aufgeteilt, nämlich die Jidaimono, die historischen Stücke, und die Sewamono, die zeitgenössischen Stücke. Historische Stücke sind jene, deren Handlung vor dem Zeitraum 1603–1867 spielen. Zeitgenössisch sind die Stücke eben dieser Periode.

Kashiori: Schachteln mit Süßigkeiten.

Kimono: Gewand, Kleidungsstück bei Männer und Frauen. Eine billige Abart des Kimono ist das baumwollene *Yukata*, das ursprünglich als Bademantel diente.

Koto: Altes Saiteninstrument, eine Art Harfe.

Kurtisanen: Kurtisanen werden in Japan schon in einer Gedichtanthologie des 8. Jahrhunderts, dem »Manyō-shū«, erwähnt. Bis Ende des 18. Jahrhunderts gingen sie dem ältesten Gewerbe der Welt auf individueller Basis und ohne gesetzliche Beschränkungen nach. In der Tokugawa-Epoche wurden sie zunächst in zwei Klassen unterteilt: Die *Age-jorō* und die *Mise-jorō*. Die Age-jorō waren gewerbliche Liebesdienerinnen, von denen beträchtliche Eleganz und kulturelle Bildung erwartet wurde, wenngleich sie Prostituierte waren. Aber es stand ihnen in vielen Fällen frei, es abzulehnen, mit Kunden, die ihnen nicht genehm waren, zu schlafen. Sie wohnten gewöhnlich im Haus eines *Kutsuwa* (Unternehmers) und wurden in ein anderes Haus gerufen, um dort die Besucher zu unterhalten.

Die Mise-jorō waren gewöhnliche Prostituierte und übten ihr Gewerbe in dem Haus (*Mise*) aus, in dem sie wohnten, oder gingen dazu in ein Teehaus (*Chaya*).

Mitte des 17. Jahrhunderts wurde die Kaste der Age-jorō noch weiter hierarchisch gegliedert. In Yoshiwara hießen die drei höchsten Ränge *Tayū*, *Kōshi* und *Tsubone*. Einen vierten Rang bildeten die *Sancha*. Ursprünglich waren dies Mädchen des Straßenstrichs und der Badehäuser. 1665, nach dem Wiederaufbau von Yoshiwara, wurden sie durch die Regierung veranlaßt, in Häuser zu ziehen. Sie kamen tatsächlich den Mise-jorō fast gleich. Die Institution der Geisha existierte damals nicht, doch liegen ihre Ursprünge bei den Age-jorō.

Eine Unterscheidung der Konkubinen beruhte auf der Dauer, für die man sie mietete bzw. nach ihren Funktionen; demnach hießen sie *Hanya* (halbe Nacht) oder *Kakoi* (verfügbar für einen Tag oder eine Nacht). Die Preise der Damen schwankten von Ort zu Ort beträchtlich, waren aber innerhalb des jeweiligen Viertels gleich. Sie betrugen 76 Momme bei einer Tayū, 18 Momme bei einer Kakoi oder Tsubone und eine halbe Momme bei einer Mise-jorō oder Sancha, was in westlicher Währung umgerechnet Beträgen von 58 Dollar über 14 Dollar bis 40 Cents entsprochen hätte. Bei einer Kurtisane des Ersten Ranges, bei der man immer noch für eine Assistentin (*Kaburo*) im Salon, für Musik und Speisen und Wein aufkommen mußte, konnten die Ausgaben bis 551 Momme oder ungefähr 429 Dollar ansteigen. Aus den in dieser Beziehung durchaus realistischen Erzählungen Saikakus wissen wir, daß es Männer gegeben hat, die über einen Zeitraum von vier oder fünf Jahren bei den Kurtisanen in Yoshiwara 1,5 Millionen Dollar ausgegeben haben und dann als Bettler endeten.

Mahavairochana: Sanskrit, der Große Glänzende.

Nō-Theater: Die klassische Form des japanischen Theaters, das Theater des Adels und der Gebildeten. Die Handlung der Stücke des Nō kreist oft um die dramatische Begegnung zwischen einem Geist (*Shite*) und einem Priester oder Dabeistehenden (*Waki*). Nō wird nicht gespielt, sondern getanzt. Der Tanz wird von Flöten, Trommeln und Gesängen begleitet. Die von den

Schauspielern getragenen Masken stellen Charaktertypen oder geistige Zustände dar.

Oberkämmerer: Japanisch *Soba yonin;* Amt im Bakufu, das an einen Vasallen-Daimyo des Shogun vergeben wurde; ein hohes, aber durchaus nicht das höchste Amt unter dem Shogun in der Hierarchie des Bakufu (der Zensor im Text übertreibt also). Der Rang unter dem Shogun wäre der Tairo, der Großkanzler, gewesen.

Obi: Breiter Gürtel um den Kimono. Basil Hall Chamberlain beschreibt die Grundausstattung weiblicher Kleidung in seinem historischen Wörterbuch wie folgt: »Zuerst kommen zwei kleine Schürzchen um die Hüften (*koshimaki* und *susoyoke*), dann das Hemd und dann der Kimono oder die Kimonos, von einem schmalen Gurt (*shitajime*) zusammengehalten. Darüber wird ein breiter Gürtel gebunden (*obi*), der den hauptsächlichen weiblichen Schmuck darstellt. Um ihn straff zu halten, wird unten eine Art Kissen (*obiage*) eingefügt.«

Ronin: Ein herrenloser Samurai, oft auch im Sinn von »Räuber« gebraucht.

Samurai: Ein zu Kriegsdiensten verpflichteter Vasall eines Feudalfürsten, Angehöriger des niederen militärischen Adels.

Schwankender Gang: Japanisch *Uke-ayumi*; koketter Laufstil, den man von einer Kurtisane erwartete und der heute noch bei den Geisha zu beobachten ist.

Shamisen: Saiteninstrument, das offenbar Ende des 17. und Anfang des 18. Jahrhunderts aus Manila nach Japan kam.

Shogun: Ursprünglich »Oberbefehlshaber im Kampf gegen die Barbaren«; in der Tokugawa-Epoche de facto Oberhaupt des Landes.

Shunga: Übersetzt »Bilder des Frühlings«, manchmal auch »Kopfkissen-Bilder« (*Makura-e*) genannt; eine Kunstgattung der *Ukiyo-e*-Malerei, also der »fließenden, vergänglichen Welt«.
Die frühen Meister der Shunga sind Hishikawa Moronobu (1618–1694) und der Kambun-Meister (1600–1673). Den künstlerischen Höhepunkt dieses Genres, das als Anweisung zur Liebeskunst verstanden wurde, bilden die Blätter von Katagawa Utamaro (1753–1806), die sich durch eine subtilpsychhologische Darstellung der Erotik auszeichnen.

Stunden: Im feudalen Japan hatte der Tag zwölf Zeitabschnitte, die in etwa jeweils zwei Stunden umfaßten. Sie hatten Namen und hießen:
24 Uhr bis 2 Uhr – Stunde der Ratte
2 Uhr bis 4 Uhr – Stunde des Ochsen
4 Uhr bis 6 Uhr – Stunde des Tigers
6 Uhr bis 8 Uhr – Stunde des Hasen
8 Uhr bis 10 Uhr – Stunde des Drachen
10 Uhr bis 12 Uhr – Stunde der Schlange
12 Uhr bis 14 Uhr – Stunde des Pferdes
14 Uhr bis 16 Uhr – Stunde des Widders
16 Uhr bis 18 Uhr – Stunde des Affen
18 Uhr bis 20 Uhr – Stunde des Hahns

20 Uhr bis 22 Uhr – Stunde des Hundes
22 Uhr bis 24 Uhr – Stunde des Ebers.

Tanzakū: Streifen besonders schönen Papiers, auf die man Gedichte schreibt.

Ukiyo: Die Kunst der fließenden oder schwankenden Welt begann im Japan des 16. Jahrhunderts und hatte ihren Höhepunkt in der sogenannten Geronku-Epoche (spätes 17., frühes 18. Jahrhundert). Ursprünglich stammt der Begriff aus dem Buddhismus und bezieht sich auf die Welt der Leiden, auf die rasche Veränderlichkeit der Realität, auf die Vanitas, Eitelkeit und Fragwürdigkeit alles irdischen Glücks. Für das Bürgertum des 17. Jahrhunderts bekam das Wort eine mehr hedonistische Bedeutung. Er bezeichnete nun die Vergnügen mit den Kurtisanen, die Welt der Schauspieler und des Kabuki.

Das »Ukiyo-monogatari« (Geschichte der Schwankenden Welt) um 1680 stellt eines der vielen literarischen Zeugnisse über dieses Milieu dar. Die anderen beiden wichtigsten Autoren sind Saikaku Ihara (1642–1693) und Kiseki Ejima (1667–1736). *Ukiyo-e* steht für die Bilder, vor allem für die Holzschnitte dieser Epoche (das Suffix-e bedeutet »Bilder«). *Ukiyo-zoshi* sind die oft frivol-pornographischen Geschichten. Hinzu kommt das sich künstlerisch entwickelnde Volkstheater, das Kabuki.

Ringkampf: Die Kämpfe der Sumo-Ringer haben rituell-mythologische Wurzeln; im 9. Jahrhundert soll die Nachfolge zwischen zwei Söhnen des verstorbenen Kaisers durch einen Sumo-Kampf entschieden worden sein. Daneben gibt es Jujutsu, das an Adelsschulen und bei der Polizei gelehrt wurde. Das Prinzip ist hier, nicht Kraft mit Kraft zu begegnen, sondern zu siegen, in dem man der Kraft des Gegners ausweicht.

Yoshiwara: Zunächst, ab 1612, befand sich das offiziell zugelassene Freudenviertel Edos in der Nähe von Nihonbashi. Im Jahre Manji 2 (1659) wurde es nach Asaku verlegt. Genaugenommen spielt sich die Handlung des Romans in Shin-(Neu-)Yoshiwara ab, im Nördlichen Freudenviertel, dessen Hauptstraße die Nakanomachi war.

Historische Romane im Eugen Diederichs Verlag

Tariq Ali

Im Schatten des Granatapfelbaums

Aus dem Englischen von Margarete Längsfeld

324 Seiten, Leinen

Die dramatische Geschichte einer moslemischen Familie um 1500, die vor die Entscheidung gestellt wird, ihr Heimatland Spanien zu verlassen oder zum katholischen Glauben überzutreten.

Ross Leckie

Ich, Hannibal

Aus dem Englischen von Ursula Wulfekamp

295 Seiten, Leinen

Leckie läßt Hannibal selbst sprechen, läßt ihn erzählen von dem Glanz und der Pracht Kathargos, von der Arroganz Roms, das immer wieder Kathargo demütigen wollte, von dem Haß gegen Rom, den ihm sein Vater Hamilkar vererbte, von seiner Liebe zu der spanischen Häuptlingstochter Similce – und von seinem großen Kampf.

Daniel Peters

Der Inka

Aus dem Englischen von Heinz Tophinke und Ursula Wulfekamp

919 Seiten, Leinen

Die zum Scheitern verurteilte Liebesgeschichte zwischen einem Inkakrieger und einer Nebenfrau des allmächtigen Herrschers der Inka – und zugleich auch ein gewaltiges und ergreifendes Epos über die letzten Jahre dieses großen Volkes.

Piers Anthony

Tatham Mound

Aus dem Amerikanischen von Werner Peterich

576 Seiten, Leinen

Der alte »Geschichtenerzähler«, der sich als junger Mann von der Kriegskunst lossagte und sich einem fahrenden Händler anschloß, um das Land zu bereisen, berichtet aus seinem Leben – bevor die ersten Weißen nach Nordamerika kamen. Eine Saga über Leben und Sterben der indianischen Ureinwohner Nordamerikas zur Zeit der spanischen Konquista.

冨嶽三十六景
神奈川沖
浪裏